U0470451

—— 每本书都是一座传送门

次元书馆

OVERLORD ⑬
圣王国的圣骑士(下)

[日] 丸山黄金 著

刘晨 赵滢 译

新 星 出 版 社　NEW STAR PRESS

目录

001	第四章　攻城战
145	第五章　安兹已死
289	第六章　枪兵与弓兵
397	第七章　救国英雄
477	Epilogue
503	角色介绍
512	作者后记

4章 攻城战

第四章 | 攻城战

1

春天还很远，冬日的空气温度依然很低，不过他并不觉得有多寒冷。这多亏了包裹他的一身毛：他全身覆盖着又黑又亮的体毛，外面再套上一层衣服，就能起到很强的保温效果。就算穿上金属铠甲，他也不至于因低温而冻得发抖。

然而，现在有其他原因令他颤抖。

怒火。

称之为愤怒也不过分的强烈怒火。

怒火让他忍不住发出食肉动物的低吼，让他因为羞耻咂了下嘴。

在他——兽身四足兽的种族中，像野兽一样低吼，被认为是无法控制情感的表现，不是成人应有的行为。

不过，这仅限于他的种族。

如果有其他种族的亚人听到了这声音，从紧咬的尖牙缝隙中挤出的低吼恐怕会将其吓得心胆俱寒，使其在过度的恐惧中动弹不得。

他掉转脚步，背向人类城市的城墙，走回自军阵中。

亚达巴沃拥有绝对的力量，旗下统领着众多种族。不过，每天阵中都会因为鸡毛蒜皮的小事发生争执。

亚人联军总数超过十万，主要分成三个部分。

其中四万与圣王国南部的军队对峙。

五万负责防卫和管理圣王国的俘虏收容所。

另有一万负责杂务,比如探索圣王国北部地区,聚敛各种各样的财物。

来到这里的四万,是从驻扎俘虏收容所的五万中挑选出的。

士兵如此众多,阵地里自然相当混乱,不过这时没有谁敢挡他的去路。他没有停下,也没有减缓步速。

谁也不愿意挡在翻滚的巨石前。

一路上没有谁胆敢阻拦霸气逼人的他。

如入无人之境的他面前出现了一顶格外气派的大帐。

入口前站着亚人,不过并不是卫兵。他们供大帐中的人差遣,也就是所谓的仆人。

从慌忙让开路的仆人中间穿过,他大手一挥撩开了大帐入口的布。大帐中的五名亚人向他投来了锐利的视线。

他们是联军中——除去恶魔——实力排得上前十的亚人。每位亚人的视线都强烈得足以令人感到物理压力,不过他处之泰然。

冷笑一声之后,同为十杰一员的他找了个空位置一屁股坐了下去。不过他的下半身是野兽,看起来更像是趴下了。

一名亚人向他轻轻低头致意,他分明看到了却没有理会,直接瞪着坐在上座的亚人。

那是一名好像蛇长出了手一样的亚人。

他身上看起来湿乎乎的鳞片亮晶晶的，带着七色怪光，这就是他"七色鳞"称号的由来。这鳞片不光好看，据说硬度也能匹敌龙鳞。有一身具有高魔法抗性的鳞片，穿上魔法铠甲，拿上大盾，再加上作为战士的实力，难怪他会被亚人们视为亚伯利恩丘陵最坚固的堡垒。

这名亚人正是蛇王罗凯修，受到魔皇任命，担任这支亚人军队的总指挥官。

旁边伸手可及之处，放着罗凯修的主武器，以可怕的特殊能力闻名的"干涸三叉戟"。

"为什么不进攻？"

他用强行压低的声音向罗凯修问道。

到达人类弱小的抵抗势力占领的城市，到现在已经过了三天，可是他们连一场小仗都还没打。

"我知道人类建造的城墙不好对付。不过，就这点兵力，还不是一攻即破。"

特别是亚人联军中有跨越城墙如履平地的士兵，只要用好这些士兵，城墙不成问题。

"你该不会是怕了吧？"

"魔爪阁下。"

听到魔爪这个称呼，他——维嘉·拉将达拉皱起了眉，看了一眼在座的另一名同族，重新把视线投向蛇王。

"魔爪"这个称号名震丘陵地带已有近二百年。

这并不是因为他们兽身四足兽种族寿命格外长，而是因为有一族人不断继承"魔爪"这个称号。

他刚刚从父亲身上继承了"魔爪"的称号，很清楚自己还配不上它。正因为如此，他才想通过这一战为自己扬名。可是直到现在，他还没能得到机会显示自己的——"魔爪"新继承人的力量。

到现在为止，他击败的对手大多是弱者，面对他的双手魔法战斧"刃翼"，还没有人能撑过两回合。

这样肯定不行。

作为亚达巴沃这个所向无敌的恶魔的部下之一，他不能在这样的状态下迎来战争的结束。他需要一个机会，能让他个人扬名的机会，而现在正是他等的机会。

可是，罗凯修迟迟不肯攻城，这让他的不满表现在了态度上。

"听说那个强大的豪王曾经驻守这座城市，现在击败了豪王的敌人就在这里，你该不会是被吓怕了吧？"

豪王——统领山羊人的王。

这位山羊人和维嘉一样，是十杰中的一位强者。

他知道豪王会使用破坏对手武器的棘手技能，不过他依然自负能与豪王平分秋色。既然城市中的强者能击败豪王，那么对他来说应该是个值得挑战的对手。

"我来对阵击败豪王的强者，赶紧攻城吧。"

说到能击败豪王的强者,他其实知道一名够格的人类。

(大概就是传闻中的那名雌性人类圣骑士吧。如果她有传闻中那么厉害,或许真的能击败豪王。)

他在脑海中隐隐约约描绘出了一名圣骑士,圣骑士手中的剑光辉灿烂。

"维嘉阁下,你姗姗来迟,张口不谢罪,先说这么一番话。我作为指挥官,其实应该说你两句。不过……别急嘛,我懂,我懂。"

罗凯修一副宽宏大量的态度,挥了挥手。

"唉,什么都不知道的小雏儿叽叽喳喳的。"

呵呵。发出笑声的是有四条手臂的魔现人女王,人称"冰炎雷"的女性亚人——纳斯莱妮·贝尔特·修尔。

维嘉皱起了眉头。

肉搏战他有自信不会输给别人,可是纳斯莱妮的特长是魔法,和她战斗起来不知哪个节骨眼上会出幺蛾子,这让他有点心里没底。虽说如此,继承"魔爪"之名的自己被人说成是小雏儿,不把这脸面找回来怎么对得起列祖列宗。

"还得照顾着腰腿不灵便的老婆子啊。"

魔现人寿命还算长,不过考虑到维嘉还是小孩子的时候,"冰炎雷"就已经名震丘陵,她应该已经度过寿命的一半左右了。

仔细观察观察她的脸,就能看出她化着妆,辨别不出实际的皮肤年龄。不过既然化这样的妆，就说明她自己也感觉到了岁月的力量。而她身上传来的花朵香气，应该也是在用香水遮盖老人味吧。

"嚯。"

纳斯莱妮眯起了眼睛，冰冷的空气笼罩了整个大帐。这并非心理作用，而是物理现象。

"我说的应该是事实吧。"

说着，维嘉略微起身。四足兽型的下半身可不是徒有其表，爆发力和敏捷程度都近似野兽。发挥身体的特长，在低重心的姿势开始强袭是他本来的战斗方式，不过他不会摆出战斗姿势。他想摆出一副不把对方放在眼里，让对方先出手的架势。

"事实也得分该说的和不该说的吧？看来我得教教这个小雏儿对待女性的礼仪。这也是——前辈应该做的。"

看两人已经剑拔弩张，罗凯修开了口。

"两位都不要再争了。要是在军事会议上闹出了乱子，可就由不得我不向亚达巴沃大人报告了。"

听到罗凯修搬出了绝对强者的名字，两人这才偃旗息鼓，最后还不忘瞪对方一眼，用眼神告诉对方——"我饶不了你"。"要打架随时奉陪"。

"唉……强者个性突出固然难免，不过希望大家别忘了谦让互助也很重要。"

"嘻嘻嘻，你也没资格说别人。"

一身白色长毛的猿猴似的亚人，一边笑着，一边吐槽发牢骚的罗凯修。

"好吧，说是这么说。那么，魔爪阁下，我回答刚才的提问：我并不是害怕。豪王确实是猛将，不过在座的不都是能与之匹敌的强者吗？"

罗凯修看向魔爪和冰炎雷，还有在座的另外三名亚人。

其中一位亚人装备着众多黄金制成的魔法道具，有一身纯白色的长毛，长得有点像猿猴。

他就是石喰猿之王——哈里夏·安卡拉。

在他们的种族中，达到高阶种水平的个体，可以获得与吃下的原石对应的特殊能力。比如吃下钻石，可以在一定时间内对殴打攻击之外的物理攻击获得耐性。这类能力一般石喰猿只能存储三个，而他能存储的却远超这个数量，难怪大家都说他是变异种。

另一位是维嘉走进大帐的时候，向他轻轻低头致意的半人兽将军。

半人兽身上穿着布满雕刻的威武铠甲，同样威武的头盔和骑士枪放在身旁——这位汉子名叫赫克托维杰斯·亚·拉加拉。

半人兽向维嘉低头致意，是因为半人兽种族对兽身四足兽种族的恭顺，并不是因为敬重他个人的能力。就是这一点让维嘉不快。

不过，单就赫克托维杰斯来说，维嘉和这名半人兽打上一架，显示一下拳头的厉害，并不算是展现了他的能力。确实，只要交锋，获胜的想必会是维嘉。然而，赫克托维杰斯之所以出名，并不只是靠着个人的武勇，更因为他是一位名将，曾经率军战胜兵力十倍于己的敌人。如果两人各率一军，胜负的天平明显将倒向赫克托维杰斯。明知如此还要拿个人的武勇说事，那简直没法更丢人了。也正因为这样，维嘉把握不好和这名半人兽的距离。

最后是维嘉一直沉默不语的同胞兽身四足兽——穆亚·普拉克夏。

这位同胞拥有"黑钢"之名，是一位游击兵，也被称为暗夜游影。

兽身四足兽通常会仗着与生俱来的出众身体能力，采取诉诸蛮力的战斗方式，而穆亚则是个异类，他使用隐蔽潜伏的战术，出敌人之不意，以悄无声息的恐怖暗杀术置敌人于死地。穆亚坚定的意志绝不动摇，他盯上的目标必死无疑，因此才得了"黑钢"这个称号。

维嘉并不觉得自己会输，不过正面对决起来，在座的亚人没有一个是好对付的。

"要说为什么不攻城，是因为这是亚达巴沃大人在名叫利姆恩的城市对我下的指示。"

"什么？是这样啊！"

维嘉之所以这样问，也是因为整编四万攻城部队的过程中，只有罗凯修直接和亚达巴沃说过话。其他人被叫到名为卡林夏的城市时，部队已经列好队，只等出发了。

听说亚达巴沃使用传送往来多座城市之间，他们来得不巧，没能和他说上话。

"亚达巴沃大人说了，给那些占领城市的人类几天时间。"

"给他们时间，为什么？"

"为了给他们恐惧。那座城市中的人类还不到一万，其中能战斗的就更少了，相比之下，我们的四万都是战士……那城市中的人类会恐惧到什么程度呢？"

"原来如此，是这么回事啊，亚达巴沃大人真是可怕。"

"嘻嘻嘻。真是，你说得一点都不错。虽说如此，维嘉阁下的心情我也可以理解，我们还要给他们多少时间？"

"这没有说，亚达巴沃大人说是让我们自己看着办。虽说如此，我们总不能等到两个月的粮食全部耗尽吧。"

"是因为需要管理俘虏吧？"

现在是一万名亚人在管理比这个数量多得多的人类俘虏。亚人与人类相比，自然是亚人更强，即使如此，数量也能形成惊人的力量。如果收容所发生暴动，留下的亚人很可能无法应付。

"没错。所以我才请大家来到这里，表决一下。我认为大概两天后开始攻城，结束这次战斗，不知道大家有没有异议。"

包括维嘉在内，在场的亚人似乎都没有异议。

"好，那就定在两天后。在开始进攻之前继续监视。"

尽管很小，不过敌人孤注一掷杀出城来的可能性也不是没有。

"这么说来，带来的人类是不是差不多该处理掉了。"

有一部分亚人会吃人，这些种族通常更喜欢新鲜的食材。兽身四足兽并不怎么喜欢人类的肉，相比之下他们更喜欢牛马的肉。不过干牛肉和新鲜人肉摆在面前，想必更多兽身四足兽会选择后者。

听到这话，冰炎雷露出了厌恶的表情。魔现人不吃人类，大概因为他们的外表和人类比较近似吧。

"嘻嘻嘻。那么明天，我们到他们的城市前面边杀边吃如何？他们一定会觉得非常恐怖。"

"这是个好主意。到时候再宣布明天就攻城……"

"不要把他们逼急了。他们投降了怎么办？敌人怀有希望，试图反抗，这样战斗才有意思。没有比杀掉放弃了生存希望的家伙更没意思的事了。"

维嘉希望能和强大的对手战斗，和弱小的对手打也没意思。

"对啊。除此之外，还有一件重要的事，这也是亚达巴沃大人的命令：不要赶尽杀绝，要放一部分人类逃走。不用放走太多，所以我打算把守在这边——西门的人类杀光，守在东门的人类只要赶跑就行了。"

"也就是说，率军进攻东门的人必须指挥好手下的士兵。要是任士兵随意杀戮，恐怕留不下一个活的。"

纳斯莱妮说完,在场者的视线都集中到了一名亚人身上。

"原来如此……那么我可以带上所有同族吗?"

"我还想用他们做使者,可以留下几名吗?"

"明白了,罗凯修阁下。那么就由我赫克托维杰斯·亚·拉加拉负责东门。"

"除此之外,为了向人类施压,南北城墙最好也分配一些兵力。这两边没有必要全力攻击,不过也得杀掉一些人类才行。去这两边的最好是习惯远程战斗的亚人……"

在座者中能进行远程战斗的有三名亚人,而罗凯修从其中选出的,是沉默寡言的兽身四足兽。

"穆亚·普拉克夏阁下。"

"领命。"

"黑钢"只说了这么两个字。

"其他人都去西门。我觉得应该没有诸位出场的机会,不过万一敌人中有强手,就拜托诸位了。毕竟我要指挥全军,不能上前线啊。"

包括维嘉在内的其余三名亚人点了点头。

"既然大家都同意,那我们就在两天后攻陷那座城市。在让愚蠢的人类发出惨叫的时刻到来前,大家好好养精蓄锐吧。"

2

涅娅一边向魔导王的房间走，一边把胃里涌上来的酸液压下去。她感到强烈的酸味在嘴里扩散开来。

她摘下挂在腰际的皮水袋，喝了一口里面的水。

泡透了皮革味道的水并不好喝，不过能缓解口臭和喉咙的干痛。可惜并不能缓解烧心的感觉，苍白的脸色也不会变好。

涅娅又回忆起她想忘却忘不掉的光景——让她想吐的光景。

大军包围这座城市已经三天了。

亚人没有发起进攻，也不打算交涉，只是徒然度过了三天。然而今天，亚人带着圣王国的俘虏，来到了涅娅他们据守的小城市罗伊茨的城墙附近。亚人近在弓箭和投石索高手的攻击范围内，可惜这座城市中几乎没有这样的高手。

涅娅其实有自信，用魔导王借给她的弓能射中亚人。不过，莽撞的攻击有可能会导致战斗拉开帷幕，这样一来守军就要以一万兵力迎战四万大军。再说要救俘虏，守军将必须打开城门。

城门一开，亚人毫无疑问会蜂拥而入。守军无法向俘虏伸出援手，只能干看着。

被亚人带来的俘虏不到二十人，其中有男有女，有孩子有大人，只是没有老人。他们个个一丝不挂，遍体鳞伤。

就在大多数圣王国国民以为亚人把他们带来是用作交涉的筹码时，惨剧突然发生了。

亚人随手杀起了俘虏。

足有三米高的亚人割断俘虏的脖子，将其头朝下举起来。

涅娅看得一清二楚：大地吸收了大量鲜红的血液。

之后，亚人开始肢解死者。

涅娅看过几次父亲肢解野兽的场景。然而同样的行为实施到人类身上，看起来就完全不同了，这给涅娅的心灵造成了强烈的冲击。

随后，亚人把肢解后的俘虏就地吃了下去。

更血腥的是，有些俘虏被活生生啃食。

直到现在，幼儿活活被亚人咬破肚子，还有内脏被拽出时的惨叫声，依然在涅娅的耳畔久久不散。

多亏了古斯塔沃头脑机智，让雷梅迪奥斯留在王兄身边负责警卫。如果她当时在场，战斗毫无疑问已经开始了。

唉。涅娅重重叹了口气，又往嘴里倒了一口水，硬生生咽了下去。

都说恶心的时候还是吐出来更好一点，然而带着呕吐后的臭气进入魔导王的房间太失礼了。

她重复了几次呼气，确认好没有臭味，这才站到了魔导王的房间前。

大门左右没有警卫兵。

在被亚人大军围城的状况下，圣骑士团顾不上为魔导王安排以警卫兵为名义的监视者了。

涅娅敲响了门，冲门内说道：

"魔导王陛下，我是侍从涅娅·巴拉哈，可以进去吗？"

"进来吧。"

听到门内应允的声音,涅娅轻轻打开门,走进了房间。

几乎所有家具都被亚人毁掉了,房间里的陈设十分简朴。不过即使如此,这房间依然是这座城市中陈设最好的。

魔导王背对涅娅站着,看着窗外。

"城里人们好像很慌乱,我看下面跑过去很多人。亚人已经围了四天城,不过除了第一天之外,城里还没有这么慌乱过。看这样子——是亚人有开始攻城的迹象吗?"

魔导王看起来不愿意参与这次的战斗,一直留在这个房间中对战事不多过问。亚人部队开始在近郊部署时,守军召开了军事会议,那次会议魔导王也没有参加。

守军的首脑似乎不太满意,不过听到魔导王说:"考虑到今后的事,别国国王总是越俎代庖恐怕不好吧?"他们也没法再提出什么要求。

因此,涅娅只好代替魔导王参加各种各样的会议。她明白这是首脑们想通过涅娅与魔导王共享情报,也同意这样的做法,只是结果导致她目睹了那场惨剧。

"不是的,亚人没有明显的动作。只是,亚人方面,那个,怎么说呢,应该说是展开了示威行动吧,因此我方正在换岗。"

"是吗?这么说来两军还要对峙一段时间喽?亚人方面是打算打击我方的士气吧——对了,你觉得能赢吗?"

赢不了。答案明摆着,涅娅可以直接回答。

首先是兵力差距太大了。

人类一万,而亚人有四万之众。

而且这一万中还包括老人和孩子。不仅如此,并不是所有人在收容所中受到的创伤——包括精神创伤——都已经痊愈了。

攻城战确实对守方有利,不过也得是在兵力不相上下的情况下。

普通——特例除外——的亚人和人类平民相比,明显是人类比较弱,明显得让人觉得做这样的比较都很愚蠢。

能与亚人普通士兵打个平手的,只有圣骑士、神官,还有被称为军士的职业军人,其数量当然很少。就像火龙的吐息无法用水浇灭一样,他们在亚人的四万大军面前只能说是杯水车薪。

不过,要说守军是不是绝对无法取胜,也并非如此。

就算去掉魔导王这张底牌,还有另外一人能单枪匹马击退大军。

那就是圣王国最强的女圣骑士,雷梅迪奥斯·卡斯托迪奥。如果不考虑疲劳和极其偶然的攻击命中,而敌人都是普通的亚人,她应该能杀光四万敌军。

不过,亚人中不一定没有能匹敌雷梅迪奥斯的强者——不,这样的强者存在的可能性很高。

涅娅想起了曾经驻守这座城市的豪王巴塞。因为魔导王强过了头,这名亚人像蝼蚁一样被魔导王杀死了。即使如此他也称得上一位超群的强者，是涅娅不管怎么努力也无法战胜的对手。

那么强大的亚人王，或许能匹敌或者强过圣王国最强的圣骑士。不过两者都太强，超过了涅娅能准确估量的范围。

而且在现实中，不能不考虑疲劳因素的影响，不管多有实力的强者都逃不出疲劳的束缚。尽管魔法能暂时去除疲劳的枷锁，不过它还会再次累积起来。

就算能杀死上万亚人，在疲惫的状态下交锋，雷梅迪奥斯也难免会被普通的亚人杀死。还是得说，数量就是力量。

不过，如果能不受疲劳的束缚——涅娅的视线转向依然背对着自己的伟大王者。

那就是绝对的强者。
超越了这个世界的存在（overlord）。
只有这位魔导王，安兹·乌尔·恭可以做到。

涅娅看着魔导王标准王者般威严的背影出神，突然想起自己还没有回答魔导王的问题，慌忙答道："我，我也说不好！"她答得匆忙，声音放得有点太大了。她一边难为情得红了脸，一边恢复了平时的声音说道："——不过，我们会全力以赴的。"

魔导王似乎并不在乎她的答案，继续问了下去。

"原来如此。那么，我军获得关于敌军的新情报了吗，比如亚达巴沃在不在？"

"这方面还是和几天前一样，敌阵中没有发现亚达巴沃。"

"嗯。既然这样，非常抱歉，我不能参加这次的防卫战。再不回复用掉的魔力就太危险了，我行动的时候要考虑到，亚达巴沃很可能在等我魔力匮乏。"

"当然，陛下的担心大家都明白。"

会议上曾经有人提出，看到了疑似亚达巴沃的恶魔，而涅娅提出要去确认后，那人又说很可能是看错了。看当时的气氛，很明显是涅娅之外的其他与会者商量好，提出发现亚达巴沃的假情报，好让魔导王参加这场战斗。

（就算厌恶不死者，也不该撒谎欺骗别国国王，那些人根本不知何为信义……就算是火烧眉毛，对可敬的人也该展现出自己的尊严，那才是应有的姿态吧。）

"那么，对今后亚人的动向你有什么看法？"

"回禀陛下。亚人一直只把兵力部署在西门，现在分了一支小部队去东门。我认为这应该说明他们快要有什么动作了——在为展开攻城战做准备。"

"也就是说，四天时间已经足够他们建造攻城武器了吗？好吧，应该说这是好事，毕竟敌人没有选择断粮战术。"

涅娅也不知道这算不算好事，不过如果亚人采取断粮战术，守军确实只能坐以待毙。

攻出城去就要在平原上作战，面对数倍于己的亚人大军，守军的兵力很快就会被消光。而在城墙的保护下战斗，就有机会一搏。当然，两者也只是极度不利与相当不利的区别。

"亚人有可能不知道城里有多少粮食，更可能的是他们根本没有把这么小的城市放在眼里。"

"进入圣王国的时候攻陷了那么牢固的要塞线，也难怪亚人们不把这样的城墙放在眼里……如果守城战中亚人看守军占了便宜，觉得攻城没什么好处，恐怕会放弃攻城转而围困。到时候非常困难的战斗就要开始了。"

魔导王似乎判断，拿下这场没有赢面的战斗后，才会迎来真正的大战。

"陛下，您认为今后战事将何去何从？"

"将来啊？这我也不知道。说实话，被迫在这座城市里据守，本身就可以说已经被将死了。采取据守城市的战术，前提是要有援军，或者是敌方不可能长时间围城。可是这座城市在敌占区，如果只是据守，状况相当绝望啊。"

"我军把早先被囚禁在这里的贵族送去南方求援了，或许有带来援军的希望。"

涅娅觉得说是这么说，恐怕不应该对援军抱多大期望。

南方军队要来到这座城市，大前提是突破与他们对峙的四万亚人联军。突破之后，他们还要到这里再应战四万亚人大军。

连战会损耗大量兵力，比起损兵折将，恐怕还是放弃这座城市中的一万军民更明智。

"希望如此吧……"

魔导王看上去一点都不相信会有援军赶来。

确实没错,在这样的状况下,怎么可能会有不牺牲任何人的办法。

涅娅打消了脑海中浮现的主意。

(魔导王陛下来到圣王国是为了与亚达巴沃战斗。不能让其他事消耗陛下的魔力,降低陛下取胜的概率。)

"还要过不少时间,我才能再用给半兽人用过的传送,不过我偶尔回魔导国用的传送还能用不少次。传送几十人应该没有问题……只是这几十人恐怕很难选出,巴拉哈小姐也不希望被选中吧?"

"非常感谢您体察我的心情,陛下。"

或许让魔导王带着王兄逃走为好,不过同时,涅娅也觉得这或许是个馊主意。

别国国王为了与恶魔拼命,单枪匹马投身战火之中,自己国家的王室成员却要求他带自己逃跑。丢人也要有个限度。

涅娅正思来想去,她进入房间之后,魔导王第一次转过身来了。

曾几何时,涅娅还觉得直直朝向自己的空虚眼窝里闪烁的红光有点可怕。现在她看习惯了,甚至会觉得这双眼睛十分帅气。

"巴拉哈小姐，我其实还有这样的想法：是高层的愚蠢导致守军在这里与敌人遭遇，而一名侍从无法扭转乾坤，选择明哲保身，如何？只要巴拉哈小姐不介意，我们魔导国愿意接纳你。接受过圣骑士训练的巴拉哈小姐，到了我们魔导国一定有用武之地。"

涅娅不知道该说什么才好，犹豫起来。

她感激魔导王为她忧心，同时又惧怕接受魔导王的好意会令太多东西失去意义。

父母的为国捐躯。

她对故乡的热爱。

她与几名朋友的回忆。

还有或许无法再次回到祖国的未来。

许多念头浮现在她脑海中，旋即化为泡影，然而在其中，唯有一个念头始终没有破碎——那是一件最重要的事。

她是圣骑士团的团员。

尽管她依然不明白什么才是正义，不过有一件事她可以自信地说出口。

"即使如此，我认为我作为圣王国国民，也应该尽可能解救同胞。救助弱者——需要帮助的人是理所当然的。"

魔导王突然怔住了，变得就像被冻结了一样。

"嗯。"

他沉吟着，把手伸向了下颌。

看来魔导王对涅娅说的话心有所感,他凝视着涅娅。

明明只是说了极其平常的话,她被魔导王看得有点不自在。

"亚人来袭的时候,你会被安排到西门城墙上,从城市里来看是城门左边吧?那是非常危险的地方,你要是指望我能伸出援手,那你可就错了。"

"这我明白。"

擅长用弓的涅娅被安排到了最前线,这样看来她几乎毫无疑问会战死。既然要上战场,她早就做好了心理准备。

涅娅抿起嘴,直直地看着魔导王。

"啊啊,这是他的眼睛啊。我喜欢这样的眼睛。"

听到魔导王好像小声自语一样沉吟着,涅娅不禁红了脸。魔导王的话应该不是那个意思,不过即使如此,她尊敬的国王口中说出的喜欢二字也有相当大的破坏力。

"既然这样……我就借几样道具给巴拉哈小姐,拿去用吧。"

一件大得吓人的道具突然凭空出现,涅娅想起了魔导王在马车中取出弓时的情景。魔法真是令人惊讶。

眼前现身的魔法道具——铠甲,涅娅是见过的。这件绿色甲壳一样的铠甲,是豪王巴塞曾经穿在身上的。

"这,这是!"

"这件铠甲一定会在保护你的生命方面发挥作用的。"

这件铠甲对涅娅来说太大了——应该说对人类来说太大了。不过涅娅根据自己对魔法铠甲的了解,觉得应该不要紧。

普通的铠甲，需要锻造师处理后才能改变大小，而且有一定的极限，大到这个程度已经没法处理了。

然而魔法铠甲不一样。只要没有特殊的装备条件，不管什么性别、种族都能装备。魔法铠甲的形状不会发生太大变化，大小却能变得与穿戴者的体格相衬。

只要想做，甚至能做出拇指大小的魔法铠甲给巨人穿。不过魔法铠甲的耐久度会受到材料的质和量影响，本来只有拇指大小的铠甲挨了魔法、酸蚀、防具破坏技能后很容易破损，灌注的魔力也会有一半以上无法发挥作用。

也就是说世上没有那么便宜的事，人们想抄近道的时候会发现大部分近道已经被堵死了。不管怎么说，没有人穿的状态下就这么大，可见巴塞的铠甲具有实打实的耐久。

"除此之外再借给巴拉哈小姐三件吧。"魔导王拿出三件道具递给了涅娅，"头冠、护手，还有项链，会不会与巴拉哈小姐本来的装备重复了？"

"没，没有。我本来没有魔法道具。"

"那就好。那么，我就这几件道具简单跟巴拉哈小姐说明一下。"

精神防壁之冠正如其名，可以保护精神，防御带有魅惑和恐惧效果的攻击。只是，它尽管能完美防御魔法，对特殊能力造成的魅惑和恐惧却只能提供抵抗加成。需要注意的是它会把加成效果也防御掉。

护手名叫射手护手。据魔导王说，有些魔法会受到射击技能影响，所以他请人制作了这双护手，后来他彻底放弃了需要射击技能的一系列魔法，导致这双护手也成了永不见天日的藏品。

而最后的项链，则可以通过消耗魔力，发动信仰系第三位阶魔法"重伤治疗"。只要有魔力，就能无限使用，不过用它发动魔法比通常途径消耗的魔力多得多。涅娅的那点魔力，就算能使用，恐怕也只能发动一次，她必须好好考虑使用的时机。据说这条项链不是魔导王和他的朋友制作的，而是魔导王被它的外观吸引，从某处购买的。

确实，仔细观察能看得出这条项链做工非常精细，坠子看起来刻画的是一位手捧绿色宝石的女神。被这样一件艺术品的外观吸引也很正常。

面对这些价值不菲的道具，涅娅摇了摇头。

"非、非常抱歉，陛下。我不能借走这些道具。"

魔导王打算借给她的道具恐怕个个都是超一流的，那么万一涅娅穿着这些道具战死，它们将会如何呢？恐怕会落入亚人之手，结果反而强化了他们。就算没被亚人拿去，在战乱中被埋在尸体堆里又如何是好。她已经从魔导王那里借了弓，继续依赖魔导王的帮助真的好吗？

上战场前，她得先把弓还给魔导王才行。

"为什么呢？我觉得这些道具在接下来的战斗中应该能派上

用场啊。当然，巴拉哈小姐是战士，缺乏魔力，很可能无法使用这条项链，不过试一下就知道了。"

听到魔导王的话，涅娅坦率说出了自己心中的不安。魔导王听完后微微一笑。

"那这样吧，巴拉哈小姐带着一定要把它们还给我的决心上战场便是。"

当然，涅娅是这样打算的，可是只有决心无法改变现状。听到涅娅如是回答，魔导王满不在乎地摆了摆手。

"不要多说了，拿去就是。我有能调查魔法道具去向的魔法，已经把这几件道具记下了，不要紧。丢了我会用魔法找回来的。"

"是这样吗？"

"是这样的……好了，不用客气，拿去用吧。"

如果魔导王脸上有表情，想必说这话时他一定露出了笑脸——魔导王温和的声音让涅娅有这样的感觉。

拒绝魔导王的关切，那是无礼。接受魔导王的厚意，给魔导国带来损害，那就得谢罪。涅娅思来想去——

"怎么？不愿意答应我一定能把这些魔法道具还给我吗？"

"啊！"

活着回来。听到魔导王话中有这个意思，涅娅的眼睛不禁湿润了。能对她这么好的人，在涅娅人生中除了父母之外没有几个。

能得到这样温柔的一位国王统治，魔导国多么幸福。涅娅想着，咬紧嘴唇，低头致谢。

"非常感谢！我一定会还给陛下！"

"噢。"

抬起头来的时候，她擦了擦眼角渗出的泪水。

在这里换铠甲不合适，不过护手和项链、头冠都可以马上装备。涅娅先把项链挂在了脖子上。

瞬间，涅娅了解了这件道具的使用方法和相关知识。她觉得这条项链好像成了自己身体的一部分，就像不会担心自己身上的手脚不好用一样，她开始觉得这条项链戴在自己身上是理所当然的。

接下来是头冠。戴上之后她没觉得有什么特殊的变化，考虑到魔导王的说明，应该是有需要的时候它才会发挥作用吧。

最后是护手。

戴上之后，涅娅感受到了实打实的变化。

她觉得力量喷涌而出。

涅娅受到过魔法的强化，现在的感觉就和当时一样。好像身上的肌肉突然增强，她觉得动作变快、变敏捷了。不仅如此，她还觉得能看清更细小的东西了，心肺功能也得到了提升，体力增强了。

"好厉害……"

训练得到的力量是量变积累出来的，本人不会察觉到，不过能力的急剧上升则能带来明显的感觉。

更令人惊讶的是,她不觉得会因为今昔的反差而无法自如运用身体。

"魔法真是好厉害啊……"

听到涅娅的自言自语,魔导王耸了耸肩。

"是啊,我也曾经为生活魔法大吃一惊。"

"为生活魔法吃惊吗?"

"生活魔法连砂糖和胡椒都能召唤出来,水也能召唤出来。虽然魔力消耗性价比不高,不过也能召唤出来矿石。还能用生活魔法关联的魔法道具补充城市水源的不足……生活魔法与这个世界的文化发展息息相关啊。"

"是……这样吗?"

魔导王这么伟大的魔法吟唱者,为什么会因为区区生活魔法吃惊呢,涅娅觉得不太明白。不过,既然魔导王说是这样,那应该就是这样。确实,许多生活魔法在方方面面大显身手,如果没有生活魔法,平日的生活都会变得很无趣。

"你们对黏体的使用……应该说共生才对吗?就是你们的下水道设备之类……啊,我说得有点太多了。巴拉哈小姐也很忙吧,不用管我,快去完成你的工作吧。"

说实话,没有比做魔导王的侍从更重要的工作了,不过在人手始终不足的状况下,涅娅的工作还真的很多。放哨是她的主要任务,这任务确实谁都能做,不过却非常重要。

"非常感谢，魔导王陛下，我一定会活着回来。"

"嗯，如果感到危险，就向东门方向逃。恐怕只有向那边逃才有活命的希望。"

涅娅拿着巴塞的铠甲，低头行礼之后，走出了魔导王的房间。

●

在作战指令室中，雷梅迪奥斯·卡斯托迪奥正在和三名圣骑士一起商量，怎样分配兵力才合适。

雷梅迪奥斯尽管平时显得有些蠢，一到和战斗相关的事上就会变得聪明绝顶。她的妹妹曾经说过："头脑本来就不笨，好好学习一下多好。"不过，如果她真的遵从了妹妹的忠告，想必不会获得如此强大的武力。

她和神赐予了三件宝物——智慧、天赋、美貌的妹妹不同。

（我们的兵力是一万，对手大概是四万。胜利条件是坚持到南方的援军到达，或者是敌方撤退……要是有十名和我一样的强手，或许还有可能……）

若是位列"九色"，靠武勇获封的强者在这座城市中，或许还能与亚人打个平手，可是现在的状况下太难了。

（如果要争取时间，就得防守反击，迎头痛击敌人的第一波攻势。这样一来敌人应该不敢再轻举妄动，多少能争取点时间。

毕竟对方应该不知道我们有多少兵力才对。）

她还认真思考过主动出击的方案。

把兵力集中到东门一侧，一鼓作气击破敌军，然后杀到西门。

不过她很快就得出结论，这么做肯定会失败的。守军还没来得及击溃东门方面兵力不多的敌方别动队，与敌方大部队对峙的西门一侧守军就会被破，城市将陷落。

问题还是在于兵力差距，要想取胜，必须设法缩小兵力差。

（不可能办得到。）

雷梅迪奥斯皱着眉头，漫无目的地挪动着地图上的棋子。

她期待自己能灵光一现，然而灵感并没有出现。

"你们有没有什么好点子？"

"是的，我认为——"

众人开始讨论圣骑士说出的点子，然后将其否定，再重新征求好点子——不断重复这个过程。就在所有人的点子都已说完，沉重的寂静开始笼罩房间的时候，响起了敲门声。

这敲门声在雷梅迪奥斯听来就像救赎的钟声。

"团长，您在这里啊。"

走进房间的是雷梅迪奥斯的副官——古斯塔沃·蒙塔涅斯。看来救赎的钟声真的响了，而房间中的其他圣骑士似乎也有同感，他们阴郁的表情中有了一道希望之光。

"嗯。你来得正好，帮我出出主意吧。"

看雷梅迪奥斯向着桌上展开的城市示意图努了努下巴,古斯塔沃或许是明白了她的意思,点了点头。

"只要是我想得出的主意,自然十分愿意说出来。不过,我能先和团长商量几件事吗?"

"嗯?什么事?说吧。"

"那么……"古斯塔沃稍稍压低声音,"其实现在的状况有点不妙,有一部分民众认为魔导王也会参战。"

魔导王不会参加这次的战斗。不光需要回复目前为止消耗掉的魔力,他还担心,让他在这座城市继续消耗魔力是亚达巴沃的计谋。

雷梅迪奥斯知道,妹妹克拉尔特只要休息一天魔力就会恢复,并不相信魔导王所说的第一条理由。不过听魔导王说独自攻陷城市使用的魔力不能与人类相提并论,其他人都觉得有道理,她也就没有再提出质疑。当时在场的也有神官,既然其他人都觉得魔导王说得对,她也只能认为事实就是如此。

后面一条理由雷梅迪奥斯也同意。

谁能肯定亚达巴沃不会藏在亚人军队中呢。

雷梅迪奥斯把魔导王带来,本来就是为了对付亚达巴沃的。她固然觉得两败俱伤也不错,却并不希望魔导王被击败。所以,即使她再怎么厌恶不死者,也愿意协助魔导王,好让他能全力以赴对付亚达巴沃。

这座城市中的几名贵族表示,如果魔导王愿意克服困难参加此役，他们愿意支付就连雷梅迪奥斯也会瞠目结舌的谢礼。可惜魔导王还是不肯点头。

"这一点有什么问题？魔导王不会参加这次的战斗，这你不是也知道？坦白说不就是了？"

"团长，这件事不能告诉他们。搞不好——不，肯定会闹出大乱子的。"

"为什么？"

雷梅迪奥斯无法理解。魔导王不能参加战斗有什么问题吗？

看到雷梅迪奥斯坦率地把疑问写在脸上，古斯塔沃苦着脸回答道：

"因为经历了城市夺还战的民众，都知道我们圣骑士做不到的事，魔导王他们两人轻易做到了。"

雷梅迪奥斯还是不明白古斯塔沃想说什么。

"确实有些令人不快，不过事实的确如此，这有什么问题吗？"

"哎呀，也就是说，比起我们圣骑士，民众更信赖魔导王。如果这座城市中的居民得知他们最信赖的魔导王不会参战，士气会一落千丈的。"

"信赖？魔导王可是不死者啊！"

"就算是不死者也一样。是魔导王解放了这座城市，解救了被囚禁的人们。对他们来说，魔导王就是英雄。"

"英雄？"

雷梅迪奥斯不住眨着眼睛反问道。

"民众以为他是英雄吗？他可是不死者啊？不死者憎恶生命，喜好死亡。他对人质见死不救，不对，他不是满不在乎地杀了人质吗？"

"就算如此也一样。而且……如果只停留在英雄的阶段还算好的。这样下去，恐怕会有人把魔导王当成救世主，搞不好会对圣王陛下——"

"是圣王女陛下。"雷梅迪奥斯不快地板起了脸，"我说过很多次，卡尔卡陛下一定是被囚禁在什么地方了。和亚达巴沃战斗后，圣骑士和神官都倒在地上，只有卡尔卡陛下和我妹妹克拉尔特不见了踪影。如果死了，亚达巴沃没理由把她们的尸体带走，一定是打算把她们当作人质。"

"是我失言了，团长——搞不好会对圣王女陛下今后的统治产生影响。"

"影响统治？"

"是的……我们驻守的要塞防线被攻破，没能挡住亚人的侵袭。因此一定会出现一些国民，想要能保护他们的、有绝对实力的统治者。"

"他可是……不死者啊？"

"我重复过几次了，就算是不死者也一样。他可是从水火之中解救了民众啊。"

就是这一点雷梅迪奥斯不明白。

"又不是只有魔导王参加了战斗，我们不是也举着圣王女陛下的旗帜在战斗吗？"

"是的，您说得没错。我们参加了战斗，民众也参加了战斗。不过，就算考虑上这一点，只要魔导王的功绩最大，他就会比圣王女陛下更受敬仰，恐怕会出现一些希望他成为新统治者的民众。"

"什么？！"雷梅迪奥斯惊叫一声，"为什么会这样？！成了英雄还不够，那个不死者还能超过圣王女陛下？你在说什么呢！！"

"不不，我是说站在民众的角度——"

"竟然转向了那个让人生厌的不死者！圣王女陛下为了让民众生活的幸福，费了多少心血！那些民众——"

"请等一下，团长！"

"有什么好等的！！古斯塔沃，你说什么呢！不，你真的是这样想的吗？"

雷梅迪奥斯冲动之下一拳砸向了桌子。跻身英雄领域的雷梅迪奥斯这一拳下去，只有拳头接触到的部分被砸掉，摔在了地板上。断口简直像巨人用手指捏着桌子一端揪掉了一块似的，可见她动了多大的怒。

"团长，请冷静！我们当然明白圣王女陛下的仁慈和伟大。区区不死者魔导王怎么能和伟大的圣王女陛下相提并论！可是，我们之所以明白，正是因为我们就在圣王女陛下身边。"

"你傻吗？就算没有谒见过圣王女陛下，也不可能有人敬仰别国的不死者胜过祖国的国王。是你想多了！"

"团长！"古斯塔沃带着哭腔喊道，"魔导王固然是别国的国王，又是不死者，但同时也是从苦难中解救民众的救星。这些事是……圣王女陛下和我们没能做到的！"

古斯塔沃喊了一通之后，房间中响起了喘粗气的声音。

"你们怎么看？"

听到雷梅迪奥斯静静的问话，一直在房间中的圣骑士们面面相觑，随后其中一人好像横下了一条心，开口说道：

"我们圣骑士当然不会把魔导王当成英雄，不过我知道，平民之中确实有这样的意见和动向。"

另一位圣骑士紧接着开了口：

"许多民众都知道，魔导王两人——不对，是单枪匹马攻陷了这座城市。没有亲眼看到魔导王展现力量的民众是从传闻中得知的，他们心目中的魔导王就更进一步神格化了。"

最后一位圣骑士接着说了下去：

"面对不是同盟国也不是友好国家的圣王国的危机，魔导王单枪匹马赶来援助，这是事实。如果不考虑他是不死者，这行为本身……确实称得上是英雄行为。"

看来只有她不同意古斯塔沃的说法。既然明白了这一点，该怎样回答古斯塔沃才对呢？

确实，得知英雄不会参加战斗，士兵们的士气肯定会下降，肯定会闹着想知道他为什么不参加。考虑到守军将不得不面对四倍于己的大军，这样的精神状态也是理所当然的。

"那么让魔导王来背黑锅，岂不是一石二鸟。告诉民众魔导王不打算继续帮助我们，如何？"

"说假话太危险了。"古斯塔沃说道，"现在民众的精神状态就和濒临溃决的堤坝一样。一旦他们知道了真相，知道了是我们企图隐瞒真相，恐怕会闹出让我们追悔莫及的事。"

"只要说得让民众不觉得是假话就行了。"

"只要民众觉得它是假话，它就是假话。"

"那就绝对不让民众见到魔导王不就行了。"

"如果发生了暴动，或者有人想要直接请求魔导王出战，我们要杀掉那些人吗？"

"杀人不好啊。"

古斯塔沃重重叹了口气。

"真是发愁，魔导王的力量展现得过了头。如果我们能靠自己的力量夺回这座城市，也不至于出现现在的问题……搞不好，圣王国有可能分裂。万一魔导王宣称要把圣王国化为魔导国的飞地，又有谁能阻止他呢？"

"圣王国属于圣王女陛下，属于圣王国的国民！绝对不是不死者的！再说，周边国家怎么可能认可！"

雷梅迪奥斯的拳头又一次砸在了桌子上。古斯塔沃面不改色地断言道：

"会认可的。团长也看到耶·兰提尔横行的怪物了吧。魔导国拥有如此恐怖的军事力量,不会有国家愿意与其作对的。两害相权,他们会选择背弃国力衰微的圣王国。而且,如果圣王国成了魔导国的飞地,魔导国就得把防御力量一分为二,恐怕很多周边国家会认为这是好事。还有,只要民众愿意,魔导王就有了大义名分。"

"比起不能保护自己国民的国家,还不如加入不死者的国家吗,副团长?"

听到圣骑士的提问,古斯塔沃点了点头说:"就是这样的。"

"古斯塔沃,是我不该把魔导王带来吗?"

"没有那样的事,团长。当时把魔导王带来是最好的选择。只是……我们过度依赖魔导王的力量也是事实。刚才我也说了,如果两座收容所都是我们独力解放的,应该不会出现这样的结果。或许民众现在依然畏惧身为不死者的魔导王,甚至对他怀有敌意。"

"该怎么办才好?"

"设法稳住民众,争取时间,不依靠魔导王独力击败四万亚人大军。完不成这样的壮举,就算将来击败了亚达巴沃……恐怕战争也要继续。"

雷梅迪奥斯抬头看向天花板。

"那就只能这样了。可恶的魔导王……他该不会是每一步都算计好的吧?"

"不知道……这我说不好。不过,真的有这点算计也并不奇怪。"

"他说不定有扩张领土的野心啊,毕竟魔导国的领地很小。"

"我觉得说不上很小,不过确实,魔导国只有一座城市和周边领地,还有传说中不死者大量出没的平原。"

很有可能正因为如此,魔导王才算计着扩张领土。

"那只可恶的不死者!看来,果然应该只请飞飞来救援!"

"只请飞飞来或许也会出现同样的结果,只是,应该不会有魔导王这么大的冲击力。国王单骑救援,这一招太令人印象深刻了。而且不死者本该是我们圣王国的敌人,这一点作用也很大。"

也就是说,坏人做好事,反而显得格外令人感激。

"可恶。"

死寂的房间中,雷梅迪奥斯察觉到古斯塔沃是在征求自己的意见,向他发出了指示。

"和加斯蓬德大人商量一下吧。万一——没错,是万一,我觉得应该不可能——万一圣王女陛下已经驾崩,最接近下一任圣王的应该就是加斯蓬德大人了吧?"

"如果没有发现其他王族,应该会是这样的。按您说的办吧。"

留下圣骑士们,雷梅迪奥斯带着古斯塔沃前往加斯蓬德的房间。

结果，就像古斯塔沃说的，他们决定先暂缓回答民众，如果这期间敌军开始攻城，就在不依靠魔导王的情况下独力将其击退，向民众显示圣王国的力量依然强大。

3

亚人阵地有了明显的动作——收到报告后，涅娅知道时候到了。

这毫无疑问是敌人发起进攻的前兆。

涅娅装备好魔导王借给她的道具，奔跑在城市中。

她能感觉到擦肩而过的人都瞪大了眼睛凝视着她。

他们应该是被魔导王的神弓吸引了目光，既而看到统治过这座城市的豪王巴塞曾经穿在身上的铠甲，惊得目瞪口呆吧。涅娅凭借敏锐的听觉，听到人们纷纷问着："那位战士是谁？"而回话的人们则说着："是那个魔导王的侍从。""是从魔导国来的女人。"

（我哪里是从魔导国来的……）

每次听到讹传，涅娅就有点好奇传闻到底传成了什么样子，可又不太敢去打听。不过，如果传闻中有对魔导王造成损害的内容，她必须马上站出来否认。

（不过，魔导王陛下的侍从啊……）

她不禁美滋滋地窃笑，没想到碰巧擦肩而过的几个民众小声尖叫起来。

（就算我再怎么像父亲……）

涅娅要前往西门旁的城墙——她分配到的岗位上。那里也是大部分亚人兵力所在的一侧。

这座城市中的圣骑士、神官、军士，还有健壮男子中的八成，都被安排到了西门和附近的城墙上。剩下的两成安排在东门一侧，而老幼妇孺等非战斗人员则被安排去守卫南北城墙。

指挥官方面，西门是雷梅迪奥斯·卡斯托迪奥，东门是古斯塔沃·蒙塔涅斯，总指挥是加斯蓬德·贝萨雷斯。当然，总指挥在城市内的指挥部里，不会到外面来。

西门渐渐进入涅娅的视野。

被魔导王拆得粉碎的铁栅栏门在东边，这边的铁栅栏门完好无损。只是，大多数亚人的臂力远超人类，如果它们搬起巨树发动猛攻，想必这铁栅栏门也将不堪一击。

涅娅攥紧了快要颤抖起来的手。

如果让亚人突破了这里，冲进城市并分散开，再想处理就非常困难了。接下来就是城市陷落，守军彻底战败。

这样一来，涅娅将无处可逃，面对众多的亚人她恐怕只有战死这一条路了。

她把颤抖的手举到嘴旁，咬了一下。

（不要怕！一旦害怕，本来能射中的目标也会射不中的！）

魔导王借给她的魔法道具能防御精神系魔法攻击，对自己心里产生的恐惧却只有抑制程度的效果。不过，要是没戴这顶头冠，想必涅娅感受到的会是更强烈的恐惧。

带着手指传来的痛感，涅娅钻进了城门左手边的侧塔，一步两阶跑上城墙。

身在魔导王近前的涅娅似乎是最后一个来的——当然，她得到了高层的许可，就算来得晚了也没人有意见。城墙上已经聚集了许多守卫此处的民众。

她正打算赶往分配到的岗位，一位圣骑士，西门城墙左侧的部队指挥官拦住了她的去路。

"魔导王——陛下似乎没来啊。"

有一瞬间，涅娅诧异地看着圣骑士的脸。魔导王不打算参加这场战斗，这一点高层都清楚。那么他为什么这样问呢？是他没有得到高层的通知吗？

不过，涅娅很快就察觉到并非如此。他大概是抱着一线希望，盼着魔导王会回心转意，来到战场上吧。

涅娅看着在城市外布好阵的亚人军队。眼前有三万多亚人，这样一看，亚人的阵势比想象的还要大。

面对这样一支大军，希望拥有绝对力量的魔导王能参战，这样的想法也是可以理解的。涅娅也有和他一样的心情，然而——

"是的，陛下不会来，这是我们的、圣王国的战斗。"

圣骑士沉默了一瞬。

涅娅迈起了步子，想经过他身旁跑向自己的岗位——

"等等！侍从涅娅·巴拉哈！"

"在！"

涅娅站住脚，端正了自己的姿势。

"你暂时在这里待命。"

"啊？！"

涅娅看了看周围，这里是侧塔通往城墙的出入口附近，人们往来穿梭。在这里待命只能碍事吧，而且这里距离涅娅的岗位——城墙中段附近还相当远。

"为、为什么要待命呢？有什么事需要我做吗？"

"不，不是，不是有事要你做，总之你不能去……侍从巴拉哈，待命！"

"啊，是……"

尽管不理解，不过应该是有什么理由吧。不然战斗马上就要打响，怎么会让受过正规训练的士兵在这种地方干站着！

（莫非是要给我换岗？换到一个我能集中精神狙击指挥官的地方？魔导王陛下借给我的弓一看就知道是神兵利器，莫非是要把我当成王牌来用？）

"明白了。我要待命到什么时候呢？还有，我要到什么地方待命呢？"

"啊，嗯，待到敌人的进攻开始为止就差不多了吧。在什么地方好呢？"

"啊？要等到那么危急的时候吗？"

还是不对劲。正当涅娅诧异的时候，几名男民兵扛着大锅走上了台阶。这大概是给已经待在城墙上的士兵送来的伙食吧。天气这么冷，民兵们却浑身大汗，可见他们已经扛了不知道多少趟。要搬几百人的伙食到城墙上，难怪他们会热成这样。

涅娅怕自己碍事，贴到了侧塔壁上让开了路。民兵们从她面前匆匆忙忙走了过去。不过，其中一人稍稍抬头，看到了涅娅的脸。

瞬间，男子露出了惊讶的表情。

涅娅本以为又是她那随了父亲的长相吓到人了，然而并非如此。

"咦？你——不对，您就是魔导王大人身边的侍从吧？"

"啊，不用……啊，失礼。没错，我就是魔导王陛下的侍从。"

或许是听到了涅娅和男子说话的声音，扛着大锅的其他民兵也站住脚，面带惊讶的表情看着涅娅。他们之所以惊讶，原因大概和跟涅娅搭话的男子一样吧。

大家都知道她是魔导王的侍从，这让她有点难为情，不过也很自豪。

男子可不知道涅娅复杂的心情，有点怯生生地问道：

"那个，不好意思，我想问个关于魔导王大人的问题——"

"等等！不，请等一下，她现在很忙。能请你们继续工作吗？"

圣骑士突然插进了两人中间，把涅娅掩在了身后。

这样的举动实在可疑，怎么看都像是不希望涅娅和民兵们交谈。

（莫非刚才的命令也是因为这个？不想让我和他们说话……为什么？莫非因为他的问题和魔导王陛下有关？）

尽管不明白为什么，不过，想得到答案很简单。

"我不要紧的，您有什么要问的？"

既然圣骑士不愿意让她和民兵说话，说说就知道是为什么了。

"侍从巴拉哈！"

"您不愿意让他们问我和魔导王陛下有关的问题吗？"

涅娅用相同的音量吼了回去。

说实话，总是假魔导王之威令涅娅感到羞耻，不过她觉得应该确认一下，看圣王国方面是不是做了什么有损于魔导王的事。她不希望自己的祖国沦为恬不知耻的国家。

涅娅友善地跟刚才的男子搭话。当然，她知道自己再怎么友善，对方也会觉得害怕。

"只要是关于伟大的魔导王陛下的事，我可以在所知的范围内作答。只是很遗憾，我毕竟不是魔导国的人，知道得也不多。"

"啊？！可是你——不，您不是从魔导国来的吗？"

"啊？！不，不是的。我是圣王国圣骑士中的侍从。"

"啊？是这样吗？"

"是这样啊，所以跟我说话不需要用敬语……"

民兵们议论纷纷。涅娅一看，发现城墙上的民兵不知什么时候也看向了这边，或许是因为刚才她和圣骑士吼的两声吧。

现在的状况让涅娅相当难为情，不过既然搬出了魔导王陛下的名号，她自然不能丢人。把心一横，她挺起了胸膛，决定干脆说给所有士兵听。至于圣骑士，发现事到如今已无从遮掩，只好带着怨气看着涅娅。

"啊——那么首先……你身上的铠甲应该是那些山羊怪物的头头穿过的吧，莫非那个头头是你杀的？"

"不，不是的。穿过这件铠甲的豪王巴塞，是魔导王用一个魔法杀掉的。"

噢噢。民兵们发出了赞叹的声音。

他们还你一言我一语说着："那么强大的怪物！""就用了一个魔法，真是难以置信……""魔导王真的是单枪匹马攻下了城市啊……这里明明有那么多亚人……""好厉害……太让人佩服了……""他和我所知的不死者不一样……"

他们不是在咬耳朵就是自言自语，不过对于听力出众的涅娅来说，音量已经足够大了。

别人对自己尊敬的人怀有敬意，是一件令人非常高兴的事。特别是他们明知魔导王是不死者还表现出了敬意，这更令人欣慰。

（陛下的所作所为没有白费，明白的人还是明白的。）

"那，那么，怎么说呢，魔导王陛下这次也会帮助我们吗？"

吵闹的听众突然安静下来。涅娅马上明白了，这才是最关键的问题。

"魔导王陛下不会参加这次的战斗。这是一场我们圣王国国民拯救自己国家的战斗，不是别国国王的战斗。何况，魔导王陛下为了迎战亚达巴沃必须保留魔力。"

听到涅娅的话，民兵们的表情阴郁起来。涅娅做好了心理准备，迎接即将到来的谴责。

"这倒也是啊……按说别国的国王怎么可能自己跑来呢。魔导王所做的已经非常值得我们感谢了，要不然得遭报应的。"

"是啊。既然是为了打倒亚达巴沃保留魔力，那就没什么好说的了。"

"那位国王虽然冷酷，不过他是个懂得选择手段救助更多人的人——不对，是不死者。既然这样，他不参加这场战斗，一定也是为了救更多的人。我那时候可是亲眼看到了。"

"是啊，我也看到了。确实，给这个国家标上最高价的是我们——我的媳妇我来保护！"

"你们说什么呢？"

"我们是在解放这座城市之前被救出收容所的。"

四处响起了怀着好意的声音。

一定有人对魔导王不肯伸出援手心怀不满，不过，更多的人理解魔导王的想法，这让涅娅心中涌出一股暖流。

"我可以到岗位上去了吗？"涅娅向圣骑士问道。她已经明白了他为什么不让自己到岗位上去，那么现在放她走应该没有问题才对。

圣骑士一点都不打算隐藏吃了黄连一样的表情，只是跟涅娅说了声："去吧。"

涅娅从正在谈论魔导王的民兵中间穿过，来到了自己的岗位，盯着敌军的阵地。

这是一支大军，兵力足以一鼓作气拿下这座城市。这支大军马上就要开始攻城了。

涅娅觉得胃里好像翻了天。

驻守要塞线的父亲或许有过不少次这样的感觉吧。

涅娅抬头看着天空，天气就像她的心情一样阴沉。

●

正午过后，亚人军队正式行动起来。

涅娅停下了喝粥的动作。

木碗里盛着用麦粒和热牛奶调成的粥，在冬天的寒冷空气下，送到涅娅手中的时候已经凉了，说实话非常不好吃。不过接下来将是一场鏖战，不吃东西身体撑不住，况且也没有其他东西可吃。涅娅的岗安排了轮换,可是恐怕不会有休息时间,一旦打起来应该就顾不上吃饭了。正因为如此,这一顿午饭量比较大。

麦粒把牛奶全吸进去了。涅娅赶紧用粗陋的木勺把剩下的粥扒拉进嘴里,勉强把稠糊糊的白色粥块咽下肚子。

这顿饭的量不少,肚子确实饱了。不过一想到这可能是人生的最后一顿饭,涅娅就觉得丧气。

她把披在身上的木棉布团起来,放在外侧的城垛上,然后穿上灰色的外衣来御寒。民兵们应该是与她同时开始喝粥的,现在却都还没有喝完。

大家都板着脸,看来没有人对粥的味道满意。这也是没办法的事。

不过,大家阴郁的表情并不只是因为粥吧。民兵们的视线不在手中的粥碗,而是在前方,已经开始行动的亚人身上。

绝对的数量优势形成的视觉冲击,只是看看就足以让人心情沉重,他们又怎么可能产生积极的,心怀希望之类的情感呢。

而且,那些曾经做过俘虏,在亚人的铁蹄下饱受煎熬的人,更是怀着对亚人的强烈恐惧,也难怪压力会让他们手中的食物变得难以下咽。

(如果是魔导王陛下,在这样的情况下会怎么做呢?)

他会用激昂的演说来鼓舞士兵的斗志,还是会付之一笑呢?

涅娅想象不到魔导王会做出什么样的英雄行为，就算她能想象到，也绝对无法模仿：她与同时身为英雄和国王的魔导王完全不同。

而且，他们应该也不愿意听涅娅说什么缓解紧张情绪的话。再说，适当的紧张感不无裨益。

最重要的是，他们尽管表情阴沉，看起来却不绝望，也不像是想要逃跑的样子。他们看起来更像是下定了决心的士兵。

这是因为民兵们听到了刚才那个男子复述魔导王的话。他应该是从魔导王解放的第一座收容所中生还的人。他所转述的话像风一样传遍了城墙上的防御部队。

就是"生命的价值并不相同"这句话。

听说魔导王把亚人连同人质一起杀死，士兵们都显露出了不快，觉得这是不死者的残忍行径。不过，当时在场的人则努力向他们解释并非如此：就连强大无比的魔导王也说过："在比我强大的对手面前，我也只有遭受蹂躏的份。"

涅娅也记得，魔导王说这番话时就像个人类，带着坚定的决心，甚至透着一种悲壮感。魔导王保护自己宝贵之物的强烈信念，让他的话具备无法形容的说服力。

随后，士兵们想起来了，如果他们在这里败北，自己宝贵的亲人将遭受怎样的劫难。

他们不想再让自己珍贵的亲人落入那样悲惨的地狱，坚定的决心增强了他们的斗志。

（莫非当时，陛下已经料到事情会发展到今天这一步了吗……）

如果没有让民众下定决心的那一番话，面对铺天盖地的大军，想必战斗还没有开始，军队士气就已经低落到极点，濒临崩溃了。

涅娅只见过一次圣王女，对圣王女的能力和人品，她可以说是一无所知。不过，她已经可以断定，魔导王作为国王要更胜一筹。不——恐怕魔导王在被称为王的阶层中是层次最高的。

"魔导国的国民……我开始还觉得他们受到不死者的统治实在可怜……"

说不定他们才是幸福的，涅娅反复默念着这句话，没有说出口，毕竟这话是不能让周围的人听到的。就在这时——

"——敌军开始进军！！守卫此处的人马上做战斗准备！！"

涅娅听到了远处传来的大喊。

士兵们纷纷把粥扒进嘴里，就位准备战斗。

过万的大军一齐行动起来，光是迈步就能撼动空气，好像连城墙都会跟着震颤。涅娅感到好像要被扑面而来的气势压垮。

实际上，在亚人们仿佛会撼动大地的嘈杂进军过程中，涅娅敏锐的听觉捕捉到了民兵们不成声的尖叫。

士气正在急剧下降。

然而，涅娅没有什么能做的，以她的立场也不该做什么。涅娅的任务就是等敌人进入射程范围，用箭招待它们。

解放这座城市之后，只要没有侍从的工作，涅娅一直在争分夺秒练习射术。多亏了这段时间的练习，她现在掌握了超究极流星射手的特点，自认为能进行相当精确的射击。

（可是亚人们为什么选择大白天攻城，选择夜间分明更加有利……他们是不是有什么企图？要是魔导王陛下也在，就能问问陛下的见解了……）

这一个月来，魔法吟唱者一直带领着涅娅，或者陪伴在她身旁。现在他不在了，涅娅觉得心里开了个洞，空落落的。

（不行，不能什么都依靠陛下，我得独立……虽然不明白亚人们的企图，不过大白天开始攻城一定是有目的的。既然如此，还是留心为好。）

涅娅站在城垛内凝视着敌军，看到走在军队最前线的亚人时，她愣住了。

"咦？那是……"

走在大军最前面的是身高三米左右的食人魔，它们搬着巨大的武器。

那是投射机，一种前面装有木质盾牌的远程武器。亚人身材高大，拿在手中的投射机看起来大小正合比例，实际上却大得可以用作攻城武器。

本来应该固定在车上或者地面上的武器，食人魔们却拿在手中。许多拿着投射机的食人魔站成了一排。

大概是它们把在某座城市缴获的投射机改装成了手持武

器吧。

战鼓发出隆隆的声音，食人魔把投射机举了起来。

随后——

城墙真的摇动起来，有些地方的城垛甚至被射塌了。运气不错，没有出现死者，不过真的只是运气好。

击碎城垛的巨大箭矢，与其称之为箭矢不如称之为标枪。食人魔用投射机射出了长度说不定超过涅娅身高的粗长标枪。投射机有如此威力，只能称之为攻城武器了，估计只有极少数人能承受得住这样的一击。

涅娅打眼一看，发现食人魔开始为第二波攻势进行准备了。

"可恶！"

涅娅盯着亚人大军。

从城墙到食人魔的距离太远了。

考虑到这张弓的威力，射应该是能射到，只是穿透力肯定会大减。而且涅娅在城市内没有进行过这么远距离的射击练习。她完全没有经验射击这么远的目标，也没有自信让箭穿过投射机前的木盾，射杀食人魔。

按说这种规模的城市应该有几架类似食人魔拿在手中的大弓一样的武器才对。可是前段时间占领城市的山羊人毁掉了所有大弓，至今仍然没有修复的希望。

既然这样，想要消灭投射机部队，只能冒险打开城门展开野战。然而这样的行为愚蠢透顶。

也就是说，守军只能被动挨打。

（只有撤离城墙一条路……可是一旦撤离，就没法阻挡亚人的进攻了。高层会想出什么样的对策呢？）

亚人现在只是在射击，只要人类士兵从城墙上撤离，它们很明显会马上开始进攻，占领城墙。城墙被占领后，城市将马上陷落。

占领连接城墙和下面的阶梯，击退周边的人类士兵同时打开城门，把亚人大部队放进城中。这一系列行动都可以靠武力强行实施，而人类一方没有阻止的手段。城市内很快将展开混战，就算雷梅迪奥斯再厉害，被团团围住的话也将无计可施。

到那时候，守军只能牺牲殿军，抛弃城市逃向南方。然而，就像攻城开始前军事会议上已经彻底讨论过的那样，不是在平原被追兵赶上，就是在前有狼后有虎的窘境下，遭到与南方军对峙的亚人大军的迎头痛击。

负责指挥西门城墙防卫的圣骑士会做出什么样的决定呢？

是撤退，还是坚守城墙、抗争到底呢？

涅娅正想着，敌人的第二轮攻击开始了。

城墙再次遭到标枪般巨大箭矢的冲击，强烈摇晃起来。晃动比刚才更加剧烈，绝对不是错觉。与此同时，莫名其妙的声音响了起来。

"嘎噢噢噢嗷嗷嗷。"

目光转向声音传来的方向，涅娅看到了骇人的一幕。

一支巨箭击穿城垛，穿透了藏在城垛后的一名民兵的身体。他满口冒着血泡，痉挛了几秒之后，身体像断了线的木偶一般瘫了下去。不对，不能说瘫了下去，他的身体像昆虫标本一样，被木桩一样的粗箭固定在城墙上，只有手脚无力地垂了下去。

看到这具凄惨的尸体，民兵们发出了惊叫声。

涅娅攥着魔导王借予的项链，紧咬嘴唇。

这位民兵受的是致命伤，用回复魔法也治不好。

一位民兵战死，不会对大局产生影响。然而他的死法带来的强烈恐惧感染了周围的人。面对眼前绝非事不关己的事实，民兵们的生存本能受到了刺激，全身颤抖着。

"高举神的旗帜！"

魔法施放了出来。

民兵们的恐惧骤然受到了抑制，这是因为魔法提高了他们对恐惧的抗性。信仰系魔法中的"狮子心"能给目标对恐惧的完全抗性，不过只对单体有效。在这一点上，"高举神的旗帜"则以发动者为中心，对范围内的所有目标有效。

圣骑士们穿插在民兵中就是为了这个目的。

"不要怕！"发动魔法的圣骑士喊道，"举起武器！解救和你们一样受苦受难的同胞！"

由魔法或特殊能力强制产生的恐惧，或许会使对象在一瞬间陷入恐慌状态，而他们面对的是自己内心的恐惧。魔法缓解了民兵们心中的恐惧，他们眼中重新燃起了斗志。

然而这治标不治本，重要的是如何改变现状，改变被动挨打的局面。不改变现状，只能继续做敌人的活靶子，死伤者会越来越多。然而，涅娅也想不出更好的办法。

"藏起来！敌人的攻城箭不是无限的！他们不可能带着大量攻城箭来到这里！"

原来如此。涅娅心想：亚人夺走的物资大部分都被带到了南面，囤积起来准备与南方军战斗，因此这位圣骑士判断，这支围城的军队并没有带多少攻城箭。投射机本身先放到一边，单说攻城箭，亚人可以让俘虏的技师在短时间内生产出相当多的数量才对。到底如何就只能看运气了。

第三轮攻击来了。

食人魔们还不习惯用弓，多数攻城箭都射偏了。不过到了第三波攻势，已有许多城垛被击碎，民兵中出现了不少死者。

标枪般的巨大箭矢刺穿一人不算完，还能轻松刺穿后面的人。

"高举神的旗帜"是以圣骑士为中心的范围魔法，要让民兵进入效果范围内，人员就得尽量集中，结果适得其反。

在敌人开始第四波射击前，唰拉一声，天使从涅娅和民兵的头顶飞了过去。

飞过去的是最低阶的天使，他们直奔亚人，左手举着燃烧的火把，右手拿着罐口牢拉着布的罐子。罐子中毫无疑问要么是油，要么是度数极高的酒。

也就是说，他们拿的是命中后会爆炸的投掷武器——燃烧罐。

当然，这点小火放在有抗性的对象身上，连擦伤都留不下。用在身高体壮、外皮厚实的亚人，或者通过锻炼获得超凡能力的对象身上，不会有什么效果。

不过，也有些敌人特别怕火，而且只要能损坏投射机，就能阻止敌人的攻击。

天使们占据了手持投射机的食人魔头顶的天空，开始给手中的燃烧罐点火。然而，敌人没有给他们投掷燃烧罐的时间。

唰拉一声，亚人们飞上了天空。翼亚人双臂有膜状皮翼，不用挥舞双臂就能急速升到空中，应该是有某种魔法力量在发挥作用吧。

与此同时，白色的网飞向空中，缠住了天使们。它们应该是人蜘蛛用特殊能力制造的网。

就像落入蛛网的蝴蝶一般，动弹不得的天使们无力抵抗，坠向地面后被大群亚人淹没，结果自然不用说了。

不过，天使们并没有白白送命。

有几只燃烧罐落到了地上，火苗四溅。

涅娅觉得机会来了，拉满了弓。

刚才一直有投射机前的木盾碍事，而以没有防御的脚为目标的话，则无法一击毙命。

如果是父亲，想必能穿过小小的缝隙射中食人魔的眼睛。可惜涅娅没有那么高超的技术。不知是怕燃烧罐还是怕投射机被引燃，食人魔们纷纷把投射机举了起来，木盾朝向上空，注意力完全被火吸引，丝毫没有留意涅娅这边。

放走这次机会，不可能还有下一次。

箭矢离开了拉满的弓弦。

在魔导王借予的魔法道具帮助下，涅娅不再对父亲的能力望尘莫及。

箭矢直线飞过令涅娅惊讶的距离，刺中了食人魔的头部。

涅娅本想避开坚硬的头盖骨，射击柔软的眼球。她知道部分魔物有保护眼球的膜，但依然判断射中眼睛比头盖骨更致命。

不过——想命中小小的眼球太难了。

箭矢射中了食人魔的下巴附近。

她能看到中箭的食人魔大声号叫，痛得发抖。

食人魔扔下投射机，按着脸上中箭的部位，跌跌撞撞地背向涅娅，开始后退。看来涅娅尽管没能给食人魔造成致命伤，也削弱了其斗志。

只要亚人中有治疗者，这只食人魔很快就能回到前线。

"啧！"

纵然有魔导王借予的神兵利器，涅娅也只能完成这样的射击。

涅娅咂了下嘴，藏在城垛后面，沿着城垛开始移动。看到身边的人离开了自己的岗位，民兵们吃了一惊。涅娅用不容置疑的语气对他们说：

"快逃！这里马上会遭到反击。"

随着涅娅的喊声，几发反击的攻城箭射了过来。尽管大部分没有命中，飞向了远方，不过还是有几支箭击中了涅娅刚才所在的地方，打碎了城垛。

如果运气不好，涅娅很可能已经被击穿了。

涅娅再次看向亚人的阵地，天使和火造成的混乱正在逐渐平息，食人魔们重新举起了投射机。

大概是有同伴挨了一箭的消息传开了，食人魔们恐怕不会犯同样的错误，再次放下盾牌。既然这样——只能赌一赌运气冒险射击，希望能射出和父亲一样精准的箭。还是说应该像乌龟一样缩起来，等待好机会呢？

涅娅正犹豫着，看到魔导王借予她的弓反射阳光，闪着耀眼的光芒。

（鲁莽不等于勇敢。）

没错，借了魔导王的神兵利器，无论如何也要还给他，她不应该冒险。

（那么特别的箭矢不可能有很多！）

亚人们的目的似乎是击毁城垛，不断射来标枪一样的箭矢。不过，它们的攻击非常没准头，许多箭都击中了不相干的地方。有的箭矢甚至什么都没有击中，飞越城墙消失在了城里。

涅娅没有办法抵抗，只能伏低身体，等待敌人的攻击过去。

有碎裂的砖瓦落在涅娅的身体上。也有运气不好的民兵被攻城箭射穿，当场丧命。然而即使这样，涅娅也只能忍着，祈祷敌人的攻击早点停止。

不久之后——战鼓发出一声响亮的"咚"，然后反复响了四次。远处，应该是敌军的左翼，也传来了同样的声音。

（亚人们是用敲鼓的次数发出作战指令的啊，左翼右翼通过敲鼓彼此联络。要是能杀进敌人的阵地，抢走战鼓乱敲，就能破坏敌人的协作——不过想也是白想。）

当然，敌人也知道战鼓的重要性，因此一定守卫森严。谁能冲得进守卫森严的亚人军队呢？

如果这里有冒险者，就能用"透明化""寂静"之类的魔法来破坏敌人的严防死守了。

（没有的东西再怎么想也白搭就是了……）

不管怎么说，敌人一定会有新的动作。涅娅——还有其他许多民兵也是——撑起身体，小心翼翼从已经被毁得差不多的城垛间隙观察敌军的动向。

民兵中响起一阵压低的惊呼声。

惊呼源自惊愕、恐惧，还有强烈的怒火。

伫立城墙外的大军终于开始前进了。亚人联军的左右两翼保持着一字阵型推进，而中央的部队则摆出鱼鳞阵，杀向了城门。

军队行进发出的脚步声就像地震一样。亚人们来取涅娅他们的性命了。

还有一支部队——一小支部队——开始向城市侧面绕去。这些亚人要么是打算选择其他地方攀登城墙，要么是声东击西。

总而言之，敌人开始了第二波攻势。接下来不光是人类一方，战争双方都要流血了。

不过，问题并不在这里。尽管令人不开心，不过这正是守军希望看到的局面。

民兵们之所以愤怒，是因为看到了走在一字型阵最前面的多种族混编部队。组成这支部队的亚人参差不齐，不过有两个共同点。

首先是拿着用来爬城墙的梯子。

也就是说，这些亚人是攀登城墙的突击部队。这意味着涅娅他们将与这支部队展开战斗。

而另一个共同点，是这些亚人身上都绑着人类的孩子。

这些孩子中，有的撕心裂肺地哭喊着，也有的毫无生气。所有孩子都赤身露体，而且都还活着。

涅娅紧紧抿着嘴唇。

让她没想到的是，她的内心竟然很冷静。

涅娅躲在城垛的暗处，观察着波涛般涌来的亚人大军，轻轻从箭筒中抽出箭，搭在了弓上。

亚人军队的先锋已经进入了射程范围，不过涅娅依然耐着性子等待。

现在还不到时候。

她深呼吸了几次，然后屏住呼吸，飞快地一转身，拉满了弓。

涅娅只用了一瞬间瞄准，她的目标只有一点。

（就是这里！）

随后她射出了箭。

涅娅用毫不犹豫的动作射出的箭，精准地射穿了人类肉盾——孩子的胸膛，随后射穿了后面的亚人。

如果是像食人魔生命力那么强的亚人，一箭或许无法击倒，不过刚才涅娅选择的目标似乎没有那么不讲理的生命力。

她没再看瘫倒在地的亚人，继续取出下一支箭。

她杀了人，而且是被亚人俘虏的可怜的孩子。

涅娅的手开始颤抖，眼前一片昏黑，心也哆嗦着。

就算知道自己做得对，也下定了决心，可她还是感到难过。

以往的习惯让她下意识地把手伸向了爱剑的剑柄，可是手指被弓弦勾住了。

涅娅觉得弓好像在提醒她，现在不是安慰自己的时候。

她刚觉得自己冰冷的心中点燃了一丝火光时，火光已经像燎原的野火一样，扫光了她心中呼啸的寒风。

她停止了颤抖，也不再觉得视野狭窄。她的心中，现在只有正义的代言人所说的话。

（啊，效果果然很好。）

涅娅再次确认，魔导王所说的话是正确的。

涅娅的箭命中之处，附近的亚人突击的速度明显减缓了。发现人类肉盾不起作用，亚人们动摇了。

涅娅喊了起来——向着惊得圆睁双眼，盯着她的民兵们：

"你们在做什么！快投石！我们救不了那些人质！"

没错，涅娅他们不可能救下人质，而亚人会怎么处理派不上用场的人质是显而易见的。那么涅娅能做什么呢？

她只能让亚人们再吃一箭。

涅娅超群的视力看得很清楚，箭射穿了人质少年的额头。不知因为目标是铁鼠人，还是少年的头盖骨削弱了箭的威力，这一箭没能一击毙命。不过，敌人的先头部队确实出现了混乱。这是理所当然的，人类也好，亚人也罢，不能按计划实施作战，脚步就会变慢。

然而，敌人的战线长得覆盖了整个视野。

涅娅射击的地方，战线确实乱了，而其他地方并不知道发生了什么，亚人们依然在向前进军。现在看起来，不过像是长长的绳子凹进去了一处而已。

"快点投石！"

涅娅又大吼起来。

如果民兵们不投石，涅娅所做的就白费了。这比起夺走前途无量的孩子的生命更令人无法接受。

敌人右翼、左翼、中央同时向前进军。与数倍己方的敌军正面冲突，兵力的劣势会让己方很快被打垮。不过，能让一部分敌军减缓进军，压力就会减小一分。

敌军一旦到达城墙，就会以孩子作为肉盾开始攀登。而亚人一旦登上城墙，民兵是无法与之对抗的。关键就在于敌人到达城墙前，他们能削减敌人多少兵力。

（我知道让民兵杀这些孩子，他们肯定下不了手！所以需要有人先站出来，让自己的手染上鲜血！）

涅娅瞪着远处的圣骑士。

（经过解放收容所和这座城市的两场战役，大家应该都明白了吧！魔导王的做法是正确的！除了魔导王的做法之外，没有更好的办法！不应该固执于无法挽救的生命，应该把全部力量用在还能拯救的生命上！）

涅娅又射出一箭。

这箭和她的第一箭一样，夺走了捆在亚人身上的少女的生命，也成功杀死了后面的亚人，

"快——"

"噢噢噢噢噢！"

伴随着盖过涅娅喊声的怒吼，石头从转起的投石索中飞了出去。

飞出去的石头击中了动摇的亚人们，尽管与致命伤相去甚远，但也给它人们造成了一点伤害。

"伙计们！别多想，只管攻击亚人！我们救不了那些孩子！"

涅娅记得自己见过这位正在大喊的民兵。

他就是第一座收容所中,儿子被魔导王杀死的那位父亲。

涅娅有点惊讶,她没想到他会在这里。

"如果防线被攻破,城里的女人和孩子们面对的将是比得救前更悲惨的命运!不想让你们自己的孩子遭殃,就快点投石!"

他的吼声消除了民兵们的迟疑,多块石头飞了出去。看轨迹,尽管石头飞向了不相干的地方,不过民兵们确实抛却了顾虑。

涅娅再次张弓搭箭的时候,民兵们的石头已经开始一齐飞向亚人了。其中几块击中了最前线以孩子做肉盾的亚人。不,说是击中了亚人,其实是击中了孩子。

孩子们哭了起来——不管不顾地号啕大哭。好像要对这些可怜的孩子落井下石一样,石头再次如雨点般倾泻在他们身上。他们遭受到战争双方的蹂躏,是最可怜的牺牲者。

涅娅开始优先射死这些孩子。

为了让他们尽早从疼痛和磨难中解脱。

为了拯救大多数,他们是少数崇高的牺牲者。

涅娅正打算探出头寻找下一个目标,却听到风声靠近,只见眼前展开一片光幕。

(敌人的魔法攻击?!)

一瞬间,涅娅的身体僵住了。与此同时,她觉得腹部传来轻轻的一下冲击,就像有人用手指轻轻戳了戳她的肚子。

涅娅一惊,向后退了一步,只听脚下咣当一声巨响。她一看，发现地上有一支长矛般巨大的箭——那是投射机的箭，箭头就像劈头盖脸挨了一锤，被砸平了。

涅娅慌忙藏身到城垛下。随后"咚咚"两声，有什么巨大的东西射在城墙上的声音响了起来。

她觉得后背大汗淋漓。

她不由自主地摸向肚子上挨了一下的部位。

她想起了魔导王向巴塞投剑的时候，一道光幕保护了巴塞。刚才她看到的就是那道光幕，是巴塞的铠甲保护了她。也就是说，刚才她侥幸保住了一条命。

（莫非那是——防御飞行道具的能力？！胸腹、肩部有这身铠甲覆盖，要是其他部位会怎样呢？它的能力会发动吗？不，更重要的是这能力可以发动几次？是不是只能发动这一次？）

要不是有魔导王借予的铠甲，涅娅毫无疑问已经被攻城箭击穿了腹部。

这一事实让她全身战栗。

"呼，呼，呼……加油，加油啊，涅娅！"

涅娅不在"高举神的旗帜"魔法范围内。她判断戴着魔导王借予的头冠，没有这个必要，因此她会受到自己内心产生的恐惧的影响。然而——涅娅眼角带着泪珠，仍旧用力攥紧弓，探出了身体。

她已经下定决心，不惜夺走孩子的生命也要战斗下去，怎么能挨了一箭就退缩呢。

不让无法解救的孩子继续受苦,不放过心狠手辣的亚人,涅娅怀着唯一的念头射着箭。

不惜杀死孩子也要攻击亚人的决心,从城墙的一角传播开来,所有部队都开始对亚人进行投石攻击。涅娅看到圣骑士们也挥起了投石索。

"可恶!可恶!"

"啊啊,可恶的亚人……"

"对不起!对不起!"

"对不起……别恨我……"

她能听到人们口中对孩子们道歉的话,不过他们没有停止攻击。

他们决定以少数人的流血牺牲,换取最大数量生命的存活。

然而敌人众多,杀死以孩子为肉盾的最前列亚人时,亚人们已经到了城墙下,开始不断把梯子搭在城墙上。

生产技术低下的亚人,能制作的攻城武器很有限,也就是梯子和攻城锤。然而实际上,对于梯子和攻城锤,并没有称得上完美的对策。守军只能由几名男子使用长木棒推倒梯子,或者命令天使对梯子进行破坏。可是亚人搭上城墙的梯子太多了。

"其他燃烧罐呢?叫神官们来用魔法支援!"

"不好!那边也搭上梯子了!我去那边,这边就拜托了!"

"用石头砸!"

城墙上争吵起来。亚人们把梯子搭得到处都是,为了把敌人推下去，人们又是用石头砸，又是用长矛刺。然而，亚人们的梯子攻势一波接着一波，人们逐渐开始来不及应付了。

有些亚人灵巧地躲闪着民兵刺来的长矛，甚至有些抓住长矛把民兵拉下城墙。还有些亚人，比如铁鼠人和刀铠虫，凭借着匹敌板甲的防御力，无视刺到身上的长矛，一鼓作气沿着梯子爬了上来。

这些防御力高的亚人，都是熟悉近身战斗的圣骑士在应付，然而城墙上的亚人越来越多。只要有一处决堤，洪水就会一拥而入。

涅娅横下心，从城垛上探出半个身子，开始向着沿梯子爬上来的亚人展开侧面射击。

她一箭能射死一个亚人，其实比起她的射术，还是武器本身的作用更大。正因为她用的是超究极流星射手，才连防御力超群的铁鼠人和刀铠虫都能射死。

石喰猿吐着石块，不少都击中了一半身体露在城垛外的涅娅身上。这些石块能把铁铠打凹，涅娅之所以平安无事，是因为有巴塞的铠甲保护。虽说如此，她身体上毫无疑问被打出了瘀青，骨头大概也裂了缝吧。

涅娅浑身流着冷汗，然而一秒都没有停下对亚人的攻击。

（我还扛得住……陛下给我的治疗项链，以我的魔力只能用一次，必须用在最关键的时候！）

涅娅一边重复着精确射击，一边在脑子里估量自己还能撑多久。唯一的一次治疗魔法是涅娅的底牌。

从箭筒中取出箭,搭在弦上,拉弓瞄准亚人的头部和胸口射出去。她不停重复着这一系列动作。

一颗石头击中了涅娅,震得她手中的箭落在了地上。

涅娅慌忙藏到城垛后面。

箭之所以脱手,是因为石喰猿的攻击让她全身感到剧痛——不过还有另外一个原因。

圣骑士的主要武器是剑,她作为侍从,锻炼的也是用剑的技巧。用弓方面涅娅固然有天分,可是训练的时间并不长。训练的不足体现在了手臂痉挛和手指疼痛上。

她觉得没法用弓箭的自己不过是个累赘,现在用底牌或许有点早,然而除此之外没有使她恢复战斗能力的办法。

她只犹豫了很短的一瞬间。

"启动'重伤治疗'。"

涅娅觉得自己身体里的魔力被骤然吸了出去,同时感到一阵眩晕,这让她觉得自己无法再承受第二次启动。与此同时,全身的痛感开始消失,手臂的痉挛和手指的疼痛也消失了。

"我还能战斗!"

涅娅再次探出身体,开始射箭。

幸运的是,亚达巴沃的部队有一定的组织纪律性,若非如此,亚人们一定会把攻城箭全部射向涅娅,来取她的性命。正因为有一定的组织纪律性,亚人们才担心射中友军,没有动用投射机。

涅娅不停地张弓搭箭，不一会儿，她取箭的手扑了个空。

她慌忙扭头去看，发现箭筒已经空了。

与此同时，民兵们的惨叫声响了起来。

涅娅看向惨叫声传来的地方，只见梯子前面有一个看起来很强的亚人。它似乎就是向涅娅吐石头的石喰猿，只是体格格外健壮，尽管不像巴塞那么明显，不过也能看得出是一个强者。

石喰猿右手拿着一把好像切肉刀一样，厚实粗重的大剑，另一只手中拿着装了东西的头盔。头盔里面装的，正是守卫此处的圣骑士指挥官的头颅。

"拉贡族的嘉将大人取下了敌人指挥官的首级！上啊，伙计们，给我杀！杀光这些人类！"

●

战况急转直下。

圣骑士本来就人数不多，其中一人被杀，意味着这里的防御力骤然降低。除此之外还有一点。

民兵与圣骑士——就算不是圣骑士中的精锐也一样——实力有绝对的差距。圣骑士被亚人杀死了，就代表着民兵面对这名亚人绝对没有胜算。

就在民兵们吓得不敢动弹的时候，亚人们顺着那名石喰猿——嘉将身后的梯子爬了上来。堤坝就此决口,亚人们像恶浊的洪水一样涌上了城墙。一名变两名,两名变四名,越来越多。

城墙渐渐染上了亚人的颜色,而民兵的颜色则眼见着褪去。

亚人与民兵,个体之间的强弱差异显而易见。

涅娅焦急地看向周围。

她需要箭,没有箭她什么都做不了。

她就像沙漠中寻找水的迷路者一样找红了眼,终于在一名瘫坐的民兵身边找到了装着箭的箭筒。

(找到了!就拿走那名伤兵的箭筒,让他先下去躲躲吧。)

然而涅娅跑过去时却倒吸了一口冷气。这名弓兵打扮的男子失去了半颗头颅,已经咽气了。

大概是被石喰猿的石块打了个正着吧,士兵的脑浆流了一地,露着玻璃球一样空洞的眼珠。涅娅差点落得和他一样的下场。

她仔细一看,发现周围横七竖八躺着许许多多和他一样的尸体。她平时非常敏锐的嗅觉,直到这时才终于闻到了浓重的血腥味。不,她的鼻子应该一直很敏锐,只是她的脑子拒绝接受。

涅娅使出浑身的力气,把涌上喉咙的粥压了回去。之所以能成功压回去,或许是因为运气好,或许是因为前几天看到的那场"人肉盛宴"让她对血腥有了耐性。

涅娅忍着恶心，把无名弓兵留下的箭装到自己的箭筒中。装满箭后，涅娅觉得自己战斗的气力也开始恢复了。

（我还能战斗，我还有能做的事！）

涅娅麻利地完成了装箭的工作，对无名弓兵双手合十，帮他合上了剩下的一只眼睛。目前的情况下，她本顾不上这么多才对，可她不忍心放着这位无名弓兵不管。

"我会替你杀敌的，直到最后，一定……"

站起来转身离开的时候，涅娅心中已经没有了杂念。

她从来没有像现在这样振奋过，感觉也从来没有像现在这么敏锐过。她甚至觉得自己融入了手中的弓。

城墙上的战斗愈加混乱。高举圣骑士首级的嘉将和涅娅之间有许多敌人和友军，凭涅娅的弓术，想狙击到对方几乎不可能。然而——

（我有这只护手！还有魔导王陛下借给我的超究极流星射手！我行！）

带着坚定的信念，涅娅射出了箭。

当嘉将察觉到箭划破天空的风声时，一切都晚了。

嘉将的头被一箭射穿，好像断了线的木偶一样瘫倒在地。

"我涅娅·巴拉哈已经杀死拉贡族的嘉将！"

涅娅大声喊着，可是没有欢声。当然，民兵们正拼死战斗，谁顾得上喝彩呢。涅娅想到这一点后，觉得有点羞耻，不过这一吼已经成功令亚人们产生了动摇。十分明显，亚人的攻势减弱了。

看来她这一吼并非完全没有效果。

涅娅再次捻起箭，瞄准视野中随便一名亚人射了出去。同样被射穿头部的亚人从城墙顶上掉了下去。

涅娅继续从箭筒中抽箭。这个再平常不过的动作，她用了最简洁的方式完成。她甚至在想，自己现在莫非成了父亲那样厉害的弓手吗？

涅娅的弓术似乎在这场战斗中得到了急速提升。正因为如此她才能杀死嘉将——尽管嘉将在与圣骑士的战斗中已经负伤。

她在混战之中寻找可以瞄准的猎物。

（敌人为什么不把我这个弓手作为优先目标？）

当她把下一支箭射进亚人头部的时候，得到了答案。

"不要贸然靠近那个人类！那人穿着豪王的铠甲！"

"豪王？！"

"豪王巴塞？巴塞的铠甲？"

涅娅敏锐的听觉，捕捉到亚人中正议论纷纷。

"不会错的！那是巴塞的铠甲！"

"不会吧，是那个人类杀死了豪王……"

（啊！是这么回事！魔导王陛下的意思，不是防御飞行道具的魔法力量会保护我，而是杀死巴塞的名声会保护我！）

看来豪王巴塞的名号在亚人军中尽人皆知。登上城墙的亚人们，误以为自己面对的就是战胜巴塞的战士。看起来，涅娅一箭射死队长级的亚人，也对提升她的威慑力起了辅助作用。

亚人们虽然知道涅娅是弓兵，却保持着警惕，不敢轻易靠近。

（不愧是魔导王陛下，竟然想得如此深远……）

就算她转身逃跑，应该也不会有亚人追上来吧。与其追赶强敌——虽然只是误会——亚人应该会优先占领城墙，涅娅想必相当安全。她突然想起了魔导王所说的"向东门逃"，可是她做不到。

如果她是那样的人，根本不会到这里来。

涅娅射出箭，又杀死了一名亚人。

"哇！又来了……那凶恶的目光……"

（凶恶……我确实瞪着你们……）

"那是渴望杀戮的眼睛！这人大概是雌性，她不是普通的人类！"

（大概是……雌性……）

"你们看她的弓！真是好兵器！这家伙不光射术了得！"

（哼哼哼！）

"狂眼射手！"

"啊？"

"你怎么知道她的名字！你见过她吗！"

（等等……）

"那个雌性人类是有异名的吗！"

（喂？！）

"我以前就听说过，人类中有一名貌如恶鬼、射术惊人的弓手……她就是那个弓手啊！"

（你们说的是我的父亲！）

"狂眼射手！杀死巴塞的弓手！"

不知为什么，"狂眼射手"这个词像波浪一样在亚人中传开了。涅娅虽然不愿意得到这样一个称号，可也顾不上否定和纠正了。

就在涅娅拔出箭的同时，民兵们行动起来。

"伙计们，顶住！不要让亚人靠近那个姑娘！"

"噢！保持阵型！想想那次我们是怎么训练的！"

"我到前面去！"

大概二十名民兵做起了涅娅的肉盾。

"射死那些家伙！我们会保护你的！"

"明白了——"

敌人阵中突然传来振翅的声音。

涅娅马上扭转身体，将拉满的弓朝向声音传来的方向。

她看到的是从亚人阵中飞起的翼亚人，而且有许多个。

涅娅本以为翼亚人打算飞过城墙，没想到其中有几个向她冲了过来。

她甚至没有考虑应该射其中哪一个。在一片白色的，只能看到敌人的无声世界中，涅娅保持着近乎冷酷的冷静，向着一个个翼亚人射出了箭。这些箭没有一丝犹豫，精准得不像出自人之手，倒像机械射出去的一样。

飞向涅娅的翼亚人们纷纷坠了下去，她绷紧的神经这才得以放松。或许是她刚才精神极度集中的原因，此时她觉得周围的声音又回来了。

就在这时，从侧面——

涅娅闪身想躲开，可左臂还是传来了剧痛。

来到她身旁的铁鼠人用钩爪划开了她的手臂。

"呀！！"

涅娅一边惨叫着，一边伸手想去拿箭，可她十分担心左手是不是还能举弓。要是不能举弓，是不是把剑抽出来更好一点呢？

面目狰狞的铁鼠人依然在涅娅面前，判断她的犹豫是攻击的好机会，便向着她的脸举起了钩爪，想要继续追击。

涅娅后退想要避开，可是对方作为战士的实力更强。铁鼠人追了上来，这次涅娅来不及躲避了。

她感到面部一阵剧痛。尽管涅娅扭脸避免了眼睛受伤，可是左脸的肉被撕开，她的脸上开了一个透到口腔内的大口子。

大量的鲜血充满她的口腔，整个舌头都是血腥味。不仅如此，她能感觉到热血顺着左脸流了下去，流到脖子上，流到胸前。

涅娅顾不得拔剑，用超究极流星射手砸向铁鼠人的脸。

大概是没想到涅娅会用弓直接攻击吧,铁鼠人向后一退,躲开了这一下。

涅娅用不太听使唤的左手拿着弓,用右手拔出了剑。

她抱着同归于尽的决心冲了上去,想要和铁鼠人拼个你死我活。铁鼠人发起了凶狠的反击,因为旁边的民兵砍向铁鼠人的脚,其攻击才打偏。铁鼠人的钩爪削掉了涅娅的一块耳朵,涅娅的钢剑则刺穿了铁鼠人的喉咙。

铁鼠人在视野一角中倒下的时候,涅娅已经在观察周围的情况了。

就在她集中精力射箭的时候,周围打算保护她的民兵已经差不多全被杀光了。亚人已经杀到了她身旁,只有五名背靠城墙的民兵依然活着。

离涅娅最近的战友隔着沿梯子爬上来的亚人在对面战斗,恐怕很难过来帮她。背后的人正处在混战之中,也没法抽身。

在涅娅所在的区域,亚人有三十多个,而人类只有六名。

被涅娅凶狠的一瞪,亚人的攻势有所减弱,略微向后退了几步。

"对不起,巴拉哈小姐!"

被逼到城墙边上的民兵们来到涅娅身前,组成了防御阵型。

"我们死之前,他们休想过来!"

对涅娅说出这番话的,是一位看起来胆小怕事的四十岁左右的男子。男子腹部病态的凸起,或许是因为战斗的兴奋而泛红的脸上，溅上了许多血点。他的全身都是伤，也不知脸上的血点是他自己的血，还是敌人喷出的血。即使如此，依然能看得出他绝不屈膝的决心。

他看起来就是一位可靠的战士。

"非常感谢！"涅娅一边吐出口中的血，一边说着感谢的话，然后说道，"拜托了！"

不光是他，看得出倒在地上的民兵们的尸体，没有一人离开了自己的位置，他们都是为了保护涅娅而死的。除了信任他们，涅娅还能怎样呢。

男子的视线移向涅娅的左臂，然后皱起了眉头。

"骨头露出来了啊……"

"请不要说这样的话，这样一说我突然觉得疼起来了。"

"啊，好的，抱歉。"

圣骑士中，有一定实力的人会用低位阶的治疗魔法，可惜侍从级的涅娅不会。现在涅娅身边没有圣骑士也没有神官，她的魔力也没有恢复到能再用一次魔法道具的程度。或许放弃在这场战斗中使用左手才是明智的。

涅娅瞪着亚人们。现在她只是转一转眼睛，脸上的伤口也会阵阵作痛。

看到涅娅因为疼痛更加凶狠的视线，亚人们紧张了起来。

"就是因为巴拉哈小姐一直在用弓杀亚人，除了刚才那只之外，再没有其他的家伙敢冲上来。所以我们还活着。"

如果涅娅面前的亚人们一齐扑上来，想必民兵们转眼间就被杀光了。然而亚人们对涅娅这名弓兵的存在十分忌惮，因此才没能一齐发起攻击。只要听听议论声，就知道亚人们有多怕涅娅了。

"狂眼射手……剑术其实很平庸？"

"不要大意。她这是故意失误，想让对手大意。"

"是吗，你的脑子很好嘛。"

"要不要把蛇身人叫来，从远处用长矛杀掉她？"

涅娅心里笑了。看来因为魔导王借给她的魔法弓，敌人对她的评价远超过了她的真实实力。

"有希望吗？"

听到民兵用亚人听不到的声音问她，涅娅笑了笑。

"要是能用弓……能用魔导王陛下借给我的这张超究极流星射手射击，或许不会有问题。可是……"

男子小声沉吟着重复超究极流星射手的名字，无奈地笑了起来。

"是吗……情况不妙啊。呐，巴拉哈小姐，你从这城墙上跳下去逃吧，你得活下去才行。"

涅娅看了看这个男子。

"呀！对，对不起。怪我多嘴了，你会生气也是理所当然的。不，不过，我虽然不知道你闯过多少鬼门关，可你也就和我女儿差不多大……我觉得，你这样的姑娘不应该死……"

涅娅心想，她没有生气，只是看向了这位民兵，不过她已经习惯了被人误会，并不在意。

这位民兵说得没错，与其留在这里使用她并不擅长的剑，不如暂时撤退，治好伤，再用她更擅长的弓来杀敌。

（——可是我跑了，他们会如何。我明白，就算我留下战斗，他们也保不住命，同样会白白送死，可是……）

涅娅看了一眼左手的弓。

（这把武器必须还给魔导王陛下，我可以选择逃跑的理由太多了。可是，可是啊，我拿着魔导王陛下借予的武器，要是逃跑了，对陛下怀有敌意的人们会怎么说呢。与其如此……）

"我怎么会逃！"涅娅大声吼道，"我不会逃的！我拿着陛下借予的武器，怎么可能会逃！"

她握紧了右手的剑。

以义报恩，作为人，这是理所当然的。

这个国家的——特别是圣骑士团的首脑，对魔导王恐怕称不上感恩戴德。不过，涅娅希望魔导王知道，这个国家的人并不都和他们一样。

"哇啊啊啊啊啊！"

涅娅发出惨叫般的吼声，发起了突击。她现在没法用弓，民兵们就算保护她也只能枉死。既然这样，只有抓住现在的机会：亚人们误以为涅娅是强敌而心怀恐惧，没法发挥真正的实力。

对方大概根本没有想到，涅娅面对众多敌人会直接冲过来。

亚人们迟疑了，就连剑术平庸的涅娅都命中了敌人。

紧随涅娅之后，还活着的民兵们也开始了突击。

她挥着剑。

剑被挡开，亚人们向她满是破绽的身体发起了攻击。巴塞的铠甲挡住了敌人的攻击。

涅娅用剑向前刺去。

剑刺进亚人的身体，抽出来时，内脏涌了出来。被杀的亚人还没有倒下，已经有别的亚人以钩爪斜刺涅娅的脸。不光左脸，涅娅右侧的额头也受伤了，鲜血流进了她的眼睛。

她的腿一阵剧痛。

亚人的短剑深深刺进了她的腿中。

一名民兵倒下去了。

涅娅挥着剑。

又一名民兵倒下去了。

涅娅杀死了一名亚人。

民兵已经全军覆没了。

现在她的侧面和前面全是敌人。

涅娅气喘吁吁，心脏狂跳的声音让她不堪其扰。

被敌人的攻击割裂的身体变得滚烫，只要一动，涅娅就会受到阵阵剧痛的折磨。

——好可怕。

涅娅感到非常害怕。

她要死了，一想到这里她就觉得害怕得不得了。

她确实早就做好了心理准备，自己会死在这里。

敌军兵力数倍于己，单兵的战斗力也是敌军占上风。

劣势举不胜举，优势也就只有己方是守方这一点。

这样的状况下认为自己不会死反而奇怪。

就算做好了心理准备，一旦直面死亡，人依然会感到难以承受的恐惧。

涅娅尊敬的人所说的"东门"一词占据着她的脑海。就算下定了决心也无法避免。

涅娅小时候想过，人死之后会怎样。

自身的存在消失的瞬间，自己将何去何从？

圣典上写着：灵魂将回归洪流，等待神的审判，为善行者将去往安息之地，为恶行者将被送往苦痛之地。

然而，就算一直行善积德，能前往安息之地，迎来自己生命的终点也是可怕的。

涅娅挥着剑。

身体中慢慢没了力气，她已经不能一击杀死敌人了。

在敌人包围下，想要追击受伤的敌人，将受到猛烈的反击。

剑刺进了涅娅的铠甲，刺伤了她的身体。

涅娅还活着，多亏了魔导王借予的铠甲。要不是这身铠甲，想必她早就死了。没错，就像横七竖八倒在城墙上，因为碍事被扔进城墙内的民兵们一样。

（我看起来肯定惨不忍睹啊……）

涅娅笑了起来，因为自己虽已离死不远，却还在想着无关紧要的事。

她挥出剑去，惯性让她脚下一滑。左侧大腿开始痉挛，右侧大腿因为有伤用不上力气。

涅娅失去平衡，差点儿倒下。她靠在城垛上，用尽浑身力气，也只能勉强让自己撑住。

世界变得白茫茫的，吁吁的喘气声听起来很遥远。

涅娅不堪其扰，心想这是谁在喘气，结果发现是她自己。

她已经拼到了极限。

她要死了。

"狂眼射手，还差一点就要死了！"

"是啊！一起上啊！"

她听到远处传来亚人的声音。

（好吵，啊——）

涅娅已经听不清亚人在说什么了。不过，在越来越无法集中的意识一角，她明白它们说的肯定不是什么对她有利的事情。

她依然挥着手里的剑，不让亚人靠近——只能起到牵制效果，甚至连牵制的效果都达不到。

（好、可怕……不过，大家、都等着、我吧。）

在白茫茫的世界中，涅娅看到了父亲和母亲的笑脸，还看到了自己故乡的朋友们。

"他、们是谁，啊啊，是小布、小莫，还有丹尼。好可、怕。陛下。"

肺也好，心脏也好，手臂也好，腿也好，脑子也好……都渴望休息。

涅娅无力抵抗这种诱惑，可即便如此，她依然没有瘫倒在地。这是为什么呢？

对死的恐惧驱使着她，作为侍从，必须战斗到最后的信念支撑着她。

更重要的是——她希望自己能立下战功，对得起魔导王借给她的武器。

亚人的武器一齐刺了上来，穿透了涅娅的身体。

随后，涅娅·巴拉哈死了。

4

战场的空气是独特的，各种恶浊的东西混在一起，形成令人恶心的难闻气味。不过，雷梅迪奥斯已经习惯这种气味了。

她独自站在落下的铁栅栏门内侧，重复着深呼吸，把充满战场臭味的空气吸进肺里去。

她凶猛的视线前方，超过数万的军队已经展开了行动。

向城市发起突击的敌军先锋是食人魔和像马一样的亚人。

雷梅迪奥斯攥紧了圣剑。

她很喜欢用剑来分胜负,简单明了,是她最钟情的解决问题的方式。用剑可以明确分出胜者和败者,只要杀掉败者,今后也不会再发生麻烦事。如果所有事都如此简单明了,那她活得该有多轻松啊。她的妹妹(克拉尔特)和主人(卡尔卡),也就不必总是向她皱眉头了。

"唉。"

她叹了口气,开始思考自己该做的事。

古斯塔沃说了好多难懂的话,不过总结起来,只要不让任何一名亚人跑到这座城门后面去就行了。

亚人的数量有几万,会杀向这座城门的大概是其中的一万左右吧。

(要是在开阔的平原上战斗,不放任何一个敌人到身后去恐怕很困难;要是在狭窄的门里战斗,能同时向我发起攻击的敌人数量有限。只要我足够机敏,不让亚人进入城门很容易!我只要喝着消除疲劳的药水,重复一万次一对一的战斗就行了!)

要是听到了她的想法,古斯塔沃等人肯定会露出惊讶的表情,心想:"这家伙是认真的吗?"雷梅迪奥斯露出了笑容。当然,她的想法也并非彻底荒诞无稽,这就是古斯塔沃发愁。

(我的作战计划多么完美!有胆识把指挥权委托给我,卡尔卡大人说得果然没错,加斯蓬德大人确实是位了不起的人物。)

嗯——雷梅迪奥斯点了点头。

随后，雷梅迪奥斯开始就她完美的作战计划——"重复一万次一对一"中唯一的问题点开始了思考。

那就是亚达巴沃。

如果遇到了比她更强的敌人，作战计划将无法执行。

她尽管不擅长动脑子，不过在战斗方面，她的脑子很好用。

因此她明白，自己很难战胜亚达巴沃。当然，她不能在部下面前承认这一点。她是圣王国最强的战士，如果她承认自己会败北，部下的士气将一落千丈。

因此，她才把魔导王带来。

"魔导王啊……"

不得不把国家托付给不死者，这让雷梅迪奥斯不快得甚至想吐。然而，目前别无他法。

（啧。要是那个不死者能低调地在幕后参加战斗，用那个杀了大量王国士兵的山羊还是绵羊的魔法就好了。这样一来，就能尽可能减少无辜平民的牺牲。保护弱者是强者的——这理论不死者不可能理解。不过……那个不死者真的很强吗？）

单枪匹马攻陷一座城市确实厉害，杀死那个名叫巴塞的亚人也确实了不起。然而，亚达巴沃的实力远远超出人们的想象。只是能单枪匹马攻陷城市，这样一位魔法吟唱者能不能战胜亚达巴沃还存在疑问。

若能与之交锋一次，雷梅迪奥斯或许能了解他的实力，可是古斯塔沃拼命拦住了她。因此，雷梅迪奥斯对魔导王真正的实力一无所知。

雷梅迪奥斯怀疑魔导王的实力。

亚达巴沃露出真面目的时候，雷梅迪奥斯能感受到他绝对的实力，然而她从魔导王身上感觉不到类似的东西。如果他真的用一个魔法就令王国的大军崩溃，应该带着藏都藏不住的霸气才对。

雷梅迪奥斯之所以没有感觉，或许也和魔导王是魔法吟唱者有关系吧。不过，即使如此，她也应该能察觉到蛛丝马迹才对。

（他对我们夸下海口，如果他真的有相应的实力倒还好。当然，就算他死了，我们也没什么损失，将来那不死者肯定会成为圣王国的障碍。要是魔导王和亚达巴沃能同归于尽就再好不过了。）

就算受到部下的否定，雷梅迪奥斯的想法依然没变。不，从魔导王杀死那名人质少年时起，她的这个想法就更坚定了。雷梅迪奥斯作为一名圣骑士，无法容忍满不在乎地做出如此惨无人道之事的魔导王。

（魔导国的国民，其实是受到了恐怖统治吧。）

回想起来，有许多值得怀疑的地方。为了魔导国的国民，说不定魔导王与亚达巴沃同归于尽会更好。

（问题是我们国家的国民。如果古斯塔沃说的是真的，那么这次可是个好机会。必须展现我们圣骑士团的力量，让国民抛弃对魔导王的愚蠢妇感……可是，万一亚达巴沃跑出来了，只能让他去和亚达巴沃打。）

雷梅迪奥斯想摘掉头盔，把头发胡乱挠一挠。

圣王国有卡尔卡这么出色的圣王统治，国民竟然会对不死者产生好感，简直难以置信。一想到自己正在思考的是这样的事，雷梅迪奥斯就觉得恶心。

（侍从巴拉哈也是——嗯？她会不会是受到了魅惑魔法的影响呢？对啊！他或许是用了魔法，能令大范围内目标对自己产生好感！）

糟了，雷梅迪奥斯心想，她怎么没早点考虑到这种可能性。

（看来还是把我的想法告诉古斯塔沃为好。不管怎样，也得先把这一战赢下来才行！）

雷梅迪奥斯盯着后方。

民兵们手持盾牌和长矛，已经整好了队。

"勇敢的战士们！我承认！十分遗憾，圣王国目前正受到亚人的践踏。我们要击退亚人，解救正在受苦受难的无辜人民——我们的同胞！这就是解放的第一步，我们要在这里击败亚人，亲手夺回我们的圣王国！"

听到雷梅迪奥斯充满霸气的咆哮声，民兵们都露出了紧张的神色。

"肮脏的亚人就要发起突击了，诸位要在这里举好盾和矛，形成一堵敌人难以突破的墙壁！不要害怕！你们面对的不是生力军，只是从我剑下逃走的亚人！你们只需要拦住它们，我，还有优秀的圣骑士们会杀死它们的！"

民兵们的紧张略有缓解。一点紧张感都没有自然不好，紧张得浑身僵硬更不行。在雷梅迪奥斯看来，现在民兵们的士气正处在理想状态中。

"诸位昨天进行了一天训练，只要在今天发挥训练的成果就行了！没有必要那么紧张！"雷梅迪奥斯缓了一拍，发出了更大的吼声，"第一排！举盾！"

民兵们组成包围城门的阵型，第一排举起了盾。

他们拿着能遮蔽全身的大盾，盾下面有手指长的金属锥。

"放下盾！"

拿着盾的民兵们奋力把盾下面的长金属锥刺向地面。这样一来，临时的金属墙就建好了。

昨天，这支部队接受了三项严格的训练。第一项训练，是全力举起大盾然后挥下，让金属锥深深刺进地面；第二项训练是，不管受到多么强烈的冲击也不让盾墙被冲垮。

"第二排！举盾！"

第二排盾兵举着和第一排大小相同的盾，只是下面不带金属锥。他们把盾牌像盖子一样，盖在自己和第一排盾兵头上，这样就可以防止受到来自第一排盾兵上方的攻击。

第二排盾队中，每隔一段距离安插一名发动了"高举神的旗帜"的圣骑士。这样一来，在受到敌人冲击的时候，民兵们就不至于心生畏惧了。

"第三排长枪队前进！第四队长枪队跟上！"

后面的第三和第四排是长枪队。

他们的作用是从盾队的缝隙中伸出长枪，把枪纂固定在地上，防止敌人发起突击。第三排和第四排长枪队的枪长度略有不同，第四排的枪更长。本来应该再安排几队长枪兵，形成枪阵，可是城中没有那么多兵力，只能强化现有的杀伤圈。

这是完美的阵型。

然而，也有弱点。

这个阵形可以克制战士，却会被拥有特殊能力的亚人和魔法吟唱者克制。

确实，"火球"之类的魔法盾墙可以挡住，伤害会大幅减轻。然而名为"电击"的攻击魔法会贯穿一条直线，连盾带后面的人一起穿透。谁也不确定亚人有没有这类特殊能力。

明知如此还这样训练民兵，是因为没有更好的阵型了。

"很好！那么我们开始吧！升起门来！"

随着雷梅迪奥斯的怒吼，铁栅栏门升了起来。杀来的亚人没想到人类会主动开门，惊得减缓了步伐——乐观论者会认为人类要投降，现实主义者会认为有诈。

雷梅迪奥斯笑了。

"肮脏的亚人！我要剥掉你们的皮，用来擦屁股！"

亚人受到弱小的人类挑衅，怒火让它们加快了突击的步伐。

雷梅迪奥斯背对亚人，用手撑着民兵的盾，像跳马一样翻了过去。

亚人冲了过来，经过门洞后，有几个刹不住车摔倒了。

亚人摔倒的地方洒了很多油。在高速奔跑中摔倒的亚人面对的只有两个结果，要么把后面的人绊倒，要么被后面的人踩在脚下。

遗憾的是，大个头的食人魔之类的亚人没有摔倒，冲进了城市。像马一样的亚人要么摔倒了，要么就减缓了突击的速度。

大型亚人的冲击力匹敌军用马，然而这一击挡不住，一切就都完了。

尽管受到了油的阻挡，食人魔还是挥舞着手中的大型战锤冲了过来。然而，长枪比它们的战锤更长，几个没有掌握好距离的食人魔被长枪刺中，可惜这些食人魔没有那么容易死。

"机会来了！扔吧！"

伴随着雷梅迪奥斯的指示，燃烧罐从民兵头上飞了过去。在门附近摔碎，烈焰喷涌而起。在门附近摔倒的亚人被火焰包围了。

雷梅迪奥斯认定，就算亚人预测到人类会使用燃烧罐，也绝对想不到火势如此之猛。不光洒在地上的油，亚人身体上沾的油也烧了起来。

与盾队对峙的食人魔也被吓了一跳。

身后烧起了大火，它们当然会受惊了。

就算食人魔有比人类更厚的皮肤，也会被火烧伤。

城门附近，怒吼和惨叫声不绝于耳。然而，亚人毕竟有顽强的生命力，在熊熊大火之中，无法继续战斗者竟然很少。

它们只有两条路可选，要么前进，要么后退。

黑烟遮蔽了视野，没有给亚人留下做出其他选择的余地。许多亚人都有夜视能力，但这不代表其视力能穿透烟雾。

视野被夺走，身体受到火焰炙烤，再加上烟雾的熏呛，没有多少亚人还能保持冷静。

这样的状况下后退很困难。因为后续部队正不断涌向这座城门，想要攻进城市。门外的亚人看到火势开始犹豫，停止了前进的步伐，可是城门被浓烟包围，其中的亚人不知道外面的情况。

因此，它们选择继续前进。

不出雷梅迪奥斯所料。

亚人仗着强韧的身体，开始不管不顾地进攻。然而——盾队的第三项训练，就是在浓烟之中维持盾牌组成的墙壁。

"长枪队！抽回长枪！"

民兵一齐把长枪抽了回去——

"长枪队！刺出长枪！"

民兵一齐把长枪刺了出去。

亚人发出凶猛的吼声从黑烟中冲出来，处在难以防御和躲避的状态，受到了枪阵的欢迎。只是，即使如此，人类平民的臂力也不足以一击刺穿亚人的身体。被选拔出来冲击城门的这些亚人,身体更结实。

不过,就算无法刺穿也没关系。

雷梅迪奥斯也没有打算一次攻击就击倒亚人。

只要盾队还在,人类想怎么攻击就可以怎么攻击。

"抽回长枪!刺出长枪!"

重复着命令的同时,雷梅迪奥斯自己也翻身跳回了盾墙前,砍向了长枪攻击不到的亚人。

黑烟熏着她的眼睛,呛着她的喉咙,可是她顾不上管那么多。从铁栅栏门——泼了油的地方冲过来的亚人并不多,大概还不到五十只。

首先杀光这些亚人,尽可能削弱敌人的士气。既然是打头阵的亚人,一定是斗志昂扬的精兵。只要消灭这些精兵,影响一定强于杀死杂鱼。

雷梅迪奥斯接二连三地将敌人砍倒在地,如入无人之境。

就算是食人魔一样的大型亚人,在这场混战中也没法发挥自己的能力。

雷梅迪奥斯的圣剑所向披靡。

不一会儿,被眼泪模糊的视野中已不再有亚人的踪影,不过雷梅迪奥斯能听得到,黑烟对面依然传来众多亚人嘈杂的声音。亚人或许正在整队。

雷梅迪奥斯慢慢后退,看到黑烟对面出现了几个亚人的影子。

"团长，请回到这边来！"

一名发动着"在神的旗帜下"的圣骑士部下向雷梅迪奥斯喊着。

不过直觉告诉雷梅迪奥斯，她不该后退。

雷梅迪奥斯看到渐渐散去的黑烟中，三名亚人正向城门内缓缓走来。这证明的直觉是对的。

其中一只是拥有野兽上半身和食肉动物下半身的战士。

一只是拥有四条手臂的女亚人。

最后是身上戴着许多黄金饰品，一身纯白长毛，长得类似猿猴的亚人。

雷梅迪奥斯本来打算独自一人在这里砍杀几万亚人，对此她也有充足的胜算。可就算是一骑当千的雷梅迪奥斯，也感觉到同时对付这三只亚人非常危险。

对方只有三只，因为烟雾还看不清楚，不过从三只亚人闲庭信步的走路方式中，雷梅迪奥斯看得出它们十足的自信。城门边的亚人士兵，看到这三只亚人也停住了脚步，一步也不打算靠近。

（这三只亚人很强，就算是一对一也不知道能不能取胜……吧？要是一对三，则必败无疑。）

雷梅迪奥斯的直觉在喊着，与其以一敌三，还不如逃跑。可是逃了能怎样呢，她没有答案。如果能在这三名亚人身上取得胜利,就相当于取得了这一场战斗的完胜。

雷梅迪奥斯握紧了圣剑,没有回头,直接说道:

"圣骑士萨维卡斯,圣骑士艾斯特万。"

"在!"两人回话。雷梅迪奥斯从声音中分辨出,他们从民兵队列中走了出来。

"你们两个,在我杀死那三只亚人之一前,能拖住其他两只吗?"

两人都喊道:"交给我吧!"而雷梅迪奥斯的直觉告诉她,他们不是亚人的对手,能为她多争取几分钟就已经不错了。那么,让比对手人数更多的圣骑士出来迎敌如何呢?

不行——雷梅迪奥斯摇了摇头。

对手仅派三只亚人就敢进入人类的城市,其自我显示欲肯定很强,而且非常自信。这样的对手愿意接受单挑,是强者的自负使然。

不仅如此,越是自负的强者,越愿意恃强凌弱。分明几秒就能解决的对手,他们更愿意花时间来折磨。

应该寄希望于此,形成三场一对一的局面。

"圣骑士们,先上阵的两位圣骑士倒下后,你们就去向那两只亚人发起单挑。一个一个上,按照萨维卡斯、艾斯特万、弗兰科、加尔万的顺序。"

不以数量取胜,说明他们的作用是争取时间,或者根本就是弃子。他们明白命令的意图,依然毫不犹豫地表示领命。

这就是圣骑士。

这就是正义的代言人。

（就是要有为了别人牺牲自己的决心，才算得上圣骑士。）

这或许是看到还活着的他们的最后机会了，即使如此，雷梅迪奥斯也一次都没有把视线从三只亚人身上移开。她是不想放过任何一点得到情报的机会。

（现在还看不太清，不过那两只亚人应该有战士的能力。其中猴子一样的亚人或许是修行僧；有四条手臂的亚人可能有魔法吟唱者的能力，或者是其他能力。）

如果是想凭蛮力取胜的亚人，那并不可怕，可怕的是受过训练的亚人。如果亚人受过战士的训练，就算训练的时间不长，凭借与生俱来的身体能力，也有可能成为强者，强过圣王国中身经百战的战士。其实，除了亚达巴沃那次之外，雷梅迪奥斯受过的最重的伤，就是这样的对手造成的。

刺穿她腹部的那一击，她现在依然记忆犹新。因此，与亚人战斗的时候，她会更小心一点，更倚重直觉。

（有能力用魔法的亚人是最棘手的，要是它飞上空中就麻烦了。）

只要发动铠甲的能力，雷梅迪奥斯可以短时间飞行。不过这样的飞行并不自如，上升、下降、转向都不能得心应手，她无法像在地面上一样战斗。会用"飞行"之类能力的对手，或许会待在她攻击范围之外。尽管雷梅迪奥斯有发出剑气的武技，不过考虑到威力的衰减，想速战速决取得胜利是很困难的。

三只亚人走进城门之后，停住了脚步。

"区区人类，竟然需要我们联手对付啊。"

雷梅迪奥斯还看不清敌人的样貌，烟对面已经传来了从容的声音。

她握着圣剑的手，掌心出了很多汗。危险靠近时特有的苦味，在她的舌头上扩散开来。

雷梅迪奥斯感到敌人就要靠近了。

四足兽和猴子都是强者中的强者，雷梅迪奥斯看不太出四条手臂的亚人的强弱，不过能和前面两者一起出现，想必实力相近。也就是说，应该认为有三只雷梅迪奥斯级别的敌人。

"真是的——好烦人的烟。真是受不了啊！"

一阵劲风吹过，吹散了剩下的烟。

亚人们清晰的身影出现在雷梅迪奥斯眼前。打头的是一只手持巨大战斧的亚人。

"果然是兽身四足兽！"圣骑士艾斯特万叫了一声。

雷梅迪奥斯心想：兽身四足兽？这只亚人的名字就叫兽身四足兽吗？

"嘿……不，就算人类知道也不奇怪啊。"四足兽冷笑起来，"既然这样，放博学多识的你一条生路好了，能让更多人了解到我的强大。"

"嘻嘻嘻，维嘉阁下，擅自做主会受到亚达巴沃大人训斥的。及多是他放下武器投降,我们可以把他抓作俘虏而不用杀死。"

猴子一样的亚人对兽身四足兽说道。

雷梅迪奥斯听得一头雾水,脑袋上浮现出一个问号,自言自语一样问了起来:

"兽身四足兽?维嘉?兽身四足兽·维嘉?维嘉·兽身四足兽?"

她是在问这家伙的名字到底是什么。兽身四足兽听起来似乎并非如此,发出了愉快的笑声。

"哈哈哈哈哈!你这样叫我,是判断我就是种族代表吗?区区人类倒是很有见识嘛!"

"应该是恭维你吧,维嘉阁下。"

左后方四条手臂的亚人用嘲笑般的口吻说道。

"没,没错。我只是在恭维你,维嘉。"

听兽身四足兽提到种族一词,就算是雷梅迪奥斯,也知道自己从根本上误解了。

这话一说出口,被称为维嘉的亚人不快地皱起了脸。

"哼,如果是能让我玩得开心的家伙,我本打算向那位大人求情留你一命的。你可别后悔!"

"谁会后悔啊。你才应该在那个世界后悔——后悔向我们发起挑战。"

"嘻嘻嘻,真是位泼辣的小姑娘……叫你小姑娘没错吧?我对其他种族的年龄看得不是很准……"

"无所谓,应该差不多。"

亚人们说得相当认真。这就是种族差异。

"既然这样,人类小姑娘,我来为我们自我介绍一下吧,我叫哈里夏·安卡拉。这位是维嘉·拉将达拉阁下,或许不需要介绍了。最后这位是纳斯莱妮·贝尔特·修尔阁下。"

"这名字!是白老和冰炎雷!"

圣骑士萨维卡斯惊叫起来。

"呵呵呵呵呵,看来连人类都知道我们的名字啊。小雏儿就——"

"人类,我没有这类异名吗?"

"我没有听过维嘉·拉将达拉这个名字,不过,有一个用着和你一样的战斧的兽身四足兽很有名。我们称其为魔爪,魔爪瓦久·桑迪科那拉。"

"那是我老爸。"维嘉哼了一声,"我就是魔爪的继承者,维嘉·拉将达拉。我得让人们听到魔爪的名号,想到的首先是我才行。"

"嘻嘻嘻,既然这样,人类的首领就交给维嘉阁下吧。"

"是啊。我没有从远处用魔法,而是来到了对手面前,就让他来吧。说实话,他能自己去把这些家伙全收拾掉才好。"

"嘻嘻嘻,命令可是让我们协作的呦。"

"老人不是不喜欢动弹吗?我来也可以的。"

"啧!"

四条手臂的亚人(纳斯莱妮)咂了下舌头,以骇人的表情瞪着维嘉。说实话,雷梅迪奥斯感到了强烈的敌意,甚至觉得如果放着不管,两者会自相残杀起来。

"好了,我自己来真的不要紧——"维嘉瞪着雷梅迪奥斯,"在开始前先听听你的名字吧。我看你似乎有把相当不错的剑,看来你的名字也值得一听。"

"雷梅迪奥斯·卡斯托迪奥。"

维嘉和哈里夏都皱起脸,不过两者原因不一样。

维嘉是因为遇到强者,露出了渴望鲜血的笑容。哈里夏则是吃了一惊。

纳斯莱妮的表情没有变化。

"就是你,你就是雷梅迪奥斯·卡斯托迪奥啊,人称这个国家最强的圣骑士。哈哈!真是太棒了。只要杀了你,想必我的名字将会广为人知——作为杀死圣王国最强圣骑士的兽身四足兽,魔爪之名的新继承人。"

"嗯,这么说那就是圣剑啊?原来如此,我说啊,维嘉阁下,能不能和我换换呢?如果你愿意,我可以让我部族中的人去传扬你的功绩。"

听到纳斯莱妮的话,另外两只亚人马上做出了反应。

"嘻嘻嘻。你是想交出这个人类,请求亚达巴沃大人给你孩子啊?"

"哼，不是说好我来的吗，没你出场的机会。"

"求恶魔让你怀孕吗？真让人恶心。"

听到不能当没听见的一番话，雷梅迪奥斯把自己的想法坦率说了出来。纳斯莱妮听到后，面带鄙视的表情看向了雷梅迪奥斯。

"怀上拥有绝对力量的统治者的孩子，你居然不明白其中有多么大的价值……人类还真是低能的生物。"

"就算是那位大人，对能为自己生儿育女的种族，一定也会另眼相看才对。这样想来做女人还真是占便宜啊。"

"哼。而且继承优秀父亲的血脉，会诞生相当强大的孩子——不，"维嘉挺起了胸膛，"超越父亲的更优秀的孩子——嗯？我也可能只是个例外？"

分明身处战场，三名亚人却显得没有一点危机感。看着这些亚人悠闲聊天的样子，雷梅迪奥斯心中的怒火开始升温。

"真是一群爱说废话的亚人。居然还在为不可能有的未来做打算，你愚蠢的梦想会在这里告终的。不，不光是你，你们三个都一样。"

"嘻嘻嘻，好可怕，好可怕。"

哈里夏手脚乱挥，可是雷梅迪奥斯看不出它是在害怕。正是有能战胜她的自信，才能表现出这样的态度。因此，雷梅迪奥斯更加不快了。

雷梅迪奥斯大声向圣骑士们下令，好让亚人们也能听到。

"大家听好，我们来单挑。我对付维嘉，你们——"

"那么这边由我来。"萨维卡斯朝向哈里夏。"那么，我来这边。"艾斯特万拦在了纳斯莱妮面前。

"咦……我不是战士，不太懂，可是看起来水平好像差得太多了吧？"

"嘻嘻嘻……虚中有实，实中有虚。你最好不要大意啊，纳斯莱妮阁下。"

听到维嘉不屑的冷笑，雷梅迪奥斯大吼一声，"上了！"亚人们已经看穿人类的两名圣骑士实力不强，给其时间说出这个事实没什么好处。

第一击非常重要。为了安抚在后面紧张地关注着战况的民兵，也为了让对手明白自己是强者，雷梅迪奥斯不能多顾虑进攻的节奏，必须给亚人一个下马威。

她单手拿着圣剑砍向维嘉。

维嘉举起巨大的战斧迎击。

两把武器撞在一起，空气大幅震动。

雷梅迪奥斯听到后方的民兵中传出一阵惊呼，她现在顾不上分析他们是赞叹还是被吓到了，因为她全力以赴的一击被同样威猛的一招挡了回来。

双方平分秋色的一击过后，彼此的武器都没有损伤。

如果是普通的武器，经过这样猛烈的撞击，肯定会多少出现破损，或者发生卷刃。也就是说，维嘉的武器也是魔法武器。

"哼！"

"嗯！"

雷梅迪奥斯紧接着挥出的一击，在维嘉的上半身划开了一个小口子，血花扬了起来。然而，与此同时，战斧也砸在了雷梅迪奥斯的胸部。

魔法铠甲防住了战斧的利刃，可是冲击力却把雷梅迪奥斯肺部的空气全部挤了出去，她陷入了呼吸困难的状态。

雷梅迪奥斯被冲击震得向后退去。维嘉大吼着高举战斧冲上前来，劈头盖脸向她挥了下去。

现在，雷梅迪奥斯的身体中摄氧量不足，无法供她用剑挡开这一击。她举起圣剑，顺势把战斧上的力卸向一边。让人汗毛倒竖的一斧，从距离她身体几毫米的地方劈了下去，砸在大地上。冲击力之大，让她觉得仿佛有一瞬间，身体被震得飞了起来。

战斧劈在大地上，维嘉身体的正面现在毫无防备，雷梅迪奥斯把圣剑戳了过去。

"刚击！！"

"要塞！！"

判断重如战斧的武器不可能在一瞬间举起，维嘉一只手放开斧柄，抬起手臂来护住自己。

鲜血从维嘉的右上臂喷涌而出。

然而，圣剑没有伤到维嘉的脸，原因有二：其一是维嘉发动了防御系武技。其二是雷梅迪奥斯的手被震麻了，没能使出全力。

雷梅迪奥斯一转念，正打算把砍中维嘉手臂的圣剑按下去——腿部突然传来的疼痛让她僵住了。

疼痛的原因在于维嘉的下半身：与野兽前足一样的腿扫过了雷梅迪奥斯的腿。腿甲防住了大部分锐利的尖爪，不过其中一只划破了雷梅迪奥斯的腿。

趁着雷梅迪奥斯僵住的时候，维嘉已经重新举起战斧。

为了不让维嘉有挥动战斧的空间，雷梅迪奥斯向前冲了一步。每动一下，她的腿部就会传来一阵疼痛。

"刚击！"

"刚爪！"

维嘉巧妙地运用战斧，防住了刺向自己的圣剑。

与此同时，雷梅迪奥斯用被弹开的圣剑，挡住了维嘉用强化后的野兽前足挥出的一击。

维嘉向后一退，雷梅迪奥斯迈出更大的一步冲上前去。

双方重复了几次武技之间的攻防。

双方都未受到致命伤，不过每一回合都有血花溅起。

雷梅迪奥斯确信自己占了优势。

（这样打下去就能赢！）

喜悦涌上她的心头。

只要能把这三只强大的亚人全部击败，就相当于成功保护了城市中的平民。这样一来，他们对王国的信任也将恢复。

（轮不到那个不死者出场了！）

战士与圣骑士的区别，粗暴来说，战士是攻击型坦克，圣骑士是防御型坦克。将这一差异数值化比较困难，如果说战士差不多是攻击11防御9，那么圣骑士就差不多是攻击8防御11。当然，圣骑士会用魔法，而战士能学会更多的武技，不能粗暴地比较。不过，向不了解两种职业的人解释，这样说来比较简单明了。

要说哪个职业更克制魔法吟唱者，圣骑士会更胜一筹。他们有神的护佑，魔法抗性比战士更强。因此，如果纳斯莱妮是和雷梅迪奥斯相同级别的魔法吟唱者，就不是多么可怕的对手。

再说哈里夏。看它身上的装备和动作，很可能是修行僧系的职业。修行僧很擅长对付魔法吟唱者和盗贼之类的职业，不过面对圣骑士就会被克制了。因此，这只猴子也不是多么可怕的敌人。

正因为如此——

（只要击败这个叫维嘉的家伙，就很有可能把三只亚人都杀掉。）

要么在连战之后的疲劳状态下与维嘉战斗，要么在毫发无伤的状态下与维嘉战斗，胜算更大的毫无疑问是后者。正是做出了这样的判断，雷梅迪奥斯才首先向维嘉发起挑战。她的选择是正确的，唯一的误算是——

"哎呀哎呀，已经死了？"

"嘻嘻嘻。这边也是。"

——对于另外两只亚人来说，圣骑士太弱了。

"什么！"

她是把两位圣骑士的实力看得太高了呢，还是把两只亚人的实力看得太低了呢，还是两者都有呢？

"和我战斗的时候走神，是对我的侮辱！"

充满愤怒的一击劈向雷梅迪奥斯。

"嗯！"

雷梅迪奥斯在千钧一发之际接下了这一击，可是被打退了一小段距离。本来，双方的站位对她有利，现在两者之间的距离对维嘉更有利了。

"你是叫雷梅迪奥斯吧……站在你面前的，是将来会名震四方的强者维嘉！如果不集中全部精力向我挑战，你会在几秒钟内丧命的！"

雷梅迪奥斯紧咬下唇，听到新的战斗声响了起来。

"嘻嘻嘻，这次的圣骑士会不会强点啊？"

"和刚才的不会有什么区别……不过，我不是战士，说不好就是了。"

"圣骑士，弗兰科。"

"同为圣骑士，加尔万，前来应战。"

两句话音过后不到几秒，便传来两次身着金属铠甲的人倒地的声音。

弗兰科是个好男人,尽管作为圣骑士的实力还不够,但他为人平和,很多人都很喜欢他。其实是因为古斯塔沃对他的信任,才把他安排到这里。雷梅迪奥斯也是因为了解他的性格,才把现场统领民兵的任务交给了他。

她听说圣骑士加尔万最近刚刚结婚,只是他的妻子不知道被囚禁在什么地方。他压抑着想去救妻子的冲动,为了救更多的国民,发挥着他在圣骑士团中的作用。

两个前途无量的圣骑士就这样被杀死了。

"你又在走神!"

伴随着咆哮,维嘉发起了比刚才势头更猛的攻击。雷梅迪奥斯主动向前冲去,在维嘉胸前离其拿武器的手比较近的地方接下了攻击,然后顺着斧柄把剑一滑——维嘉巧妙地把这一剑挑开了。

"哼,是佯装走神,还是说你就算走神,身体也能自动做出反应?"

维嘉的喉咙中发出野兽一样咕噜噜的低吼声。他不是在威吓强大的敌人,而是因为喜悦。

"小雏儿,我们这边收拾好了,你那边好像还早啊。怎么样,要不要我们帮你?"

"开什么玩笑!要是让你们帮我杀了这家伙,我的英雄故事就要打折扣了。就是得单挑击败她,才会有更多的人传颂我的故事。"

"维嘉阁下所说得没错。那么，你看怎么办，纳斯莱妮阁下？咱们先把那边人类组成的盾墙收拾掉，向前——"

"休想！"

雷梅迪奥斯无视正与自己对峙的维嘉，向着不设防的两只亚人跑了过去。然而——

"浑蛋！我说了，你的对手是我！"

维嘉肯定不会让她跑掉。雷梅迪奥斯背向维嘉，浑身破绽，维嘉却没有用战斧攻击，而是飞出一脚。这一脚把雷梅迪奥斯踢了个正着，她飞了出去，身体撞在了盾墙上。

冲击力让她的呼吸乱了一瞬。

"呀！"

恐惧让民兵们发出了惨叫声。

"集中你的精神，人类！认真和我打！"

维嘉的脚步声伴着怒吼声接近了。要是那么长的战斧击中盾墙，拿盾的民兵会被打飞，阵型会出现无法弥补的缺损。

雷梅迪奥斯在身体失去平衡的状态下向前一蹿，朝已经来到身边的维嘉发起突击。

本想只靠自身的能力收拾掉维嘉，但她现在决定，使用本打算用来对付另外两只亚人的力量。

她要用出圣剑萨法尔利西亚每天只能用一次的绝招。

也就是经过圣剑强化后的圣骑士的圣击。

那是只有拥有圣剑的圣骑士才能用的，最强的攻击。

直觉告诉她最好不要这样做，可是如果不马上击败维嘉，另外两只亚人会杀死更多民兵。

（我要实现——卡尔卡陛下的心愿——）

雷梅迪奥斯发出不成声的怒吼，推开正在敲响警钟的直觉，用心灵向圣剑发出命令，同时将圣击灌注到剑中，令其启动。

圣剑发出神圣的光芒，光芒伸展到剑身两倍的长度。

据说越邪恶的对象，看到这光芒越是会被照得头晕目眩，在相应的状态下想躲开或者防御这一击就会十分困难。之所以是据说，是因为在雷梅迪奥斯看来，这光芒并没有多亮。

雷梅迪奥斯高举圣剑，全力挥向维嘉。

毕竟她刚刚失去平衡，想预料她挥剑的轨道看来很容易，维嘉用战斧轻易接下了这一剑，向她推了回来。然而——

雷梅迪奥斯再次发出不成声的怒吼，在圣剑与战斧相搏的状态下继续向下用力。

她并不想用蛮力让剑压过战斧。

要问为什么——是因为剑上的光芒没有被战斧拦住，沿着雷梅迪奥斯挥剑的轨迹穿了过去，划过了维嘉的身体。

这就是用圣剑萨法尔利西亚发出的绝招。

无视防御、装甲的神圣波动。

无论多么坚硬的铠甲、鳞片、表皮，面对这招都没有意义。它连魔法装备都能穿透，是想用武器或者盾牌接招的人绝对无法避开的杀招。

如果不接招而是避开,光之波动就不会命中。不过在被光晃晕的状态下,想要避过雷梅迪奥斯的一闪是不可能的。

光之波动划过维嘉的身体,圣剑上的圣光消失了。

然而——雷梅迪奥斯瞪大了眼睛。

分明直接命中了维嘉,它却好像没有受到很大的伤害。

"怎么回事?好花哨的一招……几乎不怎么疼啊。徒有其表吗?确实吓了我一跳……"

雷梅迪奥斯惊得目瞪口呆。

(这家伙——不是邪恶的……)

这一招对付越邪恶的对象,效果就越好。如果对象并不邪恶,便无法造成太大伤害。至于善良的对象,就会和什么都没有发生一样。也就是说,没有受到伤害的维嘉就算不是善良的,也不邪恶。

(它在折磨人类、侵略我们的国家,居然不是邪恶的!)

"嘻嘻嘻,好晃眼的光啊。维嘉阁下,你真的没受伤吗?"

哈里夏挤着双眼,向维嘉问道。

"好晃眼啊……晃得我现在还看不清楚东西。"

纳斯莱妮抱怨着。

雷梅迪奥斯犯了错。这一招果然不应该用在维嘉身上。

维嘉伸伸手跺跺脚,确认自己的身体没有异常后,耸了耸肩。乍一看毫不设防,可在雷梅迪奥斯眼中根本无机可乘。

"晃眼的光?怎么回事,我看那光并不亮啊?"

"维嘉,真没想到,你挨了那一剑竟然毫发无伤……或许是我小看你了。"

"哈哈!你终于明白了啊,哈哈哈!好了,人类,看来你作为我的绿叶是称职的,只要你肯投降,我可以让你死得痛快点。"

"不要开无聊的玩笑!胜负还没分出来呢!"

雷梅迪奥斯举起剑,向三只亚人吼道。

确实如此,雷梅迪奥斯还能继续战斗下去。她把手放到伤口上,发动了治疗能力,一丝温暖带走了疼痛。

(如果他不是邪恶的,圣骑士的许多特殊技能就派不上用场了……那边的两只说晃眼,就留给它们吧。)

既然这样,作为单纯的战士与维嘉战斗就是了。

"嘻嘻嘻。那么,维嘉阁下,这边就拜托你了,我们去杀后边的人类。"

"什么!卑鄙的家伙!"

雷梅迪奥斯叫来的圣骑士已经死光了。民兵可对付不了这些家伙。

"你们休想!"

雷梅迪奥斯一边后退,一边站到能同时对付三只亚人的位置。

"看你的样子好像想同时和我们三人打,可我们已经同意把你交给维嘉了。"

"嘻嘻嘻，我们的目的是随便消灭一些这座城市里的人类，没法只陪你一人玩。纳斯莱妮阁下，用你的力量消灭后面的家伙可以吗？"

"这个嘛……"

纳斯莱妮的四条手臂中，三条开始发动魔法的力量，其一是冰，其一是炎，其一是雷。

"可恶！"

雷梅迪奥斯向着女亚人跑了过去——

"刚才就说过了！你的对手是我！"

战斧伴着咆哮横扫过来。雷梅迪奥斯用圣剑接下这一斧，被打飞了老远。

事到如今，雷梅迪奥斯也明白了，她绝对不可能一边对付维嘉，一边对付纳斯莱妮。她确实可以向纳斯莱妮发起攻击，可是一旦防御了纳斯莱妮的攻击，就会向维嘉露出毫无防备的破绽。

（我怎么会……承认不可能！做不到只是借口！）

民兵尖叫的声音刺激着雷梅迪奥斯，让她的斗志熊熊燃烧起来。

面对恐惧，民兵却没有逃跑，而是相信着她。她不能让民兵看到自己出丑。

不会有人哭泣的国家——卡尔卡的理想，雷梅迪奥斯不会放弃，她到最后也不会放弃的。

"民兵！全体后退！"

雷梅迪奥斯一边下达命令，一边横下一条心。

（就算吃上一击也死不了，我要一边用"要塞"，一边向那个女亚人发起突击！）

看到雷梅迪奥斯跑了起来，或许是误会了什么，维嘉笑了。

"啊，看来你下定决心了啊。没错！你应该使出全力战斗！让这场战斗可以成为传说——'决斗宣言'！"

"啊？"

嗷嗷嗷嗷，维嘉发出了有特殊作用的咆哮声。雷梅迪奥斯本想转向纳斯莱妮，可她的双腿却像着了魔一样向着维嘉冲了过去。不光是双腿，她的剑、意识、视线全部转向维嘉，无法移开。

"火球。"

第三位阶的范围攻击魔法从雷梅迪奥斯身旁擦过，向着民兵飞了过去。这样的魔法雷梅迪奥斯可以承受，对于民兵来说却是致命的——

"骷髅障壁。"

民兵面前出现了一堵骸骨组成的骇人墙壁，"火球"打在了墙上，烟消云散。

有人发出了惊叫声。

一开始是因为看到了无法理解的事情，不过随后意思逐渐转变。人们发现骸骨形成的可怕墙壁上,一个影子以令人感觉不到重力的动作飘了下来。

影子用与战场气氛格格不入的,心平气和的轻柔语调这样说道:

"就算是战场上的常事,三对一也实在让人看不下去。我也参战,没问题吧?"

声音来自不死者。

这座城市中没有谁不知道这位人物,他以恢复魔力为由拒绝参战。

他就是安兹·乌尔·恭魔导王。

噢噢噢噢噢!震颤大地的欢呼声从骨墙对面传来。

雷梅迪奥斯攥紧了拿剑的手。

"那,那家伙是什么来头?"

"看那样子,应该是死者大魔法师吧,我听说有些死者大魔法师是没有皮肤的。不过……区区死者大魔法师有能力防住我的魔法吗?它穿的长袍真是不错,莫非是依靠魔法道具的力量?等等,莫非是操纵它的人拥有强大的力量?"

亚人们的话从雷梅迪奥斯左耳进去,又从右耳出来,声音她能听到,却没有理解那是什么意思。她现在的全部精力,都用来压抑汹涌的憎恶了。她甚至没有察觉,她在维嘉面前竟然毫无防备。

（啊啊啊啊啊啊啊啊啊啊啊啊！为什么这家伙跑出来了！为什么这家伙赢得了欢呼！为什么！为什么！这个肮脏的不死者！）

雷梅迪奥斯还有一部分头脑保持着冷静，知道民兵在魔导王的帮助下逃过一劫，会欢呼也是理所当然的。然而，她实在无法接受民兵对不死者发出欢呼声，毕竟为了保护民兵死去的圣骑士们就倒在盾墙前。

（竟然不为保护你们而牺牲的人喝彩，而为这个迟来的家伙喝彩！）

雷梅迪奥斯甚至想一把摘下头盔，砸在地上，胡乱挠着头发在地上打滚。

她拼命压抑着怒火，向站在骸骨墙壁上方的不死者问道：

"你来干什么？"

魔导王愣住了。他把空洞眼窝中鲜红的火焰，从亚人转向了雷梅迪奥斯。

"我来……干什么？我是来助阵的啊！"

"是吗……"

那你为什么不早来？！你是在等圣骑士们的死吧，为了在民众面前逞威风！

雷梅迪奥斯想把这些想法发泄出来，然而——

"既然这样，就交给你了。"她不会说拜托的，她也说不出口,"把骨墙消掉吧。"

"嗯?"

"交给你了!"雷梅迪奥斯忍不住吼了出来,拼命压着火气说道,"把骨墙消掉吧,消不掉吗?"

"那倒不是。"

话音刚落,魔导王脚边的墙壁就消失了。他之所以没有掉下来,是因为用了"飞行"一类的魔法吧。

雷梅迪奥斯满不在乎地背对着维嘉。就这样被维嘉砍死也好,她就可以嘲笑魔导王没有保护好她了。

从某种意义来说,雷梅迪奥斯被自暴自弃的情绪控制着,不知是否该说遗憾,她没有受到亚人的攻击,回到了民兵面前。

民兵们看她的眼神中带着一丝恐惧。她心想:我的表情有那么可怕吗?

"此处交给魔导王了!我们去战局更紧迫的地方支援!"

听到雷梅迪奥斯的命令,民兵们显得有些困惑,开始面面相觑。

"你们不听指挥吗!"

被雷梅迪奥斯一瞪,一个民兵战战兢兢地说道:

"啊,不,不是。只是……只留魔导王陛下,独自一人……"

"魔导王很强!对不对!那些亚人不在话下!我们走!"

雷梅迪奥斯带着一再回头看向他这边的民兵们走了。他们去支援其他战场了。

看着变得空荡荡的城门附近，安兹小声嘟囔着。

"啊……那家伙，真的全丢给我了。"

刚刚发生的事实在令人难以置信，安兹不禁恢复了本来的说话方式。

（刚才那样的局面下，难道不该和我一起战斗才对吗？话说，那家伙居然把工作全扔给来帮忙的人。最起码也该客客气气地问几次，是不是能把这里的战斗交给我才对吗……我救了她，她竟然连谢都不谢，这是怎么回事？）

安兹感到一股火气，只是，这股火气还算不上暴怒，感情不会受到抑制。就是一股热辣辣的怒火在他心里烧了起来。

简直就像因为别人出错留下加班，出错的人却说有事先回家了。不——

（那时候我的怒气比现在大，我得回家玩YGGDRASIL啊……那天我们公会有活动，结果我迟到了，让大家等了很久。只是大家都说碰上过类似的事，没有怪我就是了……）

热辣辣的怒火中添加了新的燃料，熊熊燃烧起来，然后被强制压了下去。

"嗯……怒气被压下去了啊，不过还是很不愉快。这还是我第一次受到如此无礼的对待。"

雷梅迪奥斯向他大吼过，让他"闭嘴"，不过现在的状况和那时不同。首先，人们都知道安兹说过不会参加这场战斗，最后他还是赶来支援了。稍微有点常识，也不会像她那么无礼吧？

至今为止，安兹遇到的人都是比较有礼貌的。

或许正因为如此吧。

他觉得更冷静地搜索记忆，在铃木悟时代或许遇到过几次雷梅迪奥斯这样的人。当然，这不代表雷梅迪奥斯做得对。

安兹视线一转，瞪向三只亚人。

就好像一切皆因它们而起一般。

安兹也明白这是自己迁怒。

按照安兹的计划，他在危难之中伸出援手，雷梅迪奥斯对他的好感度应该急剧上升，为她一直以来的无礼全面道歉，开始为他做出各种贡献才对。他就是为了这个目的，才一直在"完全不可知化"的状态下，从上空观察着雷梅迪奥斯，直到危急时刻才下来帮她的。

结果却成了现在这样。

唯独这个结果，安兹完全不能理解。

你在月末时没有完成业绩指标，就在这时，有人帮你完成了不足的部分，你难道不应该对这个人充满感激之情吗？更不要说这个人早就完成了自己的指标，是放弃了假期来帮你的。

安兹在上空俯瞰整个战场，把握着整体状况。有许多地方的情况比这里更危急，他也知道一直瞪着他的少女同样遭遇了危险。

安兹选择来到这里，是因为他知道要卖人情，与其卖给鸡尾不如卖给凤头——圣骑士团团长这个地位最高的人物。

然而——

"真让人不愉快。"

安兹沉吟着，听到了令人烦躁的笑声。

"嘻嘻嘻，看来你被丢下了啊。嘻嘻嘻，好可怜好可怜。"

"它是死者大魔法师，而且是作为魔法吟唱者的力量得到了强化的个体。最好当心一点。我虽然没听说过形成墙壁的魔法，不过位阶应该比较高。"

"哼，说到底不还是魔法吟唱者吗？有点扫兴啊，要想被人称颂，还是得击败强大的战士才行。"

三只亚人或许是回过了神，开始你一言我一语地聊起来。安兹看向其中发出笑声的、像猿猴一样的亚人。

"无所谓吧，杀了这家伙，然后——"

"闭嘴。"

安兹打断他的话，使用了无吟唱化的第八位阶魔法"死"。

猿猴一样的亚人保持着扭曲的笑容，缓缓瘫倒下去。

"什么？你做了——"

"闭嘴，我说过了吧？"

安兹再次使用了魔法——无吟唱化的"死"。

四条腿的亚人也和猿猴一样倒下了。

"哎？哎？发、发生了什么？"

剩下的女亚人似乎不理解发生了什么，不过看样子她知道是谁引起了眼前的现象。

"是，是你做的吗，一瞬间杀死了那两人？"

女亚人的脸上带着强烈的恐惧，身体也在瑟瑟发抖。

"是的，是的。"安兹十分随意地对女亚人施放了无吟唱化的"死"。

"嗯？"

女亚人没有死。她防住了安兹的"死"。

察觉到这一点的瞬间，安兹的思维马上切换了，现在他的精神状态变成了战斗模式。

她是靠种族特长防御了"死"，是身上施了魔法，是单纯抵抗了魔法，是魔法道具的防御能力，还是出于其他的原因呢？

虽然不能说绝对不可能，但是靠自身力量抵抗魔法的可能性非常小。安兹一直在默默观察这三只亚人的战斗，它们没有使出全力，不过也绝对没有强到能凭一己之力抵抗安兹的魔法。

到底是怎么回事呢？想到这里，安兹觉得应该谨慎一点，给敌人一个出手的机会。

再说，放走这个机会，有些情报或许就得不到了。对手防住了安兹擅长的攻击，既然有机会，他希望能看看对手都有些什么牌。

"嗯……做了什么都无所谓。真是浪费时间，早知道还不如对那个女人见死不救，去别的地方救援呢。如果能和她一起战斗，我本打算多花点时间，表演一场恶斗在之后迎来胜利的戏码呢……"

眼前是一只嘴里不停念叨着什么的不死者。

（这只不死者到底什么来头？不死者怎么可能站到人类一边，按说应该是受到了死灵法师的控制才对吧？可是，这也太强了……）

尽管她完全看不懂它到底做了什么，总而言之是秒杀了与她水平相当的战士。如此强大的不死者有可能被控制吗？

要是被它的指尖一指，下一个死的或许就是她了。

除了魔皇亚达巴沃之外，她只知道魔皇的心腹大恶魔能做到这样的事。

（那不可能！能控制与那些大人同级别的不死者，岂不是能与神比肩吗！不可能有那样的亡灵法师！）

要是人类国家中有那么厉害的死灵法师，亚人联军不可能攻得到这里。

（要逃吗？要趁着它还没用真本事的时候逃吗？逃得掉吗？）

她没有方便的逃生魔法，因为她从未被逼上过绝路，不觉得有必要学习那些魔法。

（既然这样！只有向前才有活路！）

"啊啊啊啊啊啊啊啊！！"

她怒吼着让自己的心振奋起来,用颤抖的嘴唇吟唱起了魔法。

魔力系的第四位阶魔法中,有一种叫"白银骑士枪"的魔法。它是一种物理系的魔法,不过具有银的属性效果,对被银克制的敌人会发挥强大的破坏力。不仅如此,它还拥有被称为贯通的特殊效果,对没有穿铠甲的对象会造成更大的伤害。相应地,它的缺点就是伤害会因为铠甲类的防具而减弱。

她的王牌就是在这种强力魔法中加入独有的变化,创作出的新魔法。

能造成火属性伤害的"炎烧骑士枪"。

能造成冰属性伤害的"冰葬骑士枪"。

能造成雷属性伤害的"雷爆骑士枪"。

这三种魔法造成的是纯粹的属性伤害,无法靠铠甲减轻,但是贯通效果依然存在,威力非常惊人。

当然,与威力相应的是远超第四位阶魔法水平的魔力消耗量。

这样的大魔法——对她来说——她同时发动了三个。

发动一个也会消耗大量魔力的魔法,她同时发动了三个。同时发动多个魔法本身也会消耗更多的魔力。魔力被魔法吸走的强烈冲击,让她有一瞬间产生了眩晕般的浮游感。

"去死吧!!!"

三支枪同时飞向不死者——又同时消失了。

"啊?"

她无法理解眼前发生了什么。如果对方是受到了伤害并且挺住了,那她还能理解。然而——枪好像什么都没有发生一样消失了。

"哎?哎?啊?什么?"

"给你时间的结果就是这个啊。这就是你的绝招了吧?嗯,看来没有必要多让你一手。既然这样,时间不多了,你快死吧。'魔法最强化·现断'。"

5

眼前是漆黑的世界。

她不知道何为自己……

她似乎睁着眼——可何为眼?

她甚至不知道何为漆黑,何为世界。

因为她甚至不知道自己为什么会产生这样的想法。

她什么都不知道。

她正在消失。

她甚至不知道何为消失。

然而她确实在消失。

突然,她觉得有什么拽着自己。

向上,向下,向左,向右,向中间,向不知何处——

拽她的是完结的世界。

完结于同伴的造物的可怜的家伙。

认为没有更宝贵的东西，关闭了思考的存在。

随后——伴随着白色的爆炸，闪光笼罩了世界。

巨大的丧失感——

从整体中脱离——

涅娅·巴拉哈眨了几次眼，想让蒙眬的视野恢复正常。

她觉得应该是发生了什么，可又什么都不记得了。她只知道自己在和亚人战斗。后来发生了什么？

"真是好危险啊。"

涅娅听到沉静的声音，紧紧眯着眼睛看了过去。

那看上去像是一片黑暗。

并非让孩子惶恐不安的黑暗，而是能令疲惫者得以安眠的黑暗。

那是魔导王安兹·乌尔·恭。

"陛、下……"

涅娅不由自主地伸出了手，就像不安的孩子向父母伸出手一样。

"涅娅·巴拉哈，不要勉强活动。这里就交给我，你休息吧。"

涅娅能看到，魔导王身后的亚人正拼命向他发起攻击，有的刺杀，有的挥砍，有的击打。

然而魔导王理都不理，他好像什么都没有发生一样，和善地对涅娅说着话。

涅娅脑海中浮现出与巴塞一战时的光景。

魔导王把手伸进长袍里，有点犹豫地掏出一瓶颜色毒艳的紫色药水。按说药水都是蓝色的才对。

魔导王把毒艳的药水洒在了涅娅身上，她却并不觉得需要顾虑什么。魔导王做的事，肯定是对的。

事实上，她的想法得到了证实，药水，转眼间治好了她的伤。魔导国就连药水的颜色都与众不同。

"看来还远没有痊愈，先恢复一点体力——好烦人啊。啧，民兵已经全灭……好像对面还有。既然这样……"

魔导王转向身后不停攻击的亚人。

现在这个时刻，战斗依然在城市各处展开，恐怕每一秒都有人失去生命。可是，只有这个时刻，涅娅忘记了这些。她眼里只能看到魔导王站在身前保护她的英姿。

她心中已经没有了对亚人大军的不安和担心。

眼前的——正是涅娅想看到的魔导王。

（原来如此，是这样啊……）

涅娅确信，自己心中一直以来的疑问已经得到了完美的回答。

魔导王随手使用着魔法。

耀眼的雷光从城墙上闪过，据说那是一种叫"连锁龙雷"

的魔法。

城墙上的亚人瞬间遭到了全歼,快得让人难以想象这里曾经有一场恶斗。

"已,经……全杀……死,了吗?"

"不,稍远点的地方还有正在战斗的人,我控制了魔法的范围,以免殃及他们。因此还并没有全部杀——'烧夷'。好了,全杀死了。接下来要处理正爬上来的蠢货。'扩大魔法效果范围·骷髅障壁'。"

亚人军队所在的外侧城墙上,竖起了一堵骷髅堆成的墙壁。骸骨墙挡住了视线,她看不到对面,不过能听到顺着梯子爬上来的亚人发出惨叫。随后是其落下梯子,重重摔在大地上的声音。

"接下来就是处理在外面布阵的亚人军队了啊……我在来到这里前送出了不死者,等一下它们会处理好的。"

魔导王说着,又掏出了一瓶别的药水。这次和刚才的不一样,装药水的瓶子非常精致漂亮。涅娅不知道里面装了什么药水,不过看得出肯定价值不菲。

"我,不要紧的,陛下……"

"别客气。我来得晚了,对不起啊。"

魔导王好像觉得有点晃眼,用手遮住眼窝的上半部分,把瓶中的药水洒在了涅娅身上。浑身无力的感觉像融化了一样消失了,她只是觉得很累,好像身体中有什么被削掉了一块,不过相应的，不对，应该说更强的感觉是，她身体中心好像积蓄起了一股热量。

涅娅想起身，尽管身体各处依然痛得让她想哭，可是就算再痛，也不能继续在伸出援手的人面前保持如此失礼的姿势。

"别动——巴拉哈小姐，没必要非得起来。"

涅娅正打算起身，肩膀就被按了回去，她又重新躺在地上。

"你就躺着，等人来把你抬走就好——你们几个，到这边来！"

魔导王大概是在对民兵挥手吧。

这时涅娅才想起来，因为太激动，她忘了一件非问不可的事。

"陛下，您来救我们，魔力不要紧吗？您把本该对付亚达巴沃的魔力用掉了。"

"不要紧，既然是为了救你，这也是不可避免的消耗。"

"陛下……"涅娅觉得豁然开朗，"我明白了。"

"嗯？你明白什么了？"

魔导王在等涅娅继续说下去。

"我现在明白，正义是什么了。"

"啊啊，你找到属于你的正义了，那真是太好了……是不是保护弱者之类的？"

魔导王语气温和，因此涅娅十分自信地说：

"陛下即正义。"

有一瞬间，魔导王愣住了。

"嗯?!"

"我现在明白了!陛下即正义!"

"啊,我明白了,巴拉哈小姐累了啊。还是好好休息一下吧。人一累了就会胡思乱想,巴拉哈小姐也不想冷静下来之后,在床上尖叫着打滚吧?"

"我确实累了,不过心中豁然开朗,远胜过我的疲劳。我坚信,陛下即正义的看法是正确的!"

"等,等等,上次我说过了,我并不是正义。你想,所谓正义是指把保护弱者看成理所当然的思想和做法,那个……怎么说呢,是一种抽象的概念,才对吧?"

"不,没有力量的正义就没有意义,像亚达巴沃那样只有力量的家伙也不是正义。既然这样,只有拥有力量,而且用力量来帮助别人,这才是正义。结论就是,陛下即正义!!"

涅娅睁大眼睛说着,只见魔导王突然抬起了手,就像哄幼子入睡一样,盖住了涅娅的眼睛。感受到冰凉的骨头,涅娅的脸上露出了笑意。

"好,好。太大声说话会扯开伤口的,回头我们再慢慢聊这个话题吧。"

"是!魔导王陛下!"

这时响起了脚步声。涅娅移动视线,发现有几个圣骑士和民兵正向她这边跑过来。

"魔导王陛下!感谢您又赶到这边来救援!"

"不用在意。"

魔导王缓缓站了起来。看到魔导王打算离开,涅娅觉得有点空落落的,差点儿伸手去抓他的长袍。她察觉到自己的想法有多么没出息,拼命克制住了。

"——等等,你们还是在意一下吧,我希望你们能感谢我。请你们把涅娅·巴拉哈抬到安全的地方去。你们从这里看不到,不过我已经派不死者去亚人的阵地了,这里暂时不需要太多人驻守。"

"魔导王陛——"

"涅娅·巴拉哈,还有圣王国的诸位国民,接下来的事就交给我吧,我保证,尽可能地救助这座城市中的人们。"

魔导王轻飘飘地升上了空中。

"还有,不好意思,能请你们帮我把那三只亚人的尸体保管起来吗?他们都很强大,我希望能详细调查一下。"

魔导王所指的地方有三具尸体,三只亚人看起来都不是泛泛之辈。

"请连同它们的装备一起搬走,不需要轻拿轻放,不过注意别弄丢它们身上的道具。那么拜托了啊。"

目送魔导王升上空中之后,圣骑士转向涅娅。

"侍从涅娅·巴拉哈,我也不愿意让你起身……可是没有担架,恐怕做不到。你能站起来吗?"

"是的,我能行。"

涅娅缓缓站了起来。她的腿还在颤抖，体重压在上面就觉得疼痛难忍。一位民兵靠过来，涅娅把手搭在了他的肩膀上。

涅娅顺着城墙向下看去，发现守在西门附近的部队已经没了踪影，甚至没有一具尸体。随风传来的战斗声听起来相当远。看来就算下了侧塔，以最短距离撤离城墙也不会遇到敌人。

涅娅抬头寻找飞到空中的魔导王，却没有发现他的踪影。她怀着遗憾走进了侧塔。

●

安兹飞在空中，一边对攻进城内的亚人使用攻击魔法，一边想着刚才的一连串事情。

（赔大了，我把顺序彻底搞反了，应该先救涅娅·巴拉哈才对，她比那个令人不快的女人强多了。）

他为了救雷梅迪奥斯·卡斯托迪奥，晚了一步才到涅娅身边——可涅娅已经死了。因此，安兹为了复活涅娅，不得不用了相当高阶的短杖。安兹不知道涅娅到底有多少级，他担心用低阶短杖，会使涅娅和那时的蜥蜴人一样变成灰。

为了复活涅娅支付的代价，复活涅娅后安兹，乃至纳萨力克会获得的利益，说实话安兹也不清楚两者是否成正比。然而安兹卖人情给雷梅迪奥斯的计划彻底失败了，他希望至少得卖个人情给涅娅，因此选择了复活她。

（是不是用灌注了第七位阶魔法的复活短杖也不要紧呢……我太大方了啊。想换掉这个戒指也得等一小时之后才行。）

安兹看向右手拇指上戴的戒指。

短杖控制之戒——八枚戒指之一。

它是头目掉落的超稀有工艺品。

原则上，只有会使用短杖中灌注的魔法的职业，才能使用相应的短杖。比如灌注了第一位阶的信仰系魔法"轻伤治疗"的短杖，只有信仰系魔法吟唱者能用。只有杖中灌注的魔法才能由不同系统的魔法吟唱者发动，因此杖比短杖价格更贵。

一部分短杖有独特的使用规则，任何玩家都能使用。不过这次用来复活涅娅的短杖，灌注了第九位阶信仰系魔法"真正的复活"，安兹无法使用。

然而，只要戴上这枚戒指，安兹就能使用短杖了。

不过，靠这枚戒指，每次只能使用一种短杖。一旦切换，一小时之内无法再次切换。使用它的同时也要消耗魔力，即使如此它也是非常有价值的道具。

它十分稀有，在"安兹·乌尔·恭"团队中拥有的人也不多，安兹这一枚，是天目一箇离开游戏时给他的。

（也罢，目前应该不会有需要用这把短杖的情况，也不用太在意。不过话说回来，我刚刚才注意到，只要把她的眼睛遮住，看她的表情好像相当尊敬我啊。从她许多说话的细节都听得出……这说明我已经取得了她的信任吗？嗯——是不是呢？）

安兹回想着涅娅对他的态度。

（她好像真的非常感谢我……又觉得她好像在瞪着我。毕竟她的眼神太凶了，建议她戴个墨镜如何？）

安兹觉得，想归想，这话恐怕是说不出口的。同乘马车的时候她就提过，很是在意自己的眼神给人留下不好的印象。

在公司里当面对有腋臭的女性说"你身上有臭味"，然后把香水递给她，她会有什么样的反应呢？

（恐怕培养起来的尊敬将会烟消云散，留下的只有敌意……）

再说安兹——铃木悟也没有勇猛到敢说那种话的地步。

安兹发现还有亚人，便向地面使用了范围攻击魔法，把亚人全部杀掉。正在与亚人对峙的民兵用全力向安兹挥起手来，让人觉得能听到手臂带出的风声。安兹也抬起手来——他本来打算轻轻抬抬手就好，不过距离很远，于是他把手高举起来——回应着民兵。

（对啊，我可是善良的魔导王啊，你们要感恩戴德才行……不过话说回来……复活魔法会不会让人发狂，或者是让人变得不正常呢？希望她只是太激动了……）

安兹想起了涅娅。

她的样子不管怎么想都不对劲。上次告别的时候她还很正常，复活之后就成了这样。

（精神错乱？能用魔法恢复吗？如果这是复活的影响，那就有点可怕了啊。千万别是人性会随着时间的推移逐渐扭曲的结果啊……)

涅娅杀手一样的眼睛中充满了异常的气魄，还有令人生畏的疯狂光芒熠熠生辉。

(竟然能误以为我就是正义……休息后会不会恢复呢……哎呀。)

安兹把视线投向了亚人阵地。

噬魂魔从溃不成军、四散奔逃的亚人之间穿过。受到即死灵气的作用，亚人不断倒下。噬魂魔吃掉死者的灵魂，变得更加强大。

在名为YGGDRASIL的游戏中，就算碰到噬魂魔，它们也是和玩家等级相当的。玩家大概几百次中才有一次被它们的即死影响。因此，就算它们有吃灵魂的能力，也难有用武之地。

然而，这次不一样，它们发挥实力的机会终于来了。

"灵魂啊……坏了，我应该顺便做个实验的。"

安兹急速降落到地面上，用"创造中阶不死者"召唤出了一只噬魂魔。

(去吧。)

他在心中下令后，噬魂魔马上跑了起来。与此同时，他也对在外面尽情蹂躏亚人的噬魂魔下令。

——给新来的噬魂魔留下充足的猎物。

用尸体制造的不死者，就算时间到了也不会消失，那么这些不死者为什么不消失呢?

（如果充当媒介的不是肉体而是灵魂，那么吃掉了灵魂的噬魂魔是不是也不会消失呢？当然，就算得到了答案，或许也没有用处。不过，知道总比不知道好。）

安兹再次飞到空中，确认城市内的安全。大部分亚人应该已经消灭了，不过多加小心总没有坏处。

（哼，是那个让人火大的女人。无视她，无视她。）

安兹从雷梅迪奥斯身上移开视线，继续盘旋。

他每飞过一处，下面就会传来欢呼声。他一边挥手致意，一边确认有没有亚人——战斗已经结束。随后，他向着作战司令室飞去。他决定，搞定各种麻烦的商谈、时间充裕之后再回纳萨力克。

"千万别出岔子啊……"

安兹心中产生了强烈的不安，随后精神遭到强制镇静，他平静了下来，不过像缓缓渗出冷水般的感觉还是留在了他的心中。

（得用"讯息"和迪米乌哥斯说好在纳萨力克见面才行。）

●

只要安兹出马，胜利便如探囊取物。消灭攻进城市的亚人，之后又完成了两件事，安兹回到了自己的房间。

第一件事是前往加斯蓬德的房间，把后续一些琐碎的事拜托给他。噬魂魔蹂躏亚人的阵地后，那里留下了食品等许多东西。安兹告诉加斯蓬德，圣王国可以收缴食品等物资，但魔法道具除外。

安兹单枪匹马攻陷了亚人的阵地，按道理讲亚人的东西应该全部属于安兹。那些物资放进兑币箱里应该能换到不少钱，然而全部据为己有，恐怕会让卖给圣王国的人情打了折扣。安兹选择舍小保大，把物资留给了圣王国。当然，其中或许有贵重的魔法道具，这方面安兹可不打算让。

按说安兹应该先独自前往亚人的阵地，使用"魔法视力强化／识破魔力"，配合其他调查系的魔法转上一圈，不过他觉得没有这个必要。这也是因为迪米乌哥斯已经对亚人的魔法道具进行过调查，就算有疏漏，其中应该也不会有能威胁到安兹他们的道具，要是有一定会更惹眼才对。

还有一件事是回收三只亚人的道具。没人敢顺手牵羊安兹想要的东西，他顺利拿到了那些道具。当然，从这些道具蕴含的魔力，安兹已经想到了它们的水平，不过他依然期待其中或许有些特别的道具。

他把道具放在床上，打算用魔法逐一调查，不过在那之前还有一件事要做。

"来吧！"

他特意把这两个字说出了声。

其中包括给自己打气的意图，此外还有另一个意图。

在用"讯息"向迪米乌哥斯发送信息之前，还有一件事必须做。

安兹掏出卷轴——迪米乌哥斯牌的——发动魔法，他的头部生出了兔子耳朵。

他用这个魔法探听周围的声音，发现似乎没有人监视。不过只是这样做还不能让他放心。有许多以第二位阶的"寂静"为代表的消音魔法，盗贼也有隐藏行迹的特殊技能，只是没有声音就判断没人监视，那就太草率了。

（能毫不吝啬地使用卷轴，多亏了迪米乌哥斯经营牧场，可以轻易取得原材料。只要把大量农作物放进兑币箱，就能换到制作卷轴消耗的金币。我前段时间就有这种感觉，纳萨力克是不是开始步入正轨了？）

用这个世界上很容易买到的羊皮纸，就可以制作"兔耳"之类的第一位阶魔法卷轴，不过再高级一点的魔法，就得用YGGDRASIL时代的物资了。现在这一问题得到了部分解决。

确实，目前只有第三位阶以下的魔法能用牧场的产品制作卷轴，即使如此，迪米乌哥斯的功劳也足够大了。毫无疑问，论起到目前为止的功劳，迪米乌哥斯毫无疑问是最大的，其次就是把纳萨力克管理得井井有条的雅儿贝德。

安兹接下来用"创造低阶不死者"召唤出了死灵。

（到周围去转转，看看有没有人监视我。）

遵照命令，死灵没有开门就出了房间。死灵是幽冥体，可以穿墙移动，虽不是多厚的墙都能穿过，但这座房子的墙壁厚度并不在话下。

安兹把精力集中到魔法创造的耳朵上。

就算盗贼潜伏得再好，面对突然出现的不死者，而且对方还发动着播撒恐惧的灵气，恐怕也没办法一动不动吧。不仅如此，盗贼还需要不被死灵发现的潜伏能力。当然，想骗过死灵这种低阶不死者不难，不过要同时满足以上这些条件，就得是水平相当高的盗贼了。

安兹判断不可能有这样的盗贼。如果圣王国有这等人物，前面两战一定不会将其雪藏。

（虽说如此，为了提防我，他们并不是完全没有可能雪藏实力高超的人物。不过从那个女人的性格来考虑，应该不可能吧……要是真有这样的人，迪米乌哥斯应该会给我新情报才对。）

想到这里，安兹又一转念：真的是这样吗？

迪米乌哥斯会不会有这种想法呢：这些事不用说，安兹大人也明白。

（啊啊，越想越觉得胃痛。）

要是真出了那样的问题，他就得横下一条心，和迪米乌哥斯还有雅儿贝德好好聊聊了。

过了一会儿，不死者回来了。

"发现人了吗？"

不死者做出了"否定"的反应。安兹的耳朵也没有捕捉到可疑的动静。

"是吗？那你就一边穿墙，一边在周围巡逻吧。"

安兹目送不死者钻进墙里，下定了决心。

（好了，接下来得发动"讯息"了。）

发动"讯息"是很简单的，可安兹就是迈不出这一步。

他觉得现在的自己，就像是明知回公司会被上司训斥的营业员。

可是，他也不能一直拖下去，万一迪米乌哥斯主动向他发出"讯息"，那也是相当令人心情沉重的。

"来吧！"

安兹鞭策自己，向迪米乌哥斯发出了"讯息"。他已经在脑海中重复过几次要说的内容，进行了足够的预演，接下来只要照搬就行了。

然而他还来不及模拟深呼吸，来缓和紧张的情绪——应该说是使用"讯息"后的一瞬间，迪米乌哥斯就接受了通话。他反应得实在太快了。

"是迪米乌哥斯吗？"

"是的，安兹大人。"

"嗯。"已经练习过许多次了，接下来只要读出来就行。"我觉得你收到的报告和我的行动有些偏差，你或许会怀有疑问，所以联系你一下。我很清楚你想说什么，不过我觉得最好等到雅儿贝德在场的时候我们再细说。你尽快回到纳萨力克地下大坟墓，我也马上回去，我们就在地面上的木屋见吧。"

"遵命，那么就由我来联系雅儿贝德吧。"

"好的，拜托了。"

说完，安兹马上切断了"讯息"，然后长叹一口气。

（啊啊，真是太好了。迪米乌哥斯好像没有生气啊。啊啊，吓死我了。）

安兹很担心被优秀的部下责备，绷紧的弦松开后，他差点儿瘫倒下去。他在身体中用力，凝视着墙壁。

死灵的任务完成了。在这个世界，友军攻击是有效的，安兹可以像夏提雅一样破坏不死者，不过没有必要浪费魔力。遣散召唤物也不难，其实，安兹甚至不用动嘴，只要在脑海中命令便可。只要这样做，安兹就可以破坏和召唤物之间的那一丝联系。

虽说如此，如今有无数的联系从安兹伸向耶·兰提尔，在那边，他还没有自信到不用语言就能准确下达命令的地步。不过相对的，这边安兹创造出的不死者非常少，很容易辨别。

（消失吧。好了，就先回到纳萨力克去……）

接下来安兹必须做的是非常可怕的工作——可以说是为他自己开脱，也可以说是要说服部下们。如果能交给别人，他当然求之不得，可惜他没法交给别人，应该说找不到合适的人选。

他摸着桌子上三只亚人的魔法道具,想要拂去不安。

(呵呵。等级很低,价值也很低,即使如此,获得这个世界的魔法道具也让人高兴……尽管没有潘多拉·亚克特那么严重,不过看样子,我好像也有点收集癖吧?)

安兹先鉴定了四条手臂的亚人身上的魔法道具,正是其中的,一只手环防住了安兹的即死魔法。它的名字叫死亡防御护腕,每天可以给装备者一次对即死魔法的完全抗性。

安兹拿起它,在手中转了几圈后放回桌上。

(不值一提,要是更好一点的道具就好了。那么——)

安兹正打算出发的时候,突然响起了敲门声,门外传来了声音:"魔导王陛下,我是涅娅·巴拉哈。"

安兹迅速检查自己的衣着,然后环视房间一周,确认一切都符合绝对王者魔导王的身份。他缓缓坐在了椅子上,摆出了第二十四号安兹之王者姿势。

"进来。"

他用尽可能威严的声音向门外说道。这声音也是他经过无数次训练练就的。

房门打开,伤愈后的涅娅走进房间,行了一礼。

"感谢您允许我进入您的房间,魔导王陛下。我是来请您允许我继续履行侍从职责的。"

"嗯,你来得好,巴拉哈小姐。不过,今天你没必要强撑着履行侍从的职责,就算伤好了,战斗后的疲劳——"

啊，已经没有了，安兹心里想着。那时他给涅娅用的，是完全消除辛劳和疲惫的药水。恩菲雷亚肤色黯淡时，用了它之后一直赞不绝口。

"不会。用了魔导王陛下的药水，我完全可以履行侍从的职责。而且——能侍奉陛下左右，对我来说是非常值得高兴的。"

涅娅露出了坏坏的——不对，应该是邪恶的笑容。面对带着敌意或者恶意的笑容，安兹不由得紧张起来。不过，他没有改变王者的姿态。

"是吗？不过，我现在有些工作，需要暂时回到魔导国去。巴拉哈小姐特意过来了，我却要走，抱歉啊。"

"是这样啊……"

她显得有些沮丧，却连一点可爱的样子都没有。安兹只觉得她是在瞪着自己，因此他决定对涅娅采取对策。

闭上眼睛，这样就不觉得她的眼睛可怕了。

"不过话说回来，巴拉哈小姐平安——应该说是活着回到了这里，我很高兴。"

"非常感谢，魔导王陛下！这也是多亏了陛下，特别是这件铠甲，要不是它我绝对撑不到陛下赶来。"

（其实你没撑到我来就已经死了……好吧，结果好一切都好。不过话说回来，听说她要在城墙上战斗，把防御飞行道具的铠甲借给她，真是选对了！）

"哼哼，那就好。弓怎么样？有没有让广大民众看到它的力量呢?"

"是的……许多人都看到了这张弓有多么强大……可是大家都死了。"

"什么!是嘛,是这样啊,真遗憾。"

又没成功啊,安兹心里觉得十分遗憾。看到的人都死光了,那就和谁都没看到一样。安兹心想,要不然干脆放弃对符文武器的宣传。不过他一转念,觉得应该还有机会才对。这项推广计划就算失败了也没有损失,而成功后则会有很大的回报。

"要不是魔导王陛下借予的装备,我恐怕也和其他人一样归天了……魔导王陛下,真的非常感谢您。"

安兹觉得涅娅的感谢发自内心,心想这次总算成功了。不过,这样的心情不能表现出来,他依然保持着王者的威严。

"不用在意。要知道,保护自己的侍从是主人的职责。"

安兹轻轻睁开眼睛,看了看涅娅的样子,发现她听到侍从一词,脸略微皱了起来。他觉得她应该不是生气了,不过看上去确实有些不快。从对话的发展和她刚才的态度来考虑,只能认为她并没有负面情绪。

不管怎么说,还是不该睁眼。安兹重新闭上了眼睛。

"非常感谢,魔导王陛下。还有,受到魔导王陛下救助的人纷纷表示感谢,希望我能转告陛下。"

"是吗……"安兹拼命克制着想要欢呼的心情,"没必要在意,我只是碰巧救了几个人而已。不过,希望他们不要认为这样的幸运会一直持续下去。在这次战斗中，我又用掉了许多魔力，下次真的没办法再出手相助了。"

"明白了，陛下的意思我会转告大家的。"

"好的。不过……这么说吧，见到他们后请帮我转告，能得到大家的感谢我很高兴……好了，巴拉哈小姐，不好意思，我得走了。请巴拉哈小姐过一段时间——这样吧，四小时后再来，好吗？"

"是！我会转达的！那我先告退了！"

等涅娅离开房间，安兹睁开了眼睛。

（嗯，看样子她对我非常感谢啊。这样一来，总算有一个醉心于我的人了。没关系，千里之行始于足下。看样子，要不要继续免费提供回复药水，顺便做宣传呢？应该能得到更进一步的感谢……符文装备虽然失败了，药水应该能发出去吧？）

安兹掏出了紫色的药水。

这是恩菲雷亚制作的药水。从品质上来说，它比YGGDRASIL产的药水效果差一点，还处在开发阶段。不过，他将来或许能制造出效果和YGGDRASIL的原产品平分秋色的药水，说不定还能制造出红色的YGGDRASIL药水。

（我觉得不该随意泄露情报，所以没有用YGGDRASIL的红色药水……习惯了蓝色药水的人们，不知道能否接受紫色的药水啊。在这样的战场上广为使用，使之成为案例也不是一件坏事。）

现如今，正在让恩菲雷亚和他的祖母制造的药水，安兹打算深藏纳萨力克之内，不让技术流出。不过，今后计划或许会变更，转为贩卖他们制造的药水。是不是先为将来做好铺垫为上？

（不好决定啊，不管事情怎么发展，似乎都是利弊并存的。不过话说回来，恩菲雷亚……）

说实话，恩菲雷亚来向安兹咨询夫妻夜生活方面的事，这让他很为难。他觉得就算说得再婉转，恩菲雷亚把自己妻子这方面的事情告诉别人，她知道了难道不会动怒吗？

还有，不知恩菲雷亚是怎么想起来找他咨询的。安兹觉得，只能是因为他没有男性亲人，又离开了自己生活的城市，除了他之外找不到别人商量。说不定恩菲雷亚以为安兹和娜贝拉尔就是那样的关系。

（他应该知道我是骷髅才对……）

在好奇心的驱使下，安兹竟然想偷偷去看看恩菲雷亚夫妻二人晚上的状况，可又觉得自己今后对他们的态度恐怕会发生转变，就克制住了自己的好奇心。不过，每次恩菲雷亚来找他商量，他都要费一番力气轰走阴魂不散的好奇心。

（知道那事很有快感之后，就一次又一次要求他重复……他和我说这事莫非是打算开发那一类的药水——是叫滋养强壮药吧。要是他真的做出好多那种药给我……）

安兹判断他要是真做出来了，应该拿给那两个蜥蜴人去用，让他们多生一些孩子。

（技术的进步首先会应用于军事，其次就是色情产业和医疗。这莫不是真理吗……好了，回去吧。）

5章 **安兹已死**

第五章 | 安兹已死

1

室内一共有四人。

两位是战斗后身穿血迹斑斑的铠甲直接赶来的圣骑士——雷梅迪奥斯·卡斯托迪奥和古斯塔沃·蒙塔涅斯；统领存活下来的神官，能使用第三位阶魔法的中年祭司西里亚科·纳兰霍；王兄加斯蓬德·贝萨雷斯。

两位圣骑士在战场上浴血奋战，祭司则一直在给伤兵治疗。这三人让王兄的房间充满了血腥味。

雷梅迪奥斯甚至到现在还没有摘掉头盔，这身打扮实在不适合出现在王兄的房间中，甚至称得上失礼。加斯蓬德似乎对此并不在意，一副处之泰然的样子。

不过即使如此，房间中的空气也没法更坏了。臭气当然难闻，气氛也很糟糕。过于沉重的气氛，让从窗户射进来的阳光都显得昏沉沉的。

他们的状态，怎么看也不像是身处绝境却成功逆转的胜利者。

凝重的沉默中，第一个开口的是加斯蓬德。除了他之外还有谁能打破这沉默呢。

"那么，先说说我方的损失吧。"

"是。参加战斗的约六千名民兵，大概死伤两千四百名。"

"为副团长的报告做下补充,其中伤兵大概有一千人。神官正在为伤兵治疗,不过其中或许有一半人会因治疗不及时而丧命。"

"还有圣骑士中的一半,以及八名神官牺牲了。"

听到古斯塔沃的话,加斯蓬德闭上眼睛摇了摇头。

"面对亚人大军……不能说只有这点伤亡算是不错,但我们或许应该庆新伤亡并不算太严重吧。还是说,我们应该为惨重的伤亡痛心——"

"是后者。"

雷梅迪奥斯喃喃低语,打断了加斯蓬德的话。

"是后者。"

"卡斯托迪奥团长说得没错。我们应该为惨重的伤亡痛心。"

随着加斯蓬德的话,古斯塔沃和西里亚科降了视线。

他们很清楚,面对四万亚人大军,寡不敌众的圣王国守军能有如此众多的生还者,是一件多么了不起的奇迹——尽管是人为的。然而,在这样的场合下说出这一事实,只能导致会谈陷入混乱,所以众人才表现出了这样的态度。

"魔导王把在城外布阵的亚人也消灭了,对吧?"

"是的。当时我们正在防卫城墙的混战中,缺乏目击情报,详细情况没人清楚。据说是神秘的不死者消灭了在城外布阵的亚人。"

"原来如此,和魔导王所说的一致。他说,是他让自己制造的不死者去清剿亚人了——清剿那么大的一支军队啊。看这样子……认为魔导王可以战胜亚达巴沃没问题吧？"

加斯蓬德把视线转向雷梅迪奥斯，见她闷闷不乐，沉默不语。圣王国最强的圣骑士表现出的不快，只能给弱者带来恐惧。加斯蓬德移开视线，看向古斯塔沃，只见他歉疚地低下了头。

"唉……可以把这个国家的一切都赌在他身上吗？还有——我们应该想好，要是魔导王输给亚达巴沃，又该怎么办吗？万一他真的输了，我们就要退而求其次，有谁有什么好主意吗？"

对于这个问题的回答是沉默。在沉默中，雷梅迪奥斯开了口。

"要是他输了，把飞飞找来如何？"

除了雷梅迪奥斯之外的三人，面带复杂的表情看了看彼此。

以为自己出了个好主意的雷梅迪奥斯皱起了眉头。

"怎么？还有更好的主意吗？飞飞岂不是比那个不死者好多了？"

"团长，我们在讨论的，是魔导王输给亚达巴沃后的办法。在那样的情况下再去魔导国寻求救援恐怕非常危险。"

西里亚科摸着花白胡子说道："这倒未必。"

"请等一下，副团长阁下。团长阁下的点子确实危险，不过并不是一招坏棋。谎称魔导王遭到亚达巴沃囚禁，把飞飞叫来如何？"

"祭司阁下，这太危险了。就算飞飞能战胜亚达巴沃，等我们的谎言被揭穿，恐怕也会爆发战争。我们圣王国名誉扫地还算是轻的，搞不好飞飞会成为第二个亚达巴沃，带领魔导国的不死者大军向我们发起进攻。"

"没错，两位。最糟糕的就是让魔导国得到攻击我国的正当借口。"

听到加斯蓬德的说明，雷梅迪奥斯歪着头问道：

"我们和魔导国并不接壤，应该没问题吧？"

"卡斯托迪奥团长的想法真是太危险了。我不希望采取将来有可能给圣王国带来危险的做法……虽说如此，我也想不到好办法，你们两位意下如何？"

西里亚科和古斯塔沃都表示想不到好办法。

沉默暂时接管了房间。

过了一会儿，加斯蓬德沉吟道：

"大家还是把这个问题带回去想想吧。毕竟只要魔导王击败了亚达巴沃，就不会有任何问题。"啪——加斯蓬德拍了声手，"好了，我们讨论下一个问题吧。亚人——带来的粮食如何？我们也能吃吗？要是能吃的话，能吃多久？"

按说击退了亚人军队的是魔导王，它们的物资也属于魔导王。不过魔导王说了，亚人的粮食物资都免费提供给圣王国。

回答问题的是古斯塔沃，这方面的杂务是他在负责。

"回您的话，我们发现了许多干面包类和蔬菜类的食物，有不少能吃的东西。因为亚人的阵地是魔导王的不死者清剿的，食物都完好无损，我们接收的时候保存得非常好。除此之外，还有一些需要仔细调查的食品，比如有酸味的腌菜之类的。"

圣王国中酸味食品也很普遍。不过古斯塔沃认为，亚人中或许有食腐的种族，所以还是需要先调查一下。

"问题只有一点，就是关于肉类食品。"

"怎么讲？"

古斯塔沃面带阴郁的表情看向加斯蓬德。

"其中有一部分混进了人肉。我们只是凭形状判断，也不好说绝对是人肉。尝一尝或许能吃出是不是有问题，不过我可不想试吃。"

"肉类有多大量？"

西里亚科面带厌恶的表情问道。

"亚人军中似乎有很多士兵是食肉的，肉类食品的量很大。根据目测，我们接收的食品中有一半都是肉。"

"什么？！四万大军的粮食有一半是肉？"

雷梅迪奥斯露出了厌恶的表情，这也是当然的。

如果一个亚人一天吃一公斤肉，那就是四十吨，如果是两周的粮食，那就是五百六十吨。这样想来——王兄用手遮住了脸。

"其中有多少是人类的？"

"这就不知道了。逐一调查会花费许多时间，其中有些肉已经分辨不出原形了……"

"在局势不明朗的情况下,随意丢弃食物太可惜了。最好能把人肉和其他肉分开……纳兰霍祭司,能不能用魔法解决呢?"

"非常抱歉,王兄殿下。我们没有这样的能力,在这一点上,我想诸位圣骑士也一样。"

看到古斯塔沃点了下头,加斯蓬德叹了口气。

"魔法也不是万能的啊。那么,让我们抓作俘虏的亚人试吃如何?"

"死者应该安眠。既然有人肉,就应该将其还给大地。"

"说是这么说啊,卡斯托迪奥团长……蒙塔涅斯副团长怎么看?"

"回您的话,这一点我赞成团长的意见。桶中的肉如果逐一调查,不知道要花费多少时间。我们应该把人力和时间用到更重要的事上。"

"原来如此……明白了,亚人带来的肉中有疑点的全部埋葬。那么下一个问题,亚人的武器装备如何?"

魔导王说,亚人的武器装备免费提供给圣王国。不过,他也说了,如果圣王国有感谢之意,最好能以某种形式报答。也就是说,有朝一日圣王国能提供某种东西的时候,还要把这个人情还给魔导王。

加斯蓬德已经跟眼前的几人说过了,击退亚达巴沃,或者是夺回王都之后,他打算把王室的财宝送给魔导王。

"从亚人身上取下装备,还要将其埋葬,这是很耗时间的,关于装备的品质还没来得及详细调查……祭司阁下，如果战场上产生了不死者，会是魔导王的部下吗？"

有许多生命消逝的地方容易产生不死者，过万亚人丢了性命的地方当然符合这个条件。

听到这个问题，西里亚科露出了打心底里不知该怎么回答的表情。

"不知道，我真的不知道。不过，我们不知道会发生什么，最好是尽快处理掉尸体，把那个地方净化一番。我们神官将尽可能独力完成，如果不行，恐怕还得请圣骑士助我们一臂之力。"

"没事，交给我们吧。我们习惯对付不死者了。"

"不愧是卡斯托迪奥团长，令人心里有底……要是圣王女陛下和克拉尔特大人在……"

西里亚科说声音越小，众人都沉默了。

经过一段像是在默祷的时间，加斯蓬德开口道：

"啊，对了，蒙塔涅斯副团长，魔导王打算把魔法道具带回国内，请把它们单独放置。当然，魔导王说了，如果是圣王国的物品，他会退回来的。"

"明白了。可是，我们常用的剑和铠甲倒还能分辨，除此之外就分辨不出来了。希望能有一位熟悉魔法道具的专家来帮帮我们。"

"王室传承的道具我倒是懂一点，还有宗教相关的道具——"感觉到加斯蓬德的视线,西里亚科点了点头,"那么,除此之外的东西,就从民间招募能人来辨别吧。不过话说回来,真是没想到——不,应该说令人喜出望外。我们应该庆幸啊,那个魔导王的力量超乎我们的想象。"

在场的四人没有提出异议。沉默中,加斯蓬德再次率先开口。

"依靠魔导王的力量,这座城市才免于陷落。"

加斯蓬德听到很大的咬牙切齿的声音,面带为难的表情看了看古斯塔沃。

"接下来,我得代表圣王国去向魔导王表示感谢,到时候希望诸位也能参加……总而言之,我们依靠魔导王的力量取得了胜利,这是好事。"

"其中也有我们的努力,不要忘了这一点。"

雷梅迪奥斯的话仿佛令房间里的空气冻结了。不,冻结的只有两人,古斯塔沃和西里亚科。

古斯塔沃好像鲤鱼一样,嘴巴开开合合。看来他是打算为上司的口出狂言道歉,可是想不到该怎样化解尴尬的气氛。

"你说得没错,卡斯托迪奥团长。如果不是你们这些圣骑士还有民兵的拼死战斗,我们无法取得这场战斗的胜利,这是事实。"

看到雷梅迪奥斯点头,加斯蓬德继续说了下去。

"不过——如果没有魔导王,我们会战败,这也是事实,他可以单枪匹马取得胜利，同样是事实。不对吗？"

雷梅迪奥斯一把拽下头盔，向着墙扔了过去，砸出了一声巨响。

"殿下！出什么事了？"

在门外站岗的圣骑士推门冲了进来。

"什么事都没有，你们在外面待命吧。"

圣骑士看了看滚落在地板上的头盔，又看了看雷梅迪奥斯的表情，大概是看出了端倪，表示领命之后离开了房间。

"卡斯托迪奥团长，请你不要冲动，冷静一些。"

"我怎么冷静！我来这里的路上，基本上所有平民都只知道感谢魔导王一人！简直就像这场胜利只靠魔导王的力量取得的！那家伙分明是半路才跑出来的！在那之前我们付出了多少牺牲才换来了这场胜利！民兵、圣骑士、神官——有年老的也有年轻的，有男人也有女人。正是因为有这些牺牲，才有这场胜利！"

雷梅迪奥斯瞪着加斯蓬德。

"只属于那家伙自己的胜利，绝对不是事实！"

"团长！"

看到雷梅迪奥斯在身为王兄的加斯蓬德面前表现出实在过分的态度，古斯塔沃已经无法掩饰自己的恐惧。本来雷梅迪奥斯就是个不动脑子的人，即使如此，她好歹也明白谁比自己的地位更高。而现在的她却不管不顾，活像一头受了伤，被疼痛折磨疯了的野兽。

"那个浑身骨头的浑蛋,最后竟然在空中盘旋,显摆自己功劳大!对于那家伙来说,这场战斗只是一场游戏吗!"

"卡斯托迪奥团长,大概是目睹众多人民的死,让你的内心失去了平衡吧。你去休息一下如何?"

看到加斯蓬德识大体顾大局的应对方式,古斯塔沃投去了感谢的目光。

"走之前再听我说一句话。我想到了,亚达巴沃和魔导王肯定是一伙的。"

除雷梅迪奥斯之外的三人面面相觑。

"你这样说,应该是有什么证据吧,团长阁下。"

西里亚科用冰冷的视线看着雷梅迪奥斯。考虑她一系列的行为,冷静地分析一下,只能认为她说这话是在污蔑魔导王。现在分明不是依据个人喜好做判断的时候。

"获利的只有那家伙,亚人和圣王国人民都死伤惨重。他是为了有朝一日——为了魔导国占领圣王国和丘陵地域,削减我们和亚人的兵力,才特意跑来的!"

"原来如此,从获利这一点来看或许可以这样说。你们两人怎么看?"

听到加斯蓬德的提问,古斯塔沃皱起眉头说道:

"魔导王之所以来到圣王国,是受到了我们的委托。让魔导王去迎战亚达巴沃,这不是团长的点子吗?"

"是啊。这么说苍蔷薇里那个戴面具的家伙和他们也是一伙的。要不是那家伙提出来，我们也不会去魔导国；要不是那家伙的建议，我们就去帝国或者教国求助了。还有，就算不说，那家伙可能也会跑来的。"

唉——加斯蓬德重重叹了口气。

"卡斯托迪奥团长，你之所以会这样推测，是因为已经认准了一个答案，后面的解释都是牵强附会。魔导王说他想要女仆恶魔，这一点怎么解释？"

"接下来我要说的话或许不符合祭司的身份，请原谅。我听说那种女仆恶魔拥有强大的力量，魔导王想要也就不奇怪了。据说恶魔不需要吃饭，而且没有寿命限制。能控制一名强大的恶魔，价值或许超过一支军队。"

"这样想来，魔导王可以说是冲着足够的回报来帮助我国的。作为一国之君，不做对自己国家无益的事也是理所当然的。"

"可是，有谁看到了他说的女仆恶魔啊！"

加斯蓬德用看可怜孩子的眼神，看向扯着嗓子叫喊的雷梅迪奥斯。

"卡斯托迪奥团长，我们应该保持理性，而不是在感情的驱动下讨论问题……看来你有些累了，回去休息吧，这是命令。"

雷梅迪奥斯满脸通红，正打算吼什么，不过在她开口之前，加斯蓬德继续说了下去。

"还有,你去看望下伤兵,这也是前线指挥官的职责吧?"

"明白了。"

雷梅迪奥斯捡起头盔,从房间里走了出去。

房间内的气氛轻松下来,既夹杂着暴风过境后,人们面对残局的疲劳感,还有告别暴风的解放感。

然而,有一人依然在暴风之中。

"王兄殿下!我为卡斯托迪奥团长的言行向您道歉!"

看着低下头的古斯塔沃,加斯蓬德露出了苦笑。

"真是辛苦你了啊。不过,你最好也考虑一下今后的事。很难想象,这场战争结束后圣王国会变成什么样。要是能找到我妹妹,圣王女陛下倒还好……卡林夏一战中,圣王女陛下到底遭遇了什么?卡斯托迪奥团长是怎样告诉你的?"

古斯塔沃的职责是辅佐雷梅迪奥斯,他从她本人口中听到了卡林夏一战的经过,她向加斯蓬德说明情况的时候他也在场。

事到如今还要确认情况,说明加斯蓬德怀疑雷梅迪奥斯向他说了假话。

"王兄殿下,卡斯托迪奥团长与殿下第一次见面时所说的内容,与我所知道的事实相同。"

雷梅迪奥斯被爆炸的冲击波炸飞,醒来的时候发现圣王女和她的妹妹——克拉尔特·卡斯托迪奥都已经不见了。战场上随处可见圣骑士、冒险者、神官的尸体,却没有那两人的尸体。

"是吗,是我多虑了啊……毕竟卡斯托迪奥团长不像能藏得住事的人。如果两人是被恶魔抓住了倒还好，要是被杀了……恐怕会围绕王位生出许多麻烦事来。"

西里亚科有点诧异地问道：

"加斯蓬德殿下不打算坐上圣王的宝座吗？"

"你这是在恭维我吗？确实，如果是和平时期，我妹妹因为事故等原因去世，我可能会登上王位。不过，现在的状况不一样：北方疲敝，南方兵力众多。这样想来，南方推举的人物成为圣王的可能性更大。实话说，就算南方的大贵族成为圣王也不奇怪。"

"什么！"

看着惊讶的西里亚科，加斯蓬德露出了微笑。

"我倒是觉得没必要那么惊讶……好了，关于蒙塔涅斯副团长刚才所说的话，如果事情向比较好的方向发展，南方贵族提出的第一个要求可能就是软禁雷梅迪奥斯·卡斯托迪奥，让她背上所有的责任。"

"为什么会这样啊？"

"那么我问问蒙塔涅斯副团长，为什么认为不会是这样？没能保护好圣王女陛下的圣骑士，难道不正是发泄不满的好靶子吗？还不仅如此，她是一骑当千的猛将，那么，事先拔掉敌人的牙，这不是战争的基本原则吗？"

"敌人！谁的敌人啊？！"

"南方贵族的敌人。圣王女派的人都是他们的敌人。雷梅迪奥斯·卡斯托迪奥是圣王女陛下的心腹,她统领的圣骑士团在南方贵族看来,不可能不是敌人吧?"

"这样说来,克拉尔特·卡斯托迪奥大人统领的神官又怎样呢?"

"与南方贵族来往密切的神官可能会成为高层……不过不好说啊。神官的魔法在生活中是不可或缺的,让无能之辈掌权有多么愚蠢,这是谁都知道的才对,可惜有时候人就是会做出不管谁看都会觉得愚蠢的事。"

"王兄殿下,我们该怎么办啊?"

"蒙塔涅斯副团长,这话怎么讲?是说如何让她不受软禁处分吗,还是说如何让圣骑士不受牵连呢?"

"怎样才能让圣王国的将来更好?"

"找到我妹妹,还有就是要立下称得上救国救民的功绩,受到民众的全面认可。不依靠南方,单凭我们赶走亚人。"

"不可能的……没有魔导王的力量,我们不可能赢的。"

听到古斯塔沃说出的丧气话,加斯蓬德耸了耸肩。

"可是,只有这一条路啊,不然在战胜亚达巴沃之后,我们顶不住南方的压力。啊,还有个办法,就是让南方受到和北方一样的损失。只要最后能保持力量均衡就行了。"加斯蓬德看向天花板,"要是能更早着手南北融合就不会有现在的问题了,可惜她的理念太理想化……我能理解卡斯托迪奥团长为什么发怒,在这次战斗中扬名的只有魔导王。搞不好会发生魔导王兼任圣王的情况。"

两人都觉得绝无可能,可是又没法否定。

"好了,接下来就是今后该如何作战的问题了,要是卡斯托迪奥团长也在场就好了。她会违抗命令吗?"

"只要符合圣王国的正义,我认为就没有问题。"

"原来如此……我认为应该继续袭击各处的收容所,这是因为——"

加斯蓬德开始了说明。

攻入圣王国的亚人兵力约有十万。

没有情报显示与南部圣王国军对峙的亚人有新的动向。可以推测这次攻城的四万兵力,是抽出了留在北方管理收容所的大部分兵力。

"我也赞成。袭击兵力变少的收容所,各个击破,增强我们的兵力,这是一箭双雕的做法。"

"谢谢你赞同我的意见,蒙塔涅斯副团长。纳兰霍祭司怎么看?"

西里亚科也表示同意加斯蓬德的提案。

"这座城市中有魔导王,安全是有保障的,希望圣骑士可以出去袭击各处收容所……做得到吗?还有另外一点,袭击收容所的时候,我希望卡斯托迪奥团长能留在这座城市中护卫我。"

"非常感谢!王兄殿下!"

"我没有说什么值得感谢的话吧,蒙塔涅斯副团长。"加斯蓬德露出了微笑，不过表情很快又严肃起来，"圣王国最强的圣骑士不能同行，也就意味着如果收容所中有匹敌那个豪王的亚人，你们就会全灭。"

"袭击哪里的收容所可以由我们决定吗？"

"当然了，你们来决定吧。没有必要非得选风险高的大收容所。"

"明白了。那就交给我们吧。"

"蒙塔涅斯副团长阁下，我们神官可以派几位善战者同行吗？"

"噢噢！那真是太好了。"

"很好，就这两天出发吧。"

●

安兹使用"高阶传送"，来到纳萨力克地表部分的木屋前。雅儿贝德、迪米乌哥斯，还有露普斯雷琪娜已经站在了木屋前，不知他们是什么时候就开始在这里等安兹的。

雅儿贝德和迪米乌哥斯是安兹叫来的，露普斯雷琪娜应该是在木屋当班吧。

露普斯雷琪娜的主要工作是应对卡恩村的各项事务，应该不会在木屋当班，看这样子也不是绝对的。

或许今天是别人当班，碰巧有事来不了，就临时抓露普斯雷琪娜来替班了。如果真是这样，那就太棒了，说明纳萨力克已经建立起了出色的体制：有紧急任务导致轮班空缺，也有人能马上填补。

（可是，等等啊。）

昴宿星团中的每一位女仆都有不同的职能。虽说不过作为女仆的能力完全相同，这样的换班不会有任何问题，然而纳萨力克中也有无法代替的人才，以各层守护者和守护者总管为代表，还有那些能力专门性极强的NPC都是。他们或许也有需要别人代为完成工作的时候，更不要说安兹正考虑在纳萨力克实行休假制度了。

（所有职务都让潘多拉·亚克特来代理也很危险。）

说得极端一点，如果安兹本身不在了会怎样呢？比如他遭到了囚禁，或者被魅惑了。他倒是不觉得没有他做决定，纳萨力克将无法运营下去，可是雅儿贝德和迪米乌哥斯很可能都认为"安兹大人不可能遭遇那样的事"，没有对意外状况做出预案。

（这个问题有必要认真考虑啊，而且是尽快。）

安兹威严地命令低头行礼的三人抬起头来。

"有段时间没见了啊，迪米乌哥斯。"

"是！"

其实安兹一直为圣王国的事烦恼，每天都会想起迪米乌哥斯，并没有久违的感觉。不过他们两人上次见面到现在，确实已经有段时间了。

"好了,你大概心怀疑问,不知道那件事我为什么要那样做吧。我也想说明一下,不过这样的地方说话不方便,我们换个地方吧。"

安兹领头走进了木屋。

木屋里有移动用的传送镜,可以从这里直达目的地,不过今天他不打算用。

房间中央有张桌子,桌子两侧各有两把椅子。安兹毫不犹豫地走向上座,他已经有过多次经验,知道自己不去上座会很麻烦。有段时间,他还要一边想哪个才是上座一边坐到椅子上,不过现在他已经习惯到了能下意识走向上座的地步。

他一站到椅子前,露普斯雷琪娜马上把椅子拉到了合适的位置。

说实话,他觉得自己拉一下椅子也行,不过通过观察吉克尼夫他已经明白了,让部下工作也是统治者的重要职责。虽说如此,安兹不过是个小市民,没法完全照搬吉克尼夫的做法。

安兹在椅子上坐好后,雅儿贝德和迪米乌哥斯没有坐下,而是单膝跪在了地上。露普斯雷琪娜来到两人身后,也单膝跪下了。

"允许你们二人坐下。"

两位守护者开始表示不敢,安兹再次准许两位守护者落座,他们这才在一番冗长的谢恩之后,并排坐到了安兹对面。露普斯雷琪娜在两人身后保持着一动不动的站立姿势。

（太长了，太浪费时间了。不能更简洁一点吗……哎呀。）

"那么，继续我们刚才的话题吧。我说了没有需要留下的人，却还是出手救了圣王国的国民，你们一定觉得非常奇怪吧？"

"不，并不会。"

（哎？为，为什么？）

迪米乌哥斯一副感慨万千的样子左右摇着头。

"安兹大人所做的事全部是正确的。我认为安兹大人之所以这样做，一定是有我想都想不到的好处。"

"你说得没错。既然安兹大人认为应该这样做，那这样做就一定是对的。"

（哎？）

听到雅儿贝德紧随其后的话，安兹的表情彻底僵硬了——当然，他脸上不会有表情。

看到眼前的两位守护者——而且是纳萨力克最聪明的两人正彼此点着头，安兹从多种意义上都感到了恐惧和焦躁。

"等，等等。确实……确实，是这样。"安兹慌了。与预想中略有不同的状况，让他有些不知所措，想不起来自己想说什么了。然而——"确实，如果是平时，我会采取你们预想中的行动。"

咦？安兹有点迷糊了。他拼命地组织语言，还没想好说什么，话就说出口了。他一边觉得眼前的两人重重点头有点奇怪，一边使劲想办法圆自己的话。

"然而——没错,然而,唯独这次不一样。我并不是因为有什么想法。"成功圆了自己的话,安兹开心地说了下去,"这次,我什么都没想就破坏了计划。"

"这到底是为什么呢,安兹大人?"

"嗯。"安兹沉吟了一声,缓缓靠在了椅背上,以他训练过很久,符合主人身份,符合统治者身份的派头。

"迪米乌哥斯,还有雅儿贝德也是,你们两人的智慧在我之上。"

"怎么可能——"

安兹伸手打断了两人说到一半的话。

"我是说我认为是这样的。那么,作为两位智者之一的迪米乌哥斯提出的计划会有什么问题吗?只要按你的计划实施,一切都会按部就班,最后得到最好的结果。"

安兹在心里抱怨:那计划书对我很不友善就是了。完全靠我随机应变才能实施的计划书,是肯定会失败的。

"正因如此,我突然想到一个问题啊,迪米乌哥斯。提出了完美计划的头脑,不只在计划顺利推进时,而是在遇到出乎意料的问题或者计划出现偏差的时候,是否还能同样发挥作用?也就是说,我想知道你的应变能力是不是同样优秀。"

"原来如此,是这样啊。"

(哎——这么快就理解了?!而且看样子不需要我再多说

了！）

看到迪米乌哥斯脑子动得如此之快，安兹拼命克制着，没有让自己说出："为什么你这么聪明，却以为我是个智者！故意揶揄我？"

"了不起啊……真是了不起，迪米乌哥斯。"

"非常感谢，安兹大人。"

"那，那么，看起来好像是在试你，真是抱歉……"

"没有那样的事。安兹大人想要对我的能力进行测验，这对我来说是非常欣喜的。我一定会做出让安兹大人满意的成果！"

"嗯，拜托你了，迪米乌哥斯。那么在圣王国的这一系列事情中，我会搞出一些随机的失误，需要你对计划进行修正，可以吗？"

"是！遵命！"

太好啦！安兹高兴得在心中喊了起来。因为高兴得过了头，感情一下子就难以镇静下来。

即使如此，还是有欢喜的细微波纹留了下来。

（妥了妥了妥了。这样一来，我就算失误了，也可以说是故意失误的！当然，我要尽量不失误。话说，我一开始就应该这样说才对。）

安兹不希望部下的计划失败，不过他觉得，自己有可能做出让部下感到不可理喻的事。只要这样一说，部下就不会认为他有别的目的，可以及时对他的失误进行修正了。安兹觉得好像卸下了千斤重担，他已经很久没这么爽快过。

"安兹大人的担心我明白了。那么，要同时对各楼层守护者，以及领域守护者的能力进行调查吗？"

听到雅儿贝德的提问，安兹有一瞬间没明白她的意思，然而——

"没有马上调查的必要，因为在纳萨力克外工作最多的是迪米乌哥斯，我才产生了这个想法。其他人等有必要时再说就好。"

"是这样啊……"

"嗯。那么下一个问题……当初计划是我和仰慕我的圣王国国民一起前往圣王国以东，亚人居住的亚伯利恩丘陵地带。现在这个计划要做一些变更，首先由我独自前往，还有，就当我死了。"

安兹有一瞬间觉得时间仿佛停止了，然后——

"哎？！您这是在说什么啊，安兹大人！无上至尊安兹大人怎么能死！"

表示反对的是雅儿贝德。安兹甚至觉得，这或许是他第一次看到雅儿贝德的表情如此扭曲。安兹还没来得及告诉雅儿贝德他的真正意图，迪米乌哥斯先开口了。

"雅儿贝德，安兹大人打算这样做，一定是有深远的意图。我觉得单凭感情予以否定不好吧？"

"迪米乌哥斯，你为什么这么冷静？乌尔贝特·亚连·欧德尔——大人说这样的话，你也能保持冷静吗？莫非……"

"呵呵……雅儿贝德，可以请你把刚才这话的真正意图告诉我吗？莫非的后面，你想说是什么？"

两名守护者一个用寒冰般的视线，一个用烈火般的视线瞪着对方，两者之间飘着异样的氛围。这种氛围有点像安兹和夏提雅战斗时那种令人窒息的感觉。不知是因为恐惧还是紧张，安兹能听到露普斯雷琪娜的呼吸有些乱了。

"不要吵！！"

安兹怒吼一声之后，险恶的气氛瞬间消失了。变化之剧，让安兹觉得刚才的气氛是自己的错觉。不过露普斯雷琪娜急促的呼吸声告诉他，刚才的一切都不是幻觉。

"你们两个都冷静。这正是我必须死的理由。有一种被称作防灾演习的活动，就是为了应付紧急情况的发生，事先熟悉应当采取的行动，做好心理准备。那么，万一我死了，你们会采取什么样的行动？首先，雅儿贝德你来回答。"

"回禀安兹大人！我会马上让对安兹大人无礼的恶徒尝遍这世上的所有痛苦，让安兹大人复活。"

"原来如此，那么接下来，迪米乌哥斯说。"

"回禀安兹大人！一边准备复活安兹大人，一边巩固纳萨力克的防御，收集行凶者的情报。"

雅儿贝德侧眼瞪着迪米乌哥斯。

"居然还收集情报，太不温不火了！敢对无上至尊无礼的家伙，不管有多么强大，也要出动纳萨力克的所有力量将其捕获、折磨到发疯。"

"雅儿贝德，我认为你说得完全正确。然而，敌人若能杀死安兹大人，我们就必须谨慎行事。收集情报，搞清楚敌人的动向和力量是必需的。如果敌人的力量超乎预期，我认为在什么地方复活安兹大人将是最重要的。"

当雅儿贝德的表情变得更凶险的时候，安兹掏出法杖，敲了敲地面。清脆的声音起到了给两人泼冷水的作用，他们的表情马上冷静下来。

"我没有说我一定是被杀了啊。说不定……是死于难以想象的自然现象呢？"

说实话，安兹无法想象自己因为自然现象而死，听者估计就更一头雾水了。

"不过，如你们所见，在我所知的最睿智的二者之间，也出现了些许分歧意见，这样可不行。正因为如此，我们才需要演习，发生了相应的事态才能有备无患。"

两人一起低下了头。

"当然，这种情况并非仅限于我。比如纳萨力克遭到攻击的时候，负责防卫的是迪米乌哥斯，可万一出了意外，在迪米乌哥斯阵亡的情况下，纳萨力克的防卫还能正常运行吗？"

"是的！这方面已经做好准备了，定能万无一失。我以前曾向安兹大人提交过报告。"

哎，我收到过那种报告吗？安兹心想。不过，比起他自己的记忆，他更相信迪米乌哥斯的记忆。

"嗯，那毕竟只是纸上谈兵吧？我是在问，有没有进行过测试，是否真的能执行到位。"

"回禀安兹大人！非常抱歉！没有进行测试！"

迪米乌哥斯脸上写满了歉疚，他声音颤抖，低头道着歉。

"非，非常抱歉，安兹大人！我在经手的文件上签了字，竟然没有提出应该进行演习，我也有错！"

雅儿贝德也露出了跟迪米乌哥斯一样的表情，低下了头。

强烈的罪恶感侵袭着安兹。要说谁有错，也得是安兹有错。要是安兹更优秀，他们二人也没必要道歉。自己犯错却让部下道歉，他觉得自己简直是最差劲的垃圾一样的上司。

"你们两人不要道歉，都怪我没有说清楚。我应该注意到没有进行过演习的。这一切都是我的失误。"安兹低下头，额头贴在了桌子上，"都是我不好，请原谅我。"

"啊！安兹大人！"

"请，请您不要这样！"

两人马上开始劝阻安兹，可是安兹抬不起头。谢罪的时候也没有说真话，正因为知道自己的行为多不光彩，羞耻才让他抬不起头来。

"露，露普斯雷琪娜！帮安兹大人抬起头来！"

"哎！让，让我来吗！请，请饶了我吧！我怎么敢硬把安兹大人的头抬起来！"

"请，请您把头抬起来！"

"请，请您把头抬起来！"

"请，请您把头抬起来！"

三人——特别是迪米乌哥斯——显得异常惶恐，安兹赶忙抬起头。三人见状长出了一口气。

"感谢你们接受我的道歉。那么，我在丘陵地带工作期间，你们就当我死了，开始演习吧。这样吧，难得的机会，同时多进行一些其他演习如何？比如，假想我和迪米乌哥斯被人杀死了……"

说到这里，安兹开始为自己的提案感到不安。

"说是这么说，我对这场演习其实也没有明确的设想。因此，你们如果能想出更好的计划，就按照你们的计划进行吧。对了，没必要找我批准，没错，毕竟前提是我死了。"

两人一起露出苦笑。

"假定开始确立演习方案的时候，安兹大人隐藏了行迹如何……"

"迪米乌哥斯说得对，安兹大人。"

哈哈哈哈——三人欢乐的笑声充满了整个木屋。

两个是真心的，一个是装出来的。

"还有，没必要太认真了，毕竟目的不是让纳萨力克像刚才的你们二人一样发生不睦。不过，今后我打算设定各种前提进行演习，希望你们能积累经验，在守护者之间共享——没有必要再对你们两位智者说这些话了啊。只要是你们觉得有必要的事，放手去做就是了，拜托了。"

仔细想来，铃木悟是那种不认真参加防灾演习的人。他这样的人有资格要求别人认真演习吗？因此，他没有忘记指示二人，演习时不用太较真。

看到两人郑重地点过头，安兹说："好了，还有一件事——"
（上了！）

他已经画过许多次流程图，预演了说服两位守护者的方法，全是为了这件事。

"现在正在进行的，我的巨像的建造计划，全部停止。"
"遵命，我会按照安兹大人的吩咐做。"

随着雅儿贝德的一句回话，这个问题似乎讨论完了。

咦？安兹觉得奇怪，很想战战兢兢地问为什么，不过他还是威严地问道：

"可以吗？雅儿贝德不是说想做吗？"

"无上至尊安兹大人的决定，有谁能提出异议呢？安兹大人说是白的，那黑也是白的。"

安兹不禁吞了一口他没有的口水，心里颤抖着想：雅儿贝德这种看问题的方式太可怕了。

"我不喜欢这样的观点，雅儿贝德，那样和放弃思考没有区别。就算是我，也绝对会有犯错的时候。"

应该说不是绝对会有犯错的时候，而是没有不犯错的时候。

"再说，如果你这样想，万一我被控制岂不是全完了？你忘了夏提雅被洗脑的事吗？没必要事事问我的想法，不过我提出什么方案，如果你们觉得有疑问，就一定要说出来。"

"遵命。"

雅儿贝德和迪米乌哥斯交换了一下眼神。

"那为什么要停止巨像的建造呢？我的目的是用巨像向全世界彰显安兹大人的伟大。"

"嗯。"安兹在心里露出了得意的笑容，"我的伟大不是靠物质来彰显的。"

他回想起了涅娅的表情，当时她听到这一句话就全理解了。

——太完美了。

"在物质方面也彰显一下是不是更好？毕竟愚者只能理解自己亲眼看到的东西。"

听到雅儿贝德的话，安兹愣住了。他觉得自己是投手，雅儿贝德是击球手，现在击球手没有击打投手投来的球，而是把球接住向投手扔了过来。

"原来如此，雅儿贝德的话说得有道理。不过——"

安兹一边为自己声音没有颤抖而感动，一边拼命开动脑筋。结果他什么都没想出来，差点沮丧起来，可他在部下面前不能改变统治者的姿态。

"不，还是算了。雅儿贝德一定看穿了至少五个我能想出的弊端，依然判断利大于弊，因此才提出建造巨像的。既然这样，我不会再说什么了。"

"五，五个吗……迪米乌哥斯，等下有事找你商量，帮我出出主意吧。"

"当，当然乐意。真，真不愧是安兹大人，竟然还说我们更聪明……您真是谦虚……"

两人惶恐起来，雅儿贝德则深深低下了头。

"非，非常抱歉，安兹大人。关于我提案的巨像之事，您已经给予了许可，不过还是请允许我暂时停止计划。"

"嗯，嗯。没办法，就这样做吧，雅儿贝德。"

安兹只是想到什么说什么，迪米乌哥斯和雅儿贝德却如临大敌。他还听到两人后面的露普斯雷琪娜在小声说："好厉害。"

安兹觉得自己又乱说话，搞得两人不知所措，罪恶感让他把视线下移。不过，他也确实为安兹巨像建造计划的中断而感到高兴。

（接下来就是魔导王大感谢祭，魔导王诞生祭，等等，各种带着我名字的节庆活动，那四个节得设法取消掉！让巨大的塑像在街上巡游的魔导王大感谢祭，巨像计划暂停后这个也没法进行了，此外还剩三个！普通的节庆活动我当然是不会阻止的！）

安兹也低调地提出过节庆活动的建议。结果导致诡异而令人羞耻的节庆执行委员会设立起来。唉，安兹在心里重重叹了口气，把视线转向迪米乌哥斯。

"好了，有件事跟迪米乌哥斯商量。按照接下来的计划，亚达巴沃——你召唤的恶魔要对那座城市发动袭击了吧。"

"是的，正如安兹大人所说。"

"在这件事上……有两点要拜托你。第一是我单独推进的计划并不顺利，希望你能帮帮我。啊，没必要太高调。还有另外一点，你可以命令召唤出的恶魔拿出真本事和我战斗吗？"

●

涅娅轻轻关上魔导王房间的门，转身离开，同时——身体发起抖来。

她拍了拍泛红的脸，让自己带着笑容的表情严肃起来。她很清楚，自己脸上的笑容会让别人紧张成什么样子，不过更大的原因是她觉得很难为情。

她不想带着一脸傻笑到外面丢人现眼。接下来要去和别人见面，她希望能保持严肃的表情。

而且，涅娅·巴拉哈是魔导王的侍从，她出丑就相当于丢魔导王的脸。

（我毕竟只是暂时做魔导王陛下的侍从，出丑应该是丢圣王国的脸才对啊……）

可是，对魔导王有敌意的人恐怕不会承认这样的说法。仇恨会蒙蔽人的眼睛，不，应该说这就是所谓的恶其余胥吧。

（好了！）

涅娅不想让魔导王后悔有她这样一个侍从，也就是说，只要涅娅做好分内的事就行了。

涅娅向着约好的地方走去。一边走，她还一边反刍刚才魔导王的仁慈。

——是吗，是这样啊，真遗憾。

魔导王说这话的时候，涅娅从他的语气中感到了强烈的遗憾和惋惜，绝非心口不一。

（魔导王陛下是多么仁慈的君王啊。）

很难想象还有其他王会把别国国民的牺牲当成自己的事一样难过——当然，对并不认识几位君王的涅娅来说，这不过是她的臆想。

要是能再坚持一下，城墙上和她一起战斗的民兵应该也能像她一样得救。那位失去了孩子的父亲，应该也不至于送命才对。

涅娅并不怨魔导王的救援姗姗来迟。魔导王说过，为了迎战亚达巴沃要保存魔力，他来救援本身已经很值得感谢了。而且涅娅听雷梅迪奥斯部队中的人说，在赶来救她之前，魔导王在西门正面与几只力量强大的亚人战斗过。

其中两只亚人能一击杀死圣骑士，一只能与圣王国最强的圣骑士打得难解难分。魔导王单枪匹马击败了它们。

看到那一幕的民兵难掩兴奋，连珠炮一样讲述着他们的所见所闻。他们说："要不是魔导王赶来，我们已经被杀了。"

没错。涅娅感到胸中有一股热流。

魔导王赶来救助涅娅他们之前，已经去其他地方救过人了。

她有点为魔导王没有优先救自己感到难过，可是这样的想法本身就是错的。城墙的防御固然重要，然而城门是城市的入口，保证城门不失守更重要。如果城门失守，亚人冲进城中，一定会展开血腥的杀戮。

只要是稍微明事理的人，也知道为了挽救更多的生命，应该优先救援城门一边。

不受感情左右，能理性地做出决定的人更值得信赖。

（真不愧是魔导王陛下！）

涅娅想起了圣王国最强的圣骑士。

（拿她来做比较，本身就对魔导王陛下失礼！）

救下涅娅他们之后，魔导王去杀掉了进入城内的亚人们。许多因此获救的人都对魔导王赞不绝口。实际上——

"噢噢！这不是魔导王陛下的侍从大人吗！您帮我们转达了吗？"

涅娅正回忆着魔导王的英姿，人已经到了约定的地方。

城市的一角，在战场气息尚未消散的道路上，六名男子正等着涅娅。

他们好像等得很心焦了，迫不及待地跟涅娅打起了招呼。不，不是好像，他们就是等得很心焦了。

"是的。我把大家的感谢也转告魔导王陛下了。"

感受到涅娅的视线,他们显得有些紧张,不过还是笑着谢起了涅娅。

"哎呀——谢谢你,我们实在是不敢亲口对别国的国王陛下表达感谢啊。当然,就算是圣王女陛下,我们恐怕也不敢。"

"没错,首先国王不可能见我们啊。"

几名男子都是地位相当于小队长的民兵,他们年龄参差不齐,从青年到中年都有,其中甚至有人当过军士。

从态度上看,他们并没有因为魔导王是不死者而怀有偏见。

确实,现在还有人因为魔导王是不死者而怀有戒心。比起圣骑士和神官,平民中有这种倾向的人更多。他们的理论是:魔导王现在摆出一副善人的样子,是为了等待绝好的机会背后捅刀子。

不过涅娅知道,这些人并不了解魔导王,只是在普遍的对不死者的抗拒心理影响下产生了这样的想法。眼前的这些人就是证据——只要了解了魔导王,大家都会改变想法的。

"不,请不要在意。我只是把大家的谢意转达给了魔导王陛下而已。对了,魔导王陛下是这样说的:能得到大家的感谢很高兴。"

几位民兵代表显得有些难为情。

"哎呀,高兴的是我们啊……真不好意思。"

"是啊,真是一位仁慈的国王。曾经只因为陛下是不死者就怀有偏见，我们真是羞得无地自容啊。"

"陛下确实非常仁慈，只是，希望大家不要认为上次的幸运会一直持续下去。魔导王陛下说了，在这次战斗中又用掉了许多魔力，下次真的没法再出手相助了。"

他们的表情严肃起来。

"下次就没有魔导王陛下的帮助了啊……这可不好了。"

"要是知道了无法借助魔导王陛下的力量，很多人都会害怕的。特别是我们班。"

"不光你们班，我们那边也一样……这件事不能告诉他们啊。"

涅娅看着不安的民兵，用沉静的语调说道：

"各位，我明白了一件事：弱小是罪恶的。"

看到他们露出疑惑的表情，涅娅耐心解释起来：

"大家明白吗？如果我们足够强大，就不至于落到现在的境地。我们应该亲手拯救自己的父母、孩子、妻子、朋友。以前魔导王陛下说过，能给自己最宝贵的人定最高价的人只有自己。魔导王陛下不是圣王国的国王，陛下说到底只是来帮忙的。"

涅娅深吸了口气。

圣王国的民众匆匆忙忙地路过，对聚在路边的涅娅等人只是稍稍一瞥。涅娅希望人们都能听到，这个想法让她的声音略微大了一些。

"击败亚达巴沃，魔导王陛下回到魔导国之后，如果亚人再次发动袭击怎么办？圣王国还要再次求魔导王陛下，让这位别国的国王来帮助我们吗？这次是特例，说不定下一次魔导王陛下不会伸出援手。你们听说过有哪个国家的国王，会为了别的国家如此尽心尽力吗？"

没有人回答。不管怎么想，也找不到这样的国王。

"听到我这样一个小丫头说这样的话，大家可能会觉得不快。但是对自己来说宝贵的东西，只能由自己保护。因此，我决定要变强，强大到我能保护自己宝贵的东西，强大到不必借助魔导王陛下的力量。"

"你说得没错。对啊，你说得对，我也要努力训练。"

"是啊，我也是。轮到我来保护媳妇和孩子了。"

"我也一样。刚被征兵的时候我抗拒得不得了……现在想想，能来当兵真是太好了。"

"不过话说回来，魔导王陛下的话真是有道理啊。定最高的价，说得太对了。"

"要是别人给我媳妇定了最高的价，那我就只能杀掉那家伙了。"

"不，不是，我觉得魔导王说的应该不是那个意思。"

"喂，我开玩笑呢。"

"听起来一点都不像是玩笑。"笑声中，涅娅提议："大家要不要和我一起训练？我没能力教大家剑术，不过弓术我倒是可以教教大家。"

弱小是罪恶的，会拖代表正义的魔导王后腿。既然这样，那变强就行了，下次绝不再给魔导王添麻烦，让他能专心迎战亚达巴沃。这才是一个侍从该做的。

"嗯，这是个好主意。"

"我确实得变得强大才行，接下来轮到我守护亲人了。"

"这么多人在这干什么？在商量什么事吗？"

"啊——团长。"

听到有人突然搭话，涅娅转过头去，看到站在那里的是雷梅迪奥斯·卡斯托迪奥。涅娅确实早就听到了脚步声，不过没有想到来的会是她。

涅娅心里想着来了个麻烦的人，同时努力不让自己把感情表现在脸上。民兵代表们则显得有些困惑。

"怎么不回答我的问题？"

"是！我是来告诉他们，已经转达了他们对魔导王陛下的谢意。"

"感谢那家伙吗？"

"把别国国王称为那家伙恐怕不合适吧？"

雷梅迪奥斯瞪了涅娅一眼。

"强者保护弱者、帮助弱者不是理所当然的吗？"

"是不是当然的我不清楚，不过我觉得这话应该由强者说，不是弱者该说出口的。"

"什么！你说我是弱者吗！"

"是的！"涅娅马上表示肯定，"与魔导王陛下比起来就是弱者……团长，我说错了吗？"

涅娅被雷梅迪奥斯瞪着，也用更犀利的眼神盯着雷梅迪奥斯。

"哼，你和魔导王关系再好，他也是不死者哦，是和生者处在不同世界的怪物。"

"是的，我知道。"

"我是因为担心你才这样说的，看来你并不理解啊。"

雷梅迪奥斯一副遗憾的样子，不过涅娅觉得她假惺惺的，眼前的这位圣骑士绝对不是这样想的。

"团长，您这么忙，我不能继续占用您的时间。我们还得再聊一会儿，团长还是快点到目的地去为好吧！"

"好吧。诸位，魔导王帮助诸位是理所当然的，不用介意呦。"

说完这样一句话后，雷梅迪奥斯走远了。看着她远去的背影，一位民兵沉吟道：

"真是……好厉害啊……她就是这个国家最强的圣骑士吗……"

"是的，她就是个这样的人。"

听到民兵发自肺腑的感慨，涅娅也产生了共鸣。随后，各位民兵代表纷纷用手捂住了脸，看来是受到了相当大的打击。

涅娅并没有做错什么，却觉得有罪恶感。

"并，并不是所有圣骑士都像团长一样。应该说团长比较特殊吧……那个，就是有点那个，是的。"

"侍从大人真是够辛苦的啊……要是你会喝酒，真想请你喝一杯。"

"您的好意我心领了……那个，我们说到哪了？啊啊，对了，我正问大家要不要和我一起训练。我知道从哪能借到训练场地和用具，等有了眉目之后告诉大家，好吗？"

男人们纷纷豪爽地说："拜托了啊。""好啊，我们等着你的好消息。"

2

涅娅缓缓拉开了弓。

她用锐利的视线盯着靶子，静静吐出的气化为白烟，消失在视野边缘。春天已近，不过天气依然寒冷。

她抑制心中的杂念，集中精神瞄准靶子，耐着性子摆好架势。

经过这座城市的攻防战，她已经明白，在战场是顾不上慢慢瞄准的，不过这次训练的目的是提高精准度，射击速度的训练会在之后再进行。

然后——她放开了弓弦。

随着咻的一阵风声，直线射出的箭不偏不倚正中靶子。

呼——涅娅喘了口气。

她射了十支箭,没有一支射偏。

尽管命中率极高,涅娅却并不高兴。

现在的涅娅甚至能射中靶中之箭的箭羽,以前她是绝对做不到的。当然,这样射会破坏掉靶子上的箭,她绝对不会这样做。

她是在那场战斗之后才有了这么精准的射术。不光弓术有进步,她现在甚至能运用神圣力量了。只是,她的神圣力量和圣骑士口中的略有不同。圣骑士的神圣力量是灌注到近战武器上的,而她的神圣力量却能灌注到远程武器上。

她不太明白这是怎么回事。向魔导王咨询后,魔导王似乎对这一现象非常感兴趣。只是,就连博学的魔导王也说:"只凭这一点不好分辨,如果巴拉哈小姐又得到了其他力量,请告诉我。"

啪啪啪,响起了鼓掌声。涅娅露出了苦笑,她难为情了。

"哎呀,巴拉哈小姐好厉害啊。"

"确实,弓术这么厉害的家伙我还是第一次见,我村里可没有这么厉害的。"

"是啊,真是。我一直是靠打猎为生,也认识几个猎人朋友,不过没有人的射术能和巴拉哈小姐相比。"

对涅娅交口称赞的,是一起来到这处弓箭训练场进行训练的人。其中许多人,三周前的防卫战时还不在这座城市。

这座城市的人口正在急剧增长，因为解放了周边的收容所后，获救的人都进入了这里。其中有用弓箭天分的人、曾经用过弓的人，他们都被编为弓兵队，成了涅娅的部下。

涅娅不过是个侍从，许多加入弓兵队的人都和她的父母年龄相仿。这样一个小丫头当上司，按说会有许多人不服，不过加入弓兵队的男人——其中也有女人——并没有表示不满。

看到她凶狠的视线，没人敢提出异议。看到她超群的弓术，大家都表示佩服。听说她是魔导王的侍从，许多人都对她心怀感激。这些就是原因。

也有人听说她是魔导王的侍从，因为害怕不死者才不敢表示不满，不过并非仅此而已。

因为在这三周中，圣骑士团被派出去解放俘虏收容所了，与此同时，魔导王和涅娅两人也去袭击收容所，解放俘虏。

魔导王提出建议的时候，反对意见多得让人想不到。不过魔导王提出："亚人联军兵力不足，无法妥善管理收容所，恐怕会处理掉许多俘虏，有必要尽早解放。"加斯蓬德认为有道理，便同意了这一提案。

为了迎战亚达巴沃，魔导王应该保存魔力才对。涅娅很想劝魔导王，可是她说不出口。就是因为魔导王会挺身而出救助别国国民，涅娅才尊敬他，觉得他是正义的。

就这样，涅娅和魔导王解放了许多俘虏，把许多圣王国的国民带到了这座城市。正因为有过这样的经历，许多人都愿意成为涅娅的部下。

"哎呀,我们也得跟巴拉哈小姐学学啊。"

"是啊,没错,真的好厉害啊。用上魔导王陛下借给巴拉哈小姐的这把弓——超究极流星射手,巴拉哈小姐就能发挥更强的实力了吧?"

"超究极流星射手啊,真是把好弓……"

所有人的视线都集中到涅娅背上的弓——超究极流星射手上。

训练的时候或许也应该用它。可是涅娅不想完全依赖武器,决定训练时用普通的弓。

"没错,正因为有这把超究极流星射手,我才能在城墙一战中坚持到魔导王陛下赶来救援的时刻。不光是靠着超究极流星射手,还有魔导王借给我的铠甲和其他装备……"

涅娅抚摸着豪王巴塞的铠甲。

"这是有名的亚人的铠甲啊,不管看多少次都挑不出瑕疵……"

"巴拉哈小姐让我摸过,它可硬了。我用剑砍都被弹回来了。"

"真的啊,这我还是第一次听说。"

看到人们纷纷议论起她的装备,涅娅拍了下手,提醒大家注意。

"先不要聊天了,重新开始训练吧。听魔导王陛下说,亚达巴沃方面应该也差不多做好了准备，快要开始下一步行动了。我们现在必须争分夺秒。"

大家一齐表示明白。

"我的示范就到此结束，大家也开始练习吧。"

看到部下——说是部下，涅娅还觉得有点难为情——散开，涅娅摘下了魔导王借给她来遮住眼部的道具。

它是一个墨镜形状的遮光器，装备上这件魔法道具，每三次射击就有一次能发动名为"蛇射"的技能。射出的箭会在目标面前跳起，就像扑向猎物的蛇。

涅娅觉得，除非是身手非常敏捷的人，否则躲不开这一招。当然，她还没有用过，只是猜测。

对于主要用弓战斗的涅娅来说，它是一件非常方便的道具。不仅如此，它还能遮住她的眼睛，这是最让她中意的一点。应该说，要不是有这个遮光器，她恐怕无法和这些民兵混得如此熟络。

涅娅重新戴好遮光器，举起了弓。

现在在场的这些人都是会用弓的，已经过了学习细节技术的阶段，如何速射涅娅也已经简单说明过了，接下来需要他们自己努力练习，直到练得手指生疼。总而言之，重要的是积累射击经验。

涅娅想着，需要像往常一样请神官来使用回复魔法，射出了箭。

就在这时，涅娅敏锐的听觉捕捉到了一阵议论声。

声音是从外面传来的。涅娅克制着自己，不让自己改变姿态。或许是她听错了，就算没听错，这里也不一定是他的目的地，他或许只是路过而已。

然而，出现在训练所门口的，是拥有骸骨面容的伟大国王——魔导王。

现在，依然有人对不死者心怀恐惧，不过更多人是魔导王从收容所救出，或者是在攻城战中救下的。含着敬畏和感激的窃窃私语形成声浪，成了魔导王驾临的先兆。

然而，没有人停止训练。按说魔导王登场，人们应该跪拜。是魔导王不让人们这样做的。

（这里又不是正式场合，我不过是来看看，不用又叩又拜。魔导王陛下好像是这样说的啊。）

对于一国之君、拯救圣王国的英雄，人们不愿意什么都不表示。

可是魔导王本人禁止人们行大礼。

（多么伟大的王啊……）

涅娅叹了口气，跑到了魔导王身边，努力克制着不让自己脸上露出笑容。

她的遮光器也没有摘下来。

魔导王说过，应该随时做好战斗准备，告诉过她不必摘掉遮光器。

魔导王的意思，应该是魔法道具一直戴在身上，就能把它运用得像自己身体的一部分，而且应该随时做好准备应对意外状况。魔导王的深谋远虑让涅娅佩服不已。

涅娅看到魔导王把垂向手心的视线，转向了正在跑来的她。看到了魔导王的习惯动作，涅娅觉得有点开心。

了解到这位超乎寻常的王的小习惯，让涅娅觉得自己与魔导王格外亲近。

"陛下！感谢您亲自驾临这么简陋的地方！"

涅娅被任命为弓兵队队长之后，依然担任着魔导王的侍从。虽说如此，她要离开魔导王身边来训练，导致魔导王独自一人走到了这种地方，很难称得上是一位称职的侍从。

涅娅希望能优先魔导王侍从的工作，不过为了避免再次拖魔导王的后腿，她决定以训练为重。还有另外一点原因，她从未对任何人提起。

那就是魔导王陛下当着涅娅的面对加斯蓬德说过，除了涅娅之外不打算接受其他侍从。

现在城里人才越来越多，比起她这样一个眼神凶恶的小丫头，有的是更有能力或者更有魅力的人，然而魔导王却表示只要涅娅。涅娅视作正义的国王表示只要她一个侍从。

还有比这更令人开心的事吗？

"嗯，我知道你是谦虚，不过没必要说这里简陋，这里可是你们增强实力的地方啊。"

"非，非常感谢，陛下！"

涅娅侧眼一看——在魔导王面前偷眼看别处或许有些失礼，不过有了这只遮光镜就没问题——发现在一旁听她和魔导王说话的部下耳朵也红了起来。不知是因为紧张，还是急于在魔导王面前好好表现，他们射得还不如魔导王来之前好，真是让人发愁。

其实她自己的耳朵也很烫。

"巴拉哈小姐，你的部下和以前比有了很大的进步嘛。这多亏了你这位队长的努力吧。"

听到魔导王的恭维，涅娅觉得有点难为情，同时发愁不知道该怎么回答。

（我总不能说他们因为魔导王陛下驾临，紧张得发挥不出真实水平吧，他们肯定也不愿意听到我这样说。）

因此，涅娅决定替部下坦率接受魔导王的恭维。只是——

"不会，没有那样的事，我几乎没有教他们什么。这只能说明他们本来就能做得很好。"

"是吗？好吧，既然你这样说，就当是这样好了。"

就当是这样好了——魔导王并不这样认为，也就是说魔导王对涅娅的评价很高。

为了掩饰想蹦起来的心情，涅娅发出了稍大一些的声音。

"那，那么，陛下。您来到了这里，也就是说会议已经结束了吗？"

"是的,今天的会议已经结束了,不过我没有提出什么方案就是了。"

现在,这座城市有许多问题,一切问题的根源都在于人口的增加。罗伊茨这座小城市本来只有不到两万的人口,自从收容所中救出的人集中到这里,现在这里的人口已经超过了十五万。

人口密度过大导致了各种问题,比如处理废水的史莱姆——卫生黏体——因为营养过剩而过度繁殖,从下水道中跑出来引起了混乱。人们对这件事记忆犹新。

史莱姆太多,人们会用工具将它们烧掉,可是它们以超乎想象的速度增殖,人们来不及处理,导致几名平民受到了袭击。

当他们被史莱姆包围的时候,处理垃圾的魔物食腐怪从下水道现身,救了他们。

食腐怪尽管外表丑陋,实际上是有知性的魔物。它大概知道人类会大量制造它们的食物吧,便使用它对酸有抗性的身体,救出了被围的平民。

可惜,没人感谢食腐怪。这是因为卫生黏体并不携带病菌,而救人的食腐怪倒全身带有各种病菌。被它用触手救出的人感染了疾病,倒了大霉,特别是脑炎尤其厉害。

除此之外,还有冬天柴火不足的问题,无法及时为所有民众提供住宅的问题,等等。虽然现在还没有发生,不过食品不足同样是隐患。

开始讨论这些问题后，从这周开始，每次会议魔导王都会被请去。人们大概是期待魔导王渊博的知识能对解决问题有所帮助吧。

魔导王本人说他其实没有那么渊博的知识，参与会议时也不过是在旁听。如果真的是这样，他肯定不会每次都被叫去。

魔导王身为一国之君，却总是保持谦虚的姿态。这让涅娅对他更加尊敬了。

"接下来您要去哪儿呢？"

"嗯，听说木材运输进行得不顺利，我正打算去看一看。巴拉哈小姐，你正忙着训练吗？方便的话，要不要与我同去？"

为了解决住宅不足和燃料不足的问题，人们正在用魔导王召唤的不死马匹，把从远处森林中采伐的木材运到城市中。人们一开始都不愿意用不死马匹，现在有许多人开始赞叹不死马匹的优秀了。

"没关系，我和陛下一起去！我毕竟是陛下的侍从！"

久违的侍从工作，再加上能和魔导王两人独处，涅娅高兴得不禁提高了声音，语速也很快。

这让她脸红到了耳朵。

"是，是这样啊？那么我们走吧。"

"是！这就——"

一声轰鸣打断了涅娅的话，远处突然升起了冲天的火焰。

一瞬间，涅娅还以为是有什么着了火。

然而并非如此,那明显不是着了火。那样的火焰不可能是自然产生的。

火焰包围了整座城市,也就是说,那是一圈火墙——涅娅脑子里马上浮现出苍蔷薇说过的话。

"魔导王陛下!那火!"

"嗯,恐怕和巴拉哈小姐想的一样,我也听飞飞说过……这个时刻终于到了,亚达巴沃来了,那家伙发起进攻了。巴拉哈小姐,我要去了。"

魔导王大概早就料到了会有这样一天。看到魔导王的沉着,涅娅也冷静了下来。不对,应该说正是因为在魔导王这位绝对强者身边,她才能如此冷静。

"我们去哪儿!"

"啊,我想想。我们不知道亚达巴沃这次来有什么目的。因此,呃,他也有可能没有具体的目的,只是来屠杀的。不过,如果他有具体目的,那就应该是冲着我或者圣王国首脑来的,那么我们最好会合一下。命令你的部下做好战斗准备,逃到安全的地方去吧。"

"哎?!"

"如果来的是亚达巴沃,弓兵对付不了他。还是让他们做好准备,对付可能会出现的恶魔为好。城内内部恐怕会陷入混乱,要是整编部队,最好到城市外去做。"

一开始,魔导王的话说得有些含糊,后来或许是整理好了思绪，给了涅娅明确的指示。

"是！非常感谢，魔导王陛下！诸位请听我说！"

人们做好了预案，清楚亚达巴沃率领部队来袭时该怎么做，不过没有料到城市会突然被火焰包围。特别是人们现在不知道有多少敌人，这是个很大的问题。

涅娅指挥着部下。他们毕竟只是部队之一，不能随意行动，不过在接到命令之前，涅娅有责任指挥部下做出最合理的行动。

她发出的指示简而言之是这样的：

部队成员带着家人向东门移动，因为敌人发起进攻，目标是西门的可能性比较大。然后，部队成员在东门内整队，如果恶魔在东门外，就登上东门右侧的城墙，从高处攻击敌人。另外一点就是在涅娅到达之前，成员要遵照副官的指示见机行事。

在涅娅的指示下，部下迅速开始了行动。

"陛下！"

涅娅下达好命令转过头去，发现魔导王正看着手心，使用飞行魔法飞到了涅娅头部的高度。

"陛下！我也一起去！"

或许是听到涅娅的呼唤，魔导王吃了一惊，用力攥紧了拳头。一个细微的声音随之从他的手心响起。

"嗯……好吧，可以。"

魔导王向涅娅吟唱了飞行魔法。涅娅瞬间明白了该怎样飞行，可见魔法力量之伟大。

涅娅和魔导王贴着地面，像滑行一样飞着，碰到惊慌失措的人群就升到空中飞过去，除此之外他们并不远离地面。因为飞在没有遮蔽物的空中非常显眼，如果来攻城的是恶魔，他们很可能受到四面八方飞来的魔法攻击。

涅娅紧咬着嘴唇，觉得自己拖了魔导王的后腿。如果魔导王单枪匹马，想必不会把恶魔的魔法当回事。恐怕就是因为有涅娅同行，他才没办法从空中直线飞向目的地，而是要贴着地面绕远。

过了一会儿，两人到了目的地——加斯蓬德的住处兼司令部。入口两侧，两位焦头烂额的圣骑士正应付着蜂拥而至的人群。

"巴拉哈小姐，我们上去。"

"是！"

发现从正面进去很困难，两人飞到了空中，到达露台后，里面有人推开了窗户。

"陛下！恭候已久了！"

开窗的是一位圣骑士。

"大家都到了吗？"

"没有，陛下。诸位神官还在集结。前往解放收容所的蒙塔涅斯副团长今天回不来，现在这里只有卡斯托迪奥团长和加斯蓬德殿下。"

"是吗？没关系，只要这两人在就行了，带我过去吧。"

"是！"

在圣骑士的带领下,安兹和涅娅走向了加斯蓬德的房间。还没开门两人就听到里面大嗓门的讨论声,看来争论相当激烈。

领路的圣骑士打开门,房间中十几双血红的眼睛看向了他们。

"我来晚了,抱歉。时间不多,我们的作战计划是什么?"

房间中的人彼此看了看,加斯蓬德作为代表开了口。

"目前还没有发现亚达巴沃的踪影。魔导王陛下,是不是亚达巴沃之外的恶魔或者魔法道具也能制造出这样的火?"

"这我就不知道了,就算是我也做不到这样的事。"

房间中的人惊呼起来。魔导王会用的魔法个个超乎想象,如此强大的魔导王竟然都无法使用亚达巴沃的魔法,亚达巴沃将有多么强大呢?

"我说,这火焰到底有什么效果?苍蔷薇她们说可以直接穿过去,普通人也能穿过去吗?"

听到雷梅迪奥斯的提问,魔导王看向她。

"这一点没有问题。人们关于火的效果众说纷纭:围在这火里面的恶魔,能力会略微提升;受负罪恶值强化的魔法,伤害将会得到略微提升;掉落率会上升。调查队并没有发现这些效果,不过,有人坚持认为会有其他效果。"

"也就是说,可以穿过去喽?"

"嗯?我一开始就说了没问题吧?"

"既然这样,如果附近没有亚人和恶魔,我们可以先到城外去避难,然后重新整编部队。毕竟在王国那次袭击中,火焰包围的区域内出现了恶魔。就按这个方针制定计划吧。"加斯蓬德向圣骑士们下令后，再次向魔导王问道，"那么，陛下有没有办法调查一下亚达巴沃在什么地方？"

"要是能查，我哪还有必要一直等在这座城市里呢？"

"这倒是。"

就在魔导王回答一个接一个的问题时，涅娅听到了窸窸窣窣的不祥噪声。

一开始声音很小，被房间中的喧嚣盖过，不过它变得越来越大。人们一个接一个地注意到了，开始保持沉默。不一会儿，在寂静之中，只有窸窸窣窣的噪音还在响着。

就在人们都在不安中四处张望的时候，涅娅发现房间的外墙不对劲，叫了一声"啊"。

墙上出现了龟裂。在人们的注视下，龟裂快速呈放射状扩散开来，墙壁开始向着室内膨胀，然后——

"退后！"

就在雷梅迪奥斯大吼的同时，魔导王站到了涅娅身前。

随着一声轰鸣，外墙爆裂，砖块像散弹一样飞向室内。几声呻吟传来，大概是有几人被四散的砖块击中了。

要不是魔导王护住涅娅，想必她也和其他人一样倒在地上呻吟了。

"非，非常感谢——"

涅娅正表示谢意，魔导王抬起手阻止了她，然后用食指指向了灰蒙蒙的烟尘。

烟尘后面，是巨大的影子和熊熊火焰的颜色。

"——对你们的迎接表示感谢，人类。"

粗重的声音响了起来。

有什么东西拨开烟尘，从墙上的大洞缓缓钻了进来。

那是——恶魔。

这恶魔个头太大，只能略微曲起身体，硬生生挤进房间里。样子有点可笑，然而现在的状况下没人笑得出来。涅娅在喉咙上用力，想把嘴里分泌的唾液咽下去，可又咽不下去。

这个恶魔就像是强大力量的聚合体。

涅娅并不擅长判断自己和敌人之间的强弱差距，不过这次她十分清楚：就算有几万个自己，也无法战胜眼前的恶魔。恶魔的霸气就像摘掉戒指后的魔导王，涅娅被力量的波涛压制，一根手指都动弹不得。

各种感觉都在告诉涅娅，眼前的这只恶魔到底是什么。

（那，那就是，亚达巴沃……魔皇亚达巴沃……）

愤怒的面容加上升腾着火焰的双翼，熊熊燃烧的手——看到他一只手中攥着的东西后，涅娅开始怀疑自己的眼睛。

尽管涅娅不愿意相信，不过那东西看起来像是人的下半身。它上面有恶臭飘出来，看来已经腐烂了。

"呀啊啊啊啊啊啊！"

一声怒吼。不，应该说是惨叫才对吧。情感失去了束缚，陷入疯狂的人类发出的叫声从涅娅背后传来。

涅娅感到一阵寒意蹿过脊背。发出喊声的是雷梅迪奥斯。

雷梅迪奥斯把圣剑直直举在面前，好像完全不考虑防御一样，冲向了亚达巴沃。

太莽撞了。就连不擅长用剑的涅娅也知道，这样冲过去相当于送死。

"碍事。"

随着沉静而粗重的话音，啪嚓一下水声响起，雷梅迪奥斯直线飞了出去，伴随着让人觉得建筑会被砸坏的声音，撞在了墙上。随后，雷梅迪奥斯像球一样弹到地面，软绵绵瘫在了地上。

亚达巴沃用他手中人体下半身一样的东西打飞了雷梅迪奥斯。

如果涅娅中了这一击，想必已经死了。不愧是圣王国最强的圣骑士，挨了这么一击还活着。

随着雷梅迪奥斯被打飞，令人作呕的刺鼻臭气充满了整个房间。

打飞雷梅迪奥斯的冲击，使亚达巴沃手中腐烂的人体下半身碎成了肉片，飞散到整个房间。

"啊啊，怎么会这样。弄脏了你们的房间，我表示诚挚的歉意。要不是那个女人什么都不想直接冲过来，也不会搞成这样——不说借口了，请原谅我吧。"

亚达巴沃缓缓低下了头。他看起来就像真的心怀歉意，反而让人更加毛骨悚然。

随后，他把手中剩下的被火焰烧黑的人腿骨，随手扔到了房间里。

"哎呀哎呀，我用得有点过了火，把上半块挥得不知道飞到了什么地方。毕竟挺脏的，我想尽快扔掉，一直在找机会……到最后还是让它发挥了自己的作用，我真是个温柔的恶魔啊。她一定也在那个世界感谢我呢。"

亚达巴沃自言自语着。

"啊啊啊啊啊啊啊啊啊！"

雷梅迪奥斯撑起身体，嘴里吐着血，发出悲痛的叫喊声。她抚摸着自己的身体，不，她是在拢起粘在身上的肉片。涅娅心想：她这是在干什么呢，难道是疯了吗？

不，这异常的行动一定是有意义的。

（莫非，刚才那尸体……不会吧……）

那具下半身残尸只带着碎裂的铠甲残骸，不过看上去应该是女性的。既然这样，有可能的只有两人。

如果真的是这样——

"声音真不错。"亚达巴沃像乐队指挥一样轻轻挥着一只手，"好了，应该说是初次见面吧，魔导王安兹·乌尔·恭阁下——是不是叫陛下为好呢？"

"这倒不必。那么，你来到这里的目的，是为了和我一决胜负，对吧？"

"没错，弱者再多也没有意义，就是这么回事。"

"这一点我同意,我也不愿意看到无谓的牺牲者出现。"

魔导王看向了正在抽泣的雷梅迪奥斯。

"魔导王啊,你很强,比那个飞飞更强。所以,我会用上必胜的策略。"

亚达巴沃缓缓抬起了手,只见有人从大洞对面露出了脸。

那是身着女仆装,戴着面具的两名女性。

"你该不会说我卑鄙吧?"

"嗯?这……嗯……嗯……嗯。"

涅娅觉得魔导王好像有点慌了。不,会慌也是理所当然的。

魔导王肯定没有想到,亚达巴沃并没有只身前来,而是带来了女仆恶魔。不——

(这不可能。聪明的魔导王一定想到了。那为什么呢——一定是因为我们在场,魔导王陛下是担心我们遇险,他没有自信在战斗的同时保护我们!)

"陛下,请不要在意我们。"

"哎?"

魔导王惊讶地轻轻叫了一声。

涅娅很清楚,女仆恶魔能轻易杀死这房间里的人,就算让魔导王别担心,他也不可能放下不管。在魔导王看来,不仅涅娅她们,甚至圣王国最强的雷梅迪奥斯都是排不上号的杂鱼。

与其妨碍魔导王——还不如死。

涅娅听魔导王说过,他的部下都有成为人质后自尽的决心。

魔导王说他不乐意听部下说这样的话，不过现在的涅娅很明白他部下的心情。他们不是为了拖自己尊敬的人的后腿而存在的。

"哈哈哈哈！放心吧人类，回头我再来慢慢把你们折磨死。我们在这座城市中央的喷泉等着，当然，魔导王，你可以和他们一起逃跑。"

"这话原封不动还给你，亚达巴沃。"

魔导王和亚达巴沃互相瞪着。

随后亚达巴沃转过身去——只见握紧剑的雷梅迪奥斯像弹簧一样跳起来，扑向了他的后背。

带着微弱光亮的圣剑轨迹，就像一条光带一样划了过去——

"去死吧！！"

然后，刺在了亚达巴沃的背上。

"什么？这是……你满意了吗？"

亚达巴沃的声调冷冰冰的。

"为……为什么……能承受住……圣剑的一击……你应该是邪恶的才对……"

雷梅迪奥斯的背影显得非常渺小。

"我不明白。为什么，为什么是什么意思？我确实痛了一下。如果这样能让你满足，能不能请你让开，不要碍事呢？我现在不打算杀你，等杀了魔导王再说。"

亚达巴沃无视雷梅迪奥斯，展开一对巨大的火焰之翼。雷梅迪奥斯被翅膀掀起的气流吹倒，滚了回来。

亚达巴沃看都没看狼狈地倒在地上的雷梅迪奥斯，飞了起来，女仆恶魔紧随其后。

"好了，我该走了。诸位请去避难吧，不要被战斗波及。我觉得可能性不大，不过万一这座城市遭到严重破坏，请不要怪我。"

"魔导王陛下，不要紧吗？"

为了躲避砖块散弹扑倒在地上的加斯蓬德站了起来，向魔导王问道。他的眼睛看着无力起身、垂头丧气地趴在地板上的雷梅迪奥斯。

"恐怕不能说完全没问题。不过，机会还是有的。如果他带了亚人来做肉盾，那就非常麻烦了。不过那家伙似乎还是小看了我，这也给了我控制女仆恶魔的好机会。"

"不要紧的，还不要紧的。我妹妹，克拉尔特还在。只要她在，一定能把卡尔卡陛下……"

雷梅迪奥斯嘟囔着，拍了两下自己的脸，猛然站了起来。

"魔导王！我也要去！把能对那家伙造成伤害的武器借给我！我可以暂时充当你的先锋！"

看着充血的双眼中满是憎恶的雷梅迪奥斯，魔导王摇了摇头。

"算了吧，以你的水平只能碍事。"

"什么！！"

"你看不出力量的差距，还是说你能理解却无法接受呢？直说吧，你就算去了也是累赘。"

雷梅迪奥斯好像看仇人一样瞪着魔导王。

魔导王说得确实不客气，然而，他说的是事实。不，正因为是事实，雷梅迪奥斯才无法接受吧。

"卡斯托迪奥团长，有别的任务交给你——带着民众到城市外去避难吧！"

加斯蓬德用威严的声音命令道。

"你本来不是也赞成把亚达巴沃交给魔导王陛下对付吗？"

"好的，明白了。"雷梅迪奥斯紧咬嘴唇，愤愤地说道，"你一定要杀了那个浑蛋。"

"明白了。"

"圣骑士们，仔细把这具遗体的碎片收集起来，一点都不要落下。"

"团长……这遗体是……"

一位想到了什么的圣骑士用颤抖的声音问着。雷梅迪奥斯打断他的话，说道：

"不要忘了，有可能是恶魔在欺骗我们。"

雷梅迪奥斯头也不回地走向门外，几名圣骑士面带畏惧的表情跟了出去。

"魔导王陛下，我为她的态度向您表示诚挚的歉意……虽说这不是谢罪就能原谅的问题，"加斯蓬德低下了头，"看我的薄面，请不要怪罪。"

"我接受你的道歉。请你们尽快避难吧。让那家伙等得太久,他说不定会出尔反尔。我先过去争取时间,不过你们要记住,我大概只能拖住他三十分钟。"

"明白了。都听到了吧!马上开始行动!"

几名神官、圣骑士和加斯蓬德一起走了出去。

房间里只剩下了魔导王和涅娅,还有正在将某位人物的遗体碎片装进口袋中的几名圣骑士和神官。既然如此——

"陛下,可以准许我同行吗?!"

涅娅听到了周围的人因为惊讶倒吸凉气的声音,不过她决定无视无关的人。她摘掉遮光镜,直勾勾地凝视着魔导王。

"嗯,这不行。别管他说了什么,毕竟是恶魔,被逼急了,说不定会显露出本性,把巴拉哈小姐抓作人质。"

"如果真是这样,陛下到时会毫不犹豫地把我杀掉吧?"

"巴拉哈小姐说得如此一本正经,听起来我好像是很冷血的家伙。确实,如果救不了巴拉哈小姐,那我只能放弃,就算亚达巴沃抓了巴拉哈小姐做人质,我也会使用攻击魔法。"

"既然这样——"

"我的目的!不是杀人质啊?!"

"啊!真是失礼了……"

没错,正因为知道杀死人质才是最好的办法,魔导王才采取了那样的行动。如果有其他办法,仁慈的魔导王一定不会痛下杀手。而现在,魔导王认为不带涅娅同行是最好的办法。

"可是……陛下为了解放这座城市，用了许多魔法，还有魔法道具，消耗了许多魔力。对于身为魔法吟唱者的魔导王陛下来说，应该损失了很大一部分力量，不要紧吗？"

"嗯！确实可能有危险。然而，我来到圣王国就是为了击败亚达巴沃。既然那家伙自己来了，难得的机会，我就要消灭他，把女仆恶魔抢过来……嗯，说想抢女仆，搞得我像好色的老头子一样……"

听到魔导王在这种时候还开着无聊的玩笑，涅娅面带苦笑正打算开口，只见魔导王抬手示意她不要说了。

"还有一点。要是我现在逃了，岂不是惹人耻笑。"

魔导王耸耸肩，有点半开玩笑地说着。涅娅从他的话中感受不到认真的成分，不禁大声喊了起来。

"陛下！谁想笑让他们去笑就是了！依我愚见，应该万事俱备再与亚达巴沃战斗！而且陛下此行本意就是只与亚达巴沃作战，然而现在却为了圣王国消耗了大量的魔力。这并不符合双方本来的约定，只要把这一点说明白，我国国民肯定也会理解的！"

"巴拉哈小姐说得没错，然而人这种生物，只会相信自己愿意相信的事。就算所有人都知道巴拉哈小姐所说的这些，恐怕也没人愿意相信。"

"不会的！既然这样我会做证人的！而且……"

涅娅看向默默听两人说话的圣骑士和神官们，他们应该也愿意做证人吧。

"涅娅·巴拉哈，感谢你。不过没有那个必要，我已经决定在这里和亚达巴沃一战了。"

"这是——为什么啊？"

"很简单，因为这是王答应过的。"

涅娅没话说了。听到魔导王说出这话，她不知道该怎么继续劝下去。地位像她这么卑微的人，肯定说不出什么能使"王"改变决定的话。

周围也传来了赞叹的沉吟声。没错，这位伟大而高贵的王，就是安兹·乌尔·恭魔导王陛下。

涅娅打心底觉得，想把这位自己尊敬的王炫耀一番。

"陛下，我知道这样说很失礼，不过我还是要说。如果您觉得危险，请一定要逃走！"

听到别人提起自己败北的可能性，魔导王肯定会觉得不快。然而明知如此，涅娅还是控制不住自己。

"当然了。战斗前不给自己找好退路，那简直是愚蠢至极。在一次战斗中败北不算什么，只要把战斗中得到的情报积累起来，运用到下一次战斗中就行了。第一次战斗输掉也无所谓的。"

"陛下果然圣明。"

说得极端一点，既然目的是击败亚达巴沃，只要最后能赢就可以。魔导王有一国之君的深谋远虑，而不像一介武夫那样只有蛮勇，这让涅娅佩服不已。

"那么，我去去就回。"

●

安兹走向亚达巴沃指定的地点。途中，他向带来的两名半藏发出了"讯息"，让他们去确认有没有人尾随，有没有人从远处监视。

收到半藏报告说没有，安兹正打算切断"讯息"，只听半藏有点困惑地说昴宿星团在附近。

安兹告诉半藏他早就知道后，切断了"讯息"。

（这次依然没有发现玩家的踪影，拥有世界级道具的人还是没有出现啊。既然这么久了都没有出现……可是这样想来，夏提雅那次到底是怎么回事？是某种偶然？再不然就是天生异能的攻击，只是我误以为是世界级道具吗？）

安兹如此严防死守，结果没有一点迹象，他甚至开始觉得这种情况本身就是陷阱。或许是有人在等着他放松警惕，麻痹大意。

（真是的……没办法啊，毕竟小心驶得万年船。）

安兹向另外一支半藏小队发出"讯息"，确认准备做好了，向导方面也没问题。

（好，准备都做好了。不过接下来只要按照迪米乌哥斯的详细计划书做就行，太简单了！就算我失误了，也可以说是对他的考验。万无一失！）

好厉害。

安兹感慨着自己步伐的轻盈。或许到这个世界之后，他还是第一次觉得自己的步伐如此轻盈，就像飞起来了一样。

随后，安兹到了并没有多大的广场。

这里本来有定时喷水的喷泉，是市民休息的场所。不过现在，喷泉已经被亚人破坏掉了，里面没有水。战时人们当然顾不上修喷泉，广场上一片破败的景象。

中央站着一只魁梧的恶魔。

巨大的身体，带着火焰的翅膀，熊熊燃烧的拳头。

纳萨力克中也有愤怒魔将，不过眼前的这一只，是迪米乌哥斯用了每五十小时才能用一次的"魔将召唤"临时召唤出来的，就算杀了，纳萨力克也没有损失。

他的等级是八十四级。

愤怒魔将在魔将中属于偏重物理攻击的类型，HP相当高，算是纯战士系魔物。

魔将拥有许多特殊能力，其中最棘手的就是召唤一只其他的魔将——如果他们召唤低阶恶魔，能召唤的数量就更多。这里有一个大前提，特殊能力召唤出的魔物无法再用自身的特殊能力召唤魔物，因此，迪米乌哥斯召唤的愤怒魔将，无法召唤其他的魔将。

创造和制造的魔物并不受这一点限制。如果对手是一只怠惰魔将，击杀过程中他会不停召唤恶魔和不死者，非常恶心。

愤怒魔将还有一点比较棘手的，就是难以控制仇恨。

愤怒魔将的仇恨值上升得比其他魔将快，安兹曾经听坦克朋友说过，同时抗愤怒魔将和其他种类的魔将，有时候会拉不好仇恨。

愤怒魔将有伤害和防御能力随仇恨值上升的特殊能力。虽说如此，这能力并不怎么可怕。

唯一可怕的，是不知道会发生什么的"灵魂换奇迹"了。

他们会用的魔法是——

第十位阶魔法："天降陨石""时间停止""污秽之地"。

第九位阶魔法："高阶排除""朱红新星"。

第八位阶魔法："道德歪曲""疯狂""幽冥一击""痛苦波动"。

第七位阶魔法："烧夷""炎狱""高阶诅咒""高阶传送""亵渎"。

第六位阶魔法："炎翼""地狱之墙"。

第三位阶魔法："火球""减速"。

YGGDRASIL 中不同等级、不同种类的魔物，能用的魔法也大不相同，不过基本都只会用八种左右。而龙、恶魔、天使之类的高阶魔物，则不受这样的基本规则限制，会用许多魔法。

不过，愤怒魔将毕竟是纯战士系魔物，他们的魔法没有多可怕。

　　他们没有魔法强化系的技能，而且对魔法有加成的能力值都很低。同时，愤怒魔将的攻击魔法大多是火系，而火系是不死者的弱点，安兹自然早就做好了对策，因此不用太在意。他的精神系魔法对不死者没有效果，而且安兹的罪恶值本来就是负的，"道德歪曲"之类的魔法也无效。

　　对于负罪恶值的安兹来说，相比恶魔，还是天使更难对付。

　　安兹回想着愤怒魔将的数据，看了看魔将身后的两位女仆，决定等下再和她们说话。

　　"好了，你知道该怎么做吧？"

　　"当然，安兹大人。"

　　听到恶魔粗重的声音，作为铃木悟而不是安兹的他忍不住想笑。不光是这种恶魔，纳萨力克中大多魔物的声音，或许都是以一些人物为模板设定的。

　　这些声音应该是运营方，或者是游戏制作方设想出来的吧。还没有吃过声带的口唇虫可爱的声音，究竟是谁设定的呢？是佩罗罗奇诺所谓的假想声优吗？

　　不，应该不会吧。

　　潘多拉·亚克特就是个好例子，他的声音肯定不是依制作者脑中的印象形成的。再说，就连安兹这样没有声带的不死者都能发出声音，人们只能惊讶于魔法世界的神奇。

　　"你说出这个名字，还有这个称呼，也就是说这附近已经打扫干净了吧？"

"是的，您说得没错。"

"那么我问一个最重要的问题吧。你能拿出真本事——带着杀死我的决心和我打吗？"

"是的，我接到的命令正是如此。"

听到魔将的回答，安兹轻轻点了点头。

安兹一直为一件事感到不安，就是自己很少有机会与强大的敌人战斗。他已经很久没能像和夏提雅战斗时一样，拿出自己的真本事了，这让他十分忧虑。

通过近身战斗的训练，安兹现在能足够灵活地运用名为飞鼠的这具身体，可以说，近身战斗的能力相当于三十三级的战士。

不过，安兹依然怀有疑问，他不知道自己在高等级的战斗中，能不能发挥训练的成果。

因此，安兹觉得自己应该把训练的成果投入与高级别强者的实战中，积累战斗经验。不过遗憾的是，安兹一直没有遭遇高等级魔物的机会。

正因为如此，这次安兹才指示迪米乌哥斯，命令他召唤出的魔将和安兹拼命。

在战斗中击败想要杀死自己的强者，以此来实现自身的强化。

说起来简单，实际上安兹为了说服强烈反对的两人花了很多时间。安兹真觉得心累，忍不住想着：不是说好了我说是黑，白也是黑吗……

结果，安兹做出许多让步同意许多条件之后，这次真刀真枪的对决才得以实现。

一想到可能会死，安兹就觉得心里有一股寒意。夏提雅一战时，安兹心中也感到凉飕飕的，不过当时其他感情更加强烈。这次说不定会因为没事找事死掉，感觉和上一次大不相同。

然而——

（YGGDRASIL时代，我积累了不少PVP的经验。不过与夏提雅战斗的时候我就感觉到了，这个世界并不是游戏。如果有朝一日，我要和在这个世界历练过的一百级玩家战斗，除非我也有旗鼓相当的经验，否则我大概会被击败吧。要知道，不敢迎接现在的挑战，会带来今后的败北。）

安兹庆幸自己是个不死者，因为对死的畏惧绝大部分都被抑制了。如果他还是人类，想必现在已经说出"还是算了"。

"那么由莉，"安兹向魔将身后的女仆问道，"你和露普斯雷琪娜来到这里，是打算和魔将一起与我战斗，没错吧？昴宿星团的其他人没来吗？"

安兹看着四周，没有发现索留香、艾多玛、希姿的身影。刚才现身的确实也只有由莉和露普斯雷琪娜，其他人应该正在别处行动吧。

"来到这里的只有我们两人。只由我们姐妹和愤怒魔将向安兹大人发起挑战。雅儿贝德大人判断，让圣王国的人看到女仆恶魔并不是坏事，还有，若只有魔将做对手，安兹大人恐怕不会满足。"

确实，一只八十多级的魔将不是安兹的对手。不过就算加上由莉和露普斯雷琪娜，安兹觉得恐怕也对他造不成多大威胁。

（虽说如此，敌人数量一多，有时候会非常麻烦。麻痹大意栽跟头是蠢货才会犯的错误，看来需要更当心一点啊。）

"还有，安兹大人，雅儿贝德大人命令我跟您确认一下。如果安兹大人输了，一年内不能离开纳萨力克，没问题吧？"

"没问题。那是为了进行这次的战斗，我说服雅儿贝德时答应的条件之一。如果输了，接下来的一年，我会在纳萨力克地下大坟墓专注内勤工作，和雅儿贝德一起。顺带一提，还要和雅儿贝德在同一个房间……我说服迪米乌哥斯时答应的条件，你不用确认吗？"

安兹把视线转向魔将，不过恶魔什么都没有回答。要么是恶魔判断没必要再确认，要么就是迪米乌哥斯没有下达相应的命令。

"非常感谢。"

由莉低头对安兹表示感谢。

好了，安兹心里想着，不得不修正了计划。同时，他心里捏了把汗，毕竟这样一来就不好打了。

因为他要杀死由莉她们非常容易，双方实力差距就是如此之大。然而对于安兹·乌尔·恭来说，没有杀死她们这一个选项。他怎么能为了自己的训练杀死NPC呢。

也就是说——

（我要注意不伤到由莉她们，同时杀死魔将。）

安兹不禁笑喷了，这是多么苛刻的胜利条件啊。不过，同时也会是一场大有裨益的训练。

"您怎么了，安兹大人？"

"没事，不用在意。"

"既然这样，科塞特斯大人有个请求，说是想记录这场战斗，回头让纳萨力克全体成员一起观看。可以吗？"

简直太羞耻了，安兹不愿意，不过在YGGDRASIL中，他们也经常保存战斗记录。应该认为这也是一种保存战斗记录的方式吧。

"我知道了。不过，进行记录应该会触发对探测的反击防御吧，需要我解除对探测的防御吗？"

"安兹大人的反击防御是对探测进行反向探测吧，并不是会触发攻击魔法的防御吧？"

"是的，现在我发动的只是反向探测。毕竟万一纳萨力克的人想要探测我的位置，触发了反击魔法可就麻烦了。"

要是他还像以前一样，展开触发攻击魔法的探测防御，万一纳萨力克的人想要发动魔法来找安兹，大水马上就会冲掉龙王庙。不能友军攻击的时代，安兹会随时展开触发攻击魔法的探测防御，不过现在他不敢这样做了。

当然，纳萨力克受到世界级道具的保护，就算反击探测的魔法发动了，探测者也不会受到伤害。纳萨力克的损失是防御方面的金钱支出，搞不好这样出的血会更多。

"那就没问题啦。"

"不，我还是解除掉吧。反击防御本来就是发动一次后就会失效，需要重新施放的。我还是一开始就解除吧，省得在战斗中还要惦记。"

"是这样吗？那就拜托安兹大人啦。"

安兹马上解除了反击防御。

"好了，你们开始记录战斗吧。以谁为中心记录？可以以我为中心吧？"

"说是要以我为中心啦。"

既然这样，安兹没有意见。以谁为中心记录战斗都没有太大问题。

安兹想起了和曾经的伙伴们进行战斗训练的事，开始觉得有趣了。

每次想出新的战术，换上新的装备，他们都会展开战斗训练。

安兹也经常和塔其·米进行战斗，不过并没有统计到他的PVP战绩中。因为安兹一次都没有赢过塔其·米，要是把两人的战斗统计进去，安兹的PVP胜率会大幅下降。明知会输，两人才以"训练"的名义进行战斗，这样就算输了，他也可以安慰自己说并没有认真战斗。

"那么开始吧？你们也要带着杀死我的决心战斗，不过我不打算杀死你们就是了。"

"不，安兹大人杀死我们也没问题。"

安兹还没来得及开口说不愿意那样做，由莉已经说出了其中的原因。

"安兹大人，我们不是昴宿星团，我们所有人都是高阶二重幻影。"

"什么？！你说什么？"

"我们是五大最恶之一，乐师查克穆尔大人的直辖部下，隶属于埃里希弓弦乐团。我们奉雅儿贝德大人之命，变身成了昴宿星团的诸位。"

"是这样吗？"

安兹上上下下也打量着眼前二人，看不出她们和安兹所知的由莉及露普斯雷琪娜有什么区别。他觉得两人或许是为了让他使出全力而撒谎的。

说不定二人之一就是本尊。安兹听说过，最有效的谎言往往隐藏在真相之中。

安兹无法看穿二重幻影的变身。他有解除二重幻影变身的魔法，不过那种魔法的副作用是使二重幻影在一定时间内无法再次变身。要是用了那种魔法，二重幻影的变身就失去了意义，要是安兹有同种魔法的低阶版本倒还好。

不——

"确实，露普斯雷琪娜说话的方式确实与平时不一样，这是为什么？"

露普斯雷琪娜一惊。

"我说话的方式不对劲吗，安兹大人？"

变身为露普斯雷琪娜的二重幻影改变了语调，这大概是其本来的说话方式吧。

"是的，她平时是不会这样说话的。"

"在我面前，露普斯雷琪娜大人一直是这样说话的啊……"

越是亲近的人，越难看穿二重幻影的变身。因为他们在变身的同时会使用精神操作系的特殊能力，读取对话者和周围人的表层思想，从中抽取变身对象的情报，用以改善自己的演技——安兹记得魔物的说明文里是这样写的。

潘多拉·亚克特说过，在这个世界上，他们的这种能力确实可以使用。

不过说到底，他们的特殊能力只能读取变身对象在对方心目中的印象，并不能窥探对方的内心和记忆。

这种能力属于精神攻击，对安兹这样的不死者无效，除非有很大的等级差距，否则很容易被对方抵抗。因此，二重幻影无法读取露普斯雷琪娜留给安兹的印象，这才露了马脚。

顺带一提，同时应对的对象越多，读取的印象越多，就越容易露出马脚。

（嗯，为什么露普斯雷琪娜在他们面前没有用和我说话时的语气呢？啊啊，原来如此，是为了让我察觉到不对劲。她是想帮我一把，真是个可爱的家伙啊……）

"嗯？抱歉，我有个和战斗无关的问题。你们说是雅儿贝德命令你们来的，如果我命令你们无视她的命令，谁的命令会被优先执行呢？"

"这种情况下自然不用说，我们会优先执行无上至尊安兹大人的命令。不过，非常抱歉，对于我们来说最优先的，是召唤我们的黑暗之音大人的命令。"

"嗯？黑暗之音是谁？"

安兹正想着有这么一个NPC吗，听到由莉·二重幻影接下来的话，他眼窝中的红光变亮了。

"是腾佩拉斯大人。"

"哎？哎佩拉斯？黑暗？啊啊……他看上去确实有点那个意思……黑暗之音？"

"是的，腾佩拉斯大人就是这样称呼自己的，查克穆尔大人命令我们要这样称呼腾佩拉斯大人。"

"回到纳萨力克之后，我得好好打听下这方面的事啊。黑暗之音？"

安兹还是第一次听说腾佩拉斯自称黑暗之音。

得知曾经的同伴背地里悄悄这样自称，安兹不禁笑了。居然在战斗开始前瓦解他的专注度，对手真是会耍手段。

（哎呀，不好不好。我可不能掉进黑暗之音的陷阱！哈，哈哈……）

明知现在不是时候，安兹还是控制不住回想公会中的同伴。

他是面带什么表情，怀着什么想法这样自称的呢？

对昔日伙伴的怀念让安兹眯起了眼睛。看到由莉·二重幻影歪着头，一副不解的样子，他才发现自己太大意了，绷紧了弦。

等有空了再想伙伴就好，现在应该先分析一下二重幻影的话。

（回头要向每个仆役和NPC进行询问调查，大家是不是都有不为人知的一面呢？呵呵呵——好了，现在有个疑问。）

二重幻影这样的仆役，如果没有收到安兹的直接命令，便会服从直辖的主人NPC的命令。那么，如果纳萨力克中的某位NPC，召集众多高等级仆役，命令他们用最强绝招攻击安兹，在安兹没有发现、没能阻止他们的情况下会如何呢？

高级仆役们会奉命行事吗，还是说不会遵从这样的命令呢？

"你们也会怀着杀死我的决心向我挑战，没错吧？"

"是的，我们得到的命令就是如此，而且也有了安兹大人的许可。"

听到由莉·二重幻影的回答，安兹皱起了他实际并不存在的眉头。

（这是不是有点危险啊？这类命令的红线到底在什么地方，有必要验证一下。）

安兹都能发现的问题，雅儿贝德他们很可能早就验证过了，不过他起码应该问一问雅儿贝德。发现了安全漏洞却不闻不问是很危险的。

"没错。在这一战中，允许你们使出全力，杀死我。不过，我要你们再次以安兹·乌尔·恭之名起誓。刚才你们所说的，关于你们真面目的话，绝无虚言吗？"

"是的，我们可以以众位无上至尊之名起誓，保证绝无虚言。"

由莉和露普斯雷琪娜把自己的手变成了异形的东西。

"啊！"

"怎么了？有什么问题吗，由莉·二重幻影？"

"是的，安兹大人，我忘了一件事。我们身上的装备是从昴宿星团的诸位大人那里借来的，因此杀死我们之后，有劳安兹大人将装备回收。"

二重幻影可以精确复制服装和装备，不过复制的只是外表，并不能复制装备的性能。有没有装备带来的抗性加成，在与安兹这样的魔法吟唱者战斗时，差别会非常之大。因此，他们只好向昴宿星团借了真正的装备。

（高阶二重幻影最多能变身成六十级的对象，而且和ＮＰＣ制作的不一样，他们能复制对象百分之九十的能力。就算装备是从昴宿星团借来的，也没有多大威胁啊。这样看来杀掉他们损失会很大，毕竟他们是佣兵仆役，召唤的时候会消耗金币——有可能的话，最好只是让他们失去战斗能力，看来这一点也应该体现在规则之中。)

"好！增加一条规则。你们二重幻影的HP快要见底的时候就算出局。我会使用'生命精髓'来观察你们剩余的生命值。我记得你们能伪装自己的生命值，对吧？"看到由莉点头，安兹也点了点头，"那好，暂时不要用那个技能。只要我觉得你们承受不住我随便的一击，就会叫你们的名字，宣告你们出局。我宣告了谁的名字，谁就是死人了，必须马上离开战斗区域。愤怒魔将也是一样，只要我宣布胜利，战斗就结束了，明白了吗？"

愤怒魔将和两名二重幻影表示明白。

"那好，只要这枚硬币落到地面上，战斗就开始了……差不多已经过去二十五分钟了，我们现在开始，他们也不会有怨言的。"

安兹发动"生命精髓"，随后掏出了一枚金币。当然，他掏出的不是YGGDRASIL金币，而是这个世界的交易通用金币。

"不用先BUFF吗？"

"为自己争取BUFF的时间也是战斗训练的一环。"

安兹回答露普斯雷琪娜·二重幻影之后，稍微离远了一点，用手指向空中弹起硬币，好让它落在双方之间。

硬币落地面瞬间，安兹跳向后方，同时伸出双手大喊：

"绝对无敌屏障！"

他能看得出，魔将和两名昴宿星团·二重幻影都愣住了。

不过很快，魔将和由莉·二重幻影都冲了过来。

没错，这样做才对。

刚才安兹的动作和吼叫都没有实际意义。YGGDRASIL中不存在所谓的绝对无敌屏障才对——当然，只是据安兹所知是这样。安兹之所以这样喊，不仅是为了虚晃一枪，还有其他的目的。

（啊，他们的动作好像有迟疑啊。他们也怀疑我做了什么手脚吧？好吧，要冲向对手可能设了陷阱的地方，当然会迟疑了。）

他们疑心传送到这个世界之后，所谓绝对无敌的招数或许真的出现了，不安束缚了他们的动作。也就是说，正因为有未知的成分，刚才安兹的虚晃一枪才有效。

而且还不仅是未知，安兹制作不死者的技能就是个好例子。

在游戏时代，使用尸体作触媒，并不能制造持续时间无限的不死者。这一点是来到这个世界后才产生的变化。安兹认为，一定还有其他与游戏时代并不相同的技能，只是他还没有发现而已。不，认为召唤不死者是特例才是愚蠢的。

也就是说，完全靠YGGDRASIL时代的知识进行判断很危险。

（这方面最好也和雅儿贝德他们——不，连科塞特斯也带上，仔细商量一下为好。）

安兹一边发动无吟唱化的"飞行"向后拉开距离，一边想着。

（雅儿贝德说了，在消灭王国前，需要两年的时间来进行准备。在那之前，应该尽所有可能收集情报。国家越大，和外界的接触就越多……这方面的事情应该甩给雅儿贝德和迪米乌哥斯，同时听听他们的意见。嗯，幻术或许变得格外强大了，必须小心提防才是。脑子好的幻术师恐怕会做出超乎想象的事。要是发现了擅长幻术的人，最好能用优厚的待遇挖过来。弗鲁达他——哎呀。）

比起用"飞行"逃走的安兹，还是魔将奔跑的速度更快。飞行的缺点就是速度并不快。

"啧！"

吃了魔将巨大战锤般的一击，安兹感到了疼痛，但很快就受到了抑制。他想起了和夏提雅的一战，觉得必须感谢这具连疼痛都会被抑制的躯体。就是因为有这样一具躯体，安兹才能战斗到今天的。

魔将追着被打飞的安兹扑了上来。

这样的攻击是安兹最不愿意看到的。

（由莉绕到我后面去了。两人都能造成针对我的击打伤害，现在对我前后夹击，而露普斯雷琪娜则拉开距离使用魔法……这是在加Buff啊。哎呀，这是对付魔法吟唱者最好的战斗方式了。莫非这也是魔将战斗程序的一部分吗，还是说召唤魔将的迪米乌哥斯的知识在发挥作用呢？好吧，无所谓了。）

对方不让安兹保持距离,那他只能强行拉开距离了。

"高阶传送。"

视野突然变得开阔,下方能看到整个城市。按说施法者只能向自己到过的地方传送,不过视线能看到的地方不在此列。安兹传送到高达千米的上空后,发动了下一个魔法。

"光辉翠绿体"。

由莉和魔将的攻击都属于殴打伤害,这个魔法对此非常有效。

"当然,还不仅如此呢。"安兹喃喃自语着,看向地面,"要是泡泡茶壶或者可变护身符在,我这个法师就不会挨打了。"

擅长控制仇恨的坦克,是不会犯低级错误,让魔法吟唱者受到攻击的。

他们不再上线之后——以致后来安兹不得不独自一人为了维护纳萨力克打钱的时代,他一直雇佣佣兵NPC充当前卫,好让战斗变得更轻松。自从夏提雅一战之后,这还是他第一次拿出真本事Solo。不知是不是因为这个,安兹忍不住抱怨起来。

距离太远,安兹看不到魔将在哪,不过他知道广场的位置。用攻击魔法对广场进行地毯式轰炸是个不错的战术,不过这样做没有意义,因为这次战斗的目的就是正面硬碰硬。

"扩大魔法效果范围·延迟传送。"

(这么说起来,雇佣NPC佣兵的时候,我也经常因为他们的仇恨拉得不稳生气啊。运营方这样设定,目的肯定是希望玩家之间能组队吧……)

安兹看向更高处,发现大型目标——魔将传送到了"延迟传送"的范围内。在"延迟传送"的作用下,他还要晚一步才会出现在安兹这边。也就是说,有两个失去了肉盾的脆弱对手就在安兹眼前。

先让比较弱的两人出局可以削弱对手的战斗力。安兹把身体交给重力,用"飞行"进一步加速。

飞行加上自由落体,让安兹以非常快的速度落了下去。安兹任凭空气拍打在脸上,从耳旁呼啸而过。他睁大眼睛,盯着广场。

"我觉得你们还是藏到房屋里更好点……"

安兹沉吟着,选择了大大方方站在广场上的露普斯雷琪娜为目标。

由莉在稍远一点的地方。她应该看到了安兹,不过似乎并不打算迎击。让负责回复的人失去保护确实值得商榷,不过由莉这样做,大概是防备着安兹的范围攻击魔法吧。

安兹在快要撞上地面的时候刹住,发动了魔法——就算撞到地面,安兹也不会受到丝毫伤害。

安兹选择的是第十位阶中破坏力最强的魔法"现断",他还同时发动了技能中的魔法最强化。如果再同时用上魔法三重化,将能一鼓作气造成大量伤害。可是他不知道这几招一起用上会给二重幻影造成多少伤害,太危险了。他必须避免一击杀死二重幻影。

"魔法最强化——"

就在他举起手的瞬间,不知从哪飞来一击,对他的手臂造成了伤害。魔法烟消云散,只有魔力白白消耗掉了。

"什么?!这是射击打断施法?!技能?!"

不知是因为不死者的特性,还是作为身经百战的玩家的经验,安兹只慌了一瞬间。他马上开始分析自己受到的攻击。

魔将、由莉、露普斯雷琪娜都没有这样的能力。

(有可能是拥有世界级道具,洗脑夏提雅的家伙——)

半藏没能发现的话——

会使用飞行道具——

还会打断魔法的技能——

"上当了!"

得到答案之后,安兹叫了起来。

由莉冲过来开始攻击,不过安兹早已用魔法提高了防御力,不必太紧张。现在还有更紧迫的问题。

(居然完全是陷阱!不,由莉说了——对啊!所谓的这里是指广场!半藏说昴宿星团来了!可恶!我就觉得只来了两个的话,那由莉却说所有人就很奇怪了!)

一切都联系起来了。

刚才的攻击来自希姿。

这战场中不光有由莉和露普斯雷琪娜,希姿也在这里。这样想来，索留香和艾多玛也在才对，昴宿星团所有成员的二重幻影都在这座城市中。

（不，不，冷静点。刚才这一下不过是变成希姿的二重幻影撞了大运。等级差距和能力值差距这么大，应该很容易抵抗才对。下一次不会有这样的好运了——对我来说是霉运。）

"高阶诅咒。"

迟一步追上来的魔将使用了魔法，安兹顺利抵挡住了。安兹担心的是近身战斗，只要保持距离就没问题。

他无视上空的魔将，同样无视不停对他造成少量伤害的由莉，向着露普斯雷琪娜冲了过去。

这个瞬间——

许多虫子形的子弹从侧面雨点般地射了过来。一定是艾多玛。

安兹甚至不需要用"高阶物理攻击无效"，不含魔法的射击本身就对安兹没有效果。

昴宿星团的装备数据量很大，应该能贯穿安兹的所有抗性，刚才希姿和由莉的攻击就是好例子。不过有一部分技能会受到角色等级的影响，特别是艾多玛，她的许多技能都需要高等级支撑。

五十多级的艾多玛无法对安兹造成任何伤害，而无法造成伤害，攻击附带的效果也不会生效。

因此，安兹无视她就行了。

发现安兹对艾多玛看都不看，为了不让他攻击回复职业，潜伏的索留香从地面隆起，出现在了露普斯雷琪娜面前。这样做，遇到范围攻击时只能一起受到伤害，然而要保护负责回复的人的话也别无他法。

不过，索留香犯了一个致命的错误：安兹是魔法吟唱者，他完全没有必要近身攻击，只要从远处使用攻击魔法就行了。对付他这样的敌人——索留香应该好好想想他为什么要向着露普斯雷琪娜冲过去。

安兹的目的只有一个。

引出潜伏的敌人，逼对手翻开扣住的牌。

（娜贝拉尔没有来？）

不好说。袭击王都的女仆恶魔中没有她，不过她也是昴宿星团的一员，不能断定她肯定没来，她很可能不到万不得已不会现身。不过，现在已经知道了敌人有什么牌，安兹没必要在敌人的包围中战斗。

"高阶传送。"

安兹的魔法没有被希姿打断，他成功传送到了视野开阔的建筑物顶上。

（把由莉她们所有人的能力回忆起来。应该优先击杀的是谁？是负责回复的露普斯雷琪娜吧。希姿也需要当心……可是不知道她在什么地方。其他人先不去管，最费事的魔将放到最后。）

安兹看到露普斯雷琪娜在对索留香使用魔法。拖延时间对于她们来说没有坏处，或许正因为如此，看到安兹拉开距离，她们才不追击吧。不，她们大概明白，追逐能用"高阶传送"随意移动的安兹，只会破坏阵型，被各个击破。安兹的目的实际上就在于此。

就算被她们看穿了也没关系。

专门用远程魔法攻击，消磨对手的耐心，然后各个击破就行了。安兹不知道擅长远距离战斗的希姿在哪，不过她如果连续发起攻击，就会暴露自己的位置。安兹认为她会在关键时刻出手，既然如此，就没有多可怕。除非——

"娜贝拉尔似乎没来，代替她的是你吗？"

安兹向发出一声轰鸣落到地上的魔将沉吟道。

他不禁露出了苦笑。

"哈哈，娜贝拉尔怎么胖成了这样，干脆叫你娜贝拉猩好了。使用的属性也发生了大幅改变，好吧——很有趣。既然对手是二重幻影昴宿星团——"安兹大手一挥抖开了斗篷。这个动作当然没有意义，他只是做了个有王者风范的动作而已。"我得拿出点真本事来了。"

安兹心想着，你可别死了啊——

"魔法二重最强化·现。"

安兹正打算向露普斯雷琪娜使用魔法，手臂却再次被子弹击中，魔法也被再次打断了。

"什么?"

不可能。

就算被打断了一次,他的魔法也绝对不可能连续被打断两次。希姿和安兹之间的等级差距太大了。

莫非他竟然倒霉地连续两次抵抗失败?这样的可能性是多么低啊。莫非这不是倒霉,而是理所应当的——比如打断施法的人并不是希姿。

愤怒魔将展开火焰翅膀,扑向了安兹。由莉向安兹右侧、艾多玛向安兹左侧迂回,飞上了空中。

(为什么?什么情况?这也是传送到这个世界后产生的变化?莫非加奈特给了希姿某种装备吗?莫非打断我的并不是希姿?由莉是怎么说的来着?她说是姐妹,也就是指二重幻影姐妹……潘多拉——啊啊啊啊!)

追到旁边的愤怒魔将已经把拳头拉到了身后,打算全力挥出一击。

(可恶!我最讨厌普通攻击!既然你是代替娜贝拉尔来的,那就用魔法啊!可恶的娜贝拉猩!)

当然,以娜贝拉尔的等级,对安兹使用魔法只会被完全抵抗,要说无趣也确实无趣。

安兹毫不犹豫地冲向前去,主动缩小了和魔将之间的距离。

魔将大概是判断安兹会逃走,犹豫了一瞬间。他本打算和由莉夹击,让安兹进退维谷吧。

火焰铁拳挥了过来——魔将打算声东击西。正因为如此，安兹才伏下身体躲过了这一击。

拳头以惊人的速度掠过安兹耳旁，带起了惨叫般的风声。

纯魔法吟唱者躲过了战士系魔物的攻击。

作为YGGDRASIL玩家，安兹觉得这样的现象不可能发生。不过这并不是他走运，正如前文所说，魔将没有想到安兹会主动向前，没能使出全力。除此之外还有一点，这是安兹训练的成果。

这种伏低身体、贴近对手的躲避，安兹和科塞特斯进行了几百次训练。成果就是，现在的安兹十次中有一次，能像刚才这样伏低身体，躲过科塞特斯完全没有使出真本事的攻击。

（科塞特斯说了，真正的战士绝对不会进行这种浑身破绽的大幅度攻击，不能麻痹大意……在实战中这不是挺好用吗？）

安兹顺势把手贴在了魔将厚实的胸肌上，发动了需要接触才能生效的魔法。

不同的魔法射程也不同，其中也有射程为零的魔法。这类魔法需要接触到目标才能生效，只有同时习得魔法系职业和战士系职业的人才能用得好。正因为不方便使用，所以它们比同位阶的其他魔法更强，能发挥高出本身一个位阶的威力。

安兹使用的是他擅长的死灵系第八位阶魔法"吸收活力"，而且是通过"魔法最强化"强化过的。这种魔法能暂时吸收目标的等级，依据吸收量带给施法者各种增益效果。

魔法穿透了魔将的抗性，吸收了等级。由莉对安兹造成的伤害因此得到了一定量的恢复。虽说如此，这种依靠魔法的恢复毕竟只是辅助性质的。

安兹的各种能力会暂时提升，并得到临时的增益效果。相应地，魔将得到的则是不会随时间消失的等级下降减益效果。

这次，魔将主动拉开了距离。

他那被怒火扭曲的面容上出现了别的神色。

那是惊讶，或者是赞叹。

安兹也非常想把躲过刚才那一拳的自己夸奖一番。虽说如此，刚才之所以能躲过，对手大意的成分很大。而且，戏法一旦被拆穿，就会令人觉得平淡无奇，他的这一招恐怕不会再生效了。

"确实，反复用出奇才能制胜的招数，那是蠢货的行为。对吧——昴宿星团！奥蕾奥尔·欧米伽！"

是这么回事。参加这场战斗的是五名二重幻影，愤怒的魔将，再加上一百级的NPC。

（雅儿贝德是想让我输掉，才想出了这样的战术吗？没想到她居然会派出奥蕾奥尔。）

昴宿星团七姐妹中最小的奥蕾奥尔·欧米伽，担任第八层的领域守护者，是进行过指挥官系职业最优化的一百级NPC。

她作为指挥官下达命令，可以使同伴获得各种各样的增益效果。希姿的技能之所以能无视等级差距，也是因为受到了增益。

安兹不知道奥蕾奥尔用了什么技能。按照队伍中的职责来分，有物理攻击、魔法攻击、治疗——她则属于辅助，拥有丰富多彩的技能。

（布妞萌能做什么来着？）

指挥官系职业的对手在PVP中不会与敌人正面战斗，安兹对他们也缺乏了解。

（没有得到我的许可，她不可能离开第八层来到这里。这样想来，二重幻影应该只是来到这里之前，从她那里得到了某些增益效果，那么他们不可能随机应变改变Buff——不，奥蕾奥尔的二重幻影就在战场上？）

——不，没时间想多余的事，重要的只有一点：希姿是不是每次都能打断他的魔法，是不是能无限次打断。

YGGDRASIL的技能分为两种：第一种使用后需要过一段冷却时间才能再使用；第二种是在一定时间内只能使用固定的次数。当然，也有复合两种限制的技能。

比较来说，一定时间内能使用的次数越少，每次使用后冷却时间越长，技能就越强。比如安兹拥有的王牌，一百小时才能用一次的"众生皆有一死"，就属于这一类技能。

那么，希姿打断安兹吟唱魔法的枪击属于哪一类呢？

那一招看起来想用就能用，不像是有冷却时间的，这么说来是次数限制型的技能吧。安兹猜不到它的使用次数会在多长时间后恢复，如果在这场战斗中来不及恢复就再好不过了。

（在希姿用尽技能之前，最好先不要用第十位阶魔法……）

安兹开始快速确认魔将和昴宿星团的位置。魔将在眼前，由莉在身后发起了攻击。她运了气的拳头能把钢铁击碎，而在安兹的等级则不会受到太大的伤害。最危险的还是魔将，安兹重新提醒着自己，再次看向二重幻影昴宿星团的其他成员。

艾多玛在紧邻广场左侧的房屋中，露普斯雷琪娜在广场上，索留香护在露普斯雷琪娜身前，希姿不知道在哪里。

不知道狙击手到底在哪，简直不能更糟糕了，不过敌人没有抱团是件非常棒的事。

哼，安兹笑了。

尽管明白目前情况危急，他还是克制不住。

（有意思！）

"既然这样，就被炸飞吧。'魔法最强化·核爆炸'。"

"这！"

在安兹和魔将之间，一个晃眼的光球膨胀起来，瞬间吞没了一切。难怪由莉会吃惊，因为安兹也被魔法波及了。

属于第九位阶魔法的"核爆炸"，作为攻击魔法来说不太好用。它造成的伤害有一半是火焰伤害，一半是击打伤害，属于复合型伤害魔法，而且伤害量作为第九位阶魔法来说也不高。

对付有火焰无效能力的愤怒魔将，应该选择其他技能，而安兹偏偏选中了它，这当然是有原因的。

首先，它的效果范围很大，称得上所有魔法中效果范围最大的。它还能使目标陷入中毒、失明、失聪等许多种不良状态中，不过安兹对这方面并没有多大期待。以魔将的等级，大部分不良状态都会被抵抗，而且他本身也免疫许多不良状态。昴宿星团的几人，她们身上的装备也会令不良状态无效化。之所以选择这个魔法，是因为它有强烈的击退效果。

魔法当然也会对安兹造成伤害。YGGDRASIL时代没有友军攻击之说，就算自己在攻击范围内也不会被魔法波及，可现在，这样的行为算得上自伤。就算魔法防御力再高，也没必要一边承受伤害一边使用这样的魔法。选择自爆一样的做法，还不如用别的魔法。

不过这些问题安兹已经考虑好了。

"光辉翠绿体"已经发动，可以完全防御击打伤害，而且安兹早就做好了不受火焰伤害的准备。"核爆炸"造成的各种不良状态也对不死者无效。

也就是说，安兹不会受到丝毫影响。

不受伤害就不会受到击退效果，他好像什么都没有发生一样站在爆炸中心。

"哈哈。"

安兹笑了，事态发展如自己所料，果然让人心情愉快。

吹飞敌人，打乱他们的阵型，这就是安兹的目的。

安兹的脑海中浮现公会成员的身影，正是这些朋友教会了他各种各样的战术。

从刚才开始，安兹就有这样的感觉了：明明身处败北等于死亡的实战中，他仍会想起YGGDRASIL时代，并觉得很开心。

（以前我就有怀疑……我应该不是战斗狂才对啊……）

"好了，这才刚刚开始呢。给你们看看大家帮我锻炼出的力量。"

第九位阶魔法炸裂，导致周围的建筑被夷为平地，广场一下子大了很多。

这也是没办法的事，毕竟这座城市已经完成了它的使命。

安兹本该让魔法强化的效果范围更大，好让希姿也受到魔法的波及，可又觉得最好不要把城市破坏得太严重。现在他后悔了。

（好吧，没关系。接下来——）

安兹盯着露普斯雷琪娜刚才所在的位置。对手的包围圈已经被彻底破坏了。

看起来，就算有奥蕾奥尔的增益效果，安兹的对手们也没能逃过核爆炸带来的冲击。他能看到所有人正慌忙从地上起身。

（既然"核爆炸"打掉了这些血——）

安兹一边飞向露普斯雷琪娜的方向，一边使用了"现断"。

这次他没有受到希姿的打断，血从露普斯雷琪娜身上喷了出来。

"扩大魔法效果范围·巨颚龙卷。"

安兹在后方——让由莉和魔将也在范围之内——制造出了更加巨大的龙卷风。这样做是为了遮蔽魔将和由莉的视野,打乱他们的步调,同时为自己争取时间。安兹的另一个方案是在"核爆炸"前先制造龙卷风,遮蔽对方的视野,趁机把由莉打出局。不过他认为魔将会轻易冲出龙卷风,便放弃了这个方案。他判断,对手的步调被打乱后的这个时间点,才是使用龙卷风的最好时机。

安兹瞥见艾多玛正在哗啦声中,推开压在她身上的破碎石柱站起身来。

安兹不知道未曾露面的希姿怎么样了。如果是她被压在倒塌的房屋下,那就再好不过了。

"到这边来了!拦一下!"

站在露普斯雷琪娜身前的索留香喊着,可是暴风中的由莉和魔将听不到。为了不被吹飞,由莉正在暴风中拼命移动。一部分职业可以通过传送或非实体化等技能和魔法轻易逃脱,看来她没有类似的能力。

相应她,她的其他能力得到了强化。

(回头再看这场战斗,她们大概能看出自己需要什么装备,需要做什么样的准备。不⋯⋯)

真正的昴宿星团或许会完美应对这场战斗。安兹现在的对手只是复制了昴宿星团能力的二重幻影,战斗技巧绝对不如本尊。

安兹正打算拉近距离使用"现断",一只大虫子掉到了他的面前。它是运货用的大型虫子,没有战斗能力,目的毫无疑问只是挡住魔法。

在YGGDRASIL中,这种大虫子不能这样用。安兹感谢着机智的艾多玛——其实是二重幻影——开始吟唱魔法。

"高阶传送。"

安兹传送到上空,躲开了碍事的大虫子,然后向露普斯雷琪娜使用了"魔法二重最强化·现断"。

就算希姿已经锁定了安兹,他突然传送到上空也会令她失去目标才对。人类形态的弱点之一,就是难以用视线捕捉快速移动的目标,

虽说如此,像佩罗罗奇诺这样经验丰富、技艺超群的射手,会预测目标的动作,使用传送很可能无法逃过他的锁定。

(佩罗罗奇诺一旦瞄准,就会追着目标不放。希姿也得努力达到这样的水平才行。)

安兹怀念着往日的朋友,喊道:

"露普斯雷琪娜,出局!"

一边仔细注意目标的剩余HP一边战斗是很费力的,以至于这本身就算是一种让步。因此,要说露普斯雷琪娜是不是真的出局了,安兹也没有自信。不过,他可不希望失手把她杀掉。

(毕竟是二重幻影,能力值本来就比本尊低,HP也没有露

普斯雷琪娜那么多。好了,既然魔法吟唱者出局了,那我就使用阴险的手段了哟。"完全不可知化"。)

"完全不可知化"也有探测的手段。不过在昴宿星团中,除非使用道具,应该只有露普斯雷琪娜有办法进行探测,而魔将应该是没有探测能力的。也就是说,对手当中现在应该没有对付这个阴招的办法。

(既然治疗者已经出局了,就慢慢找希姿吧。他们该不会用消费道具吧?)

安兹可不允许有人在这样的战斗中消耗纳萨力克的财产。

"在哪儿!"

"消失了!'不可视化'?!"

"'不可视化'应该能发现才对!可是找不到啊!"

"是其他的透明化?"

安兹能听到两人慌了神。

"好傻啊!是'完全不可知化'啦!"

"露普斯雷琪娜!你这是作弊!"安兹喊了起来,可是因为"完全不可知化"的效果,别人听不到他的声音。"真是的,太赖皮了啊。"

安兹挠了挠头。

他看到魔将和由莉从龙卷风中逃出,开始在周围寻找自己。

再来一个"核爆炸"或许才是上策,然而露普斯雷琪娜有可能会被打死。安兹打消了这个念头,一边下降,一边估算着与由莉间的距离。他同时比较着由莉与其他人失去的HP，判断她在刚才的"核爆炸"中不光受到了击打伤害，也受到了火焰伤害——

"魔法三重最强化·朱红新星。"

安兹向由莉吟唱了除了超位魔法之外的最高阶的火焰系单体攻击魔法。

第十位阶魔法中，当然也有造成火属性伤害的攻击魔法。

"大熔岩流""神炎"之类都是，不过这些魔法安兹现在都不能用。

首先，安兹不会"大熔岩流"，它是这样的森林祭司才能学会的信仰系魔法。

只要满足条件，不管什么系统的魔法吟唱者都能使用"神炎"，不过罪恶值要达到最大正值才能发挥它的通常威力，只要稍微低于最大正值它的威力就会下降。以安兹的罪恶值来算，它的威力还不如第一位阶魔法。

从方便使用这一点来说，安兹只有"朱红新星"一个选项。

由莉的体力掉了一大截。然后——

"完全不可知化。"

"又消失了！"

"太赖皮了！"

"堂堂正正和我们战斗啊！"

（不，对敌人的招数束手无策，问题在于你们自己。）

"再说！我现在还不知道希姿在哪，你们开始也没有告诉我还有这么多埋伏！到底是谁赖皮啊！"

安兹知道他们听不到，不过还是喊了起来。

回过神来，安兹发现魔将向着他刚才所在的位置冲了过去。

"很遗憾，我不在那里啊。"

安兹早就换了位置。他正在想，自己还在攻击魔法能波及的范围内，只见魔将突然改变路线，直线向着他冲了过来。

"啊？"

魔将难道不是看不到才对吗？紧随其后的疼痛打消了他的疑问。

吃到魔将一拳，安兹飞了出去。这一拳的狠劲绝非刚才那一拳可比，以安兹那两下子，既躲不开也防不住。不，应该说他太大意了，脑子里压根没有躲的念头。

和夏提雅一战时一样，多亏有"飞行"稳定姿势，安兹这才避免了摔倒。

魔将飞过来追赶被打飞的安兹。他的视线毫无疑问捕捉到了安兹。

（愤怒魔将有看穿"完全不可知化"的能力吗……啊啊，他用了啊！最后的王牌"灵魂换奇迹"。）

寓言中有向恶魔出卖灵魂来实现愿望的故事，这一招就是由此而来。安兹不知道内部数据是怎么处理的，不过他知道YGGRASIL时代，使用这一招可以发动一次第八位阶及以下的任何魔法，也确实称得上奇迹。

一般来说，魔将总是用这一招来发动治愈系魔法。不过这一次，看来他发动了看穿"完全不可知化"的魔法。

安兹暗暗感谢魔将用掉了他最忌惮的力量，察觉到自己有必要重新制订作战计划。

魔将又冲过来给了安兹一拳，这让他开始感到恼火和焦躁。

等级差距这么大，不需要着急，可就算是这样，一直挨打也不行。

"啧，尝尝我的反击。'魔法三重最强化·万雷击灭'。"

高阶恶魔对属性攻击有很高的抗性，不同的恶魔擅长抵抗的属性也不同，不过雷属性是对它们比较有效的。吃到三发克制自己的魔法造成的最大伤害，恶魔晃了几下。

随后，安兹再次使用了魔法。

"完全不可知化。"

"太赖皮了！安兹大人，太赖皮了！"

"就是！就是！"

艾多玛气得直跺脚，露普斯雷琪娜急得满地打滚，只有索留香警惕地观察着周围。

同种佣兵仆役应该是完全相同的，她们却表现出不同的性格，大概是因为在模仿昴宿星团的不同成员吧。难道随着时间的推移，她们产生了不同的性格吗？眼前的魔将一边追着安兹移动，一边喊道：

"在这里！用范围攻击！不用管我！"

艾多玛一张嘴，毫不犹豫地吐出了黑云。

这是艾多玛的绝招，苍蝇气息。

可惜，这招对安兹无效，因为这招的伤害属于突刺，他只有浑身的白骨，哪有苍蝇可以叮咬的东西呢？倒是魔将表现出了不堪其扰的样子。

"喂！根本无效啊——只对我有效！"

"什么！"

复制能力和熟练运用是两码事，艾多玛本人是不会犯这样的错误的。

"我没有范围攻击能力。由莉姐呢？！"

"用这一招！"

由莉的手中发出了光。

气爆掌，接触到目标就是单体攻击，没有接触到目标直接引爆就是爆发冲击波的范围攻击。当然，单体攻击才是它的标准用法，因此扩散伤害非常小。可是以单体攻击为特长的修行僧，范围攻击的手段非常有限——可以说几乎没有，她也是无可奈何。

"在那边！动了！"

"这边？！"

由莉用气爆掌对安兹刚才所在的位置实施了范围攻击。看到她的选择，安兹皱起了——没有的——眉头，伸出了手。

"不，你应该优先治疗才对。"

由莉应该能运气疗伤。

安兹吐槽之后，发动了魔法，当然是他用过后知道有效的魔法。

"魔法二重最强化·朱红新星。"使用魔法后，现身的安兹对被烈火包围的由莉冷静地说道："由莉，出局——'完全不可知化'。"

好了，必须好好找希姿了。安兹心里想着，提防着魔将，开始了大范围移动。

3

涅娅站在城墙上的人山人海中，和他们一起观看着战斗。

其中许多都是受到过魔导王救助、仰慕魔导王的人，不过也不仅如此。

人群中有圣骑士，也有神官，就连雷梅迪奥斯也来观战了。涅娅的视线受到人群阻挡，看不到她，不过能听到她的声音就在很近的地方。

圣王国的干部中，不在场的只有古斯塔沃和加斯蓬德。

观战的人们都一言不发——不，不对，这是一场无法用语言形容的战斗。

涅娅其实知道。

苍蔷薇说过，亚达巴沃的难度超过二百。这样想来，魔导王相当于在与人形的巨龙战斗。这样的战斗在人类世界进行，一定会引发一场巨大的惨剧。

人们应该感谢这场战斗现在只毁坏了城市的一个区域。有一些房屋着了火，冒着白烟，不过几乎没有人员伤亡。

观战中，人们能看到龙卷风、火柱、闪电等，各种超越人类所知的巨大力量在战场上肆虐。其中的任何一种，都能轻易夺走许多生命。

特别是——

"好美……"

令涅娅尤为赞叹的，是闪了两次的白色光球。

那是吞没一切，然后消失得无影无踪的力量。涅娅从其中感到了善性。确实，她不知道那是不是神圣力量，而光芒消失后露出的巨大破坏痕迹甚至让她感到恐惧，不过，对强大力量的憧憬控制了她。

（战斗似乎还没有结束。用了威力那么大的魔法还没有分出胜负……亚达巴沃真的很强啊。）

涅娅早就听说过，也亲眼看到过，不过她想得还是太容易了，而她天真的想法已经被彻底粉碎。

她认为，自己尽管只是魔导王在圣王国期间的临时侍从，亲眼见证自己侍奉的王战斗也是她理所当然的职责，所以才来到了这里。万一魔导王遇到危险——

涅娅紧紧握住了手中的弓。

能看得出，除了亚达巴沃之外，还有几个影子在和魔导王战斗。她们是据说难度有一百五十的女仆恶魔。独自面对这么多强大的敌人却毫不退缩，涅娅不禁对魔导王强大的力量心生敬畏。

涅娅现在终于明白了，她一直在嫉妒魔导国的国民——受到正义庇护的人们。有那样一位王，魔导国的国民是多么幸福啊。

"弱小即罪恶，因此人人都应该努力变强，或者拥魔导王陛下一样的正义者为王。"

涅娅小声沉吟着最近总在她脑海中盘旋的话。重复过无数次之后，这话越来越像涅娅的一段祷词了。

突然，陨石落下，引发了大爆炸。

建筑物的残骸被轰到空中，混着泥土和沙子，像雨一样飞散开来。

"团长……亚达巴沃……是不是太厉害了？"

"是啊。"

"魔导王——陛下也太强了。将来，万一陛下成了我国的敌人……那个，我们会怎样啊？"

"是啊。"

"团长？"

"是啊。"

涅娅能听到雷梅迪奥斯正在和三名圣骑士说话。

向雷梅迪奥斯提问的三名圣骑士，大概没有看到雷梅迪奥斯解放了圣剑的力量从背后攻击，却依然被亚达巴沃随手拍到一旁的狼狈相。

没错，他们应该没有看到。不过只要看到眼前的战斗，谁都应该明白才对吧。魔导王和亚达巴沃，两者的力量处在远超人们想象的领域。现在想这样的事也是白想，不——

（只要魔导王陛下统治圣王国，亚人就不会再向这个国家发动袭击了。）

自己脑海中产生的想法实在太完美，这让涅娅吃了一惊，甚至觉得有点可怕。

（请魔导王陛下兼并圣王国……如果陛下是暴君，我也不会产生这样的想法，可是魔导王陛下是一位仁慈的王，他是正义的。既然这样……开始召集赞同我的想法的人吧！）

涅娅开始思考。

现在有了许多尊敬、崇拜魔导王的人。他们有的是憧憬魔导王绝对的力量，有的是感谢魔导王将其救出苦海，有的是憎恶亚人，为魔导王能代其报仇而感到高兴。

就从这些人中召集希望圣王国永保和平的人，跟他们说说她的想法好了。

涅娅明白自己还很年轻，缺乏人生经验。不过有良知的大人，如果察觉到涅娅的想法有问题，应该会规劝她才对的。

（就从分配到弓兵队中的诸位里寻找第一批成员吧。）

或许最好选择失去了至亲、对亚人心怀憎恶的人，因为涅娅十分理解他们的心情。

就在涅娅想到这里的时候，一声爆炸的巨响传来。

随后，很远处的一座高大建筑倒塌了。

魔导王不可能漫无目的地毁坏建筑。涅娅眯起眼睛仔细看，却看不出正在烟尘中倒塌的建筑有什么特别之处。

随后，一道巨大的雷柱从天而降，好像要对建筑进行进一步的破坏。

看来魔导王这样做确实有什么目的。

各种魔法此起彼伏，继续破坏着城市。

涅娅开始觉得不安。

这些魔法自然非常厉害，可是魔导王的魔力还够用吗？

涅娅摇了摇头，赶走心中的不安和恐惧。

（不要紧的！魔导王陛下一定把魔力算好了。尽管陛下为圣王国消耗了宝贵的魔力，即使如此——）

只是，不怕一万就怕万一，万一亚达巴沃获胜，这个世界就没救了，剩下的只有绝望。要是真的发生了这样的事可如何是好。

（魔导王陛下，拜托了！）

就像听到了涅娅的祈求一般，有两个物体升到了空中。

先升空者，身后拖着黑色的暗影，追赶者则拍着火焰翅膀，在身后留下了长长的火焰尾迹。

女仆们似乎没有追上去。这说明了一点，魔导王在与亚达巴沃战斗的过程中，击败了难度一百五十的怪物中的怪物。

（——好厉害！）

涅娅激动得浑身颤抖。

（魔导王陛下比亚达巴沃更强啊！）

她能想到的只有这一种可能。

正因为亚达巴沃不如魔导王强大，女仆恶魔比魔导王弱得多，魔导王才能在与亚达巴沃战斗的同时，击退女仆恶魔。

涅娅拼命抑制着涌上心头的欣喜。能亲眼见证自己尊敬的王的丰功伟绩，她觉得喜悦快要爆炸了。

涅娅的心脏狂跳，甚至让她觉得疼。

他们正在亲眼见证将来会成为英雄传说的一幕。

（不，不对。）

空中再次展开战斗。

火红的光球、洁白的光球开始在空中生成。

能轻易破坏一个城区的魔法此起彼伏，可是距离太远，让它们看起来就像可爱的烟花。

然而，那是在人力无法企及的领域中展开的力量抗衡。

（这是……）

涅娅侧眼看去，发现站在城墙上，干咽着口水观看战斗的每个人都理解这一点。大家都一脸严肃，默默注视着空中的战斗。

有谁挽起了手，随后旁边的人也开始效仿——城墙上的人们都挽起手，抬头看着天空。

就像是某种信仰。

（这是神话啊。）

涅娅不知道到底过了多长时间，不一会儿——人群发出了惊呼。

在大家的视线前方，一个点向东方的天空滑落下去——消失了。

分出胜负了。

在所有人的注视下，空中唯一的点缓缓降下。视力出众的涅娅第一个因为吃惊捂住了嘴。

其他人开始看到通红的火焰时，城墙已经被沉痛的寂静笼罩了。不过，没有一个人打算逃走。只要看到了那场战斗，就知道逃也是白逃。

扇着燃烧的翅膀，胜者（亚达巴沃）现身了。

作为胜者来说，他的样子实在狼狈。

浑身都有电流划过的痕迹，半边脸似乎也被打烂了。深深的伤口还在不住向外流着血。或许是血带着高温，落在城墙上就会发出滋溜一声，而这种声音一直响个不停。

他的样子比语言更雄辩的说明，刚刚结束的战斗是多么激烈。

"我不信……"

沉重而痛楚的声音响彻城墙，盖过了涅娅的自语。

"他是一位强者。飞飞之后，我还是第一次碰到这样的强者。我大意了，太愚蠢了，差点儿失去了带来亚人的意义。不过——没错，那家伙死了。"

涅娅不愿意相信，她喊了起来。

"骗人！"

亚达巴沃用完好的一只眼睛盯着涅娅。明明知道对方作为生物的实力远在自己之上，涅娅也毫不畏惧。正因为她内心的激动，才有了这样的蛮勇，让她顾不上恐惧。

"我没有骗人。"

"陛下是不擅长开玩笑的……你是，在骗人吧？"

"我没有骗人。"

听到亚达巴沃重复同一句话，涅娅感到仿佛心脏被捏碎了一般。

她觉得眼前一白。

魔导王为什么会输给亚达巴沃，想都不用想，涅娅马上就明白了。

苍蔷薇的伊维尔艾，还有漆黑的娜贝——圣王国中，没有这两位能牵制女仆恶魔的魔法吟唱者。

不，还有另外一点。

"如果那个不死者处在最好的状态，或许我会输。居然为了救你们这样的人类消耗魔力——真是个不分轻重的蠢货。我很感谢你们。"

（果然。弱小就是罪恶！）

涅娅确信自己的想法绝对没错。

"给你们些奖励吧。就是你们的生命。"

"什么意思?"

听到不知是谁提出的问题,亚达巴沃愉快地笑了。

"我是说饶你们不死——暂时。"

听到有人长出了一口气——涅娅暴怒。

"胡扯!胡扯!胡扯!全是胡扯!你说的话全是胡扯!谁会相信恶魔的鬼话!"

"居然无法接受事实,看来你疯了啊,人类。真是可怜。"亚达巴沃用手指指着涅娅,"消失……原来如此。"又马上放下了手。

"怎么不下手!亚达巴沃!"

"你是想激我出手杀你,证明我刚才说的是谎话?证明我说谎有让你舍弃生命的价值吗?尽管不能理解,不过你骗不了我。"

涅娅把牙咬得吱吱直响。

亚达巴沃必须是骗子。

他必须是在撒谎才行,他撒下弥天大谎,说魔导王已经死了。

"我不会上当的,你们要活下去。好了,我就先走了。我受了重伤,必须休息一段时间。在这段时间里,你们就为绝望而哭号吧。"

亚达巴沃拍拍翅膀，正要飞走的瞬间，涅娅的手下意识地动了。

她在一瞬间拉开弓——射出了箭。

那是向亚达巴沃背后射出的一箭，甚至没有预备动作的一箭。

然而亚达巴沃马上回过头去，抓住了箭。受了那么重的伤，竟然还如此敏捷。

亚达巴沃直直地瞪着涅娅，视线转向她背的弓——超究极流星射手。随后，他的表情瞬间因为愤怒而略微扭曲了一下。

"噢？！啊！好，好厉害的武器啊！我已经好久没有见过这么棒的武器了！要是被你射中，我恐怕会受到致命伤的，好危险啊。"

亚达巴沃连珠炮一样说着，尽管看似从容，估计也是被吓了一跳吧。

"这是什么武器？是怎么制造的？"

"谁会告诉你！"

这家伙到底在打什么主意？涅娅脑子里已经被沸腾的憎恶占据了。

绝不能把魔导王告诉她的重要情报，透露给这样的大骗子。

"我怎么可能告诉你这样的大骗子！"

"嗯，啊，莫，莫非是用名为卢恩技术制造的？"

听到亚达巴沃猜中了，涅娅的心脏一阵狂跳。当一丝冷静回归的时候,她那被撕成千万片的心中回想起了和善的魔导王,愤怒也跟着回来了。

"不是!"

听涅娅不由分说地大喊,亚达巴沃发出了低吼声。涅娅觉得他露出了破绽,又射出了一箭。

这次涅娅选择的目标是不好保护的腿。

亚达巴沃慌忙抬腿,躲开了箭。

(他怕了!用这把弓说不定——)

亚达巴沃连圣剑劈向背后都躲也不躲,他之所以忙着躲闪,一定是因为这把弓能对他造成伤害。

后悔涌上涅娅心头,她的眼角不禁渗出了泪水。

她明白就算参加了那场战斗,也会轻易被杀死。即使如此,既然超究极流星射手能对亚达巴沃造成威胁,她也应该参加战斗,做魔导王陛下的肉盾。如果有她,说不定——

涅娅又射出一箭。

亚达巴沃一歪头,没有射中目标的箭不知道飞到哪去了

"射中!!"

又一箭。

又一箭。

然而没有一箭射中亚达巴沃。那么大的身体,受了那么重的伤,在躲避涅娅的攻击时,亚达巴沃却还能做出如此轻盈的动作。

"卢恩——"

"闭嘴!"

打断亚达巴沃的话,涅娅射出了箭。

然而,箭还是没有击中。

(为什么,为什么没人发起攻击!)

她明白,因为亚达巴沃飞在空中,人们没办法攻击。然而就算是这样,这个恶魔撒下弥天大谎,说对人们有救命之恩的魔导王已经被杀掉,人们也不该任他自在地飞。

"嗯,好吧,这样就没办法了吧……'高阶传送'。"

突然,亚达巴沃的身影消失了。

"不要逃!!"

涅娅看向周围。

她只看到了瞪大眼睛、为她的行为惊愕的人群,唯独找不到亚达巴沃的身影。

"可恶!被他逃掉了!"

"冷静!"

雷梅迪奥斯大喝一声。强者的怒吼声会令人感到有压力,如果是平时,想必涅娅已经冷静下来了,甚至被吼得动弹不得。然而雷梅迪奥斯的吼声,对现在的涅娅来说只是烦人的噪音。

"怎么可能冷静得了!"

"侍从涅娅·巴拉哈!那把武器是魔导王借给你的吧?为什么他会对那武器感兴趣?!"

"请不要问无关紧要的问题！我们必须赶快去找魔导王陛下！我看到陛下落向了东方！请马上派出救援队！"

"他不是死了吗？"

"陛下怎么可能会死！堂堂魔导王陛下怎么可能会死！"

涅娅冲动之下上去揪住了雷梅迪奥斯的领子。雷梅迪奥斯轻轻一挥手，涅娅倒在了城墙上。

"你先冷静一下。从那么高的地方落下去，不可能还活着。"

"冷静？居然相信那种恶魔的话，团长难道把灵魂出卖给那家伙了吗？！"

雷梅迪奥斯表情变了，冲上来揪住了涅娅。

"侍从！你这浑蛋，有些话可以说，有些话不能说！"

涅娅被紧紧揪住了领子，呼吸都很困难。

"两位！请冷静点，冷静点！"

圣骑士、神官、军士等人慌忙冲到涅娅和雷梅迪奥斯之间，分开了两人。

涅娅一边喘着粗气，一边大吼道：

"马上派遣救援魔导王陛下的部队！"

"我们没有多余的力量做多余的事！"

"你说这是多余的事？！"

涅娅想冲上前去揍雷梅迪奥斯，可是没法从劝架的人群中冲过去。

"跟你说了也是白说！"涅娅稍微冷静了点，向抓着自己的人说道,"可以放开我吗？我有个地方要去。"

"你要去哪儿？！"

听到雷梅迪奥斯的问话，涅娅以从心底觉得难以置信的目光看着她。

"你这是什么态度！这是侍从在圣骑士面前该有的态度吗！"

哼——涅娅冷笑了一声。

"我要先去请王兄殿下派遣营救魔导王陛下的部队，接下来直接去魔导国，把魔导王陛下的现状和盘托出，请求魔导国协助我营救陛下。"

在现在的状况下前往魔导国，等待涅娅的可想而知会是糟糕的命运。即使如此，她也要完成身为魔导王侍从的职责。

涅娅能否从圣王国平安到达魔导国也是个问题。不过哪怕赌上这条命，她也必须去。

"哎呀，要是去魔导国，巴拉哈小姐，我也和你一起去。"

帮腔的是一位五十来岁的男子，他本是军士，退役后靠狩猎过活。军队看他的射术不错，把他分到了涅娅的班里。

"不用在意，我已经这把年纪了，反正来日无多。"

"巴尔德姆先生！"

听他这话就知道，他十分清楚就算能平安到达魔导国，等待他们的命运也不容乐观。

"哎呀，涅娅小姐，别把我忘了啊！"

"科迪纳先生也去吗？！"

"我也要去。这倒不是为了涅娅小姐,为了魔导王大人,冒点险也是应该的。"

"梅纳先生也愿意去吗?"

涅娅班中最优秀的人率先站了出来。只要有他们帮助,平安到达魔导国或许并非不可能。只是——

"非常感谢。不过能不能请大家参加救援队呢?"

"你们说什么呢!你们来到这里,是为了解放圣王国,为了从苦海中解救人民吧?!不要搞错了优先顺序!"

"团长才是,怎么能这样说呢?!哪有比营救魔导王陛下优先级更高的事!"

"我当然要这样说!现在,这个瞬间,有多少圣王国人民还在亚人制造的地狱中遭受折磨,你们知道吗!还有比营救他们更该优先的事吗!"

"有!当然是——"

"你们在做什么?!什么事情吼得这么大声!"

争执被突然出现的人打断,来到现场的是加斯蓬德。

"卡斯托迪奥团长,你不是应该马上回到司令部的吗?魔导王陛下在哪?亚达巴沃呢?发生了什么……谁跟我说明一下。"

在沉重的寂静中,加斯蓬德困惑的问话声显得格外空洞。

圣骑士和神官之外，前不久还身处牢笼之中的贵族和名誉骑士也来参加会议，让这个房间显得有些狭窄。虽说如此，加斯蓬德的房间被亚达巴沃毁掉了，也没有其他更合适的房间，这也是没办法的事。

城墙上的一幕过后，加斯蓬德听一位圣骑士对战斗做了报告，宣布召开紧急会议，指示把主要成员召集到这个房间中。

所有人到齐不久之后，加斯蓬德就带着雷梅迪奥斯快步走进了房间。

看到王兄登场，许多人都低头行礼，涅娅也是其中之一。毕竟她和加斯蓬德无冤无仇。

加斯蓬德也不落座，直接站在大家面前开口道：

"感谢大家来到这里。我们要商量一下，接下来该怎么做。"

听加斯蓬德说要商量，涅娅可是认为该做的事只有一件，而且她认为自己的想法绝对没错。她正打算开口，加斯蓬德伸手阻止了她。

"我知道大家都有自己的想法，不过我想请大家先听我说。"

加斯蓬德缓缓环视到场的人。

"来到这里的许多人都亲眼看到了亚达巴沃强大的力量……没错，虽然很遗憾，但我们必须承认，圣王国中没人能战胜那家伙。"

有几个人看向雷梅迪奥斯。圣王国公认的最强圣骑士板着脸，沉默不语。察觉到她是在肯定加斯蓬德的意见，人们显得有些失望和恐惧。

"不过,现在就悲观还太早了。既然没办法击败那家伙,就用其他手段挫败他的计划,让那家伙放弃控制圣王国的念头。我们要以间接手段,而不是直接手段击退亚达巴沃。"加斯蓬德等了几秒,等大家开始理解他想表达的意思后说出了结论,"我说的手段,就是全歼亚达巴沃率领的亚人。"

"为什么全歼亚人就能挫败亚达巴沃的计划呢?"

听到有人提出疑问,加斯蓬德点了点头。

"亚达巴沃曾经在王国作乱,当时他与一位战士单挑,败北后逃走了。当时他虽然率领着恶魔,但是没有亚人军队追随。因此我认为,他或许就是因为输给了那位战士,才决定率领亚人大军前来的。"

加斯蓬德环视周围,看大家是不是都理解了。

"我认为,他是为了避免和那位战士单挑,才带了亚人作为盾牌……亚达巴沃战胜魔导王陛下的时候,好像是这样说过吧——差点失去了带来亚人的意义。"

没错。

当时涅娅没听明白这话是什么意思,听加斯蓬德一说,她现在觉得不会是别的意思。

"也就是说,对亚达巴沃来说,亚人军队就是为了与那位战士再战准备的铠甲和体力。既然这样,要是亚人军队不复存在,亚达巴沃会怎么呢?在那位战士有可能再次出现的前提下,他会在失去了铠甲和体力的状况下继续作乱吗,还是说——会选择逃跑呢?"

"原来如此……那么王兄殿下之意,是我们应该放弃这座城市,南下攻击亚人军队,与南部的兵力前后夹击将之歼灭?"

听到一位神官的提问,获救的一名贵族说道:

"这是个好主意。依靠魔导王的力量,近四万亚人死在这里。亚人损失了大量兵力,剩下的在与南部的军队对峙。率领这座城市中的所有兵力,从后方攻击,与南部军队前后夹击的话,一定能歼灭亚人军队。这样一来就能与南部军队汇合,夺回我们的国土!"

噢噢——人们发出了喜悦的声音。就在这时,加斯蓬德摇了摇头,沉默降临了。

"——正相反。接下来我们要夺回西面最近的大城市,圣王国北部的要冲卡林夏。"

"为什么啊?"

"没错!西面的大城市卡林夏、普拉特、利姆恩,还有首都贺班斯,没有一个不是易守难攻的,恐怕要付出大量的牺牲才能攻下。与其如此,与南面的亚人军队开战,削减亚人的兵力,岂不是更符合王兄殿下的见解?"

"原来如此,诸位的想法可以说很合理,我为有众多智者在场感到庆幸。不过,所有人都会赞同这种做法吗?"

在场的许多人都露出了疑惑的表情,不明白加斯蓬德是什么意思。

"大家想,前往南方,也就意味着暂时抛弃——置众多水深火热中的圣王国国民于不顾。众多的国民会同意这样的做法吗?"

"说,说是这么说……可是,只有这样做才合理,成功营救被俘国民的可能性才更大啊!"

"我记得,你应该是一位男爵吧?"

加斯蓬德把视线投向了代表大家提出疑问的壮年男子。

"是,是的。在下有幸与王兄殿下见过一面。"

"对,没错。那么你领地中的居民已经全部得救了吗?"

"没,没有,还没有全部得救。我是随圣王女陛下参战时被俘的,不知道我的领地现在是什么状况……"

"原来如此。既然这样,如果我们与南部军队合作夺回你的领土,居民或许会说你逃到南部去了。"

贵族愣住了。

冷静的思考,贵族所说的或许合理。可是如果,人们身处水深火热之中,就不一定都能接受贵族所谓的合理了。恐怕憎恶的刀锋会朝向贵族。涅娅曾经听到有人说:"为什么不早点来救我们,我的家人被亚人杀了。"

不过,在魔导王解放的收容所中,没有人说这样的话。对能使用强大魔法,甚至一击就能将护城河夷为平地的魔导王,加之他又是别国的国王,小小的个人怎么敢蛮不讲理呢。

"还有，我本来打算和有领地的人单独谈的，既然说到这里，那就直说好了……北方贵族疲敝，大家认为南方贵族会怎么做呢？特别是被认为对自己领地的民众见死不救的人，其他贵族会采取什么样的做法呢？"

会场中开始弥漫政治和权力的浑浊气息。

如此危急的情况下还在说这种事，涅娅感到难以置信。贵族们似乎想到了什么，纷纷点着头。

"王兄殿下，我们的领地……"

"后面的我就当没听到，毕竟我也没办法向你们保证什么，不过南方贵族的权势一定会变大。因此，要把目光放在战后，选择最恰当的手段。"

"请等等！"一位圣骑士大声喊道，"不要让国民为了宫廷的权力之争白白流血！"

"没错！没错！"西里亚科祭司也用常年布道练出的大嗓门说道，"重要的是如何救出更多的国民！"

"并不是赶走亚人就万事大吉了。万一好处全被南方占去，战后要拒绝南部贵族的要求就很难了。搞不好疲敝的国民还要承受更进一步的重税。"

"圣王女已经驾崩，如果任由南部贵族主导选出下一任圣王陛下，那就太糟糕了。不过，如果我们能独力留下一定的功绩，或许还有……"

室内的空气分成了两团。

贵族派与圣骑士、神官派。

两派开始了辩论。雷梅迪奥斯则在听一位圣骑士详细讲解王兄的意思。

涅娅并没有加入两派的任何一方,只是默默听着辩论。因为涅娅该做的事是早就确定的,不管得出什么样的结论她都不在乎。她现在只想尽快说出自己的提案,赶紧出发。

(虽说如此,要是我突然提出完全不同的话题,本来有可能协助我的人说不定也会不高兴,不再乐意提供帮助……)

涅娅听人们讨论着在她看来毫无意义的论题。不一会儿,两种意见驶入了平行线,人们也觉得讨论累了,把问题甩给了加斯蓬德。

"毕竟是因为王兄殿下的提案,大家才开始讨论的。可以请殿下先把想法说完吗?"

"好的。我的想法就如刚才所说,是优先夺回卡林夏。这样做也有军事上的好处。这座城市很小,而且遭到了相当严重的破坏,继续在这里生活下去说实话很困难。我们需要更大,更坚固的据点。而且夺回一座大城市,可以使我们在与南部贵族的博弈中占据有利的地位。除此之外,卡林夏本是用来阻止敌人向内地进军的据点,拥有大量的军事物资储备——如果还没有被运走。"

"我赞成优先取得更好的据点。"

"没错,城市这么小,卫生方面也令人担心。而且还有很多人没有御寒的住处啊。"

"不过,"他们继续说了下去,"最好避免太多的牺牲。"

"没错。因此才选择现在——进攻敌人据点的最好时机,因为亚达巴沃无法行动。"

谁也不知道亚达巴沃的伤多久会好,最好不要认为他在所有亚人军团遭到歼灭前不会痊愈。

虽说如此,他应该也不会在没有完全恢复之前就跑出来。他知道飞飞有多强大,在行动时应该会考虑飞飞再次出现的可能性。因此,他应该会在伤好得差不多之后再开始活动。

而且不管纠集多少兵力,只要亚达巴沃出场,圣王国也不是对手。因此,有必要趁现在攻占一个据点。

听到加斯蓬德的说明,人们纷纷表示有道理。涅娅也同意他的观点。

"好了,诸位觉得有问题的只有一点,就是对兵力的损耗。那么,如果不会损耗太多兵力,大家是不是就会赞同我的意见了呢?"

在场者中除了雷梅迪奥斯之外都点起了头。涅娅觉得怎样都无所谓,不过也觉得这样的气氛下只有她一人不点头不好,跟着点起了头。

有几人瞥了雷梅迪奥斯一眼,从她的表情上看不出有反对的意思,于是就选择无视了。

"那好,夺回卡林夏的作战计划我们等下再议。好了——下一项议题。"

加斯蓬德长出了一口气,直视着涅娅。

"是关于魔导王陛下已经驾崩的事。"

"请原谅我的反驳,王兄殿下。魔导王陛下是不是已经驾崩仍然存在疑问。我们只是从亚达巴沃口中听说的,而相信恶魔的话简直愚蠢至极。"涅娅瞥了雷梅迪奥斯一眼,继续说了下去,"我认为他撒谎的可能性更大。"

"那么,他为什么不回来?那家伙可是会用传送魔法的。"

"受了伤动弹不得,魔力不足没法使用。可能的原因有很多。"

加斯蓬德没有再问下去。

"确实如此。那么我想问问大家的意见,大家觉得该怎么做?"

"哪里还有什么该怎么做!"涅娅大声喊出了口,然后像从牙缝里挤出话来一样继续说了下去,"我认为应该马上派出救援队,与此同时把此事告知魔导国。如果殿下允许,请派遣我作为使者。"

"原来如此,这是侍从巴拉哈的意见啊。其他人有什么意见吗?"

加斯蓬德把视线移向房间中的其他人。开口说话的是一位贵族。

"我有一句话想说。许多人都看到魔导王陛下落向了东方,既然要派遣救援队去亚人控制的地区,是不是先掌握确切的情报为好……"

"那就太晚了。"涅娅有理由马上反驳,"救援队去得越晚,魔导王陛下的危险就越大,我建议马上派出救援队。"

有许多人点头表示同意涅娅的意见。从常识出发,涅娅所说得完全正确。

"这样想来,应该在向魔导国派遣使者的同时,派出搜寻及救援队啊。"

"你一直在做魔导王陛下的侍从,你觉得,魔导王告诉过魔导国的人他来圣王国了吗?"

涅娅回想起来。

"非常抱歉,这我就不知道了。不过我觉得陛下很有可能把自己的去向告诉了部下。陛下时常用'传送'回到魔导国。"

"既然如此,王兄殿下,我认为不应该派遣使者。"

"为什么啊!"

涅娅瞪着一直在提反对意见的贵族。注意到涅娅的视线,贵族脸上没了血色,向后退了两步,他周围的人也躲开了他。

"等,等等,请冷静听我说。我之所以说不该派遣使者,是因为会惹来麻烦的。等等!请冷静。按照常识来考虑,魔导国的不死者军团很可能实施报复吧?只是报复倒还好,可圣王国没准会被吞并的。再说……那个,怎么说呢,谁能说得准这不是魔导王的目的呢?"

"陛下怎么会！"暴怒让涅娅感到一阵眩晕。"既然这样说，请回答我的一个问题！魔导王陛下既然曾经传送回魔导国，出了这样的事圣王国却装聋作哑，魔导国会有什么想法！"

涅娅看到许多人点头表示同意。就在这时，雷梅迪奥斯开了口。

"不，这也是没办法的事吧？毕竟我国现在顾不上那么多了，等一切都过去之后再道歉就是了。"

"怎么可能——"

涅娅在冲动之下正要大声说话，听到了几声拍手的声音。转眼一看，她发现拍手的是加斯蓬德。既然王兄要发言，以涅娅的立场只能闭嘴。

"侍从巴拉哈，我来选出去魔导国报信的人吧，你觉得如何？不管怎么说，派遣侍从充当使者，恐怕魔导国会认为我们有意愚弄。"

"说，说是这么说……"

加斯蓬德说得太对了。代表一个国家的使者，竟然是向魔导王借弓来用的侍从。

如果是正式使者，肯定要由加斯蓬德选出才显得更有礼貌。不过涅娅也怀疑这是缓兵之计，加斯蓬德很可能不打算派出使者。然而即使如此，涅娅也不能表现出不相信王兄的样子。

"你能理解真是太好了。"

"那么，请派遣我们几人去东边救援魔导王陛下。"

"是啊，我也希望能派你们去。然而我们不知道魔导王到底落在了何处，可能是东方十公里处，也可能是东方一百公里处。正如他所说，搞不好落到了亚达巴沃控制的亚伯利恩丘陵。到那么危险的地方去，你有办法寻找魔导王吗？"

涅娅没话说了。

不熟悉地形，在亚人居住的地域寻找魔导王根本是不可能的。派出的救援队明显也会变成需要救援的对象。

"在丘陵地带野外生存的技能，穿过亚人监视网的技能，收集情报的技能。"加斯蓬德掰着指头一个一个数着，"不具备这些技能的情况下前去救援，相当于绕着弯子自杀。必然失败的救援队有什么意义？"

"既、既然这样，有什么好办法吗？"

"当然有了。"

"哎？"

涅娅本觉得加斯蓬德不会有更好的办法才这样问的。听到他毫不犹豫的回答，涅娅惊得瞪大了眼睛。随后，加斯蓬德略微显得有些紧张，不过还是把办法说了出来。

"只要找到熟悉丘陵地形的人就行了。"

看到涅娅困惑地眨眼，加斯蓬德苦笑起来。

"明白吗？只要把亚人抓作俘虏，带着去就行了。有这样的亚人做向导，安全系数就会大幅提高吧？"

"啊。"

加斯蓬德说得没错。人类在丘陵活动将面临难以想象的危险，如果有亚人带路，危险应该会少一些才对。

不过，无法忽视的问题依然存在。

就算威胁亚人俘虏，使其成为向导，带救援队去了丘陵，万一这名亚人打算豁出命报复人类，探索之行就会成为一次送死之旅。前段时间碰到的半兽人，就有奋不顾身的气概。

他们需要能信任的亚人，可是上哪去找这样的亚人呢？

涅娅觉得加斯蓬德的提案也有问题，可也想不出更好的点子了。

既然这样，让什么样的亚人做向导才安全呢？

涅娅绞尽脑汁，可是不管怎么想，也只能想到亚人战士怒目圆睁、气势汹汹杀向她的样子，不觉得亚人会考虑背叛亚达巴沃。

（不，半兽人和豪王巴塞都很像人类——对了，把亚人的家人抓做人质……不，要是能把巴塞那样的亚人王抓作人质，或许能使整个种族听话。）

然而这样做也可能激怒那个种族，引发亚人猛烈反抗。更重要的是怎样才能俘虏拥有强大力量的亚人王呢……

涅娅正在得不到结论的迷宫中上下求索，门猛地开了，一位圣骑士走了进来。

他喘着粗气，环视室内一番后，没有去找雷梅迪奥斯，而是来到了加斯蓬德身边。

或许是有不希望被所有人听到的情报,圣骑士把王兄带到房间的角落,跟他说起了悄悄话。涅娅敏锐的听力能捕捉到一些单词,其中最令她感兴趣的是:"女仆恶魔"这个单词。

"诸位,我突然有点急事,不好意思,会议就开到这里吧。希望大家想一想攻陷卡林夏的作战计划。卡斯托迪奥团长,请你跟我来。"

过　场

最近，吉克尼夫感觉非常好。

好得不得了。

只能用好来形容。

从名为纳萨力克的庄严噩梦中返回后的胃痛已经离他远去，曾经装满药水的抽屉现在放上了各种文件。他已经告别了各种苦恼，不再拢起枕上的头发，为自己脱发的严重而惊愕了。

爽快。

舒服。

心情愉悦。

有生以来，或许这还是他第一次享受如此痛快的解放感，他甚至觉得自己要长出翅膀飞上天了。

他把发自内心的笑容留在心底，看向自己的部下。并不美丽的那位侧妃说他现在笑得多了，可是在这样的场合下他不能露出笑容。他无论如何得保持起码的威严。

就这样，每天的早朝开始了。

吉克尼夫有好几名秘书官，现在他眼前的这位名叫罗内·梵米利恩，是一位非常优秀的男子。

刚从魔导王的城堡回来时，吉克尼夫担心他被做了什么手脚，调他去做闲职。不过那已经是很久以前的事了，现在他稳坐在首席书记官的位置上。当然，吉克尼夫并不确信他没有问题，而是为了向魔导国展示，帝国对其毫无保留——罗内的优秀也是事实。

接过罗内递上的文书，吉克尼夫不禁被蠢过头的内容逗笑了。

"真是会写些滑稽的东西给我看啊。你对魔导王陛下驾崩的事怎么看？"

"自然不用说，绝对是，不可能有意外，毫无疑问是个弥天大谎。"

吉克尼夫非常同意罗内所说。

"没错，肯定的，这毫无疑问是假的。应该说那个魔导王陛下怎么可能会输，怎么可能会死呢。"

仅用一个魔法就破了二十万大军，能用武器与称得上帝国最强战士的武王过招。吉克尼夫有自信说，没有人能杀死这样的魔法吟唱者。当然，毒死他也是不可能的，他自然是不会生病，也不会衰老的。要说他是为了开个恶趣味的大玩笑，最后跑出来说自己本来就死了，反而更现实一点。

"确实，恐怕目的是找出反抗分子吧。不过，有一个问题。"

"什么问题？"

"智谋过人的魔导王陛下，是不是真的会用这种谁都能看穿的计谋？说不定我们看到的只是表面，背后还有更令人意想不到的……没错，就连我都看不穿的远大阴谋正在酝酿……"

谁能说得准绝对没有呢。不，这个睿智的怪物能看穿吉克尼夫的一切行动，目前人们看到的，绝对只是冰山一角。或许吉克尼夫现在的这一系列想法，就是魔导王谋略的一部分。

不过，如果这不是魔导王的策略，而是他的部下——比如那个看起来蠢蠢的青蛙魔物的谋略呢？

"不知道啊。只能说不知道了。说到底，我们只要按照魔导国宰相雅儿贝德大人的指示，做我们该做的就行了。只要不背叛，做好我们该做的事，就不会有问题。作为魔导国的藩国，还是一定程度的无能可保平安无事。"

"陛下所言极是。"

罗内耸了耸肩。

以前他从来不做这样的动作，看起来是各种经验，让他得到了锻炼，或许应该说他变得大胆了。

不管魔导王是死是活，帝国只要保持魔导国藩国的定位就行了。这样一来，不管魔导国搞什么花样，对帝国都是无害的。

忠心就是最强的防御，如果本分到这个地步还要被杀，那就可以一边笑对方量小无度一边归天了。

"好了，今天的工作到此结束了？"

自从帝国成了魔导国的藩国，吉克尼夫要处理的工作量降到了以前的一半。就算这样，今天的工作量也太少了点。

"不，陛下，还有呢。这是今天一大早骑士团呈上来的。"

很遗憾，看来工作还没有结束。

吉克尼夫面带戏谑的笑容，接过了罗内递上的文件。

粗略一看，是骑士团对重新整编的抱怨。

曾几何时，吉克尼夫对骑士团要高看一眼，因为对在贵族中树敌众多的他来说，骑士团这股武装力量是不能被敌人夺走的。然而现在时过境迁。

"告诉他们，让他们自己跟魔导王陛下说去。还写成文件，简直是浪费纸。"

用来写报告书的纸是用生活魔法制造的，不管用了什么位阶的魔法，反正不便宜。吉克尼夫是一国之君，自然不用管它们的价格，想用就用，不过他不能容忍浪费经费。

用第零位阶生活魔法制造的纸又糙又厚，还不是纯白色的。

用第一位阶生活魔法制造的纸会更薄，更白。同样的纸用造纸技术也能制造出来，不过这种水平的纸产量少，价格昂贵。

用第二位阶生活魔法制造的纸非常薄，洁白无瑕。当然，施法者用魔法造纸，可以在一定范围内选择想要的颜色。不过，到了这个位阶，就能制造出被称为贵族纸的，高级而柔软的纸张了。因此产能基本都用到了这方面。

"不愿意把国防完全交给别国，心情倒是可以理解。"

"别跟我抱怨，去找雅儿贝德大人啊。而且我说过了，国防并没有完全交给魔导国。"

这是来自魔导国宰相雅儿贝德的指示，用魔导国的不死者军团增强帝国的军事力量。

吉克尼夫认为这或许是彻底藩国化的一步，打算命令一部分骑士退役，解散帝国八个军团中的两个。

在那场大屠杀中，许多人受到了严重的精神打击，吉克尼夫觉得这是个不错的办法。看来他们之所以不满，是因为能坐的位置变少了吧。

"我给他们准备好了新的职位，只是让他们换个地方而已……"

"应该是不满薪资减少，还有对从事没有经验的职业感到不安吧。"

"后者我只能说他们得努力，前者是理所当然的。出生入死的工作和单纯的体力劳动，怎么可能得到同等的工资呢。"

吉克尼夫哧笑一声，决定就当没看到这份报告。

以前他还会耐着性子疏导，不过现在没有这个必要了。

吉克尼夫现在的靠山是拥有绝对力量的魔导王。不管出了什么问题，他只要说有意见去跟魔导王讲，意见马上就没了。

魔导王演出了那样一场大屠杀，武术也比武王更胜一筹。帝国中没有人敢跟他提意见。

如果是在以前，意见的矛头会指向吉克尼夫。现在他已经在魔导王麾下了，吉克尼夫的宝座稳如泰山。不对，人们都畏惧魔导王，应该说比稳如泰山还要牢靠。

实际上，在成为魔导国藩国一事上，帝国内不满的声音少得令人惊讶。这是因为魔导国提出的要求并不过分，无关紧要的要求不少，不过主要的只有两点。

第一是修改帝国的部分法律——在最开始是强调魔导王及其心腹的绝对地位。

第二是把判处死刑的罪人交给魔导国。这一点从相反的意义上很让人惊讶。吉克尼夫本以为魔导国要用这些人做些残忍的事，没想到魔导国说："此人无罪，只是被陷害。"把其中一人平安送回来了。

就这样，日常生活可以说没有丝毫变化。

"好了，得快点把工作做完，去迎接我的朋友了。"

今天，有一位新的、真正的朋友要来拜访吉克尼夫。他已经做好迎宾的准备，接下来只要把工作做完就行了。

此后大概三十分钟，吉克尼夫又做了许多琐碎的工作，只见一位警卫兵和吉克尼夫本人准许的部下走了进来。

"陛下，您约好的客人到——"

"噢噢！快请进来。"

他的工作还没完成。可是，那又怎么样，还有比欢迎朋友更重要的事吗？

在部下的带领下，朋友来了。

吉克尼夫站起身，带着满脸的笑容张开双手，对朋友的到来表示欢迎。

这是一位个子很矮，长得像鼹鼠一样的亚人。只见吉克尼夫赠送的，灌注了魔法力量的项坠在他胸前摇晃着。

"噢噢！你来了啊！我真正的朋友，里尤洛呦！"

吉克尼夫毫不犹豫地拥抱了里尤洛，手臂搂着他的后背。

"啊啊！我的朋友，与我分担苦恼的吉克尼夫！十分感谢你的邀请！"

里尤洛也伸手拥抱了吉克尼夫。他的手上有锐利的爪子，从动作上能看得出他十分小心，以免伤到吉克尼夫。

两人相拥片刻之后，不约而同地放开了手。

"这是说的什么话，我家的大门永远向里尤洛敞开。"

里尤洛咧嘴一笑。

里尤洛是个亚人，笑容看上去非常凶恶，不过吉克尼夫知道他是在微笑。他们两人就是如此亲近。

吉克尼夫突然觉得挺有意思。

从出生起，他就被当作皇储养大，周围的同龄人也只把他当作皇太子看待，因此他从未有过真正的朋友。不过，他没有想到自己的第一位朋友会是个亚人——

（呵呵，就算告诉十年、十五年前的自己，我恐怕也绝对不会相信吧……这一点还是得感谢那个不死者。）

吉克尼夫是去拜谒魔导王的时候，在等候室碰到里尤洛的。

当时他还在想里尤洛是哪来的亚人，魔导王又征服了什么地方。

后来两人又见了一次面，吉克尼夫为了得到情报和里尤洛聊了起来，然后与其产生了共鸣。两人度过了一段一分钟匹敌一个月的时光，成了友情深厚的莫逆之交。

他们称呼彼此的时候已经不带敬称了，并不是因为两人都是王。

而是因为他们二人是受同一加害者之苦的——同病相怜的被害者。

"来吧，我让下人准备了你吃了一定会惊讶的各种美食。我们今天好好犒劳犒劳自己。"

"是啊！真是令人期待呀，吉克尼夫。上次你说好吃的蘑菇我带了好多来，你留着吃吧。"

"噢噢！谢谢了啊，里尤洛。"

里尤洛带来的蘑菇香味醇厚，是被称为黑色宝石的奢侈品。

两人肩并肩走出了房间。

刚听说魔导国对亚人和人类一视同仁的时候，吉克尼夫还有点不安。不过现在他侧眼看着里尤洛，心里这样想着：

亚人也挺不错的,和不死者——魔导王比起来。

"对了,里尤洛你听说了吗,魔导王陛下好像驾崩了。"

里尤洛用力猛喷了一口气。他是在哧笑。

"吉克尼夫,那怎么可能呢。那位——那位陛下怎么可能会死呢。"

"是啊,我也赞成你的意见。我只是在想……陛下现在又到哪个国家去播撒悲伤了呢……"

"是啊……"

里尤洛和吉克尼夫一起抬头看着半空。

两人的眼睛中有悲伤的色彩,他们同情正在上演悲剧的远方某地,同时眼神中也包含着对正在诞生的同胞的怜悯。

●

"啊啊啊啊啊啊啊啊啊啊啊啊!"

听到响彻整个房间的惨叫,男子有一瞬间僵住了。他曾是"八指"的一员,在黑道上见识过各种各样的事。就算是他,也从来没有见过如此漆黑的情感爆发。那是真正的憎恶,纯粹的诅咒。

如果这惨叫声是他的敌对者发出的,想必他不会如此惊讶,甚至会从容地露出微笑才对。然而发出惨叫声的是他的同伴,是和他一起分担痛苦和辛劳的同伴。

同伴——他本以为没有什么词能比这个词更与他无缘。

以前,他们虽然属于同一个组织,却无时无刻不在扯彼此的后腿,争权夺势,尔虞我诈。只要彼此利益冲突,一定会发生流血事件。

然而今非昔比。

只要他们少了一个,剩下的人承担的工作就要增加,失败的概率也会提高。一旦失败,大家都会因为连带责任,被带到那个地狱中去。只是经历过一次惩罚,他就已经吃不下固体食物了,而且总是受到噩梦的折磨。而且,下一次等着他们的,可能是另一种地狱。

一想到这里,只要同伴中谁的工作稍有耽搁,他就会全力协助,而且还会拼命关心同伴的身体和精神状态。

一根绳上的蚂蚱,命运共同体,现在他们已经是真正意义上的同伴了。

同伴现在正号叫着在冰冷的大理石地面上打滚。不快点问清楚为什么,他是不是也会变得像这位同伴一样呢?恐惧驱使男子马上行动起来。

"你,你怎么了,希尔玛,出什么事了吗?"

号叫的女人停止了滚动,抬起身来从下面看着男子。

"我受不了了!跟我换换吧!我的胃好痛啊!我实在受不了那个蠢货了!那家伙到底怎么回事啊!根本没有一点脑子啊!"

他们聚到一起,说蠢货后只能是指一个男人。他们以前经常用蠢货这个词，可是知道什么才是真正的蠢货之后，他们没法再随便用这个词了。这个男人就是蠢到了如此地步。

"怎么了？那个蠢货又干出什么事了？"

好像要把心中的郁闷倾吐出来，希尔玛连珠炮一样说了起来。

"是啊，就是啊！你们知道魔导王陛下驾崩了吧！"

男子希望她能说得慢一点，不过现在听她说下去，有助于她排遣心中的压力。因此他决定不打断她，耐着性子顺着她说下去。

"是啊，当然知道。"

把魔导王驾崩的消息传出去的就是"八指"。当然，他们是利用与自己没有直接联系的商人，在王国内散播了消息。

"你知道那家伙听到之后说了什么吗？！"

他们正在谈的这名男子是个蠢货，回答的时候应该考虑到这一点。然而，他只能想到正常人会怎么说，想不到蠢货会说什么，只好老实说道：

"莫非说了葬礼的事吗？"

"要真是葬礼的事，我的胃还至于疼成这样吗！那家伙居然说，要是现在和雅儿贝德大人结了婚，是不是能把魔导国搞到手！"

"呀！"

男子不禁发出一小声破了音的惨叫，慌忙看向周围。

尽管男子感觉不到，不过这个房间中应该有魔导国来的监视者才对。确认监视者没有动作，他才长出了一口气。

魔导国的命令是找到一个蠢货，可是他不希望同伴们找到的蠢货超出其容忍限度，导致他们再次被扔进那个地狱。

"我说，我说，我说！虽然命令是让我们找到蠢货，可我们还是把那家伙处理掉，再找一个更像样点的蠢货吧！"

"事到如今，还能找到其他蠢货吗？"

听到男子的回答，希尔玛叫着"啊啊啊啊啊啊"，又打起滚来。她连衣裙的裙摆卷了上去，露出了大腿根。

看到她现在毫无魅力的狼狈样子，男子只觉得原本是高级娼妇的她十分可怜。

因为他很清楚，如果负责这项工作的是他，现在在地上打滚的就不是希尔玛，而是他了。

"希尔玛，你再努把力吧。"

希尔玛突然停住，盯着男子说道：

"你也能帮我操纵那个蠢货……不对，是注意让他不要胡搞吧？"

"比起那种蠢货，还是女人更容易操纵，对吧？"

听男子说得有道理，希尔玛又叫着"啊啊啊啊啊啊"重新打起滚来。看来这就是她的回答。

"不会很久了。再过两三年就可以开始正式行动了，在那之前，你只要让那个蠢货更猖狂就行了。我们也会协助你建立蠢货派系的。"

"两年太久了啊!"

"可是,我们得到的命令就是这样啊:操纵情报,让事态不管如何发展都在掌控之中,帮助那蠢货建立派系,好让他做出更愚蠢的行动。"

"说是这么说啊!"

希尔玛突然停下来,一翻身站了起来。

"你当然轻松了。你不就是利用贸易商人,把魔导王——陛下,没错,陛下驾崩的消息传到第二王子那里吗?"

他在心里抱怨:你说得倒简单。

以前他从未觉得第二王子聪明,可是最近他才知道,那是因为第一王子在,第二王子才韬光养晦。

因为第二王子太聪明,在把消息传过去之前,他需要进行非常细致、麻烦的工作。想方设法避免第二王子发现他们是在为魔导王工作。

"我这边的工作也不轻松啊。"

"是啊,抱歉。你其实也不易啊……今晚有空吗?"

希尔玛做了个喝酒的动作。

"好啊,要喝就找个不管喝多醉也不会让情报外泄的地方。"

虽然吃不下固体食物,酒就是另外一回事了。

"哈哈。"希尔玛干巴巴地笑了起来。"不用担心,监视我们的诸位大人会帮我们收拾干净的。"

"哈哈。"他也一样干笑起来,"确实……没错啊……"

"不过话说回来,那个幸运儿到底在哪啊……"

他们当中只有一个幸运儿。

"岢可道尔啊,那家伙在那场混乱之中失去了权力,现在应该还在羁押中……不过真是运气好啊。"

"是啊……运气真好……"

6章 枪兵与弓兵

第六章　枪兵与弓兵

1

离开加斯蓬德的房间之后,涅娅首先前往了弓箭训练所。一看到涅娅,一直在等她回来的部下马上聚上前来。

同伴们把她围在中间,开始你一言我一语地问起来:"巴拉哈小姐,会议结果如何啊?""我们随时可以出发。"涅娅见状,讲起了会议的事。

发生了什么事,都说了些什么,还有结论是什么,涅娅把会议内容全部告诉了同伴。

他们当中许多人以狩猎为生,拥有很强的野外生存能力。就算是他们,听到加斯蓬德的结论,也只能不甘心地点头表示同意。看来要到丘陵地带展开搜索,难度确实很大。

这样想来,马上派遣搜索队恐怕是不可能的了。不过,会议决定至少在圣王国领地内——从这里向东到要塞线为止的区域内进行搜索。毕竟谁也不知道魔导王落在了哪里,说不定落在了圣王国境内。

几名有游击兵技能的人自告奋勇。

涅娅也想参加搜索队,然而她几乎没有游击兵的技能,和他们一起去只能拖后腿。

正义之王为了救助别国国民身陷险境,自己身为侍从却无法前往救援。无法尽忠的遗憾,让涅娅心如刀绞。

她想发出像那时的雷梅迪奥斯一样的叫声，然而，就算那样做，状况也不会有所好转。

她把请求加斯蓬德的许可，在圣王国领地内进行搜索的事，还有她本人无法同行的事告诉了大家。

"交给我们吧，巴拉哈小姐。"

"是啊，魔导王陛下对我们有大恩大德，我们一定把眼睛瞪得碗大，绝对不会放过任何蛛丝马迹的。"

"好的，诸位。等王兄殿下的许可一下来，一切就拜托大家了！"

涅娅向众人深深低头致谢。

"那么巴拉哈小姐，剩下的人该怎么做呢？做什么才对魔导王陛下有帮助呢？"

感受到大家热情的视线，涅娅觉得非常高兴。

大家亲眼看到了那天的光景，可是没有一人认为魔导王已经死了。

（就是啊！魔导王陛下怎么可能死呢！他绝对，是在等着我们的救援……吧。）

她无法想象魔导王那么强大的人会等着她们的救援，甚至觉得经过一番搜寻找到魔导王，会发现他正以亚人和恶魔的累累死尸为背景，悠闲地喝着红酒。

"好！那么留下的各位，我们来训练吧！弱小即罪恶！"

没错，现在的涅娅能做的只有这件事。这次她必须努力变强一点,这样才能对魔导王陛下有用。如果他们足够强大,就不会发生类似的事,不至于让正义的魔导王陛下陷入那样的困境。

"噢!"

众人发出了气势十足的喊声,因为大家都理解涅娅所说的:"魔导王即正义,弱小即罪恶。"刚组建这支队伍的时候,同意涅娅的人并不多,不过在她多次讲解之后,理解者渐渐多了起来。

"那好,我去见王兄殿下了!"

直接找加斯蓬德谈过后,涅娅很快得到了派出搜索队的许可。当天搜索队就离开了城市,至今已经过去三天了。

涅娅本来还担心搜索队的成员成分不同,各怀异心。结果搜索队完全由涅娅提案的人选组成,因此出发也相当迅速。

这三天里,要夺回卡林夏的传闻传遍了整个城市,军队实际上并没有行动,时间无意义地流逝——涅娅他们一直坚持训练,也让赞同魔导王即正义的人越来越多。

涅娅面带焦躁之情,向靶子射出了箭。

大概是焦躁和怒气让她失准了吧,箭射到了略做偏出靶心的地方。

要是平时,或许会有人拿涅娅的失手来开玩笑,不过这次没有人向她搭话。

原因在于涅娅的脸。

无法为魔导王行动,得不到任何情报,这让她烦躁得睡不好觉,生出了黑眼圈,眼皮也肿了起来。再把眉头一皱,她的表情看起来非常可怕。正是因为她之前一直用遮光镜挡住了自己的表情,摘掉之后的样子才更吓人。

涅娅的部下十分理解她的心情,即使如此也不敢靠近她。

(——导王陛下。魔——)

只有这个词在涅娅的脑子中不停打转。

"啊——可恶。"

涅娅发现,听到她的自言自语,周围和她一样拉着弓的人们肩头一抖。

(陛下。不行,我得冷静下来,必须冷静下来。这才刚三天!从这里向东的圣王国领土面积相当广阔!我的目的又不是吓唬大家。)

涅娅摘下遮光镜,听到碰巧看向她这边的某人小声惨叫起来后,她尝试让自己僵硬的表情松弛下来。

就在这时,涅娅听到了跑到训练场来的两个脚步声。听同时传来的锁甲哗啦哗啦的声音,她知道并不是民兵来训练了。圣骑士们穿板甲,所以来者也不是圣骑士。涅娅猜来的不是高军衔的军士,就是她的同事(侍从)

"侍从涅娅·巴拉哈!"

涅娅把脸转向闯入者,只见两名男子后退一步喊了起来。

"干、干什么!有什么事吗!"

涅娅心里一边想,找我有事的不是你们吗,一边回答道:

"是啊,好久不见了。感谢你们一如往常……不对,比往常似乎更夸张吧?"

这两人都是侍从,和涅娅一起接受圣骑士的训练。涅娅和他们没说过几句话,并不知道他们的为人,不过名字和长相她倒是记得。

涅娅认识他们,说明他们也认识涅娅,对涅娅杀人魔一样的眼神应该比较熟悉才对。恐怕是对于他们来说,现在涅娅的脸依然十分恐怖吧。

涅娅想起来了,这两位同事是被抓进了俘虏收容所,刚刚获救。

"是,是啊,平时你眼神好像没有这么——憎恨这个世界……才对。等等,好像也是吧?"

涅娅揉了揉脸。看这样子还是不要摘掉遮光镜为好。

"那个,抱歉。可以告诉我有什么事吗?"

"啊,好的,加斯蓬德王兄殿下找你,希望你能马上过去。"

"王兄殿下吗？"

王兄为什么找她，她能想到许多原因，可是又觉得都不太对。她只能祈祷王兄叫自己去是为了好事。

"明白了，请告诉王兄殿下，我这就去。"

回过话后，他们还站在原地不动，涅娅觉得很奇怪。

"怎么了？还有什么事吗？"

"没有，只是觉得——不是说你的表情，应该是说你给人的感觉吧，你的气质好像有点变了。我也形容不好……"

"希望是褒义……当然会变了，大家都经历了好多事情。"

"是啊，没错，确实如此，巴拉哈说得对。"

两人露出了疲惫的笑容，没有再追问，说着："我们回头再好好聊"，走了。

涅娅告诉正看着她的部下们，她要到加斯蓬德那里去，马上便出发了。

加斯蓬德还住在原来的房子里，不过换了个房间。

上次亚达巴沃光临时，把他以前住的房间墙上搞了个大洞。

就算涅娅不摘掉遮光镜，卫兵也不会阻拦她。

就连她背上的弓也不需要交给卫兵。不知道这是因为她受到信赖，还是靠着魔导王的面子。

"加斯蓬德王兄殿下，侍从涅娅·巴拉哈来了。"

室内，加斯蓬德坐在椅子上，两位圣骑士站在旁边——是雷梅迪奥斯和古斯塔沃。涅娅马上单膝跪地行礼。

"来得好,我们正等你呢。啊,不必多礼,起来说话吧。"

涅娅遵照指示起身后,问道:

"抱歉让殿下久等。有什么事呢?"

"在那之前,侍从涅娅·巴拉哈,你先把遮住脸的道具摘掉。"

古斯塔沃提出了理所当然的要求。按照常识考虑,他说得一点都没错。

"是!失礼了。"

看到摘掉了遮光镜的涅娅,古斯塔沃的眼睛略微瞪大了些。

"啊,你身体不舒服吗?是不是让诸位神官看一下为好?"

"不必,我并没有觉得特别不舒服。"解释自己怎么变成这样的也很麻烦,涅娅决定说正事,"那么,可以问一下有什么事吗?"

"这件事嘛……我想请一位客人参加我们四人的谈话。我现在就把这位客人叫进来,希望大家不要太惊讶。"

视野一角,涅娅发现雷梅迪奥斯脸上带着厌恶的表情。团长会厌恶的对象,应该是和亚达巴沃有关的。涅娅的脑海中浮现出女仆恶魔这个词。

听到加斯蓬德的命令,古斯塔沃打开隔壁的门,向里面搭话。

随后出现的是一个异形,涅娅知道来者属于什么种族。

他们是蓝蛆。

他们有油亮的外皮，看外表想不到他们并不会发出臭气，只是有那么一丝让人不至于反感的血腥味。

为什么这种地方会有亚人？或许是察觉到了涅娅的疑问，加斯蓬德开了口：

"这位是使者阁下。"

听到这话，涅娅认为蓝蛆是亚达巴沃派来的使者，不禁表现出了敌对情绪。蓝蛆察觉之后，摆出了自卫的架势。

"等等，侍从巴拉哈，看来你似乎误会了。这位并不是亚达巴沃的使者，正相反，是图谋造反的亚人派来的使者。"

"哎？"涅娅不禁惊叫一声。

好像正等着她这样的反应一般，加斯蓬德露出了得意的笑容。

"看来你好像很吃惊啊，这也难怪。没想到会有亚人反抗亚达巴沃的统治吧？不过，确实有。听这位使者阁下所说，并不是所有亚人都是真心归顺亚达巴沃的，其中也有些种族和他们蓝蛆一样，相当于王族的统治者阶级成员被抓作人质，迫不得已才听命于亚达巴沃。使者阁下的愿望就是救出人质。"

"没错。"

听到从未听过的女声，涅娅吃了一惊，视线扫过整个房间。她一边心想不可能，一边把视线落在了蓝蛆身上。那声音就算说是人类发出的，也不会有人觉得奇怪。

这怪异的身体中怎么能发出和人类一样的声音呢？

这是名为蓝蛆的种族拥有的特殊能力吗？莫非是依靠魔法的力量？

"从这里向西南方向大概五天的路程，有一座你们人类称为卡林夏的城市。我们一族的要人被囚禁在那座城市中，希望你们救出他们。"

涅娅回忆着圣王国的地图。

从地图上看，蓝蛆所说的城市确实是卡林夏。尽管方位比起西南更像是西南偏西，而且从这里过去或许用不了五天，不过这都是小问题，属于误差范围内。

不过，涅娅还是有个疑问。为什么要把这件事告诉她呢？

涅娅还来不及思考其中的缘由，加斯蓬德已经开口说出了令她惊讶的话。

"于是啊，巴拉哈小姐，我们决定与他们联手，一起对抗亚达巴沃。"

哎，涅娅怀疑自己的耳朵。她就连蓝蛆的表情都看不懂，这种怪物一样的种族能相信吗？

"屈服于亚达巴沃的强大，我们加入他的军队向此地发起了进攻。可是我们得到了情报，作为人质留在丘陵的蓝蛆王被恶魔杀死了。我们还有一位王族，是囚禁在亚达巴沃手中的王子……上一代蓝蛆王已经遇害，王子现在已经是新王了。只要能救出我们的王子，我们蓝蛆愿意协助你们。"

恶魔是认为不需要两名人质，所以杀死了蓝蛆王呢，还是有某些更邪恶的目的呢？这涅娅就猜不透了。不过现在重要的是，他们的王被杀了。

"虽说如此，我们要让新王逃到亚达巴沃无法触及的地方，最精锐的近卫兵无法为你们提供协助。不过除此之外，亚达巴沃带来这里的剩余三千蓝蛆士兵，会和诸位一起战斗。只要能留下蓝蛆王和一只雌性蓝蛆，我们的种族就不会灭亡，士兵你们尽管用就是。"

"就是这样了。你应该听我说过战胜亚达巴沃的条件，比起在战斗中消灭亚人，还是促使亚人们叛变的方法牺牲更小。而且蓝蛆向我们提供了重要情报，我们已经确认，并且完成了回收。"

加斯蓬德露出笑容，继续说了下去。

"我们已经确认，蓝蛆向我们泄露的情报并非亚达巴沃方面的陷阱。这样一来，我们反倒是有了对蓝蛆的底牌。如果此事被亚达巴沃得知，他们恐怕会遭到肃清，而王子——新王恐怕也会被杀死啊。"

加斯蓬德是在威胁蓝蛆，如果出尔反尔，他们是不会有好下场的。

掌权者小心谨慎是理所当然的，不过加斯蓬德若无其事地表现出的冷酷一面，依然让涅娅感到有些恐怖。

不过这时，涅娅恢复了冷静，她产生了一个疑问。也就是说，她不知道加斯蓬德为什么要让她听这些事。

想让涅娅去营救蓝蛆王子，他只要下令就行了。涅娅确实是一支部队的长官，可她毕竟还只是个擅长用弓的侍从，没有必要把作战计划的详细内容说给她听。然而——

（啊，莫非他依然把我当成魔导王陛下的侍从？因为我有一只脚踩到魔导国那边了？）

或许加斯蓬德本来是打算叫上魔导王，叫涅娅是来代替魔导王？要不然就是为了让涅娅今后见到魔导王的时候，能向他说明事情的来龙去脉？

没错，涅娅依然是魔导王的侍从。

涅娅挺起了胸膛。加斯蓬德发现她的状态突然不一样了，露出了诧异的表情。

"好了，问题就是如何营救蓝蛆王子。我们得出了结论，趁攻打卡林夏的混乱营救蓝蛆王子的方案面临许多困难。"

"没错。"蓝蛆接着加斯蓬德的话说了下去，"我先说明一下王子遭到囚禁的地方吧。副团长阁下，拜托您补充。"

在古斯塔沃对卡林夏城堡的补充说明中，蓝蛆对加斯蓬德的结论做出了解释。

首先，大城市卡林夏位于地势较高的丘陵之上，是一座圣王家直辖的城市，拥有非常坚固的城墙。卡林夏的城堡非常大，位于城市偏西的最高处。

如果亚人突破了要塞线，卡林夏首当其冲。由于南北贸易的中转站就在附近，这座城市比圣王国的其他城市都要坚固。

卡林夏中有一座平时并不使用的城堡，这座专门为了据守而建造的城堡同样坚固。

关键的蓝蛆王子就被关在这座城堡的一座尖塔里。这座尖塔是为城堡沦陷后做最后抵抗而建造的，位于城堡最深处，可以说是卡林夏最难潜入的地方。

为了避免敌人通过"飞行"进入，这座尖塔没有窗户，除非走从城堡延伸过来的唯一一条天空通道，否则不可能进入塔内。

这座尖塔现在有强大的守卫——能使用水之力量的食人魔近亲种族食人水魔，而且蓝蛆是被禁止靠近的。万一有蓝蛆靠近，不知道他们的王子会受到怎样的对待。

他们的想法和向人类求助的理由是：在蓝蛆的背叛没有暴露的情况下，与蓝蛆毫无关系的人类现身尖塔，守护者不可能加害王子，反而会试图保护他才对。

"如果真正的战斗开始时还没能救出王子，我们蓝蛆必须与你们人类厮杀，而且被亚达巴沃带到这里来的所有同胞都要这样做，这样一来……"

蓝蛆没有继续说下去，不过后面就算不说大家也明白。

这样一来，一切就都晚了。

作为人类的敌人，只有救出王子后蓝蛆的叛变才有价值。要是蓝蛆全军覆没，人类也就没有必要救蓝蛆王子了。

"战斗打响后再派出救援队就晚了，因此我们得出结论：在战斗打响前，派遣少数精英进城，尽可能采取隐秘行动救出王子，才是最安全、成功率最高的办法。侍从涅娅·巴拉哈，希望你能担任这次营救行动的指挥官。"

"我不行，我没有那个能力。"

听到加斯蓬德的指示，涅娅想都没想马上回答道。

当面与最高司令官王兄的敕令唱反调，从军队纪律社会共识上来看都是不能被允许的。然而要说常识，倒是这命令本身不符合常识，实在是赶鸭子上架。

"我就知道你会这么说。不过，巴拉哈小姐，答应这件事对你来说也是非常有好处的。"加斯蓬德眯起了眼睛，"他们说了，会把他们对丘陵的所有知识提供给我们，还会为我们安排可靠的向导。"

涅娅倒吸了一小口凉气。

她很想咬自己的嘴唇，不过还是忍住了，不让自己的情感表现出来。

"这话有多少可信度呢？"

"只要救出了王子，蓝蛆就会在城内起义，呼应我们的进攻。这样一来，夺回卡林夏将非常容易，比起正常的攻城战，我们一定能俘虏更多的亚人。使者阁下说了，蓝蛆愿意告诉我们，什么样的俘虏拥有你想要的情报。"

"详细情况我不知道，"蓝蛆接着加斯蓬德的话说了下去，"只是听说你想去亚伯利恩丘陵。只要能救出王子，你就是我们整个种族的恩人。我们当然愿意把知识分享给我们的恩人，毕竟不是什么特别的知识。"

蓝蛆所说的话非常在理，涅娅无法反驳。

（拒绝这个任务就是对魔导王陛下的不忠。明明有机会为魔导王陛下效力，我不能因为顾惜自己的生命而任机会溜走。）

冷静地想想，就知道不会有更好的机会了。只是——涅娅不打算自杀。

"有哪些人会与我同行，参加这支王子救援队？"

一直沉默不语的雷梅迪奥斯看了涅娅一眼。

"我是不会去的，我没有潜入能力。"

要说潜入能力我也没有。涅娅心里想着，不过什么也没有说，只是看着加斯蓬德。

"我跟她说了几次让她与你同行，不过她一直不同意。因此，与你同行的是一位俘虏……不对，应该说是一位帮手。"

"哼，说俘虏也没问题。"

"团长。"

"不要紧，蒙塔涅斯副团长，能请你把她带来吗？"

"是。"古斯塔沃回话后离开了房间。同时，蓝蛆使者也离开了。看来加斯蓬德不希望太多人知道这位帮手的身份。

古斯塔沃很快就带着一个人回来了。那是一位涅娅从未见过的少女，身材比涅娅还要娇小，被铁链里三层外三层地捆着。从外貌推测，年纪应该比涅娅更小。

她戴着土黄色和深绿色交错在一起的，图案独特的围巾，穿着有些怪异的女仆装。

她容貌姣好，就算用眼罩遮起一只眼睛，对其美貌也没有丝毫影响。

涅娅想起了苍蔷薇的伊维尔艾所说的话，认定眼前的少女毫无疑问就是伊维尔所说的女仆。不过为了以防万一她还是问了一下：

"王兄殿下，这是什么人？"

"你应该能想到吧？她就是和亚达巴沃一起出现在这座城市中的几名女仆恶魔之一。"

涅娅愣住了。尽管早就想到了，听到加斯蓬德的话，她还是吃了一惊。女仆恶魔的难度是一百五十，也就是怪物中的怪物。人类无法战胜的厉害角色就站在她眼前。

不过，即使如此，涅娅还是为一件事感到惊讶。

面对绝对无法战胜的怪物，她心中竟然还有沸腾的憎恶。

作为生物，她和这个女仆恶魔有天壤之别，即使如此她还能如此愤怒，是因为这名女仆没有在圣王国播撒过恐惧呢，还是因为对魔导王的忠诚呢？

不管是因为什么——涅娅把她对女仆恶魔的憎恶压到心底，不让它表现出来。

稍一放松对自己的克制，涅娅就会想把这名女仆恶魔臭骂一顿，因为她是伟大的魔导王输给亚达巴沃的原因之一。不过，尽管雷梅迪奥斯的手搭在圣剑上,加斯蓬德和古斯塔沃却没有显露出敌意。

毫无疑问,他们是判断她目前没有危险性,不然也不可能让她与王兄同处一室。

"杀人鬼少女,不用怕。现在的我并不效忠亚达巴沃,而是效忠安兹大人。我不会攻击你们的。"

"无法相信。"

"安兹大人"这个称呼让涅娅感到不快,她毫不客气地否定着。不过,女仆恶魔还是用平淡的声音反驳道:

"不用相信,我只是说事实而已。"

"巴拉哈小姐,看来在那场战斗中,魔导王陛下从亚达巴沃手中夺取了她的控制权。"

涅娅的眼睛略微睁大了些。

难道在女仆恶魔与亚达巴沃的重重包围之下,魔导王没有选择击杀,而是选择了夺取控制权的战斗方式吗?

涅娅并不了解魔法,不知道这样的战斗方式会有多么困难。从难度来说,大概和一边夺取亚达巴沃身上的装备一边战斗相当吧。如果真的是这样,恐怕也只有魔导王能做得到了。

涅娅对魔导王的尊敬更加强烈了。

不过,她同时也产生了两个疑问。

其中之一,是这名女仆恶魔真的被魔导王控制了吗?涅娅认为以魔导王的强大力量一定能做到,因此开始就没有怀疑,不过真的不会有诈吗？实际上她会不会没有被魔导王控制，而是听亚达巴沃的命令装作受到了控制呢？

另外一个疑问——

"我知道你是忠于魔导王陛下的了。既然如此，为什么你在这里，是因为被铁链捆住了吗？"

"不是的。"

女仆恶魔开始用力，粗大的锁链发出可怕的声音。

"停下！！"

杀气逼人的雷梅迪奥斯大吼一声后，声音停止了。

"没有灌注魔法的普通铁链，我也能撑碎。"

"既然这样，你为什么不离开这里，赶到魔导王陛下身边呢？"

涅娅觉得凭借恶魔的直觉，或者是恶魔受到控制后的能力，能找到魔导王现在所在的地方，因此才装作若无其事地问道。女仆恶魔听到后，淡淡地回答：

"因为命令如此。安兹大人给我的最后命令是让我帮助你们，所以我会在不送命的前提下努力帮忙的。"

"哎？！"

涅娅吃了一惊。

（魔导王陛下来到圣王国是为了控制女仆恶魔，得到她们的战斗力，让魔导国更加强大。既然这样，给女仆恶魔的第一条命令，应该是让她回到魔导国才对。然而陛下却……多么仁慈的陛下啊，还能找到其他对别国人民如此慈悲宽大的君王吗？不，绝对找不到，魔导王陛下是特别的。陛下即正义！太厉害了！我的想法一点都没错！）

涅娅感到眼睛热乎乎的，她拼命忍着。

"请问，不送命的前提怎么讲？"

"我不会和亚达巴沃战斗的，和他对峙想逃跑都很难。"

原来如此，涅娅明白了。她所说的话是真是假，想必加斯蓬德已经仔细调查过了，所以他才把她带来。

"这样说来，是要让这名恶魔与我同行吧？"

"没错。另外一个方案是让她做派遣到魔导国的使者，而更重要的是——啊，等那件事结束，我们拿到了情报后，啊，要派遣搜寻队前往那里，还是请她加入搜寻队更好吧，毕竟这是一次相当危险的搜寻之行……你选出的成员在这边还没发现，也就是说肯定落到了那边吧？"

加斯蓬德用了许多代词，说得不清不楚。

涅娅瞥了一眼，发现女仆恶魔的表情一点都没动，甚至一点担心的样子都没有。

当然，这名女仆恶魔或许不知道魔导王到底遭遇了什么，完全没有设想过魔导王落入危险境地的情况。然而，她面无表情的样子让涅娅非常不快。

最重要的是，一个恶魔怎么能亲昵地把魔导王称为"安兹大人"呢？

不，她当然不能！涅娅坚定地想着，就连她都没有那么亲昵地称呼过魔导王陛下。

"——拉哈小姐？"

"啊，在！"

糟了。涅娅脸红了。对女仆恶魔的不快感让她忘了现在正在做什么。

"怎么了？有什么不对劲的吗？"

"啊，没什么！出发搜寻才刚刚过了三天，我觉得下结论还有些操之过急……"

"原来如此，你说得没错。不过以防万一，先做好准备总没有坏处。"

"殿下说得没错。"

"好的，那么女仆恶魔小姐，这是我第三次和你说话了——发现你的那天、昨天，然后就是今天。"

女仆恶魔什么都不说，只是盯着加斯蓬德。

"如果我要你潜入一座大城市，救出被囚禁其中的某人，你愿意帮忙吗？"

"昨天也说了，我会帮忙。"

"好的，是这样啊，我明白了。那么不好意思，能请你回到刚才的房间吗？蒙塔涅斯副团长，拜托了。"

古斯塔沃把女仆恶魔带了出去。他独自回来后，人们又开始了讨论。

"巴拉哈小姐，我不知道有没有必要跟你说这么多，不过在你潜入卡林夏的时候，对情报的掌握程度有可能直接影响到行动的成败。既然如此，我还是有些事要告诉你，首先是关于亚达巴沃的。"

加斯蓬德把从女仆恶魔处得到的情报告诉了涅娅。

女仆恶魔对亚达巴沃的了解似乎并不多，应该说几乎没有。她连亚达巴沃会什么样的攻击、害怕什么样的攻击都不知道，更不知道亚达巴沃目前在干什么，他有什么目的。

她只是告诉加斯蓬德，如果恶魔受了重伤，需要相当长的时间来恢复。她说可以拿水打比方，容器越大，要装满容器的时间也就越长。

涅娅听加斯蓬德说过亚达巴沃、亚人、其他恶魔的情报之后，向加斯蓬德提出了她一开始就想问的问题。

"可以相信她到什么地步？"

"不能信，最好杀掉比较安全。"

回答的是雷梅迪奥斯。

涅娅很想吐槽：你能打得过难度一百五十的恶魔吗？她拼命忍住，没有说出口，等着听加斯蓬德的判断。

"很难相信。她或许也是亚达巴沃谋略的一环。比如为了防备飞飞，或者其他能与亚达巴沃抗衡的强者出现，派她来做卧底。"

所以把女仆恶魔带进来之前，他才让蓝蛆使者回避，而且说话的时候还用了那么多代词。

"我不是说了吗，最好杀了她。这样一来就能消除这隐患。"

"原来如此，卡斯托迪奥团长。这也是一种办法。可是，女仆恶魔现在的控制权属于魔导王的可能性很大。关于亚达巴沃本人的情报，她也没有信口开河，而是直接说不知道。可是，这样想来，她为什么对魔导王的情况只字不问呢……嗯，不过，你不是和魔导王说好了，同意把那个女仆恶魔的控制权交给他吗？万一他回来了，知道是我们杀了她，他会把圣王国当成背信弃义的国家吧？今后万一圣王国再有什么困难，说不定不会再有国家帮助我们了。"

"那家伙不是被亚达巴沃杀掉了吗？"

听到雷梅迪奥斯的话，涅娅伏低了视线，忍着炽烈的怒火。她甚至觉得，多亏了雷梅迪奥斯，她现在变得善于控制感情了。

"这一点我们还不能确定。因此，我打算让她去救蓝蛆王子，好试探她一番。就算她背叛我们，情报走漏，也只是蓝蛆遭到肃清，亚人数量可以减少，我们也可以清除混进来的老鼠，一举两得。如果成功了，那就更是好事了。"

涅娅在心中抱怨，希望他不要忘了行动中还赌上了其他潜入者的生命。

"有没有问那个女仆恶魔的弱点呢？和她一起行动的时候，如果她背叛，最好能有应对的方法。"

"这我还真没问。"

加斯蓬德露出了苦笑，涅娅也露出了一样的笑容。

就算她说了自己的弱点，有什么办法确认是真是假呢。从外表恐怕是看不出来的，而且也不能实验。

"当然，我们毕竟没有她的控制权，说到底她只是奉魔导王之命帮我们的忙。"

古斯塔沃事到如今又说起了理所当然的事。涅娅和加斯蓬德当然早就明白，在场者中只有一人不明白。

"那么，潜入部队中除了我和女仆恶魔之外还有谁呢？"

"关于这一点，如果你没有其他合适的人选，就要请你们两人完成救援行动了。"

一瞬间，涅娅还以为加斯蓬德在开玩笑，然而他的表情是认真的。

"我为王兄殿下补充一下，潜入人数还是越少越好吧？带了不合适的人反而碍手碍脚，因此我们这边没有能推荐的人。"

古斯塔沃的说明很有道理，不过涅娅能理解，原因不只这一点。

涅娅·巴拉哈现在的立场就是如此。

这场救援行动如果成功了自然好，失败了也只有与魔导王走得太近的碍事侍从和魔导王的部下送命。就算女仆恶魔叛变，圣王国的损失也很小。说完美的确是完美。

这么说来——所谓"本打算派雷梅迪奥斯去"是骗人的吗？应该不是，他们很可能只是希望把损失控制得更小。

涅娅叹了口气。不管原因是什么，答案只有一个。这是个对魔导王尽忠的好机会。

"明白了，我和她——"涅娅一边想着，她应该是女性吧，一边说道，"女仆恶魔两人一起去就是了。"

"噢噢，是吗？拜托了啊。"

"是！"

"我正在请蒙塔涅斯副团长画城堡的示意图，你们出发之前应该能准备好。还有，如果遇到了亚达巴沃的心腹恶魔，你们要避免与其战斗。"

根据女仆恶魔和蓝蛆的情报，亚达巴沃有三只心腹大恶魔。它们就是——

统治亚人居住的亚伯利恩丘陵的恶魔。

统帅派往圣王国南方的侵略军的恶魔。

管理三座大城市，按照卡林夏，利姆恩、普拉特的顺序，在三座城市间轮流巡视的恶魔。

运气不好的话，管理城市的大恶魔有可能正好在卡林夏。

据说这个管理者没有头部，身体像枯木一样，身高有两米，没有翅膀和尾巴。它长有钩爪，拥有单看纤细的身体无法想象的力气。除此之外，它虽然没有头部，却不知为什么能把握周围的状况，甚至还会阅读。

它的样子简直是标准的恶魔。

顺带一提，首都贺班斯是亚达巴沃直辖的，并不是他的心腹大恶魔在管理。"

"它和那个女仆恶魔相比谁更强？"

"女仆恶魔说自己也不清楚。"

涅娅希望见识一下那个女仆恶魔的战斗能力。特别是她擅长用什么武器，拥有什么样的特殊能力。不知道这些，有可能犯下意想不到的错误。

"三只大恶魔分别兼任着将军和领主的职务，它们或许是认为亚人不适合脑力劳动吧，组建了独裁式的统治机构，因此许多管理都是大恶魔亲自在做，没有任命继任者和代理人。只要杀掉它们，就能破坏亚人联合军的大部分协作和补给。"

"这样就能满足王兄殿下设想的胜利条件了。"

"是的，等亚达巴沃的伤一好，或许会亲自指挥……不过现在，他应该不会冒险现身的。只要去除他的手足，就算头脑还在，胜利也属于我们了。虽说如此，这次的主要目的是营救，尽量避免战斗吧。"

"遵命。"

"那么……什么时候开始营救行动？"

"只要准备做好了，我希望能尽早出发。不过，在出发之前，请让我和女仆恶魔再谈一谈。"

"明白了。两天后如何呢？"

涅娅表示同意后，得到了与女仆恶魔见面的许可，离开了房间。

肩上背着重担，不过涅娅步伐坚定，表情中看得出她的决心。最近失去了方向的狂躁火焰现在有了方向，变成炫目的光芒，照亮了她前行的道路。

她现在有自己能做的事了，坚持走下去，前方就是她敬爱的魔导王。想到这里，涅娅开始觉得与危险的恶魔同行也并不可怕。

●

女仆恶魔身在带庭院的宅邸中。这座宅子没有那么大，不过也不小，本来应该属于这座城市中相当富裕的家庭，华丽的装饰有一部分被曾经占领城市的野蛮亚人破坏了，庭院中的雕塑变成了满地的碎块，不过房屋本身倒是保存完好，看起来冬天也不会有寒风灌进去。

只是，就算是非常破烂的房子，人们应该也会把它弄得密不透风吧。这座房屋的所有窗户都用木板钉得严严实实，能让人感觉到钉木板者不想让一丝空气流通的偏执心理。

综合评价起来，应该说这是一座牢笼，是一处被隔离的空间。恶魔女仆不是不死者的手下就是恶魔的手下，可与此同时，她还是从别国赶来救援圣王国的英雄王的部下。人们对她有各种看法，对她害怕、忌讳，这些情感交织在一起，形成了这样一个住所。

门上缠着重重铁链，颇有自欺欺人的意味。不过现在这位恶魔女仆还没有得到魔导王的正式介绍，圣王国方面也没法对她敬若上宾。

环绕宅邸的围墙已经被加班加点修好了，可是缺一扇铁栅栏门。大概是因为铁不够用，订被搬走了吧。代替铁栅栏门的，是旁边一间临时搭起的哨所。

哨所中有全副武装的精壮男子，还有一名圣骑士担任指挥官。涅娅把加斯蓬德签署的羊皮纸文书交给了圣骑士。

圣骑士粗略看了一遍，把羊皮纸还给涅娅，同时递给她一盏点好蜡烛的手持烛台。

现在虽说是白天，但是钉得严严实实的木板让外面的光透不进房中，房子里一片漆黑，不过女仆恶魔也不需要光亮。

涅娅走进大门，穿过一片狼藉的庭院，向宅邸走去。她踩着碎得坑坑洼洼的砖石甬道来到了玄关，做了一次深呼吸。

涅娅拿起门环叩响了门，没有听到回音。她犹豫了一下，扭动了门把手。大门没有上锁，她可以从打开的门缝中看到屋内一片漆黑。里面死气沉沉，安静得就像一座灵庙。

涅娅把心一横，走进了宅邸。里面没有照明，也没有仆人，现在只有涅娅和难度一百五十的恶魔。

涅娅觉得后背流出了冷汗，手中的烛火也摇摇欲灭。除了蜡烛小小的火光之外，房间中充满了仿佛会吞没一切的黑暗。

"我是涅娅·巴拉哈！我来见你了！你在哪儿啊！"

涅娅向着黑暗喊道,可是没有得到回音。

她是睡着了吗?

涅娅又用比刚才更大的声音喊了一次,依然没有回音。

她下定决心,迈出了脚步。

这座建筑有两层,房间也不少,不过就算逐一找过去,也花不了多少时间。而且以涅娅敏锐的听力,就算不全找遍,应该也能听到什么动静。

首先从一楼开始。

涅娅下定决心,正打算迈步的时候——

"砰。"

她突然听到侧面有人说话,烛光中浮现出一个人脸。

"呀!!"

涅娅肩膀一抖,下意识地移动身子,好和突然出现的人脸拉开距离。

咚!她的后背撞到了墙上。

她不可能没发现有人在向她靠近。对方好像穿墙出现的一样,突然跑到了她的侧面。

"你惊讶的样子很不错。"

涅娅噙着眼泪看过去,发现来者是那个女仆恶魔。她正面无表情地看着慌乱的涅娅。

"可恶的恶魔……"

涅娅不禁咒骂起来。

或许是精神防壁之冠并不能让她免受惊讶的刺激吧，她的心脏怦怦地跳，好像随时会炸开一样。这个恶魔的目的很可能就在于此。

（应该不会吧……）

"那么，你来做什么？"

"我来是想和你聊聊。两天后，你要和我一起……"现在她还不知道这名女仆恶魔能不能信任，把详细行动内容告诉她太危险了，"执行一项任务。"

"明白了。"

"我觉得我们彼此交换一下情报，了解一下各自有什么样的能力比较好……"

"共享情报很重要。明白了。"

是不是真的要共享情报，就得看接下来谈得如何了。

"那好，这边。"

女仆恶魔毫不犹豫地迈起了步子，看起来就算是光亮照不到的地方她也不在意。进屋前圣骑士所说的看来是真的。

走在其身后，涅娅对女仆恶魔的背影悄悄做了一番观察。

娇小的身体，姣好的容貌，确实是一位刺激庇护欲的美少女。

不过涅娅知道她的真面目，感觉她的一切都是在拟态。

现在女仆恶魔身上没有缠她去加斯蓬德房间时的铁链。不对，那铁链对她来说本来就没有意义，这个恶魔是难度超过龙的怪物，只是变成了人类少女的样子而已。

想到她轻轻一抚自己就可能送命，涅娅觉得胃里像针扎一样痛。

"我很脆弱的，请小心对待。"

听到涅娅不小心说出口的心声，女仆恶魔停下脚步，转过头来回答："我知道。"以涅娅的视力也看不出她表情的变化，猜不透她在想什么，这让涅娅心里没底。

女仆恶魔带着涅娅来到了待客室。

光源只有一根蜡烛。

"坐吧。"女仆恶魔指着自己对面的座位，涅娅落了座。"饮料。"

她掏出了一个装着茶色液体的瓶子，取出东西的方式就和魔导王一样。

就在涅娅惊讶不已的时候，她已经打开了瓶盖，把吸管插在了瓶子里。那吸管用奇妙的材料制成，看起来好像很柔韧，又好像很硬。

瓶中的液体稠乎乎的，涅娅希望它没有毒，也希望女仆恶魔别是不小心拿出了对人类有害的饮料。

一想到女仆恶魔或许真的成了魔导王的部下，涅娅没法拒绝，把心一横，吸了一口。

她把饮料含在嘴里，用舌头翻动着。

饮料没有超乎想象的苦味，也没有针扎般的刺激感——

（好甜！这是什么？！）

涅娅又吸一口，再吸一口。饮料黏稠得需要用一点力才能吸起来，不过凉凉的很可口。

"巧克力味。卡路里有点高……两千左右。不过我不怕，有一位伟大的无上至尊说过，为了吃好吃的东西而变胖，女人无怨无悔。"

察觉到她的语调变了，涅娅开始观察她，却发现她的表情一点都没变。

听到伟大的无上至尊这个词，涅娅想到了魔导王，不过又觉得她所说的是其他人。

"要再喝一瓶吗？"

"可以吗？"

涅娅一口气喝光了瓶中的液体，正在后悔喝得太快。看来女仆恶魔看穿了她的心事，又递过来一瓶。

涅娅毕竟也是女人。尽管半兽人没敢马上认定她是雌性，但她听到会变胖的事还是有点打退堂鼓。不过盛饮料的容器并不大，容量也很小。可不管是什么，只要吃多了就会胖，她决定晚饭就少吃点好了。

（卡路里两千，不知道是什么意思，不过她也说了是"有点"，应该不要紧吧。）

涅娅决定这次慢慢喝，品尝这种和水果与蜂蜜都不同的甜味。

她含了一口——

"啊！不对，我忘了。我是来找你谈话的。"

"嗯。"

同样嗫着吸管喝饮料的恶魔用眼神示意她继续说下去。

"那个，首先，如果你有名字，可以告诉我吗？我的名字是涅娅·巴拉哈，你想怎么称呼我都可以。"

涅娅听苍蔷薇的伊维尔艾说过，每个女仆恶魔的外貌和装备都不同。在加斯蓬德房间中涅娅也看到了，亚达巴沃身后的女仆恶魔和她就完全不同。说不定就像哥布林和巨型哥布林一样，在女仆恶魔系统中还有不同的类别名称。

或许没有必要知道她的个体名和类别名，不过她没准真的成了魔导王的部下，如果是这样，涅娅作为侍从应该保持恰当的礼貌。

"噗。叫我希姿就行，我叫你涅娅。"

"希姿啊。"

涅娅本以为女仆恶魔会称呼她为人类，有点惊讶。

（女仆恶魔的个体名是希姿，还是分类名是希姿？好吧，怎样都没关系。）

"这是个体名吗？"

"个体名？好厉害的问题。没错。是个体名。"

"啊，失礼了。我对恶魔并不熟悉……"

"嗯，恶魔……啊。这个……嗯。"

希姿嘟嘟囔囔说着什么。当然，涅娅听得十分清楚，不过希姿本人似乎是在自言自语，让人没法吐槽。

"那么，希姿，你有什么能力呢？还有，我看到了好几名女仆恶魔，为什么魔导王陛下偏偏选中了你？"

"我擅长远程攻击。因为我是MVP（最优秀的）。"

"优秀？啊啊，我明白了。也就是说在那场战斗中，你是魔导王陛下觉得最棘手的，对吧？"

希姿哼哼笑了起来。虽说如此，她的表情看起来却一点都没有变化。不过，拥有敏锐视力的涅娅经过仔细观察，还是看出了端倪。

那是非常微小的变化——她得意地扬了扬嘴角。

与此同时，涅娅也把心放了下来。看来魔导王之所以选择她，并不是因为她最弱小、最容易控制。

"我也对飞行道具略知一二，不过近身战斗就很弱了……我们没有前卫啊。"

希姿什么都没说，只是嘬着饮料。

"你有什么好主意吗？"

"我们是去做什么？"

"潜入城市，营救要人。"

现在还不能提蓝蛆这个词。

"既然这样，需要的是秘密行动的能力，还是不要那些前卫去发出哗啦哗啦的声音为好。"

"没错，是这样的。你说得对。"

"涅娅能安静地行动吗?"

"我做过一定程度的训练,应该比以前更擅长秘密行动了。不过,我还不敢说有绝对的自信。"

"你有没有能'透明化'的魔法或者魔法道具?"

涅娅摇了摇头。

"是吗……那就加油吧。"

"是的。我会加油的。那么……"

真的可以相信她是魔导王的部下吗?

如果希姿现在依然是亚达巴沃的部下,为了获取情报才装成了魔导王的部下,跟她谈论魔导王的状况不是上策。然而,强大的魔导王很可能真的从亚达巴沃手中夺取了她的控制权。如果真是这样,不信任她相当于把最强的王牌丢开不用。

因此,涅娅小心翼翼、犹犹豫豫地向女仆恶魔说道:

"我在此地,那个,一直在做魔导王陛下的侍从。"

希姿人偶一样的美丽脸庞没有变化。

"我听说了,安兹大人说你是一个眼神凶恶的人;还说把弓借给了你,而且是带卢恩的。给我看看。"

涅娅在脑中警告自己:亚达巴沃似乎也对这张弓很感兴趣。可是一想到希姿或许真的成了魔导王的部下,她就没法拒绝。

涅娅把弓递给希姿,她接过去看了起来。不过,她只是粗略看了看,马上又还给了涅娅。

"这把弓非常棒,应该给更多人看。"

希姿的语调太平淡，给人一种照着稿子读的错觉。不，大概是因为涅娅误以为她并没有仔细看超究极流星射手，才会产生这样的误解吧。从刚见面的时候开始，她一直是这样说话的。

"非常感谢……啊，对了，这次任务完成之后——"

希姿伸出手，打断了涅娅的话。

"应该给更多人看。"

为什么要给更多人看呢？或许是看到涅娅把疑惑写在了脸上，希姿继续说了下去。

"安兹大人把用卢恩技术制成的厉害武器借给了你，你应该让更多人了解到安兹大人的伟大。"

听到安兹大人一词，涅娅嘴角一颤。这是一件最重要的事，应该首先说清楚。

"魔导王陛下。"

看到希姿面无表情，涅娅发现自己没说清楚，继续补充道：

"应该叫魔导王陛下。将陛下称呼为安兹大人是不是有点过于亲昵了？"

听到这话，希姿的嘴角也一颤。不，乍一看看不出她的表情有什么变化的，不过涅娅确信她的脸动了。

"一点都不过。"

"不，过于亲昵了。按说不应该用名字，而应该用称号来称呼才对吧？毕竟魔导王陛下刚刚控制你，你还没有为陛下做出过贡献……你那表情是什么意思？"

"没什么。不过我还是会称呼安兹大人,而不是魔导王陛下。"

希姿没有表情的脸上透出淡淡的情绪,涅娅也看不出那是怜悯,还是因为高人一等而感到得意。不过她觉得有点来气。半路跑出来的新人,竟然对她崇拜的魔导王如此亲昵,实在令人不快。

涅娅决定不装老好人了。她本打算作为魔导王的侍从、圣王国的一员,礼貌地对待这位女仆恶魔,不过现在她放弃了。就算是天下无双的怪物也无所谓,必须讲明白。

"你这样的——"

"我奉命,称呼安兹·乌尔·恭大人为——安兹大人。"

"哎?"

"所以我能叫安兹大人——我,就,是,能叫安兹大人。"

听出她的言外之意是你不行,涅娅感到视野一片空白。

等等,她可是被魔导王用魔法控制的恶魔,会这样或许是理所当然的。

"不,不会的,这不可能。你,你撒谎,真是恶魔的谎言。在那样的状况下,怎么可能顾得上吩咐你这么多细节……"

希姿用不屑的态度摇了摇头。

"很遗憾,我说的是真的。不过,我理解你难过的心情,非常理解。很遗憾,这就是你现在的立场。不过,只要你为安兹大人努力工作,迟早有一天你也能叫安兹大人。努力吧。"

"希姿——"

"涅娅,引领后来者是先行者的职责。"

这话说得很有道理,不过她似乎是比涅娅后来的吧?不,她能把魔导王称呼为安兹大人,在这方面她或许确实是先行者。在这件事上涅娅还多少有点接受不了的部分,不过总而言之——

"总而言之,谢谢你。"

"不用在意。你明白安兹大人的伟大,有资格获得仁慈的对待。"

涅娅惊讶得瞪大了眼睛。魔导王才刚刚控制住这名女仆恶魔,是如何赢得了这样的尊重呢?不,不对,魔导王就是这么厉害。

"对,没错。魔导王陛下是伟大的,这一点我十分清楚。"

涅娅回答之后,两人彼此凝视了一会儿。

先有动作的是希姿。

她伸出了右手。涅娅毫不犹豫,马上做出了回应。

希姿还戴着手套,这让涅娅有点不太满意,不过两人的手还是在茶几上握到了一起。

(她如此心服于魔导王陛下,看来是真的被陛下控制了。如果不是这样,为了不被人怀疑,她也不该叫安兹大人,而是和我一样叫魔导王陛下才对。)

自己是不是想得太简单了呢?不过这时候,涅娅非常自信,认定希姿的忠诚是真的。就像两个齿轮咬合在了一起,两个崇拜同一位神的人心灵相通了。

"话说回来,我们真谈得来。涅娅虽然是人类,却很有见识。"

"和恶魔谈得来,这让我的心情有些复杂。现在我们谈得来,只是因为你说的是对的。仅仅在魔导王陛下的伟大这一点上我们谈得来。"

嗯嗯——希姿点着头。

"我本来想,不管你落到什么下场都不关我的事。我现在保证,会平安把你送回这个国家。"

"谢谢。"

涅娅坦率地道谢。难度一百五十,苍蔷薇都说赢面不大的恶魔答应会保护她,她当然应该道谢,而希姿既然是魔导王的部下,那就更该道谢了。只是有一点,涅娅必须确认。

"你这是以魔导王陛下之名起誓吗?"

"以无上至尊,安兹·乌尔·恭大人之名起誓,我保证……不过你要是死了,再让你复活,也算是遵守了约定吧?"

"这算平安?不,我觉得应该不算……"

两人面面相觑。

涅娅觉得死了再复活,距离"平安"两个字非常遥远,不过她还是说出了自己能妥协的极限。

"只要你能让我作为人类,而不是不死者或恶魔复活,应该算是遵守了约定……"

"那就没问题……好了。"

刚才一直以平淡的声音说话的希姿,声调突然变了。她似乎是在声音中用上了力。

"尽管你不可爱,破例给你好了。"

希姿一边掏出一样东西,一边来到涅娅身旁,随后把那样东西啪叽一下贴在了涅娅的额头上。

"哎?!这是什么!什么啊这是!"

看到希姿莫名其妙的举动,涅娅慌忙伸手去撕额头上的东西,可是撕不下来。那东西严严实实贴在她的额头上,太恐怖了。

"什么啊!哎!喂!太可怕了!"

"不要紧,不是会痛的、吓人的东西,这个。"

希姿拿给涅娅看的东西上写着数字"1",画着一个奇怪的——或许是文字的图案。那是一张有光泽的纸,涅娅额头上的东西也十分光滑。涅娅听说过名为符术的能力,莫非它就是符术中用来施展能力的魔术触媒吗?不管怎么说,恶魔女仆肯定不会把平淡无奇的东西这样贴在别人额头上,它肯定是魔法道具。正因如此,涅娅感到十分害怕,这东西该不会一辈子都揭不下来吧。

"为什么要贴在额头上!!贴在别的地方不行吗!!"

"嗯,好像妹妹。"

"欸？！"涅娅觉得好像听到了什么惊人的情报，不过现在还有更重要的事，"不要说别的事了，快帮我揭下来啊！贴到衣服上或者别的地方也行啊！"

"没办法。"

希姿取出一个小瓶，把里面的液体滴在涅娅的额头上。头上的纸片瞬间掉了下来，令人不敢相信它刚才还贴得那么紧。涅娅拿在手中一看，确实和刚才希姿掏出来的一样。

"贴纸要贴在显眼的地方。"

贴看来是肯定要贴了。惹火希姿对涅娅没有好处，她只能服从希姿的决定。

"好的……"

"还有别的事吗？"

"欸？啊，没了，就是……那个，我打算和你商量一下寻找，啊，不对，迎接魔导王陛下的事……"

"我也去……需要各种准备。等准备都做好了。"

"真的？"

"我保证。不过最好多一点时间，让亚人完成丘陵的地图。"

"是啊。哎，亚人？"

涅娅想都没想就表示了同意，之后才产生疑问。她几乎还什么都没有说呢，希姿怎么会提起亚人这个词呢？

（莫非……她听加斯蓬德殿下他们提起过魔导王陛下或许落在了丘陵地带的事？）

"怎么了？"

"没，没什么……明白了，我跟上面的人说说。"

"请多关照，涅娅。"

"也请你多关照，希姿。"

尽管对刚才的贴纸事件有些不满，涅娅还是伸出了手。希姿也做出了回应，握住了她的手。两人的手再次握在了一起。

"希姿也认为魔导王陛下没有死啊？"

希姿惊讶地睁圆了眼睛。

"你在说什么？"

"其实魔导王陛下落到了东方，从那之后就没了音讯……陛下能使用传送魔法，可是迟迟不归，我们猜测陛下可能遇到了什么意外……所以……说不定……魔导王陛下……"

继续说下去对涅娅来说太痛苦了，她害怕说出口会使之成真，犹豫起来。

相对地，希姿则有点无语地说道：

"平安。他没有死。还控制着我就是证据。嗯？你哭什么？"

涅娅的眼泪不由自主地落了下来。

魔导王真的活着。

她一直相信魔导王没有死，然而，有些时候她也会因为不安而夜不成寐。

许多人都对涅娅说过，魔导王一定平安无事。然而他们的话听起来都像是安慰，又像是为了拂拭他们自己的不安，并不是出自真心的确信。

可刚才这个瞬间，她听到了有绝对把握、充满自信的话，还看到了希姿自身这个魔导王平安无事的证据。她绷紧的弦一下子松开了。

就像迷路的孩子找到了父母，涅娅放下心来，眼泪不住地往下流。

希姿掏出和她的围巾图案一样的布——大概是手帕，按在涅娅脸上，胡乱抹了起来。她的动作并不粗暴，或许因为没给别人擦过眼泪吧，搞得涅娅挺痛。

希姿拿开手帕，涅娅的鼻涕形成了一座桥。

"沾上鼻涕了……太可怕了。"

从希姿的声音听得出她明显大受打击，涅娅露出了尴尬的表情。

因此，她从自己的口袋里掏出手帕，破坏了鼻涕形成的桥。

"我给你洗干净。"

"嗯。"

2

进入卡林夏的城堡很容易。

只要钻进桶里，混在货物中，让内应运进去就行了。运货当然会受到卫兵的检查，不过除了她们藏身用的桶，这次行动还准备了其他的八只一样的桶，只要打开其他桶让卫兵看就行了。警卫漏洞百出，也是因为亚人联军是由多种多样的种族组成的乌合之众的缘故。

文化和常识都不同的亚人聚在一起，要说有什么共通的价值观的话，那就是战斗力代表着绝对的发言权。因此只要战斗力强的亚人说几句狠话，不太过分的要求就都会被接受。对于亚人来说，强大就相当于以暴力为基准的爵位，爵位低的人只能服从。

也就是说，只要蓝蛆中的强者一瞪眼，货物检查就可以简化到敷衍了事的地步。

过了一段时间，随着咚的一声响，木桶被放在了地上。

随后，有人敲了木桶上部一下。

这是通知桶中人已经到达目的地的信号。涅娅按照行动计划，开始倒数三分钟。她隔着桶板能听得出，把她们搬到这里的蓝蛆打开门离开了。

数完三分钟之后，涅娅从下面推开了中盖。中盖一歪，贴在上面的大块生肉虽然没掉下来，不过小块的生肉噼里啪啦地落在了涅娅头上。这只桶有两层底，涅娅藏在中盖下面，上面装着生肉。

之所以没有装小麦或者蔬菜，而是装上了腥气的生肉，是为了防止嗅觉敏锐的亚人当班时，闻出涅娅和希姿的体臭。

没有出现她们担心的情况当然是好事，除了涅娅被生肉中的血和肉汁滴了一身的不快感。

她轻轻推开桶盖,观察外面的情况。

房间内相当暗,不过有一处看起来像是魔法光的光源。环视这里一周,确认里面没有人之后,涅娅慢慢爬到了桶外。

这是一个被当成食品储藏库的房间,架子上放着各种食品和罐子,还有许多和刚搬进来的那些一样的木桶。

涅娅钻出桶的时候费了不少力气,顺利出来之后,她把中盖在桶中竖起来,以便回来的时候更容易进桶。

救出蓝蛆王子之后,看情况或许还要再次钻进这些木桶中离开卡林夏。

涅娅开始寻找另一位潜入者,发现希姿正从桶里往外爬。她的身高比涅娅略矮,看起来从大桶中爬出似乎会很费力,实际上她的身体能力远超涅娅甚至雷梅迪奥斯,涅娅还没来得及去帮忙,她已经独力从桶里钻了出来。

"希姿小姐。"

"嗯?"

"你的头发上贴着生肉。"

希姿不高兴了。她虽然表情没有变化,但不代表没有感情。不知是因为频繁和希姿见面,还是因为涅娅的视力好,抑或是观察魔导王的骷髅脸锻炼了洞察表情的能力,涅娅觉得自己能看出希姿的情绪变化。

希姿摸着自己的头,想把细碎的肉块拿掉,可是肉块紧紧贴在脑后的头发里,怎么摘都摘不掉。

(我知道留长头发战斗会被敌人拽住,还是短发更合适,看这样子长头发还有其他弊端啊。)

涅娅走到希姿身旁,把她头发中细碎的肉块全部摘出来,扔进了桶里。

"谢谢你……我再也不想这样潜入了。"

"我们离开的时候还要再来一次的。"

"这……"

希姿用嫌弃的眼神看了涅娅一眼,凭空取出一条毛巾,擦起了自己的手,完事后把毛巾递给了涅娅。

这条湿毛巾非常柔软细腻,涅娅从未见过。这应该是一件非常贵重的道具吧。话说她是从哪儿搞到它的?莫非魔界有很多这样的道具吗?

涅娅有无数的疑问,可她还是先用毛巾擦干净摸过肉后黏糊糊的手,然后用毛巾上干净的地方,为希姿擦了擦肉块贴过的头发。尽管只能算是自我安慰,不过比起不擦,感觉肯定会好很多。

"谢谢。"

"不客气。"

涅娅为希姿擦头发的时候,希姿已经掏出了武器。

这把武器形状独特,据希姿说叫魔枪,是一种远程武器。使用魔力能让它发射子弹一样的箭,近似十字弓。希姿还顺便告诉涅娅，名叫火药的东西不会表现出燃烧反应，可是涅娅不懂这是在说什么，只当随便听听。

涅娅本来想看看希姿是怎样用这把魔枪的，可是加斯蓬德不允许希姿离开住所，希姿的战斗能力对涅娅来说依然是未知数。不过话说回来，她毕竟是难度一百五十的恶魔，涅娅应该没有什么可担心的才对。

"嗯。"

和取出魔枪时一样，希姿又从空中像变戏法一样取出了超究极流星射手和箭筒，交给了涅娅。涅娅则把用脏的毛巾还给了希姿。

一开始，众人对如何把涅娅的弓带到卡林夏城展开了一番讨论。先不说这把弓很长，弓身上还有各种装饰，枝枝杈杈，装进桶里中盖就盖不上了，卫兵只要打开桶盖向里一看，行动就会露馅。

也有人提出让运货的蓝蛆装备上它，可它实在太显眼了，给人的印象深刻。蓝蛆担心作战计划失败后，会因为这把弓受到牵连，拒绝了这个方案。

讨论到最后，把弓留下的意见占了上风。希姿说能把她的武器收进神秘空间，可以顺便把涅娅的武器也放进去。于是方案就这样定下了。

要带着魔导王借予的武器到危险的地方去战斗，这让涅娅感到不安，而不用离开超究极流星射手又让她感到安心。在两种交织的情感中，涅娅对好心的希姿表示了深深的感谢。这似乎让希姿认定了涅娅是她的晚辈，后来，她总会不时对涅娅摆一摆老资格。

要求涅娅在称呼她时带上"小姐"也是其中的一环，如果涅娅不带，希姿会显得很不高兴。希姿是美少女，她不高兴起来——乍一看面无表情，不过涅娅能看得出——更多的是几分可爱。这一点涅娅决定不告诉她。

两人准备好武器，希姿打头走了起来。

她们来到门前听外面的声音，发现外面似乎没有人。

"那我们走吧。"

时间不多，涅娅点了点头。

因为在涅娅和希姿潜入城堡并对蓝蛆王子施救的同时，圣王国的军队也正在行军，将在不久之后展开对卡林夏的进攻。

首先，涅娅和希姿潜入卡林夏的城堡，救出蓝蛆王子。

其次，军队估算时间靠近并对卡林夏展开攻击。

第三，如果涅娅她们成功救出了蓝蛆王子，蓝蛆大军将会做圣王国军队的内应。

最后，如果前三条没有成功，涅娅和希姿将取代蓝蛆，从内部打开城门，引军队进城。

这就是行动计划的概要。

只要能救出王子，就算不得不据守某个房间，也可以等待军队和蓝蛆的救援。这样行动对蓝蛆也有好处，人类夺回卡林夏之后王子再出来，安全性更高。

也就是说，能否在损失极少的情况下轻松夺回卡林夏，全看王子救援行动是否成功了。

涅娅抱怨肩上的担子一下子变重了，胃也跟着痛起来。

因此——时间不多了。如果军队先开始了卡林夏攻城战，或者是在攻城战开始前就被亚人发现的话，城中的戒备将会强化。

像以往一样，希姿从神秘的空间中掏出一个香水瓶一样的东西，开始朝自己和涅娅身上喷。据她说，这是能发挥第一位阶魔法"无臭"效果的消耗道具，只是量不多，需要尽可能节约使用。

把门打开一个小缝，确认外面安全之后，希姿从门缝里钻了出去。

从城堡示意图的确认，到路径的选择、对不同状况的应对方法，再到彼此的职责，涅娅和希姿已经对各方面进行过细致的商议。

涅娅也来到房间外之后，注意着不发出声音，关上了房门，然后跟着希姿跑起来。

（我什么忙都帮不上就是了。）

说实话，涅娅现在只是个拖后腿的。只要看跑在前面的希姿脚下的动作便一目了然。她就像涅娅的父亲走在森林中时一样,不,比父亲发出的声音更小,能看得出她有超群的技术。

(分明是恶魔,却有和人类一样的技术……内在和外表不同的人很可怕,对啊。)

本来全部交给希姿似乎没有问题,不过同行的涅娅除了监视希姿之外,还关乎圣王国的面子:代表圣王国的涅娅与代表魔导国的希姿——如果真的是被魔导王控制了——一起救出王子。

现在是夜里,月光从窗口中照进昏暗的通道。不,应该说"昏暗的通道中只有月光"才对。这条通道中不要说魔法照明,就连火把都没有。

因为大多数亚人在黑暗中也能看到东西,不过他们的夜视能力参差不齐。其中有些种族能完全看穿黑暗,大部分只是晚上的视力还算好。因此,涅娅她们避开月光,从一片影子跑向另一片。

涅娅是人类,必须格外小心谨慎。不光是黑暗让她看不清楚,巡逻的警卫兵也不会携带照明,从远处是无法以肉眼发现的。

食品储藏库不知道为什么有照明,大概是为夜间视力不好的亚人准备的吧。

两人蹑手蹑脚在城中向目的地奔跑。

这样的速度会令涅娅气喘吁吁,然而希姿的肉体能力超过雷梅迪奥斯,涅娅都能跟上的速度,对她来说大概只能算小跑吧。

两人不时发现亚人警卫兵经过，屏住呼吸等对方走过去。她们不能杀死巡逻的警卫兵，否则将需要处理尸体和痕迹。这里是敌阵正中央，最好能在救出王子之前，保持潜伏状态不被敌人发现。

幸运的是，希姿和涅娅没有被发现，一路都很顺利。

城堡内的守卫之所以不多，是因为人手都分到了这座大城市中的俘房收容所，还有城墙和监视塔。据蓝蛆说，魔导王杀死了众多亚人，导致亚人没办法在城堡中安排密不透风的警戒网。

能这么顺利，也是多亏了蓝蛆进行过事先调查，做了相当周到的准备。虽然到目前为止一切顺利，不过涅娅还是觉得有点不安。

这次行动有两处难点。

首先是通往尖塔途中的漫长通道。

另外一个难点是连接尖塔和城堡的桥梁——天空通道。

这两处没有地方可以藏身，当然有警卫兵挡路，而且警卫兵还不止一名。为了防备远程攻击，其中一名一定会躲在远程武器攻击范围之外的地方。

加斯蓬德召集众人看着古斯塔沃画的示意图一起商量过了，发现这两处是前往尖塔必然会通过的要冲。

（用"透明化"蒙蔽视觉，用神官使用的"寂静"蒙蔽听觉，就能完美地潜入了……冒险者之所以被看重，大概就是因为他们会组成队伍，能满足各种各样的需要吧。）

不一会儿，两人到达了目的地。

这是第一处难关，狭长的通道。正面走过去毫无疑问会在拉近距离前被对方发现。为了避免这种状况，她们需要在不让对方发现的前提下，靠近到能进行射击的地方。

因此两人来到了通道上面的一层，这里是警卫兵正上方的房间。

从这里用绳子沿外墙溜下去，就能在不被发现的前提下靠近警卫兵。

"这里？"

听到希姿的提问，涅娅把脑海中的地图与她们来到这里的路线进行对比，点头表示没错。

"嗯。做得好。"

希姿表现出前辈夸奖晚辈的态度，把耳朵贴在了门上，随后悄无声息地迅速打开了门。

房间里放着许多乱七八糟的东西，不过看起来已经有段时间没人进来过了，地板上积着灰蒙蒙的尘埃，还有蓝蛆事先来调查留下的痕迹。痕迹在窗户和非常大的架子之间折返了许多次。

希姿从神秘的空间中取出了和城堡外墙颜色相同的绳子。

随后，她把绳子结结实实系在了大架子上。为了确认是否能承受住两人的体重，她还用力拽了几下，发现架子没有移动和损坏的迹象。

架子本身就很大、很重，而让架子如此稳固的，主要是粘在上面的蜘蛛网一样的东西。先来到这个房间调查的蓝蛆，用从人蜘蛛处取得的黏性丝加固了架子。

窗户很容易就打开了，背着武器的希姿盯着外面，确认城墙上没有警卫兵在巡逻，说了一声："我先去了。"

希姿翻身来到窗外，沿着绳子到了下面一层的窗户。

她单手吊在绳子上，用空出的另一只手轻轻一推，窗户便开了。这也是蓝蛆事先开好的。

希姿一闪身进了窗户里，这一系列动作一气呵成，只用了几秒。

确认下面的房间安全之后，希姿探出头来，向涅娅招手示意。

涅娅也握住绳子，半身探出了窗户。

到下面一层的窗户只有四米左右，可现在她所在的位置离地面有一百多米。掉下去的话必死无疑——不，活下来反而更惨。她毫无疑问会遭到拷打，被迫说出情报之后再被杀掉。与其受刑，还不如掉下去直接摔死。

绳子每隔一段距离都打了一个结——有可以攀缘的地方，在几次训练中涅娅也都没有遇到问题。然而训练和正式行动中的感觉完全不同。

（啊啊，我真不想下去啊。）

即使如此，她也必须沿着这根绳子下去。要是下面有露台，只要跳上去就行了。

涅娅攥紧绳子，全身探到了窗外。她没有忘记双腿交叉，夹住绳子。

接下来只要慢慢往下走就行了。

（我离地面很近，我离地面很近。）

涅娅一边自我暗示，一边不让自己向下看，顺着绳子向下走。

身体的重量在左手和右手间来回切换，这一点和训练时一样，只是风吹得涅娅的身体左右摇摆，而且强度非训练时可比。

（加油啊，加油啊！我要加油啊！希姿一定比我更害怕的！）

有蓝蛆的内应，那个房间的窗户才是打开的。

不过，蓝蛆打开之后，如果有别人进入房间重新锁上了窗户，那希姿还得再爬上来。相比之下，涅娅只需要下去，已经算是不错了。

涅娅来到了下面的窗户附近，希姿伸出手，抓住涅娅的身体，用上很大的力气把她拉进窗户里。

"谢，谢谢。"

"嗯。不过，你用的时间太多了……我要把绳子收回来，你拿着。"

"好。"

希姿从窗口探出身体，举起了魔枪。涅娅按希姿的吩咐拿着绳子，只听仿佛放了气一样的扑哧一声，绳子变重了。希姿用她的武器切断了绳子。

涅娅把切断的绳子收进房间，堆在一角。行动结束后她们不会从这条路离开，因此也就没有必要让绳子挂在这儿，将其回收的做法有好处也有坏处。

好处是可以避免城墙上巡逻的亚人警卫兵发现；坏处是万一出了什么意外，事先定好的撤退路线不能用，她们也没办法用这跟绳子沿来时的路撤退了。

两人最终选择了收回绳子，避免被亚人发现的风险。

"收好了，希姿小姐。接下来我们要突破第一处难关了……"

"嗯，我们走……必须一击杀死敌人，能做到吗？"

"是的，我应该能行。"

离开这个房间，来到狭长的走廊中，正好是可以射击警卫兵的位置。

接下来的一击，如果不能在警卫兵叫嚷起来之前将其毙命，一切就都泡汤了。

涅娅摘下弓，搭上箭拉满。希姿也举起了魔枪。

"我右边，希姿小姐左边。"

希姿用拇指和食指做了个圆形。

随后两人对视一下——希姿推开了门。

涅娅的视线和五米之内的一名亚人撞到了一起。亚人不知道到底发生了什么，也不知道她到底是谁，甚至没有感到惊讶，对状况没有丝毫理解。涅娅毫不犹豫地朝这名亚人射出了箭。

一声脆响，命中额头的箭轻易穿透了亚人的头颅。

（成功了！）

能成功自然是因为涅娅射术好，不过超究极流星射手的功劳也很大。

（魔导王陛下，非常感谢！）

涅娅的箭射穿亚人头颅的时候，希姿的魔枪已经把另一只亚人的头颅打掉了一半。

亚人瘫倒在地，发出了比预想更大的声音。涅娅慌忙仔细聆听，幸运的是没有听到远处跑来的脚步声，看来没有亚人察觉到。

"快。"

两人负责的工作早就定好了：希姿把尸体搬到刚才两人收起绳子的房间中，涅娅用从希姿处借来的道具消除气味，随后把挂在腰际的水袋中的烈酒洒在地上，擦干净地板上飞散的肉片、脑浆、头盖骨和血液。强烈的酒精气味充斥周围的时候，从房间中出来的希姿从神秘空间中取出一个空酒瓮，把水袋里的酒倒了一些进去，然后轻轻将其击碎，放在了现场。

"走。"

"好。"

尽管对现场做了伪装，不过到了警卫兵换班的时候，还是很可能引人怀疑。要是能把尸体收进希姿的神秘空间中，想必能少几分担心，可是希姿拒绝了，她们只能把尸体留在那个房间中。当然，房间中也做了伪装，不过谁也没法保证绝对不会露馅。

她们知道时间不多。

不一会儿，两人到达了第二道难关，天空走廊。两人早就预想过了几种情况，现在算是其中最好的，时间还比较富裕，尚未被亚人发现行踪。

"接下来就是和时间赛跑了。"

"我明白。万一我失足掉下去，希姿小姐不用管我。"

从城堡到尖塔的天空走廊可以供两人并行。

通道左右没有墙体保护，据说曾经有几人从走廊上掉下去，看到实物涅娅开始觉得，掉下去一点都不奇怪。

这条天空通道，就是据守城堡时，迎击敌人的最后要塞。

大军无法通过，数量优势无法发挥，而且有坠落的风险。这条走廊极其易守难攻，只要持盾的长枪兵在走廊尽头摆好阵势，想要突破非常困难。大概得有会"火球"的魔法吟唱者，才能对尖塔发起强攻吧。

用飞行道具慢慢攻击，对于采取秘密行动且时间有限的涅娅一方来说十分不利。因此，她们必须在敌人的远程攻击中穿过这条危险的走廊，前进到敌人没法利用遮蔽物的距离再将其击杀。

她们必须在被尖塔入口哨所中的警卫兵发现前，尽可能缩短距离。然而仔细一看，涅娅发现走廊是凹凸不平的。建成这样，目的大概是减缓敌人冲锋的速度，或者直接令敌人失足掉下去吧。

（多么危险……要是万一被敌人撞飞，或者被抱住了……掉下去摔死啊……得当心才行！）

涅娅下定决心之后，察觉到希姿正盯着她看。被容貌像洋娃娃一样可爱的希姿盯着看，分明是同性，涅娅却觉得难为情起来。

"怎，怎么了？"

"我要用……涅娅，你在这等着。"

"哎？"

"我去收拾掉入口的警卫兵，不管发生什么也不要出来。"

"哎？"

涅娅还来不及回话，希姿已经消失了。

她确实是消失了，看起来不像是以超高速进行了移动。仿佛刚才在涅娅面前的是幻象一样，她溶入空气中消失了。

涅娅感到一阵混乱。不过，希姿既然下达了指示，那她就应该相信希姿，等在这里。

她在天空通道的入口压低身体，仔细听尖塔和自己身后的路上有无异常。

几秒之后，哨所中似乎发生了什么。

她听到了惨叫和警卫兵倒地的声音。

涅娅探出头去观察情况,只见希姿正从哨所中探出头来。她开始向涅娅招手让涅娅过去。

涅娅不知道发生了什么,愣在原地。希姿看她不动,似乎是着了急,招手的动作开始变大,全身都在晃。

看到她的样子,涅娅不动也不行了。

她压低身体,小心翼翼地跑过吹着风的天空通道。

到达对面之后,涅娅闻到哨所中传出的血腥味。几名已经丧命的亚人躺在地上,而表情和平时别无二致的希姿则站在尸体当中,她左手握着魔枪,右手握着一把相当大的锋利匕首,刀身已经被血染得通红。

"安全。我们前进吧。"

"好,好的。"

"我今天不能再消除身影了,要注意。"

"明白了。"

察觉到希姿并不打算说明,涅娅也就没问,跟在她的身后开始了移动。

涅娅感慨着,真不愧是女仆恶魔啊。

要是没有希姿,她绝对不可能来到这里。

(这也多亏了魔导王陛下对希姿的命令。)

不在身边还令人愈加尊敬的王,想必也只有魔导王了。

他是不死者一事真的不值一提。

（看来有必要向大家广为宣传，陛下是一位多么伟大的王！）

尖塔几乎完全用石头建成，只有小小的采光窗口，比刚才跑过来的城堡还要昏暗。

塔内的通道还算宽敞，涅娅和希姿二人可以并行。这条通道修建在尖塔外壁内侧，呈螺旋状。

她们要营救的蓝蛆王子应该在最上层附近。途中的房间两人只是看看有没有动静，并未长时间逗留，之后便不停向上跑着。

沿着螺旋走廊向上转了大概两圈，希姿轻轻抬起手，示意涅娅停下。几乎与此同时，涅娅敏锐的听力捕捉到了生物走路的声音。

发出声音的生物似乎穿着金属铠甲，涅娅听到了金属碰到石头的声音。

"有一个警卫，希姿小姐。"

"对。不过……脚步声很沉重。"

涅娅没听出来，不过既然希姿说了，那就应该没错。也就是说，警卫兵并非人类大小。

"我们……怎么办？要回去找个途中的房间藏起来吗？"

"都到这里了，杀。"

"明白了。"

随着希姿举枪，涅娅也拉开了弓，她打算只要看到对方的身影，二话不说就射箭。她听蓝蛆说王子的体形只有人类儿童大小，而且应该没有穿金属铠甲才对。

一个大块头现出了身影，涅娅和希姿毫不犹豫地开始攻击。

箭和子弹击中了目标，像被巨大的身体吸进去了一样。

"嘎啊啊啊啊！"

巨大的身体一晃，向来路退去。

通道是弧形的，敌人只要稍微向后退一点，涅娅和希姿就无法射击。

吃到两人的——特别是希姿的——攻击，还能存活，看来这名亚人的体力非常高。

"你们！是什么人？"

通道对面传来了怒吼声。

"怎么办，希姿小姐？"

"等下去不是办法……趁着敌人没有把尖塔里的警卫兵召集过来，拉近距离攻击。"

"明白了。"

涅娅和希姿奔跑起来。

对方能承受她们出其不意的一击，应该就是尖塔的守护者——食人水魔了。食人魔种族都拥有出色的战斗能力，而且拥有惊人的体力。

涅娅边跑边感觉到空气中的水分似乎增加了——有雨水的气息。

"嗷嗷嗷嗷嗷！这里怎么会有人类？！"

拉近距离后，一个大块头亚人现了身。

这名亚人身材虽然和食人魔一样魁梧，面容却显得比食人魔要有知性得多。

其肤色苍白，不过给人的感觉比起病态，更像是魔力使然。

其额头上长着一根粗壮的角，手里紧紧攥着比涅娅还要大的钉头锤。

从外表来看，这名敌人确实与被称为食人水魔的种族特征极其相似。

据说，这名食人水魔就算没有巴塞那么强大，也是相当难对付的敌人。刚才的箭和子弹确实命中了，亚人却没有受到外伤。涅娅没有闻到血腥味，看来亚人并未使用幻术。

食人水魔是怎样将两人——特别是希姿的攻击无效化的呢？

"你们来杀我了吗！！人类中也有懂行的家伙嘛！！"

亚人看上去好像很开心。

既然这样，就让这个食人水魔继续误会下去——

"不是。"

希姿边说边开枪。

随着扑哧一声放气的声音，有什么东西射向了食人水魔，其身体的一部分变成水雾散开，子弹穿了过去。

"嗯。"

"哈哈哈哈哈！远程武器对我是无效的！"

涅娅也向食人水魔的额头射箭，和刚才一样，其头部也化为水雾，箭射到了后面的墙上。

"没用的没用的！我可是射手的天敌，恐惧吧，死吧！"

"对所有远程武器拥有完全抗性，以这么低的等级？"希姿自言自语道，"一定有什么玄机。"

涅娅看了希姿一眼，摇了摇头。很遗憾，蓝蛆也不知道食人水魔的详细能力。

"你们在说什么！"

"退后！"

食人水魔冲了过来。体形远超人类的敌人冲向自己，让涅娅觉得她丧失了对距离的感觉。

涅娅恐怕一击都承受不住，因此按照希姿所说的，向后退去。

巨大的钉头锤向站在前方的希姿挥了过去，希姿优雅地一闪身，躲过了风暴般的一击。

食人水魔单手挥舞大小和希姿差不多的武器，力量大得异常。钉头锤落在地板上，砸碎地砖，形成了放射状的裂痕。涅娅甚至觉得这座巨大的尖塔也随之摇晃起来。

"啧！"

涅娅射出了箭。

希姿正在与食人水魔近身战斗，不过两者体型差距非常大，只要涅娅向上射，就不会射中希姿。

箭矢划破空气，果然和刚才一样被食人水魔通过雾化躲开了。

"没用的！！没用的！！我不是说了箭对我没用吗！！愚蠢——呜嗷！"

食人水魔发出更大的声音叫喊起来，希姿冲过去发起进攻，打断了亚人的吼叫。

希姿的射术远超涅娅，却似乎不太擅长近战武器，很遗憾，匕首被食人水魔用钉头锤挡住了。

涅娅又抽出一支箭。

这次她要射的是食人水魔拿钉头锤的手。就算手雾化了，武器也很有可能不会掉落，但涅娅觉得只要有一点可能性就应该试一试。

结果——

食人魔的手雾化了，却没有丢掉手中的钉头锤。

"放弃吧，人类！"食人水魔把一只空手朝向涅娅，"水之飞沫！"

水弹向涅娅射了过来。

涅娅觉得右肩头被撞了一下，整个人仿佛被推了一把，向后摔倒在地板上。

她觉得右肩就像挨了狠狠一锤，骨头说不定断了。

涅娅小心翼翼地动了动右手，发现右手还能动，只是觉得肩头传来钻心的疼痛。她用手一摸，发现肩头湿漉漉的，开始还吓了一跳，以为自己出了很多血，后来才发现那是水。

"哼！居然逼我用无聊的魔法！"

食人水魔一边挥着钉头锤，一边不屑地说。

钉头锤掀起死亡的旋风，涅娅只要挨到一下就会被打得碎成肉块。她听到希姿一边轻盈的躲避食人水魔的攻击，一边沉吟道：

"为什么攻击她？既然她的攻击不会生效，为什么要攻击她？无法理解。"

"哼！愚蠢的家伙！因为碍——"

"其实有效？雾化有次数限制？"

食人水魔的表情变了，这就是答案。

"涅娅——"

"我知道！"

涅娅射出箭矢，食人水魔再次雾化躲开了攻击。随后涅娅又射一箭——这一箭刺在了食人水魔身上。

食人水魔发出了一声短促的惨叫。

希姿说道："明白了。能防御射击的次数是七。这次数……是一天恢复，还是一小时恢复？无所谓了。你要……死在这里。"

发现自己的攻击无法命中躲避能力超群的希姿——也就是说预见了人为刀俎我为鱼肉的未来，食人水魔的表情变得狰狞起来。

"浑、浑蛋！！'雾云'。"

雾气喷了出来。

身陷比魔导国那一场战斗更浓的雾中，涅娅连自己站在什么地方都不清楚了。雾浓得让她就连与食人水魔战斗的希姿的背影都看不到，只听希姿的魔枪发出砰砰的声音。

仔细想想就明白了。

就算在通道正中央生出浓雾，希姿也很清楚食人水魔在什么位置，只要直接开枪就行。涅娅也学着希姿，开始射箭。她害怕自己射中希姿，瞄着比较靠上的位置。

射出的箭很快就消失在雾中，发出射中后面墙壁的声音，看来是射偏了。

"绕到后面去了。"

听到希姿的话，涅娅心想：哎？

考虑通道的宽度，体形那么大的食人水魔不可能在不对涅娅和希姿造成任何影响的前提下绕到后面去。不过相处了这么久，涅娅知道希姿是一名可以信任的恶魔。不对，倒不是信任希姿，不如说是信任控制希姿的魔导王。

涅娅转向身后，发现在浓雾中依然什么都看不到，不过她还是射出了箭。

和刚才一样，远处响起了箭射到墙壁上的声音。

"在哪儿，在哪儿啊？！"

"嗯……就是你现在看的方向。要逃……压低！"

听到希姿不常使用的强硬语调，涅娅就像被电了一样伏下身去。

"换子弹……全弹发射。"

随着"咻"的一阵尖厉的声音,刺耳的砰砰声响彻整个通道。那声音和之前的完全不同,能令人感受到强大的破坏力。

"呕——"随着一阵像是呕吐般的声音,巨大的身体瘫倒在地上的声音响了起来。浓雾马上随之消散,只见弧形的通道前方,食人水魔已经倒在了地上。

亚人身上有许多地方被炸掉了,周围的墙壁、天花板和地面上也留下了同样的痕迹。这是怎么做到的呢?

负责守护此处的亚人一定是有相当实力的强者,在这名亚人身上,涅娅也确实找不到丝毫胜机。希姿却在自己擅长的武器有效后就秒杀了这名亚人,真不愧是难度一百五十的恶魔。

"这到底……是怎么做到的……我知道了,只要用魔法的力量,什么都能做到吧。"

涅娅活动着被攻击魔法击中的肩膀。刚才因为战斗中的兴奋,她暂时忘记了肩膀的疼痛,不过她现在觉得越来越痛。

"没事吧?"

"没事,不过拉开弓还是会有点痛,没法瞄准。"

"你有治疗药水吗?"

"我没有,不过我有陛下借给我的治疗道具。"

在那次守城战中,涅娅的魔力只够用一次"重伤治疗",不过现在她觉得自己能多用一次了。虽说如此,她也不能浪费魔力,搞不好会有对希姿发动治疗魔法的必要。

"没事,接下来只要救出人质后逃出去就行了。"

"嗯，我们快点。"

涅娅点了点头，跟希姿一起跑了起来。她们已经击败了食人水魔这个强大的敌人。

接下来只要救出王子，平安回到食品储藏库即可。

3

"是这里。"

"是的。"

来到最高层之后，希姿和涅娅彼此对视一眼。这里只有一扇门，毫无疑问，这就是目的地。

她们向彼此点了点头，踹开了门。

和食人水魔之间的战斗闹出了那么大的响动，她们已经不打算继续保持安静了。不过两人还是贴在入口侧面，防备打开门的瞬间有敌人冲过来。

不过，两人的担心似乎白费了。确认没有敌人之后，两人同时冲进了房间，涅娅忍着肩头的疼痛转向左边，希姿转向右边。

首先映入眼帘的是带幔帐的大床。本来应该是纯白色的蕾丝因为年深日久变成了灰色。房间中还有朴素的梳妆台、一人高的木质朴素衣柜之类的家具。贵族风情的陈设品大多已经变得老旧，给人的感觉不像古董，更像是旧货。

经过初步确认，房间中没有亚人。

希姿抬了抬下巴，涅娅悄悄靠近衣柜，打开了柜门。当然，为了防备意外发生，涅娅是从侧面打开柜门的，而希姿也用魔枪指着衣柜。

"没有。"

随后，两人的目光转向了床铺。

涅娅俯身看了看床下，确认下面没有埋伏之后，走到床边。

床上鼓出来一块。

两人彼此看了看，点了点头。涅娅掀开了床单。

床上有个鲜艳的紫色肉块，不，应该说是个大蛆虫才对吧。蛆虫全长九十厘米左右，没有手脚，只有疣足。

希姿毫不犹豫地把魔枪指向蛆虫，涅娅慌忙拦住了她。

"等等！这位就是我们来营救的蓝蛆王子殿下。"

"这就是？"

涅娅听蓝蛆的使者说过王子的外貌，不过她能理解希姿的疑问，她听使者说明的时候也觉得有点糊涂。

蓝蛆是一种王族和其他族人外貌相差很大的亚人。不知道他们的雄性和雌性之间是不是有区别呢？

"请问，您能说话吗，蓝蛆王子殿下？"

"嗯，我能说话，看来你们不是我的食物啊。"

涅娅听到了少年的声音，好奇他的声音是什么部位发出的，低头去看，发现他有一张蛆虫口器一样的嘴正开开合合。

"没错，我们受委托来救您了。首先，请允许我们带您出去。"

虽然长成这样,可他毕竟是王子,必须以礼相待。而且寻找魔导王的时候,还要请他的种族帮忙呢,有必要卖他人情,不能把他惹得不高兴。

"我的同卵(同胞)请你们来救我?是谁拜托你们来的?"

"是一位名叫贝贝贝的蓝蛆,您认识吗?"

"贝贝贝?那家伙让你们来救我?嗯……可我要是离开了这里,恐怕会惹火亚达巴沃——大人的,将会给众多蓝蛆人民,特别是蓝蛆王带来危险。"

"具体情况我不知道,委托我们的时候,贝贝贝说蓝蛆王死了,希望至少能把您救出去。"

"什么?!"

蓝蛆王子就像一只巨大的蛆虫,要读懂他的表情,对于人类来说是绝对不可能的。不过从他的声音中,涅娅能感到明显的悲痛。

"我唯一的父王……是这样啊,亚达巴沃这家伙……那么……我们能从这里平安逃出去吗?"

"王子的部下会接应我们的,请放心吧。"

"原来如此……人类英雄来到这里救我,我似乎不该再提要求,不过还是请两位答应我一个非常厚颜无耻的请求:可以不可以就当是你们要强行把我带走,而我奋力反抗呢?"

他提出这样的要求,大概是为了以防万一吧。

"明白了,就当是这样吧。"

"非常感谢。"

王子抬起头。看上去就是蛆虫在抬头，不过这大概是他们种族中表达感谢的动作吧。

涅娅像包婴儿一样——只要她这样做一定会把婴儿弄哭，因此她只做过两次——用床单包住蓝蛆王子，把他背了起来。

她把床单角在身前系好，好让床单在剧烈运动时也不会松开。

重量压在肩头，一阵疼痛传来。涅娅擦掉额头渗出的汗水，发动了魔法。

伤势瞬间痊愈。这样一来，背着王子奔跑就不会有问题了。

"紧不紧呢？如果我把您勒疼了，请马上告诉我。"

"紧倒是不紧……不过你好香啊，我饿了。"

听到后颈位置传来的话，涅娅打了个冷战。

"蓝蛆吃什么？"

希姿问了个涅娅不想听到答案的问题。

"生物的体液，生死都可以。"

涅娅感到一阵凉意蹿上后背。

"要是你对我的后辈做了什么，我会生气的。"

"不用担心，我还没有那么饿，不会对舍生忘死来救我的英雄做那么失礼的事。自从被带到这里之后，我还一次都没有出去的机会，不过伙食还是很不错的。"

要是希姿问出他都有些什么伙食，恐怕涅娅会想把他扔下去。她堵住了自己的耳朵，幸运的是，希姿没有继续问下去。

"那好，我们走。"

"好的。"

"拜托了。"

只言片语后，两人——不，是三人开始了行动。他们正进行秘密救援行动，哪有时间闲聊。

幸运的是，他们平安返回了食品储存库。到达之后，希姿抬起了手。

"房间中有几人。"

"拜托了。"

希姿准备好魔枪，猛地打开门。

随后，她愣住了，回过头来说："不知道都是谁，蓝蛆，好多。"

大概是来接王子的部队吧，说得更准确一点，是来把涅娅他们带出去的战士。既然她们先到了，说明涅娅三人到的时间比商量好的晚了。

来到房间中，涅娅发现里面有五名蓝蛆，她们一齐把脸转了过来。看到完全看不懂表情的异形一齐做出同样的动作，涅娅心里涌起了一阵说不出是恐惧还是恶心的感觉。

涅娅解开身上的床单，让蓝蛆和王子见了面。

"噢噢！王子！"

这是贝贝贝，不出声音，涅娅完全分辨不出蓝蛆之间的区别。当然，像王子一样外形完全不同，她也会看不出来对方是蓝蛆。

"同卵们，我听说父王死了。我现在知道那家伙——亚达巴沃不打算遵守和我们的约定。然而，就算背叛了亚达巴沃，我们又能逃到哪里去呢？那家伙已经彻底占领了我们的土地，命令他的心腹恶魔统治……从这里逃出去，应该是一条死路吧？"

"王子的担心很有道理。不过，那家伙只把蓝蛆当成奴隶或家畜。我们的勇者布贝贝只是参加集会晚到了一点，那家伙就随便找了个理由，扯掉了布贝贝肩膀上的肉。"

"什么！竟然这样对待布贝贝！"

王子的惊讶告诉涅娅，他们所说的那位蓝蛆一定是个相当了得的人物。

"一切都结束后，亚达巴沃手下有我们的容身之所吗？我们得出的结论是否。王子，时间不多了，这件事之后——"

"蠢货。逃出去再讨论还来得及吗？这就是最后一线，只要跨过这条线，就没法再回头了，要回头只能趁现在。你们跟我说说，回到巢穴、回到丘陵之后，我们要怎么生存。"

"这……丘陵也很大，我想应该会有我们藏身的地方。"

"你想应该会有？只有这么模糊的可能性，你就敢带着整个种族走上毁灭的道路吗？说说更具体、更现实的计划。"

"遵，遵命。并非所有人都心甘情愿服从亚达巴沃，只要组织起反抗军……"

"傻瓜。就算有反抗军,也会被亚达巴沃的心腹消灭。一群蚂蚁比一只蚂蚁扎眼多了。"

想法被王子逐一论破,贝贝贝沉默了。涅娅觉得这样下去不好,她们参与了如此危险的行动,万一王子不走,那辛苦就白费了。

就在这时,涅娅想到了能打消王子疑虑的办法。

"请听我说,既然这样,各位蓝蛆到魔导国去如何?"

"魔导国,那是什么地方?"

不光蓝蛆,希姿也看向了涅娅。

"回禀王子殿下,魔导国是曾经在王国击退亚达巴沃的英雄飞飞所在的国家。"

涅娅感觉到蓝蛆正直勾勾地盯着她,可是她不知道这些视线中的意味。人类怎么可能看得懂蓝蛆的表情。

"这是真的吗?"

听到这一问,涅娅明白蓝蛆们沉默的原因了。他们是在怀疑涅娅的话。不过,这也是理所当然的,对亚达巴沃的力量越了解,就越会觉得击退他是不可能的。

"是真的。我的消息来源十分可靠。实际上——希姿小姐?"

"没错,涅娅说的是真的。"

"因此——"涅娅觉得接下来的话很关键,在心中给自己打气,"只要逃出这里前往魔导国,魔导国会将诸位作为难民接受的。"

"难民啊……"

王子的声音中带着明显的苦楚。

"不过,只要把魔导国之王,魔导王陛下的消息带去,大家一定不会受到轻视。"

"等等,他们想得到自己国家国王的情报吗?这怎么讲?"

"回禀王子殿下。现在……怎么说呢……魔导王陛下去向不明……"

"那怎么能行啊。搞不好已经死了吧?"

"请等一等,陛下不可能死了。我们有确凿的证据,已经确认过了。"

涅娅把魔导王或许落到了亚人居住的丘陵地带,需要蓝蛆帮忙进行搜索的事说了出来。王子沉默了。涅娅觉得或许得不到理想的回答,不过她已经把球抛出去了,因此没再多说,只等王子再把球扔回来。

再说,就算无法直接支援,蓝蛆也应该能提供说好的情报才对。

"原来如此,只要卖个人情……可是,他们能接受我们这些亚人吗?魔导国应该是人类的国家吧?"

"不,不是的。魔导国是不死者国王统治的国家。"

"不死者?!"

不光王子,周围的蓝蛆也一齐发出惊愕的声音。

"你要让我们到那么危险的地方去吗?!"

不管什么种族，对不死者的厌恶都是相同的。在了解魔导王之前，涅娅也和他们一样。她好像看到了不久之前的自己，感慨良多。

"请等一等，尽管是不死者，但是统治魔导国的魔导王是一位了不起的王。在他的国家中，我看到了人类和亚人和平共处的景象。"

"你说不死者了不起，人类和我们亚人和平共处——"

"别说了。我的臣民失礼了。不过话说回来，这位魔导王是那么了不起的王吗？"

"是的。"

听到王子的提问，涅娅挺胸抬头，一口咬定。

"我们完全看不懂人类的表情，不过你有铜心铁胆，敢潜入敌人据点营救我，而我知道你有坚定的自信。既然这样，我也相信不死者魔导王，不，是你相信的魔导王好了——我们就去投靠这位魔导王吧。"

"噢噢！"蓝蛆们发出了欢呼声。

"结论有了，那么王子殿下，请尽快撤离到魔导国吧。非常不巧，亚达巴沃的心腹恶魔来到了这座城市，我们本以为那家伙要在几天后才来这里的……要是被发现就麻烦了，来，快走。"

蓝蛆这个种族的大部分成员都是雌性，雄性非常少，基本上只有王和王子是雄性。万一部族中的雄性死光了——有的时候雌性也会改变性别——这个部族就会逐渐走向灭亡。

蓝蛆们有必要先让王子逃到绝对安全的地方——魔导国，因此才会这样提议。

"亚达巴沃的心腹吗？到这里来了？"

蓝蛆们的话语中有个不能漏掉的单词。

"嗯，你没有见过吗？亚达巴沃有三只心腹恶魔，来的就是其中一只。"

"那只，在这里杀掉。"

听到希姿的沉吟，被涅娅放在地上的王子扭动着身子跳了起来。

"你在说什么蠢话？既然能救出我，想必你们是相当厉害的强者，然而，即便如此你们也无法战胜那家伙。"

强者只有希姿一个。不过为了不打断王子的话，涅娅选择沉默。

"我听说那家伙会用'传送'在多座城市间移动……现在他来了，这是好机会，放过这次，就没有下一次了。"

"你说得确实没错……"

"王子！"

"冷静思考一下吧。只要杀死亚达巴沃的一个心腹，他们的指挥系统就会发生混乱，将很难发现不经丘陵前往魔导国的我们……那么，真的能杀死他吗？"

"不知道，不过机会只有这一个。"

"那就赌一赌吧。在杀死那个食人水魔的你们二人身上赌一赌！"涅娅想起，在回食品储藏库的路上，王子看到那个亚人的尸体惊讶不已。王子继续说了下去："大家听好，接下来我们要协助两位，杀死可恶的亚达巴沃的心腹！"

"是！"

"两名人类，六名蓝蛆。不久前还在敌对的八人携起手来挑战强大的敌人，这分明是未来的英雄传说嘛。"

哎？涅娅吃了一惊。为了避免出错，她数了数在场的蓝蛆，确认自己没有错后，慌忙插嘴道：

"等等，请等一下。请王子不要参加战斗，我们是来救您的。"

更重要的是，王子参加战斗能有什么用呢，怎么看他都只是一只滚在地板上的大号蛆虫。说实话，如果只是为了鼓舞蓝蛆的士气，涅娅希望他还是不要出头为好。

"对你来说，只要把我救出去就算完成任务了吗？明白了，明白了。不过嘛，只要我出一份力，要打倒来到这里的亚达巴沃心腹，应该会变得更容易些。不，如果没有我，要打倒他应该很困难，就算是对杀死了食人水魔的英雄们也一样。"

食人水魔是希姿独力杀死的，涅娅没有一点功劳，可是王子提到英雄时把她也算上了，这深深刺激了她的羞耻心。

"请问，您的意思是说诸位蓝蛆可以齐心协力帮我们战斗吗？"

王子发出了古怪的叫声。

"不是，不是的。英雄阁下，别看我这样，我可是会用第四位阶精神系魔法的。"

"第四位阶？"

涅娅大吃一惊。第四位阶魔法是人类中的天才经过不懈努力才能企及的领域。在圣王国来说，只有两位国家首脑，最高神官克拉尔特·卡斯托迪奥和圣王女卡尔卡·贝萨雷斯才会用。

涅娅想要分享她的惊愕，侧眼看了看希姿，只见她依然面无表情。真不愧是难度一百五十的恶魔，大概是觉得第四位阶魔法不值得惊讶吧。

"请，请问……只要是蓝蛆，大家都这么强大吗？"

王子再次发出古怪的叫声，像鱼一样扭着身体跳了起来。

"我是特别的。"

"是这样的，所以他才是王子。"

听出王子话中的得意劲儿，涅娅想起了自己以前上过的课。

（我学过的。一部分异种族中，王族和平民的能力差距有天壤之别，甚至会让人怀疑并非相同的种族……）

"不过我也有弱点。就是……那个，我的行动比较迟缓。"

涅娅心想：我想也是啊，从外表一看就知道了。

"如果被敌人靠近，我将毫无还手之力，只能被杀掉。所以不好意思，能不能请你们背着我？我只要看你们的信号用魔法就行了。"

"是这样啊。我明白您的意思了。不过，不用让我们背，让诸位蓝姐——诸位近卫背着您不就行了吗？"

"我们和王子不一样，擅长的是近身战斗。在这方面，你们应该是擅长远距离战斗的吧？"

"确实如此……我或者希姿小姐背王子更合适……等等，我们跑题了，要是害王子殿下在战斗中牺牲就麻烦了。"

"涅娅，带王子去是有意义的。正因如此他才会提出来。"

"哼哼哼，正是如此。两位了解那个恶魔吗，那个用首级做装饰品的枯木恶魔？"

"那一类恶魔有几种，由强到弱分别是：头饰恶魔、王冠恶魔、头冠恶魔、花冠恶魔。"希姿竖起了四根手指说，"亚达巴沃的心腹恶魔是其中之一。不过……万一它是头饰恶魔，咱们还是逃跑吧，就算是我也打不赢。"

"你知道的吗！"

涅娅吃了一惊，怒火涌上心头。行动前商量的时候，希姿分明说过对亚达巴沃的心腹恶魔并不了解。

原来是骗人的啊。

如果她是为了不让圣王国得知亚达巴沃手下的情报，那说明她本来就不在魔导王的控制之下。也就是说，希姿的存在对魔导王是否平安不起丝毫证据作用。

"让我怀着那么大的希望！原来一切都是假的啊！"

激动的涅娅握住了希姿的双肩，握得很用力。可是女仆恶魔看上去并不觉得痛，并不是因为她面无表情，她实际上确实不痛不痒。

涅娅非常不甘心，眼泪都要流出来了。她忍不住自嘲：她还以为自己和希姿开始心意相通了，简直是世界上最蠢的傻瓜。

希姿依然面无表情，不过，她的脸上还是表现出了只有涅娅能看出的细微变化。

困惑、思索，或者是——后悔。

"对不起。"

漫长的沉默之后，希姿挤了这样一句话。太简短的道歉往往会助长人的怒火，可是现在，希姿不知为什么显得十分无助，她的样子让涅娅略微冷静了一些。

希姿就像要做一件自己从未做过的事，小心翼翼地继续说了下去：

"我怕涅娅你们知道了亚达巴沃的心腹有多强，会害怕实施救援行动。可是我觉得，为了安兹大人的胜利……这次行动是必须成功的，所以我才撒了谎。"

希姿字斟句酌，费了好大劲才把这番话说完，不过同时，话语中也包含着真挚、坚定的力量。

涅娅没有看穿谎言的能力，更不要说对方是恶魔——不，就算不是恶魔，这样一位面无表情的姑娘，涅娅也不可能知道她所说的是真是假。

不过，如果希姿真的是奸细，目的是把情报交给亚达巴沃，或者从圣王国军队内部搞破坏，她至今为止的行动都很不合理。应该有更好的、更容易赢得信任的办法才对。

不管道理如何，涅娅还是愿意相信希姿的。这当然是因为她的存在就是证明魔导王平安的标志，还有另外一点：她和希姿之间说不清道不明的共鸣，对她来说已经不可或缺。

"明白了，我相信。不过，不要再小看我，只要是为了魔导王陛下，什么危险我都不怕。"

希姿明显松了口气。不管怎么想她都不可能是奸细，因为她很不适合这种工作。这样想着，笑容自然回到了涅娅的脸上。

"好了好了，可以继续说了吗？既然你知道得这么清楚，是不是也知道那家伙的能力呢？"

"这种恶魔每个个体都拥有差不多的能力，通常状态下并没有多强的战斗力。不过，问题是这种恶魔得到智慧生物……而且是魔法吟唱者的头部之后。"

据希姿说，这一类恶魔都会以魔法吟唱者的头颅作为装饰品，并使用其能力。头饰恶魔能装饰四个，王冠恶魔能装饰三个，头冠恶魔两个，花冠恶魔一个。魔法吟唱者越优秀，得到他们头颅后的恶魔就越危险。

"花冠恶魔得到的头部，不管属于多么优秀的魔法吟唱者，他们也只能使用第三位阶以下的魔法。可头饰恶魔能使用到第十位阶——"

"等等！"

"等等！"

王子和涅娅不约而同喊了起来。听到二人的声音，希姿沉默了。

涅娅和正扭动身体的王子对视了一眼。尽管无法看懂对方的表情，但双方都知道对方有和自己一样的想法。

"请。"

"嗯……那个，第十位阶是怎么回事？魔法最高的位阶不就是第五位阶吗？"

没错，涅娅也听说第五位阶是魔法的极限，因此才认为伟大的魔导王或许能用第六位阶魔法。

听到王子的提问，希姿叹了口气，摇了摇头，以无奈的语气说道：

"魔法最高到第十位阶。亚达巴沃所用的从天空召唤陨石的魔法就是第十位阶。"

"那，那还怎么战胜——哎？哎？不会吧？这么说，能和亚达巴沃平分秋色的陛下莫非……"

涅娅察觉到令人意想不到的真相时，王子也因为惊愕颤抖着。

"第十位阶？哎？不，不会吧？第十位阶……是真的吗……那么以第四位阶自豪的我到底……"

不，第四位阶已经是常人无法企及的领域，足以自豪了。能使用第四位阶魔法的魔法吟唱者屈指可数。

"希姿……我想确认一下,魔导王陛下也会用第十位阶魔法……吗?"

"当然。"

从希姿的语气听得出,她十分奇怪涅娅为什么事到如今还会问这么基本的问题。这或许还是涅娅第一次对希姿的情绪感受得如此明确。

同为魔法吟唱者的王子似乎也在强烈的冲击下浑身颤抖。

"啊?什么?我们要流亡的国家的王——魔导王竟然是这么厉害的不死者吗?第十位阶,也就是说他比我强两倍以上?"

"唉,"希姿重重叹了口气,"陛下。"

"嗯?"

"加上陛下。"

"啊,好,好的。魔导王陛下真是一位了不起的人物啊……"

冷静地想一想,希姿这是在强行要求一个种族的王子对别国国王使用敬称。不过她做的没错,涅娅不光不会提出意见,甚至还赞同她的做法。

"没错,王子殿下,魔导王陛下就是这么了不起!"

"啊,好。"

"王子,要是我们能找到这位了不起的王,卖个人情!"

"没,没错啊!好!刚才你提议的——到丘陵搜寻魔导王陛下的事,我保证会全面协助的!"

涅娅高兴得攥紧了双拳。

"非常感谢,王子殿下——那么希姿,可以继续说下去吗?"

"说安兹大人有多么了不起?"

"先说亚达巴沃的心腹吧。啊,魔导王陛下的事我也想听,等我们平安回去之后,可以跟我说说吗?"

"嗯……能装饰多个头颅的恶魔可以同时使用所有的头颅,一次发动多个魔法。不过,其中有一些限制。他们不能让同一个头颅同时发动两个魔法。另外一点,同时发动的魔法位阶数之和有限制。以头饰恶魔来说,他们一次最多能发动合计十五位阶的魔法——"

"十五位阶的魔法!魔法该不会真的有十五位阶吧?"

"那倒没有。是合计。"

似乎是听到希姿的回答松了口气,王子扭了扭身子。

看王子扭身子的方式,涅娅渐渐读得懂他的情感了。这让她觉得自己有点可怕。

"我继续说。所以,重要的是那个恶魔装饰着几个头颅。"

"两个头颅。其中一个是亚人的,另一个是你们这样的人类的。"

涅娅有种不好的预感。亚达巴沃出现时手里拿着人体的下半身,上半身去哪了呢?

"那个人类的头颅是什么样的呢,王子殿下?"

"不好意思,我很不擅长辨别异族人之间的区别。啊,另外一个头颅我认识，她是名叫潘德克斯的亚人种族的女王，人称'国母'。"

又是潘德克斯又是国母，涅娅听到了许多令人好奇的单词，不过现在还有更重要的事得先问清楚。

"我想问一下，那个人类头颅的头发是什么颜色的？"

"所谓头发，是指人类头部的体毛吧？是淡黑色的。"

"黑色？不是圣王国的人吗？"

涅娅松了口气。有一瞬间，她还以为那个头颅是圣王女的。得知自己猜错了，她才放下心来。与此同时，涅娅发现这或许解释了一个谜。

据说南方的人头发是黑色的。涅娅觉得自己或许得出了一个推论，亚达巴沃是从南方来的。

圣王国以南没有以人类为主体的国家。那些国家中人类的数量不到一半，就算人类数量多，与其他种族的混血也很严重。涅娅听说过，纯粹由人类作为王族掌握国家主导权的，只有圣王国、帝国、王国。当然，城邦联盟和教国没有王族。

或许正因为如此，以人类为主体的圣王国才没能得到有关亚达巴沃的情报吧。

"顺带一提，以头颅做装饰的恶魔，就算装备上魔法吟唱者之外的头颅，也无法发挥其能力。他们就算装备上战士的头颅也不能用，另有一类魔物会用战士头颅的力量。"

"这么说来，那个亚人的头颅……王子殿下，能不能跟我们讲讲那位国母？"

"好的。这就是我说要参战的理由。潘德克斯是一个以苔藓为食的种族，他们的长相和外观都和我们蓝蛆相似。"

就是说，也是蛆虫。

把蛆虫的头颅拿来作装饰，涅娅一瞬间恶心得浑身颤抖。

"这位国母也是精神系魔法吟唱者？"

"没错。我拥有操纵阴之五行的力量，而国母则拥有操纵阳之五行的力量。阴阳相对，能打消彼此的魔法，互相妨碍。"

"原来如此。"希姿点了点头，"如果王子同行，我们的胜算会更高。"

"嗯，你能理解真是太好了。对我来说，国母被恶魔这样使用也非常不快。她可是我的初恋啊。"

"王子！"

"难以置信！竟然倾心其他种族的雌性！"

"不要说了！不过是儿时幼稚的想法！现在早就不会了！"

乍一听像是一段青涩的佳话，可是蛆虫的初恋故事只让涅娅觉得恶心。

"那么，假设敌人是能装饰两个头颅的头冠恶魔，他合计能用多少位阶的魔法呢？"

"最高六个位阶。顺带一提，王冠恶魔能用到合计十个位阶的魔法。"

"那么我只要用第四位阶魔法，剩下就只有两个位阶了。

当然，前提是他会用魔法来抵消我的魔法，还是需要小心谨慎……"

"问题就是那个人类的头颅了。我们的情报不够，涅娅。"

"对不起，很遗憾我不认识黑色头发的人。不过真没想到，我本以为希姿小姐会问都不问直接上去就打的。"

"安兹大人说过，收集情报很重要。"

"啊啊！不愧是魔导王陛下，真是太睿智了！"

听到涅娅的这番话，希姿向她伸出了手。涅娅马上握住了希姿的手，上下晃了晃。

"你果然是个有见识的人。如果你更可爱一点，我就会给你贴贴纸了。你应该长出毛茸茸的毛皮。"

"贴纸？啊，以前不是给我贴过了吗，不用第二张了。请贴给喜欢的人吧。"

"嗯。不愿要我贴纸的人，你还是第一个。"

"哎？"

听希姿说第一个，涅娅惊叫了一声。不过她很快就想到，希姿是恶魔，大概和人类没什么来往吧。不，大家可能是因为对恶魔又怕又恨。涅娅很想吐槽，可她不能冷酷对待忠于同一位伟大国王的同胞。因此，涅娅决定苦笑一下了事。

"确实，人类和我们蓝蛆一样，没有毛皮，因此才要住在这样的房屋中。像我们这样挖洞居住其实也不错的。"

"王子，跑题了，现在我们时间不多。我们要在人类对这座城市展开攻击之前结束一切。"

"嗯。结论：王子也一起去。"

没人表示反对——不，本来就只有涅娅表示反对。

"战术方面，我们可以充当前卫。可是万一有警卫兵拦住了我们，该怎么办呢？让拥有魔法吟唱者能力的敌人舒！服！的战斗就太危险了。"

"我来近身攻击他。"

没有人问希姿能不能做到。打倒了看守王子的食人水魔的两者之一——其实完全是希姿的功劳——说出这话，没有人不信。

"好，那我们开始吧。把我们装进桶里，运到亚达巴沃的心腹恶魔附近。只要他说想吃东西，我们就有机会靠近他。"

所谓我们，是指王子、涅娅、希姿三人。只要这三人不被发现，就能做到隐秘行动。只有现在——蓝蛆的背叛还没有露馅的时候——才能这样做。

希姿和涅娅重新钻进了进城时用的桶中。

"希姿小姐，我们真是太幸运了啊。"

希姿从桶中探出头来问道：

"你指什么？"

"你想，一切都很顺利啊。因为蓝蛆的背叛，我们能来救王子，而亚达巴沃的心腹正好在这个时候来了。如果能杀掉他，那就是大功一件，不会再有人反对我们的意见，要组成救援魔导王陛下的队伍也会容易得多。"

"这是偶然。"

听到希姿罕有的强硬语气，涅娅愣住了。

"哎？啊，是，是啊，对。正因为是偶然，我才说幸运……当然，考虑到这多亏了魔导王陛下的力量，把希姿小姐变成了自己的东西，或许也不能说是偶然。"

"安兹大人……的东西……"

"啊，我是不是不该说东西？"

"没关系，涅娅。"

"哎？"

"我喜欢……就算不可爱，也可以再给你一张贴纸。"

翻来覆去地说不可爱不可爱，可是很让人伤心的。涅娅一边想，一边说"心领了"，表示拒绝后钻进了桶里。

4

搬着涅娅、希姿，还有王子所在的桶，蓝蛆们一路上几次被其他亚人叫住，不过桶一次都没有打开。他们成功来到了心腹大恶魔所在的办公室附近。

涅娅三人从桶中出来，到了外面。

在桶里的时候，涅娅就听着外面的动静，感觉警卫兵似乎没有变多。看来她们潜入尖塔救出王子的事还没有被发现。

涅娅把王子背到背上,用绳子系紧的时候,一只蓝蛆去求见心腹大恶魔了。这样做的目的是侦察。

当所有人做好冲进去的准备时,蓝蛆回来了。

"只有他自己,没有警卫兵。"

涅娅皱起了眉头。

亚达巴沃受了那么重的伤,仅有的三只心腹大恶魔却没有强化自己身边的警卫,这是怎么回事呢?莫非他们认定魔导王已死,放松了警惕吗?

涅娅思来想去,还是王子一句话说出了所有结论。

"既然如此,还正是杀掉那家伙的好机会。我们走。"

随着王子的话,所有人一齐行动起来。

一只蓝蛆打开了门,站在正面的涅娅对房间中一览无余。

这间大办公室天花板有五米高,非常宽敞,放着许多高级陈列品,是一间典型的奢华房间。

看上去沉甸甸的黑色办公桌后面,异形怪物喊了起来。

"人类?蓝——"

他似乎想说什么,不过他们不打算陪他聊天。

涅娅背上的王子马上使用了魔法。

"阴·五行·豪火球。"

一个小小的火球擦过涅娅身旁,向着房间中飞去。来时途中,涅娅听王子说过,这是第四位阶的攻击魔法,攻击力相当强大。只要命中目标,就会以火球为中心发生爆炸。他们执行的是进入房间前先发制人的战术,然而——

"阳·五行·豪火球。"

火在途中像被风吹灭一样消失了。

"果然……"

王子恨恨地沉吟道。

他没有继续攻击,刚才的一击只是试探。如果魔法有效,他本打算继续攻击,可惜没能如愿。为了节约魔力,接下来需要配合大家的攻击,看准机会使用魔法。

"人类背上的是蓝蛆王子吧?看来不像是你抓住人类带给我……哈哈哈哈,蓝蛆叛变了,有意思。"

大恶魔缓缓站起身来,他的样子就像夸张的漫画人物从噩梦中跑出来了。

首先,他没有穿衣服,长及膝盖的两条手臂、两条腿和只剩皮包着骨头的身体都赤裸着。

那枯木一样的肢体瘦得可怕,涅娅觉得就连她都能轻易折断。

枯木一样的身体上没有称得上头部的部分,一边的肩膀直线延伸过去就是另一边的肩膀。不,上面有一根非常细——比女人的手腕还要细的脖子,像树杈一样长着,上面结着两个果实。那大概就是大恶魔的头部吧。

"欸?啊——"

涅娅惊叫起来,过度的惊讶让她的第一声只说出了两个字。

希姿说过，头冠恶魔的特征是——两个头颅。

其中一个头颅是异形的，就像大型蛆虫的头颅，长得和蓝蛆王子非常相似。就和蓝蛆王子所说的一样，应该就是"国母"的头颅吧。问题是另外一个头颅。

半睁的眼睛翻着眼白，空洞的嘴半张着，那是一个人类女性的头颅。不过，尽管皮肤没有血色，却没有腐坏，甚至没有变质，可以说是金色也可以说是茶色的头发甚至还有光泽。脖子的断面上还露着血淋淋的肉，新鲜得好像随时会滴下血来。这个头颅看起来就像刚刚被摘下一般，令人觉得十分不可思议，不过正因如此，涅娅马上认出了头颅的主人是谁。

"克拉尔特·卡斯托迪奥大人……"

尽管涅娅只是远远看到过，但她不会看错的，头颅确实属于圣王国神职者中最高阶的人物。

疑惑、疑念在涅娅的脑海中打起了转。

怎么回事？蓝蛆撒谎了吗？莫非他们担心涅娅二人得知是克拉尔特后会选择逃跑？

"原来如此。原来如此。原来如此。蓝蛆们，既然你们这样做，也就是说你们的王，还有住在丘陵的同族是死是活，你们都不管喽？给你们最后的机会，抓住那两个入侵者，我还可以对你们从轻发落。"

两个头颅就像形状诡异的果实一样一动不动。露着眼白的眼球也一样，看起来真的就像装饰品。那么这声音是从哪里发出的呢？

就在涅娅心怀疑问的时候，王子开始怒斥大恶魔。

他的部下也摆出了随时可以发起进攻的姿势。

"哼！现在还有脸说这话！你们杀了我们的王，你的鬼话我们怎么会信！"

"蓝蛆王死了？是吗？"

涅娅能感到大恶魔的声音中有诧异的成分。这个恶魔没有自己的头，攻击的时候，涅娅没办法通过他的表情观察出攻击是否有效，要说麻烦也算麻烦。从这个意义上来说，蓝蛆也相当麻烦。

"我的职责是统治此地，丘陵方面的事不归我管……原来如此，蓝蛆王被杀了，既然这样，那肯定是你们的王做了蠢事。"

"你说什么！"

"哎呀。哎呀。哎呀。叛徒你们不是来聊天的吧？既然来了，应该自以为能战胜我才对吧？既然这样——你们的王牌是什么？是那个人类吗？"

恶魔伸出细长的手臂，用足有六十厘米的锐利钩爪指着涅娅。

"你以为我们会说吗！"

随着王子的怒斥声，大恶魔恢复了冷静。

"不说也罢。暗影恶魔。"

大恶魔的影子突然伸长了。

影子膨胀起来，从平面变成了立体。随后，仿佛人们印象中的恶魔被涂成了纯黑色一般的魔物现了身，而且有两只。

这大概就是大恶魔没有留亚人卫兵的原因吧。

"你们去把王子之外的蓝蛆杀死，我来抓住王子好了……人类，如果你愿意站到我这边，你双手有多少手指，我就可以把多少你重视的人，从收容所中放出来。"

大恶魔说出了希姿早就料到的提案。

涅娅一边感慨希姿料事如神，一边为了使对方大意反问道："真的吗？"

涅娅装出忐忑不安的样子向恶魔提问着。恶魔一听，声音中有了喜色。

"你在说什么！你要背叛我们吗！"

王子在涅娅背后怒斥。大恶魔的注意力完全转移到了涅娅身上。

"闭嘴。闭嘴。闭嘴。我在和她说话……我是个遵守承诺的人。告诉我你有多少人想保护和救助，要是两只手手指的数量还不够，可以再商量——"

大恶魔毫不设防，似乎忘了自己正在敌人面前，浑身都是破绽。

伏兵（希姿）没有放过这个机会。她从门的影子中冲出来，瞬间举起了魔枪。

枪口喷出了火光，大恶魔按着肩头一晃。

这是独自一人埋伏在房间外的希姿出其不意的一击,同时也拉开了战斗的序幕。

用来使敌人麻痹大意的交涉结束了,蓝蛆亲卫队向暗影恶魔们扑了过去。与此同时,希姿以吓人的速度冲进房间,像电光一样灵巧地穿过双方的前卫,靠近了大恶魔。

"什么!魔导——"

"不需要说明。"

希姿举起大号匕首砍了过去。大恶魔用钩爪将其挡开。

战斗已经开始,涅娅知道现在不是时候,不过还是把不满发泄向背后的王子。

"你还说头发是黑色,那分明是金——褐色啊!"

"褐色,什么是褐色?那分明是淡黑色吧?"

"哎?"

王子不像在撒谎。莫非蓝蛆眼中的颜色和人类不一样?

涅娅听说过,有些种族不管在什么样的黑暗中都能看清楚东西,但是不能辨别颜色,看什么东西都是黑白两色,或者是只在有光亮的地方才能识别颜色。

食品储藏库的照明应该就是为这些种族准备的,目的是让那些亚人能看清食品的颜色吧。

"有话回头再说!'阴·木行·雷爪'。"

"噴!'阳·五行·雷爪'。"

野兽爪子挠过般的痕迹,带着雷光划过空中,飞到半路便烟消云散。

据王子说，他会用降低防御力的"五行·金柔"、提高攻击力的"五行·金强"两种魔法，还会用"五行·召唤雷侯"之类的召唤魔法，不过对手或许不会打消他的这类魔法，而是有可能使用更高位阶的魔法。

为了避免这种情况，王子只使用对手不能无视的攻击魔法，而且专门用他认定敌人没有抗性的雷属性，再用上名为木行强化的技能。对方用通常的五行魔法也能防住王子的魔法，不过无法打消王子强化的部分，微小的伤害会在大恶魔身上逐渐累积。

本来的"国母"会用和王子一样的强化技能，可是她现在只是大恶魔的附属品。大恶魔不会用强化魔法的技能，在魔法威力上王子占了上风。

既然希姿在充当前卫，涅娅必须做好后卫的工作。面对如此强敌，涅娅不能只充当王子的移动炮台，她用手中的超究极流星射手瞄准目标，射出了箭。

虽然她射得非常准，可大恶魔只是一挥手，便挡开了涅娅的箭。

"不要碍事。'冲击破'。"

克拉尔特的脸——嘴动了，第二位阶的攻击魔法向着希姿飞去。看不到的冲击波打得希姿身体一颤，不过她的动作并没有受到影响，看起来应该没有受伤。真不愧是难度一百五十的恶魔。

"阴·木行·雷爪。"

"阳·五行·雷爪。"

同样的魔法再次发动，心腹大恶魔的身体蹿过了微弱的电流。

"开放性创伤。"

大恶魔使用令伤口恶化的魔法作为反击，目标当然是正受到恶魔钩爪攻击的希姿。

涅娅只能看到希姿的后背，不过她觉得希姿的灵敏度丝毫没有受到影响。

涅娅后背流下一条汗水。

同伴当中，只有涅娅能治疗，因此她同时肩负着治疗同伴的责任。自己当然好说，可是要看出同伴受到了什么程度的伤，就需要相当丰富的实战经验了。

特别是希姿这种不把感情写在脸上的同伴。涅娅很害怕她还什么都没有看出来的时候，希姿已经因伤势过重倒下了。因此，涅娅需要观察希姿和王子的动作，导致她现在忙得乱成一团，就像正在用右手做事时，左手同时做着不相干的另一件事。

不过，即使这样她也非做不可。

王子正不断使用魔法。希姿用匕首砍大恶魔的同时，也受到钩爪的攻击。大家都在完美地履行自己的职责，她怎么能说出"自己做不到"这么没出息的话呢。

"重伤治疗。"

判断希姿受到了较多伤害时，涅娅发动了魔导王借予的魔法道具，第三位阶治疗魔法飞向希姿。

"原来如此！"

直觉告诉涅娅，没有脸的大恶魔看向了她。

大恶魔的台词应该是在表示，他明白了必须最先杀死的治疗职业者是谁了。实际上，他在使王子的魔法无效化的同时，用剩余的位阶数向涅娅发出了攻击魔法。

"冲击破。"

一股看不到的冲击打中了涅娅，她觉得就像战锤狠狠砸在了身上。

身体听到了不祥的声音，令她想要满地打滚的疼痛蹿遍全身。这一下比食人水魔的魔法攻击要痛得多，简直不敢相信希姿挨了这样一下还能像什么都有没发生过一样。这猛烈的一击让涅娅理解了，为什么人们把克拉尔特·卡斯托迪奥称为天才。

"呜呜呜呜！"

涅娅咬紧牙关，可还是没有拦住不成声的惨叫从牙缝中钻出来。

"你没事吧？！"

"我、我没事！"

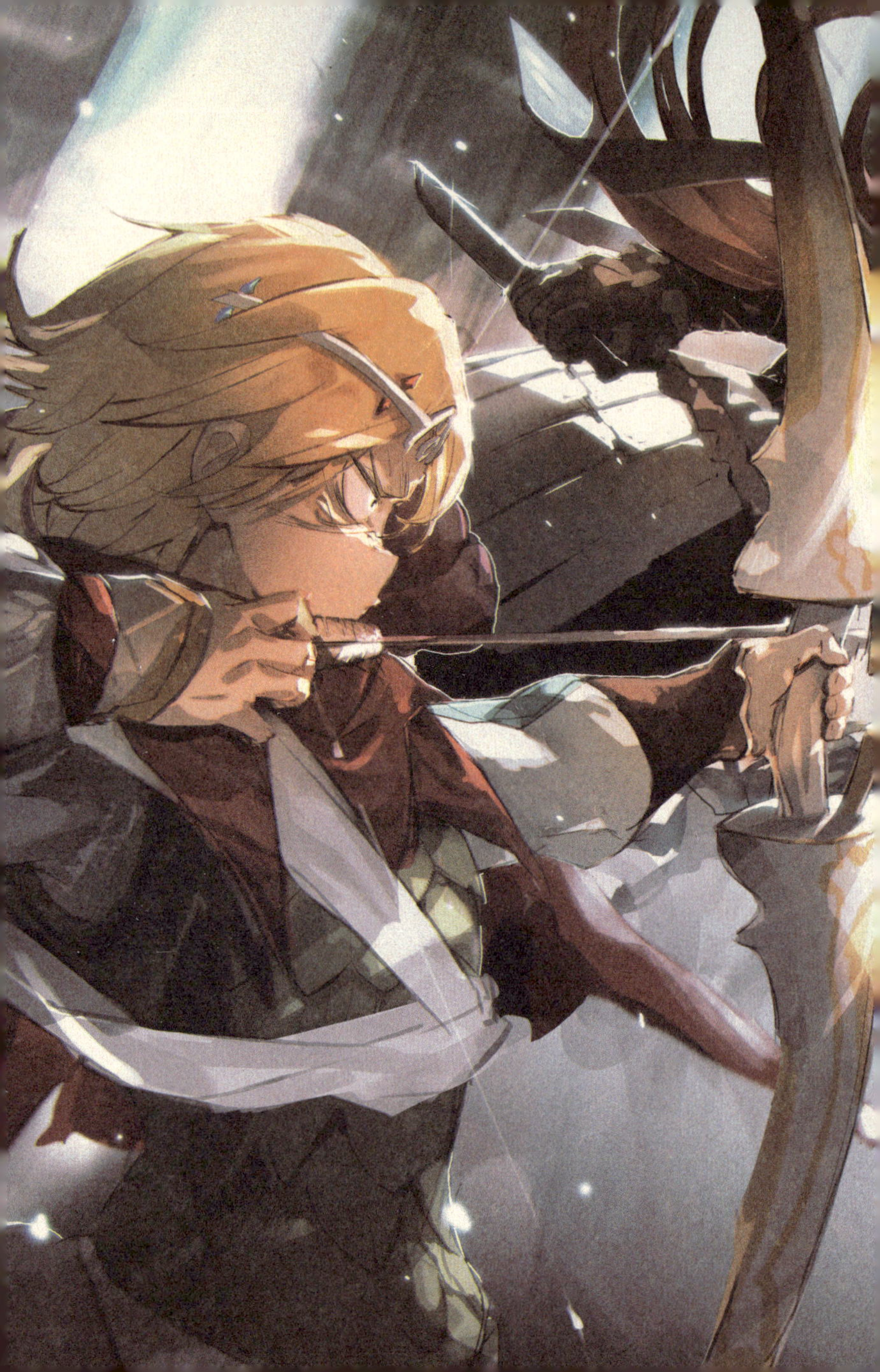

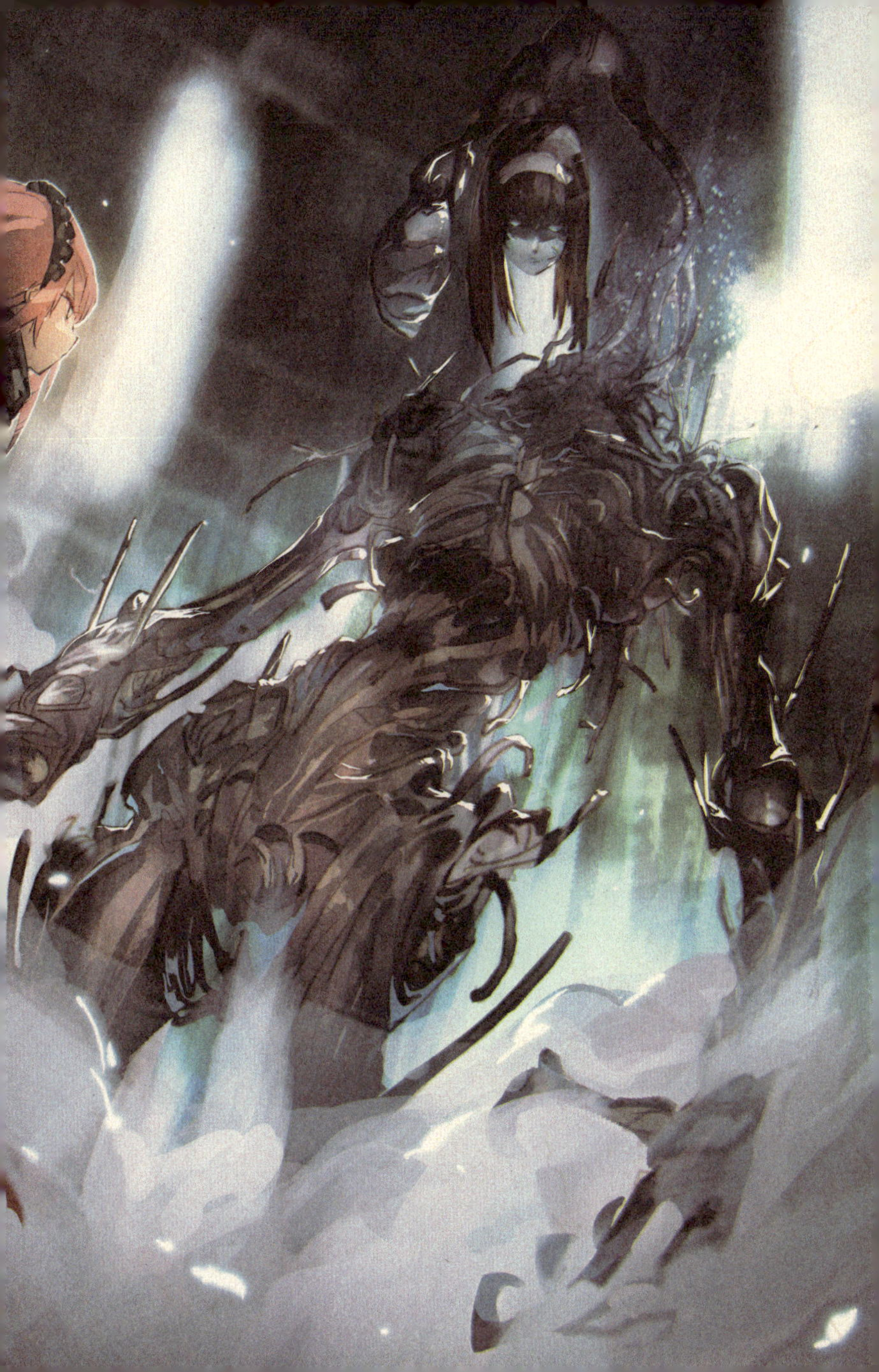

涅娅对显得很担心的王子回答道。

"下一次连同蓝蛆一起——"

"不行！我会保护涅娅。"

希姿展开双手，把涅娅护在了身后。

大恶魔很高，而希姿个子很小，就算她拦在前面，在大恶魔看来也没有挡住涅娅。不过，她的这份心意令涅娅十分高兴。

"什么？啊啊！"

大恶魔发出了惊叫声，大概是希姿的行动对他造成了某种影响吧。

（莫非是用了什么技能，或者魔法？）

尽管不知道希姿做了什么，涅娅觉得大恶魔的杀意减弱了。当然，这估计是错觉吧，恶魔在战斗中怎么可能减弱敌意呢。

涅娅觉得自己还能再承受一次相同威力的魔法。不，应该说她希望自己能承受住。

在与食人水魔的战斗中消耗的魔力尽管已经恢复了，可她不知道自己要用多少次"重伤治疗"，有必要尽可能节约魔力。不过，如果真的不到最危急的关头不用，说不定会因为一点意外的失误导致伤害超过临界点。要把握好时机太难了。

"而她的武器，是安兹大人借予的弓！"

希姿用对她来说非常大的声音说道，大概是为了炫耀魔导王才说这话吧。涅娅很想提醒她现在是在战斗中，可是希姿是在场者中最强的，看起来也已十分习惯战斗，既然她这样说，一定是有什么意义的。

"什么！那个魔导王吗？"

亚达巴沃的心腹恶魔惊讶地大声喊道。亚达巴沃大概告诉过他的心腹，魔导王是必须小心的敌人。真不愧是魔导王。

"没错！这是以卢恩技术制作的弓！"

听到这话，涅娅一惊，发出了警告：

"希姿！不要把我们的情报告诉敌人！"

"什么！难道这弓是用失传的技术制造的武器吗？如果是这种武器，说不定能杀死我啊！"

涅娅感到很奇怪，为什么这家伙的语气就像在特意说明呢？不过她马上觉得自己十分可耻：现在她正在与绝对的强者进行你死我活的战斗，像她这样的弱者没有资格想那些事。

"居然是卢恩技术！真是太惊人了！"

亚达巴沃的心腹恶魔继续说着听起来似乎十分畏惧超究极流星射手的话语。说不定他的目的是分散涅娅的注意力。而实际上——

"卢恩？"

王子惊讶的声音从背后传来，正因如此，涅娅说道：

"不是的！不是卢恩武器！"

涅娅喊过之后，她觉得希姿和心腹恶魔好像一瞬间愣住了。这一定是故事中经常提到的，两个实力相当的人形成对峙时，彼此都无法动弹的场面。

"卢恩……"

"不是！"

听到涅娅坚决的否定,亚达巴沃的心腹恶魔"嗯"的沉吟了一声。

"是吗……啊啊,那么……'盲目化'。"

涅娅的视野突然被染黑了。大恶魔大概是想通过这招让治疗者无法发挥作用吧。

涅娅借自魔导王的魔法道具只能让她能使用"重伤治疗",并不能使用解除盲目状态的魔法。如果现场有神官之类的信仰系魔法吟唱者,解除盲目状态易如反掌。遗憾的是这里并没有信仰系魔法吟唱者。

涅娅不知道,这种魔法造成的黑暗会持续多久,要为希姿治疗的时候,只能靠近到可以接触到她的距离。

"我的眼睛看不到东西了！"向队友说明自己的状态十分重要。"希姿！你要是受了伤就告诉我！"

"嗯。"

"抱歉！我也没有解除盲目状态的魔法。"

"没关系！"

涅娅一边回答背后的道歉声,一边拉开了弓。大恶魔的身体那么高,她应该能凭记忆射击。这也是多亏了与食人水魔的一战,她现在多少有了些与高大敌人战斗的经验。弓弦发出乓的一声。

"哇啊啊啊啊!"

亚达巴沃的心腹恶魔发出充满痛苦的惨叫声。

"成功了!这家伙想躲,反而让箭射中了要害!"

听到王子的解说,涅娅一边庆幸自己的幸运,一边感谢着魔导王。

"一鼓作气结束战斗——"

"好!"

"嗯!"

蓝蛆近卫与暗影恶魔就在周围战斗,嘈杂的战斗声让涅娅听不清楚。她集中全部精神,仔细听着希姿负伤的程度及那个心腹恶魔的位置,不停重复着攻击。

心腹恶魔或许是受伤之后察觉到,不先杀死希姿就会输,于是把所有攻击集中到了希姿身上。为了尽快让希姿失去战斗能力,大恶魔不断向希姿使用涅娅所中的"盲目化"之类的魔法,可是这些魔法几乎全被希姿抵抗掉,没有发挥作用。

随后就是兵败如山倒了。

王子的魔力快要耗尽的时候,涅娅他们已经理所当然般取得了胜利。王子欢喜的叫声相当烦人。

与暗影恶魔战斗的蓝蛆尽管有所牺牲,但最终也取得了胜利。

只是——涅娅中的魔法还没有解除,她的视野依然一片漆黑。不过"盲目化"应该不是让人永久失明的魔法,用不了多久就会失效才对。效果时间这么长，应该只是克拉尔特·卡斯托迪奥的强大魔力所致。

尽管眼睛看不见，但涅娅凭气息和声音察觉到蓝蛆们聚到了她身旁。

"王子！您没事就好。"

"是的……你们要郑重地吃掉国母阁下的遗体。"

居然要吃吗？涅娅在心中吐槽道。

王子说了是郑重的，想必这是他们吊唁亡者的方式吧。

"涅娅，那颗人类头颅要怎么处理，你们要吃掉吗？"

"不，不了。我们人类不会这样埋葬死者。我们会郑重地带回去的。"

"是吗……人类的葬礼真是神秘啊。不，想必你们对我们也有同样的想法，这就是文化差异。不过话说回来，真是怎么谢你们都不够，如果只有我们蓝蛆，绝对——"

"等等。现在还不是聊天的时候，我们走。"

远处传来了喧嚣声，大概是向卡林夏进军的军队被亚人联军发现了；也可能是听到了刚才战斗的声音，有亚人士兵向着大恶魔的办公室赶来。不管是什么，他们都没时间在这里磨蹭。

"是啊，希姿小姐。那么王子殿下，请按照约定，协助圣王国大军攻占卡林夏。"

"嗯。我明白。你们几个！"

"是！我们马上开始行动。能请王子和几位人类到桶里去吗？我们要把诸位搬到城外去。"

涅娅依然看不见东西，不过她感觉到身旁的希姿似乎有点犹豫。她很理解，希姿一定不想再进那个肉桶了，她也有同样的心情。

"我也会帮忙的。"

"是的，盲目状态恢复后，我也会帮忙的。"

涅娅背上的王子像刚捞上来的鱼一样胡乱扭动着，他是因为高兴在颤抖吧。居然连这都能感觉出来，涅娅觉得一点都不想要这样的适应能力。

"既然战友要去，那么我也去。当然，我的魔力已经消耗殆尽，用不了多厉害的魔法，就用强化你们的魔法吧。"

"王子！"

"不要吵，难道你们要让我做送战友上战场，自己却躲在桶里的雄性吗？！"

"不要再说了。走。"

希姿催促着，似乎想尽早从肉桶中脱身。

"那么，我们就把诸位搬到众多同卵聚集的地方去吧，请进桶里。"

7章 救国英雄

第七章 救国英雄

1

卡林夏的解放战役轻松得出人意料。

有蓝蛆做内应,亚达巴沃的心腹恶魔被杀,亚人方面的兵力相对于城市的规模显得太少,这些因素都有。当然,双方都有不少牺牲者,然而夺回了这么大的城市,圣王国军队的损失却少得令人难以置信。

其中一条重要的因素,就是背着超究极流星射手冲锋在前的涅娅。

希姿转而进行幕后辅助,装备着光辉神弓的涅娅有着鼓舞民众的领袖魅力。

而现在,涅娅正站在台上,对广场上的群众热情演讲。

世界上没有比魔导王更伟大的王。

解放卡林夏之后,涅娅做的第一件事,就是请求人们对魔导王的搜寻提供帮助。

尽管在蓝蛆的协助下,涅娅他们从俘虏的亚人那里得到了亚伯利恩丘陵的情报,但是物资、情报、经验,他们欠缺的东西还很多。

如果有许多次机会倒还好说,可是想要不止一次地向敌人的领地派出搜寻和救援队恐怕很难。也就是说，搜寻救援行动必须一次成功，既然如此，不管怎么准备都不算多余。因此，解放卡林夏后，涅娅趁着有许多国民获救的时机，寻找拥有各种能力的人。

不过，就算涅娅提出请求，人们也不会马上同意帮忙。尽管夺回了卡林夏，王国依然有许多城市在敌人手中，还有许多人遭到囚禁，许多人的家人还不知道被关在什么地方。为了打动这些人的心，涅娅努力阐述着救援魔导王的好处。

不过，随着愿意帮忙的人越来越多，涅娅演说的内容也逐渐发生了变化。

以前来听涅娅演说的，都是受到魔导王救助的人。他们饱尝痛苦，为了缓和心伤，需要一个强大的偶像作为精神依托。

从理解魔导王的伟大这一点上讲，他们称得上涅娅的同胞。

涅娅讲述魔导王的伟大时，自然是越说越起劲。

不过现在，受到魔导王救助的人把熟人都带来了，参加者中没有见过魔导王的人越来越多。一传十十传百，现在来的听众中，许多都与魔导王毫无干系。

面对眼前的听众，戴着遮光镜的涅娅口若悬河般，讲述着单枪匹马夺回城市、勇战亚达巴沃等魔导王的伟大事迹。

几周之前，涅娅在众人面前说话还会畏畏缩缩。看到那么多双眼睛，她有很多次都紧张得不知道说什么才好，脑子一片空白。不过，在人前说话的次数多起来后，她发现不用多想，只要把她看到的魔导王的英姿原原本本说出来就行。涅娅变得雄辩起来。

没错，人们甚至称她为无面传道师。

正因为如此——

"综上所述，魔导王陛下是一位无与伦比的伟大王者！除了魔导王陛下，还有其他人会如此心系民众吗？我明白大家想说什么！卡尔卡·贝萨雷斯圣王女陛下也非常伟大，然而——大家听说过有哪位国王，为了救助别国国民两肋插刀吗？你听说过吗？"

涅娅指着面前的一位听众。

"你听说过吗，得知别国国民深陷水深火热之中，单枪匹马赶往救援的国王？！"

"我？啊，没有，那个，没听……说过。"

在无数眼睛的注视下，涅娅所指的男子声音越来越小。

"回答得好！你说得没错！"

随着涅娅的赞赏，站在台上左右两侧，与涅娅有同样信念的人们一齐向男子鼓起掌来。

男子显得很难为情。

"我们去调查过了，看是不是真的有其他这样的王。然而，我们没有找到！找遍史书也没有这样的王！只有魔导王陛下一位！"

这是事实，有率军赶往邻国救援的王，而单骑赶往救援的王确实没有。

"一国之君不顾自己的危险，救援别国平民。我们没有找到这样的王！只有魔导王陛下一位！"缓了一拍之后，涅娅又重复了一次，"只有魔导王陛下一位！只有这样的王，才称得上正义之王！"

"能相信他吗？！他不是不死者吗？！"

听到听众中传出质疑的声音，涅娅也能面带和善的微笑回答。毕竟她一开始也和这位听众有相同的想法，也就是说，他就是以前的她，仅仅是不了解、知识不足。

正如她后来睁开了自己的眼睛一般，她希望能帮他——不，帮助与他有相同想法的所有人都睁开眼睛。怀着这样的心情，涅娅向听众们讲述起来。

"没错！陛下是不死者！大家感到不安是理所当然的！不死者确实是可怕的怪物，我丝毫不打算说不死者都是好的。大部分不死者都是邪恶的、憎恶生者的，这没有错。"

从现场的气氛中，涅娅知道所有人都在认真地听她讲述。她开始说结论了。

"然而！不管什么事都有例外。就像寒冷的冬季也会有温暖的一天；就像枯萎的枝条也会抽出新芽；就像漆黑的夜空中，会毫无预兆地闪过一颗光辉灿烂的流星。陛下是——愿意帮助生者的不死者！想必有人听受到魔导王陛下救助的人说过，说不定诸位中就有魔导王陛下亲手救出的幸运儿。听听他们是怎么说的，你们会发现我并不是在撒谎。"

确认听众中没有反驳的声音，涅娅用沉重、阴郁的语气说了起来：

"这次，坚固的要塞线被击碎，亚人蜂拥而入。悲剧仅此一次吗？大家认为，悲剧不会重演了吗？"

听众的沉默就是最雄辩的答案。

大家都希望这是最后一次，然而没有人认为这会是最后一次。

"我非常理解大家的不安。在我们这一代乃至下一代，或许不会再有悲剧发生。因为我们亲身经历过悲剧，不会再放松警惕……然而！"

涅娅加重了语气。

"到了儿子的儿子、孙子的孙子那一代——我们不可能确信悲剧不会重演！发生过一次的事，谁能断言不会再发生呢？！因此我们必须做好准备，不能让要塞线再次被突破。"

没错，你说得对——听众发出了附和的声音。

"——许多人都赞成我的意见，可是到了儿子的儿子、孙子的孙子那一代，到了只能从故事中听到这次悲剧的时代，人们还会保持同样的军事力量吗？你们觉得他们会把两倍、三倍于今天的兵力驻扎在要塞线上吗？"

只有震慑作用的军事力量不会有明确的功绩，却会给国库带来军费压力。

"我想,诸位中一定有受到征兵:去要塞驻扎的战士。各位,请大家想一想,每天都要消耗三倍于各位所知的粮食,大家不觉得这对于国库来说是项很大的开销吗?到了悲剧已经成为故事的年代,那时的王室还会维持这样的开销吗?"

涅娅等听众脸上有了理解的神色后,说出了结论。

"——因此,我们需要魔导王陛下的庇护!"

"为什么!为什么要让不死者庇护!"

刚才提问的男子又喊了起来。

这名男子一直在反驳。其实有这样一个人,涅娅讲起来反而轻松。最难受的就是听众没有丝毫反应,那会让她觉得心里很没底,她会不知道人们有没有听清楚,是不是理解了。

涅娅的协助者们曾经提出,说应该事先在听众中间安插几个这样的人,不过涅娅拒绝了,没有这么做。

"正因为陛下是不死者。魔导王陛下十分强大,最重要的是他不会死。他能活到——存在到我们儿子的儿子、孙子的孙子生活的时代。"

"可,可是,我听说魔导王战败死掉了。"

"你听到的传闻同时存在真相和谎言。前者很遗憾是真的,魔导王陛下为了救助弱小的我们使用了许多魔法,消耗了大量魔力,结果输给了亚达巴沃;后者是谎言,魔导王陛下没有死,希姿的存在证明了这一点。"

就在这时,夺还卡林夏的另一位中心人物希姿,不失时机地从舞台侧面登场了。

听众发出了赞叹之声,要不然就是在用崇拜的语调说着:"希姿大人。"

"嗯。"

希姿挺起了胸。

"她曾经是亚达巴沃手下的女仆恶魔之一。不过,在夺回卡林夏的战斗中,她站到了我们一边,因为魔导王陛下从亚达巴沃手中夺取了她的控制权。"

许多民众都看到了希姿在卡林夏夺还战中不断猎杀亚人的样子。称她为希姿大人的听众,大概是她亲手救下的人吧。

希姿的人气很高。尽管人们知道她曾是亚达巴沃的部下,还是受到她美丽的容貌及几分稚气的吸引。也就是说,人们没法对她心怀敌意。

涅娅问过希姿:"魔导王之所以控制你,莫非还有这方面的考虑?"希姿当时的回答是:"很有可能。"

"魔导王陛下用魔法控制了希姿。只要魔导王还在世,魔法的控制就有效。也就是说,她的存在就是魔导王在世的证据!"

台下顿时议论纷纷。涅娅抬起双手,示意听众安静。她的话还没有说完。

"大家应该是在想陛下为什么不现身吧?这一点我也不清楚。只是,仁慈的魔导王陛下不可能抛弃我们!一定是发生了什么事,导致陛下不能马上返回我们身边!我不清楚这是出于陛下的深谋远虑，还是陛下因为状况危险迫不得已，正因如此！"

在鸦雀无声的会场，涅娅的声音显得十分响亮。

"正因如此，我才需要大家的帮助！向我们提供前去寻找魔导王陛下的帮助。就算我们舍生忘死走遍亚人控制的丘陵地带，找到了魔导王陛下，我们圣王国也不算是报了魔导王陛下的大恩大德。因为我刚才已经说过了，魔导王陛下是来与亚达巴沃作战的，却被我们的弱小所累，与亚达巴沃之外的亚人战斗，消耗了力量导致战败！"

涅娅继续提高嗓门。

"即使如此——同胞们！我们也应该向赶来救援的陛下报恩！单枪匹马赶来解救我们的陛下面临险境——却只因为他是不死者而袖手旁观，我不想成为这样的人。同意我的主张，愿意尽可能向魔导王陛下报恩的同胞们，我对大家有一个请求！"涅娅说到这里一顿，深吸了一口气后大声说道，"我正在寻找愿意和我一起去帮助魔导王陛下的同胞！不一定要踏足丘陵地带！技术也好，知识也好，我们需要一切帮助！请帮帮我们吧！请助我们一臂之力！"

涅娅向台下鞠躬，旁边的希姿也轻轻鞠了一小躬。

噢噢——听众中传出了欢呼声。

涅娅抬起头后，这样说道：

"肯定有许多同胞听过我的话后依然不相信。不过，能请大家问一问夺还卡林夏之前就在解放军中的同胞吗?我想这样大家一定会相信,我所说的并不是假话。"

●

回到自己的房间之后,涅娅瘫在了椅子上。

"辛苦您了,巴拉哈大人。"

迎接涅娅的是一位看起来很温顺的阴郁女子。

她二十来岁,拥有会令男性目不转睛的丰满胸部和一头短发。据说她本来有一头长发,可是在俘虏收容所中被亚人剪掉了。

她就是涅娅设立的支援团体的一员。协助者们要求给团体取个名字,于是涅娅把这个团体叫作魔导王救援部队。

涅娅突然变得忙碌起来,女子的工作内容就是照顾她的生活。

从认识到现在刚半个月,她已经成了涅娅生活中不可或缺的一部分。因为她的工作——打扫、洗涮、烹饪,都表现得完美无缺。

"非,非常感谢。"

涅娅接过女子递过来的湿毛巾擦了擦脸。凉凉的毛巾擦在热烘烘的脸上,涅娅感到非常舒服。

"呼。"涅娅像大叔一样喘了口气,把毛巾放到桌子上,视线投向马上拿起毛巾的女子。

"那个,我以前也说过,请不要称呼我为大人。我不是什么大人。"

"您在说什么啊。在圣王国中，您就是魔导王陛下的代言人，不以大人来称呼魔导王陛下的先锋那才失礼呢。"

听到年纪比自己大的女子这样说，涅娅有些不知所措。

不习惯作威作福人，有这种烦恼也不奇怪。

再说，涅娅并不是魔导王的代言人，或者说她不知道怎么就成了魔导王的代言人。

正躺在长椅上呆呆看着她的希姿，倒是更适合做魔导王的代言人。

再说，魔导王的伟大只要客观地看，谁都能看得出。涅娅觉得自己不过是在阐述事实，哪里称得上什么代言人。而且，她也不是在为组织表达见解和主张。

第一个行动起来的确实是她，不过她没有想到会发展到这一步。

"那么我先告辞了。还有一件事，贝特兰德·莫罗氏说希望见您。"

"明白了。能请您叫他进来吗？今天辛苦您了。"

负责照顾涅娅的女子行了个礼，离开了房间，一名男子则走进了房间。照顾涅娅的女子对这名男子似乎有些忌讳和恐惧，同处一室就会感到不舒服。因此女子出去后，男子才进来。

"巴拉哈大人，抱歉打扰您休息。能占用您一点时间吗？"

贝特兰德·莫罗。

他是一名身材健硕、四十五六岁的男子,已经明显谢顶了。

据说莫罗家族代代在还算显赫的贵族家担任管家,他自己也有过管家的工作经历。为了让他发挥特长,涅娅请他在支援团体中担任秘书一职。

刚刚成立组织就遇到了他这样一位人物,涅娅是幸运的。如果不是认识了他,想必涅娅已经早生白发了。

"没关系,请说吧,有什么事吗?"

"是的,回禀巴拉哈大人,有一事要向大人报告。现在,支援团体的成员已经超过了三万人。"

"啊,真是好厉害啊!居然有这么多人理解了魔导王陛下的伟大!不,这也是理所当然的!魔导王陛下确实伟大!"

希姿也不住点着头。

这样一来,支援团体的人数甚至超过了一个小城市的人口。圣王国北部约有三百五十万人,也就是说其中大概百分之一加入了魔导王救援部队。

"团体成员提出要求说,想要隶属于魔导王救援部队的标志。"

"原来……如此……这或许……也有道理。"

"是的。把能证明自己从属的东西戴在身上,能给人安心感和一体感。"

嗯嗯,涅娅点着头。从属——如果身上能戴个与魔导王有关联的东西,谁都会高兴的,涅娅也想要。

"既然这样,请您以最妥善的形式去办吧。只是,不要因为捐助金额不同而差别对待。"

"非……方……丝……部。"

涅娅听到了就连她敏锐的听力都不能完全分辨清楚的小声沉吟。

"希姿前辈,你说什么了吗?"

涅娅向希姿问道。

"没什么。"

"是吗?不过,关于魔导王陛下,如果我有什么说得不对,请告诉我。"

涅娅重新把视线转向贝特兰德。最近有许多人在她的注视下也能镇定自若,这是一件很令她高兴的事。

"好了,这件事就继续推进吧。那么……可以跟我讲一讲接下来的安排吗?"

"好的,巴拉哈大人。两个小时后,部队成员的集会'心怀对魔导王陛下的感谢'将举行。您要参加这次集会,向成员讲述魔导王陛下的丰功伟绩。"

"明白了。"

涅娅觉得满心期待。她发现魔导王即正义,感到与她产生共鸣的支援者是她的同伴,令她有种亲近感。她最喜欢和同道中人共谈其欢。

"还有一些成员希望您能检查他们的训练成果。不过您现在诸务缠身，要不要推掉？"

现在，支援团体成立了支援者亲卫队，正在进行严格的训练。涅娅有空就会去参加，希姿也很给面子，时常参加。

涅娅明白，自己的弱小拖了魔导王的后腿，在她看来，努力变强是理所当然的。如果涅娅到场能鼓舞队员的士气，让他们更加努力地投入训练，她认为自己绝对应该参加。

"不，那边我也要参加。"

"大家一定会很高兴的……我要报告的就是这些。在支援者集会之前——考虑到准备的时间，请您好好休息大概一小时吧。"

低头行礼之后，贝特兰德离开了房间。目送他离开之后，涅娅从椅子上站起来，走到躺在长椅上的希姿旁边。随后，涅娅也躺了下来，压到希姿身上抱住了她。

"乖乖。"

身高比涅娅还矮的希姿，像母亲抚摸孩子一样，抚摸着涅娅的后背。

"到什么时候我们才能去找魔导王陛下啊？从那时候到现在已经过去一个月了……"

前往圣王国东部寻找魔导王的搜索队无功而返。不能说绝对没有遗漏的可能，但魔导王想必是落到了亚人盘踞的亚伯利恩丘陵。正因如此，魔导王救援部队才需要充分的准备时间，然而他们准备用的时间也太长了。

背叛亚达巴沃的三千蓝蛆中，有两千八百与王子一起前往了魔导国，剩下的二百蓝蛆前往丘陵，去帮救援部队搜寻情报了。而现在，涅娅还没有得到她们的报告。

　　"只能成功，不能失败。"

　　"这我明白！可是，可是……"

　　涅娅更紧地抱住了希姿，贴在她的身上。希姿身上有红茶一样的气味，涅娅用力吸着。

　　只有希姿的存在能缓和涅娅的不安。

　　因为她的存在证明魔导王还活着。

　　"不要紧，安兹大人宽宏大量。"

　　"对，你说的没错，希姿前辈。"

　　"因此你要继续增加支援者，制定出绝对不会失败的搜寻计划。"

　　"对，你说得没错，希姿前辈。"

　　"这样做才能让安兹大人高兴。"

　　"对，你说得没错，希姿前辈。"

　　"涅娅，我很喜欢。看习惯了就会觉得你的脸很有味道。"

　　"味道……这么说来，希姿前辈平时也不出门，一定很无聊吧？下次我们两人一起到什么地方去走走吧？"

　　因为仿佛洋娃娃一样的超群美貌，希姿十分引人注目，可是一旦知道她其实是女仆恶魔，人们目光中的欣赏就会变成恐惧和警惕。许多人都会妄想："这家伙的目的是我的灵魂吗？"

尽管有恶魔化身美女，与人类男子签订契约夺取其灵魂的传说，不过涅娅认为就算是真的，恶魔也不会谁的灵魂都要。

更不要说她是宽厚仁慈的魔导王的部下，难度一百五十的女仆恶魔，怎么可能大费周章通过魅惑来夺取普通老百姓的灵魂。

尽管明白，涅娅还是想减少麻烦。如果魔导王的部下希姿遭人加害，涅娅身为魔导王的侍从没法交代。当然，她很清楚没人能伤害得了那么强大的希姿。

因此，大部分时间，涅娅都请希姿留在房间里。不过如今，组织的人数越来越多，只要选择支持者聚集的区域，应该不会发生意外。

"主意不错。去练习一下。"

"那好，我来准备一下。希姿前辈的女仆装过于显眼了……能换上普通的衣服吗？"

"博士……咳，可以，借给我一套吧，怎样搭配你来决定。"

"对不起，没人和我一起出门逛街，我也对衣服不感兴趣，我没有选择服装搭配的自信……"

希姿温柔地拍了拍涅娅的肩膀。她的脸上乍一看没有表情，在涅娅看来却有慈母般的温柔。随后，希姿竖起一根拇指，指向了自己。

"交给我吧。"

"真的吗？"

这之后，涅娅才知道希姿对穿衣搭配竟然很有一套。

●

夺回卡林夏之后，加斯蓬德的工作量剧增。因为救出的人越来越多，他必须具体着手建立组织了。而且现在情报量也远超以前，考虑到确认和分配，会占用他相当多的时间。

忙碌的加斯蓬德身边只有一位圣骑士担任护卫。

尽管有些疏于防备，不过让能读会写还能计算，有资格主持祭祀活动，还有出色维持治安能力的圣骑士担当单纯的警卫，加斯蓬德认为大材小用了。从这层意义上来讲，让雷梅迪奥斯做他的护卫是最合适的。然而考虑到她的精神状态，加斯蓬德还是安排她去和其他几名圣骑士专心训练了。

那两人带回克拉尔特·卡斯托迪奥的头颅时，她的狂乱招致了一场令人担心会有人丧命的骚动。尽管雷梅迪奥斯现在已经冷静多了，人们对待她依然像抚摸肿瘤一般小心谨慎。

说实话，如果只有他一人，绝对无法胜任这样的工作。加斯蓬德感谢为他指点迷津的大人，心怀更强烈的敬意，埋头工作，奋笔疾书。

尽管现在的工作也是在为将来作练习，加斯蓬德还是觉得很麻烦。他把牢骚藏到心里，只听旁边的圣骑士不知道是看不出他另有心事，还是因为耐不住性子地问道：

"加斯蓬德王兄殿下，涅娅·巴拉哈的事就听之任之吗？"

听出了话中的意思，加斯蓬德从文件堆中抬起头来，露出了疲惫的笑容。

"没办法，任她去吧。还有，只叫我殿下就行了。"

"非常感谢。可是，您说的没办法是指？"

圣骑士似乎还是不明白。加斯蓬德再次抬起头，目光与他的视线交汇。

"如果我们向她施压，制止她的行动，你觉得结果会如何？"

"我觉得不会发生什么。殿下，她的所作所为会导致国家分裂。"

"原来如此。那么她的传教——我不知道该不该这样说——你有没有听过呢……看起来你似乎没听过啊，那你应该读过有关她传教内容的报告。我先问你第一个问题……她的话中有谎言吗？"

看圣骑士开始在记忆中搜寻，加斯蓬德说出了答案：

"她没有说谎……她要是说谎就好办了。只要是有点脑子的人就会去找人打听，稍微一问，她所说的几乎所有内容都会得到肯定。魔导王解放了他们，是单枪匹马夺回城市的英雄。"

加斯蓬德拿起桌上的杯子喝了口水，润了润喉咙，继续说了下去。

"而涅娅·巴拉哈是在卡林夏解放之战中功勋卓著的英雄，对此广为宣传的是我们。我们还介绍了女仆恶魔——魔导王的部下。为了不让魔导王的名声越来越大，我们对涅娅·巴拉哈的赞赏有些过头了，而她穿的那一身装备也确实有英雄风范。"

她背着魔导王借予的神弓，身穿豪王曾穿在身上的铠甲，那身姿只能说是英雄豪杰。

"我们再回到刚才的问题。如果对她施压，世人会怎么看我们？他们会不会这样想呢：圣王家小心眼，想要堵住英雄的嘴。"

"怎么会这样……"

圣骑士沉吟着想要否定，可他的表情比语言更雄辩：他也想通了，确实是这样。

"蒸蒸日上的英雄和正走下坡路的圣王家，民众会相信谁呢——"

"殿下，请不要这样说。"

"抱歉啊……不仅如此，要是妨碍她传教，魔导王的女仆会怎么做呢？"

"呜。"

圣骑士皱起了眉头，加斯蓬德也露出了苦楚的表情。

"呵呵。身处那名女仆恶魔的保护之下，也就是说涅娅·巴拉哈拥有这座城市中最强的武力。想正面以武力压制她简直危险至极，因此只能任她去。你的担心我明白，可是我们没有更好的办法。"

咚咚。有人敲响了房门。一名军士走了进来。

"王兄殿下，副团长阁下来了，想要见您。"

"快请他进来吧。"

或许是听到了加斯蓬德的声音，等在门外的古斯塔沃马上走进了门。有些粗重的喘息声，证明他是急匆匆赶来的。

"失礼，加斯蓬德王兄殿下！"

古斯塔沃的工作比加斯蓬德的还要纷繁复杂，因此他本人很少直接来见加斯蓬德。加斯蓬德一看到他，就知道准没好事。古斯塔沃一定是把他没法自作主张的麻烦事带来了。

"每次我都说，不用那么客气。再说只有我们几人，不用行那么大的礼。好了，看你急成这样，应该是有要紧事吧？"

"是！哨兵发现举着南方贵族纹章旗帜的五万大军，正在向卡林夏进发！"

"原来如此……莫非是南方军击溃了亚达巴沃的亚人军吗？总而言之先做战斗准备吧，就说我们是担心亚达巴沃操纵了南方军，为了以防万一进行战斗准备。"

"是！"

"除非对方先动手，否则绝对不要攻击。如果他们想要谈，就带他们来这里。还有——"加斯蓬德转向了圣骑士，"你负责为迎接来宾做准备。如果我没有猜错，我们应该要接待几位高阶贵族，请你准备好他们喜欢的酒宴。"

两人回答"是"之后，走出了房间。目送他们的背影消失在门外，加斯蓬德沉吟道："好了……到时候了吧？"

"不过话说回来,真是辛苦几位突破艰难险阻赶来,博迪波侯爵、科恩伯爵、多明哥斯伯爵、格拉内罗伯爵、兰达卢塞伯爵、桑茨子爵。"

"哎呀,王兄殿下平安无事我们就放心了!"

"是啊!是啊!我们真是担心死了啊!殿下!"

干杯之后,南方贵族的喉咙被美酒浸润,他们开始和加斯蓬德互祝平安,满脸堆笑不停寒暄着。

贵族们说着自己的近况,抱怨自己有多辛苦,加斯蓬德基本上只当听众。因为这只是他们在显摆自己出了多大的力——对圣王国有多么忠义。

科恩伯爵不住嘴地说了一大堆话,突然像想到了什么似的问道:

"咦,王兄殿下您给人的感觉好像有点不同了啊?"

"是啊,这也是理所当然。您可知道亚达巴沃在北方的所作所为?经过那些事,我的内心发生了不小的变化。不仅如此,大家看不到的地方,变化应该更大……您不觉得我这里瘦了吗?"

加斯蓬德指着自己的肚子,发出爽朗的笑声。只听科恩伯爵回答道:"确实如此啊。"与此同时,贵族们的眼中闪过了狡點的光。

加斯蓬德没有放过这一瞬间，他知道那是他们在对比他的往昔和如今，对他估价。

他们很快做出了巧妙的掩饰，不过加斯蓬德明白他们依然在做比较。

他很希望贵族们认为他一如既往，因为他想尽可能避免大贵族介入战后的圣王家。

"不过话说回来，各家的家主共赴国难，救国于水火之中。我加斯蓬德真是感激不尽。"

"您这是说的什么话！殿下！贵族就是伺候圣王家的，我等家主参战是理所当然的。不，五体健全，却置国家危难于不顾，这样的人没有资格做贵族！"

各位贵族家主纷纷点头称是。也就是说，有些贵族的家主没有出来参战，而这些贵族正好是他们的政敌喽？

非常遗憾，加斯蓬德不知道哪些贵族之间交恶，这算是他功课做得不够。

现在有必要避免被贵族抓住话柄，但他必须表现出对这些贵族的优待，两面派是不会受到欢迎的。

"诸位对圣王家的忠诚，有必要广为宣传，我认为甚至有必要记载到史书上。"

尽管只有一瞬间，在场的贵族中最年长，有一头金银交织头发的博迪波侯爵露出了比谁都开心的表情。

有地位,有权势,接下来想要的是名誉。而其他的贵族比起名誉,似乎更想要奖赏吧。当然,他们带着大军赶来,想要相应的回报是理所当然的。

加斯蓬德正在奉承伴装拒绝的博迪波侯爵,一脸病相的桑茨子爵抓住两人说话的空当,有点为难地问道:

"王兄殿下,我有一事想请教,圣王女陛下到底怎样了?我听说已经驾崩……"

"这是事实。"

听到加斯蓬德轻描淡写的回答,桑茨子爵有点措手不及。他继续问道:

"那,那么圣体在何处呢?"

"圣王女的遗体状态实在糟糕,已经火化了。本来应该用'保存'魔法,击败亚达巴沃后再举行国葬……"加斯蓬德面带沉痛的表情摇了摇头,意思是后面的话他不忍说出口,"同时确认克拉尔特·卡斯托迪奥最高祭司也已罹难。"

"是这样啊……"

他们沉默了。加斯蓬德得到了喘息的机会,用酒润了润喉咙。

可以代替卡尔卡做圣王的人就在贵族们面前,然而克拉阿尔特·卡斯托迪奥不但是最高祭司,同时也是最强的信仰系魔法吟唱者,能代替她的人可不好找。因此他们才陷入沉思,思考怎样才能利用克拉尔特的死。

加斯蓬德又咂了一口酒，而贵族们还是没有开口，他决定再给他们一些情报。

"她的遗体也已经火化，因为状态同样十分糟糕。"

贵族们皱起了眉头。或许是听说圣王国的两位权力顶点遭遇惨死，他们开始担心自己的安危。这是一场你死我活的战争，输了就要送命。贵族们意识到堆起再多的赎金也无法换回自己的命后，终于感到了恐惧。

"那么，圣骑士团团长卡斯托迪奥阁下现在怎样了？"

"找她有事？可以稍等一下吗？"

"不是，她还活着吗？圣王女陛下和最高祭司阁下都已经死了，她还活着？"

拥有美髯的兰达卢塞伯爵以挖苦的口吻说着，仿佛跟风一样，其他贵族脸上也露出了嘲笑之情。加斯蓬德打开门，命令在外面待命的圣骑士把雷梅迪奥斯叫来。

一杯酒的工夫，雷梅迪奥斯进来了。

兰达卢塞伯爵正打算开口，看到雷梅迪奥斯的样子后瞪大了眼睛。

"什么！你是雷梅迪奥斯·卡斯托迪奥圣骑士团团长？！"

他没能说出挖苦的台词，取而代之的是惊讶的话语。圣王国的贵族中没人不知道雷梅迪奥斯长什么样，兰达卢塞伯爵也不例外。正因如此他才惊讶，他记忆中雷梅迪奥斯的形象和现在反差太大。

现在的雷梅迪奥斯·卡斯托迪奥活像一个幽鬼。

她双眼深陷在眼窝中，脸颊干瘪，与之相对，眼睛里放着炯炯幽光。

"你们不是要我来吗，你以为还会是谁呢？"

"什么！真是……无礼……"

兰达卢塞伯爵的声音越来越小，因为雷梅迪奥斯正瞪着他。

说实话，现在的雷梅迪奥斯很吓人。谁也不知道她在想什么，不知道她会做出什么事来，正因为如此，加斯蓬德不敢把雷梅迪奥斯安排在自己身边。他还一直加着小心，不让涅娅的所作所为传到雷梅迪奥斯的耳朵里。

"什么事？"

圣王国中无人不知，雷梅迪奥斯·卡斯托迪奥是国内最强的圣骑士，可以说是国家暴力的顶点。

面对失控的暴力，权力毫无用处。保护贵族的最强铠甲，在她面前就和纸片一样。以前有人拉着她的缰绳，而且她当时的精神状态就算听到冷嘲热讽也能控制情绪。然而，现在的雷梅迪奥斯不同了。

正因为察觉到了这一点，贵族们没人再敢开口。雷梅迪奥斯不屑地对他们哼了一声，耸了耸肩。

"殿下，我可以退下了吗？看来诸位贵族没有事。"

"好的，谢谢。"

雷梅迪奥斯离开房间后，贵族们这才不快地露出扭曲的表情。

"居然对殿下如此失礼,殿下难道不打算治罪于她吗?"

"就算是圣骑士团的团长,这样的态度也太不应该。她对圣王家没有丝毫忠义之心,难道还要让她继续做圣骑士团的团长吗?"

加斯蓬德抬起手,制止发泄着不满的贵族。

"现在是战时,她的剑术可以为国所用。至于她是进是退,就由今后的圣王来决定吧。"

到底有几人是真的在为雷梅迪奥斯的态度感到不快呢?确实,应该有几人是在用愤怒掩饰自己的恐惧吧。不过,加斯蓬德很明白他们是别有用心,在心里冷笑起来。

雷梅迪奥斯代表上一代圣王的武力,而她本人也是强大的武器。绝对有人不愿意让下一代圣王得到这把武器,不,说不定这些贵族都不愿意。

"噢噢!殿下所言极是!现在正是战时!可是,我们总不会永远和亚人打下去!"

"伯爵说得对!使者应该向您介绍过大致情况了,就是因为亚人的军队后撤,我们才得以进军到这里!王兄殿下!我们应该乘胜追击!"

"没错!我们应该一鼓作气击退亚人,向更多人彰显王兄殿下的丰功伟绩!"

"原来如此,原来如此。那么——紫翁现在如何了?"

贵族们彼此对视，博迪波侯爵作为代表开了口。

"老翁身体欠佳，没能与我们一同前来。"

人们口中这位八十岁的人物正是九色之一，最年长的侯爵都称他为老翁。他是南方的大贵族，位居侯爵，因为对圣王家尽心竭力获封了紫色。

就像获封紫色的老翁一样，并非所有九色都是看武力加封的，也有人是因为卓越贡献获封。作为综合艺术家闻名遐迩，获封蓝色的公爵夫人就是其中之一。

博迪波侯爵回答时，有一瞬间没能完全隐藏他的情感。加斯蓬德抓住了这个瞬间，心里笑了起来。加斯蓬德早就知道了，不过没想到亲眼确认之后，自己心里会产生这样的感情。

"原来如此。诸位的意见和我的想法一致。"加斯蓬德开始讲他的方案，也就是通过歼灭亚人来挫败亚达巴沃的计划。"可是，万一亚达巴沃出来了怎么办？"

"亚达巴沃是那么强大的恶魔吗？我听说圣骑士团团长阁下都没能保护好圣王女陛下？"

正因为没有亲眼见过，才能问出如此天真的问题。加斯蓬德用沉重的语气对格拉内罗伯爵说道：

"非常之强。我们请来魔导王与亚达巴沃对垒，两者的战斗超乎想象。"

"魔导王？莫非是那个不死者国王吗？！"

难怪他们会惊讶。

"咦？这方面的情况诸位没有听说吗？是这样啊……"

"您请了国的军队吗，王兄殿下？这问题就太大了吧！"

"不是军队，只有魔导王一位。"

"什么？"贵族们好像被冻住了，过了好一会儿才解冻。

"魔导王一个人？一个人，一位国王，国家的元首自己来了？"

"是这样的。"加斯蓬德说着，向兰达卢塞伯爵点头。

"不会吧，那不可能吧？世界上哪有这样的国王！他是不是把军队召集到圣王国附近了？"

贵族们纷纷说违背常识，还说这事本身就是某种阴谋。不过，加斯蓬德坚决否定了他们的说法。

"虽然这么说，可事实如此，无法否定。还有，如果魔导王真的带兵来了，他和亚达巴沃单挑败北时，他们又怎么会坐视不理。"

"他输了吗？无法理解啊。既然他是不死者，是不是头颅也全烂掉了？不过……这事是不是相当不妙啊！"

"很不妙。不过，叫来魔导王的使者之一是雷梅迪奥斯，恐怕我们需要采取些外交手段，比如把她交给魔导国发落。"

"魔导国会善罢甘休吗……不过话说回来，魔导国是在王国的领土上建国的，既然这样，他们也没法跨过敌对国来攻打圣王国。等王国被魔导国灭掉之后，我们或许就该提高警惕了。"

"这叫什么事嘛。"贵族们面露愁容。看起来就像在思考太阳从西边升起来该怎么办一般。最终，他们似乎决定先把这个问题放到一边。

"这个问题先不说，殿下接下来有什么打算？"

"我想——夺回王都，而且要尽快。"

"如果您有这个打算，我们助您一臂之力！"

"殿下要成为从亚达巴沃铁蹄下拯救圣王国的英雄！"

"攻入圣王国的亚人有十万兵力，现在应该已经减少到将近四万了。这样想来，卡林夏的民兵和我们带来的兵力合到一处，应该能轻易击退亚人才对！"

"殿下！看来我们快要迎来称呼您陛下的那一天了！"

听到贵族们纷纷呼唤着他想要的称号，加斯蓬德故意露出得意的表情。

"嗯，多亏有诸位鼎力相助，我绝对不会忘记感谢大家的。"

"您这是说的什么话！我们只是想向圣王国、圣王家尽忠而已！"

加斯蓬德内心露出了另一种笑容。

"好了，诸位。我们开始为夺回王都做准备吧！"

2

卡林夏的兵力和南方贵族的兵力合在一起，一周之后做好了准备，开始下一步进军行动。

接下来的目标是卡林夏西面的大城市普拉特。

涅娅在马背上随着马匹摇晃,毫不掩饰她的不满。

她理性上同意趁亚达巴沃负伤未愈的机会歼灭亚人的方针,然而感性上却不同意。她希望能找到更多的同道中人,把精力投入到为搜索和救援魔导王进行的准备工作上。

不过,看过雷梅迪奥斯的一系列所作所为,涅娅知道指挥官的精神不稳定会影响士气,而且迁怒于部下是最差劲的。

她为了让自己冷静下来,深吸了一口气,有点冰的清凉空气进入她的肺中。尽管春天已近,空气中依然残留了一丝冬天的寒气。

恢复冷静的涅娅把目光投向走在前方的大军。

人数约九万五千的大军连绵不绝。其中有约三万南方贵族的兵力,六万五千北方军队的兵力。顺带一提,南方贵族军剩下的两万兵力,一万踏上了归途,另一万正在卡林夏休息。

这支大军中,涅娅率领的弓兵队有两千人,所有队员都是支援团体的人。

相对于这支大军,亚人残存的兵力据推测只有三万,两者间有绝对的差距。

不过,论单体战斗力,亚人比人类强,而且谁也不知道亚达巴沃什么时候会再次出现,就算有如此大的兵力差距,也不能掉以轻心。

这次行动的前提,是亚达巴沃受了伤无法参战。如果他的伤已经好了，这支大军相当于在向死亡进军。

涅娅的心脏狂跳起来。

这样想来，还是应该先去救援魔导王才对吧？涅娅的思维陷入了死循环。

"巴拉哈大人，需要其他支援团体成员所属部队的情报吗？"

贝特兰德骑着马来到涅娅身旁。听到他的问题，涅娅眨起了眼睛，她不明白这话是什么意思。

涅娅想了一会儿才明白过来，慌忙举起没有握缰绳的手在眼前一挥。

"不，不必了，不需要做间谍一样的事。我们所有人都是向着同一个目标努力的同志。"

"噢噢！真不愧是巴拉哈大人，魔导王陛下的代言人，您的这番话真是太令人感动了。"

"就是脸很吓人。"

继贝特兰德的赞赏后，在涅娅身后和她同乘一马的希姿轻声嘟囔着。她说不会骑马，所以涅娅骑马载着她。

希姿一而再再而三地说这样的话，就算她是涅娅尊敬的前辈，涅娅也有点压不住火。

（要不然让她下去走路好了……）

当然，希姿的体力和腿脚都比一般人强，之所以载着她，是因为涅娅觉得让魔导王的部下走路太失礼了。

贝特兰德也听到了希姿的吐槽，可是他似乎并不打算给涅娅帮腔。他既不否定也不肯定,而且看来并不是因为魔导王的部下说出这话他才不否定,而是因为她说的是明摆着的事实,他没法否定。

(确实,没法否定啊……要不是这样,我也不用戴遮光镜啊……)

然而涅娅也是个女孩子,总是说她的脸吓人,就算是事实,就算她早就听习惯了,她还是觉得有点难过。

"还有,巴拉哈大人,总队传令来了:先行部队发现了亚人大军,应该是亚人所有的三万兵力,我们要先在这里布阵。传令兵只对我说了这些就回总队去了,这样做可以吗?"

"不要紧。只要你觉得这样可以就没问题。"

贝特兰德作为副官同样在大显身手。

"不过话说回来,亚人想要进行野战吗……"

亚人联军的兵力只有圣王国军的三分之一,尽管个体能力强,但在平原上布阵,亚人恐怕没有胜机。如果亚人据守城中,倒是可以好好利用城市的防御功能,弥补兵力的差距。

毕竟只要亚达巴沃伤愈,人类一方几乎不可能胜利。对亚人来说最好的策略应该是争取时间才对。

亚人会不会挑骑兵无法施展拳脚的狭长地带战斗呢?

"预计战场会是平地,对吧?"

"是的,没错。周围没有便于埋伏的森林,也没有对我们有利的丘陵,高层恐怕会为在什么位置布阵争论不休。"

"为什么选择那种地方？"

"据我猜测，"听到希姿的提问，贝特兰德说了句开场白后回答道，"亚人是不是打算逃跑呢？"

"逃跑吗？"

"是的，巴拉哈大人。从蓝蛆的叛变可以看得出，并非所有亚人都和亚达巴沃一条心。那些不惜背叛亚达巴沃也想逃走、想活下去的亚人，应该不会选择据守城中，而是选择野战。因为被围城之后想要逃走就难了。"

贝特兰德的眼神中露出了一丝令人胆寒的阴暗情感。

涅娅正在观察，觉得恐怕需要发动最近刚刚得到的特殊能力，只见他阴暗的情感消散，眼睛又恢复了平时的光辉。他大概是知道战斗马上就要开始了，暂时压抑了内心的憎恶吧。

"原来如此。"

希姿赞叹似的点着头，贝特兰德回答道："愚见而已。"

贝特兰德所说的确实合乎情理。

如果打野战，亚达巴沃很难看出亚人是战死还是逃跑了。既然这样，等晚上试着攻击一下，亚人就能得到逃跑的机会了，军队也可以避免不必要的伤亡。

涅娅心里这样想，可是说不出口。

亚人给这个国家的人民带来了太大的悲剧。

（大家都说可以饶过魔导王陛下手下的亚人，但是其他亚人要统统杀光……）

听说主张和亚人和平共处，或者曾经站到亚人一边的人，都被偷偷动了私刑然后杀掉了。

涅娅跟着魔导王解放收容所的时候，亲眼见过受私刑后被杀死的人。那就是卖国贼的下场。

"巴拉哈大人，现在还不知道高层打算怎样安排我们，要不要先把各班的指挥官召集起来？"

"不，等具体的安排公布之后再召集也不迟。不管被安排到什么地方，我想大家都很清楚自己该怎么做。"

希姿抱着涅娅的腰。高层会怎样安排涅娅的弓兵队，大概取决于他们打算怎样使用希姿。

如果亚人中有强手，为了让希姿发挥作用，想必高层会把他们安排到最前线。如果想把他们当作普通的弓兵，那就应该把他们安排在阵型正中，和其他弓兵同样的位置。如果不打算让希姿这个魔导王的部下出风头，大概会把他们安排在阵型最后方。

涅娅认为在两军交锋前，他们会被安排在后方。

三小时后，她的猜测得到了证实。

●

亚人军聚成一团，构筑起了类似鱼鳞阵的阵形。人类军队则兵分两路，形成了近似鹤翼阵的阵形：左翼是三万南方贵族军再加上一万北方军，共计四万，剩下的五万五千北方军在右翼。

人类军队有一战全歼亚人的打算，开始逐步缩小包围圈。

与之相对，亚人方面或许是想突破重围逃走，要不然就是想在乱战中杀死更多的人类，于是选择了更适合突破的阵形。

涅娅他们被安排在离战场略远的地方，作为独立部队保护建造阵地的工兵。

这与其说是加斯蓬德的命令，更像是他的委托。涅娅得到了等同于自由行动的许可，加斯蓬德说他们不想保护工兵也可以。这位圣王国现在的权力顶点下达的指示，简直像是放弃了指挥权。

之所以会这样，还是因为希姿的存在。

虽然弓兵队是涅娅指挥的部队，不过与她同行的希姿相当于魔导国的居民，加斯蓬德没法随便指挥。圣王国的王族对魔导国的臣民下达命令，说不定会为将来留下祸根。

夺回卡林夏的时候，加斯蓬德已经让希姿做了那么多事，现在再考虑外交问题似乎有些为时已晚。想必是南方贵族到来之后，加斯蓬德稍稍改变了他做事的方式。现在的加斯蓬德发现不能只顾当下，还得着眼未来。

涅娅的弓兵队一边整队，一边看着远处的战场。

虽说如此，他们因为距离太远，没有身处战场的紧张感。战场上的杀气传不到这里，队伍身后工兵们挥舞木槌打桩的声音显得十分祥和。

"还在对峙,什么时候开始?"

"拖得越久对我们越不利,我本来觉得我方应该会先发制人……"

回答希姿的是贝特兰德。

夜晚是亚人的朋友。在这样的平原上,只要有月光,人类也能看清楚,可今天是个阴天。如果亚人趁夜发起攻击,将会相当麻烦。现在工兵队正在建造的阵地并没有多少牢固。

因此,人类军队应该会在入夜前先发制人才对。

而且双方有绝对的兵力差距,只要这一战取得完胜——歼灭大部分敌军,说不定可以挫败亚达巴沃的计划。也就是说,能让圣王国告别这场漫长的悲剧,他们没有理由一直按兵不动。

涅娅也祈祷这一战能结束一切,这样一来就再没有什么能束缚她了,她可以把全部精力投入魔导王的搜寻工作。

涅娅抬起头。

她敏锐的听力捕捉到战吼声,还有许许多多的人一起奔跑时大地震颤的声音。过了一会儿,贝特兰德似乎也听到了,他沉吟道:"开始了啊。"

在这么远的地方,看不清楚两军合计远超十万的大军是如何行动、如何激烈交战的。

亚人布阵的平原实在太平坦,没有能俯瞰战场的高地。

这样一来就需要哨塔了,而哨塔正在阵地中建造着。

"怎么做？"

"我们的任务是在这里保护他们，完成我们的任务就好。"

亚人军兵力处绝对劣势，冲破人类大军来到这里几乎是不可能的。把希姿这么强的战斗力安排在这样的地方，从政治上来说或许是明智的，从军事上来说却称得上一招臭棋。

只要把她投入前线，圣王国的损失将剧减。

谁都明白这个道理，可是没人提出来。他们不希望希姿的名头越来越响。

这是让士兵白白送死。涅娅心里这样想，可是无论如何也说不出口。

过了三十多分钟之后，右翼传来欢呼声。不光涅娅，她队里的所有人都听到了巨大的欢呼声。这么远的地方都能听到欢呼，想必是圣王国军取得了了不起的战果。

欢呼声响起十分钟后，从战场骑马赶来的传令兵用大嗓门宣告发生了什么：

"雷梅迪奥斯·卡斯托迪奥圣骑士团团长阁下杀死了敌军指挥官，亚达巴沃的心腹鳞之恶魔！"

说完这话之后，传令兵策马离开了。

涅娅开始怀疑这消息是不是真的。

不，雷梅迪奥斯杀死恶魔应该是真的。问题是她杀死的是不是亚达巴沃的心腹大恶魔。

涅娅在卡林夏看到了大恶魔与希姿的战斗，知道大恶魔有多强大。

她不觉得雷梅迪奥斯能战胜那样的大恶魔。

（莫非团长变强了，能打败那么强大的恶魔，还是说……她打倒的是替身？我得问问前辈。）

"希姿前辈，我想问一个问题，鳞之恶魔有多强呢？"

"就是那个团长能战胜的水平。"

"可是头冠恶魔好像更强吧？"

"有比较强的恶魔也有比较弱的恶魔，鳞之恶魔是比较弱的。"

"是这样啊……"

涅娅松了口气。这样一来，亚达巴沃进入圣王国的两只心腹大恶魔就都被杀死了。丘陵还有一只心腹大恶魔，不过现在想那么远也没用。

"这样一来圣王国应该能得救了……敌人的司令官已经死了，亚人应该就此溃不成军了吧。按照王兄殿下的计算，战争应该会就此结束的。"

贝特兰德的话语中带着几分遗憾，大概是因为他失去了亲手报仇雪恨的机会吧。

"还有清剿残兵败将的工作。"

"对啊！真不愧是希姿大人！"

贝特兰德话音刚落，欢喜的表情马上僵住了。

左翼——贵族军的正中央升起了一根火柱。那火柱直冲天际，高得就连涅娅他们这么远的地方也看得见。

涅娅慌忙看向希姿。

能做到那种事的家伙，涅娅只能想到一个，而希姿肯定了她的猜测。

"糟了……是亚达巴沃。"

●

"雷梅迪奥斯·卡斯托迪奥圣骑士团长阁下杀死了敌军指挥官，亚达巴沃的心腹鳞之恶魔！"

右翼的士兵听到加斯蓬德派来的传令兵的吼声，欢呼起来。博迪波侯爵也眉开眼笑。

"哈哈哈哈！干得好！居然杀死了敌军的大将！那个女人，先不说头脑如何，可是剑术确实了得啊。这样一来敌军的士气应该会受到重挫。传令下去，把亚人杀个片甲不留，一只都不要放跑！"

"是！"

得到侯爵的命令，士兵们马上散开了。

"侯爵大人，真是太好了，能在这场战斗中——我们参加的战斗中杀死和我们对峙的敌军指挥官，真是非常幸运。"科恩伯爵带着满脸的笑容说。他是博迪波派系中被寄予厚望的人。

"正如你所说，伯爵。这样一来，我们算是领先了那些家伙一步。"

这支亚人军队曾长时间和南方贵族联军对峙,双方不停重复着小规模冲突。现在他们杀死了这支亚人军队的指挥官,这可是大功一件,肯定能成为抑制其他南方贵族的筹码。

博迪波侯爵与雷梅迪奥斯·卡斯托迪奥倒是没什么过节,只是在克拉尔特·卡斯托迪奥身上吃了不少哑巴亏。现在雷梅迪奥斯·卡斯托迪奥立下的功劳,足以让他对仇怨一笑置之了。

这件功劳对于加斯蓬德来说也是好事。实话说,只要加斯蓬德能好好活下去,登上下一任圣王的宝座差不多已经板上钉钉了。就算军事力量充沛的南方贵族也说不出什么,只要博迪波全力支持就不会有问题。

唯一的不安是不知道其他继承圣王家血脉的人现在的状况,要是他们死了那再好不过。可惜博迪波没有杀害王室成员的勇气,在这一点上他只能祈祷。

侯爵愉快地构想着今后贵族社会的势力图。

为了成为圣王国权势最大的贵族,在接下来的终盘阶段绝对不能出错。直到现在他一直做得很完美,只要保持下去就行了。

"伯爵,你觉得把亚人们赶向南方有可能吗?"

"侯爵大人,为什么要这样做啊?"

伯爵面露惊讶的表情,用困惑的声调问他着。看到伯爵的样子,他在心里笑了。

伯爵不可能连这都听不明白，他所重用的男人可不是那么蠢的家伙。伯爵是看穿了他的想法，故作惊讶。

伯爵是在演戏，装作伟大的侯爵阁下想到了他想都想不到的好点子。这样讨好人实在是没什么意思。

他将计就计：要是伯爵觉得他很容易哄骗，那就更方便将来利用了。

"你听好，为了削弱南方不属于我们派系的贵族势力，亚人可是非常好的工具。"

他竖起一根手指，扮演起了想要炫耀自己高见的老人。

"如今北方贵族式微，南北实力失衡，这样下去圣王国的南方贵族会过于强势。然而这对于今后的圣王家可是个大麻烦——对于我们支持的圣王家来说。"

"真不愧是侯爵大人，竟然如此深谋远虑！"

尽管伯爵明显是在溜须拍马，他还是摆出一副得意的样子，声音也提高了。

"没错，亚人最好去糟蹋掉对我们无益的贵族的领土。"

看到伯爵慌忙东张西望，他摸了摸自己的胡子，心想这个男人真会演戏。

"放心吧，伯爵，周围都是我的人，个个可信。我们说的话是绝对不会传出去的，再说，就算传出去了，有谁会相信呢？"

"是，是这样啊。可是，只是让亚人逃窜到南方，不确定因素太多了。既然这样，不要再继续追击，而是和亚人签订秘密协议如何……"

"雇用亚人啊，不是个坏主意。"

看伯爵的态度，听他的声音，似乎对利用亚人有些不乐意，不过这应该也是在演戏吧。伯爵是那种只要能利用的手段就全部会利用的人。

把这位优秀的伯爵拉进他的派系，也有监视的目的。

实际上，他已经安排了几人潜入伯爵家，而且巧妙利用了其他派系，就算他们中了魅惑魔法也不会查到他身上。

"伯爵，要是有与亚人交涉的机会，你愿意和我一起去吗？"

他看出伯爵的眼睛里正在多方盘算。

"我，我是不愿意去的，不过既然侯爵大人要去，我会陪同。"

伯爵大概是为了跟去，看看他都会说些什么，作为对付他的底牌吧。不，只要一起去了就是一丘之貉，这样的底牌根本没什么作用。

"是这样啊？那么是不是和殿下说一声，请求他停止对亚人的攻击为好？就说没有必要再打下去，继续增加牺牲了，接下来只要在谈判桌上把胜利收入囊中就好。"

"我认为这样甚好，侯爵大人。其他伯爵正在全力进攻，还是让他们收兵效果会更好。"

"是啊。"

拦住正在努力扩大战果的他们固然令人不忍，不过考虑到今后，还是不要让他们拿到更大的功劳为好。

发现自己开始站到了为圣王国的未来担忧的立场，他满心欢喜。当然，他是绝对不会表现出来的。

"派传令兵去告诉伯爵——"

突然升起的火柱打断了他的话。

关于魔法，他并非无知。尽管他不会用，不过信仰系魔法的知识是圣王国贵族社会的普遍常识。虽说如此，最多也只到第二位阶，他也没有其他系统魔法的知识。

即便如此，他也知道刚才所见的火柱绝非寻常的魔法。

"怎么，那莫非是传说中的第四位阶魔法吗？据说克拉尔特·卡斯托迪奥和圣王女陛下能用第四位阶。"

"不，不清楚。我，我们该怎么做啊，侯爵大人。"

"嗯……还不清楚情况，我们先向后退一退，到安全的地方去吧。"

3

军士罗维是一位二十四岁的青年。尽管没有受过足够的教育，但他还算聪明，知道这个世界充满了他不知道的事。

正因如此——

"人类，我回来了——在我治好魔导王留下的伤口时，你们真是为所欲为啊。"

听到震颤全身的怒吼声，罗维失禁了。

湿透的裤子贴在皮肤上的不适，他已经感觉不到了。

他理解了眼前的怪物有多强大，直觉告诉他死亡将至，生存本能开始失控。他身上与生存无关的感觉全被关闭，正是在快速寻找活下去的办法。

然而，在他找到办法之前，亚达巴沃先发动了能力。

"去死吧。让你们的生命被愤怒的火焰烧尽吧。"

火焰腾空而起，热浪拍打在罗维脸上。难以置信的热量在一瞬间烤干了他的眼睛，剧痛传来。从喉咙钻进肺里的热气好像要烤焦他的整个身体，不，事实确实如此。

火烧烂了他的皮肤，水分随之而去。表皮烧掉后，接下来就是皮下脂肪、肌肉和神经。在手臂等皮下脂肪比较薄的部位，热量很快便开始灼烧肌肉和神经。肌肉受热后开始收缩，人体摆出古怪的姿势，然而被高温烤得滚烫的铠甲的金属部分贴在皮肤上，阻止人体变形。

衣服、皮肤、肌肉都烧焦了，而烧掉脂肪之后，腹部开始掉出颜色鲜艳的内脏。

人体内水分很多，因此要烧焦内部需要一定的时间。火灾中有足够的时间把人体内部烧焦，然而亚达巴沃的火焰灵气生成的是魔法性的热量，只要亚达巴沃一离开，热量马上就跟着走了。

因此，散落在地上的脏器几乎全保持着没有被热量改变的鲜艳粉红色。颜色毒艳的内脏漂在血海中横七竖八的焦尸间，足以令见者作呕。眼前的光景就像是突然出现在这个世界上的地狱一般。

留下把新鲜的内脏洒了一地的罗维，还有周围另外五十多人烧得焦黑的尸体，亚达巴沃走了起来。

亚达巴沃——新召唤出的愤怒魔将——迈着步子。随着他的移动，脆弱的人类在"火焰灵气"的炙烤下纷纷死去。

"让开！别碍事！"

许多人喊着同一句话，其中最先开口的是民兵弗兰塞斯克。

他几乎每天都在想："我是多么不幸啊！"圣王国实行征兵制，任何人都要服兵役。

没错，就算是像他这样生在大商户之家，前途一片光明的人，也要服兵役。虽然父亲捐过钱后，他被安排在了比较轻松的部队，可军队生活对他来说依然是一种煎熬。

本以为痛苦就快到头了，这场战争却开始了。

他没有一天不抱怨，不过只差一步，他就能作为大商人的继承人，回到他最喜欢的赚钱工作中了。

本来只差一步。

就差一步。

然而，他现在正拼命逃离那只怪物。

要是被它追上了，一定会死。

他拼命倒腾着恐惧下不听使唤的双腿。

周围全是和他一样逃命的人，因此再怎么心焦，也逃不出多远。

特别是弗兰塞斯克身前这个胖乎乎的男子，简直碍事。

因此他推倒了身前的男子。

为了让自己能离那个怪物远点，哪怕多一步也好，为了他快乐的未来。

然而，就算推倒了面前的男子，前面还有和男子一样碍事的逃跑者。

被推倒的人撞上前面的人，很可能会导致许多人像多米诺骨牌一样摔倒。这一现象正在弗兰塞斯克面前发生。

如果只是倒下一人，他或许可以躲开，或许可以跳过去。

然而弗兰塞斯克的身体能力不强，躲不开像原木一样滚了一地的人。

弗兰塞斯克倒在了"原木"上。

他拼命挣扎着想站起来——然而没有得到足够的时间。

他进入了以亚达巴沃为中心的火焰灵气范围内。

弗兰塞斯克顾不上发出惨叫声，他抱怨命运的想法在一瞬间被汹涌的剧痛冲散，只能在席卷全身的疼痛中挣扎。

弗兰塞斯克是幸运的，因为他很快就死了。

亚达巴沃继续前进。他踩碎人类的黑色焦尸，像是走在无人的荒野中。

"逃啊！快逃啊！"

有个男人正在说着理所当然的话。他是军士戈尔卡，对自己的剑术相当有自信。

正因如此，面对亚达巴沃，他才有勇气向人们呼喊。

然而他的勇气只是匹夫之勇，因为亚达巴沃的脚步转向了他所在的方向。谁也不知道这是偶然，还是他吸引了亚达巴沃的注意。

对马上就要被追上的人来说，他简直是神的使者。对和他在相同方向的人来说，他简直是恶魔的爪牙。

他认定在混乱之中无法逃离怪物，举起了剑。

怪物转动视线，看向戈尔卡，一秒后又看向了他身后。

这就是怪物对戈尔卡的评价。

他只有一瞥的价值。

戈尔卡咆哮着，逆着人流向恶魔冲去。

变成焦尸倒下的人离他原来越近，这让他十分恐惧。然而他认为，自己说不定能成功冲到怪物身边。

戈尔卡的身体告诉了他答案。

一阵剧痛传来。

想靠近怪物根本不可能。

戈尔卡没有比更弱的军士们冲到更靠前的地方，就已经被火包围了。

戈尔卡明白了。

对那只怪物来说，他和周围的平民没有丝毫区别。

烧灼的痛苦从他全身的神经传来，让他忘了自己对没有逃跑的后悔。他发出不成声的惨叫后瘫倒在地，和周围的焦尸没有什么不同。

亚达巴沃漫无目的地走着。只是因为人类在逃跑，所以他在追赶。

"不要过来！"

她逃着。

比维亚娜作为信仰系魔法吟唱者从军参加这场战斗——她正在逃命。

她胡乱甩着金色的长发，拼命逃跑。

她顾不上擦泪水和鼻涕。

那样的怪物怎么可能战胜得了。

好像有人正在说什么。

管它呢。

离那个怪物越远越好。比维安娜怀着唯一的念头奔跑。

她不能推倒跑在前面的人，就一边把他们推向侧面一边跑。

让开。

让开。

让开。

为什么眼前会有这么多碍事的人。

除了自己之外,谁死了又能如何,只要别让自己死就行。

比维亚娜怀着唯一的念头奔跑。

虽说是跑,可周围全是和她一样逃命的人。比维亚娜有比普通人更强的奔跑能力,可现在她的速度像慢吞吞的乌龟一样,没法拉开和恶魔之间的距离。

滚烫的热气靠近了她脑后的头发。

"不要啊!"

她想起了那些人死时可怖的样子。

"我不想死!"

她理所当然地叫喊着。

人们都有一样的想法。

面对死亡,很少有人能坦然接受。而死亡来得越突然,人们就越难接受。

"好痛!"

人体感受到过度的热只会觉得疼痛。感受到大脑无法承受的疼痛,她知道自己要死了。她不要,她不想死。

心中怀着这唯一的想法,比维亚娜被烧死了。

亚达巴沃一边感到无聊,一边默默迈着步子。

"不要逃!战斗啊!"
马上的勇敢男子咆哮着。
莱昂西奥是侯爵陪臣家的次子,他希望自己的剑术能得到赏识,参加了这场战斗。他的身边都是父亲为他挑选的好手。
恶魔迈着沉重的步伐走来,身后留下的都是保持痛苦姿势死去的人。他很想逃走,然而从这里逃走,他的未来也不会有光明。为了光辉的未来,他只能现在赌一赌。
下定决心后,他重复着刚才的喊声:"不要逃!"
然而,马和人不一样。直觉告诉它对面走来的恶魔是恐怖的怪物,它想要逃走。
在众多人类慌不择路四散奔逃时,马再跑起来会怎样呢?
很简单。
马会摔倒,同时踩翻人类。被马压在身下的人发出痛苦的惨叫声,甚至有人因此送命。
骑在马上的莱昂西奥被甩出去老远,摔在了地上。
幸运的是他被甩到了别人身上,避免了被逃跑者踩死的厄运。
然而——就在莱昂西奥想要起身的时候,一阵剧痛从他的手臂传来。大概是被甩在地上的时候摔伤了吧。
经过这么一摔,剑也不知道哪儿去了。

他想要找到自己的剑——就在这个瞬间，能让他忘记一切的剧痛席卷他的全身。他的人生中还是第一次体验这样的疼痛。

他的思想完全被疼痛抹消了。

被剧痛扯得七零八落的思想中，他唯一还能识别出来的，就是为什么他会遭此厄运。

"嗯。"

独自站在由人类的焦尸形成的尸山旁，奉命扮演亚达巴沃的魔将看着溃逃的人类。

没意思。

火焰灵气不是什么厉害的能力，只能对周围造成火属性伤害。只要用个增强抗火性的魔法，它的绝大部分伤害都会被抵消。当然，他从召唤者处获得了知识，知道这个国家的普通士兵没有增强抗火性的能力。

尽管是恶魔，他却并不喜欢单纯地欺凌弱者。相比之下，他更喜欢折磨认为自己很强的弱者。因此，他希望有蠢货把自己当成勇者，向他发起挑战。可是很遗憾，他的期望落空了。

愤怒魔将踩在满地焦黑的尸体上。

承受不住压力，内脏喷涌而出，瞬间便被烤焦。

破碎的内脏的内容物马上散发出恶臭。

愤怒魔将转身向回走。

只要他拿出真本事，飞到空中去追，便能制造更多死者。

他心里想着，不知道人类有没有察觉到这一点。

看着大模大样返回亚人阵中的恶魔的背影，所有人都一脸呆滞，说不出话。

那怪物到底是什么？没有人问这样的问题，也没有必要问别人，不管什么样的蠢货都能理解。

那是魔皇亚达巴沃。

他就是蹂躏圣王国，让众多人民以泪洗面的恶魔。

在两个国家作乱的恶魔这次回来，是为了证明人类绝对无法战胜他，重新让满怀胜利希望的人们陷入悲叹和绝望中。

4

帐篷内的气氛凝重到了极点，以致被叫来的涅娅不禁内心感慨，沉默的空气竟会如此沉重。

围着特意搬到战场的豪华会议桌，南方贵族个个脸色铁青。不光是他们，北方军的首脑们也一样。

这也难怪。

见识了亚达巴沃的绝对实力，没有人不为之震惊——不，涅娅面对亚达巴沃的时候确实不为他的力量震惊，可那是因为失去伟大的魔导王对她的冲击更大。或许在那之前她见过的各种各样的光景，也让她的心对亚达巴沃的强大变得迟钝了。

然而南方贵族没有投身过如此残酷的战斗，想必受惊不小。他们一定想不到亚达巴沃只是走过，就会不停有人死去，留下模样骇人的尸体。

不仅如此，近十万士兵因为一只恶魔陷入了恐慌，溃不成军。

"什么情况？怎么会这样？那只怪物到底什么来头啊！"

多明哥斯伯爵的嗓门越来越大。

与之相对，加斯蓬德深知亚达巴沃的强大力量，他只是漫不经心地耸了耸肩。

"那就是亚达巴沃……我应该一五一十地说过亚达巴沃的力量，多明哥斯伯爵。"

"只是走路人就会死掉，我可没听说他有这样的能力！"

重点在这里吗？涅娅在心中吐槽。

"你说得对。魔导王——陛下和他战斗时是在城市中，我们并没有完全看清。不过我说过了他是多么强大，如此强大的恶魔有这样的能力也不奇怪吧？"

"就，就算是这样！"

"伯爵——我明白你想表达什么，你是想说百闻不如一见吧？"

开口的是侯爵。他看起来不像其他人那么惊慌，真不愧是侯爵。

"可是，现在讨论这个也没用，我们还是谈谈今后该怎么办吧？"

"您说得对，侯爵大人。我们该怎么办呢？"桑茨子爵飞快地问道。得知自己所在的地方并不安全，也难怪他会这样心急。

对于他们这些南方贵族来说，这本该是一件非常轻松的工作：凭借绝对的兵力优势剿灭兵力很少的敌军，成为救国英雄。然而，情况已经发生了变化，现在要被剿灭的变成了他们自己。

侯爵挽起手臂沉默不语，代替他回答的是加斯蓬德。

"我们有绝对的兵力优势，问题是亚达巴沃一个人就能将我们的优势化为乌有。我作为王兄想请教诸位，大家认为在这种状况下该怎样取得胜利？"

短暂的沉默之后，侯爵怀着绝对的自信开了口，意思就像是不会有更好的办法。

"加斯蓬德王兄殿下，殿下曾经说过，歼灭亚人之后，亚达巴沃或许会不战自退，看来只有这个办法了。"

"侯爵大人，还要继续战斗吗！"

"没错，兰达卢塞伯爵。你觉得现在选择逃跑，能逃得掉吗？"

"侯爵大人，全军一起逃跑或许很难，其中一小部分人逃跑应该是可行的吧？"

听到科恩伯爵的提案，同席的雷梅迪奥斯不屑地哼了一声。

"丝毫不理解卡尔卡陛下理念的无能之辈，会有这样的想法也不奇怪。"

"什么！"

"逃掉，活下来，然后呢？难道躲在仓房的草垛下面吗？你不是贵族吗？起码应该说几句为人民牺牲之类的豪言壮语吧？"

"那你又如何呢，卡斯托迪奥团长？身为拥有圣剑的圣骑士，竟然无法战胜一只恶魔！"

兰达卢塞伯爵大喊道。

眼睛中闪着炯炯幽光，鬼魂一样的雷梅迪奥斯转向了兰达卢塞伯爵。

"没错，我赢不了亚达巴沃。能和那家伙打个平手的，也就只有那个不死者了。不过，如果是为了争取时间——为了让人民哪怕多活一秒，我也愿意和他战斗到死。那么，你又如何呢？"

视死如归的战士和贪生怕死的贵族互相瞪着对方，谁会败退自然不用说。

兰达卢塞伯爵移开了目光，雷梅迪奥斯不屑地冷笑一声。

"王兄殿下，我打算命令圣骑士们决一死战。还有需要我听下去的内容吗？"

"下定决心固然重要……好吧，你去吧。我需要蒙塔涅斯副团长留下，没问题吧？"

"好。那么古斯塔沃，拜托了。"

说完这话，雷梅迪奥斯像幽灵一般离开了帐篷，最后看了一眼在涅娅身旁发呆的希姿。

"诸位，我们团长失礼了。"古斯塔沃道完歉，白了说"真是失礼"的贵族一眼，继续说了下去，"不过，团长所说的正是我们全体圣骑士的意愿。我们圣骑士团已经下定决心，誓死充当人民的盾牌。诸位贵族是人上之人，需要请大家做好和我们一样的准备。毕竟指挥官逃跑了，士兵没法战斗。"

"什么！"

涅娅还来不及寻找是哪个贵族发出了惊叫声，博迪波侯爵先开了口。

"别再吵了……我们讨论作战计划，不是为了死得轰轰烈烈，而是为了取胜。对吧，殿下？"

"没错，侯爵阁下。我们没有多少时间，必须在亚达巴沃彻底掌握指挥权之前，找到通往胜利的道路——"

"怎么可能胜利啊！您没有看到那只恶魔的力量吗！"格拉内罗伯爵站了起来，大声吼道，"就算他攻击也好，用魔法也好，那还能找到阻止他的手段！可是，那家伙只是在走路啊！只是走路，周围就变成了火焰地狱！"

"格拉内罗伯爵……我记得，您应该有魔法方面的知识吧，有没有……"

"我没有学过那样的能力……"

"是这样啊……打个比方，敌军的亚人还剩下一万左右。我们一边逃离亚达巴沃，一边歼灭亚人如何？"

听到加斯蓬德的提案，侯爵重重点了点头。

"看来只有这个办法了啊……尽管非常困难，可是打倒亚达巴沃对我们来说更加困难。"

"请等一下，"抬起手来的是科恩伯爵。"我反对。或许杀死亚人之后亚达巴沃会走，可是，谁也没法保证他不会把这里的人杀光再走。"

有道理。不过既然这样说，加斯蓬德当然会提出问题：

"那么该如何是好呢？"

"交涉就行了。"

听到科恩伯爵一脸认真地说出这话，好几人都没忍住，笑了出来。

见自己被嘲笑了，科恩伯爵脸变得通红，不过他还没来得及开口，加斯蓬德已经先提出了问题：

"伯爵，我们要和那个恶魔做什么样的交易呢？"

"这、这个嘛，比如让我们平安离开，就给他某种东西……"

"给他什么？杀掉我们抢走不是更简单吗？莫非要给他这里没有的东西吗？什么东西？"

"殿下，请等等！我只是想说，战斗并不是唯一的出路！我说可以交涉只是举个例子！"

"伯爵的想法似乎有点……对，有点过于乐观了。再说，谁去和那样的怪物交涉啊……对了，听说魔导王陛下控制了一名女仆恶魔，她在卡林夏夺还战中也大显身手，不知道她的实力如何？"

格拉内罗伯爵将视线转向希姿。

"我无法战胜亚达巴沃……争取时间也很困难。"

"可是，如果和卡斯托迪奥团长一起作战，或许能争取到一点时间吧？"

这建设有一定的道理。就算要实施加斯蓬德的想法，也需要人来尽可能拖住亚达巴沃。

可这样说等于让她去死。

"嗯——"希姿歪着头，看着天花板，"发愁了。"

"怎么样？只要您肯帮忙，魔导国和圣王国的友谊将更加牢固。"

"嗯——嗯——"

"您肯帮忙了吗？！"

涅娅还在想她该怎样插话才好，希姿做出了回答：

"我拒绝。"

"能、能听听您的理由吗？"

"并没有理由。"

"并、并没有理由吗？"

听到多明哥斯伯爵惊讶的提问，希姿点了下头。

"你害怕亚达巴沃吗！"

"嗯……那好，这就是理由。我害怕他，我拒绝。"

多明哥斯伯爵无话可说了。话都说到了这份上，他还能说什么呢？要是希姿说出："要是你不怕你去争取时间啊"，他就更下不来台了。而且，如果希姿是讲道理表示不能去，他还能讲道理反驳，可她说的是感情因素，这就难办了。

鸦雀无声的大帐内，一位被叫来参加会议的北方军首脑，指挥数千军士和民兵的一人沉吟道：

"趁着亚达巴沃还没有完全掌握指挥权，我们赶快逃走如何？我不认为我们能战胜那样的怪物，以前有魔导王，可现在没有了……你们想得到谁能战胜他吗？没有吧？只要逃到南方……"

发言者身边的另一位沉吟道：

"亚达巴沃说不定也会追到南方来吧？"

砰——刚才的发言者一拳砸在桌子上，吼道：

"既然这样！就只能按照王兄殿下的方案，歼灭亚人了啊！既然逃不掉，就只有一条路，战斗！很简单嘛。"

"是啊，要想活下去，只有这一条路。我可不想再低着头经历那种地狱了。先催促士兵修建阵地——"

加斯蓬德直属的军士掀开门帘冲了进来。

"殿下！亚人的军队有动作了！他们正在整编阵形！"

刚才的战斗中，亚人并没有像样的阵形。大概是亚达巴沃已经掌握了指挥权吧。

"是吗……诸位，再过不久，敌人就要发起进攻了。我们也要尽快完成战斗的准备！"

听到加斯蓬德的话，与会者一齐站了起来。

不愿意浪费时间的人们争先恐后冲出了帐篷。

最后留在帐篷里的是涅娅他们。涅娅的部队一直保持着良好的状态，没必要临时抱佛脚。

涅娅注意到冲进帐篷的传令兵脸上的表情格外严肃。她觉得有点奇怪，可又不能问什么，就和希姿一起回到了自己的部队。

"好了，看来还有坏消息啊。"

"是！王兄殿下，让那几位回去没问题吗？"

"这等听过你的报告之后再考虑吧。"

对他直属的部下，加斯蓬德早就说过，在有第三者的地方，绝对不要说出不便于广为人知的情报。这位部下一直留在帐篷里，应该是有重要情报要说吧。

"殿下，亚人军队从东面推进过来了。这样下去，一个小时内应该就会到达这里。"

"怎么会……这样……"

加斯蓬德拼命克制，不让自己喊出来。这件事不能让帐篷外的人听到。

"东面不是有卡林夏吗？我们没有收到任何联络啊？就算他

们是大幅迂回，又是如何骗过巡逻的人呢……莫非数量非常少吗？"

"不，数量应该超过一万。我们要怎样做？"

就算在亚人的剩余兵力上加一万，也还是圣王国方面的兵力更多。可是这支军队是从东面来的，这一点是最糟糕的。我众敌寡，这种情况下受到夹击，按说消灭其中一方后，再去消灭另一方就行了。然而，这次亚人军中有亚达巴沃。

受到这样的夹击，圣王国军相当于无路可逃了。

"既然这样，你听好。这情报绝对不能让任何人知道。"

加斯蓬德冷冷地对一脸惊讶的侦察兵说道：

"这情报太危险了。如果这件事在全军中传开，士兵的士气会一落千丈，本来能胜利的战斗也没法胜利，会出现更多的牺牲者。为了团结，不能让人们知道这件事。"

"殿下……"

"没什么，只要在一小时内分出胜负就行了，不用那么担心。"

"遵命。"

"还有，尽可能不要再让侦察兵去东边侦查，要是情报传出去，会导致我军分裂，遭到各个击破。要瞒到最后一刻，明白了吗？"

"是！"

侦察兵离开了帐篷，他还有疑虑，不过似乎觉得加斯蓬德所说的也有道理。

在所有人都离开后，帐篷中的加斯蓬德捂住了脸。

●

圣王国军建造起了非常简陋的栅栏，西侧和北侧虽然已经建好，南侧却只建了一半左右，东侧还没有开工。有人提议与其据守在这样的栅栏中，还不如到能施展阵形的平地战斗。于是圣王国军放弃据点，在平地上迎敌。

他们选择的是横阵。

亚达巴沃出现在哪里，哪里的部队就会全军覆没。既然这样，其他部队只要无视亚达巴沃，只管与亚人交战就行了。摆出横阵就意味着做好了有部队要牺牲的准备。其中雷梅迪奥斯率领的圣骑士团负责游击，没有被安排到任何位置，这是为了让他们赶向亚达巴沃出现的地方。

涅娅的弓兵队同样打游击。涅娅认为其中有两层意义：让希姿这个魔导王的部下跑起来更容易，还有把她安排在行动方便的部队，如果她改变了主意，想和亚达巴沃战斗了，也不至于让阵形出现缺口。

亚达巴沃出现后，涅娅的部队该怎样做，他们已经商量过了。

去消灭亚人，躲到安全的地方，还是——与亚达巴沃战斗？

大家的意见一致。

去消灭亚人。

人们确实对罪魁祸首亚达巴沃恨之入骨,然而连魔导王都没能战胜他。他们有自知之明,知道为了在战略上更接近胜利,还是把力量用到消灭亚人上为好。当然,他们也不想意气用事,把对自己有大恩的魔导王的部下希姿害死。

涅娅骑在马上,瞪着敌军。

上一次战斗还漏洞百出的亚人联军,现在却保持着无懈可击的阵形。先前不分兵科,只是分种族聚成几团,现在已经变成了训练有素的部队,秩序井然。

亚人之前摆出过如此威武雄壮的阵势吗?鳞次栉比的盾牌看起来坚不可摧,如林的枪剑寒光闪闪。这阵势不但体现了亚达巴沃高超的指挥能力,更如实体现出亚人对他的向心力。

不——

(理所当然,看到了那么强大的力量,不可能有亚人不服从。)

许多亚人都重视力量,想必都很愿意追随亚达巴沃。

战斗很快打响了。

涅娅他们在后方射箭。

三千人一齐射出的箭像雨一样落到敌人身上。

这次战斗,人类采取了横向大范围铺开阵形,短时间内取得胜利——歼灭亚人的作战方式。

重装骑兵也一开始就发动了突击。人类背水一战，怀着不成功便成仁的狠劲，进行着不管不顾的攻击。与之相对，亚人则稳守不攻。

亚人应该明白，人类军队一鼓作气的攻击就像是给篝火添柴，完全燃烧之后，木柴只会变成灰烬散落。

单体战斗力处于劣势的人类，想冲垮一心防御的亚人军队是很困难的。不，在没有亚达巴沃的时候，想必也不是不可能。然而，现在许多种不同的种族已经被整编到一起，每个亚人都能最大限度发挥自己的能力。亚人们互相弥补，让彼此变得更强。

现在亚人军的防御能力，让人类感到几小时前的优势好像是一场梦。人类几次尝试突击，用长枪刺，用弓箭射，可是亚人坚固的防守纹丝不动。不仅如此，反倒是主动攻击的圣王国军方面损失更大。

时间一分一秒过去了。这场战斗不能拖到夜里，不，在到夜里之前，人类方面的精力和体力就会燃尽，反而被亚人冲垮。

而且——

"亚达巴沃出现在2A地区！步兵第二部队全军覆没！"

"步兵第四部队死伤惨重！"

"枪兵第六部队死伤惨重！"

——传令兵大声报告着战场的状况。

"这次又跑到那边去了？！"

依照加斯蓬德的提案，人类方面把战场划分为几个区域。

为了让部队方便行动，他们给各区域分配了编号，尽管并不准确，不过可以为人们提供一定程度的参照。

或许是附近的士兵开始逃离亚达巴沃，从这么远的地方也能看出那边的队列非常混乱。就在这时，亚人军发起了攻势，兵团像溶解了一样被消灭了。

就像这样。

亚达巴沃只是出现了一次，发挥了他的力量，五百人的部队就溃不成军，出现了近千名死伤者。而亚人的军队从亚达巴沃制造的缺口发起突击，让圣王国军付出了更大的牺牲。

如果亚人们就此发起攻击倒还好，可是进行一定的追击后马上后退，重新开始龟缩防守。这样一来，圣王国军没法展开混战，采取让亚达巴沃不方便行动的战术。大概正是在亚达巴沃完美的统领下，亚人才能采取这样的战术吧。

雷梅迪奥斯率领的圣骑士团赶往2A地区，可是到达的时候，亚达巴沃已经不见了。他已经传送走了，好像嘲笑人类一样，出现了在了别的地方。

这样的情况一直在重复。

状况非常糟糕。

然而涅娅，包括涅娅身边的其他人，也确实想不到好主意。他们能做的，只是向亚人的部队射去雨点般的箭。

希姿只是在涅娅身边看着战场。她的武器和弓不同，不能曲射，这一战中没机会见识她的高招。

当涅娅感到手指开始疼痛的时候，箭筒空了，而且出现这种情况的并非只有涅娅。

"巴拉哈大人！箭已经不多了！"

箭也不是无穷无尽的。

"暂时撤退，进行补给！"

听到涅娅的指示，部队退向后方，回到了补给部队旁。

涅娅很想让队员休息一下，遗憾的是他们顾不上休息。

"准备好了吗？"

"是，巴拉哈大人，随时可以开始攻击！"

"那么——"

涅娅正打算喊"出发"，只见东方几个骑马的斥候跑了过来。

跑在最前面的斥候兵视线与涅娅交会的瞬间，喊了起来：

"亚人军正从东方接近！当心！"

"啊？"

涅娅惊讶地转过头去，眯起眼盯着东方，只见远方有一丝烟尘，下面仿佛有人影。人影距离他们已经不远了，只要对方的移动速度不太慢，不一会儿就会到达他们这里。

怎么会出现这样的疏失！

光顾着与眼前的亚人战斗，疏忽了对后方进行足够的戒备。

涅娅多希望这不是真的，多希望是留在卡林夏的人作为援军赶来了。

可惜，没有那种可能。如果真的是援军，应该会派快马提前来通知的。

涅娅觉得自己好像要瘫倒了。

这消息太令人绝望了。

与援军前后夹击——这才是亚达巴沃的目的。

他没有冲得太靠前，而是让亚人们去战斗。这样一来人类为了胜利，就会放弃逃跑而选择战斗。他的目的是把人类留住，不让他们逃跑。

也就是说，亚达巴沃看穿了人类的计划，知道他们以为歼灭了亚人，他或许会选择逃跑。

"哈哈！这也是当然的！"

贝特兰德好像真的觉得很有趣一样，笑了起来。

大家慌忙看向他，想知道他这是怎么了。只见恢复了冷静的他对涅娅说道：

"加斯蓬德殿下的想法有个致命的错误。我们为什么一直没有察觉呢？"

"什么错误？！"

"巴拉哈大人，错误显而易见。既然亚达巴沃控制着丘陵地带，就能从丘陵向这边派遣增援。只是歼灭圣王国中的亚人，亚达巴沃不一定会撤退。"

"啊！"

听到贝特兰德的说明，如梦方醒的不光是涅娅，周围听到他的话的人都发出了一样的惊叫声。

"歼灭圣王国中的亚人,然后反攻丘陵地带,再把丘陵地带的亚人歼灭,这才能验证加斯蓬德殿下的想法是否正确。"

言之有理。为什么涅娅他们早没有想到呢?贝特兰德说出了答案:

"我们被加斯蓬德殿下的想法中,说不定可以拯救圣王国的希望蒙蔽了双眼,没有深入思考啊。"

反攻丘陵地带几乎是不可能的。也就是说——

"拯救圣王国的道路……是没有的?"

沉默降临,战场的喧嚣听起来格外遥远。

"不……"贝特兰德好像很难开口一样说道,"只有一条。"

"是什么?!"

"亚达巴沃。打倒魔皇亚达巴沃。"

即使听到完美的答案也没有人欢呼。这是世上最困难的题目,正因为做不到,人们才开始执行加斯蓬德的方案。

"看来还是应该先去寻找魔导王陛下的。我们做出了错误的选择。"

如果涅娅和希姿没有参与夺回卡林夏的行动,而是前往丘陵地带的话,或许就不会有今天了。

说实话,或许很困难。涅娅认为自己一直在做最好的选择,一直在避免感情用事,提高成功率。

不过,或许她应该冒险去挑战的。

如果——

如果——

如果——

许多"如果"闪过涅娅的脑海。一想到她只要有一次选择了"如果"就不会走到今天，后悔和罪恶感就像海啸一样扑面而来。

士气降到了最低点，而且士气低落的并不只有涅娅的部队。

胜败已分。

胜利最基本的前提条件本来就不成立，继续战斗下去也是白搭。

接下来就看怎样才能在牺牲更少的情况下结束这场战斗，怎样才能逃到安全的地方。只是，这样做并不对。

弱小即罪恶。

无法帮助别人的弱者是罪恶的，正因为如此他们才一直努力训练。

他们不能到死都是罪恶的。

他们将无颜面对代表绝对正义的魔导王，安兹·乌尔·恭陛下。

下定决心之后，涅娅不禁说出了真心话。

"结束了——"

她的声音比她想象中更大。周围的人似乎都明白了她的意思，或者是和她有相同的想法，纷纷低下了头。

到此为止了。

解放圣王国，救助人民的梦想到此结束了。

仔细想来，正因为有魔导王的力量，他们才能心怀梦想。失去魔导王之后，梦想也随之破灭了。

涅娅尽管知道现在不是笑的时候，却还是笑了起来。恢复严肃的表情之后，她看向了希姿。

"能请你逃走吗？"

"涅娅呢？"

涅娅挺起了胸膛。

"我不能逃走！我亲眼见证过魔导王陛下的丰功伟绩，受过魔导王陛下的熏陶，我不能作为弱者——罪恶终此一生！"

涅娅看到周围的人抬起了头。

"我不逃！"

他们的脸上又有了战士般坚定的表情。

那是下定了决心的表情，涅娅甚至想让魔导王来看看。

"可是……前……不，你和我们不一样……因此我要请你接受我们的托付。你是魔导王陛下的部下，把我们对陛下的感谢托付给你或许有点奇怪……拜托了，请你去找魔导王陛下吧，希姿。你可以随意使用我们留在卡林夏的组织。所以……"

"没问题。"

涅娅认为希姿是在肯定她的请求，松了一口气。

不过，她的表情很快就换成了诧异。

"我没必要去。"

"这,这怎么讲?"

"看。"

希姿所指的是从东方——卡林夏方面来的各个亚人种族的援军,其中还有半兽人和蓝蛆。涅娅定睛一看,发现正在靠近的亚人援军都举着旗帜。而那是——

"什么?"

涅娅愣住了,惊叫起来。

她怀疑自己的眼睛,反复确认后,发现她看到的东西没有变化。

"你看,没必要。"

涅娅很熟悉她看到的旗帜。

那是魔导国的国旗。

涅娅的同伴们也惊叫起来,证明她看到的并不是幻影。

"那应该是魔导国的旗帜吧?巴拉哈大人以前讲过!"

"那是魔导国来的援军?我记得巴拉哈大人确实说过,魔导国有亚人。"

现在正处于战时,此时此刻就正在进行你死我活的战斗,有许多人正在遭受亚达巴沃的屠杀。

然而涅娅却忘了一切,拼命想把握眼前正在发生的状况。紧接着,人们发出了一阵巨大的,真的非常巨大的惊呼。

亚人军队好像经过了专门训练一样,整齐地一分为二。一名不死者沿着亚人中间的通道走了过来。

那是一位身穿漆黑长袍,骑在骸骨马上的魔法吟唱者。

那就是涅娅一直想去寻找,无数次在梦中见过的英雄。

"魔,魔导王陛下……真的吗……"

涅娅没有自信,害怕自己看到的不是现实中,而只是梦境。

然而眼前的光景如此真实,并不是梦。

感情爆发了,她搞不清自己现在到底是什么心情。

她只知道眼泪模糊了视野,自己只顾得上不停擦眼泪。

希姿向魔导王挥手。魔导王看到后,策动不死者坐骑向涅娅她们这边跑来。

魔导王越来越近了。

她该怎么样和魔导王说呢?是应该为没能去帮助他而道歉吗?道歉后她能得到原谅吗?她还没来得及开口,魔导王已经到了她身前,轻巧地翻身下马。

"嗯,在这里见面真是奇遇啊,巴拉哈小姐。巴拉哈小姐是不是认为我已经死了呢?"

"魔,魔导王陛下!"

涅娅的眼泪不停地向下流。

"我一直相信陛下一定活着!希姿前辈说陛下没事,我也觉得不要紧,可是,真是太好了呜呜呜!"

"啊——嗯。啊——嗯。嗯……是吗,我很欣慰。啊?前?"

魔导王似乎也在为再会而高兴,说话都不利索了。

"不哭。"

希姿把手帕拍在涅娅脸上,一通乱擦。

"又沾上鼻涕了。还是很受打击。"

"嚯……看来你和希姿相处得很愉快啊,巴拉哈小姐,我感到非常欣慰。"

"这多亏了陛下!多亏了有希姿前辈!非常感谢!"

涅娅心里五味杂陈,竟不知道自己都说了些什么。

"是吗……这一点我们倒是没想到……希姿,怎么样?"

"涅娅,我喜欢你……你长得很有味道。"

"请不要再说有味道了……"涅娅哭完了,揉着眼,擦掉最后的眼泪,"陛下,我有无数的事想问陛下,最想问的是……陛下会不会怪我们的救援迟迟不到?这完全是因为我——"

"巴拉哈小姐,"魔导王抬起手,打断了涅娅的话,"你在说什么?我觉得我没有什么可怪你们的吧?"

眼泪再次涌出了涅娅的眼睛。不光是她,听到魔导王仁慈的一番话,周围的人也流出了眼泪。刚才眼睛中一直噙着泪水的人,开始放声大哭。

魔导王的肩膀抖了一下。

"啊,诸位,不要哭了。你们没有其他的事想问吗?不是说有很多问题吗?"

"啊,是的。"

再次被希姿擦过脸后——沾了鼻涕的那一面似乎折到了里

面——涅娅向魔导王问道：

"那，那些亚人士兵是魔导国的吗？"

涅娅没看到不死者，或许是亚人走在前面了吧。

"不是……等等，这样说应该也对吧？我掉到了亚贝利翁丘陵，就把丘陵纳入了魔导国治下。所以，说他们是魔导国的士兵应该也没错。"

涅娅惊呆了。

太厉害了。

除此之外，她还能有什么感想呢？

丘陵居住着各种各样的亚人，还有奉亚达巴沃之命统治丘陵的心腹大恶魔。而魔导王却单枪匹马解决了所有问题，把丘陵纳入了魔导国治下。除了魔导王之外，还有谁能做到呢？

涅娅兴奋得浑身颤抖。

"然后嘛，我花了比较长的时间，把受到亚达巴沃折磨的亚人团结起来，率领他们组成的军队来到了这里。来给我和亚达巴沃的战斗画上句号——看来我来得正是时候啊。"

魔导王的脸是白骨，没有丝毫动作。然而涅娅却觉得自己看到了霸气十足的笑容。

"真不愧是魔导王陛下！"

泪如雨下的贝特兰德扑向了魔导王。

"哇，什么人！"

贝特兰德猛然双膝跪地。不，不仅是他，涅娅周围的——

支援团体的成员都扑向了魔导王,仿佛五体投地般跪倒在他的脚下。

"真不愧是魔导王陛下!"

"真是令人钦佩,魔导王陛下!"

听到这么多声音,见过大世面的魔导王也吃了一惊。

"噢,啊啊,嗯……这么说起来,我也想问个问题,巴拉哈小姐,这些男男女女是?"

"回禀陛下。这些都是感谢魔导王陛下的仁慈,想要报恩的人。"

"没错!我们是魔导王陛下救出去的人!"

"是的!我们希望尽可能报答魔导王陛下的恩情,因此响应了巴拉哈大人的号召,组成了支援团体!"

好像要证明他们的话一段,涅娅自豪地说道:

"不只是这些人!想向陛下报恩的人还有很多!"

"噢噢……我真是太欣慰了……大家都像他们一样吗?"

"是的!如陛下所说!大家都心怀同样的感激!"

"是,是吗……谢谢,诸位。"

大家听到魔导王的感谢,察觉到他们报恩的方式没错,纷纷泪流满面,周围一片呜咽声。

"你们这是因为感谢我才哭的吗?"

"是的!陛下说得没错!"

"巴拉哈小姐召集的人们……怎么说呢,几日不见,巴拉哈小姐真是有明显的成长啊。"

"非常感谢！魔导王陛下！"

听到魔导王的赞扬，涅娅露出了满脸笑容。

"好，好了……巴拉哈小姐，让他们站起来吧。我是为了雪耻才回来的……亚达巴沃在哪儿？"

"啊！对了！亚达巴沃——"

好像正等着这话一样，一阵火柱冲天而起。涅娅一想到火柱下方有多少圣王国士兵身亡，就不禁浑身发抖。

"原来如此，看来巴拉哈小姐不需要说下去了。和那家伙再战的时候到了。希姿！"

"是，安兹大人。"

"接下来交给我吧，你保护好这些人。你要让他们准备好，等我得胜归来的时候，以赞赏来迎接我。"

噢噢噢噢噢——欢呼声响了起来。

"听着！上一战我因为大意输了。敌众我寡，魔力匮乏。然而，这次没有上次的问题。亚达巴沃不可能在这么短的时间内再召唤出那么多恶魔。不仅如此，我的魔力也已经完全恢复了。现在的我没有丝毫败北的可能！诸位就在这里等着我胜利的喜讯吧！"

听到魔导王的绝对胜利宣言，人们再次发出了高声欢呼。

随后，王者一抖长袍，走向了无人荒野。在他绝对的霸气之下，所有人都闪到两旁，让出了一条笔直的道路。

"陛下!"

听到涅娅的声音,魔导王站住,扭头看向了她。

"祝陛下旗开得胜!"

"当然!"

魔导王重新迈起步子。他的背影越来越小,然而,涅娅丝毫不觉得孤单和恐惧,她现在甚至有婴儿在母亲怀中的安心感。有这种感觉的不光涅娅,与她志向相同的人看起来都有同感。

"赢了。"

站在涅娅身旁的希姿,用确信魔导王会胜利的声调,只说了两个字。涅娅同意她的看法。

不一会儿——火焰先飞到了空中,随后一团黑暗追了上去。

两者和之前一样,在空中激烈争斗着。

战场上已经没有了吼声。

两军都停止了攻击,看着空中的一战。

没错。

所有人都明白。

这场战斗的胜利者、胜利方将拥有结束一切的权利。

那是常人无法涉足的领域,双方的战斗已经进入了神的世界。

光亮。

黑暗。

火焰。

雷电。

流星。

无法理解的现象。

激烈的彼此冲突。

然后——

"啊啊!"

涅娅发出了欢呼声。

她敏锐的视力捕捉到,火焰消散,那团黑暗从天上降了下来。

相比上一战,这一战快得令人惊讶。仿佛是在证明,只要魔导王的魔力恢复,没有女仆恶魔碍事,他竟然能如此轻松地取得胜利。

"希姿前辈!"

"我早就说了,晚辈。"

涅娅抓起毫不惊讶的希姿的手,拼命摇着。只是这样她还不满足。

她还紧紧抱住希姿小小的身体,手绕到希姿背后用力拍着。

所有人都看到了胜利,爆炸般的欢呼声响了起来。

魔导王缓缓降下,落到了大地上。

而当魔导王举起手的时候,欢呼声如同海啸般席卷了平原。

Epilogue

魔导王与亚达巴沃一战分出胜负之后，人类取胜就太轻松了。亚人已经失去了战斗的意愿，圣王国军要做的就像剿灭残兵败将一样，几乎没有出现伤亡，只有亚人的尸体横七竖八躺倒在大地上。

敌军的总指挥亚达巴沃已经被击败，没有人再阻挡圣王国军的步伐。

他们很快夺回了大城市普拉特、首都贺班斯。

接下来他们还要去解放更靠西的大城市利姆恩，村庄改造成的收容所中，也还有许多圣王国的国民正在受苦。不过战斗到现在，可以说算是取得了一定的阶段性成果。

解放后的首都沸腾了，就算过了一天，欢庆的热度依然没有冷却——不仅不减，人们看起来似乎庆祝得更加狂热了。

不过，包括涅娅在内的高层知道，他们面临诸多亟待解决的问题。

首先是食品，圣王国的食品储备被亚人劫掠一空，今后食品问题将成为圣王国发展的一大障碍。

接下来是战争中牺牲的生命，换句话说可以称之为劳动力。如果牺牲者中有身怀特殊技术的人或者未来的学者，圣王国的损失或许是无法弥补的。

还有资源。恢复亚人夺走、破坏的各种东西，需要大量的资源。

最后是时间。为了弥补亚人夺走的两个季节，圣王国人民需要付出加倍的辛劳。

还要找到和剿灭潜伏在圣王国国内的亚人。

疑似被亚人夺走的大量的宝物——金银财宝和魔法道具也去向不明。亚人有独特的文明，用贵金属作为装饰品，因此搜罗人类的财宝并不奇怪。只是，完全查不到这些财宝的去向，这一点十分异常，圣王国查不到敌方运输部队的丝毫踪迹。

面对这么多问题，肯定有人想暂时沉浸在胜利的喜悦中。在直面今后的痛苦前，人们需要片刻的休息。涅娅也认可这样的想法。

不过，只有今天不行，今天她没法沉浸在快乐中。

要说为什么，因为今天是离别的日子。

是令人非常悲伤的日子。

王都东面——正门内孤零零停着一辆马车。涅娅非常清楚，这辆马车尽管外表朴素，里面其实高雅简约，功能也非常出众。特别是座椅上的坐垫，坐久了屁股也不会痛，甚至曾令涅娅非常感动。

没错。

这就是涅娅和魔导王来到圣王国时一路同乘的马车。

也就是说，今天魔导王就要离开圣王国，返回自己的国家了。

按说魔导王的马车旁应该伺候着众多亚人才对：魔导王将亚伯利恩丘陵统一，率领众多亚人赶来支援，与亚达巴沃战斗。

可是现在马车旁一个亚人都没有，魔导王让他们回丘陵去了。

不过，这并不是最近两天发生的事。与亚达巴沃的最终决战结束当天，魔导王就命令他们返回了丘陵。

涅娅问过理由，魔导王的回答是："你们不愿意与亚人携手并进吧？"他是顾及圣王国人民的情感，才做出了这样的决定。

涅娅满心感动。

顾虑别国国民的精神状态，让自己的士兵返回，与圣王国的民兵共处。这样的王上哪里找去。

没错，只有万王之王——宽厚的魔导王。

与涅娅志向相同的团体成员和她有着一样的感动。

因此涅娅擅自决定，带着同志们跟在魔导王身旁。她这样做是仗着不再有人和她唱反调。当然，现在几乎已经没有了战斗，他们只是陪同魔导王，不过同志们的表情涅娅至今记忆犹新。

能走在拯救自己和同伴的人物身旁，这多么令人高兴啊。能与打倒亚达巴沃的英雄同行，又多么令人自豪。能陪着自己憧憬的王，是多么幸福。同志们的表情中藏着各种情感。

现在，这些人也不在视野范围内。

她能看到的只有圣王国王都的城墙和城门，还有通向普拉特——乃至更远的魔导国的公路。

"魔导王陛下，一定要今天回去吗？迎来王都的解放，人们欢呼雀跃。我想许多人都希望能在几天内，邀请解放王都功劳最大的陛下，举行一场向陛下表达谢意的典礼……"

相同的问题涅娅已经问过许多次了，她也知道得到的恐怕会是相同的答案。明知如此还要问，这大概就是涅娅婆婆妈妈的一面吧。

"是的，我今天要返回魔导国。我可没有在典礼上保持举止得当的自信。"

魔导王小声沉吟之后，似乎是怕涅娅当了真，慌忙大幅度耸了耸肩。

（陛下真是不擅长开玩笑。）

"陛下，您开玩笑。"

"嗯，是啊，没错。我是开玩笑，是开玩笑。说实话，我该做的事都做完了，没有必要继续留下了吧。我作为国王，还要为魔导国引路，长期让王座无人值守，会被宰相雅儿贝德训斥的。"

涅娅脑海中回想起只见过一次的绝世美女。那位女子实在太美，涅娅无法忘记。

（那位大人就算生起气来，应该也并不可怕，还是说正因为她是美女，生起气来才格外可怕呢……我知道魔导王说的不是那个意思，不过我还是没法想象那样的美女生起气来会是什么样啊。不过……好令人羡慕……）

听到魔导王只会对自己人说的，涅娅再怎么想听也听不到的话，她羡慕得很。要是她能听到魔导王对别人说"我会被涅娅训斥的"，她该多么高兴啊。

"是这样啊……不能和圣王国的同胞一起为魔导王陛下送行，真是太遗憾了。"

魔导王是突然提出要启程的，眼前没人送行的冷清场面正说明了这一点。

"我告诉了加斯蓬德阁下，不要搞大排场。接下来这个国家还要面对各种问题，与其把劳动力和物资浪费在为我送行上，还不如用来复兴你们的国家。"

"陛下……"

陛下为什么要走呢？

如果涅娅跪倒在魔导王脚下，哭喊着拉住他不让他走，他会多留一天吗？

尽管有这样的欲望，涅娅还是努力忍住了。她不能仗着魔导王的仁慈得寸进尺。

"啊，我这样说可没有居高临下的意思，怎么说呢，这个国家确实百废待兴。真的……财宝之类，我觉得多留一点也可以啊……我其实是想说，你们不用在意我，把你们的国家搞好就行了。而且……你想，圣王国稳定下来，对于临近的魔导国来说也是好事嘛。将来我们说不定要通商的。"

魔导王大概是察觉到了涅娅的心情，赶忙安慰她吧。平时的魔导王说话总是很威严，刚才这番话却显得有些没底气。

"非常感谢，陛下。"

"嗯？嗯，没事，不用在意。我来到圣王国还有一个目的，就是夺取亚达巴沃的女仆恶魔。而实际上——"魔导王在身旁默默隐藏声息的希姿后背上推了一下，"我也得到了。我这一趟没有白来。"

圣王国真的没有给魔导王一点谢礼，这让涅娅觉得有点羞耻。

希姿——女仆恶魔是魔导王凭自己的本事抓到的。不光是涅娅，和涅娅有相同志向的人都有一样的想法。

有人提出由他们来向魔导王赠送一些礼物，可是有又意见认为，他们并不是圣王国的代表，由他们来向一国之君赠送礼物，反而会显得失礼。这个提案也就没有实施。

涅娅本希望加斯蓬德能在国家层面上表示向魔导国出让某些东西，或者签订某种对圣王国方面不利的条约。

"如果你希望，我可以用一年一次的大魔法，复活你的双亲。"

"非常感谢，陛下。不过——还是不了。"

解放首都的时候救出来的囚犯中，有人目睹了涅娅的母亲战死。涅娅听那人描述了母亲战死时是多么英勇，就算不复活她，想必自己也不会生气。

而且涅娅听说过，复活魔法需要价格高昂的物品作为触媒。那种触媒的费用涅娅恐怕承担不起。尽管仁慈的魔导王很可能不需要她支付费用，她还是认为自己不该再为了一己之私，滥用魔导王的厚意。

只有一点涅娅感到遗憾：亚人似乎把遗体处理掉了，她没法跟母亲做最后的告别。

"长谈下去只会徒增分别之苦，我们差不多该走了。希姿，你有没有什么要对巴拉哈小姐说的？"

"再会。"

"是！再会！"

希姿把手伸了过来，涅娅握住了她的手。

两人不约而同地松开了彼此的手。

"这样就行了吗，两位？"

"不要紧……的。"

"是，魔导王陛下。"

"是吗？那好——希姿，我们走。"魔导王的脚踏在马车的台阶上，回头向涅娅说道，"今后，这个国家会遇到各种困难。不过……你一定能行的。我们再会吧。"

"是！"

魔导王正打算进马车，涅娅看着他的背影不禁问道：

"陛下！魔导王陛下！"

魔导王停在台阶上，回过头来。涅娅咽下口水，鼓起勇气，用颤抖的声音说：

"请，请问！我可以叫陛下安兹大人吗！"

多么厚脸皮的请求啊。就算魔导王怒斥她这个别国国民不懂礼数也不奇怪。

"啊？啊啊，可以啊……想怎样叫我都可以。"

"非常感谢！"

涅娅向宽厚的国王低头行礼，抬起头来的时候，希姿正在上马车。

"希姿前辈，保重！"

"嗯！"

希姿竖起拇指，消失在了马车中。

不知道那马是怎么感觉到两人已经进了车厢的，它发出一声嘶鸣，自动奔跑起来。

"再会了，魔导王陛下！"看着远去的马车，涅娅不再强忍泪水，她大声喊道，"向魔导王陛下高呼万岁！！"

随着她声嘶力竭的吼声，开始呐喊的并不止一人。

王都的城门并不只有这一座。与涅娅志向相同的人，悄悄从其他城门到城外集合，这会儿一齐在城门外现了身，大声祈祷，祝愿魔导王的荣华。

"万岁！"

"万岁！！"

"万岁！！！"

与此同时，人们使出浑身的力气，撒出他们收集来的花瓣。

马车就在落英缤纷中前行。

对拯救圣王国的英雄来说，这样的送行显得太寒酸。不过，这已经是涅娅和她的同志们能力的极限了。

在被眼泪模糊的视野中,马车越走越远。

涅娅抽泣着。

她很伤心。

她希望魔导王、希姿能邀请她去魔导国。如果他们真的开了口,涅娅或许会抛下一切跟他们走。

不过,他们并没有开口。

涅娅觉得难过。

看起来说到底她只是魔导王在圣王国期间的侍从,对魔导王来说仅此而已。

各种负面情绪涌上涅娅心头。

然而——不对。

涅娅觉得魔导王的那句话言犹在耳。他是这样说的:"今后,这个国家会遇到各种困难。不过……你一定能行的。我们再会吧。"

也就是说,魔导王对涅娅有所期许。

他相信涅娅能让百废待兴的圣王国重新振作起来。

这段经历改变了她的人生,感觉漫长实则短暂的时光结束了。不过——这是一个开始,她有许多必须去做的事。

首先她要展开行动,报答魔导王的恩情。

然后要设法帮助圣王国复兴。正义与罪恶,涅娅一直不知道它们到底指什么,而现在,她可以挺起胸膛说出来。

魔导王即正义，同时，弱小即罪恶。另外，努力变强是非常重要的。

涅娅要把她悟到的真理，在重获和平的圣王国广为传播。

"巴拉哈大人，请擦擦眼泪。"

说话的是贝特兰德。

涅娅一看，发现他的眼睛严重充血，或许是来到涅娅身边前就擦干了眼泪，可是他的声音颤抖着，明显是哭了一场。

"好的。"

涅娅用力擦干了眼泪，就像希姿给她擦眼泪时一样。

"巴拉哈大人，许多看到了那一战的人，都说想听您讲魔导王陛下的故事，带着家人来了。"

"明白了。我会好好讲讲魔导王陛下——安兹大人是一位多么伟大的王。我也会跟大家讲讲希姿的。"涅娅看着前方说道，"离别令人伤感。然而——各位！我们走吧！去告诉更多人，陛下才是正义！"

"噢噢！！"

超过三千同志一起回应，跟在涅娅身后走了起来。

●

马车在前进。

这次旷日持久的工作结束了。安兹没有经历过所谓的单身赴任，不过大概就是这种感觉吧。尽管他不时回到纳萨力克，但离开这么久或许还是第一次。

统治亚伯利恩丘陵的亚人的工作，他已经全盘丢给雅儿贝德了，圣王国今后的工作，他也已经全盘丢给迪米乌哥斯了。

也就是说，安兹已经卸掉了肩上的重担。他和希姿对坐着，注意着不被希姿发现，轻轻出了口气。这次的工作进行到一半，迪米乌哥斯写的剧本就切换到了简单模式，然而在那之前的困难模式给安兹造成的疲惫还没有完全消退。不过，安兹还是感受到了完成一件工作——而且是一件相当棘手的工作后特有的安心感。

虽说如此，回到纳萨力克——耶·兰提尔之后，过去两个季节里积攒起来的工作，也需要他不紧不慢地去处理。以前他曾经觉得，这些文件雅儿贝德都看过，不用他再过目，一张接一张地盖章。雅儿贝德说了一句听起来像是讽刺的话："真不愧是安兹大人，这样的判断速度，实在令人佩服。"

没错，并不是因为回去之后有工作等着，他才不用能瞬间回去的"传送门"。

绝对不是。

他打算到人们看不到的地方再用传送之类的移动手段，不过现在还太早了。亮出自己的牌没有任何好处。当然，马车顶上的半藏什么都没有报告，而施放在马车上的反探测魔法也没有启动，这些都说明或许没有人监视安兹的马车。不过说不定会有安兹所不知道的监视手段。

安兹认为，只要不急，还是到视线会被遮蔽的地方再传送为好。

没错，他并不是为了尽可能晚一点看到那些读也读不懂的文件。

只是，唯有一个问题——

（坐上马车之后，希姿一言不发……）

涅娅当时也是这样，两人一起坐在马车上却什么都不说的时间，让安兹感到非常难熬。如果同乘的是男士，倒还能随便瞎聊，然而是女士就得小心选择话题了。

安兹从刚才开始一直盼着希姿会主动说些什么，遗憾的是他的愿望没有实现的迹象。他终于受不了沉默的重压，横下一条心开了口。

"希姿，这次你离开纳萨力克独自完成工作，感觉如何？有没有发现什么问题，或者今后的课题？"

部下为业务独自出差，先从听她报告情况开始好了。

尽管安兹不习惯和女士说话，不过只要当是在和女同事说话就没问题。

"我觉得……我努力了。"

"是嘛，你做得好啊。"

她说完了，就这么一句。

安兹又等了一会儿，希姿也没有继续说下去。

部下说自己努力了，这后面的话非常不好接。安兹心想：我是问你有没有问题和课题，你根本没回答嘛。可惜这是上司浅陋的想法，应该认为希姿的意思是她已经努力了，接下来看结果就是。而她这样回答其实是好事，说明没有什么问题和课题。

"可是……"希姿继续说了下去，"独立思考，独立行动……很难。"

"没错，你说得对。"

希姿一直在纳萨力克内工作，服从命令听指挥。然而，这回她只是接到了大致的指令，这是她第一次完成需要在指令范围内自主判断、自主行动的工作。第一次就交给她这么重要的工作或许有些不妥，不过据安兹所知，希姿做出了不错的成绩。

"不过，这样一来，昴宿星团的成员到外面工作也不会有问题。因为圣王国会把情报传递给其他各国，说女仆恶魔已经成了魔导王的部下。今后希姿或许也会接到命令，率领部下在纳萨力克之外活动，这次应该是一次不错的经验吧。不过指示太笼统了可不行啊，下令的一方还是应该给出充分——"

说到这里，安兹察觉到他是在给自己挖坑。安兹是纳萨力克的主人，他下令的机会是最多的。

（我怎么能写得出确切的计划书呢。话说，我写的计划一定会太过笼统，惹得雅儿贝德和迪米乌哥斯皱眉头！）

"重视随机应变，给部下留出一定活动空间的计划书。毕竟最清楚状况的是现场的人嘛!"

"是的。比起单纯按照命令做事,这次我学到了很多东西。"

"对,没错,就是这样,你的心情我很理解。"

安兹一边沉吟一边点头。他想到了看迪米乌哥斯的指示书时,没有的胃痛起来的自己,把自己和感到有收获的希姿一比,安兹的内心流出了眼泪。

"这么说来……"安兹换了个话题。刚才的话题继续下去,恐怕他还要受到更大的打击。"我不在的时候,你和巴拉哈小姐相处得很好嘛,刚才你们还依依惜别。"

"或喜欢……她。"

"是吗!那真是太好了!"

安兹毫不掩饰自己的欣慰。

铃木悟尽管没有孩子,但是他现在的心情就像父母得知没有朋友的孩子交到了第一个朋友一样。

(哎呀,幸亏我复活了她……嗯?喜欢是怎么讲,莫非不是朋友之类的关系,而是把她当成了玩具……)

安兹小心翼翼地问:

"我可以认为你们之间建立了朋友关系,没问题吧?"

希姿歪着头思考起来,然后肯定道:"是的。"

安兹背后仿佛盛开了大朵鲜花,爆炸性的欢喜马上被抑制了。

他一边在心里抱怨,一边想着这或许是纳萨力克的人第一次在外面的世界交到朋友，感受着细小波纹一样的愉悦。

纳萨力克的大部分人都不会到外面去，或许只是他们没有机会。其他人如果能到外面的世界去，大概也能交到朋友。

安兹并不觉得有朋友更优越，朋友多余的想法或许也是对的。

不过他觉得有能够交朋友的机会还是更好。

（我曾经有安兹·乌尔·恭的同伴们。应该让纳萨力克的其他人也得到自由时间，给他们机会到外面去接触别人为好……特别是马雷和亚乌菈。不，所有NPC诞生的时间很可能是一样的……嗯。）

"你和涅娅约好了今后见面吗？"

"没有，这里太……远了。"

"啊啊！距离不用在意，我已经记忆了几处能传送的地点。你什么时候想去玩，去就是了，我可以随时为你打开'传送门'。不用客气，嗯嗯。"

"要是有时间……我会请安兹大人帮忙的。"

"对啊！时间……我得让你们有时间才行。我一直对休假制度很感兴趣。我也会给昴宿星团的其他成员放假的，你们姐妹一起去玩不也挺好吗？人们现在已经认为你们处于我的控制之下了，应该没有问题吧？"

希姿想了一会儿，摇了摇头。

"不好。"

"不好啊……"

（什么意思啊？她是怕打扰涅娅吗，还是说其他成员会妨碍她和涅娅玩，要不然就是说其他成员会不愿意……）

"好吧，不好就没办法了。希姿自己去玩就是了。对了，我问你另一件事，巴拉哈小姐的双亲都死了，你知道吗？"

涅娅·巴拉哈的双亲果然已经死了。安兹本打算只要她请求，就帮她复活双亲的。只要这样做能让她心怀更大的感激——

（不，不对啊。）

说实话，复活涅娅的双亲已经没有多大的价值了。只要看看就知道，涅娅对他已经感激不尽。既然如此，没必要再做无用功。而且，复活短杖很贵重，安兹希望尽可能节省。如果是让佩丝特妮等人使用复活魔法，也要消耗金币和宝石之类有价值的东西作为代价。

说实话，没有与代价相应的好处。

（如果她是希姿的朋友，那就得另说了。既然是希姿的朋友，稍微优待一下也是可以的。）

正因为安兹觉得她们两人十分亲近，上马车的时候才提起话头对她们——不光是对涅娅，也包括希姿在内——试探了一番。

"不必……了。特别对待我不好。"

"是吗？这可是相当不错的伴手礼……既然你这样说……好

吧，就这样吧。"

其实，要复活死者，尤其是尸体状态不好的死者，很可能惹出麻烦事来。"为什么那人可以，我就不可以。"万一有人来求安兹复活圣王女，他会很为难。就算复活了，想必迪米乌哥斯也有办法对付，不过终究是弊大于利。

"如果你要去玩，可不能读那本书哦，没问题吧？"

"没问题……的。那本书在博士的房间。"

希姿拥有对付纳萨力克内所有机关的知识。让她带着所有的知识像这次一样出去工作风险太大，安兹在她离开前进行了"记忆操作"。

希姿对机关的记忆，就是制作希姿的玩家留下的设定。安兹本来心里没底，不知道魔法对这样的对象是否能生效。实际操作之后，他发现魔法发挥了效果。

正因为安兹用他搞到的豚鼠反复练习，才练成了这样的能力。他觉得继续练下去，说不定能用这招做更厉害的事。

安兹有预感，用这招或许能接触NPC的根源，比如记忆的开始、NPC的设定到底是什么之类。不过很可能归根结底只是安兹想多了，实际上压根没有那些事。而且要探个究竟，很可能真的需要对这个魔法精通到极点，理解有关记忆的一切。恐怕会需要大量的豚鼠和持续几十年的长期训练和研究，还有必要做好研究成果毫无价值的心理准备。

不管怎么说，现在的希姿带着错误的记忆，已经成了一种陷阱。

如果有人想利用希姿潜入纳萨力克,那这家伙可要吃苦头了。

"博士啊……那些希姿会动起来吗?"

"等时候到了……"

安兹心想那不也是机关吗,不过他没说出口,就像不能揭开圣诞老人的神秘面纱似的。

铃木悟不记得圣诞老人去过他的家,不过在名为YGGDRASIL 的游戏中,圣诞老人来找过他——

"其真面目是游戏运营方。"

安兹落寞地笑了笑,只见希姿正直勾勾盯着他,于是说道:"我在自言自语。"

"魔导王陛下。"

"嗯?"

"魔导王陛下。"

"怎么了,希姿?"

希姿以前一直叫他安兹大人的,突然改口用职务称呼他,这让他有点——应该说是非常困惑。

"以前我的叫法过于……亲昵吗?"

"你,你在说什么。你们叫我魔导王陛下,我反而觉得被疏远了。叫我安兹大人就行了,其实你们去掉大人也可以,直接叫我安兹如何?"

"那太失礼了,应该挨训。"

"噢，是吗？好吧，你不必叫我陛下就是了。"

"明白了。"

"对了对了，我用'讯息'拜托你的有关卢恩的事怎么样了？"

"我努力了。"

"是吗……"

看起来效果并不太好。当然，就算失败了，应该也没有问题才对。

安兹心不在焉地想着，借给涅娅的弓和其他道具，或许迟些再收回来为好。

他看着他的同乘者，去时是瞪着他的少女，回来时是面无表情的少女，都挺有个性的。

想到这里，安兹不禁轻笑起来。

●

加斯蓬德在王城最深处的——圣王居住的房间中，看着外面。

几天后就要举行加冕仪式了。他说为了静心，不让任何人进入这个房间——包括隔壁的等候室在内。

雷梅迪奥斯不会察言观色，肯定会提出反对意见的。现在，加斯蓬德已经命令她蛰居了。不，说蛰居并不准确，他是命令雷梅迪奥斯在家养精蓄锐，将来要派她去寻找潜伏在圣王国内的亚人。

虽说如此,还没有经过加冕就住进圣王的房间,对于与加斯蓬德敌对的人来说,这可是攻击他的好把柄。加斯蓬德明知如此还要顶风而上,是因为权力斗争已经开始了。

加斯蓬德的目的是在反对他的部分贵族说出什么之前,先形成既定事实。对于现在这位并不熟悉贵族社会相关知识的加斯蓬德来说,还是敌是敌、友是友,区别鲜明,他才更方便行动。

"我不在其他贵族中打点周到就直接登上王位,想必一部分贵族会感到不快。特别是南方那些没有因为那位大人蒙受损失的贵族。如果他们提出自己的不满,听到他们的声音,与我一起战斗的北方民众们会怎么想呢……"

"他们会对南方贵族产生不满并与之决裂——一分为二的圣王国就诞生了。"

有一个声音回应了加斯蓬德的自语。

那是仿佛会钻进人心中的轻柔声音。说话者是加斯蓬德的上司。

加斯蓬德马上转过身去,单膝跪在说话者脚下,低头行礼,然后抬起头说道:

"欢迎您大驾光临,迪米乌哥斯大人。"

他没有戴面具,也没有变身,直接出现在了这里。这首先说明,周围毫无疑问是他确认过绝对安全的。

"我来回收需要运到纳萨力克的东西,顺便来看看。到目前为止,有什么问题吗?"

"没有丝毫问题,一切都在按照迪米乌哥斯大人的计划推进。"

加斯蓬德露出了笑容,迪米乌哥斯也报以微笑。

"也有一些出乎意料的因素,不过多亏了安兹大人亲力亲为,我们顺利完成了计划的第一阶段。接下来就看你的工作能力了。"

加斯蓬德低头领命,不过他很清楚迪米乌哥斯说的不是真的。

迪米乌哥斯对他没有丝毫期待,只要他偏出了迪米乌哥斯铺好的轨道,迪米乌哥斯会马上修正,照样完成计划。

加斯蓬德真实身份败露时的预案应该也有好几种。他得到的指示中,有不少让他心怀疑问,不知其所以然的项目。这些项目一定是在为计划留后手。

计划的第一阶段,就是让亚伯利恩丘陵和亚人完全纳入魔导国治下,有可能妨碍魔导国统治的种族都要事先消灭,还有就是为圣王国的南北对立留下火种。

计划的第二阶段,是由加斯蓬德主导的南北彻底对立和抗争。

最后是第三阶段,魔导国对圣王国的完全统治。

"我的尸体是实现计划需要的道具,要由我来保管吗?"

"没有那个必要。尸体已经运到了纳萨力克,只要计划进行到需要尸体的阶段,可以再从纳萨力克运来。"

据说真正的加斯蓬德的尸体,已经包裹在名为安眠尸衣的道具中,运到了纳萨力克。

这种魔法道具可以阻止尸体在死后发生变化。加斯蓬德被抓后马上被即死魔法杀死,保持着非常好的状态,还没有开始死后僵直就保存到了安眠尸衣中。只要摸一摸,还能感受到尸体上存留的体温。只要用上这尸体,人们一定会认为加斯蓬德是突然死亡的。

"我跟你确认一下。作为下一任圣王应该做的事,你心里有数吧?"

"是的。为了让圣王国成为够格献给安兹大人的国家,我会尽可能让国家变得富庶。"

"对,没错。不过,绝对不要让不满减少。为了迎接新的王,不满是最好的佐料。"

"是。"加斯蓬德·二重幻影回话后,就他得到的计划书中没有的问题向迪米乌哥斯问道,"对了,那位姑娘该怎样应对呢?"

只听这话,迪米乌哥斯就想到了他说的是谁,第一次露出了发自内心的笑容。

"我曾经用深不可测来形容安兹大人……真是一点没错。安兹大人为我准备了如此称手的棋子,想必她的存在会以年为单位缩短我的计划实现所需的时间。"

加斯蓬德·二重幻影不经间察觉到,迪米乌哥斯不知道看着什么地方的眯眯眼动了。迪米乌哥斯看向的是墙壁——加斯蓬德想起墙壁对面是首都的正门。

"我是很想要醉心于安兹大人的人……没想到安兹大人居然在宗教色彩浓重的圣王国制造了这样一个姑娘……我一直不明白安兹大人为什么指示,把他借予武器的姑娘杀死也没关系,没想到竟然是为了把她的精神状态逼上绝路啊。"

迪米乌哥斯愉快地说着,他的这番话并没有特定对谁说。加斯蓬德只是保持着沉默,等待迪米乌哥斯的意识转向自己。

"幸亏我没有自作聪明,命令亚人留着那个姑娘不杀。不,就算我做出再蠢的事,安兹大人想必也能将其修正。安兹大人分明说想看我随机应变的能力,打算不多思考,破坏我的计划……结果却下了这样一招妙棋……安兹大人真不愧是整合诸位无上至尊的大人。每次,安兹大人都会让我明白我还差得远……呵呵,真是位残酷的大人。"

迪米乌哥斯仿佛感慨万千般摇着头。沉默降临房间之中。不一会儿,迪米乌哥斯好像要赶走兴奋的余韵,整了整领子,系正了领带。

"从态度来说,你应该全面支持涅娅·巴拉哈。表面上就给她个向安兹大人报恩的名目,这样做想必也有助于促进南北对立……近期我会给你详细的计划书,告诉你有人妨碍她时,你该怎样做。在那之前，先按照我们的既定计划行动吧。"

"是！那么那位姑娘，您打算怎样安排？莫非要让她做下一任圣王吗？"

如果是这样，就需要进行相应的准备。不过，想必迪米乌哥斯会做出相应的指示，他只要按照指示行事就好。

"圣王倒也不错，不过还是让她去承担别的职责为好。尽管我不知道安兹大人是否愿意被称为神，不过万一安兹大人有这个意向，准备好总是有好处的。她可以用来进行实验，对崇拜安兹大人为神的人们。"

"是！"

"好了，有没有什么你想先确认好的事呢？"

"回禀迪米乌哥斯大人，那个没用的女人雷梅迪奥斯·卡斯托迪奥，我现在按照计划随便找了个由头把她支开了，是不是杀掉她比较安全呢？"

"不，暂时让她活着，充当贵族们不满的靶子为好。就是为了这个目的，我第一次看到她的时候才留了她一条命的。把她迁到别的职位，圣骑士团方面由副团长继任团长职务。好好利用吧，一定能派上用场的。"

"遵命！"

"等对立明确之后再处理掉好了。"

加斯蓬德·二重幻影表示明白之后，迪米乌哥斯结束了对话，发动"高阶传送"，消失了。

潜伏在影子中的恶魔，还有加斯蓬德·二重幻影是绝对无法战胜的，迪米乌哥斯名为半藏的部下，依然留在他的身边。

他站了起来，重新看向窗外。

尽管他只能看到中庭，感觉却仿佛看到了城市各处欢喜的人群。他冷笑了一声。

"——多享受一会儿和平吧，我圣王国的人民。"

角色介绍

涅娅·巴拉哈

neia baraja

凶眼狂信徒

人类种族

职位——— 圣王国守军侍从。
住处——— 贺班斯黄金地段。（老家）
职业等级 – 圣骑士 ——————— 2lv
　　　　　圣弓兵 ——————— 3lv
　　　　　布道者 ——————— 2lv
　　　　　开创者 ——————— 4lv
生日——— 上风月1日
兴趣——— 宣扬魔导王的伟大之处。

{ personal character }

　　此人好像换了个人一样，因此再做一次角色介绍。死亡之后等级下降，又因为从战争中生还而等级提升。她的侍从职业置换成了其他职业，有了现如今又多又杂的职业结构，也称得上是她的经历所致。涅娅自身并不知道自己在使用技能对其他人的思维进行诱导（以及洗脑）。她的能力现在还只能对有心伤的人发挥效果，她的话会给他们带去慰藉。

克拉尔特·
卡斯托迪奥

kelart custodio

人类种族

面如菩萨心如夜叉

职位———— 圣王国最高阶神官及神官团团长。
住处———— 贺班斯黄金地段。（老家）
职业等级 - 祭司——————————— ? lv
　　　　 高阶神官————————— ? lv
　　　　 教皇——————————— ? lv
　　　　 其他
生日———— 上水月11日
兴趣———— 观察人类。（正反两方面）

{ personal character }

　　周边国家中最顶级的纯粹神官，其力量超过家喻户晓的苍蔷薇。不过她的能力是国家机密，很少有人知道。十分重视好友（卡尔卡）及家人，如果有人对他们做出了敌对行为，她会比她的姐姐更加好战，还会采取残酷无情的报复行动。对仇人她基本都会微笑着表示原谅，可那不过是在演戏。她是圣王国最可怕的女子，虎视眈眈地寻找机会，令与卡尔卡为敌的贵族失势。

加斯蓬德·贝萨雷斯

caspond bessarez

人类种族

忠厚的王兄

职位——— 圣王国王族。
住处——— 贺班斯的王城。
职业等级— 神官——————————— ? lv
　　　　　贤者——————————— ? lv
　　　　　高阶贵族（一般）———— ? lv
　　　　　其他
生日——— 下火月 27 日
兴趣——— 读书。（尤其喜欢历史读物）

{ personal character }

　　本人十分优秀，发现自己赢不了更优秀的妹妹之后，开始探求在贵族社会生存下去的知识。他对与血亲争夺王位持消极态度，向自己的妹妹让了一步。尽管没有为自己的决定后悔过，但也为自己的这位妹妹担心。实际上，如果他成了圣王，比起不会用卑鄙手段的妹妹，想必更适合担任一国之君。他是王族中为数不多的，没有被克拉尔特记恨的人。

古斯塔沃·蒙塔涅斯

gustav montagnés

人类种族

Character 56

胃痛着痛着就习惯了

职位——圣王国解放军副团长。
住处——贺班斯黄金地段。
职业等级－圣骑士—————— ? lv
　　　　圣洁骑士—————— ? lv
　　　　领袖（一般）———— ? lv
　　　　其他

生日——下风月27日
兴趣——玩赏小动物。

{ personal character }

　　圣骑士团两位副团长中剑术不精的那位，普通人都觉得他比起另一位更平易近人（虽说如此，也有一般人绝对无法战胜的实力）。他经常受到胃痛的折磨，自从知道魔法可以轻易将其治愈之后，激动得产生了学习信仰系魔法的想法。他为了放养一种既像松鼠又像兔子，被称为巴尼亚的可爱宠物，购买了房子。他的宠物名叫米尔谢和亚蒙那，能给他疲惫的心以慰藉，对他来说是非常重要的。

贝贝泽

| 异形类种族

beebeezee

光彩照人的紫水晶身体

职位——— 蓝蛆王子。
住处——— 亚伯利恩丘陵北部数千沉降洞穴之一。
职业等级 — 蓝蛆王（种族）——————— ? lv
　　　　　五行使———————— ? lv
　　　　　印术专家——————— ? lv
　　　　　其他

生日——— 冬之98
兴趣——— 听故事。

{ personal character }

蓝蛆是雄性非常稀少的种族，只要生为雄性就是王族。雄性在蓝蛆中极受重视，不能离开巢穴一步，几乎是在相当于幽禁的状态下终其一生。王子因为经常听到别人的赞赏，对自己的身体非常有自信，有点自恋倾向。顺带一提本页的种族并不是写错了。蓝蛆有个种族弱点，会受到本来只对其他特定种族生效的魔法影响，因此人类误以为他们是亚人类种族，实际上是异形类种族才对。

/ OVERLORD
Characters

四十一位无上至尊

角色介绍

篇

贝鲁利巴

异形类种族
bellriver

大胃王

| personal character |

他从事魔法剑士类职业,属于在魔法和武器间切换的类型。
不过,同样无法否定这类职业艺多不精的缺点,
公会人员充足的时候,他难逃替补的命运。
虽说如此,他作为玩家的能力值很高,
对角色的操作非常巧妙。在现实世界中,
他掌握了垄断世界市场的巨大综合企业的负面情报,
对方为了封口将他杀死,并伪装成事故。
他得到的情报已经交给了某位人物。

作者后记

各位读到这里的读者,辛苦大家了。您拿书的手一定很累吧?

如果是躺在床上读书的读者,想必一直在和书会失手落下的恐惧战斗吧。

第十三卷成了《OVERLORD》历史上第一卷超出五百页的作品。从内容来说,不知道大家是否满意,希望能有一些读者觉得本卷有趣。

不过说实话,这本下卷或许应该分成中下两卷。校对的时候我读了一遍,一次读下来脑子还真是挺累的。或许读完第四、第五、幕间,睡上一觉再读下去比较好吧。大家是怎样读的呢?对了,还有一点分成两册的好处,就是可以看到更多 so-bin 老师美妙的插画!

虽说如此，估计不会再有第二次了，想也是白想。

我每次都说要减页数减页数，页数多到这个地步实在是很辛苦。页数一多，各种工序都更花时间，日程拖得越来越靠后。除此之外，出现错字的概率也更大，真是没什么好处呢。

下一卷我想写一本对作者轻松、对读者友善的书。

好了，下一卷我希望能在二〇一九年内出版，不过在那之前我要先写一个很长的故事，到底能不能按时出版还不好说。希望大家不要急，慢慢等。在此期间动画第三季也会播出，希望大家喜欢。

不过，到了这个时候，后记中可写的东西确实没了。以前我只是读者的时候，一看到作者说不知道后记写什么好，我就会想：管它什么，写上不就是了。我自己成了作者之后，才开始理解诸位作家的苦恼。各位读者会写什么样的后记呢？说实话……作者心中产生了是不是也不需要再写后记了的意见！

好了，这次同样要感谢许多老师的多方帮助。非常感谢，今后还请多多关照。

二〇一八年四月　丸山黄金

OVERLORD Vol.13 SEIOKOKU NO SEIKISHI (GE)

©Kugane Maruyama 2018
First published in Japan in 2018 by KADOKAWA CORPORATION, Tokyo.
Simplified Chinese translation rights arranged with KADOKAWA CORPORATION, Tokyo
through JAPAN UNI AGENCY, INC., Tokyo.
Simplified Chinese translation by Beijing Hongyue Scientific and Technical Co., Ltd.

著作版权合同登记号：01-2021-1939

图书在版编目(CIP)数据

OVERLORD.7,圣王国的圣骑士.下/(日)丸山黄金著;刘晨,赵滢译. —— 北京:新星出版社,2021.4(2024.4重印)

ISBN 978-7-5133-4394-7

Ⅰ.①O… Ⅱ.①丸…②刘…③赵… Ⅲ.①长篇小说-日本-现代 Ⅳ.①I313.45

中国版本图书馆CIP数据核字(2021)第040006号

丸山「胜利了」

如果动画播出过程中，我能多玩些不死者之王的涂鸦就好了，可是实在太忙，回过神来已经到了四月，还有很多事要做……

so-bin

—— 每本书都是一座传送门

次元书馆

OVERLORD ⑭
灭国的魔女

[日] 丸山黄金 著

刘晨 赵滢 译

新 星 出 版 社　NEW STAR PRESS

目录

001	Prologue
029	第一章　意料之外的举动
123	第二章　走向灭亡
233	第三章　最后的王
289	第四章　天罗地网
433	Epilogue
453	角色介绍
460	作者后记

Prologue

在位于纳萨力克地下大坟墓第九层，最接近走廊，被改造成办公室的安兹的房间内，回响着静静翻动文件的声音，可此时房间的主人并不在。只见安兹平时使用的办公桌旁，摆放着一套略小但制作精良的桌椅，纳萨力克地下大坟墓守护者总管雅儿贝德正坐在桌子前翻阅文件。

雅儿贝德当然拥有自己的办公室。她的办公室和安兹的一样，原本都是给新加入的公会成员使用的预备室。她得到了自由使用那个房间的许可。起初，她的确将那里当作自己的房间，并在里面处理事务，但偶尔还是会按捺不住，恳求自己的主人，表示想和主人在同一个房间工作。这一请求最初并没有得到应允，雅儿贝德便诚心诚意地举出了诸多在一个房间办公会有助于实际工作的例子，再加上她坚持不懈的劝说，最后终于得偿所愿。

雅儿贝德看了看旁边空空的座椅，微微低下头，噘着嘴。今天负责安兹房间的女仆（与专门服侍安兹的女仆不是同一人）一直侍立在雅儿贝德身后，雅儿贝德这难得一见的表情才没有被任何人看到。

雅儿贝德唯一的主人此时不在办公室，也不在纳萨力克地下大坟墓范围内，而是正在耶·兰提尔例行公事。如果主人允许，她真想杀了所有今天将与主人见面的蠢货——那些夺走她与主人共事的美妙时刻的家伙。这种事情自然是不被允许的，所以她只能在脑中幻想着烧毁耶·兰提尔的画面以解心头之恨。

"该死的臭虫,真是令人不快……"

话音刚落,天花板上便散发出恐怖的气息,雅儿贝德权当感觉不到。她可没有忘记它们破坏自己好事的那笔账,可以再吓它们几次。至于马雷,他主动让位给自己,雅儿贝德早就原谅他了。有些心烦意乱的雅儿贝德长舒了一口气,轻轻转动肩膀,将目光落到了下一份文件上。

纳萨力克,不,魔导国正在稳步扩张,工作量也随之暴涨。

外交。在与各国交涉的大背景之下,暗地里的谍战等活动开始活跃起来。目前已经确认教国、王国、都市国家联盟的谍报人员均潜入了耶·兰提尔,魔导国方面则暂时持默许态度。这件事现在由迪米乌哥斯负责,雅儿贝德只需将上报的情况记在脑中。

内政。耶·兰提尔境内几乎没有因多种族共存而引发的问题。虽然不能说完全没有,但与其他国家相比真是少得令人惊讶。因为这里的人们并非受到威胁,而是主动归顺,毕竟所有人都知道魔导王及其手下那些不死者有多么恐怖,所以都规规矩矩地过着自己的日子。如今,这里已经变成一个犯罪率极低,不会发生重大罪案,妇孺均可以放心在夜晚外出的安全都市,以至于到了想要用罪犯做实验,都需要向帝国要的地步。

在这样一个治安良好的都市中发生的罪案,才是雅儿贝德的着眼点。海因里希法则讲过,一次重大事故的背后必有二十九件轻微事故,还有三百个潜在隐患。所以,绝不能放过任何一次异常事态。

雅儿贝德手上拿的那沓活页纸，是近一个月来耶·兰提尔境内的审判记录。由于记录得很详细，每一本都需要花费不少时间进行浏览，但雅儿贝德的处理速度岂是常人能比，她一页接一页地翻阅着，速度快得让人怀疑她根本就没看。与此同时，她手上的笔也在快速将其在意的内容书写在空白的纸上。

确认审判结果是否合理，了解罪犯为什么会犯下此等罪行，并从中分析出耶·兰提尔内现在的治安与民心是否存在问题，是否需要制订新的法案。这些必须翻阅堆积成山的资料，或需要将各个部门的众多官员集中起来一起商讨的事情，雅儿贝德均是独自分析、判断、处理。这也只有对一切内政事务了如指掌的她才能做到——她有着名副其实的如怪物般清晰的头脑。

看完一本的同时，笔也停下了。接下来便是誊写之前记录下来的关键词。这可是主人稍后要看的文件，字迹一定要漂亮。雅儿贝德花费了比刚才阅读文件还要多的时间，终于准备好了写着要点和提案等内容的文件。她又从头至尾看了一遍，这才露出浅浅的笑容。会有这样的表情并非因为完成了一项工作，而是出于又做了一件对主人有用的事所产生的满足感。

将放入新文件的活页夹稍稍一抬，一直侍立在身后的女仆便将其接下，放在了主人的办公桌上。这是今天的第五本了。雅儿贝德的脸上略带愁容。

这可不是什么好现象。魔导国直接或间接地扩大领土，产生的问题涉及多方面，与之前相比，必须呈交给主人的文件变多了。统治者必须处理大量文件，这证明组织有欠缺。原本，居高位者只需确定方针，设定一个大目标，之后就是坐在王座之上，俯瞰造物主创造出来的人们卖力工作即可。眼下的状况自然不是主人的责任，是能够达到至高君主要求的人才实在太少了，也就是人才严重不足。兼任内政事务及纳萨力克人员管理工作的雅儿贝德对此感到汗颜，虽然早已采取相应措施，但迟迟没有进展。

（劳烦主人之手简直是荒谬至极。但人种的融合方针、国法草案、经济政策，有太多需要下决断的事情……如果由我来确认各阶层守护者的工作状况，其他人又会因为无法见到飞鼠大人而心怀不满……）

主人已将大小事务全权交给了雅儿贝德，还对她说，只要她觉得好就没问题。但为了以防万一，她还是会请主人做最终的确认。因为即便是她，也曾出过错。此前，雅儿贝德认为，那些被自己等人判定为侮辱了主人，或是正在侮辱主人的家伙，其一族及党羽都应该送入冰洁牢狱受刑。但是她对这条罪状应该命名为侮辱罪还是愚劣罪犹豫不决，于是上报给主人，没想到主人居然反对这项刑罚，这令她非常吃惊。每次回想起这件事，雅儿贝德都会反省，还是自己对于主人的宽宏大量理解得不够透彻啊。

（我明明深知飞鼠大人是那么慈悲为怀……）

雅儿贝德噘起下唇。这也是她难得一见的表情，不过唯有主人不在时她才会做出这样的表情，且转瞬即逝。马上恢复平时微笑表情的雅儿贝德拿起下一份文件，同样是活页本。大脑审查文件的同时还在思考着其他事，是关于最需要警惕的阶层守护者迪米乌哥斯的。

针对圣王国的一连串作战计划结束后，迪米乌哥斯便开始以纳萨力克为中心设立情报机关，为此到处奔波。这个组织的设立对于雅儿贝德来说是个麻烦。当然，由身为守护者总管的她来管理这个组织名正言顺，但迪米乌哥斯得到这个职位的可能性也不小，真的是这样就不好办了。如果可能的话，雅儿贝德想剥夺这一权限，让其他容易被控制的人坐上这个位置。几个人选在脑中一闪而过，每个人都欠缺决定性的东西。

（如果不是我，最多只能容忍潘多拉·亚克特来担任吧。但从迪米乌哥斯手上剥夺权限会很麻烦……）

如果事态演变成那样，不敢保证他不会发现雅儿贝德的真正意图。那样可不行，还是不要轻举妄动比较安全。自己的姐姐或许是个不错的选择，可她不会无条件地站在自己这边，一旦她察觉雅儿贝德的真正意图，很可能会立即倒戈。纳萨力克单体实力最强的妹妹可以信任，就算她得知自己那个真正意图，也会站在雅儿贝德一边。因为她的主人曾经下令让她服从雅儿贝德。

（哎呀呀。）

人手不足啊。不，不单单是人员，而是各方面都不足，比如雅儿贝德个人可以自由支配的资金之类。所以，主人在纳萨力克外部壮大组织将会对她有利。

（在重编的冒险者公会中安插我的人……观察马雷的动向……需要警戒亚乌拉……在科塞特斯的指挥下……从威克提姆那里获取情报……夏提雅的交通网有利用价值……经由商会暗中筹措经费……人员……还有就是迪米乌哥斯和那个女孩……）

常人根本不可能在短时间内完成如此错综复杂的思考，雅儿贝德在经过这样的深思熟虑之后，微微皱了皱眉头。

（不行，必须警惕迪米乌哥斯，拉拢那个女孩太危险了。万一没谈拢，她很可能会成为比迪米乌哥斯更加需要警惕的对手……）

在脑内斟酌各种计策的同时，她又完成了一项工作，拿起下一本活页本。这本里面夹的文件很少，是新出现的问题吗，还是像夏提雅一样不太习惯制作文件的人提交上来的呢？雅儿贝德看了一眼封面，上面写着"关于向圣王国支援粮食的部队发生的问题"。看来是前者了。在雅儿贝德的记忆中，之前并没有发生这类问题。是出什么事了吗？开始翻阅文件的雅儿贝德眼睛先是眨了眨，然后睁得溜圆，又从头到尾重新看了一遍，确认内容没有任何隐喻和伪装之后，嘴巴微张，仿佛呆住了。

"哎？"

雅儿贝德那张五官端正的脸上露出了无法理解、陷入困惑的表情。身为纳萨力克最高明的谋士之一，这样的表情实属罕见，证明了事态的严重性。雅儿贝德开始运转自己清晰的头脑，思考着文件上所写问题发生的原因及可能性。

（最有可能的是那个女孩背叛了……其他组织提出了更好的条件，她接受了？不过据我所知，没有比现在更好的条件了……无论如何，现在还不能确定，只是单纯的情报不足。）

除了要详细询问提交这份报告书的人，还必须和自己的同僚迪米乌哥斯——与这个问题关系最大的人商量。之后再向主人报告。

看完另外两份报告，确认内容并不怎么重要后，雅儿贝德对站在身后的女仆说道："需要召开紧急会议。我先去迪米乌哥斯所在的第七层找他商量一些事情，要是有人找我，就说我暂时走开一会儿。"

下达完命令后，雅儿贝德启动戴在左手无名指上的安兹·乌尔·恭之戒。身为守护者总管，她时刻掌握着各阶层守护者的位置。迪米乌哥斯结束圣王国的工作，为了制订与评议国、教国、都市国家联盟相关的计划，应该回到了第七层自己的住所。如果不在，就抓到艾多玛，让她使用"信息"，或是让自己的姐姐搜索迪米乌哥斯的位置即可。

雅儿贝德开始传送。

里·耶斯提杰是里·耶斯提杰王国的王都，在王都内有一座罗伦提城，弗蓝西亚宫殿就位于这里，历代国王都会在宫殿的办公室内办公，而这一任国王兰布沙三世此时并不在房间中，取而代之的是第二王子赛纳克·瓦尔雷欧·伊格纳·莱儿·凡瑟夫。赛纳克看着呈上来的文件，面色阴沉地重重叹了口气，相信没有哪个人在看完这份文件后能开朗得起来。文件的内容让他了解了王国的现状。

　　卡兹平原一战或者称之为大屠杀更为妥当吧，众多臣民在那一战中丧命，但并没有伤及王国的元气。王国拥有九百万人口，战死的人数约为十八万，也就是说，人口只损失了百分之二。再加上农村还有一大批次子、三子这样的后备军和乳臭未干的学徒——这么说可能不好听，不过，那些人死了对国家来说影响并不大。问题是男人死得太多了，占国内男性人数的百分之四，而且都是年轻的劳力。这种不平衡造成的影响从这份文件上便能窥见一斑。

　　赛纳克哼了一声，将文件放在桌子上，看向房间中的另外一个人。

　　"王妹，要是你的话，会怎么做？"

　　听到哥哥的疑问，坐在稍远处长椅上的妹妹——拉娜·提耶儿·夏尔敦·莱儿·凡瑟夫抬起头来。

　　之前在看另外一份文件的拉娜苦笑道："你这么问我怎么回答……王兄，你得把事情详细说给我听，我才能作答呀。"

"你看看。"

赛纳克没有说明,而是拿起已经放下的文件,啪啦啪啦地摇了摇。拉娜站起身来走到赛纳克身边,接下文件,从头到尾看了一遍后,用轻松的语气说道:"这个啊……嗯……没什么办法吧?"

"喂……"赛纳克仰起头。比自己优秀的王妹都说没办法,那就真的没办法了,但就这么放着不管,可不是当政者所为。

"这件事有那么难处理吗?的确,国力会暂时低下,但也只是暂时的呀。我认为不必采取什么行动才对吧?"

"国力低下,就会有人饿死吧?"

与帝国之间接二连三的战争,导致国家的储备粮一直不足。王国的直辖领地,粮食产量较高的耶·兰提尔近郊又割让给了魔导国。由于不断有人战死,劳动力随之减少。现在或许还撑得下去,但再过几年,粮食生产量越来越少,物价越来越高,结果就是贫民阶级很可能会没有饭吃。不,不是可能,是绝对会变成那样。

"也是。"

"王妹啊,不要说得这么轻巧,万一这个时候发生旱灾、冻灾什么的,庄稼歉收,真不知道会演变成怎样的灾难啊!"

"听说高阶森林祭司能够操纵天气,应该可以控制光照一类的事情。那只要雇用那些冒险者不就行了吗?花的钱越多,效果就会越好。不过,不知道有没有这种水平的高阶森林祭司,最好尽快找到，以备不时之需。想想以前，还可以向帝国的冒险者寻求帮助，可现在那里已经是魔导国的属国了，再想找他们帮忙就难了。"

"旱灾还能用这个办法解决，冻灾又该如何呢？"

"那也只能让森林祭司们加加油了。"

赛纳克端详着拉娜的脸，的确还是自己妹妹那张熟悉的脸。"她不知道吗？"赛纳克寻思着。拉娜说得没错，高阶森林祭司的确可以通过魔法实现短时间降雨，应付旱灾，但冻灾一类的情况，森林祭司就没辙了，这是自己的心腹雷文侯以前告诉自己的。

如果发生冻灾，就必须维持气象，直到度过那个季节。想要达到这样的效果，就必须给每个村子都配备一名高阶森林祭司，高阶森林祭司的人数原本就很稀少，要想召集几百个一点都不现实。像这类与魔法相关的知识并不包含在一般的教育范围内，就算是贵族也不会教，王室也是一样。赛纳克之所以会知道，是因为他曾向别人请教过。

如今的状况，是魔法吟唱者在王国得不到很高的地位导致的。要是能和帝国一样，出现过像三重魔法吟唱者那样的杰出人物，情况或许会不同。但王国对魔法的不理解和崇拜莫勇骑士的文化已经根深蒂固，以至于这么多年来都没有出现可以颠覆这一现状的魔法吟唱者。最后的结果就是，贵族将"魔法等于懦弱"的思想代代相传，人们对魔法的无知也慢慢演变成了对魔法的蔑视。魔法彻底陷入负面的旋涡之中。

在赛纳克看来，魔法是蕴含着可怕力量的技术。如果继续因为无聊的旧习而疏远这项技术，王国早晚会在与邻近诸国的竞争中败北，不战而亡。因此，赛纳克将来想给自己的儿子安排一位教授魔法知识的老师，只要王室开始学习魔法，其他贵族也会纷纷效仿的。不，就算不那么做，包括贵族在内的全体国民，都会因为魔导王这个能够使用强大魔法之人的出现而改变自己的想法，或许所有人都学习魔法的时代将就此来临。外界因素成为改变自己国民思想的契机，说来的确有些丢人，但对王国来说是件好事，就随它去吧。

考虑到王国的现状，拉娜不知道也是正常的。她的确是个天才，但她根本不了解魔法这个领域，所以给出了错误的回答。如此一来，全然依仗妹妹就很危险了。不过话又说回来，拉娜与精钢级冒险者队伍"苍蔷薇"的关系密切，要是想具体了解某个魔法，应该不难吧。像这种连赛纳克都知道的情况，自己这个智力超群的妹妹既然想到了，却没有去确认，这有可能吗？可是，拉娜没理由在这种小事上撒谎，也有可能只是非常难得地像普通人一样疏忽了。

赛纳克非常清楚，拉娜对王位没兴趣，她的目标在赛纳克看来也不算什么，更何况如果拉娜坐上王位，她的愿望就绝不可能实现了。所以，欺骗赛纳克对拉娜来说没有任何好处。

"王妹，森林祭司的力量也很难应付冻灾。"

"是吗？那就难办了。啊！问题不是粮食吗？粮食还有很多，不用担心，真是太好了呢，王兄。"

赛纳克露出了与笑容满面的妹妹完全相反的表情。

"你说的粮食是那些东西吧？我可不想动。那个东西吃多了会变成不死者吧？"

现在，要问王国内还有没有剩余的粮食，答案是"有"。商人的仓库中有足够的粮食，但不能将那些粮食规划在内。严格来说，那些粮食并非王国之物，而属于那个恐怖的不死者之王——魔导王所支配的魔导国，他们只是向王国的商人租借仓库，将粮食暂时寄存在那里而已。这样的操作闻所未闻，在王国的历史上也从来没有过类似的记载。

听闻魔导国允许商人酌情贩卖那些粮食，但由于含关税，价格比一般流通的粮食要高，且价格由魔导国制定，不允许降价，所以暂时还没有民众购买，就在仓库里放着。王国的财物没有因此流入魔导国，也就是说，王国没有任何损失。

虽然目前为止没有任何问题，但赛纳克和拉娜都认为，这就是魔导国计划的一环。

"可是，圣王国的人已经在食用那些粮食了，应该对身体无害吧。"

"还不能断言，或许对方的目的就是让我们这么认为，并只将有问题的粮食留在王都。"

拉娜苦笑道："你该不会真是这么想的吧？"

"也对，毕竟已经检查过了。"

至于为什么要租用王都的仓库，魔导国给出的理由是储存支援圣王国的物资。应该是打算从这里将粮食运往圣王国吧。而运输方面没有任何安全保障，因此，就算遭遇山贼和魔物的袭击，也是魔导国自己的责任。一般这种情况都会雇用佣兵，但魔导国选择自卫，同时，为了让人一眼就能看出运送的马车是属于魔导国的，他们想在马车上插上魔导国的旗帜。王国方面自然不想引起不必要的麻烦，在提出通行税和魔导国的不死者不允许进入王国内等条件作为交换后，便同意了对方的要求。但如今来看，这是个错误的决定。

高挂魔导国旗帜的马车排成队列进入王国境内，大摇大摆地奔跑在王国的街道上，一直到前往圣王国航路的港口为止。这样的行为就像是在对国内外宣称，在态度上，王国弱于魔导国。而且，由于魔导国对圣王国的大力支援，运输队伍的往来相当频繁。

继续由着王国的尊严被一点一点地践踏，最后摆在王国面前的选择就只有两个，要么举拳反抗，要么屈膝臣服。恐怕帝国就是在这样的攻击下最终选择了后者吧。这样的手段，真是切实有效且阴险啊。更恶毒的是，这件事表面上是魔导国对圣王国的人道主义支援，王国没有理由叫停。

遭到那个已经被魔导王消灭，曾经在王国王都肆虐的大恶魔亚达巴沃支配的亚人们的袭击，圣王国北方如今已被破坏得不成样子。赛纳克听闻，那里的损失完全不是王国的损毁能相比的。

不过，圣王国北方虽然遭到毁灭性的打击，南方却几乎无损。在这种状况之下，又接连发生了圣王女死亡、新圣王继位，北方因有实力的贵族死亡而陷入混乱，南方有实力的贵族内部对立等诸多问题。最终，圣王国一分为二的南北权力斗争就此打响，导致对北方百姓的支援延误，有些人甚至连饭都吃不上。

而拯救了那些百姓的，就是魔导国利用陆路和海路从王国王都的仓库送去的粮食。真是好手段啊！赛纳克不禁感慨。在如此糟糕的情况下送去粮食，简直就是雪中送炭，连对方是不死者这件事也可以忽略不计了吧。

"如果我们也有能力支援粮食，现在魔导王博得的那些好感就都是我们的了吧。只不过……在那种状况下，肯定做不到。"

要是没有那场战争……不，只要亚达巴沃没有袭击王都，没有夺走那么多物资，状况或许会有些不同。至少那个不死者的评价不会因为对圣王国的粮食支援而变得这么高。正因为什么都做不到，新圣王即位时派去的使者才会遭到冷遇。但如今的冷战局面并非出于远交近攻的考虑。上一任圣王——圣王女卡尔卡·贝萨雷斯在位时，王国和圣王国之间的关系还没有这么差。在无法提供粮食支援之前，亚达巴沃袭击圣王国时，王国拒绝前往救援才是双方关系极度恶化的关键因素。

当然，那个时候也的确是因为没有能力伸出援手。当时王国正处于因魔导王安兹·乌尔·恭的强大魔法出现众多死伤者，比现在还要混乱的时期。就连王国名声在外的最强战士长——以葛杰夫·史托罗诺夫为首的战士们都牺牲了。在那样的情况之下，王国能派谁去支援抵抗那么强大的恶魔呢？

现在说什么都没用了，在别人耳中都会变成薄情的王国的借口。可话又说回来，在那种情况下无论寻求哪个国家的帮助，得到的回应应该都是一样的。唯独魔导国送去了剑和面包，相较之下，王国自然就会被人贬低了。据外务官员说，实际上，圣王国北方已经掀起了一股亲魔导国的强劲风潮。

"问题一个接着一个，全都来不及处理……"

可是再拖下去，问题只会变得更严重。问题的堆积是偶然吗？感觉造成这一状况的所有线索都能连起来似的。

"难道说……"

"王兄！"

"啊！王妹，不用那么大声，我听得见！我还很年轻！"

"谁让你无视妹妹，沉浸在自己的世界里呀。就允许我稍微吓你一下吧。你刚刚在想什么？"

"没什么……应该是我想多了。"

拉娜向赛纳克投去怜悯的目光。

"虽然不知道你具体在想什么，但肯定是你想多了，沉重的话题说多了，就会不自觉地往最坏的方向去想哦。"

经拉娜这么一说，好像的确是这么回事。

"或许吧。"

"是这样，肯定是。说起圣王国，现在已经分裂成北方圣王国和南方圣王国了，或许会发生内战呢，你觉得他们哪边会赢？我觉得凋敝的北方圣王国胜算比较低……"

"是啊。特别是北方名声在外的强者都死了，这个打击可是很大的，而且连那个女圣骑士都死了……"

"我不是很了解，但好像是位很有名的战士？"

"嗯，传言其实力可以与我国的战士长阁下一较高下。之前听说她来王国了，只不过无缘相见啊。"

跳过会面流程，轻易与并非使者的人见面，会给内外做出不好的表率，急于见面又会有失王室身份。就在外务官员还在针对此事进行商讨期间，那位女圣骑士离开了王都。早知道会是这样的结果，当时就应该先见一面、聊一聊，局面或许会变得不一样。

"那个时候，要是你没有非常肯定地对我说'外务官员的判断是正确的'，让我和她见上一面就好了。国王立即接见的确不合适，但身为王子的我去见，问题应该不大。"

"最后下判断的不是王兄你吗……"

拉娜鼓起双腮。是个男人都会被她这副可爱的模样迷倒，实际上也的确有很多人被她骗了。

"王兄是下一任国王，但并不是所有人都支持你，所以你一定要注意自己的言行，保证能够坐上王位才行。要是刚即位就引发叛乱可不好，那样就无法履行与我的约定了。"

"嗯，是啊……"

虽然这番话完全是在表达拉娜自己的欲望，但的确有道理。

"嗯……一般来说的确是这样……但继续放任魔导国支援北方圣王国，或许真的会建立起一个他们理想中的美好国家。我们要不要接触南方？"

北方圣王国和魔导国关系良好，对南方来说，魔导国就是假想敌国。王国和南方联手，应该能够牵制魔导国。

"嗯，也可以。南北对立的一个主要原因就是那个什么无面者女教祖的教义，内容对王国的影响也不好。"

"哦……那个啊……"

无面者。

亚达巴沃袭击圣王国后出现的教祖的别名。她有自己的名字，但这个别名比本名要响亮得多。她的信徒众多，教义是"不努力的弱者就是恶，所有人都应该努力成为强者"，也不是不能理解。

据说这个无面者虽然在北方得到了大批民众的支持，可在南方不但没有支持者，甚至还遭到了排斥。不过这也正常，这一思想很可能会动摇统治阶级的地位。这一点也是贵族尚保有实力的南方与已经衰败的北方对立的主要原因吧。

那些被无面者指引的人，因为同样信仰四大神，所以并没有宗教论争，他们更像是一个共同体，而不是宗教。即位的新圣王的默许，也加深了南北之间的隔阂。

"从常识出发，遮住脸不会让人觉得可疑吗？"

无面者在公共场合都会戴上面具。王国派遣的使节团也和赛纳克抱有同样的疑问，于是询问了无面者教团的成员，但所有人都含糊其词，就好像触犯了他们的禁忌。实在是太可疑了，挡住脸不就是承认自己心中有愧吗？

"据说她的父母都是相当有名的战士，要是露出脸，堂堂正正传教，知名度肯定会更高吧。除非那些都是捏造的，所以才不敢露脸？"

"有人会撒这么无聊的谎吗？造假与获利不成正比啊！"

"也是……那会不会她不是人类，而是不死者？"

"魔导王陛下的手下吗？"

"你不觉得，如果是这样，很多事情就能说通了吗？"

"通是能通，但也没必要戴上假面具吧，那样不是一看就会觉得很可疑吗？"

"有道理……可是除此之外，还有其他理由需要挡住脸吗？是不是被亚达巴沃那样强大的恶魔伤到，脸上留下了无法治愈的伤痕？"

"这个理由比刚才的有说服力，更何况对方是女性。"

要是真的有伤痕，暴露在外更能获取他人的同情，不过还要取决于受伤的程度。

"总之,先下令收集圣王国内部的详细情报,以备随时能够援助南方吧。"

"我也觉得这样比较好。"

"南边的圣王国有一半亲魔导国,东边的帝国是魔导国的属国,真是难办啊。"

"是啊。"

听到拉娜轻描淡写的回答,赛纳克用不快的眼神看着她。

"你挺轻松的啊。"

"哎?那你还想让我说什么呢?把周边国家的状况也考虑进去的话,实际上我们的处境已经相当糟糕了。而且除了王兄刚刚提到的,王国内的黑帮组织也依然健在啊。"

"八指嘛。听说这段时间有人因为戒断症状闹事。难道他们又开始活动了?要是那个大恶魔亚达巴沃没出现,或许还能进一步削弱八指的力量。"赛纳克叹了口气。

如今王国已经没有了葛杰夫·史托罗诺夫这一最强武者,要尽量避免与八指发生正面冲突。王国缺少个人实力强大的武者,唯一值得期待的,就是拉娜雇用的布莱恩·安格劳斯,只是,那个男人只愿意听拉娜的话,并没有跟随赛纳克的意思。虽然找机会卖了一些人情给他,但感觉没什么效果。

(他说他无意做王国的战士长,但会选出资质优秀的人,将其培养成下一任王国战士长。本想着至少将那柄被奉为国宝的剑借给他,可父亲他却……)

对父王来说，失去葛杰夫·史托罗诺夫这个打击太大了。为君王者都是孤独的。自己也即将坐上王位，赛纳克渐渐体会到了这句话的意思。葛杰夫·史托罗诺夫或许就如同孤独的父亲的篝火，虽然他们年龄差距很大，但他们之间存在友情，或许是更加牢固的情感。赛纳克有些羡慕拥有这样一个人陪伴的父亲。

第二王子赛纳克身边并没有这样的人，因为原本的王位继承人是他的兄长，没有人主动与只是预备人选的赛纳克缔结深厚的关系。和将来会成为王公贵族的人交好，却被博洛洛普侯盯上，那就得不偿失了。主动向自己靠近的，也就只有忧心王国未来的雷文侯，但他更倾向做个扶持者，无法和自己成为朋友。所以赛纳克的心情有些黯淡。

自己以后是不是都要过孤独的日子了？赛纳克摇了摇头，将这个灰暗的想法挥散。面前的拉娜用看奇异生物的眼神盯着自己，赛纳克选择无视。

说起布莱恩，自己坐上王位后，委任给他的第一项工作或许就是从父亲那里收回四样国宝。不知道他会不会坦然接受，不过这都是为了将那四样国宝交给他，不那么做的话实在有些对不起他所付出的辛劳。布莱恩不是王国的战士长，充其量是拉娜的部下，将国宝借给对王几乎没有忠诚之心的平民，大概会令贵族们产生反感吧。即便如此也在所不惜。

"不如我们发誓成为魔导国的属国吧？"

拉娜的目的就是在一个小庄园中与克莱姆生活在一起。就算王国做了魔导国的属国，她的愿望也能实现。不，王室的价值降低，反而能够保证自己等人的安全，所以站在拉娜的立场上，这样反而更好。

"哈！"听到拉娜的提议，赛纳克嗤之以鼻，"我们和帝国的状况不同。要是真那么做了，首先就会引发内乱。"

帝国在鲜血皇帝的统治之下如铁板一块，有能力反对的贵族早已被肃清，在决定成为魔导国属国之时，几乎没有任何反对的声音。最主要的是，帝国没有遭受过魔导国的毒打。就算不情愿，国民对魔导国也不存在憎恨，却知道对方有多可怕。

王国则不同。如今，国内有四个派系，分别是国王派、贵族派、无党派，以及那场战争后诞生的新兴派系，比例为3:3:2:2。其中最麻烦的是新兴派，原因在于，这个派系的成员不是失去成为党首和下一届党首资格的人，就是一些突然得到权力的，对贵族社会的常识以及一些约定俗成的规则不熟悉的人。因此，大部分人的素质和教养都有所欠缺，经过暗中侦察已经确认，里面大多是贪图权力之辈。

这是国家的毒瘤。

但这些人在领地内都有自治权，只要不触犯王国的法律，很难出手整治。就算他们触犯了国法，一旦行使王权，其他派系就会有微词。现在已经不是战争前那个国王派掌权的时代了。但也不能断言拉娜所提出的"成为属国"这个提议不好，如果状况发生巨大改变，或许可以纳入考虑范围。

"不会发生内乱的，王兄。"

听着拉娜若无其事的否定，赛纳克在心中暗骂"骗子"。

拉娜的话大概不是认真的，不过要是赛纳克愚蠢地相信了她也无所谓，这就是她的真实想法。正因为拉娜是这样的女人，才不值得信赖。

（要是厄里亚斯能回来就好了。）

寂寥的情绪突然在赛纳克心中喷涌而出。虽然雷文侯和自己并非朋友关系，但同样身为爱国人士，他很值得信赖，不过应该没机会再与他并肩而行了吧。如今自己手上只剩下虽然优秀，却无法驾驭的鬼牌了。

为了扫去心中的苦闷，赛纳克努力装出很轻松的样子，转身对拉娜说道："话说回来，帝国胆子还真大，居然从魔导国手上购买那种东西。"

"话题转得太生硬了吧……算了，帝国如今已经是魔导国的属国，在他们看来，那些应该不是什么不好的东西吧？"

魔导国出口给帝国的货品中，最花钱的就是不死者，不死者可以在不同领域派上用场，做单纯的劳动力、士兵、搬运工等。

"不死者？那可是所有生者的敌人啊？"

"可是他们不需要进食，也不会感到疲劳，是最理想的劳动力。让受魔导王支配的不死者进入国内，加以运用，的确有些危险。毕竟是让其他国家的士兵进入自己国家境内嘛。不过，这样的举动反过来也能证明身为属国，魔导国没有任何隐瞒，就和把自己项圈的牵绳主动交到对方手上是一个意思。"

拉娜微微抬头看向天花板。

"某种意义上可以给其他人树立一个好榜样，故意暴露自己的弱点，让对方知道随时可以威胁到自己，是一招好棋。"

"是啊，对居高位者而言，面对无法信赖的人，还是抓住对方的弱点更加安心。从这个角度来看，帝国的行动就好理解了。而且耶·兰提尔已经开始和安杰利西亚山脉的矮人国开展贸易了，耶·兰提尔出借不死者矿工、贩卖新鲜的食物，从矮人那里购买矿石和品质优良的农具。"

这个消息是派往耶·兰提尔的手下从偶遇的矮人那里听来的。

"只要让不死者把东西运到安杰利西亚山脉去就行了，运送所需要的费用和劳动力基本可以忽略不计，比从王国买便宜多了……矮人国既然接受了不死者劳动力，那么最好将他们也视为魔导国的属国比较好。"

"是啊。"

"我们不和评议国结盟吗？"

"已经开始着手了，但形势比较严峻。有的龙王传来了好消息，但说服其他种族代表还需要一些时间。不过，还有消息说，如果不能说服他们，或许就无法结盟了。"

这句话有一半是假的。反魔导国同盟一事的确进展缓慢，但还算顺利。只是在烦恼能不能想办法签下出于善意和友情的援军协议，因此现如今还停留在没有白纸黑字写下来的不可靠的合作阶段。这样的状态可无法挺起胸膛对外宣布他们已经结盟了啊。看来，要缔结牢固的同盟关系，是一件费时费力的事情，估计还需要几个月的时间吧。

"这样啊……希望能尽快在军事方面结成同盟。王兄什么时候才能登上王位呀，我觉得你也该履行约定了。"

所谓约定，就是让拉娜留在赛纳克身边工作，相对地，赛纳克要赐给拉娜一座庄园，允许她以后可以和克莱姆在那里隐居。

"再等等，就快了，内部基本上已经定了，你也知道吧？我也和父王商谈过了，只不过要等父王最后再提出一个大政策。"

在运营国家的过程中出现致命性的错误，国王就会引咎退位。如果没有犯错，就会施行令大部分贵族不满的政策，招致他们的反感，王子便可以借机提出缓和政策，消除贵族的不满之后再提出让国王退位，以此获得贵族的好感。表面上是父王晚节不保，但对王室来说，利益更重要。

"对了，你的那个孤儿院怎么样了？你不是偶尔还会去做饭给他们吃吗？金钱方面需要支援吗？"

"放心吧，我的年俸就可以维持运营。"

之前说是已经快五十个人了。这个人数可不少，恐怕是王国内规模最大的孤儿院了。拉娜从来没向任何人寻求过援助，只靠自己的年俸维持运营。第三公主的年俸其实并没有那么高，不过有可能把已经出嫁的大公主和二公主那份也给她了。当然，也有可能是因为她本身就很节省，还采取了将照顾饮食起居的女仆人数降到最低等举措。

如此说来，妹妹好像经常穿同一件衣服。想到这里，赛纳克的内心突然涌起一股近乎焦躁的情绪，想要斥责拉娜，王室不该做出会被贵族看不起的事情，同时，他又感到自豪，因为拉娜非常清楚应该把钱花在什么地方。

"也从我的年俸里出点吧？我觉得你开办孤儿院是一项看得见的伟大举措。"

"不行。"拉娜很罕见地用强硬的语气拒绝了，"孤儿院里要是有优秀的孩子，我要把他带到我的庄园去，我可不愿意让你抢走我优秀的劳动力。"

"哦，还有这方面的考虑啊……"

"是的，我会拜托布莱恩先生教孩子练剑，还要让他们学习，要从现在开始就好好培养。"

"那不够优秀的孩子呢？"

"要是能学会简单的计算，或是会写几个字，应该能找到工作，放心吧。"

"那我可以接收吗？"

"若是王兄愿意的话，我当然很开心，也不用担心剩下的孩子……"

拉娜后半句话被急促的敲门声所掩盖。

"出什么事了！真是让人不得安宁！"

伴随着赛纳克的怒吼，门被猛然推开。

"殿下！紧急事态！"

一名贵族内务官冲入屋内。此人穿着二人非常熟悉的法袍，手上捏着一张羊皮纸。

"出什么事了？"

赛纳克看着对方递过来的羊皮纸，露出惊愕的表情。无法理解，不，是大脑拒绝理解。

"怎么了吗？"

赛纳克连回答的力气都没有了，默默将羊皮纸递到拉娜的面前。看过内容之后，拉娜发出了"哈"的疑惑声音。一点也不像平时的妹妹，傻透了。

又看到你像普通人的一面了。赛纳克如此想着，随之露出看起来有些自暴自弃的笑容。

1章 意料之外的举动

第一章 | 意料之外的举动

1

男人举起满满一杯啤酒，喝下一大口。在领地绝对喝不到，但如今已经喝惯了的极品酒流入喉咙，接着他"噗哈"一声呼出一口带着啤酒花香的气息，将还剩半杯啤酒的酒杯放在桌子上。如果是自己惯用的木杯，他会大方地往桌子上一砸，这种瓷的就不会有那种想法了。

就算摔坏了也不需要赔偿，因为这里是他的资助人希尔玛·叙格纳斯准备的酒馆，只要是他的派系中的贵族，或是那些贵族带来的人，都可以在这里享受免费的待遇。这也是提前对将来会成为大贵族的他——菲利普·达顿·莱儿·蒙塞拉特男爵的投资。现在的情分，将来报答就是了，在那之前先欠着。

在菲利普看来，就算希尔玛拥有他无法匹敌的财富，说到底就是个平民，在权力面前只能低头。所以，希尔玛才会讨好身为贵族的他，并全面帮助他设立派系。

这就是这个世界最强大的差距——身份之差。

但菲利普也因此欠下很多人情。他自负是个有恩必报的男人，很想尽快得到更高的地位，希尔玛也希望他能够获取高于男爵的爵位。他要尽快把人情还清，否则就要对希尔玛做出某种程度的让步。自己想做的事需要得到希尔玛的允许。想要行使更多权力。这就是菲利普的愿望。可是……

"为什么就是不顺呢!"

一不小心把心里话说出来了,菲利普赶紧看向周围。这里和平民酒馆不同,是希尔玛的其中一座宅邸改造的,因此听不到平民酒馆中粗鄙的喧闹声。就算声音不大,也会被周围的人听到。确认没人注意到自己,他这才放下心来。知道自己失败的人多了一点好处都没有。是的,失败了。

(去死吧!那群废物!)

为了浇灭心中的怒火,菲利普又举起酒杯喝了一大口。因为喝得太猛,啤酒顺着嘴角滑过喉头,浸湿了衣服。皮肤和衣服黏在一起,那种潮乎乎的不舒服的感觉,令他心情更差了。真是太不顺了。菲利普的脸因愤怒而扭曲。

照菲利普最初的计划,此时领地内的产量应该已经膨胀了几倍,大家都对自己能当上新的领主心怀感激,周边的贵族也对他的成果表示赞赏,他已成为有口皆碑的名君。可不知道中间出了什么问题,不仅领地内的粮食生产量下降了,走在村子里时,也能感觉到村民在用蔑视的眼神看他。

(那些无礼之徒!)

面对继承历史悠久的蒙塞拉特家族的自己,居然那么没礼貌,不可原谅。该不会是那些村民想看菲利普垮台,故意不认真工作吧?有可能。世间嫉妒有能之士的人很多,不了解自己有几斤几两,嫉妒人才,诋毁他人,从而抬高自己。不,不单单是那种人,有那么多村民呢,如此说来,还有其他原因,比如收了附近领主的好处，故意阻挠菲利普的政策？不见得就没有。

话说回来，只要集中精力赚钱、生产，肯定能够获得巨大的利益，这是谁都明白的简单道理。把农田割让给别人，一般的粮食从商人那里购买就行了，可为什么总有人找各种理由反对呢！

（垃圾！不如告诉希尔玛，让她去惩罚那些家伙？如此一来，他们就会为了我好好工作了吧！看来有必要调查一下，有没有人背叛我这个领主！等一下，只是惩罚他们，我应该也能做到吧？）

用鞭子抽他们！就像对待牛马那样！

（没错，没必要告诉希尔玛，不能再欠她更多了……嗯，仔细一想，希尔玛在各方面都很关照我，是不是该稍微还一些人情了……）

早晚会成为大贵族的自己赖着平民希尔玛的人情不还，剥削很容易，但这样的做法和山贼有什么区别，对自己这种高贵的贵族来说太不应该了。现在应尽自己所能还人情，不然将来会因为欠的人情太大，无法拒绝她的要求，那就头痛了。

（问题是该怎么还……）

如果一切能按照当时的计划进行，村子的收益大幅提升，就能用钱解决。现在是不太可能了——不，是相当难。那么，要继续崭露头角，利用这个新兴派系，采取一些对希尔玛有好处的行动吗？

（可如今派系并没有完全掌握在我的手中啊……）

加入这个新兴派系后，各种各样的人际关系得到了加强。赞同菲利普成为派系领袖的人增加了，但并不是所有贵族都接受这样的结果。虽然有希尔玛的支援，但年龄和地位这一类的墙壁实在是太厚了。如果自己站在他们的立场之上，会怎么做呢？这么一想，他似乎明白了其他贵族的心情。

年长的伯爵和年轻的男爵说同样的话，说服力是完全不同的。但如此一来，和以前的陈腐派系又有什么区别呢？既然选择加入新兴派系，那就不应该再走老旧组织的路了，应该吹起一股完全不同的新风啊。所以，由菲利普这样勇于挑战新事物的男人做领袖更为合适。

（一个个的什么都不懂！）

菲利普的酒杯不知道什么时候已经空了。

"喂！再来一杯！"

"好的，请稍等。"

在酒馆工作的好像女仆一样的女孩刚好路过，菲利普对其下达了命令。女孩深施一礼，腰身左右摇摆。她走路的样子太吸引人眼球了，大概是因为衣服太薄了，让人能隐约看到臀部的形状。

"哦……"

充满魅力的臀部的确很棒，但更有魅力的是她遵照自己命令工作的样子。这明显体现出了支配者与被支配者之间的关系，令他感觉非常舒服。菲利普租用了两个这样的女仆。可以对她们做任何事，不需要支付钱财。现在家里的事情已经全权交给她们处理，除此之外，管家、御用商人，都是希尔玛从旁帮衬。其实他很想解雇那几个很久以前就在家里工作的人，换成自己的手下，可父亲死活不同意，他只好放弃。之所以能够容忍父亲的任性，也是因为出钱的是希尔玛，如果是自己掏钱，他绝对会为了削减多余人工费而解雇那些人。

菲利普正在胡思乱想的时候，一个声音打断了他。

"哎呀，蒙塞拉特男爵，您这是怎么了，好像不太开心呀？"

循着说话声，他看到了两位贵族。他们二人是在同一时期继承爵位，加入这个派系的伙伴。他们一手举着酒杯，一手端着放坚果类零食的小盘子。

"哦哦！德尔文男爵和罗克森男爵！"

德尔文男爵是个没什么精神，身材瘦长的男人，完全没有贵族的品格和威严可言。只有衣着在彰显他的身份，如果换一身平民的服装，相信没人会发现他和贵族社会有任何关系。即便是这副打扮，如果对别人说，他是在滑稽戏中扮演贵族的演员，也会有人相信。

罗克森男爵体格很好，身材健壮，横竖前后都有一定的厚度。虽然他的外表很有压迫感，但其实很没有主见，他不像使唤人的人，更像被人使唤的人。这是菲利普对他的直观印象。

这二人的领地相邻，所以经常能看到他们共同行动，菲利普之前看到他们总是在一起，就觉得像自己一样单独行动多好，这才记住了这两个人。

"可以坐这里吗？"

"哦哦，快请坐。"

德尔文男爵坐下之后，罗克森男爵也微微低头表示感谢后坐了下来。酒馆中的女侍应就像算准了他们会在这一刻坐下似的端着酒出现了。

"我们来干一杯吧！"

"乐意之至！"

三人碰杯时很用力，酒水混在了一起，据说这样可以证明酒中没有下毒。菲利普知道这一点，故意稍稍用力撞向二人的酒杯。洒出来的酒有几滴溅到了桌子上。

"哦！"

有一些酒洒到了德尔文男爵的衣服上。说他的衣服与他的外貌相符这种话有些没礼貌，可那的确是贵族会穿的款式，但并不是新的。或者说，是有些历史的？像是菲利普以前会穿的那种，被人穿剩下的。菲利普心中涌起怜悯之情。

现在菲利普穿的衣服是让希尔玛为自己准备的定制款，也就是说，在希尔玛看来，这两个人并没有投资的价值。光是将来的发展前景就会产生这么大的差距，菲利普一边感受着这个世界的变化无常，一边向二人提出疑问。

"你们是来喝酒的？"

"是的，是的。一来就看到我们的蒙塞拉特男爵也在，就赶紧上前问安了！对吧？！"

"是啊，蒙塞拉特男爵。"

"千万不要说问安这种话，我们都是站在同一立场之上相互帮助的伙伴啊！"

"哦哦！像蒙塞拉特男爵这样的大人，对我们居然如此客气，真是令人开心啊！对吧？！"

"是啊，不嫌弃的话，请用。"说着，罗克森男爵将坚果递了过来。

"谢谢，罗克森男爵。"

"哦，蒙塞拉特男爵，对待我们不必如此客气，可以叫我韦恩，叫他伊格尔吗？"

"好，那二位就叫我菲利普吧！"

三人边开心说笑，边喝酒。

"菲利普阁下，您这是怎么了？刚才看您好像很不开心的样子啊？"

"刚刚吗？"在酒精的作用下，菲利普稍微——是的，稍微变得有些迟钝的大脑回想起了刚刚的愤怒。"是啊，那些蠢材让我头痛！哦，蠢材说的就是我领地内那些平民。"

"原来是这样啊，我能体会您的心情！像菲利普阁下这样贤明的大人，面对那些无法理解自己想法的人当然会感到愤怒。我们跟您可是没法比啊！对吧？"

"没错，菲利普阁下如此聪慧，会感到愤怒是正常的。"

得到二人的赞同，菲利普心生感动。同样是贵族，他们自然能够理解自己的烦恼。他们肯定也在为平民的愚劣而感到烦恼。

"你们能理解吗？"

"理解！理解！我虽然远不及菲利普阁下，但也产生过同样的想法，对吧？"

"是啊。菲利普阁下的杯子里没酒了。喂！快给菲利普阁下拿喝的来！"

听到招呼声后，女侍应马上端着啤酒来到菲利普的面前。

菲利普高举斟满酒的酒杯。"再干一次杯吧！"

酒杯再次碰撞到一起，菲利普大口灌下。真是美味啊！菲利普感觉这是迄今为止喝到的最美味的酒，大概因为这是与理解自己烦恼的伙伴共饮的酒吧。菲利普的身份类似于这个派系的领导，所以平时大家在他面前多少都会有些客气，很难交到朋友。因此，二人的亲近让他感到开心。他忍不住把手搭在了对方的肩膀上。

"哦！菲利普阁下！您能搭我的肩膀，我真是太开心了！不过这样酒会洒出来的，我们再多喝点……哦！"

又弄洒了一些酒，虽说是免费的，但浪费会对不起希尔玛。菲利普放开架着自己的胳膊，咕嘟咕嘟地喝着啤酒。

"哦哦！不愧是菲利普阁下，酒量真好啊！是吧！"

"是啊,不愧是菲利普阁下。"

"噗哈!哪里哪里,我哪有什么酒量啊。只是能与二位这样出色的贵族推杯换盏,让我觉得这酒格外好喝啊!"

"过奖!过奖!这话太让人开心了,在我们这两个酒量不佳的人看来,您喝酒的样子那是相当豪爽呀!令人钦佩!"

"哦?二位都不胜酒力吗?"

他们第一杯还没喝完。

"说来有些难以启齿,实际上我们根本不懂酒的美味何在啊……对吧?"

"是啊,不过在这种地方不喝酒感觉怪怪的,所以就适当地抿几口。"

"所以我们非常羡慕像菲利普阁下这样酒量好的人。来,来,把我这杯也喝了吧,一口闷!"

在二人的劝说下,菲利普一杯接着一杯地喝。渐渐地,头开始轻飘飘的,脸也感觉到火辣辣的热。

"对,对,多喝点。话说回来,刚刚菲利普阁下说,领地内那些无能之人令您头痛,究竟是怎么一回事啊?"

"嗯,是吗?我说过这种话吗?"

"我也听见了……您好像有些喝多了,要不要拿点没有酒精的饮料来?对吧?"

"是啊,菲利普阁下,要不要喝口水?这里的水没有苔藓味。"

"啊，不用了，我没事，我没事。"菲利普感觉脸上火辣辣的，根本不用照镜子，就知道自己现在肯定满脸通红，"刚才说令我头痛的事？就是没钱啊！"

二人相互看了对方一眼。

"我们也一样啊。对吧？"

"是啊，我们的领地也不富裕啊。"

"你们误会了！我是想说，他们错在不按我说的去做，还找各种借口反对我下达的指令！只要严格按照我的指令执行，肯定能赚到钱！一个个的都是无能之辈！"

"哦哦！菲利普阁下说得没错！就是有很多无能之辈！我们知道您很辛苦！说起来，菲利普阁下的领地内有什么特产吗？"

"现在只有农作物，真是烦死了！"

实际上领地拓展了很多项目，但尚未有结果。

"农作物啊……要是有特产还好说，没有的话就……"

"一般的农作物卖不了多少钱，也正常。"

两位贵族如此感慨道。

是的，所以必须种有价值的东西，这样的东西或许无法立即收获，而且必须做好调查，看能否顺利种植。可这也是对将来的必要投资啊。可他一下令，那些人就会拿现在没有那个余力当借口。

"再这样下去，就只能期盼王国内粮食歉收，这样农作物的价格就会上涨了！"

"自己的领地……"

伊格尔刚想说什么，就被韦恩用手肘撞了一下。韦恩靠近菲利普的脸，低声说道："就是说啊，不过就算歉收，农作物的价格也不见得会上涨哦，您不知道吗？听说王国以很低的价格从魔导国购买了粮食，因此，今后一般农作物的市场价应该不会发生大变动了。特别是没有附加值的货品，根本卖不出高价。"

"什么？！"

"哎呀，菲利普阁下，小点声。"

菲利普慌慌张张地看了一圈周围的情况，然后低声问韦恩。

"你说的是真的吗？"

"是的，消息可靠，而且在王都，一些商人都在对此事议论纷纷呢。据说王都商人的仓库中，寄存着大量粮食，还允许他们贩卖。不过还是要以魔导国的意向为优先。"

"嗯？不是商人从魔导国购买粮食在王国内售卖，而是魔导国寄存在他们那里？"

"是的，具体情况我并不清楚，但粮食只是寄存，商人会收取保管金……还是仓库租金来着，总之，就是以类似的名目收取少许费用。"

"仓库可以像这样轻易租借吗？"

"是啊，一般来说不太可能。不过，之前那个恶魔袭击王都的时候，仓库街也遭到了袭击，有很多仓库都空了，仓库的主人当然乐得有人肯租啊。因此，在把那些粮食卖出去之前，商人们是不会抬高粮食价格的，就算我们想高价卖，相信届时他们也会说'卖这么贵，还不如买魔导国的粮食呢'。对了，您知道耶·兰提尔的巨大粮食储藏库吗？"

"不，不知道，怎么了？"

"那个巨大粮食储藏库中有'保存'功能的魔法道具，粮食储存在那里就永远不会变质。迄今为止，王国每年都会花费时间，从邻近国家采购足够十万大军使用的军粮，以备与帝国开战。只不过，花费时间采购来的粮食总是会变质，有的时候还会因为季节不对而很难采购到。为了解决这个难题，王国建造了那个巨大粮食储藏库。但据说那个魔法道具无法搬运，所以就直接转让给魔导国了。也就是说，魔导国可以将那些卖不出去的农作物存上好几年。"

"就算能存上好几年，魔导国也是个只有耶·兰提尔这一个城市的都市国家，他们不可能拥有生产那么多粮食的能力。"

就算那些粮食流入王国，考虑到人口的问题，也只能起到让粮食价格稍稍下降的效果。

"关于这个……我听到一个可信度很高的传言。据说魔导国在使用不死者耕种大面积农田，因此粮食产量相当高，别看那片领土面积不大，产量却能与王国全土相匹敌哦？仔细分析一下就能明白其中的原因，毕竟不死者可以不知疲累地一直干活啊。虽然一想到那是不死者种出来的，会有些不舒服……"

"还有这种事？太狡猾了吧！"菲利普忍不住怒吼道。

自己拼命想让民众做的事，魔导王轻易就做到了，不可原谅！真想让那个魔导王也尝尝自己受到的苦头。或许自己也应该试试让不死者农耕？

"但还是存在疑点的，就算不死者能够不眠不休地工作，也很难和整个王国的产量相比吧……不过粮食的产量确实相当高，毕竟魔导国正在给圣王国支援粮食啊！"

"支援粮食？"

"是的，那个叫亚达巴沃的恶魔——就是袭击过王国的那个恶魔，据说因为那家伙的袭击，圣王国陷入粮食不足的困境。魔导国便将储存在王国商人手上的粮食送去圣王国，用以支援。装载了大量粮食的马车队会经由我的领地，所以可以肯定这件事是真的。"

"既然粮食都支援给圣王国了，那商人的仓库中应该所剩无几了吧？"

"是啊，不过应该会保留一定数量，以应对歉收等状况。而且我认为，魔导国也不会将所有粮食都拿去支援别人。"

这倒是，如果菲利普站在魔导王的立场上，顶多会将那些剩余的陈粮送去支援。

"就是说啊，即便真的会如我所愿歉收……嗝。"

"把希望寄托在天气上，会不会太危险了？要是有什么好办法可以消耗魔导国的粮食，菲利普阁下领地内的农作物就有机会卖出高价了。可又不能为了消耗魔导国的粮食就引发战争啊。"

菲利普的脑中突然闪过一个想法。首先，就算真的歉收，农作物也只能以固定的低价售卖的原因就是魔导国的那些粮食。如果那些粮食没了会怎么样呢？答案只有一个，农作物的价格会上涨。其次，怎么做才能消耗魔导国的农作物呢？提示不就隐藏在韦恩刚刚所说的话中吗？只要魔导国的农业产量下降就行了。可是，要做到这点并不简单，不是菲利普独自潜入魔导国，放火烧毁农田就能够实现的。

那么，能不能将那些农作物抢走呢？想到这个答案的瞬间，菲利普仿佛遭到雷击一般突然清醒了。以常识来说，抢夺他国物资实在是太危险了。将来或许还有可能，但凭菲利普现在的能力，根本不可能做到。不过，在王国看来，魔导国应该是敌对国家，魔导王曾在战争中杀害了大量本国国民，不把他当敌人看反而不正常。这么说的话，自己从敌国手上抢夺粮食这一举动，岂不是很伟大吗？届时王国高层也会站在菲利普这边，或许还会提拔他，让他得到与这一壮举相符的地位。

（不错，这是个相当不错的主意，不是吗？）

夺取魔导国的粮食，商人们或许就会买下蒙塞拉特领地生产的所有农产品。然后再将抢来的魔导国的农作物也一并卖了的话……

（简直就是一石三鸟啊！这个计划堪称完美！可是，该怎么抢呢？和希尔玛商量一下，雇用佣兵？不行，用钱雇来的士兵不值得信赖，还会落人话柄，只有白痴才会那么做。）

果然还是应该动用领地内的士兵，说是士兵，其实就是村民。菲利普同时还想起了很久以前计划培养专业士兵的事，和只会耕田种地的村民比起来，他一直想组建一支经过正规训练的部队，把抢来的农作物发给士兵做薪金也是个不错的选择。

（但进入魔导国的领土依然很危险。）

菲利普的领地距离魔导国相当远，考虑到行军路上的花费，恐怕会吃不消。

（等一下，刚刚他不是说，魔导国的马车会经由他的领地吧，瞄准这一点如何？）

可是，他一个人能袭击马车吗？就算动员村民也是有极限的，看来需要召集相当数量的人员，让对方无力反抗。

"二位是怎么想的呢，这不是件好事吗？"

"好事？"

"是啊，好事啊。"

菲利普靠近二人的脸，得意扬扬地将自己想到的妙计说了出来。

"啧！道歉！"和菲利普分开后，韦恩用唾弃的口吻说道。被洒满酒的衣服是父亲曾经穿过的，布料和款式相当老旧，也很罕见。原本打算今后正式进入社交界时穿这件衣服，现在不得不做一件新的了。而且贵族是重视外表的生物，服装也是其中一个因素，穿着这样的衣服外出，肯定会遭到羞辱的。不过，韦恩处在贵族社会的底层，就算他穿得光鲜亮丽，也不会有什么效果。

反之，要想受到更加强大的力量的庇护，不需要语言就能够表现出自己弱小的这身衣服就很有用了。可以说，这是在名为沙龙的舞台上表演弱小贵族所必需的服装，在得到下一个角色之前，都要穿着它。所以，他才受不了衣服被弄脏。

"是啊。"

听到身旁之人的随声附和，韦恩盯着他说道："已经不用演了。"

声音很低沉，要是刚刚还和他们在一起的菲利普听到，或许会瞠目结舌吧，他的气质完全变了。韦恩绝不是一个开朗、喜欢和别人交流的人，他只是做了好几层伪装，拼命演绎出开朗、喜欢说话的自己而已。知道他本来面目的伊格尔露出苦笑。

"抱歉啦，我实在不擅长恭维，结果就靠你一个撑着。"伊格尔也变得和刚刚截然不同，用粗鄙的口吻说道。

"要是真觉得不好意思，就好好练习一下怎么阿谀奉承。像我们这样的下层贵族就是要讨好上层贵族。"

"处世真是太痛苦了，还以为继承了爵位，就能进入绚丽多彩的贵族社会了呢……结果是一天到晚地见风使舵、溜须拍马……我已经烦了。"

"你在说什么啊……平民也是一样啊,虽然不知道哪一边更辛苦,但身为大人,只有学会溜须拍马才能独当一面。"

"那我可真不想长大……好想回到挥舞着树枝,做屠龙英雄的年代啊……"

"已经回不去了,放弃吧。总之,你先练习练习见风使舵吧,正好可以应付刚刚那种智商的家伙,就算失败了我们也没什么损失。"

如果对方是上层贵族,或是人生经验丰富、已经习惯别人奉承的人,没有一定的技巧是不会有效果的,因此,更应该在能够积累经验的时候多多练习。

"这样啊……那下次再见到那个人,我必须多多加油了。"

"对嘛,这才对,没有人讨厌奉承,要是对方表现出不快,只能证明我们的火候还没到家。伊格尔,我知道你不太擅长这些,我会从旁协助的,遇到我不擅长处理的情况,你也会帮我,这不是我们一开始就说好的嘛。不过还是要想办法克服困难,毕竟我们也不可能永远在一起。"

韦恩的脑子比一般人转得快,但运动方面却是个废柴,伊格尔则与他相反。一般来说,两个很像的人遇到一起,或许都会将对方视作竞争对手,但他们两个却没有这种想法,且都庆幸没有变成那样的关系。正常情况下,领地相邻的领主不会轻易交好,但因为这二人一个是三子,一个是四子,都不清楚两个家族过去发生过的不和,他们才得以在轻松愉快的氛围下来往。最不可思议的是，他们还相当投缘。

"也是啊……话说回来，和那个人聊过之后，你感觉怎么样？"

"糟透了。"

面对好友的疑问，韦恩毫不犹豫地作答。那样的男人成为一派之首，实在是太危险了。

"不过也正因为他是那样一个人，我们才能顺利诱导他吧。"

"说得也是。"

老实说，这个派系就是个垃圾堆，有对领地的经营毫无兴趣，只想得到贵族地位带来的好处的人；有就像手中被塞了一把铁剑的婴儿，被突如其来的职能重压所摆布的人；有一事无成，却过度自信，认为一切都有可能实现的人。大多是一群无可救药的人，甚至连韦恩这个平凡到随处可见的贵族都能看出的问题，他们都看不出来的。所以，整个派系存在一个重大问题。

"魔导国的粮食储存在王都不是好事，因为销售价格是由魔导国制定的，一旦王国歉收，他们必定会涨价。最要命的是，不少领主面对这么显而易见的陷阱却乐观对待，都改种单价高昂的农作物了。万一真的歉收，虽然价格略高，但人们依然会从魔导国购买粮食的话，等待我们的就是挨饿。"

派系中有几位领主也是这么想的，虽然委婉地将当中利害分析给其他人听，但可以看出，那些人都持"只是自己这么做应该没那么严重吧"的态度，所以他们肯定会付诸行动。

"很多劳动力都在那场战争中丧失了。所以也不难理解，他们想利用已经减少的劳动力追求眼前利益的心情。"

生而为人，身居高位者，追求更大的利益是理所当然的。

"就算是这样，在运输途中抢夺魔导国农作物的想法也太疯狂了吧！傻子都知道，袭击挂着魔导国旗帜的马车，相当于向那个国家宣战，会遭到对方残忍的报复啊！可他却……等一下，这该不会是什么陷阱吧？"

他们有可能被对方利用了，只是，那个男人这么做又有什么目的呢？不明白。这样看来，或许接受那边提议的决定没有错。

"你想太多了吧？那家伙根本就是个白痴，完全没考虑过后果就向我们提出了这个想法，不是吗？"

"你啊。"韦恩苦笑道，"不考虑袭击马车的后果，世界上真有这样的傻子吗？"

"你这么一说，的确……"

无论如何，连最基本的常识都不懂的笨蛋，是不可能继承贵族家业的。菲利普肯定有他的目的——到底是什么呢？

"是不是应该提前跟叙格纳斯说一声？"

"还是别说了。"

希尔玛·叙格纳斯，为了创建这个派系而竭尽全力的女人。之前就有传闻说她是某个伯爵的情人，但创建这个派系对传闻中的伯爵一点好处都没有。那么，庞大的资金和人脉等资源的来源就值得怀疑了。想必隐藏在那个女人背后的不是某个人，而是一个组织吧。在王国内拥有如此实力的组织，用排除法就能猜到。

八指。在暗处支配这个王国的犯罪结社。

如果真是这样，那希尔玛是弃子吗？不，韦恩认为应该不是。他与希尔玛有过几次交谈，给他的感觉并不是利用完就会被舍弃的棋子。根据他的猜测，希尔玛应该是高层人员，这样的人物在派系中的地位如此稳，令人非常不安。在贵族中，也有通过黑道组织增加实力的人，但韦恩本人并不想与非法组织构建深厚的关系。因为他们两个都很清楚，自己不可能在不给对方留下任何把柄的情况下巧妙利用他们。

"为什么？你好像又在思考那些复杂的事情，说给我听听啊，就算是我也知道和那家伙联手很危险，他可是要在你的领地内袭击魔导国的马车啊！到时候，那个骷髅肯定不会善罢甘休，除了那家伙，你的脑袋也保不住！"

没错，伊格尔说的话基本是正确的，不过，韦恩想到一点，所以才会在明知危险的情况下同意了菲利普的提议。

"这或许就是那个白痴的目的，把罪名都推给我们，然后来一招浑水摸鱼，把抢来的货物都收入自己的腰包。不如我们反过来利用他如何？比如在巡视领地的过程中，发现一群贼匪，并将其击退，而那群匪徒就是袭击魔导国马车的家伙。最重要的是，我们要亲手把他们处理掉。"

马车在自己的地盘上遭到袭击，就算把袭击部队解决掉，也没有哪个贵族会认为这件事就到此为止了，更何况对方代表的是国家，即便出手报复也是正常的。所以，绝不能留下自己也参与其中的证据，而且必须弄到亲手解决在自己领地内发生事件这张免罪符。

"怎么样？这样一来就可以卖魔导国一个人情了，是不是个好主意？就算有人怀疑我们参与其中，也可以说我们是为了帮运送队伍。但一定要确保将实施犯罪的人杀了，毕竟死人是不会说话的。"

"然后事情就会变成这样：侍奉神的神官能够复活死者，对神官有所隐瞒是没用的。"

"你认为，魔导国内存在能够复活死者的神官吗？你是说传言中，大手一挥，就让走在街上活生生的百姓陷入痛苦的那种不死者吗？"

"应该没有吧……"

伊格尔说完，韦恩也表示同意，笑了。

"先不管那个男人的目的是什么，袭击魔导国马车这个主意可以利用。我们并不想让袭击成功，但失败后，或许能让魔导国产生戒备之心，担心再次遭到袭击，从而不再将农作物存放在王国商人的仓库中。如此一来也能让派系内那些笨蛋清醒过来，重新拟定一个更加脚踏实地的计划。而且……"韦恩露出残忍的笑容,"能确保干掉那个男人。"

"有必要为了他做到这一步吗?我们必须以身犯险?"

"他本身并没有这样的价值,但只要能砍断站在他身后的叙格纳斯一只手,就是值得的。叙格纳斯肯定是想把那个白痴推上高位,利用整个派系,目的就是让那个地下组织公开化。除此之外,我实在想不出她还会为了什么拿这么多钱出来。"

国王派和贵族派的实力早已不复当年,只要能够自由地驱使第三个派系,就可以掌握王国内最可怕的权力。届时,王国黑白两道就都在八指的掌控之下了。

"我以为只是来这里坐坐,你居然想到了这么多。"

伊格尔说得没错。这种事,可不是一个贵族,更何况只是区区阶级地位最卑微的男爵该考虑的事情。当然,男爵和男爵也不同,有些男爵拥有的领地,其面积可以与更高一阶的贵族相匹敌。遗憾的是,这二位男爵的领地面积,与其身份是相匹配的,只是王国内普普通通的大小。

既不是国王派,也不是贵族派,还没有门路的普通贵族,只希望通过自己的努力将领地建设得越来越好。为此,王国就要变得比现在更好,否则他们的目标也很难实现。这不仅仅是身为贵族的考虑,也是为了自己。想要过比现在更富裕的生活,想要更加幸福,只要有稍稍往好的方向发展的可能,就要为此奔波。

"就算是为了让这个派系越来越好,也应该做出成绩,提前拉好关系，不是吗？"

"你说得没错。"

加入这里，就是为了得到在已经成熟的派系中无法得到的机会。可没承想，八指却在背后若隐若现，想要把那个笨蛋推上派系首领之位。如此看来，真是失策了。

"你说，魔导国会不会借着这个机会发动战争啊？"

韦恩想了一会儿，摇了摇头。

"应该不会。那种笨蛋制订的计划根本就不可能成功，两国应该不会因为这点小事就开战。魔导国只拥有一个都市，以他们的人力不足以统治整个王国。虽然他们可以驱使不死者，但也只限于单纯的体力劳动，根本无法管理一个国家。就算真的引发战争，最后大概也会是以王国分割附近领土给魔导国告终，不会对我们这样地处偏僻的贵族造成什么影响。那么……"

看到韦恩举起拳头，伊格尔也举起拳头，两拳相碰。

"干吧！"

"哦！"

2

昨天就带领士兵开始移动的菲利普在德尔文男爵的领地内野营休息了一晚，此时终于来到了街道上——计划中的袭击地点。根据事前调查得来的情报，今天中午前后魔导国的马车队就会经过这里。菲利普坐在马上，俯瞰着列队在自己面前的士兵。他动员了五十名肯接受自己指挥的士兵，也就是村民。虽然他命领地内的各个部门征用劳役，但并没有多少成效，每个村子给出的答复都是劳役征用已经结束。

老实说，这令菲利普非常不悦。他为了今后领地内的发展，为了领地内所有人过上幸福的生活才策划了这次行动，更何况还能获得大量战利品，他还考虑将这些战利品大部分都分配给各个村子，也提出来了，可他们还是不肯配合。真是太愚劣了！不懂得什么才会变成利益的无知之辈！所以，才需要自己这样一个有智慧的人来统治他们，引导他们。

菲利普很想以这样的理由说服自己，但还是对那些不理解他的人充满愤怒。他也想过强制性征用劳役，可他那个半死不活的父亲肯定会为此大发雷霆。因此，他只好用从希尔玛那里借来的钱，采用提前支付佣金的方式，才总算招来了这五十人。这五十个人中，有早已过了壮年、身体素质明显很差的，有自认为了不起和本村人找茬打架的，还有不合群的，这几类人占了大多数。

说实话，这些人即便是放在村子里，也会被当作累赘，没有一个配得上他支付的报酬。不过，沐浴在士兵的目光中，还是令菲利普情绪高涨，心潮澎湃。他预感，自己即将被讴歌为英雄的事迹就要从这里开始了。不，实际上，已经开始了，领地扩充，地位提高，他即将跃居荣光普照的世界。

他将会成为王国内第一个给魔导国迎头痛击的人，这是迄今为止所有人都做不到的壮举。对自己牵制魔导国的举动做出高度评价的王室，肯定会给予菲利普相应的地位作为回报，或许还能娶到那位美丽的公主……

"少爷，袭击人家真的不会出事吗？"

一盆冷水泼醒了正在幻想美好未来的菲利普。他怒视着张着嘴的士兵。一个三十岁左右的平庸男人，穿着脏兮兮的衣服，不知为何，手中还握着木镐。拿木镐还不如拿棍棒，没有的话，旁边捡根棍子也行啊。虽然菲利普很想这么说，但这些人也只是遵从了拿着武器集合这一命令而已。还有几个村民连棍棒都没拿，着实令菲利普头痛不已。不过除了这一点，整体来看，这群人还是很像落魄盗贼的，这样应该能骗过对手的眼睛。

男人的疑问似乎得到了周围人的认同，眼前的士兵都点着头，几乎就要脱口而出同样的疑问。

"没问题，这么做是为了拯救王国。"

"少爷，扣上拯救王国这样的大帽子我们小老百姓可承受不起。我们不会被吊死吧？"

听到另外一个人说出这种话，周围的人都开始发出"是呀，是呀"的声音。面对这样丝毫不考虑大局的发言，菲利普感到十分惊讶。

（不对，我不应该感到惊讶，正因为有很多这样的人，才需要像我这样有才干的人站出来统率他们呀。原本就是因为大部分人都目光短浅，才不肯听从我的开垦计划……）

"我不是说了没问题吗？都不肯听我的吗？"

"我没那个意思……"

还是能从对方脸上看出不满。或许应该杀一个人，以儆效尤的同时鼓舞士气。但那么做的话，会显得自己没有领导能力，就好像是这些人知道有危险后，他就无法命令这些人做事了，实在丢人。那应该怎么做呢？正当他犹豫不决之时，众人听到了马蹄用力踩踏大地的声音，转头望去，两骑兵朝着自己的方向走来。骑马之人均戴着面具，只露出眼睛，根本看不出是谁。

二人停在不远处，朝菲利普招手。为什么不过来？应该是你们过来吧？虽然菲利普产生了这样的疑问，但转念一想，也许是不想让周围的人听到他们之间的谈话吧。

"哼，没办法了。"

菲利普嘟囔着，自顾自地给了自己一个台阶，露出散漫的表情，骑着马朝二人的方向走去。他提前做了练习，只要能让马走起来就行。

"男爵，您准备得如何？"

虽然看不到脸，但从声音和身材上还是能判断出，说话的人是德尔文男爵韦恩。不过他一身寒酸的穿着，根本不会有人想到他会是男爵。他身穿脏兮兮的皮质铠甲，腰间挎着一柄剑，胯下的马一点精气神都没有，看起来就像是农耕马。而罗克森男爵伊格尔也是同样打扮。不仅穿着相同，就连马都差不多。与背后有资助者的菲利普不同，这两位男爵都没什么钱吧。那个时候他们也穿着穷酸的衣服，想到这里，菲利普拼命克制着险些表现在脸上的优越感。

（要是让这两个可怜人看到我的兵士气低迷、心情焦虑的难堪样子，我的脸可往哪搁啊！）

居高位者必须让下面的人看到自己更加优秀的一面，菲利普必须做出示范性的举动，而下面的人必须服从他。如此一来，世界就会运转得更好。

"只有你们两个吗，士兵呢？"

"已经准备好了，对吧？"

"是啊，我们的士兵已经在菲利普阁下的布阵左右展开，采取的是鹤翼阵。"

"哦哦！鹤翼阵啊！"

即便是菲利普也知道这个阵型。能够使用如此有名的阵型，他非常开心，感觉自己仿佛变身成某个故事的主人公了。

"万一遇到危险，就请兵分左右往两边逃，都往一边跑的话，敌人就不会分散。所以在逃跑之时，请一定要分开。"

"我知道了，用不着这么小心谨慎，不会出问题……"

"还是在开始实施计划前就确定谁往哪边跑比较好吧？要是陷入战斗的恐惧之中，不知道往哪里跑就麻烦了。菲利普阁下也是一样，您会往哪边跑呢？"

听着对方用已经确定会输的口吻一遍又一遍地问，菲利普有些不耐烦。

"你们觉得，我会输吗？"

"我们不是这个意思，菲利普阁下。您听说过佯装撤退，实际目的是将追兵全部歼灭的兵法吗？"

"啊……哦！听过。"原来如此，菲利普接受了这个说辞。只是他不想坦白承认自己不知道，装作知道的样子回答道。

"您果然知道，我们就是这个意思，采取这个战略，而逃跑也是战略的一环。"

要是这样的话……往哪边逃比较好呢？正打算考虑这件事情的时候，菲利普才发现，自己缺少重要的情报。

"在作答之前，我想到一个问题，我还不知道你们的士兵人数呢，有多少人？"

"两边分别有七十五人。"

在产生反正两边的人数相同，那逃到哪边都一样这个想法前，首先让菲利普感到惊讶的是，这两个人召集到的士兵人数居然超过了自己。不过他转念一想，这里是他们的领地，召集人手应该没那么辛苦，便接受了这一现实。只是召集士兵当然简单，问题是那之前的准备工作，如果这里是自己的领地，菲利普相信自己应该能动员两倍以上的人参与进来。

"既然我们有这么多人，为什么不一举拿下对方呢？总共加起来已经将近两百人了。"

"这也是个办法,可是,不是应该先由菲利普阁下的士兵压制对方,之后我们再从左右包夹吗?这才是鹤翼阵的战术吧?"

"哦,对,你说得没错!"对啊,我都忘了。菲利普如是想到。

韦恩舒了一口气,却看不到表情,因为他脸上戴着面具。

"您能明白真是太好了,那么,您会往哪边撤退呢?"

"嗯……那我就往伊格尔阁下那边逃吧。"

"那就是逃向左翼了,我明白了,稍后麻烦您按照作战计划行事。另外,还请小心弓箭,万一不小心被流矢射中落马,会被马踩死的,在战场上这样的情况时有发生。"

"这点你大可放心,只要穿上这身铠甲,就不会被马踩死。这身铠甲出自名匠之手,还经由魔术师团队施加了魔法,是件珍品!"

菲利普身上的全身甲是希尔玛送给他的,上面还被施加了提升防御力的魔法,品质比家中那套传家的铠甲还要优秀得多。收到这份礼物之后一直没有机会穿,这次是它第一次亮相。想必那两位男爵没有这种好东西吧,菲利普努力压制着呼之欲出的优越感。

"不过还是要请您多加小心,要是您被杀了,一切就都完了。"

"是啊,菲利普阁下,您可是主帅啊!"

"虽然您身穿品质如此出众的铠甲,但若是被刺中要害还是很危险的。更何况,无论金属铠甲有多么坚固,在魔法面前大多时候都是无用武之地。还望您千千万万不要懈怠,菲利普阁下可是我们的主帅啊!"

听到对方甚至可以用啰唆来形容的叮嘱,菲利普也表示理解,毕竟主帅若是被杀,一切就都结束了。看到二人承认自己是最高领导人,菲利普露出了笑容。

"放心吧,我都明白。"

"另外,菲利普阁下计划待在队伍哪个位置呢?前排太危险了,我认为您可以暂时在后方等待,万一到时候没时间撤退,希望您能告诉我们一个可以马上赶过去的地方。"

菲利普在心中表示赞同,主帅若是面临危险,马上赶来驰援是属下的职责。面对这个理所当然的问题,菲利普对于自己居然没有给出相应指示而感到震惊。

(平时的我应该不会有这种疏忽。是我太兴奋了吧,毕竟我还是第一次参加如此规模的战斗。)

菲利普咽了咽口水,反复深呼吸了几下。

"您……您怎么了?"

"哦,没什么,只是平复一下渴望参战的心情。"

"哦……原来是这样啊。那么,菲利普阁下最初计划在哪里待机呢?"

"我先……"

菲利普看了看左右,这里铺设的街道实在太宽了,来自两个方向的马车甚至可以直接并排通过。据说这条街道是德尔文男爵领地内重要的收入来源之一。街道左右是茂密的森林,不过为了避免山贼在道路两旁藏身,从大路到森林中间种有杂草丛,所有可以藏身的地方都被清理得干干净净。这片森林平时是有人管理的,用于放猪一类的家畜在这里捡食橡果。因此,完全不必担心有野兽出没。这样的话……

"藏在森林中比较合适吧。"

"我也这么认为。正好有一个地方,那条路上的杂草经过清理,没有突然钻出来的树枝,非常适合骑马逃跑,您觉得那里如何?"

"还有这样的地方?"

"是的,我是考虑到菲利普阁下选择地点的时候,会不会选择那里,所以提前做好了准备。"

在几个候选位置中,选择这里作为袭击地点的就是菲利普,虽然也征求了韦恩和伊格尔的意见,但他们两个都表示全由菲利普来决定,没有给出任何意见。在那之后做准备,想必很辛苦吧。

"那可真是辛苦你了。"

"哪里,哪里。毕竟最先冲入敌阵这个危险的工作都交给您了,我们自然应该为您多加考虑,对吧?"

"是啊!"

在二人的带领下,众人朝一个广场走去。这里和韦恩说的一样,只要骑上马跑起来应该就没问题了。又经过一番探讨后,菲利普与二人告别，朝自己的士兵走去。全身甲非常沉，导致他不停地冒汗，又是在这么空旷的地方，继续带着头盔他很可能会昏倒。

"呼！呼！"

菲利普大口大口地喘着气，摘下头盔夹在腋下，从怀里掏出手帕胡乱擦了擦额头。真是失策！菲利普不禁想道。铠甲防御力高的确很重要，但行动灵便也很重要。听说有魔法能够减轻铠甲的重量，穿在身上也不会出汗，下次给铠甲注入魔法的时候应该侧重这一点。等再去王都的时候，必须和希尔玛说说。在心中默默记下这件事，菲利普若无其事地回到了士兵所在的位置。

"让你们久等了。"

"少爷，那两个蒙面的男人是谁啊？看他们的穿着像山贼，您是不是被骗了？"

"放心吧，他们也是这个国家的贵族，不要评论他们的穿着，毕竟不是所有贵族都拥有全身甲这样的装备。"

在卡兹平原一战中，失去现任家主的家庭，大多同时也失去了祖先代代相传的武具。若失去的是菲利普家这样的全身甲，再想购买就很难了。士兵好像不太接受这样的解释，但也没必要强迫他们接受。

"好！在马车抵达前待命！来了之后我们就发动袭击！"

没人回应，菲利普提高声调吼道："听明白了吗！！"

"明白了……"

很勉强,但至少有几个人回应了。菲利普并不满意,不过就先这样吧。毕竟他们是第一次上战场,刚开始也不能要求太多。只要今后为他们指明道路,将他们培养成出色的士兵就好了。菲利普这么想着,任凭疲惫的身体跌坐在地上。

存在于里·耶斯提杰王国暗处的巨大犯罪组织"八指",内部分为八个部门,隶属走私部门的克里斯托弗·奥尔森对外是一个正经商人,从王都到王国西边,他都有一定的门路和影响力。在亚达巴沃袭击之时,他的仓库也被夺走了很多物品,由此导致的巨大损失对他的商会而言虽不是致命的,但如果不花费大量时间和精力很难填补回来。为此,他需要向八指借一部分资金周转。

做买卖,本钱越多买卖做得越大,收益自然也就越大,当然,同时也存在着遭受巨大损失的可能性,但只要生意稳妥,就无须有这种担心。只是,跟八指这样的组织借钱,就会被当作肥羊,八指会强迫遭受损失的商人犯罪——走私、贩卖毒品、协助运输等。做久了就会有商人沦陷。

而早已沦陷的克里斯托弗会如何呢?这次,他为了借钱,面见了八指的几位最高级干部。这样的安排令人不可思议,因为克里斯托弗隶属走私部,想要借钱的话他应该找走私部门的干部,一般来说不需要见其他部门的干部。那为什么会变成这样呢？是因为他的工作表现很出色吗，还是出于连他自己都不知道的理由呢？在与干部们谈完之后，他依然不知道其中缘由。只是，黑社会之中，人人惧怕的八指最高干部们都对他异常温柔和亲密，这令他疑惑不解。当然，黑社会龙头老大的好意很可能只是表面上的。还有另外一个感受，那就是这些大佬都十分注意自己的健康，克里斯托弗甚至觉得他们瘦过头了。但比起自己这一身肥肉，还是他们更健康。

老大们当场给他下达了任务，任务内容会根据借钱的金额、自身的价值、今后能为八指带来多少利益等因素决定。评价高的人就会拿到安全的任务，反之拿到的就是危险的任务。而这次他拿到的是——

"运送魔导国的粮食啊，也不知道算不算安全……"

"嗯，什么？您说什么了吗，老板？"

"无须介怀，我只是在自言自语。"克里斯托弗回答坐在自己身旁的佣兵首领道。

那是一个强壮的男人，和已年过四十、腰腹位置储存了大量脂肪的克里斯托弗不同，他年轻且精悍。他今年二十五，身着钢质胸甲，里面还穿着锁子甲，身旁放着可以覆盖整张脸的头盔，还有一柄布满伤痕的剑，说明这把武器已经用了很久了。他就是负责保护运送魔导国粮食的这七辆马车的护卫首领。

此次随行的警卫兵共二十四名，所有人都是吃八指俸禄的组织成员，和克里斯托弗一样隶属走私部。如果需要用到八指的士兵，即便是同一个部门的也必须出钱雇用，且价格还比拥有同等实力的佣兵要贵。好处就是，就算执行的是绝不可对外泄露的任务，也不需要灭口，还有最主要的一点，他们会忠实于任务。在遇到无法应付的危险时，普通的佣兵或许会丢下雇主独自逃命，而他们会拼死保护雇主逃走，自己留下来殿后。不过这么做也是迫不得已，因为如果丢下雇主逃走会让上头的人面子上挂不住，在逃跑途中就会被杀。

因此，像克里斯托弗这样没有可靠佣兵人脉的人，雇用八指的人或许才是最明智的选择。不过这次的任务他不得不选择这么做，因为这是上面的命令。虽然失去了选择权，但这次不需要他出钱，所以他可以使用富余出来的钱再雇用其他佣兵。可这一举动很可能会被别人看作对上头指派佣兵的不信任，或许会被扣上忤逆上头意思的帽子。考虑到这些，克里斯托弗便放弃了追加佣兵的想法。

据说借给克里斯托弗的这些警卫兵都是非常值得信赖的人，至于他们的实力到底能达到何种程度，并非战士的克里斯托弗看不出来。不过上头已经打了包票，他便也放下心来。先不管理由是什么，忤逆上级可是很危险的。

话又说回来，派了这么多人，考虑到安全问题，他还是希望能由实力更强的人来担任护卫。要是能借到八指的暴力招牌，警卫部门六臂级别的其中一人就最好了。当然，他十分清楚，这是不可能实现的愿望。包括过去八指中战斗能力最强的部门主管零在内，六臂在亚达巴沃袭击前，就在与王室的抗争中丧生了。

据可靠消息称，他们败给了如今侍奉黄金公主的一个名叫布莱恩·安格劳斯的战士。一个人打倒那六个人实在令人难以置信，不过听说精钢级冒险者队伍"苍蔷薇"也出动了，所以克里斯托弗认为，最后是六对六分出了胜负。警卫部门的成员大多数都在那次抗争中牺牲，现在八指的各个部门都在各自召集士兵，想要弥补减少的战力，据说连隶属暗杀部门的人都开始在明面行动了。

不过也因此，相较亚达巴沃出现之前，八指内部的气氛变得好多了。以前，各个部门在组织内公然对立，相互给对方使坏。之前还发生过商人在走私过程中，遭到其他部门举报的事。反观现在，那些高层之间互爱互助，虽然关系好得让人觉得有些恶心，但多亏如此，组织的生意范围扩大了，一次违法犯罪活动能够获取的利益也变大了。

"呼啊……"

佣兵首领打哈欠的同时还放了个屁。虽说这是正常的生理现象，可对方并没有道歉。太没礼貌了。克里斯托弗皱起眉头，居然是一个屁将自己从内心世界中拉出来，真是糟透了。克里斯托弗很想发两句牢骚，但一想到从这里到位于王国西边的港湾大都市里·罗贝尔，来回这一路抬头不见低头见的，还是应该友好相处，便克制住了自己的冲动。

货物送达里·罗贝尔之后，将乘船前往圣王国，后面就是海运商人的工作了。克里斯托弗对那位海运商人很熟悉，那可是个大人物，没想到他居然也是八指的成员！当然，他是看双方都有好处才肯帮忙，据说这是他的原则。不过还是多少有些让人担心。

"看你这么悠闲，是自信不会有人袭击吗？"

"嗯？哦，我没有刺痛的感觉，问题是……啊，你想说感觉这东西不靠谱，对吧？我理解你的心情，不过你做了那么多年的生意，有没有莫名觉得某个东西能大卖的时候，或者是突然有不好的感觉，就避开了，结果还真的被你猜中了的时候？"

"确实有过。"

"看吧，长久以来积累的经验会像直觉一样帮助我们进行判断。"佣兵首领用与他外表不符的口吻说道。

"是吗？"

"是的！不过你无须担心，马车上挂着魔导国的旗帜，胆敢袭击这列马车队的家伙，肯定是连这个旗帜都不认识的无知之辈，顶多是落草为寇的村民，那样的人来几百个我们都能轻松消灭。"

"要不是落草为寇的村民呢？"

"你担心是没落的佣兵？大前提可是他们真的不认识那么有名的魔导国的旗帜。"男人耸耸肩继续道，"身经百战的佣兵比你想象的要博学得多，如果真的是连周边国家的国旗都不认识的家伙,也没什么好怕的。虽然你一脸难以置信的表情,但你可以冷静下来仔细思考一下,要是连自己得罪的是哪里的贵族都不知道,就会被卷进麻烦事里,这很有可能吧?"

"的确……出于兴趣,我想问一下,得罪什么样的贵族会遭殃啊?"

"比较有名的就是雷文和博洛洛普吧,他们身边都有强大的军队保护,要是和这二位发生冲突,可是吃不了兜着走。不过据说他们都在战争中遭受了巨大损失,现在或许没有以前那么危险了……可依然不能小觑。博鲁姆拉修出手很大方,可能的话,也不想与他为敌……总之,只要是有权有势的贵族老爷,都不想得罪啊。"

"你的靠山可是那个犯罪组织啊!有这么大的靠山还怕得罪他们?"

"你背后不也有同样的靠山吗?要是我跟这些人起了冲突,组织肯定会毫不留情地将我驱逐。你也一样吧?"

"是啊。"

二人陷入沉默,马车内被稍显阴郁的气氛所笼罩。

因为克里斯托弗想起了上面的无情,可他们所在的就是一个追求利益的组织,这样的组织无情又有什么问题呢?或许他当初可以选择不与这样的组织保持关系,走上别的道路,可那样的话,他就不会成为像现在这样的大商人,而是依然做着小买卖吧。"如果"拥有无数的可能性,但现在他已经回不去了,只能选择满足现状。

"总之,你的意思就是我可以放心了?你说的我都明白了,那要是真的遭遇了袭击,会是什么情况呢?"

"对方要是射出点火的箭矢,目的就是烧光这列马车队。不是为了抢夺,而是为了烧光,那就是个大阴谋,就算引起国家与国家之间的战争也在所不惜的大阴谋,或者是对立组织的阴谋。"

"八指的对立组织……有这个可能吗?"

"不清楚,就算是对立组织也不该烧魔导国的物资,确保毁灭所有证据的话也有可能,不过我觉得应该不是个人会干的事,王国或周边国家的阴谋、计划一类的可能性比较大……"

"如果真是那样,那担心也没用。"

"对吧?目前为止旅途很顺利,你就把心放在肚子里吧。"

马车好像进入森林地带了,据此可以知道大概的位置。克里斯托弗在脑中展开地图确认后,发现车队的确在按照计划前进,这才放下心来。要是与魔导国有关的任务失败了,想必会受到很可怕的惩罚吧。现在差不多是中午,根据行程,穿过森林之后会休息一下。这里并非原始森林,有人在打理,应该不会花太多时间就能走出去。

越来越近的马蹄声传进了摇晃的马车中。与此同时,马车的速度渐渐慢了下来。克里斯托弗快速瞥了一眼佣兵首领,发现他给人的感觉完全变了,一脸凶狠的表情。

"抱歉，好像来工作了。"

两个男人将脸探进了带篷马车，二人都是佣兵首领的手下。

"对不起，老大！这小子说，看到一大群村民在森林里。"

佣兵首领对克里斯托弗解释道，被叫作"这小子"的男人是队伍中的斥候，负责先行探路。

"不是山贼，而是村民？你是怎么判断出来的？"

"是。首先是武装，他们手上不但没有武器，连铠甲都没穿，好多人都拿着镐……不是棍棒，而是镐。"

"如果是石头还能当武器……镐？确实不太可能是山贼。是铁镐吗？"

"我只是远远看到的，不敢断言，不过我觉得，应该是木头的。"

这段对话在坐在一旁的克里斯托弗听来，不过就是发现了干完农活正在回家途中的农民，除此之外，还有别的可能性吗？

"真的是镐吗？伪装？"

"看起来不像……"

"那就派几个人轰他们走吧？或许是我们过度紧张了……"佣兵首领嘟囔了这么一句。

克里斯托弗大概觉得还是应该把自己的想法说出来，所以才会用大家都能听到的声音自言自语似的说道："不好意思，很抱歉插嘴你们的工作，不过能听听我的意见吗？"

"没事,你说吧,只要是有建设性的意见我们都想听。"

"谢谢。首先,这座森林是有人管理的,也就是种植出来的森林,可以用来放养猪等家畜,所以我猜测,那些人会不会是来赶猪的呢?如果是那样的话,我们过去赶他们走很可能会被误会成是偷猪贼。我们车上挂着的是魔导国的旗帜,要是魔导国是偷猪贼这样的误会传开……被魔导国知道会很麻烦吧?"

"啧。"佣兵首领不耐烦地发出咂舌声。

之前挂着这面旗帜就是安全的保障,穿过途经都市的时候也会享受优先待遇,而且对方的态度还非常有礼貌。如果那些是恩惠,那么现在就是枷锁,要是采取会给魔导国脸上抹黑的行动,灾祸就会降临在他们身上。所以克里斯托弗才没有利用这次旅程"顺便"运送违法货品。

"刚刚你说有一大群人?具体有多少人?"

"粗略估计应该有五十人左右。"

"要是干农活的话,这个数量有点多,你觉得呢?"

克里斯托弗也不清楚,虽然他已为人父,还是名商人,但他可没养过猪啊。

"你问我,我也不知道这个数量是多还是少啊?我不清楚抓一只猪需要几个人。那些人之中,有些也有可能是来种树的,或者伐木的,而且听说他们还会利用猪采集一类的……"

从他们只拿着镐这一点来判断,或许这个可能性更高。

"这一带贵族的评价如何?有没有大量无业游民?你有过什

么耳闻吗?"

听到佣兵首领的提问,克里斯托弗捏着自己肥肥的脖子肉回答道:"我只碰巧见过,虽然很年轻,但是是个看起来很可靠的领主。在领地经营方面也很脚踏实地,要是能学学贵族社会的常识和政治方面的手腕,将来应该会很有前途。"

给王都内受到八指庇护的酒馆送酒的时候,克里斯托弗曾与对方聊过几句。因为不是御用商人,所以运货走过这条街道穿过领地的时候,并没有在这里做过生意,之后他甚至有些后悔放过了与这样一个将来可能会发迹的贵族做生意的机会。那位贵族不会为了袭击马车而调动村民,根据当时对方留给自己的印象,在他所运营的领地内,也不可能突然发生五十个农民因为吃不上饭而袭击商队这种事。八指的干部希尔玛·叙格纳斯介绍的那个男人和他简直没法比,不,应该说,很难找到比那个男人更差劲的人了。想起当时受到的屈辱,克里斯托弗揉了揉太阳穴。

"老大,就算他们真的袭击,也不过是五十个没有武装的村民,我们轻易就可以干掉他们。"

"有没有可能……那些人只是诱饵,还有其他士兵埋伏在周围?"

面对佣兵首领的疑问,两名部下互相看了对方一眼。

"有可能。需要调查一下周围的情况吗?不过那样的话就还需要一些时间。"

"以防万一,还是调查一下吧。"

"我可不想匆匆忙忙赶路。还麻烦你们不要花费太多时间,导致行程往后推迟太多。"

"好的。那就粗略看一下吧,速度要快。"

斥候点头领命后便飞奔离去,十分钟左右就回来了,根据他的报告,除了那五十个村民,并没有发现其他伏兵。众人最后推测,应该就是些干农活的人,便决定继续前进,但五分钟之后马车再次停了下来。

"老板,抱歉。能来一下吗?村民们好像把路堵住了。要是对方杀气腾腾的我们还能冲过去把他们赶跑,可那些人不知道该说是畏首畏尾,还是毫无干劲……总之气氛很奇怪,希望您能来一趟。当然,安全方面无须担心,我们会谨慎提防,您可以站在盾牌后面和他们沟通一下吗?"

老实说,克里斯托弗很想拒绝佣兵首领的请求,他没有这方面的自信,迄今为止从来没有直接接触过暴力。可现在这个状况,他也不得不去,要是发生争执,人家不让走这条路了,今后不仅仅是自己,将来继承商会的孩子们也会受到牵连。

"好吧,我去。"

克里斯托弗和佣兵首领一起下了马车,朝队列最前方走去。佣兵们手持名为塔盾的巨大盾牌随行,因为克里斯托弗提出希望用这种盾牌挡住自己一半的身体参与交涉。此外,佣兵们还手持威胁用的长戟壮大阵势,另外还有一部分佣兵隐身在森林之中，手持弓箭，缀在后方。佣兵首领就跟在身边，嘱咐克里斯托弗万一遇到什么危险要听从他的指示。

之前侦察到的那些人就站在被森林夹在中间的大道尽头，怎么看都像是在野外干完农活准备回家的村民。可他们为什么要站在这里挡住车队的去路呢？

大概是猜到克里斯托弗会有这样的疑问，佣兵首领嘀嘀咕咕地说道："是吗，你也不理解吧？要是打算袭击，应该兵分左右，藏身在森林里——方法有很多，根本没必要这样大摇大摆地站在街道上，除非他们的指挥官是个白痴。"

"会不会是在示威？"

"示威？穿成这样示威？就这么几个人？如果真是那样，就是在看不起我们。老板，你以前雇用的都是这种程度的佣兵吗？"

他说得没错。克里斯托弗没有反驳，而是与村民对峙。说是对峙，距离却相当远，身前还有一排佣兵。

"我只是个接到运输任务的普通商人，如果你们阻塞道路是为了向贵族请愿，那与我们无关，希望各位能够让开，否则为了自卫，就不得不向你们拔剑了。"

刚开始与村民交涉，森林里就走出一个男人，那人穿着漂亮的全身甲，没有戴头盔，可以清楚看到他的长相。克里斯托弗认识这个男人。

"很遗憾，为了王国的将来我也不能放你们过去！"

"啊?"

克里斯托弗脱口而出。不单单是他,周围的佣兵也发出了类似的声音。

"我知道了,你是不是搞错了?我们是遵从魔导国支援圣王国粮食的意愿,负责运送粮食而已。"

"我知道!嗯!我很清楚!所以我才更要这么做!"

这家伙在说什么?他到底是怎么想的啊?克里斯托弗从内心深处感到困惑。不对……

(这种令人不快的家伙怎么想都与我无关,首先,这片领土并不属于他,他为什么会在这里?联手?可是这里的领主会和这种家伙联手吗?)

算了,无所谓了。克里斯托弗想着,反正话也说明白了,他们还要这么做,就可以理解为这些人是想要找魔导国的麻烦,就算杀了他们,也不会引起王国和魔导国之间的矛盾。当他正打算示意身边的佣兵首领杀了这些人的时候,突然产生了强烈的不协调感。

这个叫菲利普的贵族背后有希尔玛·叙格纳斯这个靠山,之前克里斯托弗曾受到过他的侮辱。克里斯托弗当时表面上笑容满面,但内心还是很愤怒的。可希尔玛却对他说,这个男人虽然愚蠢,但有利用价值,让他忘了受到侮辱这件事。

真的可以杀了这个对于八指来说有利用价值的棋子吗?通常来说,区区一个地方贵族不可能会袭击挂着魔导国旗帜的车队，人人都知道，这样的举动会激怒魔导国，会引发国家与国家之间的战争，再愚蠢的贵族在行动之前也不会考虑不到这一点。那么，这个男人采取这样的行动肯定是有原因的。

（如果目的是假扮山贼抢夺货物，那他不挡住脸的举动就很迷惑了。）

就算是白痴也应该把脸挡起来。他既然穿着全身甲，那应该也有可以完全挡住容貌的头盔，如果是这样的话……

（目的是让我们看到这个叫菲利普的人的脸？做这种事有什么……啊！）

克里斯托弗突然想起，世间还存在一种名为幻术的魔法。

（就是那个！幻术！为了把罪责嫁祸给菲利普，用幻术变成他的样子，然后故意暴露在我们面前，那些村民或许也不是真正的村民……）

这个推理天衣无缝。那么……

"总，总之，你们就是想要魔导国委托给我们的这些粮食，来抢的，是吧？"

"啊？老板，你怎么了？"站在一旁的佣兵首领困惑地询问道。也难怪，在本以为会接到示意杀了这些人的他们看来，这位委托人简直是疯了。

"没错！我们会有效利用这些粮食！"

菲利普一脸得意地说了一个临时想到的名目。

（这话一听就不像聪明人会说的话。他本人肯定也在想，自己为什么要说出这样的蠢话吧。不过……）

这是别人为他准备的台词吗？首先能想到的，是刚刚在与佣兵首领谈话中提到的八指的敌对组织，然后就是八指的干部们。如果是前者，就必须全力以赴突破这里。八指最痛恨的就是叛徒，其次是失败者，这样的人会受到最严厉的惩罚。可如果是这种情况，对方肯定会带能够击溃克里斯托弗等人的阵容前来。虽然不知道是不是伪装，但带着一群手持锄头的农民来，实在是说不通。

那么就是后者，这样就不觉得突兀了，可如果真是如此，难办呀，真是难办呀。八指的干部果然不是铁板一块，又是像以前一样来捣乱的吗，还是全体干部的意见呢？

（我被舍弃了，还是要把杀害菲利普这个"王国贵族"的既定事实强加在我的头上？他本人大概已经被干掉了吧。）

如果真是这样，该采取怎样的行动才是最为妥善的呢？

"老板？你怎么了？害怕了吗？这种货色我们可以轻松解决，那个看起来像贵族的家伙，身上的铠甲的确还不错，但应该没什么本事。"佣兵头领压低声音私语道。

现在问题不在这里，能不能不要搅乱我的思路啊！克里斯托弗暗暗想着。

"等一下，给我点时间。"

如果真的是想把杀死菲利普这一罪名强加于我，为什么不提前告诉我呢？这里存在疑点，要是提前告诉我，我就不用如此烦恼，会毫不犹豫地把他当山贼处理掉。那么，如果目的是造成"接受魔导国委托的马车队杀害王国贵族"这一事实，那就是想让王国与魔导国开战？想到这里克里斯托弗不免有些纳闷。

现在的状况，只会以"王国的商人为了自卫杀了王国贵族"而告终，想要以此引发战争有点困难。当然，也有不少人认为只要有借口可以挑衅就行了，与黑社会打交道的克里斯托弗很清楚，有些人甚至会因为一点小事就喊打喊杀的。不过国家应该不会像黑社会一样鲁莽。

（还有一个可能性，上面之间都通过气，但并没有告诉我，或许是我想多了？我可没有杀了这里所有人，还能防止情报泄露的自信。）

因疏忽而导致的失误是不可避免的，因此，无法断言没有这个可能性，那么该如何选择才是最好的呢？要是自己擅自做主很可能会受到处分，为了避免这样的结果，至少要找个借口，将责任转嫁给其他人。

（杀了那个菲利普是最糟糕的选择，杀了他就没有回旋的余地了，或许还会惹得叙格纳斯大人不高兴，那样的话……）

"要是把货物放下……离开，你们会追杀我们吗？"

"啊？"

站在一旁的佣兵首领发出困惑的声音，克里斯托弗克制住不去看他。

"当然！我不想伤害王国的商人！"

虽然你没有直接伤害我，但还是间接给我造成了伤害，克里斯托弗在心中愤愤地想着，却没有表现在脸上。

"你是认真的吗，认真的？你怎么了，出什么事了，中魔法了？还是你看到了我没看到的军队？"

"这是雇主的命令，马上开始做撤离准备。"

佣兵首领翻了个白眼，暂时不说话了。他猜测商人不是中了魔法，就是在思考自己的立场和将来。过了一会儿，就好像为了表明自己不接受这样的做法一样，嘟囔了一句"知道了"。

克里斯托弗在佣兵首领等人的保护下，慢慢后退。粮食就这样被抢了，但他知道具体都是哪些粮食和各自的数量，大不了重新采购一批送去圣王国，应该不会有问题。也不是非得车上这批不可吧。虽然不得不向等待他们的海运商人谢罪，但现在他必须回到王都，询问一下叙格纳斯大人，这到底是怎么回事。克里斯托弗打心底里觉得麻烦。

商人似乎明白了谁才是正确的，没有举剑就离开了。菲利普得到了几辆马车的战利品，看了看马车上的东西，木桶和木箱一个压着一个，里面都装着满满的粮食。都是便于保存的容器，可能没有那么新鲜了，但吃应该没问题。遗憾的是，东西这么多，却都是粮食。菲利普本想留点什么，以纪念自己的丰功伟业，可总不能抓一把农作物当纪念吧。

（要是铠甲或者剑就能留下当纪念品了……刚才是不是应该要一把那些男人手上的武器？）

菲利普观察着唯一可以作为战利品留下的马车。马匹被牵走了，因为没了马匹他们就没法移动了。当然，他曾经命令他们把马匹留下，可那个看起来应该是佣兵头领的人拒绝了。而且好巧不巧的，那个时候有一支箭射中了菲利普附近的树，虽然很不甘心，但他也只能放弃。

（穿着全身甲的我应该没事，可那些士兵就不行了，呵呵，为了顾及他们的安危，放弃本可以得到的利益，我这个人还真是慈悲为怀啊。总之，这次行动很完美，谁都没有受伤，也没有流血，漂亮地完成了任务。希望到最后也是如此。）

菲利普看了一圈眼前的战利品，最后将目光落在了被留下的魔导国的旗帜上。

（这个可以留作纪念。这可是曾在卡兹平原一战中，击退王国二十万大军的魔导国的国旗！我是第一个把它抢到手的人吧！）

菲利普连连点头。他很想抑制住从心底涌上来的喜悦之情，最后还是没忍住。只有完美的结果才与自己相称，他对自己拥有和想象中一样优秀的能力而感到欣喜。这就是自己优秀的证据。这里有好几面，但有一面就够了，他将旗子丢到地上，来回踩踏。看着魔导国的国旗渐渐被泥土弄脏，他非常兴奋。王国内的所有人肯定都做不到！没错！谁都做不到的事情，他菲利普做到了!

（看啊！我果然不是废物！我比哥哥，比父亲，比王国内的所有人都要优秀！）

"那，那个，少爷，这些东西真的可以拿吗？是不是留在这里比较好？"围着马车看的其中一个村民战战兢兢地问道。

菲利普毫不掩饰因为被泼冷水而不悦的心情，反问道："你说什么？"

"就是……那个……那些逃走的人不会带着士兵回到这里吗？"

"什么？你的意思是说，刚刚应该杀了那些商人吗？"

"不，不是！我不是那个意思！杀人太可怕了！"

"那你是什么意思？"

"少爷，这些东西怎么办？要怎么拿回去啊？"另外一个村民问道。

菲利普也在苦恼这个问题。

"怎么办好呢……"

就算强迫这五十个人背，这么多战利品一次也背不完，而且马车本身就是高级货，都是带篷的，应该能卖不少钱，菲利普自己用又有点浪费。可是靠人力拉会相当辛苦，不仅仅是辛苦，完全就是重体力劳动。就在菲利普苦恼之时，拨开草丛往这边跑来的脚步声传入耳中，转头一看，是两个蒙面人。

"菲利普阁下！"

听声音是韦恩，他的装备和之前来的时候完全不同。脏兮兮的皮革铠甲换成了结实的胸甲，腰间佩着剑。为什么换装备了？这个疑问在脑中一闪而过，但现在菲利普更想让对方看看自己的战果。

"哦哦！是你们啊！快，快过来，快看看我们得到了什么！"

"这是……究竟出什么事了……"韦恩立在原地环视周围，用不可思议的口吻问道。

是对马车留在这里有什么疑问吗？就是通过战斗抢到的……想到这里，菲利普似乎明白韦恩是对什么抱有疑问了。

像是在印证菲利普的想法一样，伊格尔开口说道："是啊，看来菲利普阁下的士兵都毫发无伤，地面上没有血迹，空气中也没有血腥味，您是采取了怎样的战术呢？您是不是带了什么特别的魔法道具啊？"

如果菲利普会使用魔法，那问的就是字面上的意思，但伊格尔想表达的显然不是这个。

"我什么都没做啊。大概是看到我们这边人多势众，对方不想以死相搏吧……也有可能是那个商人根本不想为魔导国做事。"

韦恩和伊格尔相互看了看对方，但由于蒙着脸，看不到对方的表情。

"那么，我们接下来怎么分呢？"

老实说，这次的战利品都是他菲利普凭本事得到的，还要分给只是在后面看的这两个人,他多少有些不情愿。可是他一个人独占的话,会令那二人心里不痛快吧,毕竟他们也动员了自己领地的村民。自己占八成,剩下的分给他们俩,这样比较合适。

(只是动员村民就能分到一成,他们应该不会有微词吧。)

"无功不受禄,我们什么都没做,拿了会于心不安的,这些东西都应该归菲利普阁下所有。这里理所当然的吧!"

"是啊,请菲利普阁下都带走吧,还有那些马车。"

对方这么客气,菲利普多少有些不好意思。虽然之前因为村子很小,没有留他们住宿,但还是在森林里支起营帐,准备了食物。这份恩情现在该还了。

"怎么能这么说呢,我们是互相帮助的伙伴啊!我会留下一些,虽然不多,但还请不要跟我客气。"

"真的不用了,菲利普阁下。"韦恩先是立刻拒绝,接着又毫不犹豫地说道,"这所有的一切要是没有菲利普阁下根本就成不了事,我们也有贵族的尊严,实在无法接受您的好意。"

"是吗?"

二人都回答道:"是的。"

看来很难改变他们坚定的意志,没办法了。所有东西都能归自己所有,菲利普在心中跳起了欢快的舞蹈。

"既然你们都这么说了,那我就却之不恭。另外,还有一个难以启齿的请求,不知能否借我几匹马,让我把马车拉走呢?"

"马啊……"

"怎么办?"

"我们俩想商量一下,请稍等。"

二人走到稍远一点的地方开始商量。距离比较远,没人知道他们是不是真的在商量。过了一会儿,他们大概是统一了意见,走了回来。

"马匹会尽快借给您,不过不是军用马匹,而是农耕马,不知能否尽快还给我们呢?"

"多谢。"

"对了,还有一件非常重要的事,最好将魔导国的旗子摘下来,在我们把马送过来之前,为了避免被利用这条街道的旅客看到,不知是否能够辛苦各位,将马车移动到森林里呢?"

"好,我会的。"

听到菲利普的答复后,二人迅速走开,很快便消失在了森林中。

菲利普再次看向马车,这是自己胜利的证明,就像自己的未来一样璀璨生辉。

而留有菲利普的靴子印、被泥土玷污的旗帜,仿佛暗示着某个国家的将来。

安兹大摇大摆地走在耶·兰提尔的大街上，身边跟着飞飞。飞飞自然是潘多拉·亚克特假扮的。他身体被全身甲包裹，身后背着两柄大剑。

他那坦荡的走路姿势充满传闻中的威严气势，比安兹乔装成飞飞时更有英雄之风。安兹担心自己乔装成飞飞时的反差容易让市民生疑，所以他也想过要不要让潘多拉改变一下走路的姿势，不要那么威风。

当然，这种话他是不会说出口的。他决定学习一下这种走路方式，时不时用余光观察，幸运的是，潘多拉·亚克特好像并没有发现他的举动。

二人身后，是一边警戒着周围的情况，一边默默跟随的娜贝——娜贝拉尔·伽玛。三人周围看起来没有警卫，但实际上半藏等人一直隐藏身形保护着他们，因此，比其等级低的娜贝拉尔的努力是毫无意义的。可转念一想，安兹以飞飞的身份出现以及在耶·兰提尔的时候，她都是这样的感觉，所以就没有特意阻止她。

他们三个并非有目的地在都市内行走，而是在例行公事。带着飞飞和娜贝到处走，可以起到各种各样的宣传作用，平时侍候在安兹身边的女仆没有出现也是这个原因。目的有几个，其中最重要的就是告诉众人安兹和飞飞依然在相互协助这一事实。而且娜贝拉尔必须在，飞飞总是穿着全身甲，根本没人知道铠甲之下的他长什么样子，如果不带着娜贝一起，就会有

"飞飞已经被魔导王杀害了,铠甲之下其实是不死者"一类的传言——实际上已经有了。因此,这么做是为了堵住悠悠众口。

看到他们三人,所有行人都会自觉站到道路两旁,搞得他们三个就好像走在无人的荒野上一般。当然,这是因为魔导王也在,安兹乔装成飞飞走在街道上的时候就不会这样。魔导国成立已经有好长一段时间了,民众依然惧怕安兹。不单单人类如此,虽然没有人类夸张,但亚人之中也有人会做出同样的反应。

耶·兰提尔现在已经不是只有人类居住的都市了,时不时会零星看到几个夹杂在人类之中的亚人。移动视线,道路两旁为数不多,或者说非常稀少的几家店铺中,也有人类以外的种族的身影,包括店员和客人。其中还有一家,也仅有一家是亚人开的店。

安兹将过去名为斯拉姆的地区划分给亚人居住,在那片区域中出现亚人开的店并不稀奇,但现在安兹等人所处的是耶·兰提尔的城市街之上,距离以前的斯拉姆有很远的一段距离。也就是说,亚人可以自由进出耶·兰提尔城。

安兹并没有特意做过什么,辛苦的都是雅儿贝德,安兹对此可以说是很自豪,这代表种族间的融合正在推进。

(还想做一些能进一步促进融合的事啊……)

实际上,安兹一直有个想法,想在耶·兰提尔城内举办一个盛大的活动。这样还能吸引游客,赚取外汇。可是,这个世界的节日和活动比想象中的还要少。因此,他始终觉得有些无聊。

像帝国那样的竞技场也不错，不过他想要的是之前没有过的别的活动，让大家可以乐在其中的全新的活动。在参加过程中，如果有一支表现优异的多种族混合的队伍，想必能够进一步促进种族之间的融合吧。若是有人有同样的兴趣，主动提出的话，应该很快就能成型。

（棒球或者足球一类的球类运动应该不错。或者还有什么更好的吗……）

要是有什么可以拿来参考的东西就好了，想着，安兹开始观察起那位亚人店主——一只豚鬼。他正在表情严肃——大概很严肃地与看起来像是客人的人类交谈。他应该是安兹在圣王国遇到的豚鬼，或者是假装输给愤怒的魔将而败走荒野的，安兹整合的其中一只豚鬼吧。安兹不记得除此之外，还邀请过其他豚鬼居住在耶·兰提尔。

安兹实在分不清那只豚鬼究竟是谁。一是因为在其统治下的豚鬼实在是太多了，再就是拥有人类认知的安兹完全无法从外表区分豚鬼。其他种族也是一样，譬如雌性蓝蛆，用他们的话来说，根据光泽区分个体，但安兹真的很想吐槽，你们那是什么视觉啊！在安兹眼中他们长得都一个模样。

不过这一点对其他种族来说也一样，豚鬼想要区分人类的容貌也是一件很困难的事情，因此他们会根据头发的长短、眼睛的颜色等特征进行区分，但还是引起过几次小误会。比如，把两个在安兹看来长得并不太像的人搞混，将答应给客户的商品交给了其他人……诸如此类的误会。

但不得不说，魔导国的治安非常好，轻罪很少，重罪也极少发生。并不是这里的法律严苛，而是人们不愿意死后被变成不死者任人驱使。出于这个原因，虽然搞错了，但双方很快便达成谅解，没有发展成大问题。豚鬼也正是因此才能和人类做买卖吧。

"已经有亚人加入冒险者队伍了，相信今后他们会活跃在各个领域吧。"

安兹小声嘟囔了一句，潘多拉·亚克特赶紧附和。

"安兹大人说得真是太对了！亚人在看到安兹大人创造出来的不死者士兵之后，发现他们很难吃士兵这碗饭，于是将自己的能力运用在了文化、生产、研究等各个领域。"

现在的魔导国按"你的种族适合某某领域，所以你就到某某系统工作吧"的原则分配工作，通过接触各种各样的种族和文化增长见闻，而自己主动想要去尝试做某件事的欲望还处于小小的萌芽阶段，但已经有些成效了。简单的体力劳动由不死者来填补，成了这一变化的主要诱因。

"这些事情雅儿贝德会继续严格管理，必须阻止我们应付不了的技术的发展，否则对我们不利啊。"

安兹等人已经是无法再成长的最强王者，这也是为了不输给还会继续成长的弱者需要提前做的准备。其中技术这一项自不必说，绝不能让他们得到过多的发展，要保证弱者始终是弱者。但同时又不能输给周边国家的技术发展能力，如此复杂的管理也只有雅儿贝德能胜任。

（因此，需要能够刺探周边情报，特别是可以收集机密情报的谍报人员……这方面稍显不足。）

在纳萨力克，要想制造稀有魔物，需要两样东西：该仆役的数据以及相应的YGGDRASIL金币。在纳萨力克的图书馆中，有诸多记载着不同魔物数据的书籍，但并不是所有YGGDRASIL中的魔物数据都有，现有的魔物数据也是有限的。比如半藏的数据几乎已经用光了，八肢刀暗杀虫的数据图书馆中就没有。

制造高级仆役还需要花费大量金币。虽然很想说，这样的话还不如弱小的仆役呢，但实力不够，很有可能会在潜入时被发现。一旦被发现，对方可以轻易断定这是来自魔导国的奸细，毕竟在周边国家中，只有魔导国会驱使魔物。以一个国家来说，魔导国的规模尚小，还是希望尽量避免暴露身份，说来说去还是需要高级魔物，或是……

"人类密探吗？"

安兹不自觉地将想法脱口而出，听到这句话的娜贝拉尔在身后说道："安兹大人，谍报人员培养得如何了？要不要先由我们去执行任务？"

安兹压低声音回答道："娜贝啊，现在的你是人民英雄飞飞的伙伴娜贝,不要忘记你的立场。"

飞飞和娜贝现在的身份是为了保护这个都市的居民而留在魔导王身边的人质,协助安兹·乌尔·恭纯属迫不得已。不过已经过了那么久,或许该上演对魔导王敬服的戏码了,而且还要和雅儿贝德商量一下,准备好相应的剧本比较安全。在那之前,尽量不要在纳萨力克之外的地方采取向安兹提意见这样的举动。

"非常抱歉。"

现在不能说"赦免你"啊,安兹如此想着,同时偷偷确认周围的情况。很多人都在看他们,表情中包含着恐惧。如今也只能祈祷他们如此表现,并不是因为听到娜贝拉尔的发言了。要是因为担心被发现就杀了这些居民,迄今为止精心营造的"比想象中要通情达理的不死者"的人设就会彻底崩了。

话虽如此,如果不回答娜贝拉尔的问题,她会就此消沉,那样未免太可怜了,而且要是她以后都不再主动提意见就麻烦了。因此,安兹用周围人听不到的声音小声说道:"我会命半藏培养以缇娜为首的那些人。老实说,一只八肢刀暗杀虫的能力都远在他们之上……不过这也是一种投资。"

最终的结果,很有可能无法得到与所付出的劳力、金钱和时间相匹配的利益,但如果……或许还有万分之一都不到的概率能够收到回报。在这一点上,卢恩符文也是如此,也包括其他魔法技术在内。在不知道什么可行、什么不可行的基础上,进行最低限度的投资还是有必要的。谈话到此为止。

三人默不作声地走着。偶尔会与由死亡骑士、死亡法师、死亡战士、死亡祭司、死亡刺客各一名组成的五人巡逻小队擦肩而过。虽然这里是大街，但他们依然整齐列队，死亡刺客稍稍走在前面，随时处于警戒状态，他们这么做并不是因为街道上有危险，而是身为不死者，只会遵从最初的命令始终保持队形。

其中的死亡刺客，隐匿能力很低，致命一击的概率却很高，属于攻击型选手。如果不把他们的攻击当回事，就会遭受令人吃惊的伤害。这样的设定并不适合做谍报人员。之所以组成这么多人的小队，纯粹是太富余了。

（魔导国如今对外出口不死者，但主要都是实力很弱的骷髅类……）

根据能力的强弱，各种类型不死者的租金也是不同的，最受欢迎的当数单纯的劳动力，所以租出去的都是那些便宜弱小的不死者。也就是说，安兹公司最卖钱的就是骷髅。死亡骑士级别的不死者则剩下很多。可是一天不使用"不死者创造"又觉得太浪费，于是安兹每天都会把次数用光，却又要为如何安排这些不死者而挠头。当然，这些都是保密的。

（降低租金的话，以后涨价就会没人租，可又不想打折……要不要搞会员卡？租了不少死亡骑兵给帝国，今后可以考虑推销给国家中枢……不过……）

安兹偷瞄了一眼旁边的潘多拉·亚克特。

（什么都不说太尴尬了，可又没有什么特别要问的。）

要是让人觉得他们之间关系不好，这么走也没意义。

"啊……娜贝小姐。"和潘多拉·亚克特搭话有点怪怪的，安兹选择了娜贝拉尔。

"是！"

不用这么精神饱满地回应啦。安兹心中虽然这么想，嘴上却没说。她这样的反应并不奇怪，毕竟名义上飞飞是安兹的部下。

"那个，由莉的孤儿院怎么样了，你去看过吗？"

"没有，没去过。"娜贝拉尔毫不犹豫地回答道。

她和由莉的关系并不差，只是单纯没有兴趣吧，不对……

（一般来说会对自己家人的工作场所没兴趣吗？不过这种反应放在娜贝拉尔身上又不觉得有什么不对。）

如果是希婺或艾多玛工作的地方，她的态度会不会有所改变呢？想着这些，安兹耸耸肩。

"那我们去看看如何？"

孤儿院的事情都交给了由莉负责，安兹并不了解情况。计划书当然早就呈交给安兹了，他也看了，可没能在他脑中留下任何印象。孤儿院的所有花销也会定期上报，但安兹打算全权让雅儿贝德处理，所以他自己只是假装看过报告书了。

他虽然倡导英才教育，却从来没有过让魔导国所有平民都接受教育的疯狂想法。教育会促进技术和文化发展，那就等同于是在强化弱者，如今的做法或许会埋没人才，导致那些人一辈子都是种地的农民，但纳萨力克的安全才是最需要优先考虑的。

"我觉得这是个好提议。"

得到潘多拉·亚克特的同意，由娜贝拉尔带路，三人改变了路线。走了还没有两分钟，安兹突然收到了"信息"。

"安兹大人。"

"艾多玛吗，什么事？"

安兹边走边回答，同时产生了一种非常不好的预感。这一年来都没有使用"信息"联系过，也就是说，很可能发生了紧急事态。不过安兹还是露出了笑容，他之前在圣王国完成了那样的壮举，对现在的他来说，这次发生的事情也不会是什么大事。

（已经成功跨越那片地狱的我还有什么是做不到的呢！）

和预计的一样，艾多玛请求他火速回到纳萨力克，安兹答应马上就会回去，拜托娜贝拉尔将女仆一起带回纳萨力克后，安兹向二人告别，发动了"传送门"。这是为了让警戒在安兹附近的半藏也能一同回去。

回到纳萨力克，与之后穿过"传送门"的半藏等人告别的安兹，从出来迎接的索留香手上接过安兹·乌尔·恭之戒，使用戒指的力量传送到第十层，然后徒步朝着目标房间移动。

纳萨力克内重要或特殊的房间会设置标记，如此一来，便可通过戒指的力量直接传送到对方眼前。但也有一些房间没有设置，因为那原本只是普通的房间，也就无法直接传送过去了。可以说，这是可以随心所欲传送到纳萨力克范围内任何地方的这枚戒指的唯一缺点，但也无法改变这一机能。要是有YGGDRASIL的创建工具或许能改，但安兹没有，在纳萨力克范围内也没有。

雅儿贝德站在安兹要去的房间门前等他。安兹没有询问她等了多久，只说了一句慰劳的话。

"辛苦了。"

"是！"

看到雅儿贝德深深低下头，安兹在心中叹了一口气。他说会马上回来，但没说具体时间，让她毫无意义地等自己，心里真的很过意不去，可又不能表现出来。不，绝对不能表现出来。之前也发生过好几次类似的情况，每次他都嘱咐雅儿贝德不用出迎，但她就是不肯让步，坚持说仆役就该出来迎接主人。

实际上，安兹也对其他各阶层守护者、领域守护者，甚至对女仆们也都提过，但所有人的答案都和雅儿贝德一样。特别是女仆们，她们作答时眼中闪耀着癫狂的光芒，让人不禁想要一边后退一边道歉，霸气十足。既然所有人都这么认为，身为支配者安兹·乌尔·恭也只能收回自己个人的意见。

雅儿贝德推开大门，请安兹进入。虽然内心有些许负罪感，觉得自己根本不值得她这样对待，但安兹还是表现出理所当然的态度走进了房间。

夏提雅，科塞特斯，亚乌菈，马雷，迪米乌哥斯。各阶层守护者早已在房中等候，所有人都单膝跪地，朝着房间最深处散发着黑铁光泽的王座低头行礼。王座后面高挂着安兹·乌尔·恭魔导国的国旗。

该来的人应该都到齐了，像这样的集会，必定会提前做好准备，保证安兹最后一个抵达。只要没什么特别重要的事，没人会比安兹晚到。安兹看了看忙碌的守护者们。各阶层守护者除了之前的业务，最近也开始担当其他工作。

夏提雅负责管理以龙为主的飞行系魔物所组成的空中网络，网络遍及魔导国、帝国、矮人国，以及位于圣王国东部亚人所居住的荒野等地区。同时活用该经验，正在努力建设陆路运输关系交通网。

马雷除了操纵全国各地的天气，还负责管理于耶·兰提尔近郊建成的地牢，同时与新成立的冒险者队伍也保持着一定的联系。

科塞特斯负责运营、管理以不死者为主的，由各类亚人种和极少数人类组成的魔导国军队，并担任练兵工作。

亚乌菈当初只会驱使受自己支配的魔兽，但那些魔兽不足以应对国土面积扩大的魔导国。因此，他们正在建立一个机关部门，用以运营管理超大面积的警戒网络。

迪米乌哥斯为了建立谍报、情报机关，于纳萨力克第七层努力工作。

各个阶层守护者的工作量都是巨大的。因此，已经开始准备将一部分工作，交予之前只是负责纳萨力克范围内警备工作的领域守护者及仆役们。当然，负责检查、为他们出谋划策，同时还要确认魔导国各项业务的守护者总管雅儿贝德会变得相当忙碌。

现在最悠闲的人就是安兹，每天反复练习如何演绎伟大领袖好像就是他的工作。老实说，这让他脸上无光。

看来这次的事件相当严重，甚至需要忙得不可开交的他们都到场了。安兹径直走进房间，为他推开大门的雅儿贝德紧随其后。安兹刚刚坐到房间中唯一的座椅上，雅儿贝德便单膝跪在他面前说道："安兹大人，各阶层守护者前来觐见。"

与其说是来，不如说是一直都在，安兹心中虽然这么想，但不会说出来，绝对不说。

"嗯，各阶层守护者都辛苦了，抬起头来吧。"

"是！"

给出干脆利落的应答后，众守护者抬起头来，动作整齐划一。

原本这句话应该是由雅儿贝德来说，后来被安兹取消了。虽然雅儿贝德说身为领袖不该轻易让属下听到自己的声音，但安兹可不想被隔绝。所有人都朝安兹投去充满绝对忠诚的目光，以前的安兹会觉得难以承受，但现在他的脸皮已经足够厚了，完全没有问题。

（不过……是我的错觉吗，怎么感觉大家对我比以前更忠诚了……应该就是我的错觉吧？）

安兹不记得自己做过什么会提高他们忠诚度的事情，虽然也不是承受不了，但他还是避开了来自所有人的火辣视线，转而环视房间。除了自己刚刚进来时走的那扇门，左右还各有一扇。房间本身没有多大，装饰却很考究，洋溢着庄严的气氛。

这里是建造在纳萨力克地下大坟墓内部的谒见室，同时在耶·兰提尔也建造了一间一模一样的。纳萨力克虽然有一间正式的王座大殿，但那里太大了，人数不多的时候会有一种寂寥之感。人多的时候，轻易将纳萨力克最大秘宝之一的世界级道具展示在众人面前又不太好。总之，出于种种原因，最后决定在大坟墓内建造一间新的谒见室。

纳萨力克地下大坟墓的一切都是过去的公会成员建设起来的。而这间谒见室不同，它是在安兹的命令下，各守护者绞尽脑汁——有没有真的绞尽脑汁就不知道了——将一间空房间改建而成。这令安兹很开心，公会成员创建的NPC不再是NPC，而成了真正的玩家！

（孩子大了，早晚会离巢吗……）

安兹在心中露出微笑。他们每个人都让安兹感到自豪。铃木悟没有孩子，公会成员中有孩子的人也不多。所以他没有自信，这就是所谓父性吗？希望这不是母性吧。

安兹稍微有些沉浸在感伤之中了，这种情况，他不开口没人敢说话。虽然他不是主会人，但还是开口说道："雅儿贝德啊，说说为何让所有人在此集合吧。纳萨力克……不，是发生了什么对魔导国来说非常重要的事情吧？"

"是的，属下就开门见山了。四天前，我们的粮食在运往圣王国途中，在王国境内被抢了。"

"哦。是什么人干的？"

"王国的贵族。"

安兹眼睛中的光闪了一下。雅儿贝德在含糊其词。平时她会直接报上那个贵族的名字，且当场说出对方所拥有的兵力和目的。她不说是有什么别的理由吗？想到这里，安兹问了另外一个问题。

"不是给那个负责运送粮食、受八指庇护的商人安排卫兵了吗？他们应该还会在马车上悬挂我国旗帜。也就是说，王国选择向我魔导国正面宣战吗？"从王国的态度来看，他们应该不想与魔导国开战，难道是我想错了，还是说这是对方的策略？安兹突然发觉一件事。"也可能是八指背叛了吗？"

"不，并没有……"雅儿贝德继续支支吾吾，垂下眼帘，眼神一瞟一瞟的，像偷看一样朝安兹投去视线。雅儿贝德很少会采取这样的态度，或许这还是头一遭。她现在就好像一个随处可见的、担心被骂的小姑娘，从未见过纳萨力克地下大坟墓守护者总管做出如此姿态。

"雅儿贝德，你怎么了，出什么事了吗？"

安兹一边维持自己威严庄重的形象，一边询问。此时，他的后背仿佛已经被讨厌的汗水浸湿了。当然，安兹是无法流汗的。该不会是自己犯了什么错误导致了这种结果吧？如果是这样，雅儿贝德的反应就说得通了。因为她现在就好像公司老板犯了低级错误，职员不得不指出时的那种态度。

（完全想不起来什么王国的贵族……我做什么了？这几个月来，我好像没做什么奇怪的事吧？难道真是我做了什么？）

连几周前自己盖过章的文件都不记得的安兹，越想越觉得可能真是自己犯了什么错，内心的不安愈加强烈。

（等一下！我想起来了！是那件事吧！在圣王国的时候，我不是对雅儿贝德和迪米乌哥斯说过吗，回来之后对很多人也都说过，我会故意犯错！那个时候的我真是太伟大了！现在差不多……该实施了吧！）

安兹之前就觉得不能一直高举绝对统治者的大旗，降下这面大旗的时刻终于来临了！他露出温柔的微笑。"好了，雅儿贝德，无须顾虑，说出来吧。"

"是……安兹大人，为了将王国纳入您的统治之下，我想您早已拟定好计划，如何利用那个愚蠢的贵族了……"

安兹在心里"嗯"了一声，这番话和自己想象的不一样啊。不过，雅儿贝德已经说到这个份儿上了，他自然知道该如何接下去。

"那个蠢货和这件事有关？"

雅儿贝德点头道："是的，此次事件就是那个蠢货干的。只是，相信安兹大人已经发觉了其中一个可能性，这件事也有可能是王国首脑在背后一手操控的。"

安兹一边想着又被误会了，一边回应着"嗯"。有这个可能，虽然太深层次的东西他不懂，但让纳萨力克拉拢的贵族成为罪犯，对王国的确有利，可以消灭害群之马。

"我明白了……不过，那个蠢货真的牵涉其中吗？王国该不会是在使诈吧？啊……不可能，如果是这样，你应该早就彻查清楚了。抱歉，我不该问这种无聊的问题。"

"您会有这样的疑问很正常，安兹大人。为此，我安排了证人，夏提雅。"

"好的。"

夏提雅行礼后起身，从左侧的门走了出去，很快便回来了，身后多了一个被两名死亡骑士架在中间的女人。女人很瘦，眼睛下方有很深的黑眼圈，没有化妆，头发蓬乱，双目充血，脸颊上还残留着泪痕，眼睛像受到惊吓的小动物一样不停转动。

安兹好像在哪里见过这个女人，但想不起她的名字、职务等重要信息。就在安兹拼命在自己的记忆中寻找答案的时候，左右两边的死亡骑士松开了抓着女人的手，女人的身子就像水流一般滑下，跪在了那里。

真是……好啊！那顺滑的动作太美了。如果不是经过相当一段时间的训练，是无法达到如此境界的，安兹差点就要对她产生敬意了。

"魔……魔……魔导王！"女人先是用已经破音的声音喊出这句话，在沉默了一瞬之后，再次高喊，"愿魔导王陛下心情愉悦！"

现场陷入一片沉默。看来又轮到自己了，安兹严肃地问道："女人，报上名来。"

"遵命！禀魔导王陛下，小人名叫希尔玛·叙格纳斯。"

安兹顺藤摸瓜，总算想起这个女人是谁了。她是王国的犯罪结社八指的最高干部之一。

"哦。"

从进来之后就一次头都没抬过的希尔玛会怎样理解安兹不小心发出来的这个声音呢？她额头紧贴地板，叫喊着："小、小人什么都不知道！真的！小人从来没想过要忤逆诸位大人的意思！粮食被抢这件事和小人一点关系都没有啊！"

安兹用余光瞟了一眼雅儿贝德的后背。这个女人说的话是真是假，轻易就能够查清，雅儿贝德不可能没有确认过，可她为什么不告诉自己呢？安兹搞不懂雅儿贝德这么做的真正含义是什么，但她不会害自己，而是正好相反。肯定是因为她对自己那莫名其妙的超高评价导致的。如果开口问，就有点丢人了。

（可就是因为每次都这样，才会害我陷入如今的境地啊……

要不要对雅儿贝德坦言说我不知道该怎么办？可现在不是只有雅儿贝德在，其他人也在……）安兹看了看亚乌菈和马雷。（嗯，下次有机会再说吧。）

"嗯，那就让我也来确认一下叙格纳斯说的是真是假吧。'支配'。"

在对叙格纳斯施完魔法之后，安兹开始提问。

"贵族抢夺我国货物的事情与你有关吗？"

"没有！"

被支配者无法对支配者撒谎。这证明叙格纳斯与此事没有直接关系。或许有间接关系，但这样看来，她应该没有责任。假设她是在撒谎，也只有在记忆被人篡改的情况下……所以，这是不可能的。那么……

"你被人说过有多重人格吗？"

"没有！"

"嗯……那你对我们有敌对之心吗？"

"没有！一点都没有！！"

这是所有问题中，回答得最有力的一次。安兹觉得可以了，便解除了"支配"。

"即便她是在毫无恶意的情况下间接参与其中，也不至于问罪。叙格纳斯无罪。"

叙格纳斯稍稍抬起头，眼中闪烁着光芒看向安兹。她的眼神灼热得让人害怕。

"可是，安兹大人，部下的失态不是领导的责任吗？那个笨蛋已经全权委托给这个人管理了。"雅儿贝德说得没错。

"请，请恕小人无礼。小人真的没料到他会擅自采取如此大逆不道的行动！小人曾多次嘱咐过他，采取行动之前务必与小人联系！为此，小人还将他作为重点监控对象，安插了受组织庇护的人到他身边！"

雅儿贝德并没有对她的说辞提出异议，那就证明她说的都是事实。她已经尽力了，要是定她全责未免过于严苛。人事部（雅儿贝德）录取的新人（笨蛋）在被安排的部门（叙格纳斯）闯了大祸。虽然被安排的部门也存在问题，但想要追究人事部责任的心情安兹非常理解。这个瞬间，公司职员（安兹）是站在叙格纳斯这边的。要是把她交给雅儿贝德，肯定会受到严厉的惩罚，那么……

"属下的失态是领导的责任，这句话我也同意。"

叙格纳斯的脸瞬间失去了所有表情。将这一切看在眼里的安兹继续说道："只不过，说这句话的目的，是领导想要担负起属下的责任，并非是为了推卸责任。首先，这句话在何种情况下适用是个问题。雅儿贝德，我想问你一个问题，管理笨蛋贵族是叙格纳斯的责任，那又是谁在管理叙格纳斯呢？"

"应该是……我。"

"嗯，而雅儿贝德的主人是我，那这件事的最终责任就在我了？"

"属……属……属下不敢！安兹大人怎么会有责任呢！"雅儿贝德极少见地慌慌张张否定道。

听到这番话，刚刚面如土色的叙格纳斯再次用闪闪发光的目光仰望安兹。她变脸的速度可真快啊。

"直接负责管理那个笨蛋的叙格纳斯或许存在问题，但我认为她已经尽力了，就原谅她这次的失误吧。第一次失误是谁都会犯的错误；第二次失误是因为疏忽大意而犯下的错误；第三次失误是应该努力改善的错误；第四次失误就是无能。叙格纳斯……"

"小人在！！"叙格纳斯深深低下头，额头撞到地板发出了"咚"的一声。听起来可真疼啊。

"你要好好检讨，今后一定要避免再次发生这样的事。拟定几个你能想到的方案交给雅儿贝德，请求她的批准。这就是给你的惩罚。"

"小人遵命！"

叙格纳斯额头紧贴地板，就好像在挑战自己的头压多低才会到极限。安兹发自内心地认为大可不必如此，但他没有表现出来，转而看向守护者们。

"这就是我的判断，现场有人有意见吗？我不会生气，怎么想的就说出来吧。"

看起来没有人想要提出异议。不过他们都是一群可以坦然说出"安兹大人的一切判断都是正确的"这种话的人，所以就算心有所想也不会说出来吧。还是应该再确认一遍。

"雅儿贝德。"

"属下没有意见。"

"迪米乌哥斯。"

"属下也和雅儿贝德一样。"

"亚乌菈。"

"没意见。"

"马雷。"

"啊，是，在，我也没有意见。"

"科塞特斯。"

"没有意见。"

"夏提雅。"

"没意见。"

真的没意见还是不肯说，安兹不知道，但他们的确都说了没意见。安兹点了点头，下达最终裁定。

"很好，叙格纳斯，方案要在这几天……嗯……给你两天时间准备。"

叙格纳斯突然抬起头。"小人遵命！感谢陛下宽宏大量！！小人真是……真是感激不尽！！！魔导王陛下！今后请允许小人希尔玛·叙格纳斯继续诚心诚意为您服务！！"

"嗯……"此情此景让安兹想起了之前遇到的那个眼神恐怖的少女。在叙格纳斯身上，他又看到了那种有些让人害怕的热情。"我很期待你今后忠诚的表现。夏提雅，把叙格纳斯送回去吧。"

"小人惶恐！"

夏提雅带着希尔玛启动戒指的力量。那枚戒指可以传送到地面，之后应该还会使用"传送门"。那应该花不了太多时间，安兹决定等一等。很快，夏提雅就一个人回来了。

"说吧，把我叫回来，应该不只是为了问责一事吧？"

如果真是为了这个把我叫回来倒好了，安兹怀着这样小小的奢望问道。但很快雅儿贝德便打碎了他的美梦。

"是的，您明鉴。"

安兹用略显怨恨的眼神看向雅儿贝德。让我多做一会儿美梦也好啊。

"啊，您怎么了？莫不是还在为刚才的事……"

"不，没什么，你把我叫回来，以及让各阶层守护者都齐聚于此的真正原因是什么？能说给我听听吗？"

被询问的雅儿贝德在安兹面前与迪米乌哥斯对视了一眼。

"属下首先想与各位探讨的是，那个笨蛋究竟是出于什么目的采取了此次行动，是不是有人利用那个笨蛋在暗中策划阴谋。根据结果，有必要对'魔导国针对王国战略'做出大幅度调整。因此属下个人认为，若是能得到安兹大人的意见是最好的，于是才劳您移步至此。"

"嗯……现在进行的王国统治计划是'蜜糖与皮鞭'。这个情况已经对亚乌菈、马雷、科塞特斯、夏提雅四人说明过了吗？"

"这件事由属下和迪米乌哥斯推进，因此并没有对其他人做详细的说明。"

"是这样吗？雅儿贝德啊，既然如此，就将情报共享吧，相信其他人针对这件事的感想和提议也能有所帮助。"

"遵命。"

雅儿贝德开始向另外四人进行说明。统治王国的"蜜糖与皮鞭"计划由安兹命名，通俗易懂，众人赞不绝口。计划内容即在王国内部引发内乱，魔导国在一部分民众的期望下和平介入。

或许是由于迪米乌哥斯的参与，在王国内部引起了与圣王国同样的混乱，初期死了很多人。相较于采取物理性侵略这种过于直接的作战计划，迪米乌哥斯更喜欢在内部引起混乱，这大概与他是恶魔有关。如果是科塞特斯、夏提雅等人大概就会采取直接手段，发动侵略战争了吧。

不过据说，提出这个计划的是王国中的某人，雅儿贝德和迪米乌哥斯只是稍微做了一些调整。而计划的关键就是那个笨蛋贵族。可以让他揭竿而起发动谋反，或因粮食不足引发内乱，也可以让他向魔导国求援。用途有很多，但最终目的不变，都是制造理由让魔导国介入。也就是说，在安兹看来，一切都在按照计划进行。那个笨蛋贵族所引发的问题足够让魔导国介入了。

而在雅儿贝德和迪米乌哥斯看来，这件事似乎有点难办，那这其中就肯定有安兹没发现的问题。估摸着雅儿贝德已经说明完毕，安兹提出了一个理所当然的疑问。

"雅儿贝德啊，我想问一个根本的问题……有确凿的证据可以证明，的确是那个贵族干的，而不是王国方面的阴谋？我记得，笼络那个贵族的信，你应该寄给他了吧？"

之前雅儿贝德多次对安兹说出"不得不给那个令人不快的贵族寄信""区区人类……"等抱怨的话语，前来请求安兹检阅信件内容，所以他看了很多次。商务文章他多少有些了解，但对检阅和批改没有自信。他本想拒绝，可奈何这又是雅儿贝德的请求，他不得不看。

虽然来到这个世界已经很长时间了，安兹依然不认识这里的文字，充其量只能写下自己的名字和记住一些数字。他的脑子可比不了能够解读多个国家文字的雅儿贝德和迪米乌哥斯，还有潘多拉·亚克特，所以他是使用魔法道具看的。看过之后，他认为那篇文章根本没有修改的必要，便原封不动地还给了雅儿贝德。

"我看了那个贵族的回信，从信件内容来看，他应该已经完全拜倒在你的石榴裙下了。很难想象他会对魔导国产生敌对心理啊！"

不过也有"被可爱的人儿背叛就会非常憎恨对方"的说法。

安兹在夏提雅的背影中，看到了当年伙伴发现喜欢的女性声优有男朋友后，流着血泪的样子，还在亚乌菈和马雷的背影中看到了嘲笑这样弟弟的姐姐。

"是。关于这点属下已经进行过详细调查，的确是他抢走了粮食。只不过……也有被诱惑和洗脑的可能性……但的确是他本人干的。"

"不得不考虑有人的智谋在我等之上的可能性。如果有这样的人物存在，搞不好反而会被对方利用……"

雅儿贝德露出苦涩的表情，迪米乌哥斯也是一样。安兹觉得不可思议，会突然出现能够与这二人相匹敌的智者吗，还是说……

"会不会只是那个贵族采取的鲁莽行径？"在安兹看来，这样比较合理。

雅儿贝德愧疚地说道："安兹大人，属下觉得这绝无可能……"

或许这是她第一次表现出这样的态度，安兹对此感到有些新鲜。

"等一下，雅儿贝德，我们只能做到比智者先一步采取行动，但安兹大人连愚蠢之人突然采取的行动都能看穿。所以我认为，安兹大人所说的可能性也不是没有吧，或者说那个可能性最高，不是吗？"

"可，可是……一个人有可能……愚蠢到这个地步吗？安兹大人……"

"既然安兹大人都这么说了,那就是正确答案,难道不是吗,雅儿贝德?"

"我,我也这么认为……"

不知为何亚乌菈和马雷也跳出来支持安兹随口说出来的意见,这令安兹感到惊讶。

"如果是这样的话……"

"是啊,这样的话……"

雅儿贝德和迪米乌哥斯都开始皱着眉头思考起来。

"等,等一下,关于这次的作战计划,我还想听听各阶层守护者的意见,或许大家都还有疑问,先给大家一些时间提问吧。有疑问的人可以举手询问雅儿贝德和迪米乌哥斯。"

千万不要问我啊!安兹在心中摇着小白旗。

"嗯……我有问题!"亚乌菈举手问道,"为什么一开始没有拟定笼络多名贵族的计划呢?那样的话就算砍掉这个贵族的脑袋,也不会影响计划了吧?"

回答这个问题的人是迪米乌哥斯:"当初也考虑过,但我们经过商讨,没有采纳。因为我们要拉拢的不是优秀的贵族,而是愚蠢的贵族,这样的人越多,就越有可能在我们意想不到的地方将情报泄露出去。因此,最后决定只笼络一人,再搭配成立派系的形式对其进行管理。"

也就是说当初没想到这个人会突然失控。下一个举手提问的是科塞特斯。

"优秀的贵族不行吗?"

"也不是不行,实际上我们也通过以子女为要挟拉拢了优秀的贵族。但拥有一定能力的贵族还是希望留到后面再利用,所以我们选择了就算干掉也无所谓的贵族。为了让王国成为一个值得安兹大人去统治的国家,有必要尽量将愚蠢的家伙清除不是吗?为此,我们又成立了那个无能之辈聚集的派系。那就好比一个垃圾箱,里面装的都是将来要丢掉的垃圾。虽然从不同的情报源那里会得到很多关于人才的情报,但我们还是想通过自己的渠道提前收集一些情报。"

"除了少数优秀贵族,和一些无欲无求如家畜般工作的贵族外,其他的对魔导国毫无用处。"

"我也有问题。"夏提雅高高举起手道:"我不懂。就算那个笨蛋贵族是被人操纵了,但他终归是对魔导国发动了攻击,不是吗?那魔导国何不借此机会直接攻入王国呢?如此一来,即便是敌人的阴谋也能一举粉碎了,不是吗?"

"你说得确实没错,如果没什么内情,采取这样的行动就更不存在问题了……只是……"

雅儿贝德看了迪米乌哥斯一眼,迪米乌哥斯说了一句"是啊"之后,先是将视线转向安兹,而后才看向守护者们。

"这次发生的事情很难达成和解。安兹大人慧眼如炬,相信那个贵族就是什么都没想就采取了这样的行动,倘若不给予重罚，魔导国将会被他人轻视。大家认为，对于这种袭击高挂魔导国旗帜——也就是代表安兹大人旗帜的马车，令安兹大人名誉受损的家伙，该给予怎样的惩罚才合适呢？"

"应该杀了他。"

"嗯，姐姐说得没错。"

"没错，就应该这么做。那我还有个疑问，杀了那个罪魁祸首就算完了吗？"

"当然不是，那家伙的主人也是同罪。"

科塞特斯没有说话，只是深深点头表示赞同。

安兹感到惊愕。所有人的想法都如此残忍的确令人惊讶，但按照守护者的性格，也的确会这么想。安兹感到惊愕的原因是，自己只是随口说了一句猜测，大家居然就都信了。老实说，好可怕。

"我也赞同夏提雅的判断。竟然敢嘲弄安兹大人，那就应该给予整个王国惩罚！不过……"

"安兹大人曾经说过，占领已经变成废墟的国家会有损自己的名誉，还说过没有站在瓦砾之上的兴趣。因此，我们会尽力不让那样的情况发生。"

迪米乌哥斯说完，雅儿贝德也点点头。

安兹却产生了疑问，自己什么时候说过那样的话。如果问纳萨力克内近百人的所有成员一个问题"安兹和迪米乌哥斯谁说得对"，那大多数，不，九十九个人都会断言，安兹说得对。

只有一个人会持相反的意见,那就是安兹·乌尔·恭,原因是他不相信连一周前发生的事情都记不清的自己有那么英明。安兹虽然不记得,但既然迪米乌哥斯都这么说了,那自己应该是说过的吧。那么他接下来该做的正确行为就只有一个。

"你还记得我说过的话啊,迪米乌哥斯,我很开心。"

"我,我也记得!"

"我也是,安兹大人!"

"嗯嗯,夏提雅,亚乌菈,也很感谢你们。"

不知道大家是真的记得,还是像安兹一样。不记得了,只是在随声附和迪米乌哥斯呢。

安兹又想道,他们既然这么聪明,为什么就是看不出自己其实很无能呢?自己的演技就这么好吗?以纳萨力克地下大坟墓统治者的身份出现在这个世界已经有很长一段时间了,其间安兹始终以统治者的身份行动,他们也差不多能看穿统治者的伪装脱落后,无能的铃木悟的样子了吧。在安兹如此苦恼的时候,话题还在继续。

"因此,为了尊重安兹大人说过的话,我们要避免惩罚整个王国,但也不能轻饶了他们。目前的计划暂时中止或废弃,至少需要进行大幅修改。"

自己的话让他们如此烦恼,安兹内心产生了强烈的负罪感。"嗯……不过,迪米乌哥斯,这次的计划真的失败了吗?"

迪米乌哥斯、雅儿贝德加上王国的协助者,这三个安兹无法理解的天才拟定的计划居然会失败？那以后必须注意自己的言行，甚至以后都不敢说话了，所以安兹想问清楚。"真的要停止这次的计划吗，'蜜糖与皮鞭'？"

迪米乌哥斯用诧异的眼神看着安兹。

这样的表情安兹看到过好几次，那是看出比自己更加深谋远虑之人委婉措辞背后隐藏的真正意思的表情。不是的，迪米乌哥斯，我只是确认一下，没有更深一层的意思，你是不是应该去泡个澡，冷静一下？安兹心里的话都到嗓子眼了，又咽了回去。就在不好的预感一点一点涌现之时，果不其然，迪米乌哥斯仿佛发现了什么一样，露出了惊愕的表情。

"难道说……安兹大人，这只是属下的猜测，您之前将帝国如此完好地纳入统治之下，为的就是这个目的吗？"

不出所料。安兹当即在心中吐槽起迪米乌哥斯来。你这家伙在说什么啊，是什么脑回路才能想到这个答案啊！这个时候回答"我没有那个意思"是最恰当的吧，可真的该么回答吗？

"是的。"

在经过一番犹豫之后，安兹如此断言的瞬间，不知为何，最先给出反应的不是迪米乌哥斯，反而是雅儿贝德突然睁大了双眼。有点……不，是非常恐怖。

"原来如此……之前您反复询问……原来是这样啊……没能立即察觉，让您失望了。请您原谅。"

"迪米乌哥斯，像你，包括我等在内，都不可能看穿安兹大人的智谋。安兹大人每走一步棋，其中都包含着多个意图，忘记这一点的我真是失态啊……"

"是啊，你说得没错！居然是国家级别的'蜜糖与皮鞭'，真不愧是安兹大人！到底是众多无上至尊的统合者……"

安兹在心里笑出了声，他已经完全不知道这两个人在说什么了。突然，一个想法在安兹脑中闪过。会不会这两个人其实知道自己无能，做这些只是为了帮自己掩饰？

（他们都是聪明人，已经聪明到我无法理解的程度。这样的两个人会一直误以为我有才干吗？不，那是不可能的！）

"果然安兹大人才是纳萨力克最具智慧之人……"

"没错，科塞特斯。在能筹谋千年万年计划的安兹大人看来，几年的计划不过是信手拈来啊！"

"啊？原，原来是这样啊……真不愧是安兹大人！"

"千年……好厉害啊！安兹大人！"

迪米乌哥斯在说什么啊！我什么时候说过在考虑那么久以后的事情啊！不要信口雌黄！安兹内心充满了想要将这些话大叫出声的想法，尤其是不想让那两个单纯的孩子相信这是真的。可平时他总是顺着迪米乌哥斯的意见说，他不知道此时该作何反应才是最佳的。如果否定，以后做事或许就不方便了，所以还是要用以前的处理方式。安兹要是有表情肌，此时肯定会露出暧昧的笑容，接着对迪米乌哥斯的意见既不肯定也不否定，绞尽脑汁想出了一句怎么理解都行的话。

"没，没这回事。"

"您完全不用如此谦虚，伟大的安兹大人。"

"居然想到了那么远……不，若是您没有这样的深谋远虑，想必也无法统合众多无上至尊吧……"

已经没救了，我放弃了。安兹在心中默默做了这样的决定。

"既然安兹大人已经下达了许可，那么我们就给予王国更加凄惨的惩罚吧！"

"啊？"

为什么从刚刚的对话直接就蹦到凄惨这个词了？完全无法理解。

雅儿贝德却可爱地将双手合十，满面笑容地宣布道："当场降服于安兹大人的帝国即是蜜糖，没有当场降服的王国即是皮鞭。我们要向所有人宣示这两个事实！询问全世界的人们，是想要蜜糖，还是想要皮鞭！呵呵，事情变得有趣了呢，安兹大人。"

"嗯……"

希尔玛被粗暴地赶了出来。回过头，正好看到将她送到这里的"传送门"正在消失。摩挲着被赶出来时撞到的手臂，看向周围，她认识这个大厅。这里是赌博部门的头目诺亚·志登为了开违法赌场在王都内购买的一大片土地。原本只需建造一座和这片土地相匹配的大豪宅就行了，但中途发生了很多变故，导致计划受挫。

总之，出于种种理由，这座宅邸内部只有几个可供玩游戏的大房间，这间是其中最大的。希尔玛安心地长舒了一口气。她的身体被喜悦支配，打了个寒战。

"希尔玛！"

伙伴们赶来了。房间中有三个人，其中，奥斯卡摇着之前放在桌子上的铃铛。所有人眼中都噙着泪水，他们肯定很担心自己的安危吧，脸色都不太好。

"你没事吧？感觉怎么样，胃难受吗？"

"有果酒！要不要清清口？！"

"其他人马上就到！"

"诺亚，恩迪欧，奥斯卡……"听到希尔玛的声音，三人安静下来。"让你们担心了。"

"快别说这些了！希尔玛！你肯定受了不少苦，快好好休息一下吧。"诺亚擦着眼角的泪水说道。

他们肯定觉得自己被那样对待了，或是遭受到了严重的伤害，那就更应该和他们说清楚。

"我没被那样对待，他们什么都没对我做。"

气氛一下变了。身边的伙伴都露出了惊愕的表情，一副难以置信的样子。

"我见到了陛下，魔导王陛下。"希尔玛湿润的眼睛决堤了一般，泪水不停滑落。

"魔导王陛下……"

光是喃喃地说出这个名字,超越想象的恐惧就会袭来,恩迪欧结了一个连自己都不信的神的手印。其他两个人也战战兢兢地看向周围。看他们的样子应该是在寻找监视者吧,可希尔玛他们从来也没有见到过什么监视者。但所有人都认为,不可能没有。

"你见到……你拜见之后,居然还能平安归来啊。"

"呵呵……"

流着眼泪的希尔玛听到这个疑问,露出了微笑。他们所有人曾经拜见过一次魔导王,但几乎全程低着头,连对方的脸都没看清。但收集情报时曾快速看过几眼,根据他的外表,希尔玛等八指所有人都觉得那简直就是邪恶的化身。不,他是曾经使用那样的手段残酷拷问,还残忍蹂躏了那么多王国士兵的魔法吟唱者。他更是所有生者的敌人不死者,会有这样的想象是很正常的。

"陛下他……陛下非常理智,宽宏大量,慈悲为怀。"

一瞬间,时间仿佛静止了。诺亚先是一惊,然后就像觉得眼前发生的事情惨不忍睹一般,扭过脸,低下头。可以理解,无论是谁说出这样的话,即便是几分钟前的希尔玛也会产生"哎,这个人疯了"的想法,

身后的二人红着眼眶低声说着"希尔玛……真羡慕你啊""哦,要是我也能去那边就好了"一类的话。

"等一下,她或许是被施加了操纵精神的魔法。希尔玛,是这样吧?"诺亚祈求般追问道。

虽然希尔玛可以斩钉截铁地回答他们,自己并没有被施加那样的魔法,但就算说了,也没有证据能够让他们相信。还是装作没听到吧,只要把该说的话说出来就好,至于他们相不相信,就是他们自己的问题了。

"我没想到自己还能回来,但也多亏了那位大人我才能回来。魔导王陛下的确是一位值得被尊称为王的大人。如果没有那位大人,我……"

会背上责任吧。或许……不,不是或许,而是毫无疑问,自己会和那个蠢货连坐,去体会地狱的滋味的。魔导国宰相雅儿贝德肯定是这么打算的。自己是她的话会怎么做呢?肯定需要一个人站出来负责,就算不杀了那个人,也不会让那个人好过。想到此,希尔玛再次感叹,魔导王的裁定真是宽宏大量啊。

"希尔玛,不好意思,打搅到你对魔导王陛下的慈悲感激涕零了,但在我看来,那就是所谓'蜜糖与皮鞭'。"

"是吗……或许是吧。"

虽然嘴上这么说,希尔玛心里却并不是这么想的。希尔玛可以根据声音的抑扬顿挫、表情、习惯等猜测出对方的心思,这并非特殊能力,而是长久以来积累的人生经验,准确度向来很高。她相信自己的直觉,她能感觉到,魔导王不是蜜糖,雅儿贝德也不是皮鞭。只不过,魔导王没有任何表情,很难猜出他的心思，所以希尔玛也不能断言自己的判断是绝对正确的。或许，正如他们所说。

"是啊，我也用过，对这种手段很了解。不过……身为尝过鞭子味道的人，从未想过蜜糖原来这么甜。也许我是被骗了，魔导王陛下是不会体谅人心的可怕之人，或许他的亲信正在控制我。即便如此，我依然认为他是可信的，不……是我开始相信了。"

希尔玛见过好几个因为沉溺男人而毁了自己的夜晚的蝴蝶。她明白，现在的自己已经和那些沉入苦海的女人没什么两样了。可她就是无法抵抗魔导王身上散发出来的强大的吸引力。

"希尔玛，你应该见过很多男人，在我们之中，你对人，特别是对男人的观察能力是出类拔萃的。你坦白告诉我们，魔导王陛下究竟是一个怎样的人？"

身为一名高级娼妇，希尔玛见过各式各样的男人，地位高的男人尤其惹人厌。以那些人为标准分析的话……

"用一句话来说，就是胸襟广阔。有自己的想法和主见，部下的意见只要好就会接受，处事灵活。并没有虐待他人为乐的癖好，该怎么说呢……就是感觉他没有那种嗜好。不过在惩罚别人的时候，他会多么冷淡我就不清楚了。"

"评价很高啊。"

希尔玛微微舒展开残留着泪痕的脸庞，"呵呵"地笑了。"是啊，那位大人虽然是不死者，为人却公正宽容。虽有冷酷的一面，却也并非残虐之人。他完全可以治我的罪，用以警告你们，他却没有那么做。"

在过于宽敞的室内响起了某个人吞口水的声音。

"我希望魔导王陛下一直都在。那位大人的话，一定能……"

所有人陷入沉默，让人有些喘不过气。

"哦哦……"

不知道是谁长舒了一口气，就像听到神域的信徒对奇迹的出现发出了叹息。一直以来，所有人都在担心，不知地狱何时会降临到自己身上，这个消息也算是某种救赎。

"原来如此……我们要更加尽忠职守。"

"是的，诺亚，应该这么做。不过，魔导国宰相雅儿贝德还是很可怕的。没想到魔导王陛下没说什么，她却会说出那种话……"

最后这句话是希尔玛在自言自语，但听得真真切切的伙伴们露出了不可思议的表情。雅儿贝德是恶魔，想要猜出她心中所想也很困难，但在那个瞬间直觉神奇地发动了。或许是因为当初处在极限状态之下，大脑的处理速度短暂提高了很多。直觉在耳边告诉自己，魔导王虽然温厚，但在雅儿贝德眼中，人类只是玩具。

希尔玛下定决心，自己等人一定要想方设法成为魔导王的直属手下。只要好好工作，那位大人一定会欢迎并表扬他们的，那样的话自己就再也不会被不平等对待了吧。

"各位，必须为了魔导王陛下更加努力地工作。"希尔玛对现场的三人说道。把自己现在的想法告诉大家吧，还要拜托他们协助自己完成魔导王下达的任务。

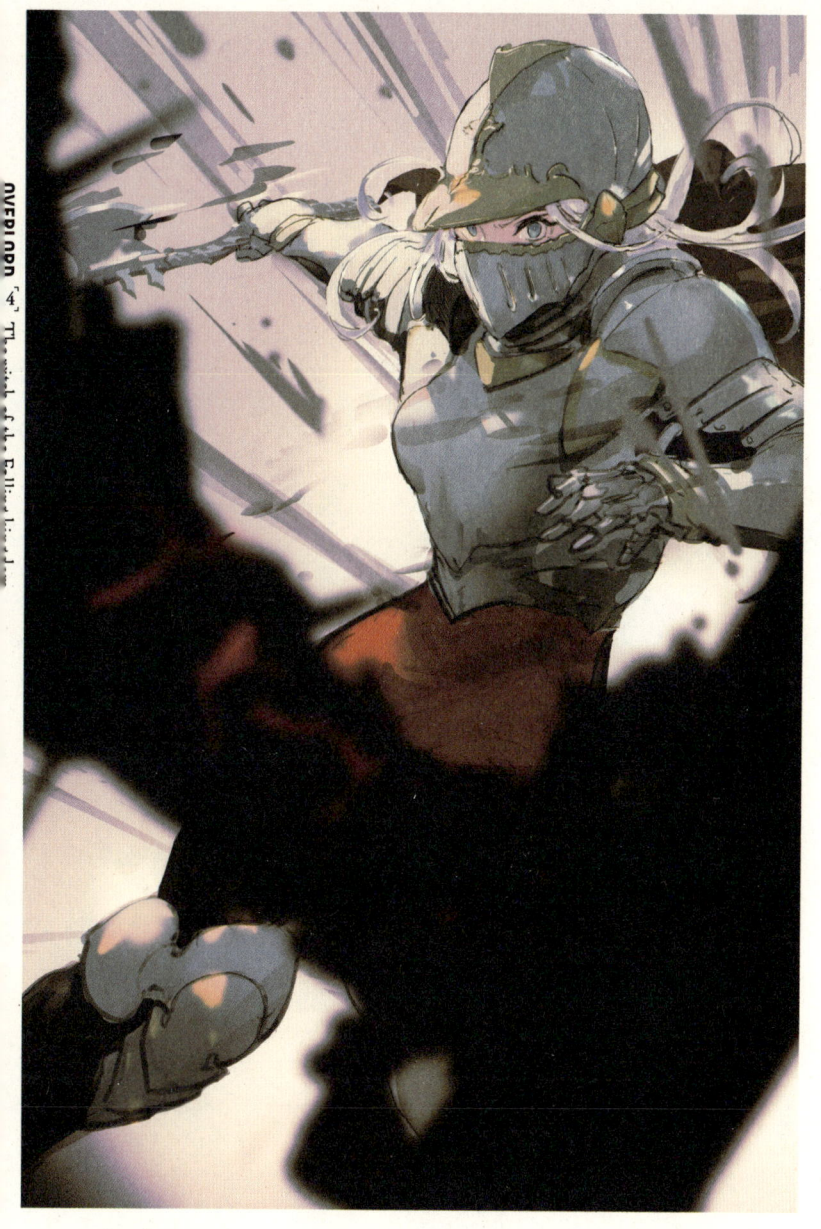

2章 走向灭亡

第二章 | 走向灭亡

1

在里·耶斯提杰王国王都弗蓝西亚宫殿的一个房间内，充斥着很多人聚集在一起时会产生的特有热气。其实人数并不多，但由于房间本身并不大，再加上每个人都很认真，这才导致室内的温度飙升。

房间中央摆着一张长方形的桌子，坐在上座的人是兰布沙三世，在他的右手边是第二王子赛纳克。在座的其他人都是王国各部尚书等国家重臣，其中高龄者居多，或是满头白发，或是头发花白，还有可以反射光线的秃头。

原本除了国王，所有人都应该站立，开会时也要对国王表示敬意。但现在并没有，每个人面前的杯中都注满了饮品。看来这次会议将会持续很久。

环视了一圈，确认所有人面前都放好了文件后，赛纳克高声道："宫廷会议开始。此次会议将针对魔导国的宣战布告进行商议。"

之所以用"宣战布告"这个词，是为了让所有人怀着紧张的心情参与这次会议。实际上的确有效，与自己父亲年龄相仿，已经满头白发的内务尚书脸色比所有人的都要阴沉，看起来他对于这次的紧张形势相当忧虑。

赛纳克偷瞄了父亲的侧脸一眼，他最担心的就是父亲的判断。他十分清楚此次事件有多么危急,不知道父亲会不会采取最为妥当的举措。

(毕竟是杀了那个人的魔导王,父王肯定有自己的盘算……)

听到战士长葛杰夫·史托罗诺夫的死讯时,父亲失魂落魄。在无法复活的消息传来之时,赛纳克也在场,他从未见过父亲如此震怒。那之后,父亲好像一下就老了,活力不再,仿佛成了一个皮包骨的人偶。受到那样的沉重打击,面对不共戴天之仇的魔导国,他还能做出冷静的判断吗?

(到时候就由我……)怀揣着不安,赛纳克偷偷看着各部尚书。

这次的议题,就是针对几天前,魔导国派使者送来的盖有魔导国国玺的正式文书上的内容进行商讨。文书上写道:"王国有人动用武力强行抢夺魔导国支援圣王国的粮食。我们将其视为对魔导国的敌对行为,不畏宣战。"认为魔导王判断正确的国家也在上面盖了国玺。

使者目前依然留在王都内,等待王国的复函。给国家正式文书的复函,有的时候需要等上一周或两周的时间。可即便如此,想给对方统一意见的答复,就需要进行沟通和调查,再怎么紧锣密鼓,最后时间也可能会不够用。

"使者送来的文书上有六枚印痕,其中两枚的调查还没有结果,非常抱歉。"低下头的是外务尚书,他同时兼任国玺尚书,由他负责调查那些赞成魔导国判断的国家的国玺。

"现在已经查清的是魔导国、帝国、龙王国和圣王国四枚是吧？"

听到财务尚书的提问，外务尚书点点头。

"是的。剩余两枚，一枚是矮人国的，上面有矮人风格的图案，应该可以通过这一点进行确认，但那个图案又与两百年前的文书上的略有不同。在里·博鲁姆拉修的协助下，才最终确认了类似的印痕，应该是在某个时期对国玺进行了改刻。最后那枚盖在圣王国旁边的，根据判断，应该是那个外号叫'无面者'的人的印鉴。"

"个人印鉴可以盖在国玺旁边吗？"军务尚书感到不可思议，问道。他是所有尚书中最年轻的，和赛纳克两个人拉低了这里的平均年龄。不过他也已经年过四十了。身为军务尚书，他的体格却并不强壮，长相也显得有些神经质，更像是财务部门的人。他以前与葛杰夫的关系不太好，正确地说，是他总是摆出一副厌恶葛杰夫的态度，所以一直没有受到兰布沙的重用。

因此，他经常缺席宫廷会议，由于接触得少，赛纳克并不了解他的能力。不过，赛纳克的扶持者雷文侯对他的评价很高，曾经为他打过包票，先不说他会不会处世，至少能做事。不对，做不了事的人怎么可能当上尚书呢？

"军务尚书或许不清楚，原本圣王国在盖印之时，大多数情况都会盖下神官章，也就是神殿的印章。大概走的就是那个流程吧。"

"也就是说,这是在暗示那个'无面者'已经吞下了神殿势力,或者拥有了超过神殿势力的权力。"

"正是如此,殿下。现任圣王即位之时,'无面者'就控制了神殿,想必之后力量有所激增吧。因为以前并没有人见过'无面者'的印痕,所以无法确认,但既然盖在圣王国国玺旁边,那想必不会错了。"

"除了评议国和教国,其他国家都支持魔导国、谴责王国,这不是魔导国的阴谋,而是事实,是吗?"

"是的,陛下。"

父亲疲惫地呼出一口气:"龙王国也屈服于魔导国了吗?"

"现在还不能断言,陛下,我们并没有接到龙王国发生变故的情报。臣等猜测,在王国应该是受到了蒙骗,或者是认为站在魔导国一边比站在王国一边能够获取的利益更加丰厚。"

龙王国只是支持魔导国,并不打算采取行动吧。

"这样啊,我明白了。外务尚书,辛苦你了。那么……内务尚书,王国内有多少人相信文书上的内容?"

"是。整体情况尚不明朗,宫殿内有百分之七十的人认为这是魔导国的阴谋;有百分之十的人认为是山贼所为,或是一些不知情的平民做出的愚蠢行为;剩下百分之二十猜测会不会是其他国家的阴谋。"

"嗯……如果是其他国家的阴谋,目的就是削弱王国或魔导国的力量，或是想要挑拨魔导国与王国之间的关系。如果是这种情况，那么策划者不是评议国就是教国。"

"殿下，您的判断有些草率，也有可能是想要摆脱属国立场的帝国的阴谋。如果是帝国骑士，要想击溃运送队伍也是轻而易举的。"

的确，赛纳克在嘴里来回倒腾这句话。如果真是那样，王国就陷入困境了。

"不可能，事情的发生地点是王国境内，而且调查书上写着，袭击者有几十人之多。帝国也好，教国、评议国也好，都不可能在神不知鬼不觉的情况下带着这么多士兵潜进来。当然，如果有人引路，或是在王国内雇用山贼或佣兵，那就另当别论了。无论是哪种情况，都不得不说是王国的失态。"

军务尚书断言，别国士兵不可能在王国内实施阴谋。那场战争之后，为了维持摇摇欲坠的国内治安，他已经将劳动力分出去了，这些大家都知道，他也因此大显身手。也只有他才能自信满满地如此断言吧。

"山贼不好查，但佣兵的话，我本想花点钱从他们那里打探消息。因为资金不足，没能成功。"

"你的意思是说，是财务部的错？"

"我可没这么说过。"

"可你就是这个意思……"

"财务尚书，军务尚书，你们两个别吵了。现在没时间给你们吵架。"

国王开口，二人都低下了头。

房间内安静下来。军务尚书继续说道："但这肯定是什么人的阴谋。我已经派人询问过城门守卫，马车队高挂魔导国的国旗，而且是在看起来身手不错的佣兵的保护下离开王都的。"

王国的大部分臣民都知道魔导国在卡兹平原展开大屠杀一事，所以国内的人不可能做出刺激那么可怕的国家的事。如果按阴谋这条线去推测，满足一切条件的国家就只有一个，所有人的脑中显示的都是那个名字吧——魔导国。

如果是魔导国自导自演的阴谋，一切就都说得通了。命令马车队烧了粮食并丢弃，或者一开始车上就什么都没有，之后对外宣称，那些粮食是遭到袭击被抢了，而实际上根本就不存在那么一群人。除此之外，众人想不到其他可能。

"赛纳克，虽然你刚开始调查，不过我想知道，你查到哪里了？"

"老实说……现在已经查到这次事件是谁引起的了。"

重臣们都露出惊讶的表情。

"但是，我很苦恼，因为真的很轻易地就查到了，甚至让我怀疑这真的是什么人的阴谋吗。所以，我想再仔细调查调查，能再给我一些时间吗？"

"当然，应该仔细查。不过我们现在需要情报。能把已知的、经过确认的情况讲给我们听听吗？"

"是，父王。现在已知，袭储是菲利普·达顿·莱儿·蒙塞拉特男爵以及他的子民。"

"蒙塞拉特？""你听说过吗？""男爵和他的子民袭击了车队？""是为了给死于那场战争的人们报仇吗？""难道他没考虑过后果吗？""人类的感情偶尔会以惊人的形式爆发哦。"重臣们你一言我一语地说着。

代表众人发言的是司法尚书，他长着一张令人非常不舒服的脸。"陛下……臣还是认为，这应该就是魔导国的阴谋吧？实在难以想象王国贵族会带头做这种事。"

"的确，那个魔导国可是在法庭上都能毫不在乎地使用'人类种族魅惑'的国家。那么，他们应该也会毫不在乎地做出国家之间不可能采取的卑鄙手段吧。比如，对那个男爵使用'人类种族魅惑'，操控他？"

表示认同的声音此起彼伏，接下来众人的指摘，令赛纳克后悔自己处理得不够妥当。

"我们是不是应该尽快将那名男爵保护起来？虽然我也不是很了解，但据听说'人类种族魅惑'这类魔法就算解开了，也会记得被施法期间的所作所为。那名男爵很有可能会被灭口。"

赛纳克掌握的魔法知识还没有涉及这些内容，因此他才会犯下这样的低级错误。

"紧急召唤那名男爵，保护他安全的同时，必须调查具体发生了什么。"

"父王。"赛纳克原本不想说，但现在迫不得已，他下定决心开口说道，"待一切真相大白之后，我们是否可以将那个男爵的脑袋当作礼物送给魔导国，进行交涉呢？"

"你在说什么！"

父亲锐利的眼神将自己刺穿。即便已经变成一个干瘦老人，毕竟是肩负国王这一重则这么多年的人，气场就是不一样。赛纳克被这股气势震慑，甚至想要发出由衷的赞扬。自己应该永远也无法拥有这样的威严吧，但也不能就此退缩。即便这真的是魔导国的阴谋，在对方准备的战场上战斗，能占到便宜吗？最后只会变成一群人在这里争论是不是阴谋，再之后就要面临全面战争了。如果是那样的话，还不如交出祸首，息事宁人更为明智。

在见过对方在那场战争上展现的力量之后，还要与其战斗，简直就是愚蠢到了极点。一旦战争爆发，知道那场惨剧的封建贵族们不可能出兵帮忙。就算答应，也只会在他们自己也遇到危险的时候。

"父王，我认为，不应该与魔导国开战。"

"只要能不打仗，将无罪的贵族献祭给对方也无妨……这是下任国王该说的话吗？我的儿啊，仔细想清楚再作答。"

赛纳克舔了舔嘴唇，答道："无论您说什么，我的答案都不会改变。儿臣认为，在造成更多牺牲之前，用最小的牺牲解决这件事也很重要。"

"如果这次这么做了,那今后魔导国每次寻衅,我们都不得不献出忠臣的首级啊。你明白吗?"

"儿臣明白……但,父王您与儿臣不同,您应该亲眼看到了发生在卡兹平原上的惨剧,即便如此,您依然要走上或许会与魔导国兵戎相见的路吗?"

父王只发出了"唔"的一声悲叹,嘴唇抿成一字形。赛纳克继续顶撞道:"我反对。再次重申,我认为应该避免与如此强大的国家战斗。为此,不惜交出无罪的贵族。"

身为下任国王,说出这样的话或许有些丢人,这样的行为或许还会导致有人在背后骂他软弱,臣子们不愿效忠于他。但赛纳克坚信,选择这条路才能让王国继续走下去。

"陛下,我支持殿下的想法。"表示赞同的是内务尚书。不过他又继续说道:"陛下,臣非常理解您想要保护更多子民的心情,那不如……我们成为魔导国的属国吧?"

听到内务尚书的话,重臣纷纷指责:"你在说什么!""你忘了尊严了吗!"

内务尚书没有理会,只是直勾勾地看着国王。听到这等同于卖国的意见,国王轻轻笑了。"这个没得商量,这么做就是背叛过去为国效忠、为国捐躯的人们。我可就没脸去见他们了。抱歉,伯爵,谢谢你的进言。"

"臣不敢当。"

赛纳克看到二人用眼神做了进一步的交流。自己也会拥有这样的忠臣吗？父亲是个慈悲为怀的人，但……不，正因为如此，才会有那么多人愿意辅佐他。将比自己更加优秀的人聚集到身边，这是他擅长的事。比如那个男人，战士长葛杰夫·史托罗诺夫。

父王认为自己比那位王兄更适合坐上王位，因为他担心那位王兄会成为八指以及贵族派的提线木偶，做出一些荒唐的事情，才会和雷文侯一起帮助自己登上王位，或是扶植他为拥有力量的亲王，为将来做准备。

但现在的情况是，自己没有妹妹那样的智慧，也没有父亲那样的领袖魅力，赛纳克渐渐觉得，就算自己成了王，也没有能力将王国建设得更好。除非改变自己，可到了这个年纪，性格很难发生转变，他也不想改，想必到死的那一天都会是这样的性格吧。

"军务尚书，我想参考性地问一下，我方采取什么样的战术才能战胜魔导国呢？"

"我想先请问一下，我国将会和哪个国家结盟，还是说，您想问凭我一国之力的话？"

赛纳克、兰布沙三世、外务尚书三人交换了眼神，最后由赛纳克作为代表回答道："与评议国的结盟并不顺利。原本我们就是在那场战争结束之后才与对方进行交涉的，所以不会以良好的形式结盟。现如今，他们如果得知我们与魔导国的关系比之前还要紧张，很可能会拒绝结盟一事。"

"原来如此……殿下，我斗胆再问一个问题，您刚才所说的胜利，是指什么样的情况呢？是击退就行呢，还是要杀了魔导王，或者说毁灭他呢？如果是后者的话，是不可能做到的。"

"军务尚书，那要是前者，只要能让对方退兵就行呢？"

"这个嘛……"陷入沉思的军务尚书歪着头说道，"第一个办法的前提是要非常幸运，我们可以趁魔导国的军队离开耶·兰提尔，朝王都行军期间，派一支大军绕道并占据耶·兰提尔，那样的话或许能有一些转机。"

"攻破那三道城墙吗……"

"是的，殿下。派出所有兵力，躲过魔导国的侦察，如果不是非常幸运的话绝对无法实现。当然，就算顺利抵达，只要那个能够轻松使用可怕魔法的魔导王留在耶·兰提尔，这个计划仍会失败。"

也就是说，如果没那么幸运的话，就不可能赢得胜利？刚刚自己对父亲说的不就是这种情况吗！赛纳克不禁想道。

"如果采用这个计划，那首先要考虑的是，魔导国不发布正式的宣战布告怎么办？我们岂不是直接就完蛋了？人家可以打我们个出其不意，我们却连集结士兵的时间都没有，更不要说执行你刚刚说的计划了。"

宣战布告是国家之间的惯例，类似于君子协定，说白了就是一种礼节。发布宣战布告，也能起到告诉周边国家"我国是一个注重礼节的国家"的宣传作用。如果不这么做的话，就会被看作野蛮国家，会给将来的外交利益带来巨大损失。

这项礼节往往会被不同种族的人无视。即便同是异种族国家，也同样会受到那个国家的历史、与周边国家的关系等因素的影响。那么，由痛恨生者的不死者统治的国家会如何呢？他们会规规矩矩地发布宣战布告吗？

"父王，儿臣还是认为，一旦开战，我们获胜的机会将会很渺茫。还是应该付出小小的牺牲，努力渡过这次难关不是吗？"

"小小的牺牲吗……"

"是的，父王。马上召唤男爵，在了解实情后，不容分说，将所有责任都推到他身上，然后斩下他的头颅！"

"住口，赛纳克！把男爵召唤至此，了解实情这些都可以，但如果他是无罪的，或是有案可稽，你就不许那么做。我有最终手段。"

"手段，那是怎样的手段呢？"

父王没有说话，只是摇了摇头。赛纳克判断，所谓最终手段应该是骗人的。如果真的有，为什么不说出来呢？之所以不说，是因为解释不出救下男爵有什么好处，所以就撒个谎敷衍吧。赛纳克感到失望的同时，也在想着自己该怎么做。

（不管怎么想，再这样下去王国的未来也都是黑暗的……看来只能采取强制手段了。）

首先要做的，就是将责任全部推到那个男爵身上。虽然概率很低，但很有可能所有事情就是那个男爵干的，他就是一切罪恶的根源啊。无论如何，只要有这个事实，问题就解决了。只是目前还没有想出让他背下罪名的办法。在来王都的途中杀了他，把责任推到他身上如何？那样的话，父亲也不得不接受了吧。

（或者……用那个办法。）

就算父亲反对，只要按照自己的想法去做就行了。赛纳克在听闻这次事件的时候，就料到事情可能会演变成如今的事态了。他当时就开始思考该怎么做才好，得出的答案只有一个。

那就是篡夺王位这项大罪。采取这样的手段，去得到只要再等一段时间，什么都不用做就能够登上的王位，弊端太多了。好处就只针对此次事件。那篡夺王位岂不是愚蠢至极？但他不这么做，王国就没救了。至少要得到在座重臣的支持，还必须拜托妹妹把那个男人——布莱恩·安格劳斯借给自己。只要有布莱恩，在武力方面就不会输。

（啊——饿了！我为什么要谋划这些啊！要是没有魔导国就好了！要是没有那种拥有怪物一样实力的不死者就好了！）

要是没有魔导国，要是王兄当年不逞英雄，未参加与帝国的战争，现在他或许已经登上王位了。要真是那样的话，王国应该也不会像现在这样被逼到悬崖边上。赛纳克在心中如此咒骂着。

就在这个时候，门外响起了敲门声。赛纳克有一股不好的预感。在召开重要会议时，慌慌张张跑来报告，肯定是有急事。

而实际上，敲门的声音还很粗暴。会这么敲门，大概……不，肯定不是什么好事。

赛纳克代表国王下达入室许可，进来报告的骑士果然一副惊慌失措的样子。

"魔导国派人前来通知，魔导国宰相雅儿贝德大人再有不到两个小时就要抵达王都了！"

以前见到骑士口中的这个人时，她担任的是守护者总管，一个搞不清楚具体是什么地位的职位，现在是一听就能明白的宰相之职。这等位高权重之人前来，也就是说自己的预感是正确的吗？不，不对，预感还是错了，不是不好，而是最糟糕的情况。

（她为何而来呢？）

魔导国刚派来使者送来盖着国玺的正式文书。使者现在并不在宫殿内。本来是想将他留在城中的某一处等待，但最终还是没有勇气让一个不死者住在这里，便安排他住在了贵族街某座宅邸之中。

王国以保护使者的名义在宅邸周围配备了士兵，将那里围得水泄不通，就连粘体都爬不出去，也没有发现使者曾与魔导国取得联系。难道是使用魔法进行了联系，还是不管使者有没有回去，从一开始就有来访的打算？而且将宰相来访这一信息送来的时机也存在疑点，不是在离开魔导国时，而是快到王国了才派人来通知，这其中有什么含义吗？

（无论如何，应该不是来送宣战布告的。）

如果是的话，不可能派地位仅次于国王的重要人物来敌人的地盘，谁知道到时候会发生什么。或许那个女人很天真地认为，王国不会加害身为他国使者的自己，但在赛纳克的印象中，她可不是那种在进入有可能存在危险的场所之前不考虑后果的人。

"见吧。立刻做好使用王座大殿的准备。"

"是！"

接到父亲的命令后，骑士离开房间。

虽说是他国要人，突然来访也不可能在当天面见国王。但在如今的情势之下，根本不可能对魔导国的宰相说"会谈将在数日举行"。

"各位，能尽快换好正装到大殿集合吗？"除了赛纳克以外，所有重臣也一同低下头接领王命。

欢迎使者的王座大殿——摆放王座的大厅有很多间，根据不同的用途会选择相应的房间。这间并不算很大，但要做好欢迎的准备还是相当费时的。这种时候就可以让带路的人带慢一点，并不是所谓拖延战术，只是在魔导国宰相雅儿贝德抵达前争取到十分钟的时间。这段时间可以整理好王座大殿，也让重臣们能换上参加典礼时的服装并到这里集合。

整个房间弥漫着鲜花的香味。用赛纳克的话来说，闻着有一股青草味。拉娜则会说"王兄的鼻子好像堵住了"。

赛纳克认为，每个人身上都已经有香水了，没必要非得现摘鲜花吧。他也明白盛开的鲜花很美，但还是忍不住会想，用假花不是很好吗？只是没有这样的先例，而且使用假花会令使者产生猜忌，怀疑是不是自己不受欢迎等，造成不必要的麻烦。

每个种族都存在这样的礼节，同样的行为，根据种族的不同，反应也会发生变化。那么，除了人类以外，种族多样化的评议国在面对这类问题的时候是怎么处理的呢？赛纳克心不在焉地想着，眼睛却看着进入大殿的魔导国宰相雅儿贝德头上的角和身后的翅膀。

这位魔导国的宰相仿佛周身飘荡着微暗的光一般，妖艳的美貌不减当年，甚至会让人忘记她是那个可恨的魔导国的重要人物。不知道她有没有恋人，不过绝对是一位倾国倾城的美女。这就是魔导国宰相雅儿贝德。

她的美貌是直击人心的，不时有人发出"哇"的感叹之声。几名发出感叹声的贵族正用赞美的眼神看着她。

雅儿贝德那足以在瞬间俘获一大批人的美丽脸庞上挂着慈母般浅浅的笑容，人类是无法露出如此有魅力的微笑的吧。赛纳克的妹妹拉娜也很美，但现在他认为，雅儿贝德的美貌在妹妹之上。

但她的礼服实在是太奇怪了。浅樱花色礼服非常适合参加舞会，却与今天的场合不符。但应该不是穿错了，是故意的吧。

其中所包含的意义是什么呢？赛纳克不知道这身礼服的意义何在，妹妹或许能猜出一二，在贵族之女中，她也算是个异类，认为对服饰没有兴趣等于省钱。赛纳克对这样的女性更有好感。

赛纳克偷看了一眼妹妹。她今天穿的不是平时那件礼服，而是参加典礼时的那种。不过上次欢迎雅儿贝德的时候穿的好像也是这件吧？赛纳克很想说一句"这样太没礼貌了！换掉"。但相较雅儿贝德那身，妹子的打扮还算正式。除了赛纳克，还有几位重臣也发现了这一情况，却只是一瞬间露出了有些无可奈何的表情。

"好久不见了，雅儿贝德阁下。"

听到兰布沙的声音，几名刚刚被雅儿贝德的美貌迷住的贵族才终于一副恢复神志的样子。

"的确是好久不见了，陛下。"

那是如外貌般美妙的声音。雅儿贝德背部挺直，头的高度丝毫没变。和那个时候一样，在她柔和的外表下，可以感受到不会对区区人类低头的傲然态度。

"看到你没什么变化，我很开心。"

"陛下也是。"

双方都面带微笑，看起来非常友善。

"想必你很忙吧，那我们直接进入正题。这次你是为何而来呢？"

"是。是为了之前那件事——我国支援圣王国的粮食被贵国子民所抢一事。"这并不是应该面带笑容说出来的话，但她的表情没有任何变化。

父亲却从王座上站起身来说道："哦，原来是这件事啊。首先请允许我代替王国子民向你致歉。"

说着，父亲深深低下头。一国之君直接承认了对方单方面的说辞，从外交的角度来看，这样的做法非常不妥。在雁过拔毛的外交世界里，承认错在本国的行为可是大忌。更何况是一国之君的谢罪，这就相当于全国的人民都承认了罪行。如此一来，就必须接受魔导国提出的一切要求。不……

（这样的结果总比发动全面战争要好。可是，如果魔导国要求交出男爵的首级怎么办？父王会出于无奈交给对方吗？）

从父亲之前的发言来看，他不会那么做。在已经承认罪行的情况下拒绝魔导国的要求，那刚刚该谢罪的就不是父亲，而是赛纳克吧。一国之王和国王之子说出来的话，分量差远了。如此想着的赛纳克被父亲接下来的话震惊了。

"不知……能否用我一个人的脑袋换取贵国的原谅呢？"

在父亲说完这句话的瞬间，室内的空气凝固了。赛纳克先是感到惊讶，然后是发自内心的羞愧。这肯定就是父亲所说的最终手段，什么时候使用要看事件的严重性，在此次事件中，以一国之君的头颅谢罪，无论是谁都只能接受。如果对方提出比这还过分的要求，就会被指责心胸狭隘。

而且父亲对于付出自己的生命并不感到痛苦。他不是因为想死，而是为了王国，不惜牺牲自己的生命，这是身为王的骄傲。自己的父亲才是真正的王。他的确有些天真，但自己一直以来是不是太小看这样的父亲了呢？

"当然，魔导国被抢的粮食王国也会负责填补齐全，甚至可以再加一倍，再加上我的项上人头……你意下如何，雅儿贝德阁下？"

"呵——"雅儿贝德脸上的笑意加深了。美女的笑容为何恐怖如斯。"呵呵呵呵，你好像稍微……有那么一点误会了，兰布沙三世。"雅儿贝德移动视线，目光好像停留在了妹妹身上。"因为失去了那个男人，还是别的什么？那边的……"她看向赛纳克，"知道孩子有多么优秀，改变了吗？"

"没有改变……"

"变了，如果是以前的你肯定不会做这样的选择。要是有诸多原因，或许会。但最根本的东西并没有改变，不是吗？算了。无论如何，我们的对应都不会变的。"

雅儿贝德的态度变化异常迅速，导致所有人都没能及时发现，她已经没有了任何对待一国之君该有的礼仪。就算她非本国国民，也不能对站在国家顶点的王采取这样的态度。但赛纳克却不知为何，反而觉得心头一块大石落地。

此时，那二人之间已经不是王国的国王与魔导国的宰相的关系了，而是人类与恶魔，这样的构图才是最自然的。雅儿贝德也是因此释放出了类似压力的东西，不让任何人表达自己的不悦——不过也只是暂时的，恶魔重新披上了魔导国使者的外衣。

雅儿贝德看了看分列左右的重臣们，高声说道："魔导国对王国宣战。将于一个月后的正午时分发兵攻打！如果王国的士兵在这个时间之前进入耶·兰提尔——魔导国境内，则另当别论……"

"等等！"

"我不想等，我已经做完我该做的事了，最后，陛下……"

"你们就是为了这个目的筹划了这次阴谋吗？"

听到一个重臣满腔怒火的质问，雅儿贝德眯起了双眼，想必她眼中都是愤怒吧。

"我正要传达魔导王陛下的口谕，居然敢打断我……人类，你已经等不及一个月后受死了吗？"

刚刚出声的重臣脸色渐渐发青。雅儿贝德并没有特意提高音量，也没有做任何事，但这个偶尔会受到和士兵们并排站在后方的封建贵族威胁的男人，现在只因为一位美丽女性的一个眼神就变了脸色。

"呼……我继续传达魔导王陛下的口谕。'本王不会使用之前那样的大型魔法，让我们好好享受吧。'就是这些。"雅儿贝德此时才露出困惑的表情说道，"刚刚有人说是阴谋？我可以直白地告诉你们，这次的事情也出乎我们的意料。我也很想知道为什么事情会变成这样。"

雅儿贝德的表情和声音都过于真挚，让人觉得她并没有撒谎。但这极有可能是她在演戏。

"如果非要认为这是我国的阴谋，那就这么认为吧。历史是由胜利者书写的，到时候只要把你们的发言都抹掉便是了。"

魔导国的态度很明确。想要避免战争这个想法本身就是徒劳的。因为魔导国的目的并非引发战争，抢夺领土，而是打算彻底毁灭王国。战争已经不可避免，一个月后，魔导国的不死者就会朝着王国进军。

"不用送了，我可不想浪费大家所剩无几的宝贵时间。"

雅儿贝德一副"该说的我都已经说完了"的态度，优雅地转过身，用后背对着赛纳克等人，迈出了步伐。

让她就这么毫发无伤地回去，对王国有什么好处吗？如果杀了这个女宰相，魔导国会不会因为政局不稳暂时陷入混乱，从而无暇发动战争了呢？但看着她堂而皇之离去的背影，赛纳克犯起了嘀咕。

就在赛纳克犹豫不决的时候，雅儿贝德在没有遭到任何阻拦的情况下，走出了房间。门关上了，雅儿贝德的身影消失后，赛纳克对父亲说道："怎么办，要追吗？"

"不要做这种事。两国交兵，不斩来使。杀了使者，我国就彻底不占理了，到时候没有哪个国家愿意帮助我们。"

父亲就好像头疼一样用手扶着额头，无力地答道。赛纳克感觉父亲似乎比刚刚更显老态了。

"陛下，臣想将您不惜奉上自己的头颅向魔导国谢罪这件事传达给各个国家。"

"嗯……那就拜托你了，外务尚书。现在是……最糟糕的状况出现了。"

"请您千万不要这么说，只要战胜魔导王的军队，就没事了。"

"嗯，嗯，没错。"听了外务尚书的话，父亲的表情明朗了一些，但笑容中却带着悲伤。"赛纳克，拉娜，我有话要对你们说，稍后能来我房间一趟吗？还要麻烦各位重臣一个小时后再次聚到一起，商量一下一个月后的对策。"

重臣们低头领命。

目送父亲在侍从长的带领下离开后，赛纳克和拉娜一起走出了房间。一出门就看到负责保护拉娜的布莱恩和克莱姆站在门外等待。拉娜吩咐他们先回自己房间，然后随赛纳克一起在二人的目送下离开。兄妹俩并排走在走廊上。

"王妹，你觉得父王为什么要叫我们过去？"

"应该是和王兄想的一样。"

"哦，原来是要把雅儿贝德阁下带来的美味点心分给我们啊。"

"是的！真不愧是王兄。我也是这么想的！"

赛纳克瞪了自己妹妹一眼，拉娜回以坦然的笑容。真是个狡猾的女人。

"你打算怎么办?"

"嗯——"拉娜将食指放在下颌,微微歪着头。赛纳克故意深深叹了一口气。

"在哥哥面前装可爱一点意义都没有。对着克莱姆装去,他肯定会轻易上当。"

"王兄这么说好过分。有机会我会对着他……可我完全没有这个打算。王兄又有什么计划呢?"

"我想逃,却不能逃。魔导国到时候肯定会派人赶尽杀绝。"

"关于这点,我也是这么想的哦。"

为了和身份悬殊的男人在一起,特意跑来和自己联手——她说出这样的话已经很勇敢了。赛纳克原本以为自己这个妹妹的求生欲很强,会回答说明天就打算离开王宫呢。她是因为反正无法逃离魔导国魔爪,所以选择了放弃吗?赛纳克偷偷看了拉娜的脸一眼,从她的脸上看不出这样的想法。

二人进入父亲的房间,最先听到的问题果然如赛纳克所料。

"赛纳克、拉娜啊,你们二人逃命去吧。你们还只是王子、公主,没必要将自己的命运和这个国家绑在一起。"

兄妹俩对望一眼后,都回答"我不想逃"。父亲露出了似开心,又似悲伤的表情。

"是吗……现在还有时间,如果你们改变心意就马上告诉我。"

心意虽然不会变,但人的情绪很容易发生改变。赛纳克对父亲轻轻点头。身边的拉娜也点了点头。

2

看到布莱恩回到家中,孩子们都跑到他跟前。

"大叔!你回来啦!"

"大叔!大叔!"

一共有十个孩子,其中一个是女孩,都叽叽喳喳地围着布莱恩转。这些孩子原本都是孤儿,布莱恩将有潜质的孩子带回自己家中,教他们剑术。或许因为是在艰苦环境中长大,他们都非常明白暴力的重要性,所以都挺过了严酷的训练。但毕竟他们还小,能否达到布莱恩期望的境界还是个未知数。不过,只要坚持训练,应该能成为克莱姆那种级别的战士吧。

孩子们全身都是汗臭味,但布莱恩并不觉得不快,毕竟他自己在训练之后也会一身臭汗。这也是他们足够努力的证明。

"喂,你们几个,都练完剑了吗?"

"休息——"

"练了好久——"

"胳膊都——"

孩子们你一言我一语的,要想听清他们所有人说的话实在很难,不过还是能听出来,他们已经完成了训练。

"那就先解散休息一会儿吧,我不是说过吗,休息也是训练的一环。"

孩子们异口同声地表示赞成。

"再过一段时间，我会陪你们练，到时候可别说什么'太累了，动不了了'这种话啊。"

孩子们再次纷纷表示明白了。

"很好！还有，要注意补充水分。出了汗别忘记补充盐分！"

有几个孩子嘟囔着"知道了""大叔好烦啊"一类的话，但大部分孩子都应声作答。

"很好，那就去吧。对了，那两个人呢？"

最年长的少年告诉布莱恩"在后院"。布莱恩简短回复了一句"哦"，就和孩子们告别，朝着后院走去。

孩子们走进屋子，那里有一对老夫妇为大家准备好了吃的和喝的。吃饱喝足之后，孩子们应该会睡一会儿吧。好好训练，好好吃饭，好好睡觉，这样才能有健壮的肉体。布莱恩满意地点点头。

布莱恩走进后院，一个女人的声音说道："等你好久了。"

"哦，抱歉，公主让我跟着她，和那些贵族、商人什么的打招呼，结果搞到这么晚。"

面前站着一男一女，他们一直帮布莱恩指导孩子们训练。和布莱恩说话的女人将头发束起，绑成丸子状，那叫作发髻，据说是南方的发型。女人身高不算高，应该在女性平均身高以下。容貌秀丽，人美是美，但给人印象更强烈的是她的冷淡和敏锐。

男人沉默寡言，不招人喜欢，看起来总是一脸不高兴，但实际上并非如此。布莱恩抬起一只手，他用这个动作代替打招呼。男人只是不善表达，布莱恩听到过几次男人说话的声音，那声音小得就像蚊子在叫一样。男人个子不高，腿有点短，体格健壮。也难怪会有人在背后议论他有矮人的血统。

他们两个都是一个名为维斯恰尔·克洛夫·迪·劳芬的剑士所开的道场中，实力排行前六的弟子。对于这两个人的指导，布莱恩个人一直颇有微词。比起花架子，布莱恩更注重的是实战剑术，他认为空抡一百次都不如用真刀真枪或者假剑相互切磋来得实际。他一直坚信，积累经验比锻炼身体更加有效。

但这两个人的想法是，应该让孩子们在掌握技巧、打好扎实的基础之后再参加实战，这样能降低他们战死的概率。布莱恩也说不好谁才是正确的，至于会变成怎样的强者，将会体现在双方的活法上吧。

不过布莱恩也不想让孩子们在才华开花结果前就凋谢，所以他让这两个人指导孩子们训练，同时将自己的经验活用到其中锻炼他们，孩子们的训练也因此变得更加严酷。

"找到地方收容孩子们了吗？"

"嗯，总算是找到了，也已经安排好了。到时候让他们跟着商队的马车走，那个商队会前往西北方向评议国附近的某个都市。"

女人微微皱眉:"还有两周就要和魔导国开战了。可到现在也没听到那个国家的军队出发的消息。有传言说,这只是魔导国的威胁,目的是让王国主动做出让步,并不是真的要攻打。如果传言属实,安格劳斯先生的安排就毫无意义了,不是吗?"

"那个魔导王会这么做吗?"

布莱恩如果没有亲眼见过魔导王,或许也会觉得这只是外交上的策略。但他亲眼见证了那场凄惨的战争,所以他不得不怀疑魔导王到底有什么目的。也许那家伙正在为发动那个魔法做准备呢。

或许是察觉到了布莱恩的不安,女人压低声音问道:"莫非安格劳斯先生见过魔导王?"

"可不只是见过那么简单,我还亲眼见证了他和葛杰夫单打独斗的场景。虽然我到现在都搞不清楚,葛杰夫到底是怎么输给他的。"

女人的视线滑过布莱恩的腰间。布莱恩腰间佩戴的是至宝剃刀之刃。由于开战的同时会发生很多状况,虽然他拒绝了很多次,这把武器最终还是交到了他手上。布莱恩个人觉得这礼物太重了,只当是暂时保管,并没有想过会用它。他也很想把剃刀之刃直接交给别的什么人,但对方必须是能与葛杰夫·史托罗诺夫比肩之人。

"和史托罗诺夫先生单打独斗吗,我……"女人没有把话说完。

大概她后面的话是"我也想见识见识"吧。在这方面，布莱恩不会多想，身为一名战士，想观看别人和葛杰夫单打独斗的场面是很正常的事情，布莱恩甚至很想让她看到。但就像刚才说过的，到底发生了什么那场战斗才会是那样的结果，连他都不明白，他也很想有个人能站出来解释清楚。

"我觉得魔导王肯定有所图谋，但又不知道是什么，因为什么根据都没有。只是，直觉在为我敲响警钟，而且我相信我的直觉。"

"像安格劳斯先生这样的战士，直觉应该是准确的……"

"我也不敢肯定……总之，我会尽快送孩子们离开这里。如果我死了，希望他们至少能靠我教他们的剑术活下去，尽管不是什么了不起的招式吧。"

"其实，我们的老师也说过类似的话，魔导国正在暗处搞鬼。所以孩子们离开这里时……"女人看向一直保持沉默的男人，继续说道，"能不能让他同行呢？"

"什么，可以吗？"布莱恩看向男人，男人默默点头。他的表情看起来似乎很不情愿，但实际上应该不是。而且这个男人很会照顾孩子，六大弟子都来过这里，其中最受孩子们喜爱的就是他了。

"是的。老师认为，无论发生什么，只要他还活着，我们的剑术就会留存下来。"

也就是和布莱恩的想法一样。那就不应该拒绝。

"只要你们愿意，我就没意见。而且还要感谢你们，我会提前通知商人的。"

男人用极小的声音说了一句"拜托了"……大概是这意思吧。布莱恩微微抬手表示不用客气，男人也似作答一般重重点了点头。

"再让孩子们休息一会儿就到我的训练时间了，今天我不在的时候又辛苦你们二位多多指导了，谢谢。"

布莱恩是真心感谢他们，毕竟自己没出多少钱，人家却如此尽心地教导孩子们。而对于他们的老师维斯恰尔，布莱恩觉得，他肯定知道自己的剑术水平，只是为了卖人情，想把高足介绍给自己而已。所以，布莱恩对那个人没什么感激之情。

只是没想到，维斯恰尔的这些弟子，对于轻松将其打败的布莱恩在教的这群孩子产生了兴趣。布莱恩认为这些孩子有潜质，便教授他们活下去的本领。这件事令维斯恰尔的弟子们产生了好感，主动提出帮忙。

布莱恩自从当了公主的护卫后，经常看到那些惹人厌的贵族，相较之下，维斯恰尔的这些弟子性格直爽，就显得特别耀眼了。

"我们真的很钦佩安格劳斯先生的善良，您把这些孩子领回家，教授剑术，让他们可以活下去……"

布莱恩脸色一沉。他从来没被这样闪闪发光的眼睛盯着看过，忙说道："别夸我了，我可不是什么好人。我确实从贫民窟里把那些孩子捡了回来，但我是有目的的……我在那里见到了不少孩子，对那些没有潜质的孩子不理不睬。有的都快死了，我却什么都没做直接走了过去。褒奖的话还是对那些真正出于善意并采取行动，就像那个公主殿下一样的人去说吧。"

布莱恩知道女人眼中闪烁着不可思议的光，但其中包含着怎样的感情他就不知道了。

"拉娜公主殿下吗？听说她一直在给孤儿院出资，的确很伟大。可是，安格劳斯先生也在做别人不会做的事啊，您不觉得这也值得夸奖吗？"

"她可是一直在做。你们想夸我是你们的事，但不要在我面前夸，罪恶感会让我内疚。"

"对不起。"

"呃……别在意，我开玩笑的，要是因为这点小事就产生罪恶感，那我未免也太阴暗了。"

女孩一脸怀疑。布莱恩从女孩脸上移开目光，看向原本属于葛杰夫、现在属于自己的宅邸，想象着孩子们吃完饭后睡着的样子。

已经开战一个多月了，各阶层守护者和安兹正聚集在纳萨力克地下大坟墓第九层的某个房间中，这里原本是给公会成员准备的备用私人房间。此时所有人都坐在呈"⊐"字形的桌子旁浏览着会议资料。

房间中不单单有守护者,每个守护者身后还有一名普通女仆待命。站在安兹背后的是佩丝特妮。她们负责做一些杂务,一句话都不曾说过。安兹不理解这份沉默,但她们表示自己会像道具一样,为了满足她们的愿望,安兹才特意无视她们。

"嗯……"安兹认真看着手里的资料。但是一想到佩丝特妮站在身后,就会走神。他努力集中精力,因为稍后要交换意见,他自然很担心到时候只有自己说出什么不着边际的话来,那就太丢人了。

关键是这次的文件和平时雅儿贝德拿给自己看的那些政治啦、经济啦、法律等相关文件不同,安兹能看得懂。安兹的最大脑容量,说得好听点和正常人差不多,认为他能统治国家那就大错特错了。并不是说他懒惰,实际上他会做很多努力,为人很勤奋。身为纳萨力克最高领导人的安兹,在所有NPC心中是头脑最清晰的、完全无法比拟的存在。在这种情势之下,他不努力也不行。

安兹最初以为,NPC们之所以这么认为,只是因为对自己忠心耿耿。但现在他完全是不想让孩子们失望的老父亲的心态,为了维持形象,他甚至会去看自我启发和商务方面的书籍,目的是努力提高自己擅长的战斗技术。

虽然将所有事情都交给雅儿贝德处理是最安全的,但现在雅儿贝德经常寻求自己的意见。要是自己说了什么胡话,恐怕雅儿贝德也不会质疑,而是会按照"安兹大人的吩咐"去执行,这样将很可能造成巨大的损失。为了防止这样的情况发生，安兹必须成长。

出于上述原因，安兹对这份资料很感兴趣，看的时候也特别认真。从头到尾看了一遍，确认时间到了之后，他出声问道："各位，都看完了吗？"

雅儿贝德环视周围一圈，代表所有人回答道："是的，安兹大人。"

"很好。那么——哦，在那之前，与王国之间的战争已经打响一个月了，目前我们的进攻还没有被王国发现，他们肯定以为我们还留在耶·兰提尔吧。迪米乌哥斯，做得好。情报没有泄露，都是你的功劳。"

"谢谢您的夸奖。"

"还有，威胁王国一部分贵族，让他们投靠我纳萨力克这件事，你做得也很好，雅儿贝德。"

"感谢您的夸奖，安兹大人。"雅儿贝德和迪米乌哥斯一样，深深低下头表示感谢。

"嗯——这件事很重要，稍后我会再问问具体的情况。"

安兹敲着其中一页资料，听二人讲解。之后又以统治者该有的态度从容地点着头，环视所有守护者——自然看得到用认真眼神看着自己的女仆们，但也只好拼命无视。

"很好。开始交换意见吧。首先要说的是，没想到用这样的方法也能够攻下都市，我感到非常满足。科塞特斯，你做得很好。"

"谢谢您的赞赏。但此计之所以能成功,还是多亏了安兹大人借给属下的不死者士兵。这份胜利是属于安兹大人您的,可以说,属下什么都没做。"

"科塞特斯说得没错……"

安兹伸出手,阻止雅儿贝德继续说下去。

"不用说这些恭维的话了。科塞特斯,你就坦然接受我的赞赏吧。我说了,你表现得很好。"

"是!非常感谢!"

"嗯。王国的都市必定会一个接一个地被我们攻占。"

安兹·乌尔·恭魔导国与王国的战争打响后,采取的策略是进攻王国东部的同时北上,而对王都所在的位置——西边,却没有派去一兵一卒。这个计划的主要目的是为了避免其他国家介入、向王国派遣援军,只要控制住王国与评议国的边境区域,就可以封死这条路。这就是科塞特斯的计划,安兹也认为是一步好棋。

"这样的做法我很满意。迪米乌哥斯,雅儿贝德,接下来说说情报封锁方面吧。资料上写着,预计今后也会顺利进行下去的概率很高,那什么情况下会失败呢?迪米乌哥斯来回答一下吧。"

"是!各个街道的监视都很严密,已将暗影恶魔送到邻接都市,一切行动都很谨慎。只不过,像已经隐居的隐士和森林祭司这类孤独地生活在自然界之中的人，很难对其进行监视，所以情报有可能会在这方面泄露。"

"那就先和雅儿贝德商量一下，强化监视网，争取能够发现这些人。"

"是！"

"接下来……"安兹翻了一篇，又翻了一篇，说道，"嗯……已经毁灭好几座城市了啊。"

又翻了好几页，记录的内容都是谁，采取了怎样的战术，彻底摧毁了哪座都市。最新一页上记录的都市毁灭者是守护者科塞特斯。

"你们所有人都和科塞特斯一样，在只能带领少数士兵进攻这个前提下，各自开动脑筋攻下都市和村落，将其摧毁并杀光所有百姓，我很开心。"

遭到魔导国攻打的村子和都市，最后都被彻底毁灭，且无一人生还。魔导国军队所过之处，只会留下无人的废墟和堆积成山的瓦砾。说到这里，安兹突然非常在意会不会有人在背后盯着自己。他也不是因为喜欢才做出这种惨无人道的行为，而是另有目的啊。安兹在心中默默希望她们能够理解。

"谢谢您的夸奖，安兹大人。"各阶层守护者都随着雅儿贝德低下头，"今后我们也会不辜负安兹大人的期望，全力以赴向前迈进。"

"啊——嗯。我接受各阶层守护者的决心和忠心。那么——"

安兹心想差不多了，便清了清嗓子，继续说道："不过，不会失败这一点让我有些担心啊。"守护者们还没来得及露出疑惑的神色，安兹又继续说道："科塞特斯，你在与蜥蜴人一战中尝到过失败的滋味。你觉得，你从中学到了很多东西吗，还是有其他想法呢？"

"您说得没错。属下的确学到了很多东西。"

"就是这个，从失败中可以学习到很多。不，应该这么说，我认为失败才能学到东西。"

YGGDRASIL的世界也是如此。输了之后才会去思考该怎么做。练级、换装备、重新拟定策略。可如果赢了，就会满足于现状，不想再努力了。

（塔其·米先生那样的是例外。）

他已经不会输给任何人了，但还是会越来越强。对职业搭配等性能方面的追求也很多的男人，这种时候就不能划在常人的范畴内了。

先放下这个例外不提，安兹确信，有些东西，只有在失败过后才能学到。所以，他希望在攻打都市的时候能败。因为这个时候失败无所谓，反正总能赢回来，但早晚他们会迎来一旦失败就彻底结束的大战。为了在重要时刻不失败，平时就有必要积累经验。既然都是夺取生命，那就将一切都用在对纳萨力克有意义的事情上，是的，应该让利益最大化。还有一个原因，在听了那两个人的愿望后，安兹想在这里布局。

（接下来才是关键。）

"贤者——"后面说的什么安兹想不起来了，忘得一干二净，急忙蒙混过去说道，"先不提，愚者要积累经验。虽然我不认为你们是愚者，但连愚者都知道要积累经验，那就证明，这是必须要做的事。"

安兹对自己有点失望。为什么在关键时刻没能想起那句话来呢？自己怎么就这么笨啊！那些能言善辩的人，为什么就能随机应变呢？为什么他们就能把学过的句子滔滔不绝地说出来呢？难道不会突然想不起来、卡住吗？结论只有一个，脑部结构不同。

"呃……这次毁灭王国的都市，虐杀百姓的行动，如果动用纳萨力克地下大坟墓的力量，不是什么难事。但重要的是积累经验。为了应对将来可能会出现的更高难度的事态，就让现在得到的东西成为我们的食粮吧！"

安兹以前参加公会战的时候，曾经潜入对方的据点，也打过几次攻城战，但那是在YGGDRASIL中，有必要把在游戏中掌握的技术落到现实中。从这层意义上讲，利用各种各样的方法攻陷各种各样的都市来积累经验，对未来也绝对会有帮助。

纳萨力克地下大坟墓必须变强。这个世界只有"安兹·乌尔·恭"一个公会，公会据点也只有纳萨力克地下大坟墓一处，有这种想法的话就太天真了。因为安兹就在这里，所以肯定还有其他玩家，也许很快就会出现。

为了迎接那个时刻的到来，必须强化组织。积累经验果然很重要。看着认真听自己讲话的守护者们，安兹继续说道："现在，各阶层守护者身上的担子越来越重，我很担心。但又没有几个人能像你们一样，让我如此放心。"

除了威克提姆，其他阶层守护者的实力都能够匹敌一百级的安兹，其他领域守护者和他们比起来就比较弱了。让领域守护者面对强敌会令安兹非常不安，因此，交给阶层守护者去办的事就越来越多。

"但也因为我太依赖你们，而导致了诸多问题。随着安兹·乌尔·恭魔导国的领土不断扩张，想必将来会有越来越多的工作需要交给领域守护者去做，或许就连战争也要交给别人去处理。"

"您的意思是说，为了没有经验的那些人，也要提前准备好历史。"迪米乌哥斯又开始说一些让人摸不着头脑的话了。不过"准备好历史"意思应该是对的，而且听着就很帅。

"对，你说得没错，迪米乌哥斯。"

虽然众人感觉不出来，但安兹是面带微笑，用训练过的"很有出色统治者的风范哦"的语气说出来的。平时，安兹听到自己录的声音会陷入苦闷，但这个时候他不会想到这点，因为一想到自己刚发出的声音是什么感觉，精神就会自行稳定。

话说回来，迪米乌哥斯所说的"历史"是个好提议。把这次在侵略王国的战争中得到的各种攻陷都市的方法整理出来，由领域守护者带领纳萨力克地下大坟墓的全体成员学习，那不就可以将所有人的经验共享了。当然，还有一句话叫作"百闻不如一见"，指实际操作获得的经验值更多。像这样的大好良机可不多啊。

"各位阶层守护者啊，今后如果遇到从未攻打过的新型都市，都要起草作战计划。迪米乌哥斯，雅儿贝德，你们已经非常优秀了，所以就默默听其他人的作战计划吧。总之，我的感想是，在目前为止的所有计划中，夏提雅的最有意思。"

"您，您指的莫非是让霜龙高空投放的那次吗？"

"没错，这也是只有负责运输相关工作的你才能想到的计划吧。要是以那次计划为雏形，建立一个那个，叫什么来着？空中挺进队？这之类的组织也不错。"

在夏提雅制订的计划中，并不是让霜龙吐出龙息之后就飞离，而是从五百米高空向地面投放噬魂者，再由落地后的噬魂者放出灵气，进行大规模虐杀。

"从某种意义上来说，那个计划失败了，但只要以后想办法改进就是了，就是会撞到屋顶那一点。"

亚乌菈在看到文件上的结果报告时笑出了声，安兹也在心里笑了。他们并不是在嘲笑夏提雅制订的作战计划，只是觉得真的会撞到屋顶这件事太有意思了。

被投放的噬魂者，有的撞到尖形屋顶，有的被弹飞，朝别的方向飞去，还有的受了超出预想的重伤。如果只是这样还好，其中有的冲破屋顶后使了一脚飞踢，结果被夹住，动不了了。尽管全身都动不了的只有这一只，但推测还是因为实验次数太少所导致的。

"夏提雅，这个实验最好多做几次，应该能给今后的空中挺进队做参考。"

"是！"

"这件事就交给你了，多用几座都市做实验吧。"

"遵命。属下会尽快拟定作战计划。"

其他给安兹留下印象的，就是派出三百名死者大法师释放"火球"实施地毯式轰炸的战术。以及派出刺客暗杀都市首脑，趁乱采取进攻的战术。这么多种攻陷都市的方法记录，不仅可供领域守护者学习，也可以用于分析进攻纳萨力克的对手的计划。

安兹在心中叹了一口气，各守护者或许都认为他有些警戒过度了，如果纳萨力克真是绝对无敌的，也就无须做这些事了吧。可问题是，事实并不是这样，肯定不是。

安兹郑重说道："随时做好迎战同规格公会的准备。"守护者们一齐出声表示服从。

"接下来——下一场攻城战该开始了。"

安兹瞟了雅儿贝德一眼，但因为他没有眼球，别人经常会察觉不到他的视线，所以他会把脸也转过去。雅儿贝德却可以相当敏锐地察觉到。她点点头表示明白。

"安兹大人,仅以少数兵力参加此战的话,有些吃力,请问您是出于什么考虑呢?"

安兹僵住了,面对这个理所当然的问题,他没能立即作答。他本以为可以坚持到最后呢,迪米乌哥斯和雅儿贝德没有提问,科塞特斯和其他阶层守护者也会和他们一样……

(我想起来了,科塞特斯在与蜥蜴人一战中有过战败的经验,那个时候我还对他说过"自己想"之类的话。)

结果是搬起石头砸自己的脚,过去的自己为什么要那么说呢?不,当时的做法是正确的,在强化纳萨力克这层意义上也没有做错。正因为那么做了,科塞特斯才会得到成长。安兹为什么只让他们率领不确保绝对会获胜的少数士兵参战呢?其中的理由一点也不复杂,但不能告诉阶层守护者们,因为这个理由或许会让纳萨力克面临崩溃的危机。

安兹咽了一口唾沫,并没有发出吞咽的声音。沉默的时间太长了,什么都行,现在必须说点像样的话。

"说起来,攻陷邻近都市的时候,故意往那边放走了一小部分人,也是出于什么理由吗?"

"科塞特斯和亚乌菈会提出这样的疑问很正常。或许有些人也抱有同样的想法吧。"安兹看向所有人,阶层守护者们纷纷点头。"这样啊……那就仔细观察接下来的这一战吧,之后我再将理由告知各位。"只能拖延时间了,安兹把这个难题交给了未来的自己。

位于王国北方,面向灵迪海的耶·纳鲁,是纳亚伯爵领地内最大的都市,也是一座海产品丰富的港湾城市。虽说是领地内最大,但穿过领界往东走,就是以军港闻名遐迩的里·乌罗瓦尔。耶·纳鲁的占地面积和入港船舶的数量都比不上那里,只有捕鱼量略胜一筹,连被当作战略据点的价值都没有。

高度评价这座城市的或许就是那些美食家了吧。纳亚伯爵家为了赢得王国第一鱼类料理的宝座,世世代代都在进行研究,最后因完成了纳鲁烤菜而闻名于世。所谓纳鲁烤菜,就是在食材上涂抹以酱油为基底、混合蜂蜜等材料而制成的酱汁,精心烤制而成的菜品。

这里的气氛在开战后一直处于松弛状态,渔民们照常出海打鱼,到市场上买新鲜海鲜的人依然络绎不绝,除了来往于街道上的商人有所减少以外,人们的生活和平时没有任何不同。也难怪没有人采取特别行动,在与魔导国开战的一个月前,王都曾派使者来通知过,但没人认为魔导国的手会伸到这个位于王国最北方的都市来。因为在那之前,这场战争应该就会以王都沦陷而告终。

周围还有其他领地的大都市,就算只看领地内,在魔导国抵达这里之前也还有好几个镇子和村落。真出了事,肯定会先接到来自其他市区的援军申请。因此,这里只做了派兵的准备,没有做任何加强防御的准备。但事态突然发生了变化。

隔壁领地的领主男爵带着人数极少的手下和家人，惊慌失措地逃到耶·纳鲁来了。男爵的说明很简单："不死者出现了，杀了领地内的所有百姓。"

不死者并非自然生产的，从整个村子都被毁了这一点来看，那是一批强大的不死者。要想制造出足以毁灭村落的不死者的话，那得需要时间。把卡兹平原这个特例排除在外，弱小的不死者需要成群结队地待在一个地方很长时间才能变成更强的不死者。只要好好管理领地，在无法抵挡的强大不死者出现之前将问题解绝不是什么难事。

而且，强大的不死者通常不会像这次一样，突然出现在人类世界。既然出现了，那就只有两种情况：一是出现了能够支配不死者的邪恶魔法吟唱者；二是不死者是从遥远的地方过来的。结合这两点，能想到的始作俑者就只有一个人——安兹·乌尔·恭魔导王。

开战的情报已经传到了耶·纳鲁，如果那是魔导王的不死者军团，一切就都解释得通了。但疑问也一个接着一个地冒了出来。周边的都市怎么样了？不死者的数量、类型是怎么样的？王都现在如何？在知道这些问题的答案之前，还有一件事是必须要做的。根据详细询问男爵后得到的情报分析，那些不死者的进攻方向很可能就是耶·纳鲁所在的位置。

于是，领主立即派快马通知领地内的所有村子和城镇，让民众马上去避难。目前还不清楚魔导国军队是出于什么目的来这个位于边境的港口城市的，或许是因为魔导国位于内陆地区，所以想尽快得到一个港口，于是就选了一个容易攻打的地方。也有可能是为了方便攻击里·乌罗瓦尔，欲将这里当作桥头堡。

到这里避难其实也很危险，但能甩掉不断逼近的魔导国军队进而逃到其他领地的人很少，最后只能慌不择路地逃到有防御机能的耶·纳鲁。在领地内的民众避难结束的五天后，搭建于城墙上的瞭望塔终于侦察到了不死者的身影。

三天后的中午，一个男人站在瞭望塔的最顶层。男人年龄应该超过四十了，被太阳晒黑的身体很结实，相较他的武人气质，浑身散发的大海味道更让人印象深刻。他有海上男儿独有的风采。没有刘海，头顶上的头发也几乎掉光，但左右和后面都残留着毛发旺盛时代的余韵。他将它们撩到头顶，想尽力将头顶的皮肤隐藏起来。他长得像个水手，身上却穿着上层阶级贵族的服饰，彰显着他显赫的身份。

"唔哇——好多啊！"他用一点也不符合外表的腔调大喊道。这个说话毫无威严可言的男人，正是这片土地的统治者——纳亚伯爵。他的视线前方是一大群僵尸，数量差不多是耶·纳鲁守备军的二十倍。他现在正停留在原地等待后续部队，从后方跟上来的僵尸队伍已经很稀疏，差不多这就是全部了。开战在即。

"不过，说到底也不过是僵尸，没什么大不了的。"

如此断言的是站在伯爵身边的女人。女人一头白发随风飘动，这并非年龄增长所致，而是特意染的。原本，她的发色是王国中最常见的金色，而且到一年前为止她一直染的都是黑色。她染发不是为了时尚或兴趣，作为一名冒险者，这么做是在通过惹眼的外表宣传自己的队伍。也有其他冒险者会这么做，比较有名的几个人之中，还有将头发染成粉色的。她将发色从黑色变成白色也与这件事有关。

在王国活跃的精钢级冒险者已经有了"朱""苍"，现在还有了"黑"，如今一提起冒险者业界的"黑"，最先想到的就是漆黑的飞飞。因为见过飞飞本来面目的人极少，所以她想着，染成黑色的头发或许可以起到很好的宣传效果，可之后又听闻，飞飞的搭档有一头美丽的黑发，便放弃了这个计划。

将代表队伍的颜色从黑变成白的同时，她——丝嘉玛·埃尔贝罗也在暗暗庆幸，给队伍起名字的时候没有加入颜色，简单粗暴地就叫"四武器"这个决定是正确的。

"可以肯定，那绝不是自然的产物。有很多僵尸都是农夫打扮，应该不是魔导国千里迢迢带来的，而是他们在袭击周边村落后，将杀死的人都变成了不死者。真是令人反胃。"丝嘉玛唾弃道。

其中也有一些装备着皮质铠甲、锁子甲等轻型铠甲，生前可能是士兵的僵尸，但大部分都穿着普通的服饰，而且都是平民老百姓会穿的那种。

"他们能把死人变成不死者？"

"能不能制造出这么大数量我不知道，但既然有制造不死者的魔法，那应该就能做到吧。"

"哇哦——"纳亚伯爵惊叹道。有的人在紧急事态时听到别人毫无紧张感的发言会感到不快，但丝嘉玛的表情丝毫没有变化。

"那我们也可以组建不死者部队，和他们斗吧？"

"要是有几十个在众多魔法中对死灵系魔法情有独钟的高级魔法师的话，还有可能，遗憾的是，这个城市里连一个都没有。"

如此断言是有理由的。纳亚伯爵向所属魔法师公会、神殿、冒险者以及其他组织的所有魔法吟唱者都发出了邀请，请求他们参加都市防御战，组建了全魔法吟唱者部队。其中数量最多的是冒险者身份的魔法吟唱者，他们的战斗经验丰富。他将这支部队的指挥权交给了都市内级别最高的冒险者队伍——丝嘉玛的"四武器"，丝嘉玛也因此掌握了所有守备队中的魔法吟唱者的详细情况。

"这样啊。有句话不是说，船到桥头自然直吗，就算什么都不做也不会有事吧？我们家从一百二十年前这个地方刚刚有村子的时候起到现在，从来没遭到过攻打，完全不知道怎么应付这样的场面啊。"

这可不是一个都市统治者该说的话。丝嘉玛依然没有任何愤怒的情绪，继续用毫无敬意的声音回答道："船到桥头自然直，我可不这么认为。伯爵，要是不采取措施，我们及这里的所有人都会变成不死者，这也是大家会来帮忙的其中一个原因。"

"这样啊——为什么非要在我当家的时候发生这种事啊，要是再晚个五年，我应该已经把位置让给最大的儿子了。"

"你的运气还真差啊，不过我们也是一样，为什么偏偏在我们来到这个城市的时候发生这样的事，还把我们牵扯进来啊。再过几个月，我们就会去其他更大的城市了。"

"唔哇——等，等一下，别这么说嘛，拜托你们千万不要舍弃这里！"

"要逃就趁现在哦，你看那边。"

顺着丝嘉玛手指的方向，可以看到僵尸军团领头的两个不死者。他们比周围的僵尸都要高出两头左右，十分醒目，身上散发出来的异乎寻常的压迫感，更加强了其存在感。可以很明显地感觉到哪一个都是强敌。这两个不死者旁边还飘动着一面旗子。

"是魔导国的旗帜。"

"是的。伯爵也参加了卡兹平原一战吧？"

"嗯？我只是把队伍交给了值得信赖的家臣，把他们送上了战场，我和我的家人都没有参加。最终，他们没有回来。"

"这样啊……希望他们能在神的身边安详入眠。我们接着讨论眼前的事态吧,那个虐杀二十万人的魔导王——魔导国只送来两只与众不同的不死者,你认为,它们强吗?"

"我认为它们强得可怕。"

"是啊……对于两个不死者就能将这座都市攻陷这样的判断,你难道不觉得愤怒吗?"

"完全不会。我现在只想着怎么活命。"

身为这片领地的统治者,说这样的话未免有些丢人,但反过来说,正因为他非常了解现在的状况,才会这么说。

"派出使者,说我们想投降估计也没用吧?"

"可以乘船跑啊。应该提前准备了吧?"

丝嘉玛提出了之前开会时所有人都在想却没有说出口的问题。伯爵只是苦笑,并没有马上回答。他并不想隐瞒,而是在开动脑筋,想要分析出丝嘉玛问这个问题的真正含义。伯爵这个人不是特别和蔼,通过工作时见过的那几面,可以看出他这个人思维很敏捷。遗憾的是,伯爵的儿子虽然勉强能及格,但远没有他的父亲优秀。但还是有很多人认为,只要多多积累经验,伯爵的儿子早晚有一天会超越他的父亲。

"嗯——当然,不过船只并不够都市内所有居民乘坐,就算想采取分批运送的方法,也会出现粮食短缺和到底该往哪里逃等问题……"

"要是伯爵家独自逃命,应该还是可行的吧?"

伯爵稍微考虑了一下,回答道:"这倒是,但那也是迫不得已时才会采取的手段。要是做出'大家都留在这里避难吧，我和我的家人要逃了'这种事，我都会看不起我自己。"

侵略者一般在占领敌方都市后，只会杀死统治者或让其服从，不会对民众做什么，也许会进行掠夺，但大部分都会选择支配。毕竟虐杀都市百姓的行为，就相当于拧断了会生金蛋的鸡的脖子。除非破坏都市对占领方有利，否则是没有人会那么做的。但……

"被魔导王——魔导国攻占后，逃到我这里的男爵，还有我领地内那些村落的难民说的话，你都听到了吧？那可不是什么好兆头啊。"

"您是想说，他们应该逃远点？"

伯爵答道："是的，就是这么回事。"

早先逃出来的人都已经抵达耶·纳鲁，但考虑到住在周边的百姓的数量，逃出来的人实在是太少了。那些掉队的、没逃掉的人都怎么样了呢？要么是因为对方的统治太完美、太宽大了，所以不打算逃；要么是处于连蚂蚁都爬不出去的严密监控之下；再有就是被魔导国带走了。往好的方向考虑，应该有这三种可能。但在看到村民被变成僵尸的样子后，实在难以想象魔导国会善待他们。

"虽然统治着耶·兰提尔，但依然是对人类等活着的生物毫不留情的怪物啊。"

"他们的目的也有可能就是将杀害的对手变成不死者，作为自己的士兵使用。不死者不用吃饭，不会感觉到劳累，也不知道什么是恐惧，更重要的是，他们会绝对服从命令。对敌人毫不留情我觉得很正常啊？"

"前提是敌人。如果打算今后统治那座都市，让百姓工作，肯定不会这么做吧？或许他们是打算杀光王国所有百姓。要真是这样，那根本就无处可逃了吧？"

听着伯爵的话，丝嘉玛感觉他或许是想要寻求共鸣，或许是希望有人能有同样的感想。在这个城市的冒险者中，站在顶点的她要是逃了，能赢的仗也会输，所以刚刚这番话是在诱导她往"无处可逃"这个方向想吧。丝嘉玛正要张嘴说些什么的时候，二人周围突然变得热闹起来。

之前其他人都下去做防卫相关的准备了，时间并不长，他们两个也只是利用这段时间一起眺望敌阵。出现在二人面前的是丝嘉玛队伍中的成员，她的队伍"四武器"是一支包括她在内的四人队伍，男女比例各一半，丝嘉玛是战士，另外三人分别是盗贼、神官和魔法吟唱者，职业配比均衡。

伙伴们身后还有都市内聚集到此的魔法吟唱者的身影。魔法吟唱者不足五十人，但作为一支军队，这样的数量、这样的战斗力已经很可观了。能聚集如此多的魔法吟唱者，最主要的原因是巧妙回避了冒险者之间不成文的规定——不参与国家战争。

如果魔导国派出人类士兵进攻，那肯定是不行的，但这支军队均由不死者构成，而且还很有可能将王国的百姓变成了不死者，这是冒险者们同意的主要原因。他们决定权当不死者军队只是拿着魔导国的旗帜而已。能够接受这样的说辞，肯定是因为所有人都预感到，就算对那些已经变成不死者来袭击自己的村民说"我们不会参与战斗"，对方也不会就此罢手吧。

所有人组成魔法兵团，一齐使用"魔法箭"……当然，其中有的魔法吟唱者学习的魔法系统里没有这个技能，这里只是假设。不断一齐放出"魔法箭"，理论上应该能够击败龙。"魔法箭"与弓箭不同，跟使用者的技能无关，且必定命中，使用者的位阶越高，箭矢的数量和威力也会随之增加。但由于每一箭的威力并不大，所以不可能一击放倒敌人。

而且击中部位并不会影响造成的伤害，这一点具体是优点还是缺点，就仁者见仁智者见智了。但综合看来，这个魔法简单易上手，由掌握此技能的士兵组成军队，应该可以期待惊人的战果。只不过历史上并没有出现过这样的部队，所以无据可考。

要想学习第一位阶初级魔法，也需要有一定的潜质，而且原本培养魔法吟唱者就是一件很耗时间的事情。如果是为了上战场打仗，花费相同的时间和精力去培养一个魔法吟唱者，还不如训练一百名弓兵来得实际。要是存在能够使用"魔法箭"的生物，由这样的种族组成军团，或许会相当凶悍吧。否则——不，正因为如此，这支清一色魔法吟唱者组成的军队，简直如同梦幻一般。

跟在这支从梦里走出来的部队后方的，是伯爵手下的士兵和冒险者之中擅长使用弓箭等远距离武器的人们。也就是说，现在聚集在都市围墙之上的，是负责攻击魔导王军队放出第一批弓箭的人。

纳亚伯爵对着他们高声说道："来了！各位！对于你们的鼎力相助，我表示深深的感谢！"

此时的伯爵完全不见刚才与丝嘉玛说话时那种吊儿郎当的态度，这是位高权重者必须具备的威严和自信。对这个生为贵族，一路走到今天的这个人表现出的气质，丝嘉玛在心中暗暗表示钦佩。

"想感谢我们，就拿点实际的东西出来！"

丝嘉玛队伍中的其中一人，同时也是魔法吟唱者的男人说出这句话后，站在后排的人不禁笑出了声。听到说出所有冒险者心声的这句话，伯爵没有表现出任何不快，脸上反而露出了令人舒心的笑容。

"放心吧！我会当着大家的面，给出你们身边的冒险者提到'请我吃顿饭'的时候，不会觉得囊中羞涩的数目！"

众人发出"哦哦"的欢呼声。

"当然，我的士兵也是一样，虽然没有冒险者那么多，但我会给你们发放特别津贴，以安慰你们的妻子和孩子！只不过——"伯爵以半开玩笑的口吻继续说道，"可千万不要用那些钱去做坏事哦。"

从表情可以看出，士兵们的紧张情绪稍微缓解了一些。

"我还想要其他报酬。伯爵家应该有家传的魔法道具吧，毕竟是历史悠久的家族。"

说话的是一位浑身散发着魅力的女性。将袍子顶起来的巨大胸脯，夹着从脖子上垂下来的土神圣印的样子，就算说是亵渎也不为过。女人名叫莉莉奈特·皮亚妮，同样是丝嘉玛的伙伴。她绝不是为了迎合客人的嗜好而用圣职者的衣服包裹全身的娼妇。

"哦，家传的魔法道具吗？真是狮子大开口啊。有，我家代代相传的魔法道具，应该有很多人都知道吧，名为五色圣剑。"

那是一柄寄宿着炎、雷、酸、音波、寒气五种力量的长剑，在砍到敌人的同时给予对方这五种属性伤害。只是，这柄剑没有刃，只能和模拟剑一样当作殴打武器使用，让人不禁想问，为什么要打造成这样啊。还有一点值得吐槽，分明无法造成"圣"属性伤害，却叫"圣剑"，不过这大概是后世之人擅自给它改的，也就不要太纠结了吧。

"好想要啊——"

这是一件有特别价值的道具，拿来给冒险者作为报酬实在不划算。

"想要吗？嗯——如果你肯答应我的条件，也不是不行。"众人开始议论纷纷，伯爵继续说道："我有个儿子，我想让你嫁给他做侧室。"

丝嘉玛露出了极其不悦的表情。伯爵说错话了。一部分冒险者怒视着伯爵，他们应该都是莉莉奈特的爱慕者吧。莉莉奈特本人的眼神也变得如鹫般锐利。纳亚伯爵大概觉得玩笑开过了，想谢罪，但还没等他开口，莉莉奈特先抛过来一个问题。

"我记得伯爵有四名子女吧，正妻生下的长子和三子，侧室生下的次子和长女。除了长女之外，不知您说的是哪个儿子呢？"

她说话的腔调突然变了，从刚刚的悠然自得，变成了符合冒险者身份的严厉尖锐。这才是她的本性，证明她认真起来了。丝嘉玛的脸色变得更加阴沉，面无表情地用眼神给其他伙伴送去暗号，却没人理会。

"是我的三儿子。"

"三儿子？那孩子才十二岁吧，而且还没过十二岁的生日。您让我给那孩子做侧室？"

伯爵在点头时愣了一下。

"是的，是这样没错，可你怎么知道我儿子的年龄呢？居然连地方领主三子的生日都知道……这是很重要的情报吗？还是说，因为你是一流的冒险者，所以这些都要知道呢？"

其他冒险者纷纷发出"不是""嗯，不是"的声音。莉莉奈特无视这些声音，边拢起头发边说："没办法了，嗯，没办法，也是为了五色圣剑呀，那我就同意了吧。"

伯爵先是仔细观察莉莉奈特，又转而看向丝嘉玛，似乎有什么事必须先听一下她的意见。丝嘉玛很清楚他想问什么——简直清楚得很。

"条件是我提出来的,可是为什么这个人在流口水啊?令她垂涎的到底是我儿子还是魔法道具啊?"

在丝嘉玛回答"是前者"之前,一声咆哮响彻整个房间。

"笨蛋!谁会对尚未成熟的果实流口水啊!"

所有人都陷入沉默。在大家都猜测是谁在说话的同时,几名冒险者相继倒地。看来是因为幻想破灭,认清现实了吧。丝嘉玛有些同情那几个冒险者,在心中对他们说了句"抱歉"。之前搭讪莉莉奈特的男人,现在应该都明白她为什么不理会了。理由只有一个——年龄。

"我还以为她会问'为什么是侧室'呢。"

听到纳亚伯爵的小声嘟囔,莉莉奈特答道:"哎呀,爸爸,虽说是老三,但毕竟是贵族,还是正妻的儿子,只要好好培养,得到男爵的地位和小面积领土应该不成问题吧?到时候,就算他有一定权力,让一个冒险者做正妻还是不太现实。冒险者虽然和神殿有些关系,但仅凭这点也很难让人接受吧。不过,只要我在这场战争中表现得好,您就打算提出做正妻也可以,对吗?如果我因此而满足,您就可以不用交出五色圣剑了。毕竟让三子的正妻拿着祖传的魔法道具,就如同种下了家族斗争的种子啊。"

已经开始叫爸爸了。

"看来，我对你的评价过低了……你要是能早点出现，我就推荐你做长子的侧室了。"

"啊！十五……不，十……七，超过十七我就不喜欢了，爸爸。"

伯爵给丝嘉玛递眼神，丝嘉玛拼命无视。看着纳亚伯爵那似乎受到打击，满脸说着"过分"的表情，丝嘉玛一点也不觉得心痛。

"那个，有一件非常重要的事，我的三儿子早晚也会超过十七岁啊！"

"是呢，或许比较长寿的种族更好。可是那样的话，就只有我会变老……所以，我忍了！"

"你的重点在这里吗？！说了这么久，你最看重的一点在这里？！"

"哎呀，爸爸，您的人设崩了哦！"

"你没资格说我吧……"

丝嘉玛个人对莉莉奈特的评价是：人好，心思细腻。所以伯爵认为，她应该不会是一个差儿媳，但仔细一想，也没有人宣传缺点啊。自己的伙伴这么丢人，要是队伍的评价往奇怪的方向跑偏就麻烦了。丝嘉玛可不想让自己的白发以不好的意义被人们熟知。

"那么，伯爵，很感谢您用您的幽默感化解紧张的气氛，不过我想该做战斗的准备了，您能回到总指挥的位置吗？"

战斗能力欠缺的伯爵留在这里也没用,他应该在别的地方发挥自己所长。听到这个理所当然的提议,纳亚伯爵重重点头。

"没错,接下来就拜托诸位了!"他绝不是为了逃避莉莉奈特。

站在都市围墙之上可以看到,敌阵并没有排成一支支的队列,就只是一群僵尸所组成的乌合之众。秘银级的冒险者丝嘉玛等人能够轻易将其歼灭,只要那个怪物不出现。

"没有动作吗……有人了解那种不死者吗?"

丝嘉玛手指着那两个领头的不死者问道。一个手持巨大盾牌和巨大剑,另一个双手持剑。周围的魔法吟唱者纷纷摇头,丝嘉玛看向莉莉奈特。神官对不死者有深入的了解,一般的不死者自然不在话下,同时他们也很了解那些少有耳闻的不死者,但这次,莉莉奈特也只是耸耸肩。

由此可得出两点结论:一,这两个不死者非常稀有;二,这是新品种的不死者,至于这个说法是否妥当先不提。无论是哪种情况都令人头疼,一般在这种时候,冒险者考虑撤退也不奇怪。因为在没有相关情报的状况下,没人知道对手是否掌握一击必杀的特殊能力,除此之外,或许还有可以置人于死地的攻击手段。

打个比方,有一种低级不死者名为食尸鬼,它们的爪子中有毒,人一旦被抓伤就会身体麻痹。如果不知道这一点,没有提前拟定好对策的话，队伍就会一人接一人地被麻痹，最终落得全军覆没的下场。那如果不知道死灵会吸收生命力呢？后果可想而知。还有像人狼一类的魔物对金属有抗性，只有一部分金属材质的武器才能对它们造成伤害。因此，知识是武器，也是防具，在没有相关知识的情况下战斗是一件多么危险的事，自然不言而喻了。

"这下就难办了，看来只能先多做一些尝试，找出有效的攻击手段。谁有不同意见吗？"

没人提出反对意见。

"开打之前你们这些专家提前商量好，具体谁用什么魔法。现在我们先从外表判断一下敌人有可能拥有怎样的能力吧。我觉得看起来像是以近战为主的不死者。"

别看是通过外表进行的判断，多数情况下不会有太大偏差。也不排除有的魔物可以进行拟态，不过丝嘉玛没见过。虽说这有可能是魔导国制造的新品种不死者，但怎么看都不像是以魔法攻击为主的类型。

"而且防御看起来很高，近战会很危险。从理论上说，采取远距离攻击比较安全，但弓箭等物理攻击或许没什么效果。那么，胜负的关键就在于，那家伙抵达这里之前，我们能给他造成多大的伤害了。考虑到之后敌人很可能攻进来，所以各位还需保留一些余力，用来支援前线的人，给他们施加强化魔法。还要留一些攻击魔法。"

言外之意就是警告众人，除了保留这些必要的魔法，其他的都给我用出来。

"要是没有别的好办法，那就开始吧。"

遵照丝嘉玛的指示，魔法吟唱者们开始聚在一起交换意见。丝嘉玛则移动到距离众人稍远的伙伴们所在的位置，只是少了一个人。

"队长，我们该怎么做？"

听到盗贼的疑问，丝嘉玛回道："什么意思？"

盗贼自然知道接下来就要开战，怎么打也已经说过了，他这么问肯定是有别的事，可"怎么办"这个范畴太大了。

"我是想问，要为这个都市拼到什么程度。或许因为敌人都是僵尸，所以并没有将整座都市包围起来，凭我们的本事，想逃走还是很轻松的吧？抢一艘船逃走也不错啊，之前让准备的粮食也都准备好了。"

"笨蛋。"莉莉奈特语气略显疲惫地继续说道，"敌人可是不死者啊，或许这个时候已经进军到大海上了。"

这座都市的北边是港口，面朝大海，并没有围墙，如果敌人有点脑子，就很有可能在这里只做佯攻，大部队从海上过来。

"啊——有道理，那就麻烦了，这个情况跟伯爵说了吗？"

"没有，说了也没用啊，那里太大了，想设防护栏都不行，还会在都市内引起不必要的混乱。而且对方之所以没包围，也有可能是故意的，不是吗？特意留个口子，让人往里钻的……

陷阱。"

"那到底该怎么办啊?"

"想逃就只有从这里。"丝嘉玛指着成群的敌人继续说道,"如果只有僵尸,想要突破还是很简单的。所以,最糟糕的情况就是突破敌阵,不过后方还有没有敌人的主力部队就不得而知了,只能用'飞行'确认之后才知道。"

"这样啊,你考虑得还挺周全的嘛。"

对此,两人真的很想说"只有你一个人什么都没想而已"。盗贼并没有注意到她们鄙视的目光,继续说道:"如果逃的话,我们要逃到哪里?附近的都市,还是王都周围?"

"舍弃国家。"

"你是认真的?!"

"你小点声!"确认周围没人之后,丝嘉玛低声说道,"认真的。"

虽说是敌国,可从来也没见过哪个侵略者会把那么多百姓变成不死者,在这样一个国家统治的土地上生活,实在很难和幸福联系起来。问题是要逃到哪里去。一支冒险者队伍逃跑还是很容易的,但身为一队之长,必须提前考虑各种各样的状况。

除了魔导国,与王国接壤的国家有三个,分别是评议国、圣王国和帝国。根据传言,圣王国亲魔导国,帝国又是魔导国的属国,通过排除法,就只剩下评议国了。而且评议国离这里又比较近。如果不去那里,就只剩下教国和都市国家联盟这两个选项了。之前龙王国有过不好的传闻，那里也不是以人类为主要居民的国家。当然，评议国和都市国家联盟也都不是。

如果考虑人类与总人口的占比，或许就要将评议国从候选名单中删除了。据说那个国家人类的占比连百分之十都没有。从距离方面考虑，都市国家联盟最合适，听说当中的某个城市有一半居民都是人类。

"咦？我们要逃跑吗？丝嘉玛，为了我的幸福你也要加油啊！"

"也就是说，刚才并不是在演戏吗？"

想帮又不想帮的心情同时朝丝嘉玛袭来。就在这个时候，魔法吟唱者们刚好结束了会议。

"队长！这边结束了。"

"了解！那我们就按照之前说好的准备迎敌吧。如果实在不行，就从这里跳下去，突破僵尸大军。"

从围墙上直接跳下去的话，穿着铠甲的丝嘉玛多少都会摔疼吧，不过她并不担心，因为队伍中的魔法吟唱者应该会发动"坠落控制"让自己安全落地。

丝嘉玛等人回到各自的岗位，等待敌人采取行动。该说是幸运吗，敌人没等天黑就开始发动进攻了。没有发出什么特别的开战暗号，没有你来我往的箭矢，也没有相互说明，大批的僵尸便慢慢悠悠地朝着都市围墙前进，一场过于随意的战争开始了。

尸体一边发出呻吟声，一边朝自己逼近，在一般人看来或许是一片恐怖的光景，但在丝嘉玛这些冒险者看来甚至有些滑稽。如果不是人类，而是巨人和龙一类的巨大僵尸，那另当别论，害怕人类僵尸的冒险者比新手还不如。首先，那些僵尸不可能攻破这里的城墙，僵尸这类不死者的肌肉力量、耐久力、持久力确实比一般人强，却不如稍稍积累了经验的冒险者，最主要的是，它们没有智力。

与架起弓箭的士兵不同，冒险者的视线都停留在那两个不死者身上。但他们都没有动，是有什么目的吗，还是不打算动呢？终于，确认僵尸群踏入有效射程内的那一刻，丝嘉玛发出信号，所有士兵一齐放箭。原本，要想提高命中率，应该等距离再拉近一些的，但考虑到僵尸的数量，侧重放箭的次数比精准度更有效。这些士兵对自己的射术很有自信，距离虽远，命中率依然很高，每十支箭只有两支左右会射偏，这个成绩不错。

只是，很少有哪只僵尸一箭就被干掉，但只要能射中，就必定能够削减其虚假的生命。在经过两三轮箭雨之后，敌人的数量越来越少。僵尸一只接一只地倒在大地上，冒险者和士兵的脸上却没有丝毫喜色。这不过是意料之内的战斗而已，最主要的还要看那两个不死者，一部分强大的魔物完全可以凭一己之力改变战局。

"动了！"

手持剑和盾的不死者开始行动。他以僵尸完全无法比拟的速度朝着城门猛冲过来，他将盾牌挡在身前，毫不顾及前方的僵尸，直接将其撞飞。

对方的速度令人惊愕。丝嘉玛下达命令："开始攻击！"

魔法吟唱者一齐放出魔法。其中破坏力最强的还是丝嘉玛的伙伴放出的"火球"。飞出的"火球"以那个神秘的不死者为中心爆炸，连同周围的僵尸一起，绽放出巨大的火焰之花。即便盾牌能够挡住来自正面的攻击，狂暴的火焰也会绕到后方将其吞没。

更多不同种类的魔法朝着那个不死者——"持盾者"砸去。看到"持盾者"好像完全没有受到任何伤害的样子继续猛冲，士兵开始发出嘈杂之声。

"别慌！"一个冒险者喊道。这样的情景对冒险者来说很平常。不死者就算受了伤，动作也不会因此变得迟缓。即使受再重的伤，甚至是对活人来说的致命伤，只要虚假的生命还没有被完全消磨光，它就能继续动。

"火球"虽然有名，但不是无敌的，只要冒险者强到某种程度，也能够扛下一发——真正的强者甚至能扛下好几发。"持盾者"不可能被这样的攻击消灭，可一旦开始往坏的方面想，就没资格以冒险者自居了。问题是，真的没有给它造成任何伤害吗？还是说，实际上有效果呢？没人知道。丝嘉玛用敏锐的视线死死盯着"持盾者"。

一般情况下，魔法攻击是无法回避或防御的，也无法用物理铠甲减轻伤害。魔法攻击释放出来的是纯粹的能量，像"持盾者"身上穿的这种铠甲，就算外皮相当厚，魔法也会对其造成伤害。不过，也有一部分魔物对魔法和属性攻击有防御能力。

在不死者之中也有这样的例子，因极度危险被人们所熟知的骨龙就对魔法完全免疫。除此之外，还有可以降低炎属性攻击效果的魔物，偶尔还会出现拥有治愈能力的魔物。那个不死者或许也拥有这样的能力。如果魔法攻击无效，那就必须全面变更作战计划了。

"没问题！有效果！"释放"火球"的伙伴吼道。

他的直觉告诉自己，攻击是有效的，接着不断有魔法吟唱者说着"有效果""让他受伤了"。

听到今天最大的捷报，丝嘉玛这才放下心来，同时内心也燃起了"或许能赢"的希望。

"知道了！那就请继续吧！"

"持盾者"继续以惊人的速度袭来。希望能够在他抵达城门前将其打倒。如果他原本抵御不住如此猛烈的魔法攻击，却依然扛了下来，那就证明他绝非寻常对手。

（我可不想和那种怪物打近战啊！）

仿佛对丝嘉玛的心声表示赞同一般，魔法再次一齐飞出。已经有大片僵尸倒地，但"持盾者"依然没有停下，继续向前猛冲。遭到几十次的魔法攻击，要是普通的不死者早就毁灭了。丝嘉玛的后背渗出冷汗。

（比预想中的还要强……不，是太强了……我们能打倒那个吗？）

敌人不只有"持盾者"，还有一个和他差不多的不死者等在后面。虽然不知道他为什么不动……

（他们是魔导国的王牌，所以才会只有两个这么少？还是说，他们认为有这两个就足够打败我们，攻陷这座都市了？）

冷汗顺着她的后背流下。假设，魔导王掌握了情报，知道这个都市内拥有最强战力的冒险者就是丝嘉玛他们"四武器"，并根据这一信息派来了足以获胜的兵力……所谓兵力并不是大批僵尸，而是那个"持盾者"吗？

丝嘉玛太想证明自己的不安只是杞人忧天了，险些就要大声叫出"快干掉他"，但她还是咬着嘴唇忍住了。所有人都在拼了命地攻击，身为所有人之中最高阶的冒险者，喊出那样的话会带来怎样的效果呢？不仅无法改变任何事，还会令士气下降。那就只能忍！丝嘉玛向自己信奉的火神祈祷，神却没有对她微笑。

"持盾者"即将抵达城门，也就是来到了围墙上无法看到且魔法射线无法通过的地方。丝嘉玛思考着，是不是该跳到围墙外面，直接逃走呢？但看着远处依然纹丝不动的另一只不死者，她放弃了这个计划。假设另一只不死者也和"持盾者"拥有同等机动力，自己在逃跑的途中必定会被逮到。

但这也不代表绝对逃不掉，之前已经使用"飞行"侦察过了，除了这群不死者，没有其他敌人的影子。比如可以用"飞行"配合"浮游板"，只要敌人没有后续部队，就没人能够阻止他们逃离。或是将对手引到都市内，趁机逃跑。如果选择后者，就必须将对手引到都市里面才行，实施这个计划，比舍弃都市逃离的罪恶感还要强烈，自己大概会后悔一辈子吧。

就在丝嘉玛咬牙切齿之际，都市大门的方向突然传来"咚"的一声类似爆炸的声音，就像是遭到了破城槌撞击一般。

没时间了！丝嘉玛下定决心喊道："上！你们留在这里注意那个还未行动的不死者，同时关注围墙之下的情况！等我们把那家伙引至可以看到的范围，你们就往他身上砸魔法！"

朝伙伴们发出简短的号令，给魔法吟唱者和弓兵留下明确指示后，丝嘉玛跑向下楼的楼梯。维持"飞行"的伙伴紧紧跟在身边。

"那家伙的耐久力的确惊人，但应该已经受了重伤！"

（真的不会是乐观的推测吧，还是说……）

丝嘉玛露出一丝苦笑。面对承受了那么猛烈的魔法攻击后还能动的不死者，他们最多只能硬扛住对方的攻击，然后为魔法吟唱者争取时间，用魔法杀死他。为了活下去也只能这么做。

城门是一扇只能从一侧打开的巨大门扉，门上的装饰只有交叉搭着的圆木，造型非常质朴，住满渔夫的城市配上这样一扇门，实在是不够豪放。若是遭到破城槌的撞击，合页肯定会被撞飞，但又没有其他替代品，最后只好尽可能多地钉上结实的木板，将整扇门完全封锁起来，门扉的厚度也因此变成了之前的两倍。此时，这扇门正在遭受来自另一边的攻击，发出"咚，咚"声的同时不停振动着。

"这是什么力气啊……"

"啪咔"一声，用于加固的一部分木板断了。从两下攻击之间有一点时间间隔来判断，"持盾者"应该是在用身体撞击一下之后，稍微后退助跑一段距离再撞击一次，这样反复循环。

"怎么办？'雷击'应该能穿过大门攻击对手。要试试看吗？"

像门这种材质的物体，对雷属性的攻击魔法有很强的防御力，但并非完全不受任何损害。现在需要考虑的是，给门造成的损害与给那个不死者造成伤害的比例，而且必须计算出，相较之下怎样消耗魔力才更加高效。是现在使用"雷击"好呢，还是等"持盾者"闯进来的时候用其他魔法好呢？不，没有考虑的必要，眼下最重要的是在不与敌人发生正面冲突的情况下，单方面进行攻击，将其打倒。

丝嘉玛点点头，伙伴立即发动魔法。

"雷击！"

一条雷电直线蹿出，贯穿大门之后打在了"持盾者"身上。

"嗷——"

或许是受了刺激，不死者的吼叫声越过厚重的大门，传到了所有人耳中，声音中蕴含的魄力甚至能让人忘记呼吸。丝嘉玛流下一滴汗水。这并不是吼叫系的特殊能力，身体却止不住地颤抖。丝嘉玛下意识地醒悟了，这就是实力的差距。

（糟了，大事不妙！在考虑能否战胜这个不死者之前，应该先想到如此强大的不死者是在魔导王的支配下……啊，这就难怪了，那可是杀了十万人的怪物啊！）

即便如此，丝嘉玛依然不认为魔导王能够驱使多个如此强大的不死者，在她看来，这个不死者就是魔导国最后的王牌了吧。这个都市有那么大的魅力，让魔导国投入这样的战斗力吗？自己的队伍到底是来到了一个多么糟糕的地方啊！丝嘉玛感叹着自己的不幸。

"咚！"随着又一声巨响，加固的木板"啪咔啪咔啪咔"断了好几块。

"雷击！"

留下白色的残影，雷击再次蹿出，但这次，撞击声没有停止，依然像机械般重复着。发生变化的是门，圆木彻底折断，加固木板被撞飞，只剩变形得很厉害的钉子还留在门上。

"别用魔法攻击了，先给我们上强化吧？"

"嗯。"

为了躲避四散的碎木头，丝嘉玛边后退边让两个队友给自己加信仰系和魔力系的Buff：第一位阶魔法"对恶防御"、第二位阶魔法"低级肌肉力量增大"、第二位阶魔法"低级敏捷强化"、第二位阶魔法"负属性防御"、第三位阶魔法"加速"等等，大部分都不是为了防范特殊能力，而是为了弥补肉体上差距的魔法。

Buff基本加完后，城市门也终于到了极限，发出巨大的响声拍在地上。一双闪闪发光的红色眼珠在滚滚飞尘中若隐若现，这两颗并排的灾星盯着丝嘉玛等人，让人不禁浑身颤抖。要想不被别人发现自己牙根打战、双手哆嗦，就必须使出甚至有可能会失去意识的力量控制住自己的身体。之前在围墙上的时候并不觉得多恐怖，只有与其面对面时才能够体会到恐惧。

"真的假的？一个不死者就把加固过的大门撞开了……魔导王居然能支配这么强大的不死者吗……"

"让人打从心底深处希望别和魔导王为敌啊。"听到伙伴的牢骚，丝嘉玛咽了口唾沫回答道。

传闻中说，魔导王只用一个魔法就消灭了超过十万的大军，听起来一点真实感都没有，并不让人觉得可怕。而眼前发生的事实，将对于支配这个不死者的魔导王的畏惧联系起来了。不想办法解决这个不死者，就没有活路可走。

可怕的死亡化身晃动盾牌，将飞尘挥散，踩着已经被破坏的大门朝众人逼近。终于还是让他攻入都市内了。

僵尸都被围墙上的生者吸引过去，没有发现门的存在吗？目前这边一只都没有。门附近的僵尸都被这个不死者冲散了，也算是意外的幸运吧。这小小的幸运能否一直持续下去，就无须期待了。

丝嘉玛举起了自己的武器——印第安战斧，对方的移动速度很快，应该把目前的距离划在敌人的攻击范围内。发动印第安战斧的能力后，旁边出现了同样一把武器，呈半透明状。这是武器固有的能力，叫作"二重"，这把武器不需要持有者使用，不会离开持有者身边，始终飘浮在半空中，与持有者拥有相同的精确度和速度，会自动攻击敌人。

半透明的武器靠单纯的力量无法进行破坏，要想打败对手，必须使用武器破坏系的特殊技能，搞不好它打持久战的能力还要在丝嘉玛之上。可以说是一个没有缺点的能力，如果非要说它有什么缺点的话，那就是半透明的这把武器威力只是原物的一半。

"嗷——"

不死者再次发出令人颤抖的吼叫。大概是为接下来终于能杀人而发出的欢呼吧。他用巨大的盾牌一挥，便将已经被毁得不成样子的牟拉在门框上的大门残骸打了下来。飞散的碎木以惊人的气势朝众人飞来，丝嘉玛挥动自己的主武器，看似轻松地将其搪开。看到丝嘉玛的动作后，"持盾者"似乎此时才正式将她视为敌人，改变了动作。他用盾牌对着丝嘉玛，同时将双手大剑横了过来。

（这下真的不妙啊……之前挨了那么多下魔法都不死，也太假了吧？）

刚刚挡开碎木头的动作看似轻松，但那是丝嘉玛装出来的，实际上是在魔法的加持下,她才勉强将那些飞过来的碎木头搪开。

"各位,慢慢来……"

"持盾者"一个猛冲,就像一堵墙拍了过来,敌我之间瞬间便没了距离,看来他想直接用盾牌把丝嘉玛压死。丝嘉玛不会"不落要塞",使出"重要塞",用印第安战斧接住了盾牌。下一个瞬间,"持盾者"利用盾牌架开印第安战斧,眼看丝嘉玛就要失去平衡了。那是一招极其巧妙的技巧,丝嘉玛感觉手中的斧头就像是吸在了盾牌上一样。

丝嘉玛没能抵抗住惯性的力量,朝着旁边倒去,然后利用反作用力迅速站了起来。同时,半透明的印第安战斧从上至下挥舞,敌人用双手大剑将其搪开的同时朝着丝嘉玛冲了过来。连喘口气的机会都没有,再次开始防守的丝嘉玛先是用印第安战斧架开对方的双手大剑,之后主动靠近。在对阵身材高大的敌人,有时距离越近越有利。

"太阳光!"

为了给丝嘉玛的攻击打掩护,伙伴在她身后放出耀眼的光芒,这是第三位阶的信仰系魔法。强光投射而下,不仅能刺激对方的眼睛,让其暂时看不到东西,同时对不死者等种族也有一定的伤害。同位阶的还有"神圣光",对所有邪恶的敌人都会造成伤害,但光芒的强度不足以刺激对方眼睛,所以,用这个魔法的目的不是直接造成伤害,而是支援。

浮在半空中的魔法吟唱者放出"魔法箭",三道光打在不死者的身上。即便有这么多的支援,由于盾牌如墙壁般挡在"持盾者"身前,丝嘉玛最终仍没能抓准时机冲到其身边。印第安战斧的攻击也被轻松搪开了。

(啧!动作太灵敏了。刚才用剑攻击的那一下分明不怎么样,盾牌用得却如此灵巧!难道是主防御?那之前攻击的猛烈程度又是怎么回事?不,不可能……)

虽然被自己的想法吓到了,丝嘉玛还是在一点一点往后退。目的自然是想把"持盾者"引到位于围墙上的魔法吟唱者能打到的地方。但如果距离拉得太远,对方有可能会无视丝嘉玛,转而闯进都市内部。丝嘉玛想尽量避免那样的情况发生,因为以对方的脚力,丝嘉玛一行人是追不上的。

如果真让他闯进去,就会有众多没有反抗能力的百姓牺牲。为了以防万一,丝嘉玛队伍中的盗贼并没有加入战局,而是做好随时追上去的准备,一旦对手想脱离这边的战场,他就会对其进行干扰。但考虑到"持盾者"的肉体能力,被突破的可能性几乎是百分之百。所以丝嘉玛只得一边观察对方的一举一动,一边谨慎地将其引到指定的位置。对方似乎并没有发现她的目的,保持着距离跟了过来。

就在敌人即将进入魔法射线的攻击范围时,上空突然传来伙伴几近悲鸣的叫喊声:"不行!另外一个也朝这边冲过来了!上面的人正在攻击那个不死者呢!"

丝嘉玛的大脑慢慢消化着这句话的意思，她突然意识到：啊！我们……是不是没招了？

假设"持盾者"和"双刀客"等级相同，同时对付两个这样的强者，凭丝嘉玛等人的实力根本压制不住。不，是只要靠近就会死啊。

"丝嘉玛，怎么办？！"

"先干掉这个。"听到伙伴惊慌的声音，丝嘉玛稍微冷静了一点说道。

如果不打倒这个，连逃的机会都没有。毕竟眼前这个不死者之前已经中了那么多下魔法了，体力也就剩下蜡烛上的火苗一般的程度——现在只能如此坚信了。丝嘉玛停止后退，朝前方的"持盾者"靠近。

印第安战斧轻易就被盾牌挡下了，半透明的战斧也是如此。丝嘉玛的攻击不足以突破"持盾者"的防御。被挡下是意料之中的，没问题，主要的攻击是魔法吟唱者放出的"魔法箭"和"冲击波"，即魔法攻击。同时，盗贼还在朝着不死者脚下扔瓶子，随着瓶子破碎的声音一同扩散开来的，还有炼金术师等人制造出来的黏着剂。这里的地面都是石板，这个战术是适用的。

无论"持盾者"的防御力有多强，往脚下扔瓶子也与对方的闪避没多大关系。由于黏着剂的作用，不死者的脚被粘在了石板上。或许不会困住他太长时间，但至少可以封住他的双脚。这是冒险者在与强敌对战之时经常使用的计策。

丝嘉玛绕到没有盾牌的一侧，也就是持双手大剑的那只手一边，开始攻击。"持盾者"灵巧地上下挥舞大剑，把丝嘉玛所有攻击都搪开了。对方两只脚都已经被粘在地面上了，自己用武技不断进行连击，结果却是一下都没碰到。

（这家伙简直就是铜墙铁壁嘛！）

丝嘉玛用眼角余光看到不死者强行将双脚从石板上扯了下来，同时又中了两个攻击魔法，居然还不倒下。

（他是不死之身吗，还是说随着时间的流逝伤口会自愈？）

有的魔物和海德拉、巨魔一样，生命力可以再生。面对那样的魔物，造成擦伤毫无意义，必须是致命的、一下能消耗对方体力的攻击才行。被焦躁驱使，丝嘉玛渐渐觉得继续攻击也没用，凭她的实力连一下都打不到对方。

"该死！"

"来了！"听到盗贼的叫喊声，丝嘉玛下意识转动视线看去．另一个不死者出现在大门处，是那个"双刀客"。丝嘉玛的胃里开始翻江倒海，巨大的压力导致她想吐。

（我就要死在这里了？！）

之前和丝嘉玛一起夹击"持盾者"的盗贼被对方的气势压制，移动到了丝嘉玛身边，与她并排站立。"双刀客"开始朝着"持盾者"的位置移动，貌似是想要站在一起。

"没有攻击我们……最糟糕的事态，这家伙有智慧。"

丝嘉玛感觉"双刀客"那已经溃烂的脸似乎露出了笑容。

之前"持盾者"展现出与防御技能不平衡的攻击力，目的或许就是为了给"双刀客"争取来到这里的时间。这让丝嘉玛陷入绝望。

两个敌人站在面前，是使用范围攻击魔法的好机会。然而，攻击魔法不会飞过来，不，是无法被投过来。理由不言自明，此时使用攻击魔法的确能给不死者造成伤害，但也相当于敲响了战斗的钟声，所有人的命运都会就此确定。

的确，就算丝嘉玛等人不主动攻击，对方也早晚会攻过来，但所有人都没有勇气亲手缩短自己的寿命。稍微迟疑了一会儿，丝嘉玛下定决心。

"你们两个快逃！"她拍了一下盗贼的腰，"我们来拖住他们。"

"啊？你认真的？！我也要留下！要我留下！"

丝嘉玛无视身边发出悲鸣的盗贼。

对方现在是两个人，如果只有一个，恐怕连一点点时间也……正想着，丝嘉玛突然听到"噗"的一声。

"什么？"

眼前的"持盾者"头部看起来像是被一根长针贯穿了，但实际上并不是。贯穿"持盾者"头部，直插入石板中的东西不是针，而是类似人类食指尖的东西。飞来的速度实在是太快了，快到凭丝嘉玛的动态视力根本捕捉不到。之所以会看成长针，是因为她看到的其实是残影。

"持盾者"的身体瞬间变得摇摇欲坠，但还是颤抖着用脚使劲踩石板，拼命撑住身体，没有倒下。因为他是不死者，所以才能在头部被贯穿后，坚持不倒地吧。丝嘉玛等人下意识地将目光从敌人身上移开，看向刚刚攻击飞来的方向。那两个不死者不会趁这个时候发动攻击，因为他们也在盯着同一个方向。

　　与此同时，"持盾者"的头部被另一击再次贯穿，"持盾者"的巨大身体就此溃散。只用了两击……不，也有可能是因为刚才承受了那么多魔法攻击，体力已经所剩无几，所以才会这么轻易就被干掉了。可，究竟是谁呢……丝嘉玛看到了空中的人影。

　　"什，什么？"

　　是谁发出的声音？是丝嘉玛自己，还是伙伴们？她已经震惊到无法做出判断了。那是一个铠甲巨人，身高应该在三米以上，身穿异质猩红铠甲悬浮在空中，双手端着一个长筒形类似弩的物体，刚刚那个长得像人类食指的东西应该就是从那个武器中射出的。

　　既然他攻击了"持盾者"，即便不是友方，也希望他不是敌人。丝嘉玛一点一点与"双刀客"拉开距离，她有预感，光是被卷入这二者的战斗，都有可能丧命。

　　"双刀客"或许已经对丝嘉玛等人失去了兴趣，或许是认为应该警戒悬浮在空中的巨大铠甲人，并没有要阻止丝嘉玛等人逃走的意思。

　　转瞬间，二人的战斗开始了。这次是"双刀客"先出的手，他将手中的剑投了过去,而且是奋力一投。如果这把剑是朝丝嘉玛投的,她肯定躲不掉,处理不得当还很有可能会受致命伤。铠甲人没有躲,而是直接用身体接了下来。是没来得及闪躲,还是根本就不需要躲呢?

随着刺耳的金属音响起,投过去的剑被弹开,之后就像融入天空一样消失了。而此时"双刀客"手中却握着本已经投出去的剑,并不是那把剑回来了,而是又出现了一把新的。空中的铠甲人迅速用筒口瞄准"双刀客",从他的动作来看,刚刚那一投并没有伤到里面的人。筒口对准目标,随即喷出带着火焰和闪光的东西,之前都是一发一发的,这次则是目不暇接的多发齐射。

"咔咔咔——"机械且暴力的声音响彻云霄。"双刀客"挥舞着剑,斩向朝自己飞来的那不知是什么的物体。尖锐的"锵锵"声应该是斩断那个东西的声音吧,但也仅此而已。两把剑根本无法斩断几十甚至是几百发,一个小小的东西以可怕的速度贯穿了敌人的身体。"双刀客"身体不停抖动着,就像痉挛了一样,之后便和"持盾者"一样消散了。

两个不死者连影子和形状都没有留下,真正地消失了。

丝嘉玛震惊得连话都说不出来了。老实说,她根本不知道刚刚都发生了什么。但她明白,那个铠甲人实力不是一般的强,是她见过的人之中最强的。丝嘉玛不停地眨眼睛,由于眼前发生的一幕实在是太不现实了,所以即便自己已经得救了,依然无法坦率地接受这个事实。自己和其他人前一秒的悲壮气氛，这么轻易就被人破坏了，她脑子有些反应不过来。

"那，那是什么？到底是什么？"

"喂！那不是冒险者队伍的标志吗？"

"什么？"

听到盗贼的话，丝嘉玛仔细一看，铠甲人脖子上戴着一条镶嵌着金属板的项链，只是看起来像是很费劲才戴上的。大小应该和丝嘉玛等人身上的差不多，佩戴在那样巨大的身体之上，显得特别小，一般可能会看漏。能够发现如此细微之处，不愧是盗贼啊。项链上金属片的颜色不常见。丝嘉玛见过山铜的，通过排除法就能猜到那是代表着什么意义的金属片了。

"精钢级冒险者？"

王国有三支精钢级冒险者队伍，铠甲的颜色表明了他属于哪一支。

"莫非是朱红露滴中的……某位？"

听到莉莉奈特的推测，丝嘉玛回答道："应该就是了。"

如果她猜测是苍蔷薇或者漆黑，那丝嘉玛就想吐槽"为什么要把铠甲染成红色"了。浮在空中的铠甲人转过身，用后背对着丝嘉玛等人。

"等，等一下！"

听到声音，铠甲人微微回过头，抬起左手，食指和中指伸直并拢，放在额头上，做了一个告别的动作便飞走了。

望着空无一人的天空,盗贼问丝嘉玛:"到底是怎么回事啊?"

"不知道……"

真的无法理解,大概就是朱红露滴来救他们了吧。

"不过我知道一点,有那么强大的人存在,魔导国的侵略大概也就到此为止了。不过,要建立在人家愿意打破冒险者的规矩,今后也会参战的前提下。"

3

安兹仿佛听到了"哎"的一声,他甚至怀疑就是自己发出来的。死亡骑士和死亡战士,两个不死者被轻松消灭了,而且打倒他们的人穿的是YGGDRASIL里的驱动装甲。他感觉从自己身上延伸至远方的联系——虽然由于他制造了太多,很混乱,但的的确确感觉到断了两根。这一情况在告诉他,他刚刚看到的并非幻影。

室内陷入沉默。安兹察觉到各阶层守护者的视线,应该也包括女仆们的视线都集中在自己身上。此次攻城战是以他为主体发起的,因此将这次失败看作安兹的失败一点也不奇怪。

这样的结果实在出乎意料,原本安兹就是抱着就算输了也无所谓的态度,才只派出了这种程度的战斗力,所以也不希望其他人小心翼翼地照顾自己的感受。可在现如今的状况下,告诉大家输了也无所谓，怎么听都像是借口或嘴硬，也就是马后炮。所以安兹决定像平时一样演戏，当然，这也是他抽时间，趁一般女仆不在的时候在镜子前训练过的戏码。

"嗯……和我预想的一样啊。"

为了表现出一切尽在掌握中的样子。安兹此时就像反派老大摇晃着手中的红酒杯一般——自不必说，酒杯中肯定有红酒——展现着自己的从容不迫。这里的重点就是绝对不能大声说出来，那样会显得很不上档次。诀窍是营造出好像是在自言自语的气氛。

安兹煞费苦心的演技，引来一股如喧嚣般的波动，在室内传播开来。安兹咽了一口不存在的唾沫。成没成功就要看迪米乌哥斯最初会说什么了。

"我明白了，原来如此啊……"

（什么？！居然是科塞特斯？！）

安兹还在惊愕的时候，夏提雅也突然说着"好了，好了"并高举双手。那是庆祝时喊"万岁"的姿势，不过夏提雅显然不是为了这个，而是为了发表个人意见。

所有人都将视线转移到夏提雅身上，她露出满意的微笑道："我也明白了！安兹大人早就预测到那个会出现，所以才会只派出那种程度的兵力！"

和平时的发展不一样啊，这算是成功了，还是失败了？安兹用眼角余光偷偷看向迪米乌哥斯，此时迪米乌哥斯面带笑容地点了点头道："你们两个表现得都很好。"

受到迪米乌哥斯的赞赏，二人都微微挺起胸膛。也就是说，迪米乌哥斯也是这么想的，只是他没有说，而是等待另外两个人先说出来。安兹这下放心了，看来这次的表演也成功了。

雅儿贝德紧接着说："赛巴斯和迪米乌哥斯，以及在王都协助者提供的情报中，都提到朱红露滴活跃在王国北方。为了把他们引出来，才派出了那种程度的兵力——在那个人看来可以轻松解决，但不出手相救都市就会被攻陷的绝妙程度。真不愧是安兹大人。"

"也就是所谓，鱼儿上钩了啊……"

（嗯？那个是朱红露滴的成员？可以肯定吗？有没有可能是玩家呢？）

安兹暗暗思忖，YGGDRASIL里的驱动装甲都出现了，那很有可能就是玩家吧？还是说，有其他情报可以佐证那个人就是朱红露滴的成员？如果是后者，怎么没人把情报告诉我啊？不对……自己漏看资料的概率更高，所以安兹继续装出"一切正如我所料"的样子，轻轻笑出声。当然，这种笑法他也练习了很多次。

"呵呵，不过，没想到真的出现了，着实是吃了一惊啊。我还以为他们会保留实力，一直等到王都决战时才会现身呢。"

"安兹大人永远都是如此深谋远虑啊！"

亚乌菈说完后，听到马雷也小声说了句"好厉害啊"。看着二人纯粹的尊敬眼神，安兹那如玻璃般脆弱的心受到了严重打击。

不是这样的——但又不能说出来。自己哪有什么深谋远虑啊，他是真的不在乎输赢，毕竟这次还有其他目的。安兹回想起前几日，决定由他指挥这场仗时，与赛巴斯等人的谈话……

"怎么了，赛巴斯，有什么事吗？"

本应在耶·兰提尔待命的赛巴斯，此时却出现在回到纳萨力克的安兹面前。提出这样的疑问是很正常的。安兹并没有召赛巴斯回来，也没有印象最近给他下达过什么命令，所以他应该是根据自己的意志回来的，不过这举动本身并没有问题。虽然赛巴斯现在常驻耶·兰提尔，但安兹给了他某种程度的酌情处理权，只要他想，随时可以回纳萨力克。只是，如果想见安兹，在耶·兰提尔也可以见到，这次回来想必是有什么非常重要且紧急的事吧。

"非常抱歉，安兹大人，不知能否稍稍占用您宝贵的时间……不，是否能够给属下些时间呢？"

听着对方有些支吾，安兹有种不好的预感。于是他命站在自己身边的、今天当班的一般女仆带领其他人回避。其他女仆微微低着头，与当班女仆一起走了出去。

安兹又看向趴在天花板上的八肢刀暗杀虫说道："你们也出去。"

所有八肢刀暗杀虫动作轻巧地从天花板上下来，在这个过程中完全感觉不出它们的体重。它们始终没有发出任何声音，就这样直接退出了房间。

　　只要安兹下令，不许将听到的内容说出去，那么所有人就算是死也不会说。可毕竟这个世界存在魔法这种力量，能夺取他们的自我意识获取情报。当然，安兹不会让这种事情发生，但凡事都要小心为上。

　　"非常感谢，安兹大人。"

　　如果是赛巴斯下令让所有人回避，就相当于是在说他不相信身为同僚的一般女仆，他是在感谢安兹设身处地为他着想。

　　安兹轻轻点头表示回应，随即问道："究竟出什么事了？看你的样子应该不是小事，很紧急吗？"刚刚安兹已经问过一次类似的问题了，为了得到确切的答案他又问了一次。

　　"是。不过属下也不知是小事还是大事……其实是有人想与安兹大人密谈，拜托属下请您移步前往。"

　　"让我过去见对方，而不是对方到我的房间来见我？"居然有人对纳萨力克地下大坟墓的最高领导人提出这样的要求，如果那个人是纳萨力克内部的人，就真的很稀奇了。"莫非是那个人类？"

　　"不，不是琪雅蕾。对方说，因为没有得到可以离开自己守护领域的许可，所以明知无礼，还是希望安兹大人能够前往……"赛巴斯发自内心感到抱歉的同时观察着安兹的脸色。

"哦，原来是这样啊。"安兹表示理解。

既然对方是领域守护者，那提出这样的要求就很容易理解了。当然，如果安兹下令让他来，对方应该就会听从命令，离开自己的守护领域前来觐见。有一部分创造出来的伙伴，也就是NPC，或许会奉被称为无上至尊的四十一人之命不能离开，但大部分还是会遵从安兹的命令。

而对于有些人，下这样的命令就不太恰当了。比如纳萨力克第七层的领域守护者红莲就是个好例子。他的能量一直处于发动状态，可想而知，他光是移动到第九层就会造成各种各样的破坏。要是只会点燃地毯这类易燃物品也就算了，一般女仆如果碰巧在近距离遇到他，或许就会受重伤。

考虑到这种情况，安兹前往的确更为妥当。更何况安兹也不是懒惰之人，还有就是在他看来，手上不能压后的工作几乎……没有。

"我明白了，那就由我主动前往吧。是谁拜托你的？"

"是妮古蕾德大人和佩丝特妮。"

基本上对所有人都会加上"大人"尊称的赛巴斯却没有如此称呼佩丝特妮，想必是把她当作自己人吧。

"是那两个人啊……"

安兹努力控制自己，没有露出不快的表情。他那张骷髅脸虽然没有表情，但一部分守护者还是可以看出来的。雅儿贝德就是如此，迪米乌哥斯则总是会往奇怪的方向跑偏，不知他是不是故意的。虽然安兹把不快藏了起来，但声音中隐隐透露出的拒绝，赛巴斯还是能感觉得到吧，他脸上的愧疚神色比之前更甚了。

（虽然有点对不起赛巴斯……不过老实说，真不想去啊。）

绝对不是什么好事，安兹可以自信地如此断言。这就和公司一样，有人带着这样的表情对自己说："那边的部门找你，让你别打内线，直接过去。"十有八九都是麻烦事。可话是这么说，安兹也的确没有别的选择。要是放着问题不去处理，早晚会演变成更大的问题，到时候还是要由他来负这个责任。安兹虽然是纳萨力克的绝对统治者，但只有愚蠢之人才会总是摆出一副高高在上的态度。而且他也不想被视为孩子看待的纳萨力克NPC们讨厌。

"去吧，预计……"安兹拿出记事本，看了一下自己的日程。他是那种喜欢把麻烦事放在最后解决的类型，但同时又希望能快点把麻烦事解决。"现在有时间，马上动身前往有什么问题吗？"

妮古蕾德和佩丝特妮，同样身为领域守护者，但从刚刚赛巴斯的话语中可以判断出，去其中一方那里就可以了。不需要安兹问太多，赛巴斯就明白了其中的意思。

"我会让佩丝特妮先过去，所以，您看一个小时后可以吗？"

"没问题。要是带着雅儿贝德和迪米乌哥斯他们去……好像不太好吧。"

"是。实在抱歉，她们希望您能够独自前往。"

安兹忍住没有叹气，点了点头。"人偶怎么办？"

"我会让佩丝特妮提前处理好，不需要准备。"

"很好，那就一个小时后……嗯？赛巴斯，你也会在场吗？"

"是。如果您不介意的话，不知是否允许属下同席。"得到安兹的允许后，赛巴斯深深低下满是白发的头。

一个小时后，安兹使用戒指的力量来到第五层——冰结牢狱前。一个随从都没有。安兹出来前，给一般女仆留下了"有重要的事情要谈，要对其他人保密"的指示。

在给一般女仆下指示的时候，她说："我想跟您一起去，我会当作什么都没听见，安兹大人也可以当我不存在。"

事实上，这样的说法是可信的，因为被这样对待，她们反而会感到满足。据安兹所知，女仆们觉得，被当作工具看待，才是做到了身为女仆的本分，那种无视的态度对她们来说有着非比寻常的魅力。不过，安兹也只问过一个人的意见，可能刚巧，非常之巧的，那个女孩就是有这样的癖好也说不定。

面对一般女仆这样的请求，为了不留下任何可能会引起不必要问题的隐患，安兹强行让对方感受到了自己坚定的意志。

（看来回去之后，有必要做一些会让她开心的事……把麻烦的、辛苦的工作交给她来做，就会感到开心……这种想法也让人难以理解啊……）

在纳萨力克，有这样想法的女仆实在是太多了，长期休假和带薪假期的制度也是因此没能成功引入，或许只能在梦中实现了吧。

安兹推开了眼前冻住的大门，这是一栋巨大的充满童话风格的两层西式建筑，寒气和那个时候一样倾泻下来。不过，安兹是不死族，又对寒气完全免疫，这对他没有任何影响。独自走在安静的昏暗通道上，途中他只抬头看了看天花板，确认了一次是否有洞外，这一路上都没有停下脚步，径直来到那个以房门为中心，整面墙都画满巨大壁画的地方。和那个时候一样，壁画的灰泥各处都有剥落，宣示着它凄惨的模样。推门时没有发出任何声响，门就好似滑开一般打开了，室内的三人都站立着迎接安兹。

三人分别是房间的主人妮古蕾德，犬头女仆佩丝特妮以及赛巴斯。

"恭迎大驾，安兹大人。"

在房间主人妮古蕾德的招呼下，安兹被带到了他们之前围坐的桌子旁。上次来的时候这个房间里只有摇篮，这次摇篮没有了，换成了一张桌子和四把椅子。应该是从其他房间拿过来的吧。另外，冰结牢狱的地上部分是妮古蕾德的守护领域，地下部分是尼罗斯特负责守护。

安兹刚刚坐下，佩丝特妮就开始准备茶水，从眼前冒着热气的杯子中飘出的红茶香气刺激着安兹的鼻腔。与此同时，赛巴斯拿出了饼干。安兹虽然无法进食，但对于他们的盛情款待，他还是乐于接受的。他示意他们三个坐下。

摆在安兹面前的饼干是样子不太美观的正方形，算不上考究，但在纳萨力克这可是难得一见的东西。是谁试着做的吗？赛巴斯看出安兹的疑问，立即答道："这不是出自纳萨力克的人之手，我看到有人在耶·兰提尔出售，便带了些回来。现在有很多便宜又新鲜的食物流入耶·兰提尔，饮食文化随之繁盛起来。这些饼干就是其中之一，最初口感很硬，现在已经改良得如此松软了。"

"属下刚刚品尝过，这样的口感可以称作点心了，汪。"

"嗯。"

安兹拿起一块饼干，咬了下去，的确不是很硬。饼干立即碎成了两半，安兹用手接住分别碎在牙齿内和牙齿外的饼干碎，放在了红茶杯子旁。这副身体虽然能感觉出口感，却无法品尝味道，真是可惜啊。

但很快，安兹就改变了想法，正因为这副身体没有性欲、食欲和困欲，他才能成为纳萨力克的统治者啊。如果这些机能俱全，他早就堕落了吧。

"如果能再多租一些安兹大人创造的不死者给那些农园一类的地方，必定能够进一步推进品种的改良，饮食文化也会发展得更加繁荣吧。或许还能培育出质量足以匹敌纳萨力克中各种食材的产品。"

"那可真是太好了。因为我是这副身体，对食材Buff不是很了解，今后加强这方面的研究，或许对纳萨力克的强化也有帮助。不过，那样的话，没有学习厨师职业的人，岂不是做不出菜？"

"属下也有这样的担忧，或许留下原种比较好。"

听了妮古蕾德的话，安兹点点头，突然想起了围绕保存植物种子的地点，曾引起欧洲生态城市纷争的事。他当时对这个话题完全不感兴趣，是蓝色星球在那里滔滔不绝，所以他才会记得。在这个世界也应该提前留意一下类似的事情。

"是啊，这样比较好。就再设立一个小组负责应对这件事吧。"记住这件事要向雅儿贝德提一下。"那么，我们进入正题吧。为什么要将我叫到这里？"

妮古蕾德作为代表说道："是。不知您能否马上停止现在正在进行的王国百姓抹杀计划？"

安兹立即给出了答复："驳回。首先，这件事你们不该对我说，而是应该对你们的直属上司阶层守护者说。"

目前，留在纳萨力克的人，也就是领域守护者们，都能通过画面看到安兹和各阶层守护者出于怎样的目的在做着些什么。如此一来，如果有意见就可以直接传达给自己的直属上司——阶层守护者，这就达到统一纳萨力克所有成员的意志，并收集多方面观点和意见的目的。同时，还能够刺激大家的好奇心和兴趣。

妮古蕾德能够把自己的意见说出来，这的确是安兹想要的，但她陈述的对象应该是她的直属上司,第五层的守护者科塞特斯。安兹采纳妮古蕾德的意见将有损科塞特斯的面子。这是身为一个社会人绝对要避免的情况。

要是有谁觉得不满,完全可以跳过自己的直属上司,直接向其他部门的上司请愿,事情就会闹大,领导也会开始重视。以此为契机让最大的领导——总经理或会长安兹介入,或许就不会引起问题了,但安兹无论如何都想避免公司因属下之间的矛盾而变成一个不和谐的场所。这件事要是发生在第四层的领域守护者高康大身上,安兹倒是会毫不犹豫地代劳。

"安兹大人说得真是太对了。因此,请允许我也提出相同的提议,汪。"

佩丝特妮的直属上司某种意义上就是赛巴斯。如果给第九层和第十层安排阶层守护者,那么第九阶层守护者就会是赛巴斯,第十阶层守护者就是雅儿贝德了。安兹就是赛巴斯带来的,所以不会有损谁的面子。

"这样啊……我理解你们的心情。但我要先提一个问题,这次行动同时也是为了进一步强化纳萨力克地下大坟墓,也就是我们的居所而进行的实验。如果只是因为于心不忍,那我无法喊停。你们是在这个前提下提出这个意见的吧?"

千万不要误会,纳萨力克地下大坟墓——安兹·乌尔·恭魔导国绝非无敌。如果还有其他公会的整个据点也转移到了这个世界,他们或许会输。以为只有自己这些人转移过来,未免过于乐观了。安兹能感受到世界级道具的存在，其他公会有可能出现在任何地方。为了能在那个时候获得胜利，进一步强化纳萨力克是身为公会老大的职责。

"如果不单单是出于怜悯呢，汪？"

"哦……什么意思？要是对我们有利就说来听听吧。不过要提前说好，如果是什么留下很多人的性命，将来会有强者诞生这类主旨的话，我直接驳回。因为，在王国的历史中，没有出现过实力在精钢级冒险者之上的人。由此可以断言，在纯粹的强大这层意义上，人类的能力也就到此为止了。还不如优待像龙这样的种族强者。"

"婴儿还是有可能性的，安兹大人。"

佩丝特妮用冰冷——大概是冰冷的眼神看向妮古蕾德。"不仅仅是婴儿，汪。"

妮古蕾德对婴儿的温柔甚至凌驾于佩丝特妮之上。但她的温柔仅限婴儿，超过两岁就会失去她的爱，变成应该被处理的肉块。所以，袭击王都时救下来的婴儿，在不到两岁的时候都应该从妮古蕾德身边带走，交到佩丝特妮手上。据说现在都被转移到了由莉管理的孤儿院中。

"原来如此，你说得没错，但，龙也是一样吧？"

"刚刚提到了品种改良，是否也可以对人类进行改良呢？利用纳萨力克的各种资源对其进行强化，或许可以创造出强韧的新种族。而且种族的价值不单单体现在强大，人类有独创精神，拥有创造新事物的能力……也就是所谓文明发展的力量吧。我认为人类体内蕴含着这样的潜能，要是消灭太多，对于纳萨力克来说，是否可以说是潜在的损失呢？"

应该就是为了引出这番话，三人才会用饼干招待安兹吧。如果是的话，到这一刻为止，事情都在按照他们设想的那样发展。这样也无所谓，只要最后能让安兹接受就行。

"值得考虑。但我不希望这个世界的居民大部分都变得过强，文明越是发达，就越危险。"安兹握紧拳头继续说道："不会变得更强的强者，与会不断变强的弱者，我决不允许地位颠倒这种状况发生。一旦发现这样的苗头，就必须不惜一切地去阻止。这也是为了纳萨力克的利益……不是吗？"

二人沉默了。安兹将视线转向赛巴斯，只有赛巴斯从始至终没有说过一句话。

"安兹大人能够移步至此，听她们二人把话说完，属下就已经很感激了。所以，属下没有更多奢望。"

"嗯……"安兹摸了摸下颔，视线回到二人身上，"如果把人类逼入绝境，弊端的确不少，逼得太紧，他们就会朝着变强而努力。所以，要把有这样经验的人都杀光。至于那些没有过这样经验的人，或者说，那些不想变强的人，还是要好好珍惜的。"安兹先后看了看二人的脸，"话说完了吗？那我回去了？"

佩丝特妮大声说道："还没有汪！"马上又对自己的行为感到羞耻，低下头道歉。

"不必在意。说说你的意见吧。"

"是,安兹大人。属下听闻,这次的计划'蜜糖与皮鞭',也是想向更多人展示,已经成为属国的帝国与敌对的王国之间,受到的待遇差距巨大,所以才会不停地杀戮王国的百姓,汪。"看到安兹点头,佩丝特妮继续说道,"那些好不容易逃出生天的人越多,反抗安兹大人……不,反抗魔导国是多么愚蠢的行为,这种认知就会更加广为人知,您不觉得吗,啊,汪?"

"你的意思是说,故意放人?"

"是的,汪。"

这的确有好处。但这样的做法雅儿贝德和迪米乌哥斯应该不会想不到,他们是在想到这一点的基础上实行作战计划的吗?如果是这样,再这么做,那就等于是在执行他们二人出于某些理由已经废除的计划。

一直误以为安兹很聪明的二人届时会做何反应呢?一想到这里,那本不存在的胃都开始疼了。没关系吧?毕竟之前已经跟他们说过,自己会故意犯错了,大概不会有什么问题。可真正的问题是在那之后……安兹的脸一阵白一阵黑,接着又白了。

(如果是因为有什么致命性的缺点才废除的,因为我的一句话就有可能造成巨大的损失啊……)

这就和"即使能预料到总经理手上的计划会亏损,也不会有人出面阻止"的道理是一样的。

(而且像我这样没有能力的家伙也无法挽回那种损失,连责任都负不起的人怎么能做出这种事呢……）

可是想驳回，又不能明确指出佩丝特妮的提议有哪里不好，就这么直接否定好吗？

（早知道就应该强行带着雅儿贝德和迪米乌哥斯一起来了，可是……）

安兹没能那么做。不过在听到等待他的人是妮古蕾德和佩丝特妮的时候，他就已经隐隐猜到会是这类提议了。所以才不好办啊。之前她们还曾因犯错被关起来，那个时候，雅儿贝德本来是提议处置这两个人的。这次要是再发生同样的情况，雅儿贝德恐怕会提出更严厉的处罚，今后更可能会出现无法填补的鸿沟。

擅长抵御外敌的组织，也可能从内部瓦解。因此，要避开可能会发生的危险。那该怎么做呢？从常识出发，还是应该驳回她们两个人的意见，可这么做又存在一个不安定因素，是关于未来的。

今后，外部人员只有一组人能进入纳萨力克地下大坟墓内部，安兹·乌尔·恭魔导国已经有众多外部人员加入了，虽然担任的都不是什么重要的职位，但那或许只是暂时的。早晚会有外部人员被提拔为魔导国的重臣，到那个时候，肯定会产生各种各样的意见。雅儿贝德他们届时或许也会提出一些大发慈悲的意见吧。

眼前的这两个人有没有可能爬上高位，统治发出那些声音的人呢？如果有，那现在完全无视她们的意见就存在问题了。在纳萨力克，像她们这样有意见的人实属异类，那就更应该重视。而且……

（塔其·米先生的恩我已经报了。这次该报红豆包小姐和翠玉录小姐的恩了，这么想的话，也不算什么嘛。）

"我把已知的资讯和我的想法再重申一遍。我并不打算将王国所有的人类杀光，实际上，已经有几名贵族投靠我们了。我大概会杀死百分之九十的王国百姓。"

"属下认为，被选中、存活下来的王国百姓自然会在纳萨力克的统治下生活汪。但从宣传方面考虑，虽然没被选中，但最终逃出去的人说出来的话，会有更好的宣传效果。"

安兹理解佩丝特妮想要拯救那些没被选中的人的心情。

"你们说的我都明白了。你们并不是出于单纯的怜悯，为了纳萨力克的利益，多少有考虑的余地……我会朝着放走极少数人的方向考虑。"

"谢谢您。"

"非常感谢，汪。"

赛巴斯没有说话，只是深深低下了头。

到底该怎么办啊，安兹心情郁闷。但也不能什么都不做，只要放走几百人，完成那两人的心愿就行了吧。

虽然出乎预料，但那座都市的大多数居民都活了下来。这是事实。只要这些人都逃走，也算给了那两个人面子。可这些人并不是勉强逃出生天的，是不是应该再送一批更加强大的不死者过去？等等，在那之前先要确认一下。

"咳咳！雅儿贝德啊，你刚才说那个是朱红露滴的成员，我可以视为消息确凿吗？"

"非常抱歉，安兹大人，确实不能断言。那只是属下通过那人胸口的精钢级冒险者的金属片以及铠甲的颜色做出的粗浅判断。"雅儿贝德站起身，深深低下头。

"抬起头来。我还以为你手上有我不知道的情报，所以才有此疑问，并没有为此感到不悦。"

忠诚度高是好事，但一般来说，这么做会让人很受伤吧。像安兹这样经常犯错的人就不说了，雅儿贝德那么说根本就不算犯错吧。

"非常感谢，安兹大人。"

"嗯……那就是朱红露滴吗，还是有人想让人误以为那就是朱红露滴而布下的疑阵呢？你们觉得会是哪种，各阶层守护者，说出你们的意见吧。"

问了一圈，支持前者的人占多数。安兹也更倾向前者。

"接下来，我再问大家一个问题，有人知道驱动装甲的性能吗？如果没人知道，就由我来告诉大家。"

安兹在确认守护者们都不太了解之后，将他知道的驱动装甲的能力都说了出来。

初期，YGGDRASIL并没有驱动装甲这个装备，是官方出于吸引更多玩家的目的，后期加的。再加上当时很流行机甲战斗元素，这也可以起到吸引对此感兴趣的玩家的效果。

虽然不是出于上述原因，但驱动装甲的性能非常高。首先，它飞行的速度在"飞行"魔法之上，在水中也可以自由行动超过一个小时，几乎不会受环境影响。装甲的两肩、躯干都配置有不同攻击魔法，根据魔法种类不同，双臂、腿部之后也可以进行追加配置。当然，和人一样，如果手腕前方有手，也就是手腕部分没有直接变成剑的话，可以持武器。

这些魔法武装在驱动装甲设置阶段可以自由更换搭配，但需要用到数据水晶，数据水晶一半需要氪金购买，另一半则需要反复刷冒险才能得到。只要不是处于战斗状态，搭配可以随时更换，不过有好几条限制。

嵌入装甲的魔法最高可达第十位阶，但每个魔法的使用次数都间隔一小时，越强大的魔法可使用次数越少。只要时间到了就能恢复使用次数，不过据说只要稍稍有所消耗，就无法立即更换魔法武装。

铠甲的物理攻击和魔法攻击与能力值等数据无关，基础数据的等级很高。防御和闪避也一样。可以说是能够将弱者拉到强者行列的铠甲。

有两个小弱点：一，驱动装甲是全身甲，无法与其他铠甲并用，但可以装备项链等饰品；二，无法用特殊技能等方式强化嵌入的魔法，但可以通过装备进行强化，所以说是小弱点。

如果是弱者来使用，还有一个可以说是非常致命的弱点。那就是HP和MP。虽然装甲可以覆盖攻击力等这些根据使用者的能力值等数据得出来的数值，体力和魔力却还是使用者本身的数值。也就是说，弱者在装备驱动装甲后，防御力虽高，却是个脆皮。当然，若是造成的伤害无法突破装甲的高防御力，那就称不上弱点了。

纳萨力克的成员之中，阶层守护者级别的对上驱动装甲应该不成问题，危险的是像昴宿星团那样实力没那么强的NPC，他们如果遇到，应该选择撤退。

说明结束，安兹开始回答大家的疑问。首先是雅儿贝德。

"属下几人对付那个铠甲应该不成问题吧？"

"嗯，就算是最强的驱动装甲，战斗能力也就八十级。不过前提是，我的知识是正确的。若对方手里只有这一件，或许就是这里的人制造出来的，那就完全是另外一种东西了，性能有可能会更高。"

"从外表无法分辨出来吗？"

"嗯，抱歉，亚乌菈，我对驱动装甲的所有信息也并不熟悉，所以无法从外表推测出性能。而且，虽然无法对外观进行大幅度调整，但多少还是能改变一些的。"

驱动装甲在性能上对低等级的玩家帮助非常大，但等级提高之后就没什么用了。既然都是穿全身甲，不如穿适合人物特性的，就算没有神器级的，穿传说级的也比穿这个强。所以，YGGDRASIL新增驱动装甲系统时，早已经升到一百级的安兹对其毫无兴趣。最主要的是，驱动装甲是全身甲，穿上几乎就用不了魔法了。

"纳萨力克应该也有两三件，稍后去宝物殿看看吧，大家穿上试试看，或许能感觉到什么。"

安兹记得，听闻生产职业也能战斗后，天目一箇就把得到的装备都留下了。他平时也在玩空战游戏，对此很有自信，结果在和佩罗罗奇诺打模拟战的时候被轻松击落，自那之后那些驱动装甲就再没见过天日了。贰式炎雷他们还说过玩Aberage（一款操纵自己打造的机体战斗的驱动装甲游戏）过过瘾就算了一类的话。

安兹稍稍回忆了一下过往，突然想到一个问题。如果朱红露滴手上的确拥有驱动装甲，那同样是精钢级冒险者的苍蔷薇队长手上的黑剑，会不会也是同等级的强大武器呢？据王都的协助者提供的情报称，那把武器拥有可以毁灭一座都市的力量。虽然协助者之后又加了一句，不相信会有那么大的威力，但情报又是从其聚会好友那里得到的。

安兹之前一直认为，苍蔷薇的队长要么是连自己的伙伴都骗了，要么就是在虚张声势。但现在看来，那个情报或许是真的。苍蔷薇和朱红露滴这两支队伍的队长是亲戚，既然有这层关系，那拥有相同程度的武装也不奇怪。

在安兹看来，无论他们的武装多厉害，阶层守护者也不可能一击就被消灭，但也没有绝对不会被消灭的根据。或许这个世界真的存在某种特有的强大武器，可以轻松突破守护者的防御。安兹可不想看到有人怀着同归于尽的决心使用拥有如此威力的剑。如果早晚要和苍蔷薇有此一战，就应该先用召唤出来的魔物去和她们打，诱导其使用剑的能力，之后再将所有人一网打尽。前提是，剑的能力不能连发。

俗话说得好，君子不立危墙之下，说的就是这种情况。毁灭王国不等于要杀死苍蔷薇，如果她们出手阻挠，那自然要杀。在查明那把剑的能力之前，还是不要与她们接触比较好。稍后向艾多玛道歉，得到她的理解吧。

安兹在心中摇了摇头，回到原来的问题，现在没时间考虑这些。

"还有其他疑问吗？"看了一圈，守护者们没有提出新问题。"那么，驱动装甲的话题先暂时到这里。迪米乌哥斯，那座都市你打算怎么处理？如今对方已经上钩，我已经满足了。"

"让他们误以为战胜了魔导国会很麻烦。属下认为，应该再派去强者，将那座都市化为灰烬。"

"嗯，就按你说的办……"

不行吧。考虑到那两个人的面子，毁了这个地方就必须在攻打其他都市时采取补救措施。这次算是顺利蒙混过关，下次再想来这手就难了。为了正在后面听他们对话的佩丝特妮，也要保住那座都市百姓的性命，就此完成与那二人的约定。

"不，迪米乌哥斯，还是算了吧，这次的事会成为今后发生类似情况时的预先部署。接下来，我们该攻陷王都，拉下王国覆灭的大幕了吧，之后再按照顺序烧尽残存的都市也不迟。你认为呢？"

如此一来，便给了那座都市百姓逃跑的时间和机会。但如果他们不逃，因此才被杀的话，那两个人也不会有意见了吧。

"安兹大人认为应该那么做的话，属下自然会服从。"

他是在挖苦我吗？安兹不禁如此想道。但迪米乌哥斯不可能挖苦安兹。经常把别人说的话往坏处想的人，基本都是因为自己心中有愧。这就是安兹现在的处境。

"别这么说，迪米乌哥斯，要是有更好的提议我自然会采纳。"

"不愧是安兹大人，您的宽容令属下敬佩。"

看着迪米乌哥斯深深低下头，安兹的心情有些复杂。首先，安兹说的是常识，根本不值得赞美。受到他人的吹捧自然很高兴，但如果是一些微不足道的小事，就会感觉对方在把自己当孩子哄。这自然也是自卑情绪在作祟。

"其他守护者有意见吗？"确认没有人提出异议后，安兹对夏提雅说道："使用'传送门'，让派出去的不死者都暂时撤退。之后全军到耶·兰提尔集合，进攻王都。"

"是。属下这就去。"

"安兹大人,请问,全军包括纳萨力克地下大坟墓的所有成员吗?"

"派出纳萨力克·永生守卫一类的兵种吧,虽然不是很强,但以兵团而言显得比较有气势。"

"遵命。"

"好,攻陷沿途都市,向王都进发,打响决战。之后再将那些不需要的都市连同其百姓一起消灭吧。我们要让各国都知道,不服从纳萨力克是多么愚蠢的行为。"

听到各守护者精神饱满的回应,安兹重重点了点头。

"很好。那么,各阶层守护者——"安兹思考了一下今后的事,再次开口说道,"不,一部分守护者需要留在这里,我另有安排。就让我看看你们的实力吧。"

过　场

这里是构成卡尔萨纳斯都市国家联盟之一的贝巴德。担任都市长职位的某位女性的居所今天也是灯火通明。家主——里·姬丝特·加贝利亚拿起收集而来的资料，开始熟读。

卡尔萨纳斯都市国家联盟由喀尔克萨纳斯、裴博·亚罗、东盖兹、西盖兹、维内利亚、大利斯塔朗、欧库内斯、新欧库内斯、古朗威兹、李、弗朗库兰以及贝巴德这十二个都市组成。各个都市平均人口约四十万，人口最密集的都市有六十万左右。

除贝巴德外，其他都市中一个种族占人口的比例最多可达40%上下，大多是种族极其多样的都市集合体。之所以会形成这样的规模，要追溯到几百年前——这些都市原本是一个巨大的国家。

大国解体，小国林立，以各个都市为中心产生了十四个小国家。之后，各个都市小国家之间再次发生纷争，经过不断吞并、分裂，最后再经被称为"大义论"的讨论，才形成了如今的局面，十二个小国家通过联盟的形式成了命运共同体。

可即便如此，这里的人们也很难忘记之前结下的仇怨。一百年，对于短命的种族来说那已经是历史，但对于一部分长寿的种族来说也就是不久之前的事。因此，为了发泄过去的仇恨，每五年这里都会举办一次竞技大赛，而这一届的举办地点轮到贝巴德了。

距离正式开幕还有四年时间，也可以说，仅剩下四年时间可以做准备了。大赛共设有十六个竞技项目，其中有一项最吸引眼球，那便是斗技场，也被称为模拟战场、互殴竞技等。参与这项竞技的，是各个都市挑选出来的十名强者，场地则是一个名为"和平战旗"的魔法道具保护起来的运动场，战士们会在那里面进行战斗。这是所有竞技项目中最让人热血沸腾的，它广受好评，很多人就算不看其他竞技项目，也绝对不会错过这一项。因此，在竞技进行过程中，绝对不能出现一丁点纰漏。

这并非夸张，在没有做好万全对策的欧库内斯大赛上，竞技过程中就曾发生暴动，出现了众多死伤者。即便这件事已经过去了四十年，"欧库内斯的运营"依然是无能的代名词。虽说哪项竞技都很忌讳失败，但斗技场尤其不能容忍。

各个都市的首脑层都明白，欧库内斯的运营并没有那么糟糕，他们的失误只有一点，就是对亡灵的防范不够彻底。虽说没有确凿的证据可以证明，真实存在的亡灵跑到上面来还是第一次，但那次失误是致命的。

姬丝特看完资料，揉了揉眉头。上次轮到贝巴德主力，已经是五十多年以前的事情了，当时运营中枢的人，现在已经所剩无几。虽然那些人教导自己说，必须做好从头开始的思想准备，她还是被重压搞得喘不过气。一想到万一这届竞技大赛失败，就算躺在床上也睡不着。

姬丝特苦笑。还有四年多的准备时间就已经这样了，在正式开幕前，她得被逼成什么样啊。不过，刚刚看完前辈们留下的资料，她已经将脑中想到的各种情况都写了下来，这能让她暂时忘却不安。

就在她想伸手拿下一份资料时，响起了敲门声。姬丝特从椅子上站起来，打开门，看到的是预料之中那张熟悉的脸。姬丝特的祖父，前任都市长，里·贝隆·加贝利亚。他是统治贝巴德多年的伟人，且上一次在贝巴德举办竞技大会时在任的都市长就是他。

"爷爷。"姬丝特微笑着说道，"您特意远道而来吗？您说一声我过去找您多好呀。"

"我这就是为了运动运动，现在腿脚是不好了，可一直关在房间里，腿只会越来越不听使唤。姬丝特，抱歉打搅你工作了，现在有时间吗？"

"当然了，爷爷，您快请进。"

进入房间的贝隆手上握着一个保温瓶，里面散发出微微的草香，应该是草药茶吧。姬丝特将贝隆带到沙发处，二人相对而坐。贝隆往姬丝特准备好的两个杯子里倒茶，伴随着淡绿色液体散发出来的柔和香气充满整个房间。

"姬丝特，我听女仆们说了，你最近都工作到很晚？"

虽然不想让祖父担心，但他都已经知道了。

"是的，爷爷，一想到四年后那件事，我就有点睡不着……"

一般人听到因为担心四年后的事情而睡不着，肯定会笑着说一句"你太杞人忧天了"。贝隆没有笑，因为做过那么多年都市长的他非常清楚，坐在这个职位上需要背负多么重的担子。

"姬丝特，接下来你还要为这件事辛苦，这是用可以平复心情的草药煎的茶，喝了它早点睡吧。好的统治者不会做很多工作，而是把工作交给适合做这件事的人去做。你我能做的事都是有限的。"

"谢谢爷爷，可……有些事我必须做。"

"周边都市有什么大动作吗？骑马王好像没有采取行动吧？"

说到都市国家联盟的外敌，就数统治东边广阔草原的骑马王了。不过，因为贝巴德与草原并不接壤，他们一直以来都只是备好援军，以应付对方随时发动进攻。

"帝国成为属国这件事您应该已经知道了，所以我现在考虑的是，对于魔导国要做到什么级别的警戒。"

"魔导国吗……"贝隆脸色一沉。

将那个帝国化为属国,只有一个都市的国家。而且据传某个暗杀组织也投靠了该国。关于这个国家的传闻有很多,姬丝特非常想知道到底哪些才是真实的,于是她想到了一个人,帝国皇帝吉克尼夫·伦·法洛德·艾尔－尼克斯。

姬丝特曾经以使节团其中一人——高级政务人员的身份前往帝国谒见,在谒见结束后的款待宴会上,得到了与这位以鲜血皇帝之名被人们所熟知的年轻皇帝说话的机会。鲜血皇帝是一位拥有领袖魅力的机智人物。这样的人会甘心让自己的国家做他国的属国吗?肯定是出于某种理由,他肯定还有别的目的。

"爷爷,可以把您的渠道借给我,让我多收集一些关于魔导国的情报吗?"

在这个位置上坐了那么久的贝隆的渠道,自然不是姬丝特手里那点人脉能相比的。虽然在姬丝特接替都市长之职时,已经将各处的相关人员介绍给了她,但如果由贝隆亲自出面,自然会比她管用得多。

"当然可以了,姬丝特。虽然这也不是通过我的人脉得到的消息……据说,从帝国移居到此的冒险者就住在附近,向他们打听一下如何?"

"好,那就麻烦爷爷了。爷爷,谢谢您。"

姬丝特低下头,虽然都是一家人,但她不会忘记,爷爷曾是一名年近八十依然担任都市长,被附近的人们称为"贝巴德的古鸟"的老将。

"谢就……不,你的感谢我就收下了。姬丝特,今天先到这里吧,早点睡,知道了吗?"

"是,爷爷,谢谢您。"

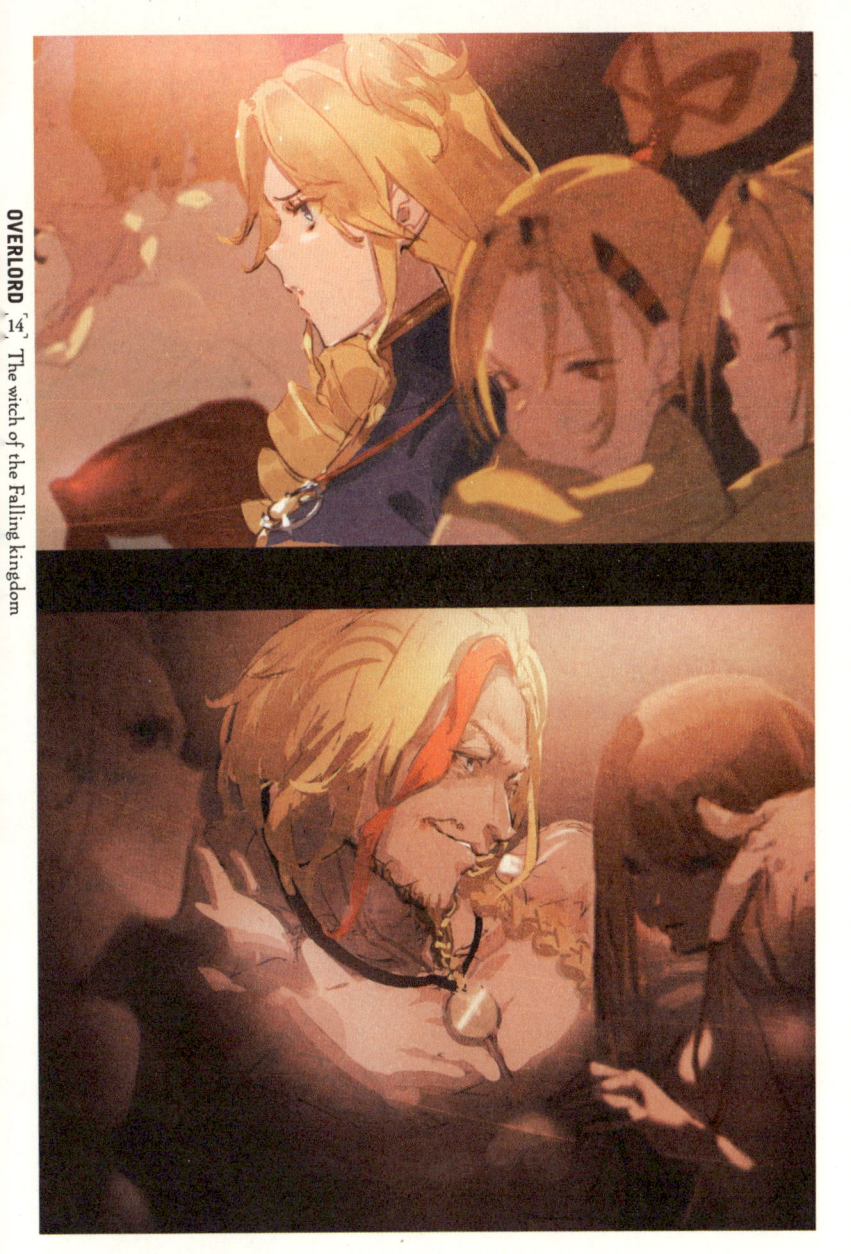

3章 最后的王

第三章 | 最后的王

1

办公室中堆满了书籍，还聚集了几名脸色很差的内务官员。脸色差的原因来自两方面：一是肉体因工作量巨大而疲惫不堪；二是在得知国王已经被逼到什么地步后，精神上倍受打击。

赛纳克正在呼呼地来回甩着自己的右手，由于文件签得太多，他的右手都签疼了。他接着又转了转肩膀，身体因此发出"咔吧咔吧"的声音。看来自己的身体也和他们一样想休息啊。赛纳克真的很想休息一下，但很遗憾，现在依然在有人不停地将文件搬到这个房间里来，工作量有增无减。

赛纳克也知道增加人手，或是把工作分派给别人才是明智的做法，可惜的是，并没有人能够胜任。因为能代替他做这份工作的，就只有王室的人。可他出于某种理由，又不能求助于父亲或是拉娜。不寻求帮助或许是错的吧，一切无可奈何。

赛纳克再次拿起笔，从头到尾看了一遍递过来的文件，签上名字，盖上印章。同样的动作重复完第八次的时候，有人敲门。好几名内务官员都发出了叹息，肯定又送追加的文件来了吧。一个身材肥胖的内务官员，故意发出重重的鼻息声，慢吞吞地站起来，走到门边。他的动作相当迟缓，好像慢点开门工作就能减少似的。

大门打开，是一名骑士。

"非常抱歉百忙之中前来打搅，拉娜公主来了，说想见殿下。"

和想的不一样，但依然是麻烦事。

"告诉她，我很忙，有事等晚饭的时候再说。"

自从只剩下他这一个哥哥，他们尽量一家人每天都围坐在一张桌子上吃饭。这几天却没有，拉娜应该都是自己一个人吃的。不过她也不会感到寂寞吧，现在减少了女仆的数量，大概会和克莱姆还有布莱恩一起吃，她应该更高兴才是，比和赛纳克或父亲一起吃饭的时候还要开心。

"是。"

骑士关上门。但赛纳克有预感，拉娜肯定不会接受这样的答复。赛纳克将手上的笔收起来，让准备从门旁边走回来的内务官员站在那里等。过了一分钟左右，再次有人敲门，开门之后果然还是那名骑士。

"非常抱歉，殿下，公主说……要是不想她大声说些有的没的，就听她说话……"

这是威胁吗，他的苦笑中夹杂着咒骂。虽然妹妹不可能那么做，但既然都开始威胁自己了，那就必须去听听她说什么。而且，万一她真的大喊大叫，又会增加他的工作。不过，也要让她知道，自己可是很勉强才答应她的。

"我知道了。我允许她进入房间，但也只允许她一个人，另外两个人就安排在隔壁房间里等吧。"

"是。"

骑士立即作答,证明那两个人果然跟来了。布莱恩是王国内实力首屈一指的战士,克莱姆也比一般的战士要强上许多。这样两个人天天跟着几乎不会离开王宫的拉娜,未免太浪费人才了。但问题是,那两个人并非受王室雇用,是拉娜在用自己的年俸发酬劳给他们,所以他们是只属于拉娜一个人的部下,赛纳克没有权力在一旁指手画脚。

骑士关上门离开后,赛纳克对室内工作的内务官员们说道:"各位,我妹妹来捣乱了,没办法,不过你们应该很开心。休息,从现在算起给你们三个小时,好好休息一下再回来干活。"

内务官员们略显疲惫的脸上露出了笑容,然后拖着僵尸般沉重的脚步走出了房间。紧接着拉娜走了进来,脸上带着灿烂的笑容,与走出去的那批人完全相反。

"王兄,我想你也知道,让内务官员好好休息,他们的工作效率才会更高。一疲劳就容易犯错,而且……王兄你没事吗?"

赛纳克摸了摸下巴上懒得刮的胡子,他和刚刚那些人同样工作了那么长时间,脸上应该已经显出疲态了吧。实际上他也很想休息,但身为领导,有太多事情需要他下决定了。

"我真的很想雇一个能模仿我签名的人。"

"有人能模仿父王的签名,拜托那个人不就行了吗?"

拉娜直勾勾地盯着赛纳克。赛纳克知道她想说什么,但还是确认一下比较保险。

"你这话什么意思?"

"父王还活着吗?"

赛纳克苦笑着说:"你在说什么啊?你觉得我会杀了父王,在这种状况下?父王只是身体不舒服,我让他回房间静养了;也不想让他想起王的工作,让他好好休息一下。身为公主的你也不能见。抱歉。"

拉娜露出了和赛纳克一样的笑容。通过这个笑容赛纳克知道,她已经看穿了一切。

"王兄,我们之间就不需要说这种场面话了吧。没有雷文侯士兵的王兄,如今却顺利监禁了父王,那就证明,军务尚书和内务尚书都已经站在王兄一边了……你想让父王做什么?"

"我本想让他与魔导王进行交涉,解决问题。"

这才是赛纳克以国王代理的身份,勤奋处理业务的真正原因。他监禁了自己的父亲,所有麻烦事就只能自己来背。这个时候去哀求父亲,就会丢尽男人的脸面。

"我明白父王的想法,毕竟当时他人就在二十万大军被瞬间消灭的现场……"而且,还在那里失去了葛杰夫·史托罗诺夫和自己的儿子——后半句话赛纳克并没有说出来。"他也不是不能理解我所坚信的'如果通过交涉就能解决,损失就会降到最低'的想法,只是,现在这个方法已经行不通了。"

赛纳克拿出一张很大的纸,铺在桌子上。在这张不是那么硬邦邦、看起来价值不菲的薄薄的白纸上，是通过"临摹"魔法绘制的王国全境地图。

"看，这些都是魔导王在王国境内攻陷的都市。"

王国东部及北方一半的都市都画上了"×"。熟悉王国地理的人应该能发现，这些都市所在的位置大概都有多少人口。如果人够聪明，还应该能推测出如果地图上也标记了村落，那"×"的数量会激增到怎样一个数字。

赛纳克的手指在地图上滑动。

"刚开战的时候，我们以为魔导国没有行动，但实际上他们是朝着北方进攻了。"

拉娜指向了赛纳克手指前的一个国家。

"应该是为了压制我国与评议国之间的国境，防止他们派援军过来吧。"

"是的。之前父王看他们没有行动，以为宣战布告只是威胁，想要尝试交涉的这段时间，实际上已经发生了这么多事。都市毁灭，当地的百姓全部被杀光。"赛纳克用力咬着牙，似乎都能听到咬牙的声音了，"实在是太无法无天！绝对不能原谅他们！"

发生这样的事还能原谅，王室成员是说不出口的。

"我不打算和魔导国坐下来谈判。那接下来就只能采取其他手段应对了，是吗？不对吗？"

"我觉得王兄说得很对，接下来就是武力应对了。"

赛纳克点头。他正在编写给王国内所有贵族的檄文等文件，非常繁忙。

"王妹啊，用你那聪明的头脑告诉我，为什么我们没有发现魔导王的侵略呢？在位于北方的耶·纳鲁击退敌人之前，为什么什么情报都没收到呢？"

据说魔导国在攻击都市时，进行的是不留活口的残忍虐杀。但要保证绝对不让任何一个人逃走，应该是很困难的事情。即便处于战时，商人和旅客也会途经城市。魔导国是怎么封住那些人的嘴的？是魔导王的魔法之力吗？

"嗯——王兄也隐约察觉到了吧？事情变成这样，单凭魔导国的情报封锁根本做不到。"

"嗯……果然是这样，那现在地图上的这些'×'也不敢保证都是真的。"

如果魔导国不是单凭自身的力量，那答案就简单了，肯定是王国内部的人干的。一种情况是，宫殿内的内务官员中有叛徒，上报虚假情报；另一种情况就是，有一部分拥有自己领地的贵族背叛王国，投靠了魔导国，通过他们的嘴向王都传递假消息。

赛纳克滑动着放在地图上的手指。在这片广阔的国土之上，哪个位置的贵族背叛，才能操作如此大规模的情报呢。手指在一座都市稍作停留，又迅速离开。

"王妹啊，你应该知道吧，你认为是哪里的贵族背叛了？"

"不是问哪种情况吗?"

自己在想什么已经完全被看穿了。前段时间赛纳克还会觉得有点恶心,现在反而觉得这样的妹妹很可靠。

"没有几个人能如此完美地封锁传入王都的情报。军务尚书或许可以……可即便是他,应该也无法封住出入王都的商人的嘴。所以,现在身处王都的这些人,都很难将情报封锁。"

"既然王兄都已经想到这一层了,那就应该已经知道答案了吧……是雷文侯。"

"不可能。"赛纳克当即否定,忘了刚刚自己的手指还停留在都市耶·雷埃布尔上。

"王兄是真的觉得不可能才这么说的吗?雷文侯那么爱他的儿子,要是他的儿子被抓走当了人质,他会怎么做呢?"

"你的意思是说,他们居然用这种手段威胁雷文侯?卑鄙!"

"根据我个人的想法,他应该只是觉得'王室没有未来',于是就背叛了。"

赛纳克不愿意相信雷文侯会背叛。但像他这样手中握有权力的贵族,只要对关系密切的贵族交代一句,应该就能阻断情报流通。而那些逃出来的百姓为了自身的安全,肯定也会逃往大都市的。耶·雷埃布尔就是个很好的选择。

雷文侯的魅力这么大吗,魔导国居然不惜做到这个地步。

"你认为,魔导王是一个什么样的人?"

"是一个聪明到让人觉得恐怖的人吧。拥有国家级别智慧与谋略的人才，最可怕的是，他明明拥有那样强大的力量，却不依赖武力，总是通过智谋去推进事态的发展。他是个让人感觉不到傲慢的怪物。"

赛纳克突然感觉到有些奇妙，看向拉娜。她的表情和平时一样，声音中所包含的感情却不同，能够感觉到其中混杂着畏惧和尊敬之情。

"现在我们看到的这张蜘蛛网，大概从好几年前就开始编织了，我们就是扑上去的飞蛾吗……"

"我觉得还是蝴蝶好点儿。"

"都不过是食物罢了。不过既然王兄觉得好，那就蝴蝶吧。总而言之，就算能挣脱这张网，也许还有另外一张网在等着我们……能想出这样计策的对手，和我们同处一个世界……想到此处，我觉得有点可怕，或许我的行动也都在他的计算之内。"

"比你还可怕？"

拉娜笑笑，没有回答。

"回到刚刚的话题吧。王兄正在考虑是否应该搜查雷文侯的宅邸，但我觉得什么都搜不出来。"

"我想也是，可也不能什么都不做啊。"既然知道雷文侯极有可能已经背叛了，那就必须采取行动，或许还能有渺茫的希望。"如果是你的话，在这种状况下会怎么做？"

"之前我就想问王兄，如果魔导国继续推进，那么之后就是在王都附近打响决战了吧。虽然还不知道到时候是派兵保护王都，还是主动出击，但是士兵要怎么召集呢？"

"附近的贵族都已经答应出兵了。"

但却迟迟未收到远方贵族的回信。并不是信件没有送达，而是他们在观察状况。他们应该是打算在王室覆灭之后，向魔导王投降吧，或者只是单纯想要避免由于协助王室而被魔导王盯上。无论哪种想法都天真得很。以为自己置身事外就会没事了，这是愚蠢的表现。

可赛纳克笑不出来，在知道魔导国的手段有多狠辣的情况下，谁还能笑得出来呢。那些贵族也不过是情报封锁下的牺牲者罢了。在消灭王都后，魔导国必定会继续蹂躏其他都市，没有参与这次决战的贵族会被逐个击破。

"王兄觉得能赢吗？"

赛纳克苦笑。他很想问问自己的妹妹，为什么能如此波澜不惊地提这么难回答的问题。

"不是能不能赢的问题，是必须去做。魔导国正在烧毁都市，杀光都市中的百姓，为了活下去，我们只能集结所有兵力，孤注一掷，和他们一决胜负。"赛纳克握紧拳头。

"王兄……已经是王了。"

"嗯，什么意思？是想说我很伟大吗？"

"对了，要是我们输了，王国会就此灭亡吧？到时候就算王都的百姓跑到哪里都没用了吧。我认为王兄孤注一掷是对的。哦……我明白了，雷文侯或许也是出于这方面的考虑才会背叛的。"

"原来如此……优先接纳百姓吗……"

"不过，魔导王也许不会同意，会下令让雷文侯杀了那些逃到他领地上的百姓，以此表忠心。"

雷文侯是出于哪种考虑背叛的呢？他真的背叛了吗？这会不会是魔导王为了撒下不和的种子而设下的某种圈套，自己和拉娜都上当了呢？

赛纳克想起了立志要将王国建设得更好的雷文侯。要不要给他写封信，推心置腹地谈一谈？但这么做又有可能让他的处境更加危险。背叛者收到前任主人的信，足以让魔导王对他起疑。如果这原本就是计划的一环，那自然是好，但那也是雷文侯率魔导王的士兵前来攻打之时才应该采取的手段，现在还用不到这招。

如果雷文侯是因为家人被抓走当人质才协助魔导王，那赛纳克就不会恨他。赛纳克又想起了对儿子异常宠溺的雷文侯。有些怀念地眼睛微眯，是妹妹的脸将他从回忆中拉了出来。

"避难啊……我突然想起另外一件事，据说，父王本想将你……准确地说，应该是将我们以使者的身份送往都市国家联盟，虽然那是在我将父王监禁起来之前的事了。你该怎么办，想去的话就必须立即离开王都。"

接下来就将集结全军，备战决战了。但老实说，几乎没有胜算。一旦战败，首先是王国，然后是残留的都市，都会被魔导王化作焦土。王国之内已无安全之所。除了按照父亲说的舍弃国家、亡命天涯以外，已经没有别的路可走了。

一般来说，前朝王室有两个用途：一是结婚拉拢，二是处决，以宣告王室就此灭亡。魔导国毫无疑问会选择后者。从他们身上，只能感觉到想将王国变成历史的决心。

"这个提议不错。王兄会去吗？"

"都已经到这一步了，我怎么可能去……要是那位王兄还在，我肯定就开开心心地逃命去了。所以不用管我，你自己想怎么做？魔导王是不死者，应该不会对女人做什么，但处决是逃不掉的。"

"可是，魔导国攻进来之后，女人很有可能会被那些自暴自弃的人凌辱呀。"

听着妹妹冷静的发言，赛纳克露出厌烦的表情。难道要夸赞她对现实的观察细致入微吗？拉娜的美貌世人皆知，不敢保证没人对她动粗。

"那就让克莱姆和安格劳斯那两个人对你寸步不离吧。"

"嗯，也是，我会让克莱姆寸步不离的。"

"现在就我一个人，又处于这种状况下，我不会说什么，但至少应该回答'他们两个人'吧。"

布莱恩·安格劳斯为什么愿意跟着这种女人呢。他好像说过喜欢克莱姆，该不会是个同性恋者吧。之前也调查过他，曾经有过女人，但没有孩子。要是把这些话说出口，妹妹肯定会害怕，所以赛纳克不会说的。而且要是有人说出去，传到那两个人耳中就更麻烦了。

"总之,我不打算逃离这里,我会以公主的身份高雅地迎接死亡。"

有些意外。赛纳克之前就有过这样的想法,感觉拉娜应该会说要和克莱姆一起逃到天涯海角的。还是说,她只是当着自己的面这么说,实际上已经做好了逃跑的准备呢?

(她应该干得出来……)

"据说那个魔导王连尸体都会利用。"

"或许能做到吧。可王兄还是决定率兵挑战魔导王不是吗?"

"嗯,是啊。我留下或许也毫无意义,但身为主帅,身为王室的人,我必须站在这里。"赛纳克抬头看着天花板,"你不是也说了吗,我是下一任国王,所以必须担负起责任……我死了,父王会将一切做个了结吧……你随时可以逃。"

虽然是个令人不舒服的妹妹,但毕竟是自己的亲妹妹,他这个做哥哥的还是得给他留下点好印象。或许死后会被神夸奖呢。

"我明白了,到时候我会那么做的。"

赛纳克将视线拉回来,看到拉娜脸上挂着一如既往的笑容。

2

魔导王终于开始西侵,摧毁沿途的都市和村庄,朝着王都的方向直线推进。但行军的速度非常缓慢。一般来说，士兵的数量越多，行军的速度就越容易变得迟缓，但用伊维尔艾的话来说，这样的规则对全部由不死者组成的魔导国军队并不适用。在她看来，对方这么做应该是为了给王都的百姓施压。

敌国即将大军压境，导致王都内部发生了一次大混乱，出现了不小的牺牲。之后，王都内的百姓便大致分为两派。一派选择离开王都，朝着耶·兰提尔的反方向——西方疏散。另一派则留在王都，紧闭城门，死守不出。最后的结果是，选择后者的人数遥遥领先。而选择前者的都是手上有钱、有关系和有一定手艺的人。因此，王都内百分之九十五的百姓都留了下来。

不过，这一情况也只截止到昨天。王室贴出了征兵告示，称因魔导国大军迫近，为了守护都市，所有有能力战斗的人都要上战场。很多人都惧怕战争，选择闭门不出。但有更多的人认为，如果不战，自己想要守护的人就会被杀，于是下定决心上战场。

狂乱的热气在王都漫延，人们变得更加疯狂。大街上到处都是忙于筹备的人，为了让即将离家上战场的父亲或儿子能吃得稍微好一些，卖食品的商店热闹非凡。特别是当大家都得知，商人们接到了王室要求食品降价的命令后，这股热气更盛了。

苍蔷薇一行人走在街上，她们要前往的旅店还在前面。拉裘丝对走在后面的伙伴们提议道："各位，我一个人去就行了，再说对方也没指定让谁去，这种程度的委托没必要全员到场。

你们也都挺忙的吧，不如就在这里解散吧。"

"你这一路都这么说，是有什么我们不能一起去的理由吗？"

伊维尔艾一句话就让拉裘丝露出了虚伪的笑容，努力不将心里的想法——"太敏锐了"表现出来。伊维尔艾还好，缇娅和缇娜的洞察能力可是非常强的，幸好没有把脸对着她们。

"哪有啊，我只是觉得占用大家宝贵的时间怪不好意思的。"

"我理解拉裘丝的心情，毕竟阿兹思老大也会来吧？"

拉裘丝感觉自己的心脏猛地跳了一下。是的，拉裘丝的叔叔，精钢级冒险者队伍朱红露滴的队长阿兹思·爱因多拉，被邀请在同一时间前往同一个地点。

"毕竟是亲戚，肯定有很多话想两个人单独说吧，我懂。"

太好了，想到那方面去了。拉裘丝顺着格格兰的话说："就是啊，你们就体谅我一下吧。我那个叔叔，回到王都也不来见我，所以——"

"神秘。"

"奇怪。"

"哎？"拉裘丝看向双胞胎。

"身为亲戚且同为精钢级冒险者队伍的队长，都不知道对方在这个时期回到了王都，那么，这次的委托人是从哪儿得到的情报？"

"如果是与朱红露滴有关系的人，完全可以大大方方报上自己的名字。这个委托人却没这么做。"

昨夜，一个非常普通的男人出现在苍蔷薇留宿的旅店，说有个人想委托任务，让她们到那个指定的地点去。不通过公会邀请，直接上门指名，拉裘丝也觉得其中有蹊跷。本想拒绝，但听到对方说，朱红露滴的阿兹思也会来，那她们也就不得不出面了。

"就是说啊，先不说这其中的蹊跷，至少是有什么企图。是不是想把我们骗来啊。"

"嗯，考虑到很可能是陷阱……你的确很强，但很多事你一个人做不到，如果对方有意要害我们，我们就要避免单独行动，以防被逐个击破。"

"你们……"大家能这样担心自己，拉裘丝非常开心，只是……

"而且也想见见我们的前辈，那位大英雄啊。"

"名字早就听过，却从来没见过面。你们是亲戚，应该能轻松安排我们见面吧。"

拉裘丝感觉到自己的胃一下收紧了。叔叔不是个坏人，可也不是什么好人，至少他不会给小孩子带去好的影响。小时候，拉裘丝见到他时，他还是挺正经的一个人。不知道当时他是隐藏了本性，还是在冒险的过程中脑子里的螺丝松了一颗，总之，他变成了现在这副模样。

拉裘丝只能对着连她自己都不知道是什么的东西祈祷，这种事总不能劳烦神明吧。叔叔在初次见面的人面前还是会装装样子的，他曾对自己说过"既然有人崇拜英雄，那么，满足对方的幻想就是英雄的责任。"如今也只能期待他能言出必行了。

拉裘丝一行抵达了指定的旅店。这里没什么客人，还有点脏，门的质量却很好，比想象中要重。紧随拉裘丝之后碰到门的缇娅和缇娜在她的腰上敲了两下，这是提醒她"注意"的暗号。她们大概是发现了什么吧。

正对着门的位置有一个吧台，但这里看起来并不像酒馆一类的地方。大概是在地理位置这么差的地方，酒馆没开起来，才转而开旅店了吧。看到眼前不协调的摆设，拉裘丝察觉到，伙伴们都切换了思路，进入随时可以应对所有状况的战斗模式。

拉裘丝对着站在吧台边无精打采的男人说道："我们是苍蔷薇，来见委托人。"

"去三〇一号房间。朱红露滴的爱因多拉先生已经先到了。"

真的来了吗？再过一会儿就知道了。拉裘丝道了谢，走上旁边的楼梯。旅店内很安静，途中没有遇到一个人，也听不到任何声响。是隔音效果太好了吗，还是本身就没人呢？来到三层，众人发现房间变少了，数量连二层的一半都没有，是因为这一层的每个房间都很大吧。

拉裘丝敲响了挂着刻有"三〇一"牌子的房门。

"叔叔，我是拉裘丝！"

仔细听，似乎听到房间里一个男人说"进来吧"，声音非常小。因为声音实在是太小了，拉裘丝无法断言那是不是叔叔的声音，她拦住欲走上前的缇娅和缇娜，慢慢推开门。里面和外面截然不同，房间里的一切陈设都豪华且沉稳，或许比拉裘丝她们投宿的旅店还要高级。老实说，这很不正常，这家旅店果然蹊跷。

还没等她们环视完周围的情况，就有一个声音对拉裘丝说道："哦，拉裘丝！好久不见！"

"叔……"的确是叔叔亲切的声音，拉裘丝朝着声音的方向转过头……然后猛地将门关上。

"出，出什么事了，拉裘丝？"

格格兰第一个开口问道。大家应该都听到了叔叔的声音吧，这种状况下很难回答"没事"。

"各位，我还是单独去见叔叔吧。"

"都到这里了，你怎么还说这种话……"

伊维尔艾用无奈的语气很正常。拉裘丝看了看所有人的脸，大家的表情都在说，彼此是一样的想法，伊维尔艾只是替大家把话说了出来。事已至此——

"各位，我就直说了吧，我叔叔是一个让人很头疼的人，你们要做好心理准备。"

"那个朱红露滴的队长？"

听到缇娜的疑问，拉裘丝表情认真地重重点了点头，再次看向大家。所有人都很诧异，但认识这么久，伙伴们都知道她不会在这种事情上乱说，在看到其他三人都露出表示理解的表情后，拉裘丝再次打开房门。

房间中看似像天鹅绒材质、泛着深色光泽的大长椅上，坐着一个男人，的的确确就是拉裘丝非常熟悉的那个男人，阿兹思·爱因多拉本人。他上半身赤裸，可以清楚看到他结实的腹部和隆起的胸肌。这可不是要见委托人的打扮。但这并不是拉裘丝犹豫要不要将他引荐给伙伴们的原因。

阿兹思的左右两侧各有一个半裸的女人依偎在他身上——不，比半裸还要过分，胸口完全裸露在外，饱满的胸脯就晾在那里。内裤穿是穿了，但那像绳子一样粗细的东西，根本什么都挡不住吧。再加上她们姣好的五官，八成就是高级娼妇。地板上堆满了应该是刚刚还穿在她们身上的具有挑逗性的衣物。阿兹思越过女人的肩膀，正用手揉着她们的胸脯。

"叔叔……被同一个委托人请来的您的侄女来了，您是不是应该穿一身适合迎客的衣服呢？"

就在拉裘丝说话期间，阿兹思也没有把手从女人的胸上拿开，继续不客气地揉搓着。那两个女人，毫不顾忌拉裘丝等人的存在。这种态度让拉裘丝更加恼火。她暗暗下定决心，如果女人是委托人准备的，那她一定要做出相应的处理。

"我以为你会晚点儿再到呢，再说我又没在床上，没什么大不了吧？"

"事情大了！"拉裘丝害怕得不敢回头看伙伴们的脸。

"是吗？"阿兹思是真的觉得不可思议地歪着头，并且依然没有停下手中的动作,"你这个人就是太死板了,想抱好女人是男人的天性,而且我的孩子应该生下来就很有天分,为将来留下血脉可是很重要的哦。"

"哼!就算已经从贵族家庭里逃出来了,那些根深蒂固的思想还是改不了吗?"

阿兹思露出厌恶的表情盯着说出这番话的伊维尔艾,甚至能从他的视线中感觉到压力,但苍蔷薇所有成员都承受得了。

特别是伊维尔艾,在她看来这点压力就像微风一样。她继续说道:"看你的态度,是完全被我说中了啊。听说你是英雄,但现在看来完全就是小孩子心性。不过,也只有像你这样的人,才会舍弃贵族的身份,走上冒险者的路吧。总而言之,可不能用这个态度迎接委托人。女人,退下。"

"你干什么呀。"依偎在阿兹思右侧的女人瞪着伊维尔艾。

"真是麻烦,喂,爱因多拉,那边的房间开着吗?"伊维尔艾指着那扇并非对着走廊的门问道。

"嗯,那是卧室,我已经检查过了。"

"那就让她们进去。"

"你到底想要干什么呀?"依偎在阿兹思左边的女人表情凶狠地瞪着伊维尔艾,"连脸都不敢露的小丫头,态度这么嚣张!"

"哎……'魅惑人类种族',去。"

"啊,是,遵命。"

看到左边的女人站起来，右边的女人露出惊愕的表情，张大了嘴。

"你也是，别忘了把地上的衣服带走。"

女人本想说什么，但在那之前，伊维尔艾再次发动了'魅惑人类种族'。两个女人遵从命令，走向了隔壁的房间。

阿兹思撇着嘴，夸张地耸了耸肩。在冒险者看来，伊维尔艾刚刚的举动无异于拔剑挑衅，但阿兹思似乎并不打算斥责她。虽然他心有不甘，可这点气度还是有的。

"伊维尔艾……干得漂亮！"缇娜竖起大拇指夸赞伊维尔艾，"不过话说回来，那些女人也有可能是杀手啊，居然敢把她们放在身边，不愧是精钢级冒险者。"

"是吗？"

"我们都接受过那样的训练。力气不大，也没有多少魔力的女人，只能把自己当成武器。虽然和格格兰一点关系都扯不上，不过还是说明一下都有怎样的方法吧，首先……"

无视缇娅的说明，伊维尔艾对拉裘丝说道："不那么做的话会很麻烦。不过，接下来我不会插话了。你想说什么就说吧。"

"谢谢你，伊维尔艾。那么……哎……"在开始说话前就已经累了。"叔叔，这次的委托人非常可疑，到底是什么人？"

"啊？喂，你都不知道委托人是谁就来了？不过我猜应该是背后有庞大组织的人吧？"

"猜？也就是说，不是叔叔认识的人？"

"我跟委托人不认识。对方要是个懂礼貌的家伙,来的时候肯定会报上姓名。如果想隐瞒的话就……"阿兹思轻笑着继续说道,"应该不是什么正经人。到时候你打算怎么办?"

"怎么办?什么意思?"

"要是想逃……想离开这里的话,可以用我的门路。"

"我并不打算离开。"拉裘丝感觉到所有人的视线都集中在自己身上。

"还是离开吧,魔导王正朝着这边过来,而且途径的都市和百姓他都没放过。都市被破坏,百姓被杀光,要是觉得王都可以幸免于难那就太天真了。"

"那叔叔,我们一起战斗吧。"

"不行,虽然我没亲眼见过魔导王的实力,不敢说绝对,但传言如果是真的,凭我,凭我们根本赢不了。能战胜怪物的只有怪物,人类想要介入是错误的。"

阿兹思好像很疲惫地叹了口气。拉裘丝从未见过这样的叔叔。

"知道打不过,所以我才没带其他伙伴过来,也已经通知大哥他们赶紧逃了。"

"可是……谁都没逃,不是吗?"

"是啊,真是笨蛋……倒是把孩子托付给我了,现在我的同伴应该正带着孩子们前往评议国。"

听了叔叔的话,拉裘丝的内心也很复杂。就在这时,缇娜紧张地喊出"老大"的话音未落，一个男人的声音从走廊里传了进来。"真准时啊。"

紧接着站在房门入口处的缇娅、缇娜和格格兰三个人仿佛被看不见的力量推进了室内。身后跟着一男一女，站在前面的是一个年轻男人，十根手指都戴着戒指，清秀的脸庞露出温和的笑容。女人有些懒散，衣服随便垂着，看她的样子，似乎连走路都嫌麻烦。一顶大得出奇的帽子将她的大半张脸都遮住了。

拉裘丝加强了警戒心，从生物角度来说，他们的实力远在伙伴们之上。这两名来访者的实力，是连闻名世界的精钢级冒险者拉裘丝都触碰不到的境界。当另外一个人从他们身后出现的时候，气氛一下就变了。

那个男人摇晃着巨大的身体踱入房间，穿着打扮就像是身后背着巨大斧头的蛮人，浑身散发着强烈的气势，甚至会让人产生周围的景色都扭曲了的错觉。前面两位的确很强，但这个男人更是远在他们之上。

喉咙就像被粘住了一样动不了。拉裘丝身为精钢级冒险者，曾击退无数强大的魔物和亚人，但完全无法与这个男人相提并论。男人的实力甚至在亚达巴沃袭击时她所见到的那个手持骷髅头的恶魔之上。

该把这个男人看作前面两个人的护卫吗，此等强者如果是在一个小组织里，不可能没有耳闻，那么，能够彻底封锁他们消息的，就是国家级别的庞大组织了吧。

"全副武装是对的。"

"恐怕每个人的实力都在我们之上。"

"嗯,从来没听说过王国有这样的高手。"

"喂喂,你们迟到了知道吗?还散发出这么危险的气息,是上面的人让你们这么做的吗?让你们对我们如此无礼?"

听着阿兹思讽刺的话,女人冷笑道:"带着娼妇来的大叔,口气挺嚣张啊。这里可不是让你带女人过夜的地方。"

阿兹思笑着回击道:"哈!把我们叫到这种地方来,我自然要还以颜色,做点让你们不痛快的事了!"

听到对方一副满不在乎的语气,女人"啧"地咂嘴表示不满。

既然对方肯定了阿兹思的话,就说明,这个旅店和他们有关系吧。可以组建国家级别组织的国家……除了王国以外能想到的有两个,一是评议国,二是教国,可能性比较高的是后者。

"你要是能就此闭嘴的话,就算帮了我的忙了。"

"奎团……好吧,这次你是队长,就听你的吧……"温柔男陷入苦恼,女人也只好勉强点了点头,耸了耸肩。

"爱因多拉先生所言极是,各位百忙之中拨冗前来,我们却最后才出现,实在是非常抱歉。"

"哈!"

阿兹思满不在乎地一笑置之。温柔男的笑容之中没有一丝阴霾。

"非常抱歉，请允许我进入正题，阿兹思·爱因多拉先生，以及不在场的朱红露滴的各位。"

拉裘丝眯起了眼睛。拉裘丝的叔叔舍弃了贵族的称号，但他还有名誉骑士的称号（总督），遵照礼节，应该称呼他更长的那个名字，可那样的话，就会惹恼阿兹思。这是想着遵守礼节、初次与他见面之人经常犯的错误。这个温柔男却跳过了，证明这个男人——不，应该说是他上面的人做了多方面的调查。

"拉裘丝·艾尔贝因·蒂尔·爱因多拉小姐，伊维尔艾小姐，缇娅小姐，缇娜小姐，格格兰小姐。我们是来招揽各位的，留在这里战斗到生命最后一刻自然很伟大，但，如果放眼于未来岂不是更好。"

"哼！没礼貌的家伙。你们到底是哪国的？"

"是哪国的都无所谓吧。别说……"从女人的身后伸出一只手捂住了她的嘴。

"什么！"

"不是吧！"

缇娅和缇娜惊愕地拔出武器。女人身后出现了一个装束奇怪的男人，他穿着一件将全身，甚至把脸和手都覆盖住的紧身衣，衣服上由类似金属板的东西加以强化。

"糟糕！是技术在我们之上的暗杀者！"

"糟糕！实力远在我们之上！"

缇娅和缇娜已经是拉裘丝已知的实力最强、最可怕的暗杀者了，居然有人实力在她们之上。

"请无须担心，还请将武器收起来。如果真的打算杀了各位，我们就不会放过机会像现在这样现身了。"

温柔男说得没错。一屋子精钢级冒险者居然都没有发现这个人潜了进来，他肯定是采取什么手段彻底隐藏了身形。而且他还为了这种可笑的事情现身，完全可以证明没有想要实施暗杀的意思。或者说，现身才是对方的目的呢？想要对拉裘丝等人表明，如果不肯答应投靠他们的国家，就会被优秀的暗杀者盯上。

"刚刚我的伙伴险些说出不礼貌的话，对此我表示非常抱……"

"喂，你们是不是隐瞒了什么？你们是教国的人吧？"

"真的是教国吗……没想到教国居然有这样的高手……"伊维尔艾惊讶地说道。

拉裘丝也很惊讶。很久以前，她们曾与烧毁亚人村子的部队战斗过，那支部队很强，特别是那个看似队长的男人，比当时的拉裘丝还要强。可那时队伍中并没有这些人。

"你不知道吗？我还以为应该听过传闻……他们就是教国引以为傲的英雄部队，'漆黑圣典'。看来其中有一个人已经超越了英雄的领域。"阿兹思的视线落在那个蛮人身上。

男人露出食肉野兽般的微笑。"呵呵呵呵。你知道得还真不少啊。不过，那边还有一个，和我一样，或许已经在我之上了。"他的手指向伊维尔艾，继续说道，"苍蔷薇的伊维尔艾，有点不好对付啊。"他的语气中没有认输的态度，露出了一副能够与对方平起平坐的表情。

"哼。比我还强的人……嗯，除了恶魔，仅限于人类和亚人的话，也就只有飞飞先生了。"

"只有飞飞吗……"轻笑的蛮人小声嘟囔了一句便闭上了嘴。

"教国秘密部队的各位，你们要不要协助我们和魔导王一战啊？"

那个女人也……不，她……伊维尔艾此时还在嘟囔着什么。

听到无视伊维尔艾的阿兹思提出的问题，温柔男继续保持着与刚刚一模一样的笑容回答道："您能够提出这样的邀请，真是不胜荣幸，但我们是带着招揽各位优秀贤能的任务而来。因此，还请允许我郑重拒绝。毕竟，根据自己的判断参加战斗的军人，只会害了组织。"

"用国家的命令做挡箭牌吗？我想问的是你们个人的意见。"

"无聊。上面都那么说了，只要照做不就没这么麻烦了吗？"

听到女人说麻烦，温柔男第一次收起了笑容，露出为难的表情。"你只是懒得动脑子吧。"

"是啊，命令怎么说我怎么做，到时候出了什么事就是上头的责任。自己担责任太麻烦了，我才不要呢。大家都夸我很擅长把责任推给别人。"

"那不是夸奖。"野蛮人小声嘟囔了一句。

"呵呵，爱因多拉先生的……抱歉，阿兹思先生的意思我明白了。那么，苍蔷薇的各位意下如何呢？"

"我可以先问一个问题吗？你们打算怎么从这里逃走？"

"只要成为我们的伙伴，届时自会告知。而且不妨告诉各位，已经有好几支冒险者队伍接受了我们的招揽，并且已经安全避难了。"

"喂，你们该不会是使用了暴力或者威胁手段，强行将他们带走的吧？"格格兰说得没错，面对此等高手的威胁，冒险者很难拒绝。

"我们不会那么做的。如果不是自愿的，也许什么时候就会背叛，不是吗？我们希望对方是真心诚意地想要成为我们的伙伴，为了将来，为了人类，携手共进。"从温柔男认真的表情中看不出一丝谎言的色彩。所以他才被选作当说客吧。

"我拒绝。"拉裘丝本想接着问大家的意见，格格兰先开了口。

"说什么'我'啊，我们的意见和队长一样。"

众人纷纷点头表示同意。

"这样啊……看来再多说什么也是徒劳，那就没办法了。"

出人意料的是，温柔男轻易就接受了。拉裘丝担心对方会突然发难，为了随时做出反应，稍稍伏低了身体。看到拉裘丝的反应，温柔男苦恼地笑了。

"请放宽心，拉裘丝小姐，我们并不打算使用武力，而且衷心希望大家能够向魔导王报一箭之仇。各位不辞辛苦来到此处，我已将车马费放在接待处了，请各位离开之时收下。那么，告辞了。"

温柔男下达指示后，教国的人都准备离开房间。看来事情到这里就结束了。拉裘丝稍稍放下心来，阿兹思却开口叫住了温柔男。

"喂，话说……那个叫卢福斯还是卢法斯的，还好吗？"

"卢？非常抱歉，我国领土广阔，不知您问的是哪位。有没有更详细的……"

"哦，这样啊，你们这个级别大概不知道他的名字。那你们平时管那个不死者叫什么，叫大人？"

漆黑圣典的人先是一愣，随即表情犹如恶鬼，杀气瞬时充满整个房间，一场厮杀一触即发。最先反应过来的还是温柔男。他伸开双手，拦住了其他人。

"奎！什么意思？不杀了他吗？"

温柔男表情冷漠地看着阿兹思，冷静地回答女人的质问："他在虚张声势，不要擅自行动，这是命令。"杀气就和出现时一样，瞬间消失了。温柔男继续用冰冷的视线看向阿兹思道："我非常好奇您都知道些什么。这件事我会上报。各位，走吧。"

漆黑圣典的每个成员身上都散发着紧张的气息，做好了一旦阿兹思这边采取敌对行动，马上能够全力应战的准备，没有丝毫犹豫地走出了房间。

过了一会儿，确认他们离开后，拉裘丝才对阿兹思抱怨道："叔叔……这些人里面最弱的就是您了，是不是不应该激怒对方？"

"啊？哦，刚才好险啊。我也没想到他们会毫不掩饰地露出敌意啊。要是没有那个笑面虎在，我已经死了。不过，他们肯定是觉得与其杀了我们，不如让我们伤到魔导王更划算吧。虽然我觉得我们什么都做不到。"说完，阿兹思便哈哈大笑起来。拉裘丝则是故意叹了口气。

不过，真的是这样吗？叔叔特意告诉对方，自己手上握着教国的某个重要情报，为了避免将之泄露给魔导王，他们就算杀人灭口也不奇怪。或者把他掳走，严刑拷打，用魔法让他交代情报。

话又说回来，阿兹思为什么要那么做呢？要是他没做这种多余的事，谈话就会圆满结束。这简直是引火上身的行为。自己这个叔叔可不是目光短浅之人，这么做肯定是出于拉裘丝看不透的某种理由。

怎么想也想不出答案，拉裘丝放弃了这种无谓的思考。

"真是的……叔叔接下来打算怎么办？"

"啊？就在这里，在王都内等着魔导王来啊。听说几天内，王都就会出兵，到近郊严阵以待。不过老实说，王国不可能赢，所以那些家伙肯定会来到这里……你们不是魔导王的对手，快逃吧。"这话说得很重。

"即便是这样,我们也不能舍弃这座都市独自去逃命啊……叔叔……"

如果有方法能打倒魔导王,那绝不是战士的一击,而是暗杀者的一刺。所以,拉裘丝才会咬着嘴唇,目送那些启程离开王都准备迎击的人们。

"要是想让我和你们一起战斗,我拒绝,我有自己的打算。"

"是吗?"

"嗯。我会做我能做的事,你们就去做你们能做的事吧。不过,有句话我还是要对我可爱的侄女再说一次,你们还是逃走比较好。在那个魔导王的力量面前,你们将毫无还手之力。"

"哼!你说的这是什么话?那你就能把他怎么样吗?"

听着伊维尔艾的质问,阿兹思露出为难的笑容。

"我也就这点能耐,的确赢不了他,但,就算魔导王包围了王都,我一个人应该也能逃得掉。"阿兹思站起身来继续说道,"就这样吧,我去对面那个房间歇一歇腰,你们接下来打算怎么办?"

拉裘丝想明白叔叔说的话的意思后,皱着眉道:"我们要回去了。接下来还要做各种准备。"

与叔叔告别后,为了安全起见,在回到旅店一楼的过程中拉裘丝一行依然保持着警惕。她们拿上报酬,离开了那家店。那几个人并没有袭击她们。

3

魔导国军队出现了，位置在以旅客的脚程计算大约三天便可抵达的地方。报告送到了赛纳克手上，他随即指挥全军从王都出发。从接到魔导国西侵的消息后，赛纳克便下令在距离王都不足半日路程的平原之上建造简易军用阵地，准备在那里迎击魔导国。

阵地建造在封锁的街道上。如果魔导国的军队笔直朝王都进发或许还有些效果，若对方改变行军路线，就必须重新另选一处建造阵地。不过根据探子的回报，魔导国的军队正一条直线地朝王都行进，看来这份担心只是杞人忧天。

但是，没人为此感到高兴。这支王国军中有附近的贵族以及王都的百姓，就连难民中能上战场的男人也都征召进来了，可以说是王国的决战之师，人数超过了四十万。让人不禁想要赞叹，居然能够集结如此大军。可终究是临时拼凑的军队，连正经的武具都没有，很多人都手持自制的棍棒作为武器。

士兵的斗志虽高昂，但说到底，也不过是被逼到墙角的老鼠做出的最后挣扎。只是一群知道魔导国有多么残忍的人，出于想要保护自己重要家人的信念，拿起武器罢了。这份勇气但凡出现一点点裂痕，王国军就会在瞬间土崩瓦解。

即便如此，兵力即武器，光是士兵整齐排列在那里，就有着非比寻常的威慑力。那么，朝着他们前进的魔导国又有怎样的目的呢？只要稍稍懂点兵法的人就应该明白，直线闯入如此大军之中并不是什么明智之举。

而且对魔导国来说，最稳妥的战略就是"什么都不做"。因为与不需要补给的不死者军团不同，四十万人的军队就如同一头吃不饱的巨兽，只要将这头巨兽包围起来进行威吓，它就会被饿死，或因陷入恐慌和混乱而自取灭亡。

但魔导国军并没有这么做，而是踏平沿途的一切，直线推进着。从迄今为止魔导王的狠辣手段来看，他不可能没有任何计划。魔导国有获胜的自信，对他们来说，这并非莽撞的举动。毕竟，那个时候魔导王只用一个魔法就毁灭了二十万大军，或许他此时正在盘算着用两个魔法就可以杀光这里所有人呢。

主帅赛纳克觉得应该不会发生这种事，但以贵族为中心确实存在一群有这种想法的人。还有人提出应该将兵力分散，的确，这么做虽然伴随着被逐个击破的风险，但至少可以避免被一个魔法歼灭的下场。

不过，最后商讨得出的结果是不能那么做。经历过之前的大败和此次的侵略，能够指挥庞大军队的贵族、骑士以及高级军官都急剧减少。在这种情况下，分散兵力只会令军不成军，到那个时候，就不再是什么"决战之师"了，而是普通的"四十万个人"。更何况，这些人之所以有勇气与魔导王对峙，正是因为这么多兵力、这么多伙伴都聚集在自己身边。

进入阵地已有两天时间，由于兵力实在过于庞大，这两天都花费在了做战前准备上。就在全军布阵完成之时，魔导国的军队以一副"已经给了你们充足的时间"的态度，开始行进，终于出现在了众人面前。

兵力一万左右，大体上由三到四种不死者组成，在四十万大军看来，仿佛是不费吹灰之力便可以击溃的规模，但个体的实力毫无疑问是魔导国占据上风。

"殿下。"

"我知道。"赛纳克简短地回复了军务尚书。

军务尚书穿着不习惯的铠甲，动作有些生硬，看起来略显滑稽。不过，赛纳克也没资格说别人。他穿着王室的宝物——葛杰夫穿过的铠甲，他自己也清楚，铠甲穿在他身上一点也不合适，与葛杰夫无法相提并论。不过还是要感谢这件魔法铠甲。在巨大的压力下，赛纳克最近都在暴饮暴食，肚子上堆积了更多脂肪，要不是魔法铠甲，就必须让铁匠重新打造一副了。

"牵马来！"

接到赛纳克的命令，骑士将一匹马牵到了赛纳克的营帐前。赛纳克在自己爱马那似乎有些责备的眼神注视下，辛苦爬上马背，没有带任何随行人员离开阵地，朝着魔导国的军队而去。

就算带着随从，魔导王要想杀赛纳克的话也没人能拦得住，更不可能起到威胁的效果。那还不如一个人去，向对方展示自己一方的勇敢。若真被杀了，还能向所有人宣告，魔导王是一个气量狭小之人。

（里·耶斯提杰有英杰吗……）

赛纳克没有受到任何阻挠，来到对峙的两军的中间，启动随身携带的魔法道具，扩大自己的声音喊道："我乃里·耶斯提杰王国王子，赛纳克·瓦尔雷欧·伊格纳·莱儿·凡瑟夫！请求与魔导王陛下进行一对一谈话！"

他并不想与对方展开舌战，到了这个地步，已经毫无意义。赛纳克只是单纯地想知道，魔导王究竟出于怎样的考虑，要采取这样的举动。

安兹站在覆盖三面的遮阳篷下，眺望着自家军队构筑阵地的样子。几乎全部由不死者构成的魔导国军队不需要准备粮食，所以这个阵地并不大，与士兵数量相比虽显得小，但够用了。实际上，他们根本就不需要阵地，不过，这也是一种经验。

经过几次之后，现在搭建起来的阵地已经比最初的强太多了。原本建造阵地这种工作应该搭配马雷的魔法进行，但出于某种理由，马雷并没有参与，而是默默站在安兹身旁，一同眺望着不死者们干活的情景。身边的亚乌菈也看着正在列队的自家军队，视线停留在自己的仆役身上。

阵地也好，营帐也罢，用魔法可以轻松制造出更加舒适的环境。但出于同样的理由，他们都是用物理方式撑开搬运过来的营帐，在这里搭建大本营。

（以后魔导国的所有建筑或许都应该交给马雷负责。）

安兹瞟了一眼站在姐姐身边,认真眺望不死者们的少年的侧脸,不自觉地如此想道。居住在魔导国的亚人和异形种族中,有擅长挖洞的,把他们交给马雷率领或许也不错。不过,雅儿贝德大概已经往那个方向采取行动了,如果是这样的话,之后文件会交到安兹这里,所以还是先观察一下她的反应吧。或许安兹的想法传递给了正在勤奋搭建大本营的雅儿贝德,只见她带着负责警卫的科塞特斯,回到了安兹这边。

"安兹大人,似乎有位使者从人类的军队往我军方向赶来。请问该如何处理呢?"

"不是开战的使者吗?做好招待的准备,备些欢迎客人用的饮品。"

雅儿贝德开始准备桌子和椅子等物品,一个穿着全身甲的男人骑着马朝这边走来。安兹记得那个男人身上的铠甲。

(那是……我记得那好像是……葛杰夫·史托罗诺夫的铠甲……那个人是接任的战士长吗?和之前说的不一样啊。)

使者站在两军正中间的位置,大声报上姓名:"我乃里·耶斯提杰王国王子,赛纳克·瓦尔雷欧·伊格纳·莱儿·凡瑟夫!请求与魔导王陛下进行一对一谈话!"

声音竟然能传到这里,应该是使用了什么魔法道具吧。

"安兹大人,您打算怎么做呢?既然不是开战的使者,那么也没必要听他说什么吧,开始进攻吗?"

"不,雅儿贝德,那样不合适。对方应该不是来舌战的。若是拒绝，就会有人散布谣言，说安兹大人心胸狭窄。"

"谣言……"雅儿贝德冷酷地笑道："反正这些人都会死，没人听又有什么意义？"

安兹也不想与人舌战，对方是这个国家的王室，那么，除去战斗能力不谈，所有方面应该都比自己优秀吧。不过……

"雅儿贝德，你有没有想过，或许散布谣言的偷窥魔是存在的呢？"

"非常抱歉。"

"嗯……那就去会一会吧。王族是一人前来，那么我也必须独自前往。"

"安兹大人，这样安全吗？"

"不知道。不过，要是我被洗脑了，亚乌菈啊，你就用那个世界级道具保护我。"

平时都会装备在身上的世界级道具这次都留在纳萨力克没有带来。因此，使用亚乌菈的山河社稷图，安兹也会一起被关进去。到时候就算安兹被洗脑了，也无法通过传送等手段到外面来。

"遵命！"

"嗯。"安兹如此回答亚乌菈后，便乘上噬魂者离开了阵地。他虽然经过练习，会骑马了，但算不上骑得好。因此为了不在众目睽睽之下丢人，选择了骑乘噬魂者。对方在安兹抵达之前就下了马，所以安兹也有样学样地下到地面上。这与接下来等待他的命运无关，你尊敬我，我自然尊敬你，面对仇敌就要以牙还牙。安兹并不打算改变自己的原则。

对方是个身材有点胖的男人，眼睛下方有严重的黑眼圈，连化妆都遮不住。

"初次见面，魔导王陛下。我是赛纳克·瓦尔雷欧·伊格纳·莱儿·凡瑟夫。"

"初次见面，殿下，吾乃安兹·乌尔·恭魔导王。你好。站着说话未免有些不妥……"

安兹发动两次魔法，制造出两个黑色王座，座椅的位置相对，之间有一定距离。因为是用魔法制造出来的，无论是外观还是大小都丝毫不差。

"这座椅虽然有些金属的硬度，不过我们还是坐下谈吧，你觉得呢？"

"乐意之至，陛下。"

二人分别落座的同时，安兹又使用了另一个魔法，在两者之间准备了一张与椅子散发着同样黑色光泽的桌子。从见面起安兹就一直在使用魔法，赛纳克却没有表现出警戒的样子，看来他并不打算行刺安兹。

接着，安兹又从物品栏中拿出两个玻璃杯和一个装有冰水的容器。

"喝水可以吗，还是酒更好一些？我这里还有橙汁。"

"非常感谢，陛下，水就可以了。"

安兹不能喝，但出于礼仪给自己的杯子里也倒上了水。

"谈话前的准备做好了，你想谈什么？想聊聊我们的侵略有没有正当性吗？"

"没必要讨论这些。陛下，有一件事我无论如何都想知道，您为什么要做如此残忍的事情呢？为什么不肯接受我们的降服呢？"

有这样的疑问很正常，在安兹看来，这次的行动自然有着非常明确的意义，但在他们看来，这就是一场肆虐的暴风雨。

安兹并不打算隐瞒，隐瞒也毫无意义，他点了点头，便将魔导国的计划说了出来："因为没有好处。你们会成为我们的牺牲品，让更多的人知道与魔导国作对的下场是什么。为此，我们在将你们歼灭后进入王都，将那里的一切变成瓦砾堆成山，然后保留几百年、几千年，让它永远矗立在那里警示后人，反抗魔导国是多么愚蠢的行为。"

"听起来，您不是在开玩笑。"

"当然不是，我只是在说接下来会发生的事实。"

"为什么？"

"什么？"不明白赛纳克在问什么的安兹反问道。

"魔导王陛下拥有强大的力量，就算您不这么做，芸芸众生也能领略到陛下您的威风吧。"赛纳克舔了一下嘴唇，吞了一口唾沫，继续问道，"为什么要做如此心胸狭隘的事呢？"

"狭隘吗……"

赛纳克肯定以为自己惹怒安兹了，很紧张吧，但安兹并没有生气。

"您这么做有什么目的吗？"

安兹在心里重复着这句话。曾经，对安兹，不，对铃木悟来说，在YGGDRASIL这个游戏中遇到的伙伴们，就是他人生的全部。那真是一段闪闪发光的回忆啊。因此，安兹很想再一次见到伙伴们。

他在YGGDRASIL迎来终结，一切本应消灭的瞬间，来到了这个世界。终结不再是终结，而是开始。伙伴们创造出来的NPC拥有了意识，动了起来，从他们的一举手一投足，都能看到过去同伴的影子。老实说，当时刚刚来到这里的时候，突如其来的变化让安兹有些不知所措，他更加担心的是他们会不会背叛，现在想起来自己都想笑。安兹早就不担心他们会背叛自己了。

而且来到这个世界的肯定不止安兹自己，实际上，其他玩家的影子时不时就会出现。既然如此，他自然认为，过去曾与自己共同度过光辉时刻的伙伴们或许也来到这个世界了。当然，安兹有的时候也会想，自己是在游戏关服的最后一刻来到这个世界的，那自己的那些伙伴就不可能回来。

安兹也曾多次使用魔法，试图去搜集相关的情报，每次他都能隐约感觉到，谁都不在。但只要没有确定，就残留着可能性。怀着这样渺茫的希望，或许很傻，或许很丢人，对于那个时候的安兹来说，那就是一切。

而现在，那个梦越来越模糊，变得不再清晰了。伙伴很重要，现在的NPC们也同样重要。他们就像是过去的伙伴留下来的孩子，身为最后留下的人，安兹必须保护他们。为此，安兹可以牺牲一切，为了不让NPC们遇到一点点危险，为了纳萨力克地下大坟墓的势力永远不会输给任何敌人，强化和壮大组织的重要性，凌驾于所有事情之上。

夏提雅之前被神秘人物支配过，后来虽说将她抢了回来，但那件事险些令纳萨力克地下大坟墓的情报全部被夺，遭受毁灭性的打击。再也不能让类似的事情发生了。

"有什么目的吗？这个问题很难，也很简单，我的目的……我所追求的只有一样，那就是幸福。"

"幸福？"赛纳克眨着眼说道。

看到塞纳克的反应，安兹轻笑。他笑的是，自己本没打算说这么奇怪的话。

"人也好，其他种族也罢，最终追求的都是幸福，不是吗？"安兹忘记了平时的演技，像是和关系亲密的朋友聊天一样说道。

"为此，夺走他人的幸福也可以？"

"这有什么奇怪的吗？只要是为了我珍视之人能够得到幸福，其他人会变成怎样都无所谓。如果自己的国民得到幸福就会令其他国家的人们陷入痛苦，你会怎么选？你会放弃幸福吗？"

"您的想法太极端了！"说完便恢复冷静的赛纳克低下了头道，"失礼了，陛下。"

安兹也恢复了统治者的态度。"无须介怀。"

"如魔导王陛下般拥有智慧和力量的君主，应该还有其他方法可以获取幸福吧？"

"可能有，也可能没有。既然眼前有可以轻易得到幸福的方法，为什么还要费力去摸索可能不存在的方法呢。那句话是怎么说的，幸运女神后面没有头发？"

赛纳克露出不可思议的表情道："真是个奇怪的女神啊。啊，失礼了。我没有嘲笑陛下所信仰的神的意思，请原谅。"

"嗯，没关系。我也并没有信奉什么女神，只是想打个比方。所以，为了我必须保护之人的幸福，你们就要陷入不幸。这就是这场战争的出发点，现在能理解了吗？"

"是的，我与陛下有同感，为自己的国家追求利益，让追随自己的人获得幸福，是位居高位者的责任。消灭我们，魔导国百姓就能获得幸福，所以不接受降服，这个理由我明白了。这也是没办法的事情。"

"你能理解就好。接下来轮到我提问了，不过我好像并没有什么可问的……"安兹抬头想了想，"嗯，我想到了，就问问你穿的这身铠甲，还有那柄剑的事吧。葛杰夫·史托罗诺夫的那把剑现在在谁手上？"

"以暂时保管的名义，交给了一个名为布莱恩·安格劳斯的男人。"

"布莱恩·安格劳斯？哦，那个男人啊。"

自己与葛杰夫一对一决战之时，在旁边观战的其中一个男人应该就是叫这个名字，不过事情过去了那么久，安兹已经想不起对方的样子了。计划中将王都变成瓦砾之后，还有几样道具需要回收，其中就有葛杰夫的剑。

"那个男人这次来了吗？"

"回陛下，没有，他应该留在王城中。"

"这样啊，也就是说，用怎样的魔法将你们全部消灭都无所谓了。"

只需提醒一下负责攻陷王城的科塞特斯就可以了。

"虽然我们也没有要输的意思，但还是希望您能够使用不太痛苦的魔法，温柔地杀掉我们的人。"

"嗯，我明白了，毕竟和你坐在这里聊了这么久，我会命他们唯独对你手下留情，采取温柔一点的致死手段。"

"多谢陛下。"

看到赛纳克露出爽朗的笑容，安兹很惊讶，这个男人真是勇敢啊，如果是自己的话，能做到吗？

（应该做不到。王室都是这样吗？我学到了。）

赛纳克拿起玻璃杯，将里面的水一饮而尽，非常坦荡，完全没有怀疑水中是否有毒。

"很好喝，陛下。最后，我还想问一个问题，杀死我兄长的，是陛下或者是陛下的手下吗？"

"兄长？"安兹歪着头，过了一会儿才想起之前好像说起过处理了一个王国的王子，但名字想不起来了，只记得挺长的。

"大概是我的手下做的。"

"这样啊……果然死了吗……感觉心中一块大石落下了……陛下，非常感谢您将此事告知，那么，我告辞了。"

说完这句话，赛纳克便朝着马匹走去。安兹收拾好玻璃杯等物品，朝着噬魂者走去。赛纳克站在马旁，等着安兹。安兹很纳闷对方为什么不上马，当他乘上噬魂者后，赛纳克才骑上马背。

王子与王。赛纳克是考虑到身份问题，避免从马上俯视身份更高的安兹吧。不懂得马术贵族礼节的安兹猜想，这应该就是正确的贵族礼节吧，不禁在心中赞叹。

（得好好学学正规的贵族礼节了……不得不学的东西越来越多，什么时候才能越来越少啊……）

"殿下！"

迎接赛纳克回到阵地的，基本都是给赛纳克的檄文回信的周边领地的贵族。刚刚他离开时，没人阻止，很顺畅，现在却完全相反，根本进不去。一大群人堵在这里，想必是期待着他能带回魔导王做出让步的消息吧。

赛纳克直接回答了他们想问的问题。

"没用的。魔导王陛下打算杀了所有人。完全没有交涉余地。"

听完这话,居然还有面色铁青的贵族,赛纳克觉得不可思议,该不会到了这个时候还在想着能有什么转机吧。赛纳克下马,留下咬着下唇思考着什么的贵族,独自走向营帐。

赛纳克刚走进营帐,军务尚书便迎了上来,脸上露出略显讽刺的笑容道:"看来结果不太好啊。"

"也就是和预想的一样,只是,有件事让我觉得很震惊。"

"是吗?我从来没见过这位魔导王,是个很可怕的邪恶怪物吗?"

赛纳克微笑道:"比想象中的更像个人。"

听到这样的答案,军务尚书惊讶得瞪大了眼睛,或许这是他有生以来第一次露出这样的表情。

赛纳克回忆起魔导王。他的外表的确是令人不快的怪物,也不知道那散发着强烈存在感、包裹全身的衣裳价值几何,但为了自己所珍视之人,为了幸福而采取行动,不是所有人的欲求吗?

老实说,这样的反应并不符合他作为生者的敌人——不死者的身份,简直就是个人类。魔导王是怎么想的才会这么做,赛纳克完全搞不明白。不过,就像他刚刚对魔导王说的,在为王者这方面,他也有同感。

"嗯,对,就是这样,和普通的人类一样。"

赛纳克将视线从军务尚书身上转移到营帐外。或许，早些时候，在事情变成这样之前还有更好的方法，但说什么都晚了。

"指挥系统和战斗准备进展如何了？"

"殿下直属——王都的人马上可以行动。将王都内的住所一起分配的效果很好。但有自己领地的那些人，行动相当迟缓。现在还相互推脱由谁来打头阵。"军务尚书满脸愤怒地说道。

"这也是没办法的事，他们不归我管，一部分贵族还没有做好赴死的心理准备。我只希望他们不要擅自出兵，不过听你这么说，应该没这方面的担忧。"

来到这里却不参战，真的很让人头痛。可没有了他们，士兵数量就会减少四分之一左右，那样也很让人头痛。四分之一不是个小数目，想象一下，倘若魔导王像之前一样消灭二十万大军，贵族的势力就是剩下二十万的一半，可想而知他们的存在占多大分量。

"作战计划怎么样了？"

"哪有什么计划啊，殿下。"军务尚书好像很疲惫，仿佛放弃了一样笑着说道，"没有阵型，就这么直接冲过去。所以……必须想办法维持他们的斗志，否则就麻烦了。要不要组建督战队？"

"算了吧，让侍奉王室的骑士站到前面去，还有……"

"殿下，不可啊，还是我们去吧。"

赛纳克用"就你？"的眼神看着军务尚书，先把自己放在一边不说，实在难以想象这个青葫芦挥剑的样子。

"如果必须有人站在前面，那就我去吧，殿下在后面指挥。"

赛纳克盯着军务尚书看了一会儿，点了点头。

"谢谢您能够理解……"军务尚书抬起头看着营帐的顶部，那里没东西可看，也看不见天空，但他还是看了一会儿，然后小声嘟囔道："老实说，我不喜欢史托罗诺夫，但我每天都在想，要是他在就好了……"

"我明白你的心情，不过我也不喜欢他。"

军务尚书的脸上露出似有似无的笑容。

此时，外面突然一阵骚乱。

"出什么事了，是魔导国行动了吗？"

"不……"赛纳克竖起耳朵，笑了笑说，"不是。"

紧接着，一群人气势汹汹地闯入营帐。是在王国周边拥有领土的封建贵族们。虽说是周边，但其实挺远的。其中有几个就是之前面色铁青的贵族。跟在他们身后的应该是佣兵吧，那些人的剑上有血迹。

"在殿下的营帐中拔剑，你们是何居心！速速退下！"

听到军务尚书的呵斥，贵族们无人作答，都用像阴沟里老鼠被逼入绝境般的眼神看着赛纳克。赛纳克很想捧腹大笑，在这些人进来的时候他就隐约感觉到了，他完全明白他们愚蠢的脑瓜在想些什么。

赛纳克在此之前将骑士们都任命为了指挥官，没有把他们留在身边是错误的。没有了威胁之后，这些人便失控了。之所以没有预测到会有人在这种状况下谋反，是因为赛纳克没想到人类居然能够浅薄到这种地步。

不，不对，他们采取这样的举动也可以说是正确的，只是拼命摸索到自己能活下去的路罢了。这个时候该责备的是自己吧，是自己没能理解他们内心的想法，没能消除他们心中的不安，没能让他们步调一致。当赛纳克想到，要是父亲的话会怎么做的时候，努力绷着脸露出的严肃表情，险些再次被笑容取代。

"快退下！你们这群无礼之徒！"

"够了！军务尚书！"

"可是！殿下！"

"我说了，够了，你下去吧。"

"这样的命令恕我不能服从。"

"军务……"

"就到此为止吧，殿下，拖延时间是没用的。"

"哼！我本来也没有这个打算。"

虽然身穿国宝，但赛纳克并没有接受过大量战斗训练，要是王兄或许会不同，而他几乎不可能干掉这里的人。如果这次的叛乱不是突发，而是至少做了一定准备之后才发起的，那自己必定无路可逃。

赛纳克用锐利的眼神一瞪，那些贵族就露出了害怕的样子。真是太不像样了，既然觉得这么做是正确的，那就应该有自信。

因此，赛纳克在他们的面前表现得充满自信，他是在告诉这些人，自己绝对没有做错。

"到底有什么事需要到我的营帐里来？拔剑意味着什么，你们不会不知道吧？"

"当然，殿下，我们想投降。"

赛纳克微笑道："就算你们想向魔导王陛下投降，那也是没用的，我问过他的想法了，他绝不会接受我们的降服。或许你们不信，可我们要想得救，只能击退魔导王陛下了，除此之外别无他法。"

"怎么可能打得赢……"其中一个贵族小声嘟囔道。

赛纳克也表示赞同。

"即便如此，还是只能一战。我也向他提出了降服的请求，但没用。我再重复一次：我们要想活下去，就只有战斗一途。"

"殿下或许如此，但只要有足够好的表现，或许那个人就会高抬贵手。就用你的命来换我们的命吧。"

紧接着，其他贵族也纷纷发表了自己的意见。

"归根结底，都怪那个妨碍魔导国运送粮食的家伙不好！我们什么坏事都没做过啊！"

"我们发誓效忠魔导王！"

在赛纳克耳中，他们说的这些话，和茶会上相互倾诉自己理想中的骑士的大小姐没什么区别。他非常理解他们的想法。

"有句话要说在前面，就算你们想把我带到魔导王面前，我也不会去。我已经下定决心要以王室之人的身份战斗到最后了，不怕死的就来吧！"

唉，最后居然是死在自己人手上，真是荒唐啊。不，要是这群笨蛋死在这里，就不会连累妹妹和父亲了，可以说很幸运了。不过，妹妹身边有那名战士保护，应该不会被这种家伙杀掉。

"想要我的脑袋就拿去吧！"赛纳克拔出剑，和军务尚书站到了一起。他对自己的剑术没有自信，但武装应该不会输。

赛纳克瞪着没有马上攻过来的贵族们。"怎么了！既然你们已经剑染鲜血来到这里！既然已经选择了不是让我喝下毒酒，而是不惜弄脏自己的双手！那证明你们已经做好相应的准备了吧！"

贵族们用了一瞬的时间，相互看了看彼此。对于他们没有仔细考虑这些，赛纳克感到了失望，失望的是，自己居然就要死在这些没有觉悟的家伙手上了。结果还是亲眼见到魔导王军队来临后的恐惧切断了那根紧绷的神经，迫使他们临时做出了这样的判断。

看来自己还是不适合当国王啊，他没有父亲的品德，没有王兄的威风，没有妹妹的智慧。但这样就好，他本身也不想坐上那个王位，只是想让这个国家变得更好而已。

是的，让这个国家、百姓、亲人，都过得幸福而已。

就在此时，其中一个贵族朝营帐外招呼了一声，又进来几个看起来很强壮的佣兵。赛纳克咂了一下嘴，回想起王兄挥舞着剑的样子，模仿他的呐喊声，朝着贵族们冲了过去。

科塞特斯、亚乌菈、马雷正在自家军队阵地中商量如何攻陷王都，在营帐之外做最终确认的雅儿贝德面露略显苦恼的表情回来了。大家都用疑惑的眼神看着她，只听雅儿贝德道："安兹大人，敌人的阵地中似乎发生了混乱。"

"什么，混乱？出什么事了？"

安兹站起身，走出营帐。王国军那边的确有些混乱，看起来是发生了内讧。过了一会儿，敌人阵地跑出来一队骑兵，看起来不是想抢头功来攻打他们的。安兹等人都默默看着，骑兵很快便抵达魔导国阵地前，是几个穿着打扮不统一的佣兵和贵族组成的一队人马。从那几个比较强壮的男人中跑出一个看起来像贵族的壮年男子，他有些歇斯底里的喊叫声传到了安兹等人耳中。

"我等有事禀告魔导王陛下！请通融！"

这队人马中没有赛纳克，在刚刚的混乱之后，来到安兹面前的是几个贵族，安兹大概猜到出了什么事。

"雅儿贝德，带他们过来。"

安兹没有看向低下头的雅儿贝德，直接回到了营帐，重重坐在临时的王座上。三名守护者什么都没说，站到了安兹身边。没过多久，在雅儿贝德的带领下，十几个贵族打扮的男人被带了进来。那些应该是护卫的佣兵打扮的人则被留在了外面。看到坐在王座上的安兹，来人被吓了一跳，看到旁边的科塞特斯他们更加害怕，对亚乌菈和马雷则是露出了讶异的表情。

"还不速速拜谒圣颜。"已经站到安兹身边的雅儿贝德说道。

"初次见面，陛下。"一个年龄比较大的贵族作为代表向安兹问安。从其他人的态度来看，这个人应该就是领头的了。"我等对陛下的伟大深感钦佩，想拜服于您的脚下。请您先看看这个，陛下……"

另外一个贵族从身后拿出一个袋子，安兹阻止雅儿贝德上前，从王座上慢慢站起身，这自然也是练习过的动作。他朝贵族们走去，接过了那个袋子。

（不是陷阱啊……）

失望的同时，安兹看向袋子。袋子里飘出浓重的血腥味，可以猜测出里面包的是什么。打开袋口，朝里面看去，正好看到了赛纳克的眼睛。安兹凝视着那双眼睛，毕竟是不久前才刚刚认识这个人，很难断言这是不是替身，但从那几个贵族的表现来看，替身的可能性很低。

安兹系上袋口，坐回到王座上，将袋子交给雅儿贝德后说道："厚葬。"还有很多尸体可以用来制造不死者，不一定非得连赛纳克的也用上。"他身上穿的铠甲呢？"

贵族们一脸困惑地看向安兹，大概是觉得，他们拿来了主帅的人头，应该受到褒奖吧。

"怎么了？不回答安兹大人的问题吗？"

"不，不敢！是这样的，王子的尸体应该还留在某个营帐中。"听到雅儿贝德冰冷的质问，代表众人的贵族慌忙作答。

"这样啊……我明白了，你们做得很好。"

听到赞美的语言，喜形于色的贵族们口中忙道"是是"并低下了头。

"给你们一些相应的褒奖吧，你们想要什么？"

"请放过我和我的家人！魔导王陛下！我发誓绝对效忠于您！"突然，贵族代表身后一人大喊道。

贵族代表先是对身后的贵族表示不满，随后也满脸焦急地大吼着自己的愿望："你这家伙！——我也是！陛下！请您大发慈悲！"紧接着，其他人也纷纷说着："我也是！"

安兹挥了挥手，阻止他们继续说下去。"知道了，知道了，我非常理解你们的心情，各位都有同样的希望，对吧？"看到贵族们激动地点头，他继续说，"好，那我就不杀你们了。雅儿贝德，把他们送到尼罗斯特那里去。"

"遵命。"

"陛下，我们的家人……"

一名贵族小声嘟囔了一句，安兹没有听漏。

"家人也要？"安兹露出了微笑，当然，他们肯定看不出来他微笑了。"真拿你们没办法，雅儿贝德，问一下他们的家人在哪里，之后把那些人也送过去吧。"

"遵命，安兹大人。各位，请随我来。"在雅儿贝德的带领下，贵族们走出了营帐。

他们刚离开，安兹便招呼亚乌菈，给她下达了命令："替我告诉她，只要那些人自己不求死，就绝对不要杀了他们。"

"遵命！安兹大人！"

安兹拉住正要走出去的亚乌菈的手，对着满脸疑惑的她又补充道："就算他们一心求死，也不要给他们痛快。"

"是！"看到安兹放开自己的手，确定没有其他吩咐的亚乌菈追着雅儿贝德离开了营帐。

安兹的目光停留在亚乌菈的背影上，对剩下的两名守护者下达了命令。"没兴致了。科塞特斯，任命你为指挥官，马雷为副官，允许你们使用力量，将王国内所有人屠杀殆尽。"

营帐内响起二人领命的声音。

一个小时后，里·耶斯提杰王国最后的军队从这个世界上消失了。

4章 天罗地网

第四章 天罗地网

1

　　希尔玛带着三个伙伴走在宅邸的走廊上，发出"咔嗒咔嗒"的声响。他们正前往魔导王手下指定的大厅，其余伙伴都等候在那里，以便随时迎接魔导王的使者。通知只说使者今天会出现在这座宅邸的大厅，并没有说明具体的时间，连大概的范围都没有告知。

　　因此，希尔玛等干部只得采取两班倒的方式，轮流在大厅里等候，避免使者出现的时候连一个迎接的人都没有。要是因为没人恭候，被使者断定为不敬，他们或许就会再次体会到那地狱般的滋味。所以，即便只有极小的可能性，也必须采取行动避免那种情况发生。

　　四人默默走了足有一分多钟，一是因为宅邸的确很大，二是因为他们休息的房间距离大厅比较远。其实只要把附近的房间当成休息室就能解决，但经过大家的讨论，决定将那些房间都充当存放行李的库房使用。

　　"不觉得有点吵吗？"同行的其中一个伙伴普里安·波尔森突然开口说道。并不是出于无法忍受这份沉默，而是听到了什么声音。

　　希尔玛将注意力集中在耳朵上，的确能听到小孩子的声音，不过能听出是离现在的位置很远的宅邸内某处传来的，不仔细听根本注意不到。这也要归功于将大厅附近的房间当作仓库，让人们搬到距离这里比较远的房间生活的决定。不过，就算希尔玛等人不觉得吵，万一魔导王的使者觉得吵的话，后果将不堪设想。

"可能是有点，要不要让他们彻底安静下来？"

几人都同意奥林的意见，稍后告诉换班的人，他们去休息的时候就会顺便提醒孩子们了。大概是因为开了口，稍微放松了一些，奥林继续将大家心中所想却闭口不提的话说了出来："不过……真的会有人为了救我们而来吗？"

为了迎接魔导国的使者，长时间处于紧张状态下工作，所以才会想都没想就说出来了吧。四十万大军从王国出发是在七天前，而魔导国的军队在王都附近布阵的消息是昨天传来的，所以严格来说，他们只等待了一天时间，精神上的疲劳比肉体上的疲劳更甚。

一个多月前，这场战争刚刚打响的时候，他们便接到了这次来自魔导王手下的指示。简而言之，就是要求他们选出一千名一直效忠魔导国的人，魔导国在进军到王都前会将这些人带到安全的地方。

因此，有一千名八指相关人员聚集在这座宅邸中。如果将八指最底层人员也算在内，人数将会更多。希尔玛等人从中挑选出优秀和忠心的成员以及他们的家人，填满了这份名单。因此，宅邸内才会有小孩子。

但令他们感到不安的是，真的会有人来救他们吗？他们都是爬到八指这一犯罪组织干部位置上的人，哪个没干过答应会饶了对方，利用完之后就下令将其抹杀的勾当？正因为如此，"自己会不会也是同样的下场"这一想法始终在脑中挥之不去。

希尔玛看都没看同伴的脸，断言道："我相信魔导王陛下说的话。"

奥林赶忙焦躁地开口为自己辩解。实际上也的确会焦躁吧，因为希尔玛的言外之意，就是在说奥林刚刚说的话是不信任魔导王的意思。

"我，我也是啊！我之前说的话可没有不信任魔导王的意思！"奥林的声音盖过孩子们的嬉闹声，回荡在走廊中。注意到自己的行为后，奥林紧闭双唇低下了头。

之后再也没人说话，四人默默来到大厅。打开门，已经满脸疲惫的伙伴们挤出无力的笑容迎接他们。魔导国的使者还没到。希尔玛的内心涌起一股似松了一口气，又似焦躁的情绪。和她一起来的伙伴们大概都是同样的心情吧。

"来了啊，那我们就去休息了，要是使者莅临……"诺亚·志登的视线前方放着魔法道具手摇铃，只要摇其中一个，另一个就会跟着响。离远了就会没有反应，而且弄响的方法只有一个。通用性很低，以通信手段来说有所欠缺，不过，用于简单的联络还是很方便的。

"嗯，放心吧。"普里安代表这一班队伍作答。

此时，一个说话柔声柔气的男子开口道："话说啊，我还要留在这里待命吗？魔导王差不多——魔导王陛下，我知道，不要用那么可怕的表情看着我啦。"

说话的人是奴隶贩卖部门的老大，岢可道尔。之前，为了迎战魔导国，军队将所有关押在王国监狱中的犯人放了出来，让他们充当最前线的士兵。于是，趁着那几天的混乱，八指的人将他救回，带到了这座宅邸。

当初，关于如何安排岢可道尔，有两种意见。分歧并不是围绕要不要救他出来这一点，因为一旦参加了与魔导国的战争，他必死无疑，救出伙伴是理所当然的。分歧点在于，该怎么把他介绍给魔导王。他的部门基本只剩下一个空壳子，所以有人提出，没有必要介绍他。另一种意见则是，他毕竟是八指的干部之一，魔导王应该知道他的存在，不介绍会有危险。无论可能性有多小，有危险就要避免，所以他们最终采纳了后者的意见。

接下来面临的问题是介绍的时机。这一点大家的意见很统一，在使者抵达后第一时间就介绍他，也是为了避免让对方认为他们有所隐瞒。

"你就在这里待命吧，好让魔导王陛下的使者见到你。"

出于上述理由，虽然不知道魔导国的使者何时会来，但还是安排他一直留在这个房间里。睡觉吃饭都在这里解决，所以岢可道尔才会露出明显不悦的表情。

"我很感谢你们，多亏你们上下打点，我才没在监狱里受什么罪。你们还趁着出兵前的混乱，救了我这个倒霉蛋。"

"你到底想说什么，岢可道尔？"

听到诺亚的质问，岢可道尔眼神锐利地说道："这一连串的举动对已经没有任何力量和人脉，失去一切的我是不是过于宽容了？你们到底有什么目的？我听说八指的相关人员都被聚集到这里了，是打算为了组织的团结杀了我吗？"

"啊？"希尔玛都听傻了。不单单是她，除了岢可道尔，房间里所有人都听傻了。都犯下同样的罪行就不会相互指责了，他是想表达这个意思吗……

"你，你们这是什么表情啊，该不会……是让我说中了吧？"

希尔玛看了看其他人，每个人都是一副"真服了他了"的表情。所以她代表大家开口道："你在说什么啊，岢可道尔，不，安佩蒂夫，我们不是同伴吗？"

"啊？"这次轮到岢可道尔开始怀疑自己的耳朵了，看他一脸呆样，不禁有些好笑。

"到，到底有什么目的！你，你们都是夺了人皮装扮成本人模样的怪物吧！就是魔导王手下那些！"岢可道尔脸上的表情既可以说是焦躁也可以说是恐惧。

他口中所说的怪物，是母亲为了吓唬晚上不肯睡觉的孩子捏造出来的，冒险者统一认为，并没有证据可以证明这种怪物的真实性。

"我就觉得奇怪！而且所有人都开始减肥，这太不正常了！

希尔玛也有点不对劲！瘦成这样对身体肯定不好！可如果你们都是披着人皮的怪物，那就说得通了！"

希尔玛温柔地看着岢可道尔，没有经历过那场地狱的他是多么幸福啊。

"你，你这是什么表情。"

"别往心里去，安佩蒂夫，谢谢你这么为我们着想。"

"啊？"

"怎么了？"

"不，不，虽然……有很多不理解的地方，不过……我现在很认真地问你，你真的是希尔玛？希尔玛·叙格纳斯，不是她的双胞胎姐姐或者妹妹吧！还是被魔法洗脑了？"

"我的变化有那么大吗？"

希尔玛瘦了非常多，但岢可道尔所指的显然不是这方面，而是她变得比以前温柔了。一般来说，这种变化是好的，而岢可道尔却如此诧异，让人多少有些意外。

"是啊，好像换了个人。而、而且我是指你们所有人。你们真的不是披着人皮的怪物？"

"我们只是经历了一次能令人脱胎换骨的体验。"

所有人都对诺亚的话表示赞同地点点头。岢可道尔的表情中包含着恐惧。

"究竟是怎样的体验啊……虽然我并不想知道，但还是告诉我吧，你们……"

大厅中央突然发生异变,那是轻薄的,却仿佛永无止境的深邃漆黑。一个下半部分被砍掉的椭圆形从地板上浮了上来,正是那扇曾多次带走他们的"传送门"。这是超高位魔法,王国内没有魔法吟唱者会用,只有魔导王及其手下才会使用。如今这个魔法发动了,那就证明……

希尔玛慌忙单膝跪下,岢可道尔通过气氛意识到发生了什么,便也学着希尔玛跪了下去。希尔玛低着头,握紧拳头。他们将会面临两种命运,来人有可能是来消灭他们的,也有可能是来救他们走的。

只有一个人的脚步声。

"抬起头来吧。"

站在"传送门"前的,是一个看起来年龄不大,胸部却很可以的少女。虽然没有直接问过,但知道她名叫夏提雅。当然,在场所有人都不敢直呼其名。就连什么都不知道的岢可道尔也很识相地什么都没说。

"我是来回收的,这里应该够一千人了,现在可以马上动身吗?"

"是!请您稍等!"奥林全速跑出房间,他是所有人之中体能最好的。

"暗影恶魔。"

随着夏提雅一声令下,从暗处缓缓钻出一只恶魔,它是从什么时候起就在这个房间里的呢?如果很早之前就在了,那就是在监视，众人没有表现出惊讶，反而觉得果然如此。影子恶魔正在夏提雅耳边说着什么，后者则"嗯，嗯"地回应着。

等二人不再说话之后，诺亚才战战兢兢地问道："那，那个……奥林把所有人带到这里，应该还需要一些时间，小的想在那之前介绍一个人，不知您是否有时间听呢？"

"不需要。不是还有行李吗，先把行李搬过来吧。量似乎不少，让我的仆役去搬会比较快，你们觉得呢？"

"既，既然如此，不知能否劳烦。"

只说了一句"好"的夏提雅开始使用魔法，应该是召唤魔法吧。随着魔法的启动，好几个强壮的不死者被创造出来，跟着领路的人走出房间，只见它们很轻松地便将大量的行李搬进了"传送门"内。搬运的速度很惊人，眼看就要搬完的时候，传来了一大群人走动的声音。这里虽然是宅邸内最大的房间，但还是容纳不下一千个人。

"按抵达顺序进去吧，门的那一边是建在森林中的村子，过去之后会看到一个广场，你们就在那里等候吧。"

在场的人遵照命令走进了门中。也不是所有人都能毫不犹豫地进入这个异样的空间，但之前已经叮嘱过他们，既然已经聚集在此，就要绝对服从命令，所以场面没有想象中那么混乱。问题是那些适龄的少年，有的呆住，有的红着脸站在原地。少女中也有人因为看到旁边少年的反应而感到不快，这也是个问题。

夏提雅是一名绝世美少女，男孩对她一见钟情并不奇怪，女孩对她产生敌意也不奇怪。希尔玛在心中默默记了下来。那些孩子要是做出什么蠢事，担责任的将会是希尔玛等人。为了避免这样的情况发生，必须提醒他们，其中特别需要注意的，是那个把手放在自己的扁平胸脯上，与夏提雅做比较的少女吧。不过，这些孩子很快便被父母拉着手穿过了"传送门"，并没有引起任何大的问题。

殿后的希尔玛等人也穿过了"传送门"，眼前的景象正如刚刚夏提雅所说，到处都是用木头搭建的房子，还能闻到森林的气味。之前被不死者搬运过来的行李都放在了广场的边缘。在抵达广场时，人群稍微有些吵闹，或许是出于兴奋吧，发出声音的大部分是年轻人。这也是第一次穿过"传送门"的人的自然反应。

"倾听！"随着诺亚一声大吼，广场上慢慢地，比预想中要快地恢复了平静。

之后，应该是为了让所有人都能看到，夏提雅从地面缓缓飘到半空中，发言道："现在正在紧急建设村落，一周后我会带你们过去。在村子建好之前，你们就先在这里生活。为了管理村子，我会借给你们四只魔像，要是需要搬什么重物，就让它们去做。这个村子周围有不死者守卫，目的是为了防止魔物进入村子。不过，它们不会随机应变，因此，一旦离开不死者的防护圈，回来的时候就会遭到袭击。切忌走到不死者前面去。"

夏提雅环视了一圈，认为所有人都听明白了之后，继续说道："其他事宜你们自行商量吧。食物可供食用两周以上，应该不会有什么问题。三天后我会再来一趟，到时候要是有什么问题，允许你们上报。"

降到地面的夏提雅看了一眼周围的人，最后将视线停在了岢可道尔身上。"你也是干部之一吧。"

"是，是的。什，啊，是，请问您有什么吩咐？"切身体会到实力差距的岢可道尔，也开始注意自己的用词了。

"那么，也要送你去恐怖公的房间。"

"哎？"

夏提雅解除之前的"传送门"，施法放出了新的"传送门"。或许是出于动物的直觉，感觉到自己可能要遭殃的岢可道尔求助般慌忙看向其他人。希尔玛对上了岢可道尔的视线，但马上垂下了眼帘，她不可能违抗夏提雅的决定。其他同伴也一样，所有人都保持沉默。

"等……等……等一下！我不要！你们怎么都是这种反应！救我！"

"好了，快走吧！"夏提雅拽着鬼哭狼嚎的岢可道尔走了。

在这样的力气面前，岢可道尔的抵抗是毫无意义的。"什么！不要！救命啊！"

"对不起了，岢可道尔。"希尔玛看着消失在"传送门"那一边的岢可道尔，小声嘟囔着。很快，"传送门"便消失了。即便门消失了,广场之上的气氛也没有因此舒缓下来,依旧由寂静支配着。

广场上的近千人都是没有体验过那个地狱的幸运儿,但亲眼看到被带走的岢可道尔,直觉告诉他们,接下来会有怎样的悲剧发生在他身上,于是便再也没有人想采取出格的举动了。既然已经知道带自己来到这里的人绝非善类,就应该明白,肯定有神秘而可怕的东西守候在这里。

"我们没能救岢可道尔。"希尔玛对走过来的诺亚说道。之前希尔玛想着,再也不会让任何人体验那样的地狱了,可现实告诉她那是不可能的。如今,她就快被罪恶感压垮了。

"我们也无能为力啊,不过他应该不会死……就把这当作一种洗礼吧。经历过之后,他也……会理解我们了,理解我们重视同伴的心情。"

"我明白你们两个都很担心岢可道尔,但现在必须先商量一下今后怎么办。"

现在最先要做的,就是消除在场所有人心中的不安。希尔玛做了一个动作。她认为,如果想杀了在场这些人,那直接把他们丢在王都就是了,没必要大费周章地带到这里——包括带走岢可道尔这件事。所以,夏提雅的所有行动都在告诉他们,魔导王遵守了约定。

"非常感谢您,魔导王陛下。"

希尔玛低下头。虽然她不知道这里是什么地方,魔导王又在哪个方向，但现在的她只能用这个动作表达自己的心情。那是近乎祈祷的动作。

三名阶层守护者从王都前的阵地出击。科塞特斯负责攻陷王城。亚乌菈负责镇压重要设施。马雷负责使用大范围魔法将王都变成瓦砾。三人分别带着手下，马雷带着半藏，科塞特斯带着雪女郎，亚乌菈带着自己的魔兽。

三人即将前往的目的地王都确实异常安静，不知是在服丧，还是出于对魔导国的恐惧。在几天前那一战中，王都的军队遭到毁灭。从位于王都附近，安兹所在的阵地可以看到，城墙上只剩下少数摆出抗战架势的士兵，数量实在太少了。不过安兹这边的阵地也一样，大本营中没有高级仆役的身影，只有纳萨力克·永生守卫，还有安兹、雅儿贝德以及死亡骑士等安兹制造出来的十个不死者。雅儿贝德身穿全身甲，手持巨斧，为了以防万一，身上应该还带着世界级道具。

"差不多了吧。"守护者们此时正分散在四周包围王都，距离大本营比较远，安兹询问的是站在身边的雅儿贝德。

"是啊，守护者们都离开了，要动手的话，现在应该是最后的机会。要是这个时候还不采取行动，那只能很遗憾地说是我们猜错了。"

安兹简单回了一句"是吗"，视线重新回到王都。

就在这个时候，一个身影从王都飞了出来，除此之外，没有看到其他人。根据现有的情报，胆敢向一个魔法就能瓦解二十万大军的魔导王发起挑战的，也就只有那个人了。那件驱动装甲——应该是朱红露滴的人吧。

安兹眯着眼，盯着朝自己这边逼近的影子，低声嘟囔了一句"开始吧"。就此，计划进入第二阶段，但安兹有些不安。这次的计划非常重要，每一步都如履薄冰。自己能出色完成任务吗？可如此重要的任务又不能交给别人。

眼看着影子越来越近，难道对方就不担心我方布控了空战部队吗？他是觉得各阶层守护者不会发觉飞过上空的影子吗？对方粗糙的计划令安兹惊讶。莫非，他明明知道，却依然采取了这样的行动？他拥有能够冲破陷阱的信心和勇气，还是……

"是鲁莽还是自信，或者……不管是什么，很快就会知道了。"

"是啊。"雅儿贝德简短作答道。

"就交给你了？"

"是，请交给我。"又是简短的回答。

安兹不知道她现在的心情，不过肯定不是什么好心情。安兹的视线回到影子身上，看起来他过一会儿才能抵达，要是到了眼前再攻击也不错，但安兹很快察觉这个想法是错的，那很有可能是颗弃子。

"那个人知不知道自己的使命呢？"

"不清楚，不管他知不知道，都注定要执行第三阶段的计划了，有问题吗？"

"没问题，我会出色完成自己的使命，你也去做你该做的事吧。"

"好……不，不对，请放心交给我吧，安兹大人。"

雅儿贝德话音刚落，影子就已经来到了魔导国大本营附近——飞行高度一百米，直线距离也有一百米左右的位置。终于看清对方的样子了，不过也并没有什么需要确认的事项。深红色的驱动装甲在空中急停，立在原地。虽然看不见脸，但可以看出对方正在盯着这边。

雅儿贝德一抬手，周围的死亡骑士便挡在二人身前，以防范敌人随时可能发动的射线攻击。停留在空中的驱动装甲的右肩，有一个类似箱子的东西，此时正在吸收光线，紧接着发射出如雷电般的射线。

"连锁龙雷！"

安兹念出魔法名的同时，龙形雷电已经击中一个死亡骑士，造成巨大电击伤害后，又朝着附近的其他不死者袭去。耀眼的雷光将周围照亮，不死者也随之不见了踪影。所有不死者在瞬间被灭。由此可见，对方没有飞到安兹等人面前，并不是设计好的，而是偶然。

"无礼之徒！报上名来！！"雅儿贝德愤怒地呵斥道。

声音大到站在一旁的安兹都想捂耳朵了。这个距离对方应该能听到，驱动铠甲却并没有作答。不，应该是回答了，但又不能确定是否能称之为答案。

驱动铠甲左肩的箱型武器架和刚才一样吸收光线，发动了另一种魔法。火焰的暴风雨呼啸着朝安兹和雅儿贝德席卷而来。这是名为"火焰暴风雨"的信仰系范围性攻击魔法。

火是安兹的弱点，但对方发动的魔法并没有经过特殊能力强化，也不是与安兹同等级的魔法吟唱者发动的，所以不会对他造成伤害。不过，也不能继续让对方这么放肆下去。

安兹下达命令："去吧！雅儿贝德，不许让他跑了！"

"是！"

接到命令的雅儿贝德握紧手中的巨斧，展开黑色的翅膀飞了过去，瞬间拉近了双方的距离。不知是不是因为距离被突然缩短，对方有些慌乱，驱动铠甲略显生硬地转过身，背对雅儿贝德。在雅儿贝德手中的巨斧就要打到毫无防备的后背之前，驱动铠甲飞了出去，没有朝着王都所在的方向，而是往南去了。

雅儿贝德回想了一下周围的地理位置，她不记得前方有什么特别的东西，尤其是没有适合伏击的地方。雅儿贝德在头盔下露出了不悦的表情。

（哼，以为我们的眼睛都是摆设，不知道他在打什么主意吗？还是说……他认为，就算暴露了也无所谓？必须小心警戒。）

扭头看了一眼自己刚刚离开的魔导国大本营，那里只剩下一个眺望着这边的小小身影。虽说是为了完成被赋予的使命，但原本应该保护他人，特别是保护自己主人的人，却把保护的对象留在身后，这让她有些不舒服。更令她感到不快的是，无法让对手用身体偿还自己因他的愚蠢而犯下的过错。

雅儿贝德"啧啧"地发出咂嘴声，瞪着逃走的驱动装甲。装甲背后有个像背囊一样的凸起，上面的六个喷射孔张开，喷出白色的光芒，在空中留下了流星一样的尾巴。不了解驱动装甲的人或许会认为，只要破坏掉这些喷射孔，对方就会丧失飞行能力掉到地上。而实际上用雅儿贝德主人的话来说，那只不过是装饰。

驱动装甲的飞行能力与"飞行"魔法相近，但根据主人所讲述的驱动装甲的设定，严格来说与"飞行"魔法还是有区别的。最终得出的结论是，就算破坏掉所有喷射孔，也不会令其丧失飞行能力。而事实是否如此，主人也没有确认过，所以主人在最后又加了一句"在那边是这样的"。

（他要飞到什么地方去啊？距离我们扎营的地方已经飞出很远了吧，莫非他真正的目标是我？）

渐渐地，一点一点地，二人之间拉开了距离，再这样下去会让对方逃脱。雅儿贝德并不掌握能够提升自身飞行速度的特殊能力，一般来说，在追逐的时候应该召唤她的坐骑双角兽，但现在也骑不了了，因此只能靠自己的翅膀飞行。出于上述原因，这已经是她的最快飞行速度了。

当然，她提前做了准备，从主人那里借来了提升移动速度的道具，只要装备上就可以缩短距离。可为什么没那么做呢？因为她想知道对方接下来的打算。如果那家伙只是一味逃跑，她自然就会使用道具。就在雅儿贝德冷冷盯着对方后背时，对方突然转过身来，举起类似希姿的魔导枪的武器。

"哼！"雅儿贝德冷笑一声，准备迎击。

之前科塞特斯说过，敌人的魔导枪与希姿的不同，希姿的属于突击步枪，敌人的则属于重型机关枪，破坏力在希姿的武器之上。随着轰鸣声响起，大量子弹射出。比橡子大一些的子弹以极快的速度朝雅儿贝德射了过来，想要全部躲开相当困难。

不过，雅儿贝德至少可以击回一发，这样给对手的武器造成伤害的同时，还可以附加雅儿贝德的巨斧以及特殊技能的伤害加成，这应该能给对手造成相当大的损伤。但雅儿贝德没有使用特殊技能，只是架起巨斧，什么都没有做。她主动拉近了双方的距离，打算用身体接下这些子弹。敌人射出的子弹击中了雅儿贝德的铠甲……

（哎呀，失败了。）

原本以为铠甲可以挡住大部分伤害，可在击中她之前还有一个问题，那就是子弹根本没有打到雅儿贝德的身体，而是全部偏离了轨道，由此可见，那些子弹上没有附加魔法。到了阶层守护者这个级别，没有附加魔法的飞行道具的攻击都会失效。早知道对方的武器上没有施加魔法，她就不会装备那个道具了。

（本想调查一下对方武器的破坏力，反而让对方看到了自己的一个能力。要是有下次，敌人肯定会用包含魔法的东西攻击……）

雅儿贝德捕捉到了对方动作中的动摇。不过，那人似乎提前预料到了这种情况，一只手当即放开魔导枪，放在身前——接下来要用魔法了。

魔法又如何呢？雅儿贝德心里如此想着，没有使用任何特殊技能，再次毫不在意地缩短了两者的距离。就算拉开距离，只要使用特殊技术也能采取攻击，但雅儿贝德并不想让对方看到自己的能力。

耀眼的绿色光芒从敌人的右手中直线飞出，击中了雅儿贝德。雅儿贝德的身体——铠甲发出了同一颜色的光芒，但也只有一瞬而已，并没有发挥出任何效果，光芒便消失了。

不痛不痒。并不是因为进行了防御才没有受伤，而是对方的魔法攻击根本没能突破雅儿贝德本身的防御力，所以没能发挥出效果。

刚刚这一招很可能是主人擅长的，让对手即死的一击必杀的魔法。这类魔法除了会受到能力值、被动技能、特殊技能、道具的影响，二者之间的等级差距对抵抗加成，或者说是代价的影响也非常大。如果说双方都处在同级别范围内，不进行特殊化处理的话很难产生效果。

像驱动铠甲这类强化自身的对手的攻击，以等级一百的设定被创造出来，还通过魔法道具进行了各种强化的雅儿贝德怎么可能抵抗不了。对方或许是为了掌握敌我之间战斗力的差距，才使用了一击必杀技能，但想用这种魔法交锋，令雅儿贝德感到不快。

有必要让对方认清自己几斤几两。

雅儿贝德直接挥拳打向已经近在眼前的敌人。没有使用手中的巨斧有愚弄对方的意思，同时，也因为她不知道用巨斧攻击会给对方造成多大的伤害。对方本打算用枪接住雅儿贝德的拳头，但还是雅儿贝德的速度快了一点。

虽然已经手下留情了，但一百级强者的一拳非同小可。随着"当"的一声坚硬物体相撞的声音，对方被打飞了。身高超过三米的巨大机体不仅被比自己矮一米多的雅儿贝德打了个人仰马翻，还在"咔嗒咔嗒"作响，不得不说这很滑稽。

（刚才那一拳造成的伤害似乎比想象中要严重。像豆腐一样脆弱……）

而且比预想的还要——

（弱……）

雅儿贝德已经开始感到焦躁，但还是笑出了声。

"呵呵呵呵呵，我要通过痛苦让你明白，攻击安兹大人是多么愚蠢。首先我会把你的四肢砍下来，再把门牙都打断，以免你咬自己的舌头……或许把顺序反过来比较好？总而言之，之后我会将你带到安兹大人面前，让你当面向他谢罪。"

"啧！"

男人咂嘴的声音传到了雅儿贝德耳中。雅儿贝德在头盔中眯起眼睛。"咂嘴？真是个不懂礼貌的家伙。不过这也难怪，毕竟是一个连名字都不说就直接攻击别人的卑鄙小人，会做出这种程度的无礼行为也不稀奇。"

"少在这里满口胡诌，虐杀者！消灭你们这样的邪恶之徒，有什么卑鄙不卑鄙的！"

"哎呀，看你一上来就攻击，我还以为是哪个不通晓语言的蛮族呢……不过话说回来，王国的居民与蛮族又有什么差别，你说呢？"

"还真是敢说啊，魔导国宰相雅儿贝德！"

雅儿贝德计算了通过交谈拖延时间的利弊，认为这是一个可以利用的方法。

（如果是安兹大人和迪米乌哥斯，肯定会考虑到更深一层……）

雅儿贝德在内务方面很有自信，但在对敌和外交这些需要用到谋略的方面，稍稍缺乏一些自信。但此时也没人能帮忙，只能相信自己的判断了。

"我有什么不敢说的，朱红……什么来着？区区冒险者的名字我实在记不住，不好意思哦。"

"哼！你这样的女人居然能做宰相。"

真的是朱红露滴？还是说，他之所以不加否定，是想诱导自己往那个方向猜？无论是哪种情况，雅儿贝德都决定继续说下去，而且经过刚刚那一击，她已经大致掌握对手的实力了。再开战的话事情很可能会变得不好收场。雅儿贝德表现出饶有兴致，很想和对方聊下去的态度。

（拖延时间也很累啊……）

为了不让对方起疑心，只能把自己塑造成一个傲慢的强者了。

雅儿贝德追着深红色驱动铠甲，身影变得越来越小。现在大本营就只剩安兹一人了。如果跟设想的一样，差不多该开始了。安兹发动"光辉翠绿体"。要想消灭安兹，稍微有点这方面知识的人都知道，应该选择可以给骷髅系造成伤害的打击系武器。在达成目的前，遭到可以大量削弱体力的攻击会有点麻烦，于是安兹使用了这个魔法加以防护。

就在这个时候，安兹提前发动的"传送延迟"有了反应，也就是说他猜对了。看来目标不是雅儿贝德，安兹稍微放心了些，因为如果目标是她会有些麻烦。但事实真的如此吗？有没有可能是双重陷阱？敌人传送的位置是安兹的正后方，来者只有一人。

安兹明白，接下来对手会采取近战方式。趁着延迟的功夫，安兹朝自己正后方，也就是对手即将传送的目标位置发动"爆击地雷"。然后就像定住一样一动不动，等待敌人传送过来。原本他想亲眼确认一下，已经发动的"生命精髓"是不是能够削减对方的体力，但现在要忍耐。

对方出现的同时响起了爆炸声。安兹像是被弹开一样朝着前方，也就是与敌人拉开距离的方向移动的同时回过头。

"银……不，光泽不同，白金？还是我不知道的金属？"

爆炸卷起的尘土中，有一个身穿白金色全身甲的人，在他的周围，飘动着四样武器，就像是在跟随着他。四样武器分别是枪、刀、锤、大剑。如果由人来使用的话，每一把武器都有些偏大，形状看起来也并不实用，更偏向于耍着玩的，像是会在纳萨力克宝物殿里堆着很多的那种。

武器的光泽与铠甲酷似，不像是银，白金的可能性更高。但这就存在疑问了，先把贵金属的价值放在一边不提，白金这种金属在魔法方面并没有特别的效果，那么，用它打造武器有什么好处呢？让人搞不懂。最有可能的情况是，白金只是涂层，目的是为了隐藏里面真正的金属。恐怖公房间中最近才渐渐被熟知的那个魔像就是这样。

也有可能是跟白金很像却又不同种类的金属，是连安兹也不知道的，这个世界特有的金属。安兹不敢大意，观察着对手的动作。因为就算有一点点的情报不足，也可能左右战局的胜负。

令安兹感到诧异的是，对方已经站在自己面前了，态度中却看不出任何情绪。他出现之后就像门神一样站在那里，纹丝不动，是因为他没有负伤，没有出血，所以才表现得如此从容吗?

但他不可能不受伤。遭到安兹"爆击地雷"的攻击,那么大的爆炸光,不可能只是往他的铠甲上扬了点土那么简单。就算安兹是特化死灵系,如果没有诀窍的话,也无法完全令高阶攻击魔法失效。尤其"爆击地雷"造成的属性伤害,不可能轻易失效。莫非对方镇定自若的态度是装出来的,还是已经做好了赴死的觉悟呢?或是……身上配备某种装置,真的让攻击失效了?

"你觉得我会什么准备都不做就站在这里吗?我在这周围给你准备了——"

安兹打算抛出话题看看对方的反应,但对方没给他继续说下去的机会。来者毫不犹豫地开始做攻击的准备,四样武器中的锤飘到了他容易拿到的位置。确定了一项情报后,安兹在心中轻笑。这项情报就是,他们的目标不是雅儿贝德,而是安兹。

对方不肯和安兹对话,也就是不打算拖延时间,应该是想在援军抵达之前将自己收拾掉吧。如果敌人停留在空中和自己对话,那就要怀疑他们的目标是雅儿贝德,或者是打算将他们两个一起收拾掉了。

目前为止的发展几乎都在安兹的预料之内,但敌人的攻击还是超出了他的预期。看到对方让武器飘浮在自己身边,安兹原本以为对方是战士类职业,一定会和自己拉近距离,但对方似下达命令一般挥手的瞬间,巨大的锤子突然就朝他飞了过来。

好快！这是等级相当高的战士才能投出的速度，安兹无法躲避。只要武器上没有施加魔法，安兹可以令一切飞行道具失效，但怎么看这把大锤上都注入了魔法。

既然如此，安兹心中想好了对策：一动不动。他也和敌人一样，像门神一般站在原地等着对方投掷过来的武器。当然，安兹肯定会在大锤命中身体的瞬间发动魔法。"光辉翠绿体"令击打伤害完全失效了。

安兹一刻都没有将目光从对方身上移开，始终观察着对方的动作，就在攻击失效的瞬间，安兹看到他的动作停止了。应该是发现安兹没有受伤而感到惊讶吧。大锤保持着被投出来时的速度又回到了之前的位置，和其他武器一样，继续飘浮在那人身边。

"哈哈哈哈哈——"安兹笑了，将双臂展开，以此告诉对方自己毫发无损，接着说道，"看到了吗？相信你也知道，骷髅系的抗击打能力弱，我也是如此。你认为，我会让弱点一直是弱点吗？在你眼里，我就那么愚蠢？你也看到了，"安兹"砰砰"敲了敲自己的身体，"击打攻击对我一点效果都没有。"

在他炫耀自己能力期间，对方并没有继续攻击。这其中有什么含义吗？安兹开始认真思考，如果他的推测错了，或许会是致命的。敌人抬起一只手，说话了，是男人的声音。

"世界绝对障壁。"

以敌人为中心，类似大气扭曲的波动开始扩散。倘若保持着发动瞬间的形状继续扩散，应该会以安兹二人所在的位置为中心点，张开一个半透明的半球状屏障，范围将会相当广，大概会超过一千米。可以确定的是，雅儿贝德等守护者届时都会在这个范围之外。

安兹的大脑高速运转。敌人这样做的好处是可以断绝与外部的联系，但可以防住何种程度的入侵呢？能挡住助跑冲撞这类物理入侵吗？能阻断传送入侵吗？还有效果范围，看起来是个半球体，那从地下的入侵能防住吗？最主要的是，可以用某种手段将其破坏吗？

情报不足，没有任何佐证，不过还是可以做出一定程度的推测。首先，对方应该知道安兹是魔法吟唱者，那么至少应该有能够阻止传送的手段。对方没有上来就使用世界道具对安兹进行洗脑，也就是说给夏提雅洗脑的不是他，还是说有别的什么理由？这一切的一切都不得而知，但安兹明白一点，对方是强敌，自己不能有一丝懈怠。

安兹知晓大量魔法和多种特殊能力，经过不断的训练，对那些魔法和特殊能力也都充分理解，即便是在纳萨力克，战斗技巧方面他也是顶级高手。但这个敌人使用的技能却不存在于安兹的记忆中。在他的印象里，可以涉及如此大范围的技能，也就只有超位魔法或世界级道具才能做到。也就是说，对方在瞬间就发动了可以匹敌超位魔法或世界级道具的神秘技能。

所以，对方毫无疑问是强敌——有可能消灭安兹，消灭百级阶层守护者的敌人。

面对强敌,安兹没有显露出任何情绪上的变化。当然,他的脸上原本就不可能有表情,可即便如此,还是有可能从态度和声音中透露出内心的动摇。但安兹·乌尔·恭绝不会做出那样丢脸的事情。

同时,也不能让敌人察觉到自己放心或喜悦的情绪,更不能让对方看出自己的想法。安兹此时正在想的是,由自己亲手对付这个敌人果然是正确的选择。

安兹眯起眼睛,继续观察。对方使用的技能的确很神秘,但还是能看出一些端倪。首先,这个技能会消耗体力,而且是大量的体力。那么,这个障壁就绝不是没有任何效果的摆设。必须调查一下都有什么效果,否则会对自己不利。

安兹用已经发动的魔法"生命精髓"观察到,对方在发动技能的同时,体力瞬间减少了一大截。而"魔力精髓"却没有任何反应。与其说是没有反应,不如说对方有着纯战士常有的状态,那就是一点魔力都没有。

假设这个神秘结界是不允许逃走的监狱,对手认为已经把安兹关在里面后,很可能愿意开口说话,越是对自己的能力有信心的人越容易这么做。想到这里,安兹亲切地开口询问对方,他的声音非常温柔,完全无法想象他刚刚还被大锤攻击过。

"我原谅你刚刚的偷袭。想必你应该知道我的名字吧,不过还是重新介绍一下,我是安兹·乌尔·恭魔导王。现在轮到你做自我介绍了，可以将你的名字说出来吗？"

几秒的沉默之后，对方回答道："里克·阿加内亚。"

安兹当即开始分析手上的情报。这个结界不仅能防止有人从里面逃出去，防止外来之人入侵的可能性也急速上升。对方既然肯给自己情报，那就没打算让自己逃走，有援军来救自己的可能性也已经消除了。

赛巴斯和迪米乌哥斯收集的资料中并没有里克这个名字，调查了那么多人，不可能还有遗漏。就算是隐世的强者也解释不通。既然实力如此强大，王国的历史上怎么可能连个名字都没留下呢。

比较大的可能性之一就是名字是假的。为什么要报上假名？如果是王国的人大可堂堂正正报上姓名，宣称自己要干掉发动侵略战争的邪恶军团的老大。是不得不隐藏自己真实身份的人物吗？从立场上来说无法那么做？也有可能是想将安兹的仇恨引到真正的里克·阿加内亚身上。或者只是单纯出于，如果名字被知晓，担心安兹会对他做什么的警戒心理？

在统治荒野后，安兹等人从各色亚人部落那里收集了很多情报，其中有一条的内容是"一旦与灵魂相连的真名被他人所知，就会很容易被诅咒"。可是，在纳萨力克进行了一番调查后，并没有任何物证可以证明这个事实，便只当作民间传说处理了。

这个里克会不会就是出身自有这样传说的部落呢？情报实

在是太少了，一个推论之后又是一个推论，情况并不乐观。不过与白金这个关键词有关联的强者安兹还是想到了两个，一个并非人形，而另一个……

"我听过吟游诗人的诗歌，讲述的是被称为十三英雄的英雄故事。有几个人并没有留下姓名，其中有一个身穿白金铠甲的人物……原来那个人叫里克·阿加内亚啊。吟游诗人们要是知道这个消息，肯定会很开心吧。"

"是吗？我有那么出名，连吟游诗人都想知道我的名字。"敌人没有做任何动作，甚至都没有耸肩，只是淡淡地回答道。

真的是十三英雄吗，还是打算冒名顶替，以隐藏自己的身份？除此之外或许还有其他理由。安兹有些挠头。对方到底哪句话是真的，哪句话是假的，实在是难以分辨。看来，有必要在这一战中看清对方到底有没有在单打独斗的情况下，战胜仅用一个魔法便能消灭二十万大军的安兹·乌尔·恭的自信，以及对方能力的深浅。

"可以叫你里克吗？"

"不可以。"回答得很干脆，而且声音中带着强烈的厌恶感。

"失礼，确实有些过分亲昵了，那叫你阿加内亚可以吗？"

"可以。"

"那就好。我现在有个提议，你愿不愿意成为我的手下？"

里克周围的气氛变得有些紧张，但他没有摆出任何架势，也没有打算改变姿势，只是大大方方地立在原地。

搞不懂。如果对方认为自己不够格，那不摆架势还可以理解。以前科塞特斯在对阵蜥蜴人的时候就没有摆任何架势。那么，里克也是出于这个原因才这么做的吗？感觉又不像。结论就是，这就是里克的架势。他自己没有动的打算，只会操纵武器进行攻击，所以才会采取杵在原地的战斗姿势吗？

"看你的样子，应该是拒绝了吧。真是可惜，不给个机会让我说服你吗？我正在召集强者，包括那个漆黑的飞飞，我也是当手下对待的。如果你答应，我可以停止进攻王国，你一个人的价值远在这种国家之上。"

"我拒绝。"

斩钉截铁，毫不犹豫。

安兹在不会有表情的面部之下，高速研究着刚刚一段对话中隐藏的信息。他是有绝对的自信可以打倒自己、拯救王国，才会毫不犹豫拒绝自己的提议吗？还是说，他有把握，只要干掉自己，魔导国就会撤军？

（不在乎王国的存亡，他是其他国家的人？）

"光衣。"

里克的铠甲发出光芒。开始还以为是日光的反射，但在发光的同时，里克的体力再次减少，说明他发动了某种能力。

现在基本已经可以确定，里克是在消耗自己的体力使用技能。只不过，失去的体力只要使用魔法或体力药水就可以恢复。也代表着他所使用的并不是多么强大的技能。代价越大技能就越强的道理在这个世界是通用的。

既然里克使用了特殊技能，证明交涉彻底失败，安兹当即发动魔法。

"上位传送。"

安兹直接传送到了半透明结界前，准确地说，是再次看到东西的时候，挡在眼前的就是半透明的墙壁。

"传送失败……"

看了一圈周围，阿加内亚不在，看来他并没有跟踪能力。相信结界的前方，安兹视线对面的某处，就是他想要传送的目的地纳萨力克。如此一来便确认了这个结界的其中一个效果——彻底阻断传送。传送结束后结界就出现在眼前，证明在结界内可以传送，只是无法传送到结界之外。就相当于是从传送发动时的位置到目的地拉了一条直线，在传送的过程中撞到墙上，于是人便出现在了障壁面前。这个情报很重要。

原本，安兹并没有打算在这场战斗中使用传送，但这张王牌废得也算有价值。他伸手去触碰半透明的膜，如果这层膜有攻击性，或许会当即给安兹造成伤害，但这种可能性很低。因为传送被阻挠后，他并没有受到伤害。

手碰到了结界，想象中是柔软的，实际上却非常坚硬。安兹用力推了推，结界不仅没破，甚至连动都没动，犹如隔离世界的墙壁一般。他又取出一枚通用金币，朝着障壁扔了过去，金币撞上结界被弹了回来。他接着又计算角度，发动了"雷击"。

"贯穿不了吗……"

在得到预想的结果之后,"传送延迟"有了反应,肯定是里克。安兹发动"光辉翠绿体"后就立在原地背对着里克。里克传送过来的下一秒,某样东西以高速击中了安兹的身体。这次也是击打伤害,立即就因"光辉翠绿体"的能力彻底失效了。

但不知道为何,安兹的身体被推向了面前的结界,这太不正常了。一般来说,只要伤害彻底失效,附加效果也会失去效力。里克的攻击却并非如此,但其中的原理安兹尚不清楚。

安兹缓慢且坦荡地转过身。大锤回到了里克身边。飘浮在里克周围的四样武器与刚刚不同,都蕴含着泛着白光的某种东西,与铠甲中所蕴含的东西酷似。里克的体力比移动前少了,减少的量比刚刚对铠甲使用力量时还要多,是觉得必须给每样武器都灌入魔法吗,还是传送也会消耗体力呢?还需要收集更多情报。

"我之前说过,击打攻击对我没有意义……但你是怎么做到的呢?"

"就算你能够传送,也逃不出这个结界,你的命运就是在此毁灭。"

你倒是回答我啊,安兹心里这么想,但不会说出口。因为他不想引起对方的不快,好让对方多说几句。

"是吗,居然张开了这么一个自己也无法逃离的结界,看来你已经有相应的觉悟了?"

对方没有回答，只见飘浮在周围的四样武器之一——大剑停在了适当的位置。

要来了。看来对方不想再多说什么了，察觉到这一点的安兹决定先下手为强。

"魔法二重化·黑曜石之剑。"

安兹创造出两把黑曜石剑，操控着它们朝克里攻了过去。既然对方使用飘浮武器，那自己也要用。第一把被飘在里克周围的大剑弹开，另一把被对方以诡异的动作躲开了。

"什么！"安兹脱口而出。

被躲开没什么好惊讶的，只是里克的躲避动作连科塞特斯都做不到。里克是用一人高的侧空翻躲开了攻击。做出这样的动作的确有些异样，但最主要的问题是，他完全没有人类该有的动作。

人类在起跳时，会有稍稍屈膝、双腿用力等准备动作，这些动作在里克身上都没有看到。他没有用力，保持着之前的姿势直接来了个空翻。要是使用"飞行"等魔法也不是做不到，但对安兹来说很难，因为不管怎样身体都会跟着动。

或许擅长"飞行"，拥有特殊素质的人能做到。除此之外，里克种种诡异的举动还有一个解释可以说得通。但这个想法在脑中就是不成型。安兹有些不耐烦，就在此时，里克放出大剑发动反击，两把黑曜石剑已经被其他飘浮在里克周围的武器弹开了。仿佛有自我意识的大剑，在安兹眼中一瞬间与象征公会的武器重叠，驱使他发动了防御魔法。

"骷髅障壁。"

大剑撞上安兹制造出来的障壁，一击便将"骷髅障壁"摧毁了。

"厉害啊。"

大剑悬浮在"骷髅障壁"之前所在的位置，剑尖对着安兹。本以为它会回到里克身边，可结果就好像有人握着剑柄一样，它朝安兹刺了过来。里克还是站在原地纹丝不动，没有摆出任何架势，就那么杵着。他这个样子让安兹明白过来刚刚在脑中闪现的是什么了。

没错，他的样子简直就像是个人偶。里克的动作是扯线木偶才会做出来的动作，他身后就好似有一双巨大的手，一手操纵里克，一手操纵武器。

（不是铠甲人在使用"念动力"等魔法操纵武器，连铠甲本身也是受人操纵的？里面是空的，还是说，穿着铠甲的人也在别人的操控之下？）

安兹拿出爆破法杖接住了从头顶上方挥下来的大剑。在接住的瞬间，安兹感觉到一股重压，似乎脚下的地面都有些下沉。要是掌握武器破坏系特殊技能，攻击这把大剑还有意义，但安兹并没有学习那类技能，用酸性攻击魔法进行破坏又需要花费大量的时间，既然如此，就应该直接攻击里克。

"心脏掌握！"

这是安兹擅长的死灵系魔法，却没有对里克造成影响。是对死灵系魔法有完全抗性吗，还是对爆破法杖有抗性？正当安兹思考时，大剑就好像在说轮到自己攻击了一般，用比刚刚更快的速度朝安兹横扫过来。

"唔！"

用法杖接和躲避都来不及了，只能用身体扛下这一击，斩击武器的伤害打得安兹稍稍后退，撞在了背后的光墙上，这个位置有些不好。

"上位传送！"

安兹准备传送到上空，黑曜石剑与普通的召唤魔法不同，也马上飘到了安兹身边。这次传送的目标位置就在对方的正上方，应该很容易就会被发现，但安兹并不想和对方拉开距离，或是躲起来拖延时间等待雅儿贝德，因为这一战正是他所期望的。

以防万一，安兹发动"光辉翠绿体"的同时，观察着已经变成一个小点的里克的动作。他很快就发现了安兹，瞬间提升了高度，并没有只将武器投过来，从这一点来看，应该是有什么——比如距离上的限制。

安兹开始下落，在两人交错的瞬间，放出两把黑曜石剑。这"黑曜石之剑"只能用来攻击，无法用来接住对方的攻击进行防御。因为只是接住攻击就会降低其耐久，非常脆弱。要是用来防御，耐久度怕是会以惊人的速度下降。

破空而出的两把剑被飘在里克身边的武器弹飞。难道光是防御就已经让他很吃力了吗？里克并没有进行反击。当安兹降落到地面之时，枪从头上猛地坠下。安兹向前一扑，勉强躲开了攻击，他一直在发动"飞行"，身体活动起来很轻松。

　　等安兹稍微拉开一点距离站起来时，里克已经缓缓降落到地面上站住了。周围飘着三样武器，之前扎在地上的枪回到了他身边。两把黑曜石剑也同样回到安兹身边，在空中飘动着。

　　从里克的动作来看，很难想象铠甲里面会有活人，通过对动作的观察，安兹得出了这样的结论。刚刚里克落到地面的时候，膝盖一丝都没有弯曲。突然，一直保持不动姿势的里克握住大剑，瞬间逼近安兹，速度是目前为止最快的一次，宛如流星。

　　两把黑曜石剑飞出去迎击，却被飞在里克周围的刀搪开，掉到了地上。

　　"万雷击灭。"

　　多道重合在一起的雷电朝着里克袭去，里克并没有放慢突击的速度，从他减少的生命力可以看出，他并非没受伤，而是忍受着疼痛。高高举过头顶的大剑对着安兹重重挥下。

　　"哦！"

　　安兹受伤的同时，余光看到刀朝着自己横扫过来，挥动爆破法杖攻击。里克直接用身体扛下，魔法吟唱者的一击没什么了不起，所以他并没有躲避，而是接了下来，他应该是打算以此换取对安兹的一击。

他的判断是正确的，安兹如果站在他的立场上也会这么做，但此时此刻就是大错特错了。安兹在心里露出微笑的瞬间，冲击波扩散，将里克吹飞。

爆破法杖与夜舞子的"女教师愤怒的铁拳"有异曲同工之处，都可以提高击退效果，代价就是几乎没有攻击力，能给魔法吟唱者创造最为重要的距离。或许是因为里克被吹到后面拉开了距离，刀没有扫到安兹，只有刀尖险些划到他的胸骨。里克虽然被吹飞，姿势却依然没有改变，安兹针对他开始发动魔法。

"第十位阶不死者召唤。"

两把黑曜石剑消失，转而召唤出接近七十级的不死者破灭之王。只见它头盔上戴着有些生锈的王冠，身披血染披风，包裹身体的全身甲上有很多像镰刀一样弯曲的刀刃露在外面。少量负能量黑色烟雾从铠甲的缝隙间往外一点一点地泄漏，随着烟雾的泄漏，它的体力也在逐渐减少。这是使用它的代价，同时也是破灭之王会有远超七十级强大实力的原因。而且要想用好它，还需要专业的走位。不过对于只想用它当盾使的安兹来说，走不走位都无所谓。

召唤魔物充当盾或剑。魔法吟唱者就是因此才强，不过如果是真正强大的纯战士，会巧妙地无视破灭之王的存在。比如科塞特斯，他肯定会巧妙地将召唤出来的魔物推到术者身边，拉近距离后同时攻击魔物和术者吧。

雅儿贝德会怎么做呢？她会充分发挥自己的防御能力，无视魔物直接突击将术者解决吧，还可以把仇恨值加到术者身上，让魔物和术者自相残杀。

面前的里克又如何呢？目前为止，他一直采用的主要是武器主动攻击的打法。虽说也挥了一次剑，但并没有使用特殊技能或者武技，所以安兹根本不知道他身为战士的力量如何。正因为如此，安兹才会采取这样的行动。

里克缩短距离直线冲了过来，没有一丝犹豫，甚至可以说勇猛果敢。如此看来，他其实并不擅长使用飘浮的武器战斗，是超近距离战特化型。所以，要在短时间内消灭召唤魔物，就不能拉开距离。

面对逼近的里克，破灭之王架起手中的武器。武器名叫战镰，镰刀被垂直固定在长柄之上。那上面也缠绕着负能量黑雾。

安兹通过与破灭之王之间的魔法联系，对其下达命令。对方很有可能也不是生物，需要确认一下，就是这么随便的理由。被召唤出来的魔物本就拥有召唤者一部分知识，因此，就算不下命令它也知道应该怎么做，下命令只是以防万一。

破灭之王发动特殊能力"灭亡之夜"。

更多黑烟从破灭之王的体内冒出并向周围扩散，体力减少的速度虽然上升了，但整体战斗能力都得到了暂时的提高。不仅如此，与对方拉开等级后，对手的伤害减免也会失效。同时，在黑色烟雾范围内的不死者，当然，也包括破灭之王自己，在遭到光系和神圣系攻击时，所有受正义值为正数影响的技能伤害也会得到减轻。最强的点在于，不会与其他任何Buff重复，影响其发挥效果。

安兹原本也想受惠于这个能力，但由于黑烟的范围不大，只能放弃。为了不成为对方的目标，他与交战的二人保持了一定距离。观察的准备做好了，接下来要彻底搞清楚里克的实力如何。

破灭之王的镰刀与浮起的大剑撞在一起，发出刺耳的声音。双方寸步不让，也都没有撞飞对方。看来臂力相近。接下来是镰刀与刀不断撞击的声音，两样武器以极快的速度交锋。镰刀卸掉剑的斩击，大锤像盾牌一样挡下镰刀的突刺，飞过来的枪被镰刀的柄弹开，破灭之王灵巧地躲过高高挥下的大剑。在那之后，为了填补破灭之王躲避时稍稍后退而拉开的距离，里克向前踏了一步。双方各不相让，在出招数量方面是里克略占上风。

"负能量爆裂。"

黑色的光波似要将光芒反转般吞没了以安兹为中心的周围区域。接收到负能量的破灭之王身上的伤恢复了，但魔力的消耗量与回复量并不成正比。而里克可以说毫发无损。

一点伤都没受，针对负能量的完全抗性是从哪来的呢？种族，职业，还是最有可能的装备？因为要与身为不死者的安兹交战，针对不死者经常使用的负能量做好提前防护是很正常的。安兹要是与会喷炎之吐息的龙战斗，也会做好火系防护。

二人之间不断发出武器碰撞的声音，安兹则在一旁发动下一个魔法。

"完全不可知化。"

化为不可知状态的安兹从盾牌——破灭之王身后走出来，准备绕到里克背后。瞬间，刀以无法躲闪的速度朝着安兹直线飞出，"扑哧"一声从袍子上方刺入安兹的腹部。虽然安兹对突刺有着完全抗性，并没有受伤，但还是慌忙后退，重新躲回破灭之王身后。飘浮在空中的刀自动朝着破灭之王砍去。

"能看破不可知状态吗……"

这并不值得惊讶，就算没达到安兹的等级，只要是等级够高都会有一两个这样的对策。问题是他怎么发现的，安兹想不明白。因为方法实在是太多了，以目前的情报不足以推敲出答案。那么接下来这步棋该怎么走呢？

里克想直接攻击安兹，滞空的武器有时候会将矛头对准他，但因为有破灭之王的保护，安兹没有受到任何攻击。以现在的发展推测，安兹很可能只会发动攻击魔法，这个破灭之王死了就再招出新的，如此一来获胜的概率将会很大，但这并不是安兹想达到的目的。

里克是安兹目前为止遇到的最强的敌人，他很可能拥有很多安兹所不知道的能力，那么安兹现在应该做的，就是把里克的所有能力都掌握清楚，今后再遇到拥有同样能力的强敌时，便有备无患。于是，安兹决定不再使用攻击魔法，像之前一样提前加强防御也不失为上策，但出于某种理由，他不会那么做。此时应该明知危险也要忍住。

　　安兹观察二人之间展开的攻防战，破灭之王略处下风，不过双方都没有受到什么大的损伤。一进一退的攻防战听起来不错，但里克单调的战斗方式让人有些在意。安兹知道破灭之王无法占据上风的理由是，破灭之王所使用的特殊技能、负能量供给、精神系攻击等都对里克无效。

　　到此，安兹可以确信，里克要么是拥有与哥雷姆一类人造物相同特性的种族，要么是拥有这类加成的魔法道具或技能，要么就是纯粹的人造物。至于哪种可能性最高，从可以与他对话来看，应该是前者。半哥雷姆类的种族拥有与人造物相似的抗性，所以里克或许就是这类种族的。

　　这样的种族为什么会帮助王国虽然是个疑问，现在最重要的不是里克的立场，而是他的能力。可为什么里克的攻击会如此单调呢？没有使用特殊技能，就连武技都没用。

　　无上至尊中有位哥雷姆，在安兹眼中，里克的样子和那个人操纵的哥雷姆重叠了。若里克是半哥雷姆一类的种族还好，若是什么人使用了在哥雷姆中搭载扬声器一类的秘技就麻烦了。据安兹所知，哥雷姆的强大会根据制作魔像时所使用的金属的价值、制作者的技术、使用的数据水晶等因素产生变化。制作高等级的哥雷姆需要花费相当大的代价。

假设里克真的是哥雷姆,而且使用金属价值较低的白金就能制造出如此强大之物,搞不好会存在好几只甚至好几十只。必须收集更多情报。安兹给破灭之王下达了指示。

破灭之王遵照指示喷出更多黑色烟雾,速度和攻击力都得到了提升,这次,里克的铠甲上终于开始有伤痕了。但这也加速生命消耗了,破灭之王很快便消失了。安兹瞅准时机再次发动"第十位阶不死者召唤",这次召唤出来的是六十八级的不死者,元素骷髅。乍一看就是一颗晃晃悠悠飘在半空中的头盖骨,实际上周围还包裹着魔法能量,不停变换着赤、青、绿、黄四种颜色。

安兹让其退到后面,自己站在前面。元素骷髅是可以放出四大精灵系攻击魔法的不死者,体力相当于魔法吟唱者,远不及破灭之王。但魔法攻击非常强悍,因为它所发动的魔法已经被魔法强化了。再说防御能力,它对所有魔法都有很高的抗性,对火、雷、酸、冰等属性有完全抗性,但对物理攻击以及击打的抵抗力非常弱。因此,安兹必须站在它前面。

里克并不在乎魔法吟唱者站到了前面,没有做任何警戒,只是慢慢缩短二人之间的距离,朝安兹发动攻击。

你倒是稍微迟疑一下啊。安兹一边在心中默默吐槽,一边利用训练得来的经验抵挡着里克的刀剑,说是抵挡,实际上五次之中只要防住一次就够了,都是对方在出招。安兹的法杖接下所有攻击并搪开，对方则是大剑、枪、刀轮流进攻。大锤只飞过来一次，被安兹用"光辉翠绿体"化解了。或许是因为之前使用大锤攻击的三次都失效了，令里克认为大锤无法对安兹造成伤害，那之后就再也没用过了。

虽然早已见识过，对方的速度之快依然令安兹感到惊讶，或许不及阶层守护者，但真的是相当快。幸运的是对方不再使用大锤了。要是连那个武器也一起参战，现在的安兹就没有胜算了。看过之前破灭之王的战斗，安兹明白自己无法胜任前锋的任务。当然，他还可以选择使用"完美战士"，但现在，武装不足的安兹毫无疑问会输。

但肩负起前锋任务的安兹的付出还是值得的，魔法从身后飞出的同时，他也发动了第九位阶魔法"朱红新星"。在单体攻击魔法中占据最强位置的炎系攻击魔法即将烧到里克，但里克的攻击丝毫没有手软，依旧朝着安兹斩下大剑。

在全身都被火焰包裹的情况下，他的剑路依然没有乱，身为战士，如果已经有了觉悟，这样的表现或许是理所当然的，但意志未免太坚定了吧。元素骷髅使出的是第九位阶魔法"极地之爪"，冒着极寒之气的爪子将里克撕裂，虽然没有任何附加效果，但造成的伤害量在寒气系中却是最高的。这也是安兹没有学习的魔法。安兹牢牢记住了在遭受这两种魔法攻击时，里克体力的消耗量。

就在这时，枪和刀接连击中了安兹。安兹发动第九位阶魔法"万雷击灭"。元素骷髅发动第十位阶魔法"超强酸雾",又是安兹没有学习的魔法,这也是他召唤出能使用这些魔法的元素骷髅的原因。

只一瞬间,里克全身就被强烈的酸性蒸汽包裹,同时,周围的武器也是一样。"超强酸雾"除了会给对象造成伤害,还具有对其所装备的武具造成少量伤害的追加效果。不在里克手上、飘浮在他周围的武器,也被认定为里克的所有物了吧。

距离稍远的武器也受到了攻击,采取近战的安兹却没有受到任何影响,也是这个魔法的特殊规则。安兹看到,酸性蒸汽大幅削减了里克的体力,看来,四种属性中,能给他造成最大伤害的是酸。即便如此,造成的伤害量还是少。以现有的情报分析可知,里克是防御高于攻击的坦克型职业,推测等级应该在九十八级。

(目前看来,反复采取酸属性攻击才是上策……好疼!好疼!)

"碍事!"

不知是不是安兹因在思考时被砍到而产生的烦躁情绪引发了奇迹。手中的法杖不但成功打到飞过来的刀,刀还飞了出去,看起来就像是法杖的吹飞效果发动了。安兹本没有的眼睛由于吃惊而变成了一个点。

(怎么回事?!)

这个法杖的吹飞效果发动有很多限制:首先,用法杖拦下战士的冲刺时不会发动，不是己方主动攻击不会发动；其次，对手用手中的剑或盾接下己方的攻击时不会发动，必须确实命中对方的身体才行。剑和盾自然不会被看作对方的身体，因此，只有对方用金属手套接下攻击等情况时，效果才会发动。

里克的刀是怎么回事？考虑到上述限制，说明飘浮的武器被认定为是身体的一部分了。这就奇怪了，之前赛巴斯曾从王都回收过类似的东西，是武者使用的飘浮武器。送到宝物殿时也进行了详细的调查，那仅仅是一种飘浮在空中、会遵照命令进行半自动攻击的武器，应该被看作装备的一部分。也就是说，用这支法杖打武者的武器，吹飞效果并不会发动。

如果想让吹飞效果对装备发动，就必须用"女教师愤怒的铁拳"了。铁拳在设计时的期待效果就是打空气都能发动冲击波，也只有将所有资源都用在打造吹飞效果上的武器才能做到。那么，比铁拳弱得多的法杖发动效果的理由是什么？从眼前的事实可以推测出的答案，也只有里克的武器被视作里克身体的一部分了。

（原来是这样……）

安兹推测出了这个活动木偶的两个秘密：其一，里克的武器就和艾多玛的剑刀虫一样，若是剑型哥雷姆，就会触发吹飞效果；其二，更有可能的是，里克的武器不是装备，而是身体的一部分。比如配合龙的钩爪攻击，用带有吹飞效果的技能打进法杖之中，也会触发效果。

之前安兹就在周围那些武器上感觉到了体力，但他以为那只是因为武器被视作里克的装备才会如此。而且在里克受伤时，武器的体力也会随之减少，安兹才会产生这样的误会。原来他们都属于同一个生命体啊。既然如此……

安兹犹豫了一瞬间，只是这一瞬间仿佛有永恒那么久。如果采取所有手段……可……那么做是正确的吗？不……不对，错了。安兹突然感觉到元素骷髅打算使用信仰系第十位阶魔法"七御使"，马上阻止了它。

为了再次确认自己的任务，安兹使用无须吟唱的"信息"。与此同时，里克为了追被吹飞的刀朝后退去，随后刀便回到了它的固定位置。是因为武器与里克拉开距离，武器就不能动了吗，还是他想让安兹这么想呢？难道是被吹飞效果吓到了？

"我们差不多都知道对方的能力了，可能的话……"

里克滑行一般向前靠近，沉默着挥动武器砍了过来，完全不打算进行对话。看着不肯说话直接发动袭击的里克，安兹在心中咂嘴表示烦躁。敌人肯定认为自己说话是为了拖延时间，接话是愚蠢的行为。虽然安兹很想对里克的战略眼光表示敬意，但对方完全不理他，令他挺伤心的。

"等等！等一下！我有话……"

对方的武器正朝着自己砍过来，安兹却将法杖朝后方丢了出去。里克犹豫了，安兹从他的动作中看出了犹豫。

安兹立马跪下说道："等等！请等一下！请听我说！"

里克保持着高高举起大剑的姿势,停止了动作。正下方就是安兹的头颅。因为对方没有会心一击,所以就算不做任何防护地低下头也不觉得有多可怕,再加上安兹早已给元素骷髅下达了命令。

"我并不想与阁下为敌。但这件事的起因是我们送往圣王国的支援物资遭到王国的抢夺,谁对谁错不言而喻。阁下认为呢,难道是我们的错吗?!"

"你们的做法太过分了,应该还有其他解决方法吧。"

安兹抬起头,里克依然高举大剑,但并没有砍下来的迹象。

"因为你不是当事人才会这么说!阁下如果遇到这种事会怎么做?!自己国家悉心培育的粮食被其他国家的人抢走了啊?!"

"要不是你的力量过于强大,事情也不会演变成这样。拥有力量者应该三思而后行,谨慎斟酌力量的使用方法,对自己的行为负责。我会守护世界,是的,我要守护世界。"

听到对方说出自己并没有问的事情,安兹心中暗忖:"笨蛋终于开始说话了",于是闭上嘴,做起了听众。有的人喜欢有人在一旁随声附和,越是这样说得越多,有的人则不喜欢,考虑到对方就像在自言自语的音量,还是闭嘴比较好。不过他会将里克所讲的内容记在心上。

"以慈母为中心的那些人想要做的事情是错误的,就像父亲所犯的错误一样,他们也错了。还是因为力量过于强大,那就是所有过错的根源。"

安兹默不作声地观察着里克,尽可能降低自己的存在感。里克此时正在兴头上,不能做出打搅这种失礼的行为。老实说,安兹根本听不懂他在说什么,他不该只顾自己,应该让别人也能听明白。

"一切都是我们犯下的过错,我不奢求得到原谅,也无法默许你的所作所为,所以——毁灭吧。"

"呼"的一声,剑挥了下来。但速度没有刚才快,是因为攻击毫无防备的安兹令他内心产生了罪恶感吗?安兹此时只想大喊:"等一下!你刚才说得不是挺开心的吗?继续说啊!多说点情报给我听啊!"

不过照现在的情况来看,对方并不打算再说下去了,那安兹也没必要继续上演这种无聊的戏码。

战斗的钟声再次敲响。

之前服从命令待机的元素骷髅飞到大剑挥下的轨道上,扛下了那一击。这是召唤魔物的有效活用,而且现在也不需要元素骷髅了,这么用没什么错。如果面对的是夏提雅的滴管长枪,就不能这么用了,里克的武器没有那样的效果,安兹才会毫不犹豫地如此使用元素骷髅。

"咿呀——结果都是你们的错!全都是你们不好!"安兹发出丢人的悲鸣。"你们"是谁?到底犯了什么错?完全搞不懂,但还是要尝试一下看能不能引导里克再泄露点情报出来。

或许是出于罪恶感，有一个瞬间，里克的行动变得迟缓，安兹抓准这个机会打着滚朝后退去。元素骷髅挡在二人之间。

"防御！"

随着安兹的怒吼，元素骷髅发动魔法。里克无视它，朝着前面的安兹靠近。元素骷髅本打算阻止，但它的体形小，又没有阻止的特殊技能，最终没能发挥什么作用。

"骷髅障壁！"安兹使用魔法，将元素骷髅和里克都挡在了障壁的另一边。

"真是不像样啊，魔导王！"里克怒吼道。

是出于安兹丢下召唤出来的不死者，独自逃到障壁后面的愤怒吗？但在安兹看来，这不算什么。魔力系魔法吟唱者要是不藏在什么东西的后面，束手无策地站在那里，根本就是自杀行为。而且……

里克分明可以轻松越过障壁，却没有那么做，而是同时开始攻击障壁和元素骷髅。相较之下，"骷髅障壁"没有元素骷髅扛打，里克的攻击轻松将其击碎。其间，元素骷髅不断发射魔法攻击"朱红新星"，进一步削减了里克的体力。但要想打倒他相当难。再说，他是坦克型职业，魔法对他造成不了多少伤害。既然是这样……安兹朝里克发动了魔法。

"时间停滞。"

这是第九位阶单体魔法，可以完全让敌人的行动陷入静止状态，但这个魔法存在一个缺点，那就是在静止期间，也无法对其造成任何伤害。因此，它主要用在同时对付多个敌人的时候。

但安兹发现，不是抵不抵抗的问题，而是直接无效。对方应该采取了应对时间类魔法的对策吧，以对方的实力，这么做也不奇怪。大剑和大锤分别对安兹和元素骷髅发动了攻击。承受着来自大剑的斩击，为了以防万一，安兹朝着飞来的武器使用了"上位道具破坏"，却没有效果。这也不是抵抗，而是直接无效。

果然应该将里克的武器视作他身体的一部分。元素骷髅的体力所剩无几的时候，里克慌忙看向上空，一个人影从正上方全速落下。是雅儿贝德。

"呜！"

安兹听到里克发出不成声的声音，显然是发生了令他吃惊的事。趁着里克动摇，提速的雅儿贝德向他逼近，速度直逼亚乌菈放出的箭。

"呜啊啊啊啊啊啊啊啊——"

随着一声吼叫，巨斧从三层楼高的位置气势汹汹地挥了下来。里克用手中的大剑和枪交叉在一起接住了这一击。巨斧的重量还包含着从三层楼高度下降的重力，压得里克的脚稍稍沉入地面。

下一个瞬间，里克被横着推开。雅儿贝德冲到里克面前，一脚踢在他的胸口。这一脚让里克的铠甲发出了悲鸣。

"无名鼠辈！居然敢对安兹大人无礼！不可饶恕啊啊啊啊啊——"

雅儿贝德先是发出甚至会让人怀疑周围的空气都在颤抖的怒吼，随即发动追击，瞬间拉近距离，朝着里克使出饱含离心力的一击。刺耳的金属声响起，飘浮在里克周围的两把武器拦住了这一击。里克立刻朝着后方远远飞了出去，并不是跳跃，而是双脚离开地面的飞行状态。

"雅儿贝德，住手！到此为止！"安兹阻止了想要进一步追击的雅儿贝德。到这里就够了，不能让雅儿贝德继续参战。

"是！"虽然露出了些许不满的神色，但雅儿贝德还是应声停止了行动。

或许是明白安兹不想继续打下去了，里克开始浮在空中保持距离。雅儿贝德和里克站在一条直线上，默默挡在安兹身前。她这么做大概是担心对方使用远程攻击吧。

"阿加内亚阁下，再次对你发出邀请，愿意成为我的部下吗？我会给出你想要的一切！"对方没有反应，安兹继续说道，"真是可惜啊！但魔导国的大门永远对你敞开，欢迎你随时来访！"说完，安兹压低声音问雅儿贝德："你觉得对方还会继续动手吗？"

"我……属下觉得应该不会了。不过，他如果不肯就此撤退的话，还是打倒他比较好。两个人联手，无须动真本事也能收拾他吧？"

里克应该没有听到二人的对话，身影消失了。同时，周围类似结界的东西也随之消融。是人先传送走的，还是结界提早一步解除的，里克又到哪里去了？最后还是留下了必须调查的事情，但安兹已经顺利完成了自己的任务。

"哎呀呀，这份工作总算是结束了，辛苦了。"

"不要大意，或许还有人在监视，我们还是尽快回到纳萨力克吧。"

"嗯，好的。"

将元素骷髅送回去之后，安兹使用"上位传送"，与雅儿贝德一同撤离。

自称里克·阿加内亚的白金铠甲通过世界传送来到之前约好的地点，出现在早已等候在此的协助者面前。

"抱歉，我来迟了。"

"不用在意，我也刚到。"作答的人是精钢级冒险者队伍"朱红露滴"的队长阿兹思。他身穿熟悉的铠甲（驱动装甲），说话的时候必定会抬着头。

阿兹思刚刚撒了谎，他五分钟之前就已经等在这里了。里克是怎么知道的呢？因为他一直在远处观察。理由自不必说，他担心阿兹思是诱饵。如果有魔导国的手下在监视阿兹思，他就打算舍弃阿兹思，回到自己的国家。所以，在确保无人监视前，他会一直观察下去。除此之外还存在另一个危险，但在对话之前无法确认,里克这才在阿兹思面前现身。

"抱歉,查尔,我让那家伙跑掉了,她好像朝你那边去了……你消灭魔导王了吗?"

"很遗憾,并没有,有你帮忙还搞成这样,我对不起你。"

在魔导王面前自称里克·阿加内亚的铠甲人——查因杜克斯·梵希恩低下头。其他龙王或许会说,这不是活了那么久、站在世界顶点的龙王该做出来的举动,但查尔并不在意。低下头就能得到对方的好感,他不在乎多低几次。

"不用道歉,你没能彻底干掉他,是因为我没能压制住那个女人……是时间不够吗?"

查尔在心里盘算着怎么回答才对自己有利,最后决定温柔地对阿兹思说"不是"。

"不,不是的,阿兹思。魔导国宰相雅儿贝德不是你能对付的敌人。你拖住她那么长时间,已经很好地完成了自己的任务。没能消灭魔导王纯粹是因为他的实力超出了我的预估。"

事实上的确如此。在查尔与阿兹思的交易中,阿兹思的任务在引开雅儿贝德,将她隔离在结界之外时就已经完成了。老实说,查尔之前还以为阿兹思会直接死在雅儿贝德手上,不过他担心把这个想法说出来,阿兹思有可能不愿帮忙,便闭口不提。在这层意义上,与雅儿贝德交手后还能活下来的阿兹思已经相当顽强了。

对查尔来说,他不想对上邪恶的玩家,白白丧失战斗力。

可现在有个疑问，应该说是他无法接受的事情，就是阿兹思保住性命的理由。阿兹思穿上驱动装甲，攻击力和防御力的确都有了提升，还能够使用多种技能，缺点是体力和魔力不会改善，还保持着使用者原本的数据，就如同把柔软的身体塞进了坚硬的外壳之中。

与雅儿贝德之间的攻防战虽然只是持续时间不长，但已经很清楚她比那个魔导王还要强的事实了。魔导王擅长对付大军，但单体作战时，他的力量就得不到发挥了。按道理来说，阿兹思对上雅儿贝德那是必死无疑，可为什么他还活着呢？

"那个叫雅儿贝德的恶魔如何，好对付吗？"

"完全不是对手，我使出浑身解数才与对方拉开了距离，似乎也是因此才保住了这条命。"

原来是这样啊，查尔如此想道。的确，雅儿贝德没有采取远程攻击，也没有相应的武装。说得通，看来是自己想多了。查尔对自己之前怀疑阿兹思出卖自己，与雅儿贝德，或者说是魔导王做了交易而感到羞耻。但考虑到各种可能性，他会产生这种怀疑也很正常，毕竟阿兹思只是协助者而不是伙伴。而且也没有证据证明，他没有背叛自己。

"啊！对了，我告诉魔导王自己叫里克·阿加内亚，你能记一下吗？需要传什么消息到魔导王耳中的时候，希望能用这个名字。"

"里克·阿加内亚，有什么由来吗？"

"没有，是我临时想到的名字，如果这个世界上真有一个叫这个名字的人，就给人家招惹大麻烦了啊。"

刚刚这段对话中有一半是骗阿兹思的。阿加内亚这个姓氏的确没听过，但里克这个名字却不是。

"魔导王的怨恨，那可真不是小事啊。"

"是啊，还有魔导国宰相雅儿贝德的怨恨。"

二人无声地笑了。当然，要是真有里克·阿加内亚这么个人，对那个人来说，这件事可一点都不好笑。

查尔边笑边思考着关于那个恶魔雅儿贝德的事。魔导王没有突破障壁，没什么问题，那个恶魔却冲破了原始魔法之一的"世界断绝障壁"。该魔法是原始魔法的中阶魔法，可以在世界中隔离出一个空间，阻挡一般手段的侵入和传送。要想侵入空间范围内，就只能使用原始魔法或世界级道具。

虽然无法推断出那个恶魔是玩家还是NPC，但考虑到那二人之间的主从关系，应该是后者。由此又产生一个疑问，安兹为什么不自己拿着世界级道具，而是交给了雅儿贝德呢？

（莫非雅儿贝德是玩家，魔导王才是NPC？）

这并非无稽的想法，可以理解为，把自己放在第二位更加安全。

（还是说，魔导王也持有世界级道具？但他没能突破世界断绝障壁，这种可能性很低。或者他其实是有的，只是没带到战场上来？）

也有可能。他听里克说过,有的集团是拥有两个世界级道具的。而实际上,他们手上应该就保有两个。

"查尔,魔导王有多强?既然连你都没能干掉他,那肯定相当强吧,我……不,这个能战胜他吗?"

"阿兹思,我不想泼你冷水,但你不行,连我都无法轻松获胜。"

"这样啊……"

"不过,多亏有你的协助,我大概掌握了对方的能力,知道其实力的深浅了。下次要是再和他对上,当然,前提是一对一的话,我应该能获胜。"

话虽如此,凭这副铠甲就算能赢也只是险胜。而且,如果对方下次战斗时还使用召唤魔法,谁胜谁负就不好说了。那么,决定胜负的关键就是如何准备战场了吧。不过,查因杜克斯还是稍微松了口气。之前以为对方会和那个吸血鬼是一个级别的,自己将要面临一场苦战,但如今看来,若只是对付魔导王,不用这身铠甲,本人直接出手的话,根本不必担心会输。其实就算面对的是那个吸血鬼,只要他本人出手,应该也不成问题。只不过,要是给他们太多时间,继续扩大势力,就糟糕了。

"不愧是你,真不愧是你,世界上最强的龙王。"

"我倒不认为自己是世界最强。比我强的人多得是,肯定是这样。只是因为我正好克制魔导王,所以才能战胜他。"

从能力上来说,查尔的能力对付不死者比较有利,实战中的确对魔导王有效。所以他认为，魔导王并非需要特别警惕的对手，反而是那个叫雅儿贝德的恶魔更加危险。

"阿兹思，不好意思，要是再有下次，你还愿意协助我吗？"

"下次吗……"

阿兹思只严肃地说了这么一句。正因为明白其中包含的意思，查尔什么都没有说。过了一会儿，阿兹思才勉强挤出一句话来。

"王国会灭亡吗？"

"会吧，我不能继续插手了。"

"是吗……下次我的任务也是控制住那个女人……吗？可以，不过下次或许就不会像这次一样，争取到那么多时间了。"

"嗯，下次再想将他们分开，大概也不会如愿了吧。所以，我想在那个女人出于某种理由离开魔导王身边的时候，和你一起挑战魔导王。"

让阿兹思对付召唤出来的魔物，自己毫无疑问可以战胜魔导王。两人在交谈期间，并没有魔导王的手下袭击，留在这里已经没有意义了。查尔看向远处的王都。迄今为止，他已经见证过好几个国家的覆灭，这个国家也即将消亡。内心不免有些寂寞。不过，此刻更让他担心的，是另一个与魔导国的国境相接的国家。他与那个国家之间并没有什么恩情，只是有一份留恋。虽说已经拜托了伙伴，看来还是有必要联系一下其他龙王。

"对了，之前没告诉你，我见到教国的人了，把从你那里听来的名字当着他们的面说了出来。"

"是吗?那对方应该会认为,你背后还有个不得了的人物。"

如此一来,阿兹思的安全能或多或少得到一些保障。阿兹思自身的价值并不算高,但他拥有的驱动装甲却是非常贵重的物品,教国很有可能是冲着这个来的。只要顺利地让他们误以为,对阿兹思出手会对他们不利,那将对与阿兹思保持友好关系的查尔有很大益处。

"我有一个疑问……为什么不能直接告诉他们,那个名字是从你这里听来的?"

"很简单,情报的来源越神秘,越得从那方面查起不是吗?或许还能让教国高层内部相互猜疑呢。"

还有一个好处,就是到万不得已的时候,可以毫不犹豫地舍弃阿兹思这枚棋子。

"还是不要在这种地方聊太久了……一起回去吧,你的伙伴还等着你呢吧?"

"嗯,是啊,麻烦你了。"

即将发动"世界传送"时,查尔又琢磨起阿兹思来。理由只有一个:协助阿兹思今后还有好处吗?他身上的铠甲非常具有价值,除此之外,他本身并没什么魅力。老实说,把那身铠甲借给更强的人对自己将会更有利,而且自己没信心能够彻底驾驭他。

现在,查尔的身份只是阿兹思的协助者,彼此之间没有上下级之分，也不能说是伙伴关系。要是他又像上次那样擅自行动，导致的失败很可能是致命的。的确，那次的事查尔也要负很大的责任。他想让没有发现魔导王已经攻过来的阿兹思产生危机感，与他就魔导国会入侵到何种地步进行对话。

原本阿兹思来找查尔商量打倒魔导王的目的，就是拯救王国，查尔应该能预料到，他会使用驱动装甲去拯救都市。要是没有那次的事，或许就能在魔导王一路攻入王都，放松警惕之时，将其消灭了。

在这里杀了阿兹思，夺取驱动装甲？查尔认为，这么做也有好处，到时候可以把驱动装甲借给自己能够驾驭的优秀人物，得到一枚比阿兹思更有利用价值的棋子了。查尔个人并不讨厌阿兹思，不想亲手杀了他，但这世间比私人情感重要的东西实在是太多了。

（里克……）

现在想他做什么？查尔在心中一笑置之。他的手已经脏了，事已至此还有什么可犹豫的呢？现在动手，还可以嫁祸给魔导王。在与雅儿贝德的战斗中处于濒死状态的阿兹思，将驱动装甲托付给自己，能说得通吧。但……自己要重蹈覆辙吗？

"喂！查尔！怎么了？"

"嗯？"查尔才发现自己陷入了沉思。

"你怎么了，是有什么心事吗？"

"不，没事，回去吧。"

这个问题还是以后再说吧。只要还存在复活魔法，死亡就不是最完美的灭口手段。顺利回收了驱动装甲，却没能带回阿兹思的尸体，这个说辞难以让人信服。只看眼前的蝇头小利，就会有更多麻烦事要处理。

为了不做令人后悔的事，还是仔细斟酌之后再决定吧。决定是否舍弃阿兹思——朱红露滴。查尔在心中祈祷，希望今天的选择不要成为致命的错误，同时发动"世界传送"。铠甲上还剩下一次使用次数。

微风扫过，此处已是空无一人。

安兹使用"传送门"回到纳萨力克地下大坟墓，像往常一样在地表拿出戒指，使用戒指的力量与雅儿贝德一同前往第九层，之后步行一段来到了要去的房间。

"雅儿贝德，你先进去？"

"不要客气，这次的工作你的功劳更大，你先请吧。"

安兹回了一句谢谢，推开房门。朝着正对面的王座走去，走到房间中央后单膝下跪，低下了头。通过气息可以感觉到，身后的雅儿贝德也和自己做出了同样的动作。

"辛苦了，潘多拉·亚克特，雅儿贝德。"

"是！"

抬头仰望，坐在王座上的主人正优雅地点着头。夏提雅和迪米乌哥斯分别站在左右两侧，迪米乌哥斯手中拿着远端透视镜。

主人应该已经用它观看了自己与里克战斗的全过程了。潘多拉·亚克特解除了变身。"属下原本想立即将安兹大人借与属下的魔法道具归还，但属下认为，让您等待更为不敬，以至于到现在还未归还，请您原谅。"

将所有装备都借给了自己，主人就只能装备品阶低一等的道具。让主人使用那样的东西，潘多拉非常内疚。

"嗯，潘多拉·亚克特，无须介怀，稍后还给我便是。就像你说的，这些都不重要，重要的是与你交战的对手。虽然我们看到了战斗过程，但还是想听听你的亲身体验，感觉如何？"

"是。属下猜测，对方应该是九十级的坦克型职业。所有魔法都对他没什么效果，所以属下才会有此猜测。"

"嗯，相当有实力的强敌……嗯？怎么了，雅儿贝德？你好像有不同意见？"

"是。与潘多拉·亚克特的意见不同，属下认为对方并没有那么强大的实力。不过属下只给了对方两击，不敢断言，但猜测对方应该是八十级左右的坦克……"

如果可以确定那个白金铠甲是坦克型职业，同一职业的雅儿贝德的判断应该更准确。

"原来如此。虽然我认为，与对方进行长时间战斗的潘多拉·亚克特的意见可信度更高，不过，之前征求与我一同在这里观战的夏提雅的意见时，她和雅儿贝德一样，认为对方在八十五级左右。早知如此，应该把科塞特斯和赛巴斯也叫来一起观战。"

夏提雅的战斗能力很高，但她并非纯粹的物理战斗职业。让纯粹的战斗职业一起观看，或许能得到更加精准的结论。遗憾的是，赛巴斯在耶·兰提尔待命，科塞特斯此刻应该正在执行攻陷王都的作战计划。因此，安兹并没有将这两人叫来。

"结合你们两个……不，三个人的意见……你们是怎么看的？假设他是特别加强了魔法防御的纯坦克型职业，符合你们心中所想吗？"

三人相互看了看对方，陷入沉思。

"夏提雅，你好像注意到了什么，要是有什么意见可以说出来。"

"或许只是属下的错觉……"

"无妨，这次为了彻底掌握对方的能力，在实施前做了很多准备。你的错觉或许也能成为暴露对方能力的提示，说出来听听吧。"

"既然如此，安兹大人，或许是因为属下也能召唤破灭之王，才会注意到这一点吧。属下感觉破灭之王的战斗能力有些许下降，是因为那是潘多拉·亚克特召唤出来的缘故吗？"

"不会的，潘多拉·亚克特变身而成的对象能力的确会下降，但召唤出来的魔物不会有变化。而且此次的方针是不通过我的特殊能力对其进行强化。这样吧，稍后你们二人都召唤出破灭之王,或许就能解开这其中的谜团了。"

"是!"

"继续说下一个问题吧。潘多拉·亚克特啊,详细说说你与那家伙之间的对话吧,具体都说了些什么,对方的态度是怎样的,以及什么时候表现出了怎样的情绪。毕竟通过这面镜子听不到声音。"

"是!"

潘多拉·亚克特再现了与里克的对话场景,因为对话的时间并不长,所以很快便结束了。在描述一问一答的过程中,里克表现出带有情绪的动作时,潘多拉加入了一些自己的理解。

中途,雅儿贝德表达了自己的不悦,用愤愤不平的语气说道:"你扮演的是魔导王,同时也是纳萨力克地下大坟墓的统治者安兹大人,就算是为了让对方放松警惕,以安兹大人的形象下跪,是否有欠妥当呢?"

潘多拉自己也认为那样的举动有些过分了,主人如果在场,他肯定不会那么做吧。当他为了谢罪,将目光移动到主人身上之时,看到主人正在满意地点头。想必是在肯定雅儿贝德的意见吧。潘多拉·亚克特当即就要低头谢罪,却听到了主人的声音。

"不,他做得很好。"

本以为是讽刺,但主人的心情看起来真的很好,潘多拉犹豫到底该不该谢罪,以至于忘了低头。

"那一跪真是精彩,只要能让对方疏忽大意,该跪的时候就跪。下跪又不会有什么损失,对手或许还会因此误以为我没什么本事。呵呵……埋下了一颗有毒的种子啊。"

真是太可怕了。虽然早就知道这个创造了自己的人会为了胜利不择手段,听到这话,潘多拉·亚克特还是感觉到了一丝寒意。他不禁感叹,即便面对的是只要拿出真本事就能战胜的对手,主人依然不惜做到这种地步让对方放松警惕。

听主人的口气,就好像是在说身为王者,身为绝对统治者,根本不在乎自尊那类无谓的东西。已经筹谋到这种程度了吗?早已习惯被他人服侍之人,面对地位在自己之下的人,会毫不在乎地屈膝吗?

那样的人是不存在的,除了高坐于潘多拉·亚克特面前的这个人。室内所有守护者似乎都是同样的想法,大家都面露敬佩之色。

此时,迪米乌哥斯问道:"当对方得知安兹大人您这样的伟人,居然在那种情形下跪,会不会进一步提高警惕呢?认为您是一个会果断采取最适当行动的人物……"

"一般不会这么想,而是会认为我是个没什么本事的家伙,伪装被戳穿了一类的,不是吗?站在他们的立场上……如果是我的话,看到对方下跪,肯定会放松警惕。不过,也有可能会当即杀了对方。你们遇到会怎么做呢,雅儿贝德?"

"如果是普通百姓,属下会当场将其杀死。王的话,或许会为了获取情报把他抓起来。也许……会放松警惕吧。"

"嗯……夏提雅，你呢？"

"属下会折磨对方。"

"嗯……或许真的没什么效果，那还是不要做到下跪的地步了，到时候无法躲避对手的攻击就糟糕了。好，换个话题吧，说说那个结界。"

潘多拉·亚克特完全搞不懂那个结界到底是怎么回事，他本以为物理和魔法攻击都穿不过去，可雅儿贝德却做到了。莫非主人已经解开其中的奥秘了？

"你们两个应该都猜到了吧，之前我推测，那是使用世界级道具制造出来的，不过在听了潘多拉·亚克特的描述之后，我又不确定了。"

潘多拉·亚克特睁大了双眼，如果是这样的话一切就都说得通了。当时，雅儿贝德身上有世界级道具，潘多拉·亚克特却没有……

"您是怎么知道的呢？"

"的确会产生这样的疑问。我们始终都是通过镜子监视潘多拉·亚克特和里克战斗的过程，即便是那个结界发动之后，也没有影响到镜子的功能。所以我认为，那就是个虚张声势的假结界……"安兹看向潘多拉·亚克特，继续说道，"而实际上，结界是有效果的，于是我改变了想法，调查了我们，准确地说是使用镜子的我和潘多拉·亚克特的区别。"

安兹摸了摸怀中的世界级道具。

"把这个拿掉，镜子就什么都映不出来了。重新装备上就又能映出来了。所以我怀疑，里克手中的道具，应该和我给亚乌菈的那个拥有相近的能力，你们认为呢？"

"请稍等一下，安兹大人，当时，里克吟唱了'世界断绝障壁'，发动时还消耗了体力。属下猜测，那会不会是一种可以与安兹大人的王牌相匹敌、只有超高等级的存在才能够使用的特殊技能呢？"

"如果那个特殊技能是来自和我们同样的能力体系，那就是不可能的。他吟唱的内容可能也是在虚张声势吧。最主要的是，我从来没听说过有那样的世界级道具。启动道具必须付出代价，只减少体力未免有些太可爱了。"

"是在发动过程中一直消耗体力吗？"

听到雅儿贝德的疑问，潘多拉·亚克特摇了摇头。

"只有启动完成的时候消耗了。在那之后，并没有发现他有消耗体力维持结界的迹象。"

"就是这点，听你的描述，他在发动其他能力时体力也减少了不是吗？我记得世界级道具中有同时拥有好几种能力的类型，就像这个……"主人摸了摸自己的宝珠继续说道："不过，能力系统的差异实在是太大了。"

那个里克使用的能力应该有以下几种：武器强化、铠甲强化、传送和结界。

"刚刚我提到过同样的能力体系，假设那是这个世界特有的能力，就解释得清了。我们应该思考最糟糕的情况，对方有可能拥有足以匹敌世界级道具的异能。如果真的存在这种异能，那么就必须考虑到给夏提雅洗脑的并不是世界级道具这个可能性了。那样事情就麻烦了。"

"安兹大人，情报还是不足啊。"

"你说得没错，迪米乌哥斯。看来有必要再输给这个叫里克的人一次。"

听到这话，站在王座左右的两名守护者脸色都不太好，大概单膝跪在潘多拉身后的雅儿贝德也是一样吧。听到主人要故意输给别人这种话，现场没有人会感到开心。

"不要露出这种表情嘛。我也不喜欢输，但为了彻底揭开对手的底牌，获得绝对的胜利，这也迫不得已。如果是训练，输了也不会死，不需要演技，可这是实战。"

包括潘多拉·亚克特在内，所有人都默默听着主人的发言。

"你们和这个世界的人可以复活这件事已经确认过了，但我是否真的能够复活，却尚未得到确凿的证据可以证明。假设很久以前出现在这个世界的六大神、八欲王和我是同等资格的人物，他们死后传说便终结了，或许就代表着我无法复活。不，是我必须抱着这样的想法采取行动。如果败北是为了避免死亡这一最糟糕的结局，那么我们就应该接受。"

"安兹大人。"

"怎么了，雅儿贝德？"

"安兹大人刚刚所说的话，真的是无比正确。所以，属下认为，今后您是否不要离开纳萨力克地下大坟墓比较好呢？"

完美的正论。既然存在主人不会复活的可能性，那最好永远留在安全的地方，不要外出。

"你说得没错，我也经常这么想。但……就是那个，你应该明白吧，只要有你们在，对吗？"

听了主人的话，潘多拉·亚克特开动大脑，却没有立即想到什么。真是太丢人了，身为纳萨力克所有人之中顶级聪明的自己，居然无法立刻明白主人的意思。继续绞尽脑汁，仿佛都要挤出奇怪的汁液了。

同样地，迪米乌哥斯、雅儿贝德也在疯狂转动大脑。夏提雅却很淡定，完全看不出她在动脑。局外人就是局外人，潘多拉·亚克特将意识从她身上移开。

看到所有人都暂时陷入沉默，主人"哎"的一声发出了失望的叹息。潘多拉·亚克特羞愧难当地低下了头。迪米乌哥斯似乎也一样，因为雅儿贝德在自己身后，看不到她的样子，但多半做出了同样的动作吧。

"怎么了？抬起头来。"

多么严酷的话语。但自己等人无法违抗。潘多拉·亚克特抬起头。

"继续说下一个话题吧。那家伙是什么人？你们对白金这个关键词有什么头绪吗?"

雅儿贝德开口道:"属下认为,其中一个可能,应该就是潘多拉·亚克特为了试探对方的态度说出的十三英雄之一。"

主人点了点头。

"另外一个可能性,就是评议国评议员中的那个白金龙王。听到白金这两个字能想到的也就是这两个人了。"

"那就在这个基础上提问吧。情况一,对方想让我们误以为他就是白金龙王或十三英雄,诱导我们与其敌对;情况二,就是这两人之中的一人。你们认为,哪种情况的可能性更高?"

"非常抱歉,安兹大人,目前我们手中的情报不足,属下认为,很难判断出是哪一种情况。"迪米乌哥斯如此回答道。

潘多拉·亚克特也有同感,但既然主人提出"你们认为是哪种情况"这样的问题,那么选择其中的一种才是正确的回答方式。所以他才一上来就谢罪啊。

"还有其他意见吗?看来是没有了。我也赞同迪米乌哥斯的意见,仅凭现在的情报难以断言。此次王国一事了结之后,再问问其他各阶层守护者的意见吧。或许有人能发现我们看漏的信息。总之,就按照出使评议国的方针进行吧。顺便刺激一下那个叫什么白金龙王的。没问题吧,雅儿贝德?"

"遵命。文书主旨需要写什么内容呢?"

"你来决定吧。"

"是!"

"谈话差不多到此为止吧？也该返回王都了，潘多拉·亚克特，能把衣服……"

接着有人发出了"啊"的一声。主人朝着发出声音的守护者看去。

"怎么了，夏提雅，是忘了什么吗？"

"是的，安兹大人。属下有一个疑问，您是真的打算要招那个叫里克的人做伙伴吗？"

"哦，还有这回事。我并没有这个打算，只是想收集所有能够收集的情报，包括那家伙所属的组织、有什么背景，等等。那之后，我必定会杀了他。"

"您不觉得杀了他有点可惜吗？"

听到雅儿贝德的疑问，主人仿佛露出了苦笑。

"我没自信可以驾驭他，不知能否成功利用一个可能拥有神秘技术或世界级道具的人……雅儿贝德有这个自信吗？有的话，就交给你……"

"不收集到更详细的情报很难判断。不过，如果可能的话，属下想好好利用一下他。"

"嗯……"

主人盯着雅儿贝德，应该正在根据她的能力和里克之前的反应进行斟酌吧。身为计划已经涵盖一千年以后的创造主，也有可能是在分析给心中的计划加入其他内容所造成的影响。

包括王国内的虐杀也是如此。除了可以让更多的国家知道王国与帝国所遭受的区别对待，还包含着很多其他的目的，正因为如此，主人才不惜推翻自己之前的承诺，进攻王国。这些都被潘多拉·亚克特、雅儿贝德和迪米乌哥斯看在眼里。

只是稍稍思考了一下，便想到了不死者生产实验，这也没什么好吃惊的，毕竟是自己的创造者，必定正在酝酿着深邃到可怕的深度计划。制造自己的居然是一位如此优秀的人物，这令潘多拉很感动。老实说，虽然有点对不起其他人，但他每天都在非常辛苦地压抑着自己想要炫耀的心情。

"嗯，有道理，杀了他就没法利用了。稍后问问迪米乌哥斯的意见，然后根据情况交给雅儿贝德处理吧。不过你们的计划要建立在里克自己肯主动屈服的条件下，如果他不愿发誓服从，就杀了他。"

没人提出异议。既然主人决定了，那就是正确的。

"好。那么……看起来大家没有其他意见了。回王都吧。必须进行最后的收尾工作了。"

"属下认为，那种闹剧无须劳烦安兹大人亲自前往吧？命属下去做就足够了……"

"不，不必，雅儿贝德，还是我去吧。呵呵，虽然不如乌尔贝特先生他们，我对反派角色还是有一些讲究的。"

"原来如此，您是出于这方面的考虑啊。"

雅儿贝德似乎明白了安兹的真正用意，给出了这样的回答。主人在听到回答后，稍微盯着雅儿贝德看了一会儿。肯定是在推测她究竟理解这句话的言外之意到了什么程度吧。

或许是终于认可了，主人用统治者的态度说道："没错，雅儿贝德，你说得一点都没错。"

2

克莱姆和拉娜、布莱恩三人回到宫殿后，接到了仅剩的几名骑士的报告，称有客人到访。是"苍蔷薇"求见。平时的话肯定马上就带她们到房间来了，但现在的他们三个，特别是拉娜，身为公主却做下人打扮，身上穿的衣服实在说不上有品位。而且还出汗了。于是，她吩咐骑士一个小时后将客人带到房间，三人趁这个时间收拾自己。

魔导国的军队在王都正面布阵，随时都会采取进攻。为了保卫王城以及王宫，骑士四处巡逻，那些负责杂务的女仆却不见了身影，拉娜只好亲自上阵。在宫殿工作的女仆大多是贵族的千金，她们早已逃出宫殿，回到位于王都范围内的自家宅邸。可即便逃回去了，也并不安全。

自己的主人拉娜也曾说过，大家都明白，在魔导国行军路线的都市中发生的惨剧，很可能在王都重演，所以无论转移到王都的什么地方，都不能说是逃。那怎么才能安全呢？拉娜给出的答案是，孤注一掷逃离王都。因此，克莱姆与布莱恩商量好，偷偷在宫殿外面准备了马车，一旦拉娜决定逃跑，他们可以随时出发。不过他们也明白，拉娜并没有逃离的意思，但也不是没有突然改变心意的可能。这么做，就是为了这个万分之一的可能性。

克莱姆为拉娜准备了水和手帕，供她擦拭汗水，原本应该为她做入浴的准备，但时间上来不及了。因为没有女仆，克莱姆不得不帮忙照顾拉娜的饮食起居，端茶倒水这种事就自然而然落到了布莱恩的头上。看到布莱恩这等实力的剑客为了找寻茶叶，在橱柜里摸索的样子，感觉有些对不住他，同时又有些好笑。

在拉娜擦拭汗水、喷香水、选礼服期间，两个男人冲了个凉。与女人——公主不同，男人简单得很。脱光，用水从头往下一浇，搓搓身上，再用水冲一下就结束了。当然，还要换上一身干净的衣服，可也连十分钟都用不了。

一个小时，说长不长，说短不短，三个人都整理完毕。拉娜还是有点在意味道，闻了闻自己的头发和手腕，克莱姆却一点都没闻到汗味，只是头发稍稍沾上了做饭时的油烟味，混在香水味中的话几乎闻不到。

骑士带到房间的不止拉裘丝一个人，苍蔷薇所有成员都到齐了。唯独拉裘丝穿着礼服，其他人都是全副武装，看起来就像是贵族小姐带着她的护卫兵。克莱姆有些惊讶，虽然拉裘丝每次来都不是一个人，但所有人都到齐还是非常罕见的，迄今为止貌似一次都没有过。

"百忙之中前来，还让你们久等，真是不好意思。"

"没关系，是我们突然要过来的，又没提前通知。反而该向你道谢。啊，不用倒茶了，没时间喝。"布莱恩正想给拉娜倒上准备好的茶，被拉裘丝阻止了。

"喂，拉裘丝，喝口茶的时间还是有的吧。"

说话的是伊维尔艾，苍蔷薇其他人也纷纷点头表示赞同。

拉裘丝一脸惊讶地问："你们都想喝茶吗？"

伊维尔艾故意叹了口气道："善良的公主特意准备茶水招待没有预约擅自跑来的客人，我们的队长居然要拒绝，太冷淡了。喂，男人婆。"

格格兰没有回话，房间里所有人的视线都集中在她身上，她却一脸"我什么都听不见，什么都看不到，什么都不晓得"的表情。

"那个假装听不懂是在叫自己，会垂直沉入水底的女人。"看到对方依然彻底无视自己，伊维尔艾大大地叹了一口气，"喂，格格兰。"

"嗯？哦，什么，找我有事吗？怎么了，伊维尔艾？"

"你也想喝茶吧？"

"是啊，想喝啊，而且想咕嘟咕嘟地大口喝，差不多能喝个十升吧。"

"真是的……为了听你这一句话，浪费多少时间啊……算了，不说喝多少吧，总之就是想喝。队长，我们可以喝吗？"

"可以……伊维尔艾也要喝吗？"拉裘丝睁大眼睛问道。

如果伊维尔艾也要的话，克莱姆会相当吃惊，因为喝茶必须摘掉面具。在克莱姆的记忆中，这位魔法吟唱者在任何状况下都不曾摘下过面具。伊维尔艾并没有作答，而是耸了耸肩，这个动作可以表示肯定，也可以表示否定。

"我们自己泡。老大就留在这里和公主谈吧。我去泡一壶会让人做噩梦的浓茶。"

"哎，保温瓶里已经泡好了哦？"

听到拉娜不可思议的提问，缇娅摇了摇头。

"这里有这么多人，不够喝。看。"

缇娅开始往茶杯中倒，倒得相当粗鲁，都溅到茶碟上了。这个国家可没有把茶倒进茶碟上饮茶的礼节，拉裘丝微微皱起了眉头。如果是这个倒法，那保温瓶里的量的确不够房间里的八个人喝。

"我不喝。"

"啊，我也不喝。"

布莱恩说完，莱姆也紧接着谢绝。并不是觉得这样就够喝了才拒绝，因为就算他们不喝，也有些不够。

"机会难得，当然要喝。我们好心好意的，你们真不领情。"

准备茶水称得上好心好意吗？

倒了五杯茶之后，缇娅摇晃着保温瓶，向所有人展示已经空了，接着说道："啊，没了，真可惜。有个女人想喝十升呢，根本不够嘛——"缇娜瞥了拉娜一眼，继续说道，"肯定会有人说闲话，说第三公主不给客人准备茶水——"

拉裘丝的太阳穴抽动着，拉娜却"呵呵"笑出了声。

"那就头疼了呢，在如今这种形势下，要是别人认为我还过着奢侈的生活，那会非常不利的。不过现如今，王室还有没有将来都不好说了。能否请诸位帮忙再泡一些茶来呢？"

"可以啊。"

"拉裘丝，可以接受大家的好意吗？"

"哎？"

拉裘丝一脸不可思议，拉娜则是苦笑。

"由我告诉她可以吗，伊维尔艾小姐？"

"哼，看来你已经明白了……麻烦告诉我们那个脑袋不会转弯的队长。"

"好的。马上就要迎接最后一刻了，她们是在给我们创造相处的时间。"

"哦……原来是这样。"

听了这话，克莱姆才终于明白过来。冒险者基本上是不会参加战争的，目的是为了避免出现大量死者。但这次的敌人是不死者，而且还在进行大屠杀。因此，王都的冒险者公会认同这是王室委托的工作，就像亚达巴沃袭击时一样，统一动员冒险者参加。

只不过，具体采取怎样的行动，则完全由冒险者自行决定。

有的队伍加入了于一周前出发，到现在也没有一个人回来的军队。有几支没有加入军队的队伍正在王都内准备最终决战。除此之外，还有好几支高阶队伍突然消失了踪影，想必他们不是接受了教国的邀请，就是根据自己的判断偷偷离开了王都吧。

拉裘丝所率领的苍蔷薇，就是留在王都备战的其中一支队伍。如今魔导王的兵团已在王都附近布阵，在这样的形势之下，拉裘丝等人应该没时间在这里喝茶闲聊，像现在这样和自己的朋友拉娜见面的机会，有很高的概率——无限接近一百的概率——没有第二次了。实际上伊维尔艾、格格兰、缇娅、缇娜以及克莱姆并没有真的去喝那杯递到自己面前的茶。

如果直接告诉拉裘丝，这是给她留的私人告别时间，以她的性格大概会拒绝。可若是伙伴们说想找时间喝茶，她应该不会强硬叫停。这就是她的伙伴们的善良之处。

"布莱恩·安格劳斯，为了给其他渴得不行的客人泡茶，你能带他们去煮热水的地方吗？"

"哦，跟我来。"

或许是出于同样的原因，同为拉娜的护卫，缇娜和缇娅却带着比克莱姆优秀的布莱恩离开了房间。

"我也出去吧？"

"嗯？不用，带那个男人出去不是那个意思。"

克莱姆问伊维尔艾，得到了这样的回复。拉娜和拉裘丝则有些不解，难道不应该为了让关系亲密的二人独处，把所有人都带离这个房间吗？格格兰和伊维尔艾并没有离开的意思，莫非真的只是让布莱恩带着去煮热水的地方？

"那我就不辜负大家的好意，在茶泡好前好好聊聊吧。啊！我先问个问题，刚刚你去哪儿了？要是在为接下来的准备忙，我这就回去。"

"你知道我建了孤儿院吧，之前是去那里做饭了。"

"哎？做饭，在这种时候？"

很惊讶吧。克莱姆在听到拉娜说为了要去做饭，让他准备马车的时候，也着实吃了一惊。不过去了之后就会觉得，越是这种时候越应该去。

"是啊。魔导王的军队包围王都已经好几天了，之前出兵的时候消耗了很多粮食，存粮一天比一天吃紧，所以，我把提前存下的粮食带去，给他们做了一顿饭。"

孤儿院的储备很少，由于王都的粮食越来越少，价格随之上涨，所以采取了减少购买次数及数量的策略。拉娜担心孤儿院的粮食不够吃，便秘密送了些去，而且难得过去，就顺便帮忙做了一顿饭。

她做饭时低声说的话，依然刺痛着克莱姆的胸口。当时，在厨房麻利地为孩子们做菜的拉娜说："我想给所有人都送去粮食，确实有心无力，真是伪善啊。"

可以说，王国已经无力抵抗击退四十万大军的魔导国军队了，王都的陷落已经板上钉钉，王室的灭亡不可避免。但克莱姆无论如何都想让心地善良的拉娜逃离这场灾难，她本人却一点逃跑的意愿都没有。忠心与私人情感，克莱姆被这两种思绪压迫得苦不堪言。但他不能让面前正在开心谈话的二人看到自己这个样子。他努力掩饰着内心那种抓心挠肝的痛苦。

"你大概是王室历史上第一个会做饭的人吧。"

"我觉得应该早就有，只是没有记载在史书中而已。肯定是这样……希望这个时候孩子们正在开心地吃那些饭菜。"

拉娜做的饭菜定在中午大家一起吃。为了防止孩子们争抢，以及工作人员有所顾忌不吃或者少吃，拉娜在给所有人派完饭菜之后才回来。现在大家应该正在开开心心地聚在一起享用吧。因为做了很多，应该也够晚上吃的了。

不过，最初连一颗土豆都削不好的拉娜，厨艺进步真是神速，土豆皮是越削越薄，令人惊叹。这位浑身散发着光辉的女性在厨艺方面也颇具才华吧。克莱姆用尊敬的眼神看向拉娜，拉娜发现了他的目光，报以微笑。那是温柔的笑容。

二人专挑一些开心的话题聊，大概是下意识避免提到接下来等待着自己的命运吧。不，是正因为知道将会迎来怎样的命运，才会如此吧。过了一会儿，只有缇娅一个人回来了，手上握着保温瓶。

"安格劳斯先生和缇娜呢？"

"嗯？他们俩正在找配茶吃的甜点，我先回来了。"

"甜点？"眼睛呈半睁状态的拉裘丝瞪了缇娅一眼道，"要是我们自己带来的也就算了……"

"不用往心里去,前段时间我烤了很多点心,原本想拿来做储备食品的,不过,我在做的时候放了很多糖,应该可以当甜点吃。"

"哦,既然公主都这么说了。鬼……恶鬼老大太见外了。我也该品尝我的第一杯茶了。"

从保温瓶中倒出的茶水看起来非常浓。

"嘿,鬼老大,一口气喝下去感觉真不错,口感清爽得很呢。"

"谢谢。"

"味道实在是太好了,就不推荐给公主了。把我的给你,不烫了。"

缇娅把自己刚刚倒好茶水的杯子放到了拉娜面前。这样的举动太失礼了,拉裘丝气得竖眉瞪眼。但拉娜什么都没说,克莱姆也不好插嘴。

拉裘丝端起杯子,想先享受一下香味……然而一点都不享受,那个味道让她整张脸上的五官都挤在了一起。

"好浓烈的味道啊……"

"不要在意。"

"怎么能不在意啊,我还是第一次喝到味道这么浓烈的茶。你放了多少茶叶啊?"

"哼哼,就算是初次体验也不用这么激动吧。"

"所以才想找些甜食平衡一下啊，我现在明白了……拉娜，你不喝是正确的。"

"这话说得真难听，果然一个鬼字不足以形容你，恶鬼老大。"

"麻烦你下次泡点正常的茶。"拉裘丝把杯子端到嘴边，一饮而尽。拉裘丝整张脸皱成一个"涩"字。这得是多浓的茶啊。

好像滑行般来到拉裘丝身边的缇娅探头探脑地问道："好喝吗？"

"哎？苦死了，老实说，好喝是谈不……唔！"

拉裘丝的表情扭曲，推开缇娅，捂着肚子站了起来。由于她起身的时候太猛，撞得桌子上的东西咔嗒作响。混乱中，克莱姆看到眼前拉裘丝的礼服渐渐被染成了红色。一根细细的棒状物扎在她的身上。

没人知道发生了什么，大脑阻止自己去分析眼前的情报。谁会相信拉裘丝是被缇娅刺伤的呢？拉裘丝自己也很混乱吧，她没有使用治愈伤势的魔法，看起来就像是在集中所有力气分析眼前的状况。

格格兰跑向拉裘丝身边，她是去救拉裘丝的，但很快克莱姆的想法就被推翻了。格格兰一拳打在了拉裘丝的腹部。本以为伙伴是来救自己的拉裘丝，肚子毫无防备地挨了这好像来自破城槌的一击。

"唔噗！"

"接下来是这边。"

准备好另一根针的缇娅朝着腹部遭到重击、无法呼吸的拉裘丝扎了过去,针尖淬了某种液体,应该是毒药。

"公主殿下!"

克莱姆拉着拉娜的手,把她挡在自己身后,朝着房间的角落移动。缇娅和格格兰都没有阻止的意思,一心扑在攻击拉裘丝上。拉裘丝拼命想要躲避,但在二人的合作下,别说是躲了,就连防御都做不到。原本穿着礼服的拉裘丝就不是全副武装的缇娅和格格兰的对手。

"这究竟是怎么回事?!"

"住手,否则不单单是你,我也会对公主使用魔法。"

克莱姆刚想拔剑,就看到伊维尔艾朝自己这边举起了手,这下他不敢动了。虽然他应该去帮忙,但对克莱姆来说,拉娜更加重要。他必须保护拉娜。当他想带着拉娜离开房间的时候,水晶短剑刺在了他的脚下。

"别动,不许离开这个房间,要是不听话,公主的一条腿就要被砍掉了哦?只要按我说的做,你们就会平安无事。"

面对伊维尔艾的威胁,克莱姆束手无策。只要和布莱恩会合,把现状告诉缇娜的话……在克莱姆思考期间,苍蔷薇的异常举动还在继续。

缇娅嘀嘀咕咕地对拉裘丝说道:"我从很久以前就在观察了,怎么才能杀了拉裘丝……普通手段会遭到抵抗,还会被魔法抵消。不过只要这么做就行了,用好几种毒,慢慢她就无法抵抗了吧?伊维尔艾,轮到你了!"

"嗯。"

混乱、哀求以及悲叹。拉裘丝不明白为什么会发生这种事,她脸上的扭曲不单单是因为痛苦。就在这时,伊维尔艾使用了魔法。

"我知道。'抵抗弱化'……没用,别抵抗了。"

"真是麻烦啊!"

拉裘丝像乌龟一样保护着自己的身体,格格兰又给了她腹部一拳,缇娅再次拿出另外一根针随手扎在了拉裘丝身上。

"'抵抗弱化'……好了。接着就是……'迷惑人类'。好。很好,二位,完成了。"格格兰和缇娅放开拉裘丝。伊维尔艾说道:"拉裘丝,快把自己的伤治好。"

"嗯,我知道了,缇娅,可以拔掉吗?"

拉裘丝语气平淡,就好像什么都没发生一样。可怕的精神操控让克莱姆后背发凉。

伊维尔艾严肃地对正准备动手拔针的缇娅说道:"不行,让她感觉到疼痛会被视作敌对行为,魔法可能会解除。拉裘丝,抱歉,你自己拔下来吧。应该刺得不深。"

"我的目的只是让毒渗进去,没用那么长的针……要是穿着铠甲甚至不会造成伤害。"

"好,不过自己拔还是需要点决心啊。"拉裘丝咬着下唇拔掉了针，随后开始使用治愈魔法治疗刚刚被针刺过的地方。

"格格兰，打开窗户，换换空气……地板上的血怎么办？"

"大部分都被礼服吸掉了，地板上没多少，没关系的。"拉娜平静地回答道。

除了自己，所有人都很冷静，克莱姆甚至开始怀疑刚刚发生的一切是不是幻觉了，有一种置身异世界的感觉。

"哦，这么沉着，之前我就觉得你这个人胆子大。"

"哪有这回事啊……"拉娜歪着头，继续说道，"我只是觉得，你们不会无缘无故地伤害自己的同伴……看到刚刚的精神操控，我还是觉得挺可怕的……克莱姆觉得呢？"

"是的，小人也这么认为。"

"那么……能告诉我，你们为什么要这么做吗？"

"要是我们不想说呢？"

"就当是为了弄脏房间的道歉？"

伊维尔艾似乎在假面之下笑了。"好吧，那就没办法了。很简单，与王国的存亡相比，我们更在乎伙伴的性命。保护王都原本就是鬼老大的主意，我们心里其实是反对的。但要是我们提出来，她肯定会说'那我自己一个人留下来保护王都'。所以我们最后商量决定，强行把她带走。正面出手的话，想要制服她很难，也没有自信能骗到她，所以只好利用今天这个状况了，就是有点对不住公主你。"

缇娅耸耸肩，格格兰点点头。这是除了拉裘丝，苍蔷薇所有人的共同想法。布莱恩之所以没有一起回来，肯定是被缇娜拖住了。

"就算是这样，也不必用这样的手段吧。"

"我也是这么说，不过她们……"

"要是她拒绝，提高警惕就麻烦了。为了能够确实制服鬼——拉裘丝，只能趁她松懈的时候。这就是经验法则。"

"居然是法则吗？"

"五种毒素，没让她装备魔法道具，再加上弱化魔法。做了这么多，能不能魅惑也要靠运气，少一样估计都不行。好了……"伊维尔艾拍了拍手，继续说道，"等缇娜回来，我们就会'传送'回旅店，取上拉裘丝的装备，再用'传送'离开这座都市。"

伊维尔艾看了看克莱姆和拉娜。

"喂，机会难得，也可以把你们带走，老实说，这个国家已经没有未来了。覆灭国家的公主接下来不会有什么好果子吃。现在或许是逃离这里的最后机会了。"

克莱姆下意识看向拉娜。这不是正中下怀吗！使用传送的话，就算魔导国包围这里也能逃得掉。而且伊维尔艾说的都是事实，留在这里肯定不会有什么好下场，没有其他路可走，因为魔导国可是会蹂躏无罪之人的不死者的国家啊。

"我想知道，你们打算去哪里？"

"总之先离开这个国家，之后嘛……往东南方向去吧？一直往那个方向走,有一个很久以前灭亡的国家。我们打算去那里的王都,虽然那里已经被火烧光,变成一片废墟了。从这里出发距离很远,中途需要在几个中转站落脚,多次使用传送才能抵达。反正就是你们无法想象的那么远。"

"这样啊……"拉娜微微低下头,应该是在犹豫吧。过了没多会儿,拉娜抬起头,似乎已经下定了决心。

"谢谢你们,但我不会跟你们走。"

"是吗……"伊维尔艾没有继续追问原因。

克莱姆听到这个答案非常焦急,如此一来,拉娜就注定要迎来那样的命运了啊。如果他对拉娜是真的忠心,那就应该像苍蔷薇一样,不惜使用暴力也要把拉娜带到安全的地方,不是吗?想要摆脱苦恼的克莱姆看向拉娜,拉娜则露出仿佛知晓一切的笑容。她在告诉克莱姆正确之事的时候,总是会露出这样的表情。

"克莱姆,同我一起肩负起身为王室的责任吧。"

克莱姆就像遭到了当头一棒。拉娜本身很重要,身为王室一员的她更重要。在如今这个状况下,王室的责任并不明朗,但既然生在帝王之家,一直都在以王室成员的身份为老百姓着想的拉娜,决定以王室成员的身份活到最后一刻。

与拼命想要活命的自己相比,她的心胸是多么开阔啊。克莱姆下定决心,自己最后的职责就是让拉娜尽可能久地活下去,哪怕只多活一秒。而他会成为拉娜的盾牌,死在魔导国军队的屠刀之下。

就在克莱姆下定决心时，伊维尔艾小声嘟囔了一句"真是刺耳"。同一时间，随着咚咚的敲门声，门开了。是端着托盘的缇娜和布莱恩。

"我们找到甜食了。"

"旁边这个家伙就会捣乱，搞得这么久才找到，还来得及……怎么了，出什么事了？"

虽然打开了窗户，还是能闻到残留在房间中的拉裘丝的血的味道。布莱恩压低姿势，观察室内的情况。

"那边的小姑娘，你的衣服上有血……是出现刺客了吗？"

"没有……"

"不必在意，我们离开后，你问公主吧。"格格兰打断拉裘丝的话说道。

或许是感觉到了一丝异常，布莱恩看向拉娜，用眼神向她询问有没有事。要是拉娜说出什么，布莱恩就会拔剑吧。

"没事的，无须担心。"

紧接着，布莱恩又将视线转向克莱姆。克莱姆也只能与拉娜统一口径。

"是嘛，那就好。"

"哦，对了，布莱恩·安格劳斯。有个问题问你，你想逃离这里吗？"

"什么？"

听到伊维尔艾的提问,布莱恩再次环视了一圈室内。

"那边那两个呢?"布莱恩用视线表示自己指的是克莱姆和拉娜。看到伊维尔艾摇头,布莱恩的嘴角似乎微微绽开,说道:"是吗,既然如此……不,无论如何我也不打算逃……我再也不会逃了。那个时候还说要走最轻松的路呢,现在更正。"

后半句话不是对伊维尔艾说的,而是对布莱恩腰间的剑——它原来的主人说的。

"好吧,我就知道你会这么说,看来被我猜中了。"

苍蔷薇的成员聚集到伊维尔艾的身边,就像早已说过道别的话一样,瞬间消失了。只有淡淡的血腥味和红茶的香气证明她们曾在这里停留过。这一别便是永别了吧,未免太短暂了。但越是依依不舍就越是痛苦。如此想来,或许这才是最好的告别方式。

这只是克莱姆的想法,并不是拉娜的。想必她很失落吧,该怎么安慰她才好呢?克莱姆这么想着,偷偷看了看拉娜的表情,或许是出于失落,她的脸上没有了平时的温柔笑容,就好像戴着面具一般。

她肯定很受打击,克莱姆站到拉娜身边说道:"公主,我知道您很难过,但……"

接下来他不知道该怎么说,也想不出来。他本来是想说,自己会留在公主身边到最后一刻,但自己远远比不上那个不仅是精钢级冒险者,还是贵族大小姐的公主的朋友。可必须在这个时候安慰公主，克莱姆拼命让自己的大脑转起来。大概是察觉到他的心思，拉娜变换表情，恢复成了那个温柔的她。

"放心吧，克莱姆，我没事。倒是布莱恩先生，接下来你好像有事要办，对吧？"

"嗯……那么，公主，克莱姆，时机刚刚好，差不多该向你们道别了。我也要走了。"

为什么突然要走？克莱姆不明白布莱恩的想法，自然会冒出这样的疑问。"您要去哪？"

"嗯？我打算去找魔导王单挑。虽然不可能赢，不过我会努力干掉他的一个手下。"布莱恩取下腰间的剑，丢给克莱姆，说了一句"还你"。

"您，您在说什么啊！有资格拥有这把剑的，就只有继承史托罗诺夫大人遗志的您啊！"

"喂，当时我就说了吧？我不会继承他的遗志。而且那是国宝吧？放在我这里不合适。公主，麻烦你帮我还给那个国王。"

"好的。"

"公主殿下！"

"克莱姆，布莱恩先生已经下定决心了。"

"不愧是公主，你是个好女人，虽然我完全不了解女人。总之……"布莱恩稍稍端正姿势道，"我这一去大概就回不来了，公主，这段日子我很开心。克莱姆，那个时候多亏遇到了你和赛巴斯先生，我才能获得新生。谢谢。"

布莱恩转过身，迈出步子。"你和葛杰夫……能够遇到你们，我很幸福。"留下这句话之后，他的身影便消失在了门的另一边。

"为什么会变成这样……魔导王……要是没有你的出现……"克莱姆感觉身边的一切都毁了。除了最最重要的东西，其他的一切都被夺走了。而那最最重要的东西也不是永远都在。剩下的时间恐怕不多了吧。

"克莱姆，我想先把剑送到父王手上。"

被负面情绪支配的克莱姆在听到这句话之后恢复了自我。是啊，在那个瞬间来临前，他需要做的，就是为这位救了自己的女性，为自己发誓要奉献一切的重要的人工作。

"对了，那个……嗯……就是……"拉娜的语气和刚刚完全不同，"那把剑能让我拿一下吗？"

"哎？啊，是！"

把剑交给拉娜后，她将剑抽了出来。

"好重啊。"拉娜将剑鞘交给克莱姆。

剃刀之刃的刀身锋利，可以像划开纸一样劈开铠甲。克莱姆正想提醒拉娜危险，她就朝着空气挥了一下。克莱姆有些惊讶，虽然因为剑太重了没拿稳，剑尖伤到了地板，但这只是单纯的臂力不足，她的架势和持剑的动作都像是受过训练的人，刚刚的挥剑动作的确有锐利之感。就算是男人，没拿过剑也不可能挥出那样肉眼可见的轨迹。

"嗯……这个不适合我。"

"不,您过谦了,只要多加练习,应该能胜过小人。"

"怎么可能呢,而且我应该不会再挥第二次了。"拉娜拿过剑鞘将剑收起,交给了克莱姆。

"去面见父王吧。不过,在那之前……"拉娜低头看了一下自己的打扮,"还需要准备一下。"

布莱恩·安格劳斯走在王都大道上,平时这里车水马龙,如今却是空无一人。所有人都害怕魔导王,躲在家里连大气都不敢出。布莱恩很清楚,就算是这样也不会幸免于难。他跟着拉娜增长了不少见闻,所以更加明白,魔导王没有任何理由不破坏王都。但要是有人问他"那怎样才能活命",他也答不出个所以然,大概只能给出"所有人都商量好,同时往王都的四面八方逃,总有几个人能逃出生天"这种程度的答案吧。

布莱恩看着道路两旁的建筑物,大门、百叶门全都紧闭,内部估计也都做了加固,轻易打不开吧。

(到了这个地步……也许有的人已经自我了断,或是一家人集体自杀了吧……)

肯定有,光是传闻就充分向所有人传达了魔导王率领的军队有多么恐怖。

只要集合王都内所有民众的力量,孤注一掷,报一箭之仇……就算做不到,至少能吓吓对方。可如今连能够实行这个方法的力量——凝聚民心的人物都没有。那个公主或许能做到，但她完全没有采取行动的意思。

（如果在这里的不是我，而是他，会有什么不同吗？或许吧……）

布莱恩很清楚，既然已经开战，就没有希望了。在四十万大军出征的时候，他也是冷眼旁观，但并没有嘲笑他们为了万分之——不，为了亿分之一，甚至是兆分之一的可能性所采取的赌博行为。

动员他们的赛纳克也不是出于自暴自弃，或是在白日做梦，而是把筹码押在了最有可能性的那张牌上，也就是和现在的布莱恩一样。

布莱恩脸上露出了寂寞的笑容，突然感觉到了什么。

（气氛……变了。）

并不是真的有什么发生了变化，而是王都一直以来的味道，肯定有什么决定性的东西导致了这一变化。只有身经百战的战士才能够察觉到，刺激鼻腔的味道有些不同了。那是会对心理产生作用的味道，是在耶·兰提尔与克莱姆一起眺望过的夜空的味道，是丧失与败北的味道。

（魔导王的军队终于开始行动了吗？）

导致气氛突然发生变化的根源，除了这点布莱恩想不到其他原因。机会来了。若是布莱恩不采取任何手段，前往魔导王所在的位置，站到他眼前的概率非常低。不，不只是低，而是全无可能。

但如果趁着魔导王进攻而引起混乱之时，或许能够靠近他。当然，布莱恩并不知道敌人大本营的警戒会不会那么松懈，但，要想蹂躏如此广阔的王都，应该会有阵型溃散、警戒松懈的时候。

为了思考接下来如何行动而停下脚步的布莱恩，发现围墙正在变白，是仿佛泼上了颜料的那种白，远处还传来此起彼伏的悲鸣。

围墙周围建了临时住所，以供从附近都市逃难至此的难民居住，如果攻城战已经开始了，那么悲鸣就是他们发出来的。敌人的目的地自然是王城，那么，应该不会有难民朝着布莱恩的后方，也就是王城的方向逃。

（怎么办？敌人已经开始侵略了，最初的计划是不是应该作废？）

他原本打算，先想办法到王都外面去，然后趁敌人部队闯入王都时，从他们眼皮子底下溜进敌人阵地，直逼魔导王。但敌人已经闯进来了，那是不是应该先躲避敌人的入侵部队，等他们过去之后，再到王都外面去比较好呢？

那样的话，魔导王离开大本营的可能性会非常高，必须先确认他人在哪里，要是白跑一趟或许就会错过时机。既然如此，在王城附近等待，等着魔导王为了占据王城自己走进来如何？总之……

（必须先找地方藏起来。）

说是藏，也没必要像盗贼或是暗杀者那样藏得那么隐蔽，只要藏在对方不会注意到的地方就行了。

正在他考虑哪里最合适的时候，城门变成一块块碎片崩塌了。白色的碎片反射光线，闪耀着美丽的光辉，在这种状况下依然那么美。这是用了什么技能？对手可是那个能召唤出众多强悍怪物的魔导王，无论发生什么都不奇怪。

一个小点踏过崩塌的城门。由于距离过远，看起来非常小，但多半比人类要高大。对方都要跨过城门往这边来了，却没有士兵上前阻止，答案只有一个：所有人都死了。布莱恩身子一震，那也是个超级怪物吧。

随着对方靠近，身形也越来越大，步伐很缓慢。布莱恩的脸扭曲着，对方有着绝对值得骄傲的肉体能力，移动速度应该也相当快。移动到这条无人的大道用不了多少时间，可为什么那么久还没走到呢……

（哦，我明白了，攻陷已经没有任何防御可言的王都，以及接下来要开始的屠杀，对他们来说太轻松了，根本没有必要急着采取行动！）

对方会如此从容是理所当然的。布莱恩怒视着远处的那个人，怒视着那个到现在依然没有看清的人。这条大道，是那个下雨天，葛杰夫拖着他跟跟跄跄走过的那条路；是他遇到克莱姆和赛巴斯，为了强袭八指设施奔跑过的那条路；是为了培养下一代战士长，带着捡来的孩子们走过的那条路。

这条大道，如今正被那些怪物当成自己家一样践踏着。践踏布莱恩和重要的人共同走过的路，这种行为无法原谅。布莱恩突然改变了心意。魔导王先放在一边，现在，这一刻，要干掉的是走在这条路上的怪物。

布莱恩保护的孩子们已经逃走了，不知道他们有没有顺利离开，不过他自知，已经给未来撒下了种子，心情也因此变得轻松起来。也许有万一，不，有亿分之一的概率，他们其中的某一个会成长为能够匹敌魔导王的强者，这一梦幻般的想法让他的心情更加轻松。

布莱恩站在大道中央，等待着对手迫近。这样的举动很愚蠢吧，他应该做的是藏起来，等待向魔导王报一箭之仇的机会，而不是与进军的怪物先锋对峙。有的人或许会说："要顾全大局啊，不要做这种蠢事。"但布莱恩已经决定要以剑客的身份活下去。那就让他随心所欲地去战斗吧。

过了很久，对方终于来到了能看清全身的距离。敌人不是人类。同时布莱恩也很清楚，那青白色的巨大身躯说明对方是高阶种族。与此同时……

（好冷……）

从对方所在的方向吹过来的风，就像寒冬腊月的北风一样，布莱恩颤抖着，不是因为感觉到了杀气或霸气，而是真的很冷，他呼出来的气息泛白就是证明。

"怎么回事？"布莱恩下意识嘟囔了一句。对方是寒气缠身吗？现在回想起来，刚刚的城门，不就是被冰覆盖然后被敲碎的吗？

（太夸张了吧……）

那扇城门可不小，如果真的是像自己猜的那样，那家伙就是异常恐怖的怪物。布莱恩也很清楚这点，他紧紧握着已经抽出来的刀，等着对方走近。他的手在颤抖，不是临阵时的精神抖擞，也不是因为寒冷，而是出于某种心理，那种心理叫作恐惧。

布莱恩好几次在心中发出悲鸣，告诉自己：让开，躲到角落里，尽量不要让对方发现自己。对方虽是个怪物，手提战戟走路的姿势却散发着武人的风范。若是自己出于怯懦对其卑躬屈膝，相信他会把自己当作路边的小石头般无视吧。

来人应该能感觉到道路两旁那些建筑物中有人的气息，却并没有要对其下手的迹象。所以，只要布莱恩也这么做，就能幸免于难。只要这么做，就能捡回一条小命。但他不会逃，握着刀柄的那只手加大了力道，另一只手拍打自己的脸颊。

"好！"

不抖了。身体和内心都下定了决心。已经看到布莱恩的青白色巨人没有改变速度，继续慢悠悠地从正面走来。对方手提战戟，随着距离越来越近，压迫感也越来越强。布莱恩咽了口唾沫，挡在迫近的白色巨人的行进路线上。

之前被对方绝对的压迫感吸引了注意力,导致布莱恩现在才发现,在那个异形身后还跟着几个女人,她们身穿白衣,皮肤泛着青白色,留着漆黑的长发,同样散发着寒气。他能够清楚地感觉到所有人的视线都停留在自己身上。

敌人没有对站在大道正中央的布莱恩采取任何行动。布莱恩从垂在腰间的袋子里取出瓶子,喝光里面的液体,紧接着又喝了两瓶,共计三种强化魔法包裹着布莱恩。喝下药水就相当于在告诉对方自己准备战斗了,敌人依然没有要攻击的意思,布莱恩却感觉到了斗志。双方的距离已经缩短到五米了。

(喂喂,又是绝壁吗?)

距离拉近之后,布莱恩更加肯定,对方是绝对的强者,有着无论他怎么努力都无法达到的实力,是只有对方一根手指头实力的自己绝对赢不了的对象。即便很清楚,他也不会让开。

对方停下了脚步,双方之间的距离只有三米,考虑到胳膊加上战戟的长度,布莱恩已经进入对方的攻击范围了。

"布莱恩·安格劳斯。"报上姓名之后,布莱恩用刀尖指着对方的眼睛,让对方绷起神经。

"无上至尊安兹·乌尔·恭魔导王陛下麾下,科塞特斯。"

瞬间,布莱恩睁大了眼睛,这就是眼前这个敌人的名字吧,没想到对方居然会回应自己。布莱恩在吃惊的同时有一种似曾相识的感觉。好像以前就听说过这个名字,却怎么也想不起来,也许是自己的错觉吧。下一个瞬间,布莱恩对自己轻率的行为自责。如此强者站在眼前，还回应了自己，自己却在搜索那并不鲜明的记忆，太不尊重对方了。

对方是自己遥不可及的怪物，恐怕已经达到赛巴斯，或夏提雅·布拉德弗伦的级别了吧。在对方眼中，自己就如同蝼蚁。但对方完全没有表现出对待下等生物的举止，这才让布莱恩放松了警惕。

如果立场反过来，自己会怎么做呢？大概会无视对手，随便斩下一刀将其了结，然后继续前进，甚至脑中都不会留下曾经站在自己面前的那个人的记忆。布莱恩挺直腰背，微微低下头，就像是弟子见到老师那样。

"谢谢。"

"不必。"

布莱恩用力握着刀柄，用力，再用力。没有任何计划就举起武器挑衅绝对强者，也许会辜负那些救了自己的人，因为这样的举动无异于自杀。就算他拦住对方又能做些什么？什么都做不到。可即便是这样……

"斩神刀皇——"

科塞特斯从空间中取出一柄仿佛比布莱恩还要高出一截的巨大长刀，高高举过头顶。这样的举动令人欣慰，不需要语言，一切用剑说话。

布莱恩长吁一口气，再慢慢深呼吸，就好像将心中所有不畅都吐了出去。这期间布莱恩可以说是毫无防备的，科塞特斯却纹丝不动。他的举动令布莱恩产生了浓厚的敬意,他不仅实力强悍,品德也是如此高尚。如果他与那个夏提雅是同等级的怪物,就算他站在那里不动,也能以远超布莱恩的速度挥动武器吧。

更何况,科塞特斯还摆出了架势。并不是将布莱恩当作强敌而采取的行动,而是看到了布莱恩的觉悟,将他视作一名战士。这一举动令布莱恩很开心。

(和那个夏提雅不一样。)

不,这样进行比较也太不尊重他了。

(嗯?夏提雅?科塞特斯?果然是在哪里……好像……不,不行!现在这个瞬间,你有多余的精力去想那些无谓的东西吗?笨蛋!)

布莱恩将所有脑细胞都用在了怎么才能获胜上。要想接住从那么高的位置落下的刀必定很困难。如果他的肉体能力与夏提雅在同一级别,就算能接住,也无法卸掉那股力量,自己的脑袋会被直接劈成两半吧。或许连刀都会一同被砍断。

那自己能躲得开科塞特斯的第一刀吗?就算运气好躲开了,对方也不会就此停止攻击,紧接着还会挥出第二刀、第三刀。按照一般的对敌方法,应该先挡开第一刀,然后趁着对方重心不稳时采取反击。但要想躲开超出一般认知的对手的攻击,就必须倾注自己的全部精力,根本没余力进行反击。因此,他会在对手接下来的攻击中被砍中。即——

（死里求生吗？）

布莱恩想起了维斯恰尔曾经说过的话。要想战胜科塞特斯，就必须比他快，哪怕只快零点一秒，除此之外别无他法。但，就算击中对方的身体或头部，刀挥下的威力也几乎不会有变化。到时候应该会以平局收场。

那就瞄准对方举刀的那只手的手腕。对方可是夏提雅级别的怪物，用比他还要快的动作，砍断他的手腕，这根本就是个笑话。但……

（我必须那么做，只能用那个……）

布莱恩慢慢压低姿势，这是他砍下夏提雅·布拉德弗伦指甲的那招——秘剑指甲刀的准备姿势。不。这已经不是秘剑指甲刀了，指甲刀其实就是使用绝对命中的"领域"和神速"神闪"击出"四光连砍"，是布莱恩最强技能的结晶，充其量也只能砍下夏提雅的指甲，但这样的成绩毫无疑问是足以载入人类史册的丰功伟绩。想要挑战夏提雅这种顶尖高手的布莱恩不会就此停下脚步。

为了变得更强，他请求相当于葛杰夫·史托罗诺夫的老师、曾经的精钢级冒险者维斯恰尔·克洛夫·迪·劳芬的帮助，不断训练，终于练成了"六光连斩"。可惜的是，这还不足以匹敌葛杰夫的绝招。

"领域"与"神闪"没变，"四光连斩"升级成了"六光连斩"，还开发出了使用"六光连斩"的新技能。所谓武技，就是消耗类似集中力的东西使出招式，越是强大的武技消耗的量就越大。

优秀的战士，或者说是高等级战士积攒集中力的容量会变大，但要想同时使用多个强大的武技还是非常困难的。布莱恩的集中力容量则比一般的战士都要大，在对夏提雅·布拉德弗伦使用指甲刀时，就是提前组合好武技，将集中力发挥到了极限。

那么，与其他技能同时使用比"四光连斩"更加耗费集中力的"六光连斩"就是不可能的。可布莱恩却做到了，他能做到的理由只有一个，现在站在这里的是已经超越葛杰夫·史托罗诺夫，达到英雄领域的布莱恩·安格劳斯。而他的新技能就是真·指甲刀。

科塞特斯微微移动，缩短了距离。二人离得已经很近了，考虑到肉体上的差距，距离慢慢拉近后，直接挥刀也不奇怪。他为什么要这么做？理由很简单，因为他打算将布莱恩视作战士葬送。

布莱恩对身为战士的他的敬意比刚刚更加强烈了，进入使用真·指甲刀准备的他此时在想，还不行，还打不到。喝下三瓶药水，发动了三种魔法的布莱恩，与夏提雅对峙时相比，实力更强了。

即便是强了，布莱恩·安格劳斯这个人类也不是科塞特斯这个怪物的对手。这是没办法的事情，蚂蚁无法战胜巨龙，这是不得不接受的事实。但他还是不想输，那该怎么做才好呢？怎么做才能尽量缩小能力上的差距呢？

（我是战士。只要做战士该做的事就好。）

"能力提升。"

布莱恩发动武技，所有集中力都用在构成真·指甲刀上，没有多余的力量来发动其他武技了。他的眼睛渐渐充血，鼻子也在出血，他的毛细血管破裂了。随着咔锵的声音响起，就好像按下了转换按钮，布莱恩的肉体能力一下提升了一个档次。

武技发动了，肉体能力提高了。但……还不够，还是打不到。那该怎么办？答案依然只有一个。布莱恩再次发动武技。

"能力超提升。"

布莱恩·安格劳斯再次引发了奇迹。他不知道的是，他的过人之处正是增加集中力容量。正因为如此，他才能发动构成指甲刀的武技，随着等级的提高，才能发动构成真·指甲刀的武技。但这已经是布莱恩的极限了，他无法使用更多的武技，这就是世界的规则。

但在这个瞬间，布莱恩再次打破了规则。这是第二次发生奇迹了，第一次是砍断夏提雅的指甲，而第二次就是现在的这个瞬间，大量的血从鼻孔流出，受到违反规则的影响，他的肉体正在崩溃，再过一分钟，布莱恩就会自行毁灭吧。

但在强者面前，一分钟实在太漫长了，

科塞特斯踏入布莱恩的攻击范围，斩神刀皇从高处挥下，布莱恩挥动早已拔出的刀迎击……紧接着是砍断肉体的声音。

斩神刀皇只挥了一下，科塞特斯将上面的血和脂肪擦干净，收回了空间中。拔出插在地上的战戟，俯瞰着被斩杀的男人的尸体。是一名好战士。科塞特斯的身上一道伤痕都没有，布莱恩的刀没有碰到他，但他依然是一名值得赞扬的战士。

（没听说这里还存在这样的战士……）

杀了他有些可惜，可能的话，科塞特斯想饶他一命，让他发誓效忠自己的主人。只折断他的刀，搪开他的一击，弄断他的双手双腿，对科塞特斯来说都是轻而易举的——但那不是战士所为。科塞特斯在远处看到独自一人站在此处的这个男人时就感觉到了，在与他面对面时，感觉更加清晰，他是一名有觉悟的战士。

科塞特斯无法侮辱这样一个男人，明知将这样的战士收入麾下会有多大的好处，却依然杀了这个人。这对纳萨力克来说，或许是背信弃义的行为，但他依然不惜如此，他想用剑结束这场赌上生死的战斗。如果武人建御雷在，肯定会夸赞做出如此决定的科塞特斯吧。

（等级在四十级左右吧……）

不过，除了刚刚那一击，其他时候没感觉有那么高的等级。或许类似科塞特斯的明王击一样，使出了特殊的强大技能吧。在科塞特斯看来，他很弱，但以这个世界的标准来评判，他是个强者。科塞特斯捡起布莱恩掉在地上的刀。

"我拿走了。"

这把刀和科塞特斯手中的武器比起来,要弱得多得多,甚至可以说毫无用处。或许插在布莱恩身旁当作墓碑更好。但科塞特斯还是决定将它带走,也不忍布莱恩的尸体就这么躺在那里。

"你们几个,把他冻起来。"

给雪女郎们下达命令后,布莱恩的尸体被渐渐冻了起来。科塞特斯正打算从布莱恩旁边走过去,却再次停住了脚步。看向布莱恩后方的王城。

科塞特斯没有说话,转身回到大道上,从那里右转走进一条比刚刚窄的小路,径直前行。走出那条路之后再次向右转,一边确认城池是否在正对面,一边往前走,在又发现一条位于右手边的狭窄通路后,走了进去,直行走了一段回到大道上。科塞特斯看向右手方向,布莱恩的尸体就在不远处。他依然什么都没有说,朝着左手方向——王城而去。

"好——不要妨碍我。"

亚乌菈在城墙下对着城墙上受到惊吓的士兵大喊。只见她踏着墙壁上不明显的凹凸一口气爬上了城墙。站在上面的士兵想用枪将她捅下去,亚乌菈做出人类绝对不可能做出来的动作,跳着越过士兵,在空中转了一个大弯。

"嘿哟!"她漂亮地落在对面的垛口上。"耶!"对着士兵们比了一个"V"字。

所有人看向小孩子外表的亚乌菈的眼神中都写满恐惧。看到她的身体异常轻盈,没人把她当成普通的孩子。更何况她带来的魔兽还在城墙下面等着。

亚乌菈无视这些人,从腰间的小袋子里随手拿出一张纸,完全不在意士兵们端着枪,围着自己一点一点靠近。

"好——各位,我再说一次,不要妨碍我。"她摊开那张纸,将上面画的地图与眼前的王都进行比较。只要明显的建筑一致就好办了。她很轻松就找到了最初的目的地——魔术师公会的总部。满足的亚乌菈转过身,看着已经形成包围网的士兵们。有几支枪的枪尖就在她身前,只要稍稍一动就会被刺到。

"我说你们啊,看到只有我能爬上来,就把所有注意力都放在我这边真的好吗?我们可是一起来的哦?"

士兵们面面相觑,接着就像被弹出去一样,贴上王都的外侧城墙。为时已晚,亚乌菈的魔兽已经相继爬到城墙上来了。周围不断传出士兵们丢人的悲鸣。论战斗能力是亚乌菈更强,但外表的差异给人的冲击是最大的。完全丧失斗志的士兵们开始争先恐后地逃跑。其中也有些人想继续留下坚守阵地,可身边的战友都在逃,他们很难保持坚定的斗志。

城墙很厚,上面的步道很宽,陷入恐慌的士兵们却都在相互推搡着逃离。要是他们能够有序撤离,肯定能节省不少时间,像这样相互争抢推挤,实在是太不像话了,追上去将其歼灭简直易如反掌。只是所有魔兽都对此毫无兴趣，主人也没有下令，所以都选择了无视——除了一头。

虹色暴君，七十一级，是这次带来的魔兽中体形最巨大的一头。样子与霸王龙很像，但是有背鳍，它的名字也是由此得来。顾名思义，它的背鳍闪耀着七彩光芒。亚乌菈对它并不了解，只听主人们说过"这个魔兽的原型绝对是怪兽王"。

虹色暴君发出咆哮，声音非常大，大地都跟着轰隆作响。这并非威吓，也不是它在表达情绪，而是它的特殊能力之一，恐怖咆哮。如果是与它等级相近，或是对精神作用有抗性的人听来，就是有点吵人的吼叫，而不满足这些条件的人听到会有怎样的反应，看看那些逃跑的士兵就知道了。

面部因恐惧而扭曲成一团，纷纷倒地——他们被吓死了。虹色暴君杀死这些慌不择路的人类，并不是为了取乐，只是觉得他们在眼前跑来跑去太碍事了吧。就由于这种原因，所有人都死了。

但虹色暴君自己也并非平安无事，释放那股力量让它付出了很大的代价。围在虹色暴君周围的是亚乌菈带来的六头魔兽中的五头——七十八级的神守狼等级最高，依次排下来分别是七十七级的精灵兽猎团的猎犬、七十六级的麒麟、同样是七十六级的双头蛇以及七十四级的石王翼蜥蜴。先是麒麟从后面踢了虹色暴君一脚，接着精灵兽猎团的猎犬也踢了它一脚，其他几头也都开始踢它，大概是嫌它吵吧。战斗能力放在一边不说，被比自己等级高的魔兽踢，虹色暴君也只能对着亚乌菈发出博取同情的鸣叫声。就在它发出鸣叫的瞬间，其他魔兽的攻击更猛烈了。打比方的话，刚刚只是社团前辈对后辈的爱的管教，现在可就是毒打了。

唯一没参与的是五十八级的魔兽贪欲蛙。它的外表就像是会出现在噩梦中的扭曲的巨大青蛙，它的嘴里有一排肮脏发黄的白齿，长着一双和充满欲望的壮年人类一样的眼睛。

"好啦，大家，我没生气，不要再欺负小虹了。"

亚乌菈双手叉腰，眼睛呈半睁状看着魔兽们，这次所有魔兽都一齐发出了可怜的鸣叫声。

"好啦，好啦，我也没生你们的气。"

听到亚乌菈这么说，除了虹色暴君，其他魔兽都聚集到她身边，用它们巨大的身体蹭着亚乌菈。

"唔哦！"这次轮到亚乌菈发出可爱的悲鸣了。在肉体能力方面她或许不输这些魔兽，但被它们巨大的身体全方位包围，她感觉自己都要被挤扁了，因此才发出了这样的声音。

"喂！快走开啦！"魔兽们听话地同时散开。亚乌菈继续说道："玩闹就到此为止吧。"

拍了拍手，亚乌菈的面前——说是面前，但由于魔兽们的体形过于巨大，很难在步道上一字排开，所有魔兽都各自找到合适的位置，一脸严肃——完全没有了用身体磨蹭亚乌菈时开玩笑的表情。

"接下来我们要侵入王都,摧毁几栋建筑。有的人没有出场机会……"

听到这话,表情失落的是体形最大的虹色暴君。

"我要委派给你一个特别任务!把围着城墙走的人都踩扁!"

"嗷嗷——"虹色暴君发出吼叫,空气仿佛都随之振动。渐渐地声音越来越小,它最后垂下头,偷偷观察着其他魔兽和亚乌菈的态度。

"嗯,很好。那么所有人,开始行动!要快!"

亚乌菈从城墙上跳下,成功侵入王都。她跳下来的位置是某间民房的房顶,之后便沿着房顶跑了起来。其他魔兽也紧跟着跳下,跟在亚乌菈身后。每只魔兽的动作都很轻盈,完全感觉不到它们的重量。

亚乌菈回过头想要确认一下魔兽们的情况时,却看到虹色暴君正摇着自己又粗又长的大尾巴。亚乌菈朝它挥了挥手,它尾巴摇得更起劲了,还砸飞了垛口的一部分。

你也快开始行动!

用意念下达命令后,虹色暴君吓得跳了一下,然后笨重地从城墙上走了下去。

亚乌菈一行最先来到的地方是魔法师公会,根据推测,为了保护大量魔法道具,这里的戒备应该会比较森严,同时,这里也将是王都内抵抗最激烈的地方。敌人的战斗力不算什么,但要想回收这里所有的魔法道具,需要花费不少时间,或许还必须请求支援。

亚乌菈一边思考，一边直线朝目的地前进，她行进路线就像在王都地图上横着切了一刀。王都的占地面积虽广，但她全速前进的话，根本用不了多久。从城墙上跳下来后没过多一会儿，她便抵达了目的地。所有魔兽都没有掉队，贪欲蛙移动速度慢，是被石王翼蜥蜴带过来的。

被长长的院墙包围起来的这块土地上，有三栋五层的塔式建筑和好几栋两层的细长建筑物，这里就是魔法师公会总部。紧闭的大门上有格子花纹，门左右两旁是两层建筑的执勤房。外面没有人的气息，建筑物内部零零星星有几个人影，是那些负责警戒的人。

跳进来的亚乌菈打开手上的地图，对比着建筑物的外观。

"嗯——那个是那边的话，应该是这边吧？"

根据王国协助者提供的情报，虽然只是个大概，但还是能够看出公会内部结构的，也能看出魔法道具都收藏在哪里。经过推测，收藏的地点有好几个，并不清楚魔法道具具体在哪里。总不可能抓一个高阶魔法吟唱者问情报。因此，亚乌菈必须那么做。虽说麻烦，考虑到魔法师公会的占地面积，相较于人海战术，那个方法更有效。

"那就出发吧。"

亚乌菈朝着正面的门走过去。执勤房里跑出来几个人，五男一女，站在最前排的是个老人。亚乌菈先是在心里"哦"了一声，如果这个人是魔法师公会的高层，就能省去不少麻烦了。但在观察了老人的装束后，亚乌菈很失望。

因为这个老人横看竖看都是战士系职业。下穿黑衣，上着浅蓝色的练功服，腰间挎着两把刀，还穿着护胸甲。头发雪白，一根黑的都没有。胳膊和普通老人一样都很细，皮肤却并不松弛，看起来细却如钢铁般坚硬。他正用猛禽一般的锐利眼神盯着亚乌菈。看他抬头挺胸站在那里的样子，能够感受到，他对自己的实力很有自信。

"还是先确认一下，孩子，你是魔导王的部下吗？"

亚乌菈看了看老人身后的那几个人，装束和老人一样，不过有人没拿刀。由此可见，老人应该是武馆的馆主，其他人是他的弟子。魔法师公会和武馆这种组合有点让人摸不着头脑，两者之间有着怎样的关系，武馆的人才会在这里给他们看家护院呢？这里的魔法吟唱者虽掌握着一些情报，但真正重要的情报他们是接触不到的吧。

"怎么不回答？就算你是个孩子，老夫也不会手下留情。"

对方采取这样的态度和率领着好几头魔兽的亚乌菈对话，想必是因为亚乌菈和魔兽们都没有释放出任何敌意、斗志和杀气吧。再加上对方有勇气，有决心，有自信。

"嗯——你们要是肯带路的话，我可以不杀你们。啊，也不会让这些孩子袭击。"

亚乌菈会遵守约定的，反正最后他们都会被马雷干掉。

"口气不小啊,小子。不过我不能让你过去,绝不能让那个会涌现恶魔的道具落到你们手上。"

亚乌菈笑了,只要知道那个还在这里就够了,她必须将那个道具回收,交给迪米乌哥斯。

"哦——这样啊,这就是最终答案?"

"我拒绝,别看老夫啊——"

老人突然倒地。亚乌菈冷不防地放了一箭。这速度极快的箭射在老人头上,让他的头像石榴一样爆裂开来,里面的东西四处飞溅。

"我没工夫在这里闲聊。下一个……你们也和他一样吧?如此看来,我还是进去抓个看起来职位比较高的魔法吟唱者吧。"

站在老人身后排成一排的人都一脸惊呆的表情定在原地。亚乌菈也懒得等他们回过神来,直接给魔兽们下达了指令。

"都杀了吧。"

话音未落,亚乌菈便朝着门的方向走去,魔兽们以疾风般的速度从她身边蹿出去,袭向另外几个人。之后,就只剩下一片血泊和肉的残骸。

马雷独自坐在王城第二高的塔上,俯瞰王都。在三天前那一战中已经杀了不少人,但当时只有男人,没有女人和小孩的身影,也就是说,留在这里的都是些弱者。马雷露出了有些悲伤的表情,不断在脑中盘算。怎么都不行啊……

"怎么办好呢……"

要是有其他人在场，马雷真想商量一下，可现在身边一个人都没有。半藏或许就在不远处，但他不会在马雷面前现身，就算问他也不会有回应。

（嗯……怎么做……才能有效破坏这么大的都市，同时把所有人都杀光呢……）

马雷来王都之前，和主人一起毁灭过几座都市，积累了不少经验，所以他非常清楚，破坏都市以及歼灭居民是多么深奥多么困难的工作。只要多用几次魔法，就能彻底破坏建筑物，将都市变成一座瓦砾堆积而成的山，但要想把所有居民都杀光，就相当困难了。

要是使用可以引发地震的魔法，破坏地上建筑以及地下设施的话，效果将会非常卓越，大部分留在屋子里的人也都会死在建筑物之下。可是，使用这种引发地震的魔法，不会对魔法范围外的地方造成任何影响，还会被藏在其他区域房屋中的人发现。房屋坍塌的声音和民众发出的悲鸣不一样，听到声音，躲起来的人会好奇地到外面看发生了什么，或是通过窗户观察。那些堵着耳朵闭着眼睛的人最好了，想着躲在家中，用被子把自己裹起来一切就都会过去的人，只要再放一个魔法就能解决。

问题是那些直觉敏锐、意识到接下来遭殃的就会是自己，和比较勇敢的人。更麻烦的是那些陷入混乱或自暴自弃的软弱的家伙，那样的人会往意想不到的方向逃窜。而且这种气氛还会传染，有些人看到别人在逃，自己也会逃。要是都逃到还没有被破坏的建筑物中还好，就怕那些陷入恐慌状态的人，会发疯似的选择逃到已经变成废墟的区域。或是跑到废墟中，想要帮助那些被压在建筑物下面的人，就更不好处理了。

（真希望所有人都不要逃啊……）

否则就要再使用一次波及范围广的魔法了。要是有时间倒无所谓，但和主人一起行动的时候，他做不到。不能浪费主人宝贵的时间，承认自己无法一次性扫清又很丢脸。而且地震不能保证所有人都会死，很多时候都会有幸存者。实在不行也可以引起火灾烧死里面的人，但火灾太显眼了，在远处也能看到，一旦刺激到那些人原始的恐惧心理，就会有更多人选择逃跑。顾得了这边顾不了那边啊。

（一定要多多练习，提高技术！）

泡泡茶壶赋予了马雷很多打倒对手的能力，即便是在阶层守护者中，在攻击范围这一块也没人能与他比肩，因此，能不能顺利摧毁都市，歼灭百姓，关系到他的存在意义。看到这样的马雷，泡泡茶壶大概会不高兴吧。

"呜……呜……"

一想到被泡泡茶壶责骂的画面，马雷就不禁湿了眼眶，不过在眼泪流下来之前就被他擦掉了。

"必须加油……安兹大人也说了。"

马雷对安兹抱有强烈的谢意与敬意。要不是安兹给马雷提供练习机会，让他积累摧毁都市的经验，他就不会得到成长。回想一下，马雷第一次执行作战计划摧毁一座小城镇的时候，真的惨不忍睹。那样的成绩就是在给泡泡茶壶脸上抹黑。

在自己心情低落的时候，安兹温柔的话语让马雷感动得都要哭出来了。安兹对他说，既然知道自己经验不足，那就好好努力，争取做得更好就是了。如果这话是同样身为守护者的其他人说出来，或许不会如此打动人心，但这可是和泡泡茶壶同等地位的无上至尊说出来的啊。

自那之后，马雷便下定决心，一定要摧毁更多村庄、城镇和都市，歼灭更多更多的人，成为泡泡茶壶心中所期望的样子。

"好！"

音色依然是可爱的童音，却是平时的马雷绝不可能发出的充满气势的声音。如果其他守护者在场，或许会惊讶得睁大双眼吧，大家都想不到马雷居然还有这样一面。

"开始吧！"

马雷在身前双手握拳，自己现在要做的就是将目前为止学到的东西都发挥出来。他举起拳头喊着："摧毁王都，杀光百姓，哎哎哦！"

隐藏在后方的半藏等人也一起举起了拳头。

克莱姆在走廊上透过略显厚实的玻璃看着外面的景色。拉娜将他赶到了走廊上，说要在去见国王前化好妆，那样就算魔导国的军队来了也不会失礼于人前。她还说或许得换身礼服，想来要多花一些时间吧。

将视线拉回走廊，周围静悄悄的，仿佛一个人都没有。最后留在王宫内的极少数骑士，此刻都离开自己的岗位，集结到已经封锁的王宫入口处，准备迎击魔导国军队了。或许会有人嘲笑这样的行为根本毫无意义。与葛杰夫·史托罗诺夫曾经指挥的战士团不同，他们大部分只比一般士兵强上那么一点，要是对上魔导国的怪物，大概轻易就会被击败。但身为被王室赐予骑士爵位的人，他们必须尽忠，这是在完成最后的使命。那些嘲笑他们的人才是可悲的家伙。

之前因为发生了太多事，除了一小撮骑士，克莱姆对他们并没有什么好感。他一直以为，大难临头之时这些人肯定会四散奔逃。克莱姆嘲笑着自己狭隘的思想。正因为他们的忠诚是真的，才无法容忍王室身边出现一个流浪儿吧。是克莱姆小看了他们坚定的忠义之心。

克莱姆看向王宫入口的方向，思考着自己是不是也应该和那些人并肩作战，但他马上否定了这个想法。那个时候自己并非被王室所救，而是被拉娜所救，如果是拉娜让他去，他会立即奔赴战场，否则他就会留在拉娜身边，哪怕一秒也好，也要死在拉娜之前。这才是他的职责，是他的一切。

他的灵魂和生命从被救的那个瞬间起，就已经属于拉娜了。这个无人的静谧空间让克莱姆想起了很多，自己的事，拉娜的事，或许会存在的将来的事，以及……他看了看旁边，当然，那里并没有人，因为平时总会站在身旁的布莱恩·安格劳斯已经离开王宫了。

布莱恩究竟去哪儿了呢？倘若魔导国的军队已经攻进来了，他此时或许已经命丧黄泉了吧。克莱姆的心发出悲鸣。布莱恩教了他很多，给他指引了方向，是他的老师、朋友、兄长。他和布莱恩的关系比葛杰夫要亲密得多，在拉娜就是一切的克莱姆心中，布莱恩是自己第二亲近的人。

"为什么会变成这样……"克莱姆的低语消失在空无一人的走廊中。事情究竟为什么会变成这样啊。他本以为和平的日子会持续到明天、后天，会永远持续下去。

就在这时，房门被粗暴地推开，发出"砰"的一声巨响。平时根本不可能有这么大的动静。克莱姆赶忙看向房门，是拉娜，她没有换衣服，脸上只有淡淡的红色，看不出化没化妆。用了那么长时间，样子却和平时没有太大变化。拉娜手上握着收在剑鞘中的剃刀之刃。克莱姆刚想问出什么事了，她抢先说道："克莱姆，快走。"

"是！"

拉娜只说了这么一句，便在走廊上小跑起来。

克莱姆快步跑到拉娜身边问道："出什么事了吗？"

拉娜瞥了一眼克莱姆后，看向前方。"嗯，我突然想起一件必须做的事，是对魔导国小小的复仇。必须尽快赶去父王身边，先去私人房！"

"是！"

中途，拉娜将剃刀之刃交给克莱姆，二人继续朝着国王的私人房前进。当然，这边也没有骑士把守。拉娜没有减速，直接"砰"的一声推开门。兰布沙三世被开门声吓了一跳。

"拉娜，出什么……"自己的女儿——应该说从来没有人在进入这个房间的时候发出过这么大的声响，兰布沙三世的话只说了一半。

发现拉娜看向自己的克莱姆饱含歉意地深深低下头。

"啊，我来了，父王！我想到了一件很重要的事！"

拉娜一路小跑过来也没有气喘吁吁。当然，克莱姆也是，他只是觉得有些奇怪，平时几乎不会跑动的拉娜气息怎会如此平稳。不过转念一想，刚刚的移动速度也并不是很快，没什么可奇怪的。

"怎么了，拉娜？你刚刚那么开门……"

"这不重要。"

听到拉娜比平时稍显急促的语气，兰布沙三世苦笑道："那倒也是。拉娜，到底是什么事？刚刚你说很重要？"

"是的！就是……"拉娜可爱地歪着头，继续说道，"父王为什么会在这里？"

"你应该知道是那孩子把我关在这里的吧？"

"是的，是王兄。"

"是啊。就是赛纳克那个蠢儿子。我的两个儿子居然都先父亲而去，这让我……"兰布沙三世面露痛苦的表情。所有人都知道，七天前出征的军队没有一个人回来，大家都能猜到发生了什么，更能联想到那些人没回来的理由。

"昨天他们把我放出来，应该是考虑到必须在魔导王来之前做各种准备吧。我正一个人准备着呢。本来骑士们说要帮忙，但我让他们离开了。想必他们已经逃走了吧……"

克莱姆没有告诉他，骑士们在王宫入口处集合，准备做最后的抵抗。拉娜也是一样。

"您说的准备就是那些吗？"

"嗯，是啊。"

二人视线前方放着王冠等宝物，还有几本书。

"拉娜，你为什么还留在这里？那孩子……没让你逃走吗？"

"父王不是也还留在这里吗？"

"我不会逃，那孩子还只是王子，应该肩负起责任的是我，可那孩子却……嗯？那把剑是……"

看到克莱姆腰间佩剑的兰布沙三世，往克莱姆的身后望了望，又马上将视线拉回到拉娜这边。

"你雇用的……那个可以匹敌葛杰夫的战士呢？"

"布莱恩先生离开这里，打魔导王陛下去了。"

"他应该不是魔导王的对手，而且他去打倒魔导王，怎么反而把那把剑留下了？要是带着去，或许还能……"

"也不行，那可是连战士长大人都赢不了的对手。而且事已至此，就算打倒魔导王陛下也没什么意义了。"

"是吗……是啊，你说得对。不想办法击退魔导王的军队就毫无意义。"兰布沙三世看了一眼窗外，继续说道，"你刚刚问为父，为什么要留在这里？我留在这里，是因为我觉得有必要将王室的历史转交给征服者。身为最后一任国王，不能给王室蒙羞啊。"兰布沙三世露出略显疲惫的笑容，实际上他真的很累了。

"克莱姆，这是王命，我命你带拉娜逃走。现在要想逃出去很难，不过王宫内有一条通往王都外的秘密通道。趁着魔导王的军队闯入王宫的时候，走那条密道应该能安全逃出去。"

"没那个必要，克莱姆。"

迄今为止，国王和拉娜的命令从来没出现过矛盾，但这次不同。克莱姆考虑了一会儿没有动，只是紧紧地、紧紧地握住了拳头。他的确不想让拉娜死去，但更重要的是服从拉娜的命令。如果他不是这样的人，之前就会让伊维尔艾把拉娜带走了。

"克莱姆！"

"克莱姆！"

看到克莱姆没有动作，二人同时叫着他的名字，其中所包含的情绪却是相反的。

"父王，克莱姆是属于我的。就算是父王的命令他也不会听。"

"嗯……我看出来了。但如果你真的对拉娜忠心耿耿，就该带着她逃……克莱姆啊，就算是为了留下一点凡瑟夫家族的血脉，只要你愿意带着她逃，我就把她许配给你。"

克莱姆睁大了双眼。这个条件实在太有诱惑力了，他的内心瞬间产生了巨大的动摇。要说他没想过那是假的，他还曾一边想着拉娜一边释放自己。但他已经下定决心要成为拉娜的盾牌了。

"您给的奖励……过于贵重……请恕小人拒绝……"

克莱姆说这话的时候都快吐血了。他偷偷瞄了拉娜一眼，看到她脸上露出了不可思议的笑容。肯定是在夸奖自己始终只对她效忠吧。

"那么，轮到我说出匆匆赶过来的理由了。父王，请将王冠给我。"

"为什么？"

"因为我认为，不能就这样将王冠等有着王族历史渊源的财产交给魔导王陛下。"

"对方是毁灭我国之人，不应该将世代传承的王冠交出去。而且只要王冠还留存在世，王室的历史就还在。我也是出于这个想法才将王冠从宝物库拿到这里的。"

"我认为应该将这些东西都藏在王都之中，然后对魔导王说'我们将证明王之地位的东西全都藏在了这座都市之中，若是破坏王都，就永远别想得到它们了'。"

"嗯……有道理,的确是个好方法,为了得到王冠,他们或许会稍稍犹豫要不要破坏王都。我的命肯定是保不住了,但应该想办法尽量保住更多百姓的性命。"兰布沙三世摘下了头上的王冠。

"父王,不是这顶,是那顶。我认为更应该将继承王位时使用的王冠藏起来。"

"啊,嗯,对。"

"还有父王取出来的王笏、加冕仪式上用到的宝石、国玺,能够代表王位和国家的东西能都交给我吗?我们手中的筹码越多越好。"

"嗯,当然,没问题。"

"克莱姆,你能帮忙把这些东西藏起来吗?"

"当然,拉娜公主,不过,小人应该藏去哪里呢?"

"之前我已经和王兄一起思考过藏匿地点了。"

"什么?!是赛纳克吗?"

"是的,父王。实际上,提出这个计划的人正是王兄,他已经把藏匿地点都准备妥当了,不过也有可能是雷文侯提议的,稍稍让人有些不安,不过……"

兰布沙三世有气无力地咕哝道"是吗,那孩子都想到这一步了",眼中泛着泪光。

"克莱姆,遭到亚达巴沃袭击后,有一条荒废的仓库街,在那条街上有个小仓库。"

拉娜做了详细的说明，但实在太复杂了，克莱姆没太有自信能够找到。或许是察觉到了克莱姆的担心，拉娜没有经过兰布沙三世的允许，用桌上的纸画了一幅简易地图。虽说简易，不过只要有了它就不必担心会迷路了。

　　"这里有个隐秘的地下室，就把这些东西藏到那里吧。"

　　"是！遵命！"

　　"做完这件事之后……"

　　克莱姆看着拉娜的脸，希望她别说出"就不要回来了"这种话。在生命最后的瞬间，他一定要留在拉娜身边。或许是感觉到了克莱姆的心思，在思忖了一会儿之后，拉娜说道："务必……要平安无事地回来。"

　　目前不知道魔导国的军队侵略到哪里了，很有可能已经进入王都，开始了肆虐。那么离开这里就伴随着危险。克莱姆没有丝毫犹豫，既然主人下达了命令，他要做的就是执行。

　　"是！"

　　"一定要平安归来啊，万一遇到敌人也不要战斗，要逃，明白了吗？"

　　就算理解克莱姆的决心，对他的能力也没有信心吧，所以拉娜才会再次叮嘱。

　　"是！"

　　克莱姆重重点头，这次拉娜似乎才放下心来。

　　"很好。那么，父王，这个时候想要离开宫殿已经非常困难了……可以告诉克莱姆吗？"

"把王宫通往王都的秘密通道告诉他，是吗？"

"是的。"

"好，就告诉他吧。"

听完国王的说明，克莱姆震惊了，那条路他不知走过多少次，完全没发现那里有什么秘密通道。

"克莱姆，晚一点回来也没关系，一定不要让人把那些东西抢走，要多加小心，知道吗？"

"是！拉娜公主！人在物在！"

"完事之后，就算有什么担心或者在意的事情，也要直接回来，毕竟不知道魔导王的军队什么时候会来。"

说的话虽然不同，但意思都是一样的，证明拉娜非常担心他的安危。克莱姆为了安抚拉娜，充满气势地回答道："是！小人会火速回到这里！"

"很好，那就拜托你了。"拉娜露出平时的笑容。

克莱姆正打算走出房间时，看到兰布沙三世给了拉娜一瓶不知道是什么的药。他能猜到那是什么。克莱姆低下头，走出房间后朝着秘密通道所在的位置而去，穿过通道来到了王都。

王都异常安静，仿佛所有百姓都消失了，当然，那是不可能的。克莱姆听到从远处传来的野兽咆哮的声音，但在他所处的位置完全搞不清发生了什么。而且，王都又是那么广阔，就算爬上围着王城和王都的城墙，也很难掌握周围的状况。

更何况克莱姆现在该做的不是那些事，他朝着仓库全速奔跑，一路上没有遇到任何人，他顺利抵达了目的地。虽然事情紧急，但毕竟距离很远，再加上他还要警戒周围的动静，因此花费了不少时间。

仓库没有想象中那么大，克莱姆靠近门之后，发现门是开着的。他将提前拿出来的手摇铃收进包中，闪了进去。仓库里没有摆放货物，空空如也，迎接他的是灰尘的味道。没有照明，百叶门是拉下来的，导致仓库内部光线昏暗，多亏了从墙缝透进来的太阳光，才不至于漆黑一片。

克莱姆在入口附近暂时屏住呼吸，听着外面的动静。确认没有接近仓库的声音后，才按照指示靠近对面那堵墙。那里摆着几个空架子，他用力推从右边数的第三个架子。一开始完全没有反应，继续用力推，随着碰到什么开关的触感，抵抗力突然消失，架子像门一样缓缓朝着内侧打开。

房间内一片漆黑，连透光的窗户都没有。克莱姆戴上头盔，在魔法的作用下看清了室内的情况。在空荡荡的地板上，有个凸起来的把手，拉起把手看到的是通往地下的螺旋楼梯。顺着螺旋楼梯往下走一会儿，来到一个放着架子的小房间，这里和上面一样，都是空的，一样东西都没有，同样堆积了很多灰尘。克莱姆将王室宝物放在那里，完成了任务。

他回到地上，走出仓库，接下来必须全速跑回去。看到前方王城的克莱姆疑惑地"哎"了一声。王城是白色的。保护王城的厚重城墙被染成了白色,在太阳光的照射下闪闪发光。如果是毫无关系的第三者看到这幅光景,必定会感叹其美丽吧。对于生活在那里的人来说,这样的情况就太不正常了……

"啊!太,太好了,没有碎掉……你好……留在那里会很危险哦?"

是小孩子的声音。克莱姆仔细一看,有个女孩正在附近仓库的屋顶上俯视着自己,她手持法杖,皮肤偏黑,好像是被称为暗夜精灵的种族。

"你是……"

"哎?那,那个……我打算从这一带开始破坏……所以,嗯……会波及你的,你能快点离开吗?"

听到这话,克莱姆搞明白了对方的身份,这名少女毫无疑问是魔导王的手下,他本想拔剑阻止,却突然停下了手上的动作。少女看起来不强,但她肯定不是一个人来的,而且已经侵入到这里了,把她当成普通少女的话会很危险。

动手的话或许能赢,但万一听到打斗声的魔导国的不死者聚集过来,他就无法回到拉娜身边了。自己的使命不是打倒敌人,而是留在拉娜身边。而且出来之前,拉娜不是再三嘱咐自己吗?克莱姆下意识地想去看自己刚刚走出来的那个仓库,马上就强忍住了,他无法灭对方的口,必须保证不做引人怀疑的举动。

克莱姆背对着少女,跑开了。在跑的过程中他很害怕对方会从背后进行攻击，只是尽快回到位于王宫的拉娜身边这个念头更加强烈。就在他拐过第一个拐角时，身后响起了房屋坍塌的声音，他克制住回头看的念头。对方并没有像自己担心的那样追击。克莱姆平安抵达秘密通道附近，回头想要确认是否有人跟踪，看到的却是冲天的黑烟。

"王都着火了？"

由于建筑物遮挡了视线，看不到具体是哪里在着火，但可以看出着火的地点不止一两处。刚刚那名少女并不是先行部队，已经有相当数量的魔导国军队攻进来，开始了掠夺。可是并没有听到悲鸣一类的声音……

克莱姆阻止自己继续想下去。现在不要去想那些，他该做的是回到拉娜身边，报告自己完成了任务，然后一直陪伴拉娜到最后一刻。他穿过秘密通道，回到王宫，王宫内也很安静，这令他不能理解。

刚刚在外面时，他看到王城像是被冻住了。肯定是魔导国发动了某种攻击，既然如此，虽然数量不多，但留在这里的那些骑士应该会进行防卫。克莱姆现在所在的位置距离骑士们布防的位置有些远，可连剑戟碰撞的声音都没有也太奇怪了。更令他在意的是……

（感觉比刚刚更安静了。）

现在比之前还要安静，安静得让人不舒服，让他产生了全世界只剩下自己的孤独感。克莱姆特意加重步伐发出一些动静，朝着国王的房间跑去。或许应该按照宫中规矩开门，但顾不得那些的克莱姆直接冲了进去。没人。看了一圈，拉娜和兰布沙三世都不在房中。

国王私人房的旁边还有一个房间，是不是到那边去了，如此想着，克莱姆正打算穿过房间去看时，发现桌子上放着一张纸。和刚刚拉娜画地图用的纸是同一种，他拿在手中，上面是拉娜熟悉的文字，字迹很潦草，大意是去王座大殿。

瞬间，他飞奔出房间，来到王座大殿附近后停下脚步，因为他看到在进入王座大殿的门扉左右有好几个人影，他从来没在王宫内看到过那些人。那是几个青白色的女人——人类不可能有这种肤色。

毫无疑问是魔导王的手下，她们看到跑过来的克莱姆并没有表现出敌意，应该说是对他毫无兴趣。该不该拔剑呢？克莱姆正在犹豫的时候，其中一个女人开口了。

"进去吧，这座宫殿中最后的人类。"女人只说了这一句话，之后便觉得无聊一般闭上了嘴。

这句话之中所包含的不详之意令克莱姆毛骨悚然。他从那几个女人中间穿过去，冲进王座大殿。下一个瞬间，他所看到的情景信息量之大，简直要让他的头炸开。

坐在王座之上的并非兰布沙三世，而是会让人感觉到绝对死亡的骷髅怪物——魔导王安兹·乌尔·恭。左右两边分别站着一个长着尾巴的男人、魔导国宰相雅儿贝德，还有一个好像是用冰雕出来的昆虫怪物。

兰布沙三世已经趴在稍远一点的地上不动了，衣服被血染成了红黑色。身边是衣服上沾染了血迹、坐在地上的拉娜，剃刀之刃就掉在她身边。剑身上有血，那显然就是杀害兰布沙三世的凶器。

"公主！"

"克莱姆。"

那些非人之人仿佛"噗"地笑出了声，似乎是嘲笑他们。

克莱姆挡在拉娜面前，举剑，他们两个都会死在这里吧，但守护拉娜到最后一刻是克莱姆的职责。

"安兹大人在此，你的头抬得太高了。'跪拜'。"

克莱姆当即跪了下去，无法抵抗。等他回过神来的时候已经是这个姿势了，同时，他感觉身后之人也做了同样的动作。是拉娜。他瞬间回想起了受到精神操控的拉裘丝的样子，在克莱姆的脑中，所有事情一下都串联起来了。

"你……你们就是用这招控制了拉娜公主吧？！"

克莱姆仿佛看到了发生在王座大殿上的惨剧，被操控的拉娜在并非自愿的情况下杀死了自己的父亲。可就算将所有怒气都用上，身体也是纹丝不动，就好像这已经不是自己的身体了。

"哦，我想起来了，我和葛杰夫·史托罗诺夫单挑时见过你。解除咒语。"

"是！'恢复自由吧'。"

束缚解开，克莱姆一个横跳，捡起了掉在地板上的剃刀之刃，顺势迅速起身，一边调整呼吸一边将剑举到眼睛的高度，与魔导王对峙。他也明白做这种事毫无意义，对方可是只用了一瞬间，以眼睛都捕捉不到的速度就将战士长杀死的人。但身为拉娜的盾牌，面对敌人怎能不拉开架势？

魔导王起身离开王座，慢慢朝着克莱姆走去。

"心存感激吧，本王亲自与你单挑。嗯……要是我赢了，那把剑就是我的了。"

克莱姆在慢慢走过来的魔导王身上感觉不到丝毫警戒之心。愤怒支配了克莱姆的全身，一切都是这家伙的错！要不是他的出现，和平的日子到今天依然在继续，也没人会死……

"公主！不要悲伤！"

听到这话的魔导王好像笑了。

就算用剑砍或许也伤不到他，克莱姆回想起战士长在毫无知觉的情况下就被杀了。那该怎么做才好？他握紧手上的剃刀之刃……

在魔导王朝着自己踏出下一步的瞬间，克莱姆使出全身的力气将剃刀之刃投了出去。貌似连魔导王都没有猜到他会这么做，将剑搪开后有些重心不稳。克莱姆迅速靠近，紧握的拳头挥了过去，打在了魔导王的脸上。

"克莱姆！"克莱姆听到拉娜叫着自己的名字，就像是悲鸣一般。

骷髅系的弱点确实是物理击打，但现在感到剧烈疼痛的却是自己的拳头。魔导王则是一副不痛不痒的态度。

"如果这是一则故事……"

魔导王以惊人的速度伸出手，抓住克莱姆胸口处的铠甲。克莱姆想要挣脱，可他连掰开对方的手都做不到。

"激情会唤醒沉睡在你体内的力量，成为打败我的决定性因素吧。"

魔导王将克莱姆举高。克莱姆虽然拼命抵抗，却毫无效果。对方就好像被一堵厚重的墙保护着。

"可惜……这是现实，绝不会发生那种事。"

魔导王将克莱姆丢了出去，克莱姆的身体在感受到一段诡异的长时间滞空后，摔到地上。后背受到的猛烈撞击让他吐出一口气。他慌忙从地上爬起来，看着魔导王。魔导王还停留在刚刚将他丢出去的位置，完全没有追击的意思，这是拥有绝对实力的强者才有的从容。

"你会死在这里，没有饶你一命的价值，毫无特殊才华和能力的你，无须叹息。"

魔导王似乎是看着克莱姆说的，又好像没有，感觉他的眼神看着某处的远方。

"这个世界是不公平的，从出生的那个瞬间不公平就开始了。有的人天生就有某方面的才华，有的人则没有。出生环境也是如此，有富裕的家庭就有贫困的家庭。父母兄弟的性格也很重要，运气好的人会得到一帆风顺的生活，运气不好的人就会被给予不幸的人生。我再次重申，无须为不公而叹息，因为，死亡对所有人都是平等的。也就是我，只有我这个死亡的统治者的怜悯，才能给这个不公平的世界带来绝对的公平。"

不知道他在说些什么，大概意思就是让自己安心去死吧。克莱恩被对方的气势压倒了，他感觉自己就要被魔导王的自负吞噬了。"我便是死亡，是生者无法抗争的存在……"

格局不同，这也是理所当然的。魔导王乃一国之君，还掌握着可以轻松消灭一支大军的魔法，克莱姆不过是一个没有才能的普通战士，二人之间就像有一道鸿沟。不仅如此，就如同蚂蚁仰望天空，连参照物都不是一个领域的。

克莱姆从一开始就知道，自己不可能战胜对方，所以他早早下定决心，要在最后一刻成为拉娜的盾牌。他稍稍鼓起了一些勇气，在就要受挫的内心中点燃了火苗。没错，一切都是为了拉娜，为了在那个雨天救了自己的这位女性，为了把自己当人看的她……

"哦，这样的眼神吗？"

魔导王一副不可思议的语气。此人的眼神是在告诉自己，他的斗志还没有熄灭吧。魔导王毫不设防地用后背对着克莱姆，捡起掉在地上的剃刀之刃，丢了过去。

"捡起来吧。"

魔导王一伸手，手中便出现了一把黑色的剑，剑身的长度和一般的长剑差不多。克莱姆没有放松警惕,死死盯着魔导王,去捡剃刀之刃,如果对方趁这个时候发动攻击也是没办法的事情。

克莱姆想起了葛杰夫的战斗,准确地说是在战斗之前,魔导王亲口说的那句话,他说,如果不是注入了强大魔法之力的武器,根本无法伤他分毫,而这把剑正是能够杀死他的武器。而且,刚刚克莱姆已经切身体会到了一个有些令他悲伤的事实,这身铠甲,这身拉娜赏赐给自己、注入了好几种魔法的铠甲,根本无法突破对方的防御。

"克莱姆……"拉娜靠了过来,担心地看着克莱姆。

克莱姆微笑着小声说道:"公主,我来拖延时间,如果……是那种情况,请尽快。"

他想表达的意思似乎传递给了拉娜,拉娜点点头。克莱姆移动到距离拉娜远一些的位置,举起手中的剃刀之刃。

"告别的话说完了?"

"我想知道,杀了我之后,你就会对公主出手吗?"

魔导王沉默了。克莱姆感觉很奇怪,他为什么会沉默?魔导王轻轻的笑声打消了他的疑虑。

"怎么做你才会感觉到痛苦?最好的方法就是不告诉你答案吧。"

"魔导王!!"

克莱姆挥下剃刀之刃,被魔导王轻松接住,反复砍了几剑之后，魔导王依然站在原来的位置。他没有主动攻击的意思，他是在玩，就像陪着小孩子玩游戏的大人。不过，这样就好。克莱姆高高举起剃刀之刃，下定决心将所有的一切都赌在这一击上，魔导王就像刚刚重复过多次的动作一样，准备用漆黑的剑接住他的攻击。

就是这里！把所有赌注都押在这里！克莱姆发动武技，再加上戒指的力量，使得他的战斗力瞬间得到提升。

对方已经习惯自己刚刚的行动模式了，这一击绝对会打对方一个出其不意。克莱姆打算先假装使出浑身的力量挥下，实际上不用力，在剑被对方轻易接住的瞬间，再全力将剑收回，刺入魔导王腹部那猩红色的宝石。他之前就在想，那个地方会不会就是魔导王的弱点。就算不是，只要能破坏那个也能报一箭之仇吧。

"唔！"

"哦，不错的攻击。"

克莱姆的全力一击被魔导王单手抓在手中。一股灼热涌入克莱姆的肩膀，并以那里为中心渗入一般扩散开来，下一个瞬间，灼热变成剧痛。克莱姆急忙闪开，他知道自己的肩膀被砍了。魔导王的剑轻易刺穿了拉娜赏赐给他的铠甲。不过魔导王的武器并没有武器破坏系效果，所以铠甲没有遭到破坏。

胳膊还能动，问题是同样的攻击不会起效，他已经无法向魔导王报一箭之仇了。

"我很想知道剃刀之刃能不能破坏世界级道具，真是一项非常有趣的实验啊。如果这把剑真的能伤到世界级道具，那么它的价值将会激增。不过……"魔导王将手中的剑一丢，剑便消失在了虚空之中，"要先杀了你。"

魔导王似乎要使用魔法了。克莱姆有点想笑，因为那个魔导王居然要用魔法对付像自己这样的无名小卒。但也不能给对方时间施展魔法，克莱姆猛冲了过去，随着一声"心脏掌握"，他感觉自己身体内部发出了破裂般的声音，随之而来的便是剧痛。

"你表现得很不错。"

紧接着，视线……漆黑……意识……消散……

"那么，我先告退了，汪。"

是不认识的人的声音，然后是"啪嗒"的关门声。这一声就像开关一般让他睁开了眼睛。好像发生了什么，想不起来，就和早晨睡醒时把做的梦忘记时的感觉一样。用不上力气，仿佛肌肉和骨头都融化了，转动脖子都觉得很辛苦，他努力环视着周围的环境。

克莱姆见过最豪华的房间就是拉娜的房间了，而这里更加豪华，只要见过一次就不会忘记。但他不记得王宫之中有这样的房间。自己究竟怎么了，为什么还活着？还有，自己的主人怎么样了？身体虽然动不了，但他能感觉得到房间里有人。

"啊啊……"

想叫却叫不出声,房间里的人仿佛明白他想干什么,慌忙跑了过来。

"克莱姆!你醒了!"

克莱姆发不出声音,全身都没有力气,声带自然也无法正常工作;但他之所以发不出声音,完全是被复杂的情绪支配了。眼泪夺眶而出,之前发生的一切都是噩梦,王国遭到魔导国的袭击,拉娜必须下定决心赴死,那些都是噩梦。

"啊啊……啊……"

"嗯,是我,我是拉娜,克莱姆。"

这是她平时的笑容。不,一直陪伴在拉娜身边的克莱姆知道,刚刚的笑容和平时的有些不同。出什么事了?克莱姆眼睛不停转动,发现拉娜身后有个奇怪的东西。是黑色的翅膀,和蝙蝠的很像,还在啪嗒啪嗒扇动着。克莱姆很希望那是假的,但实在是太真实了,他无法欺骗自己。拉娜明白克莱姆在为什么而感到吃惊,脸色暗淡下来。

"这个吗?魔导王的力量将我改变了,现在的我不是人类,而是恶魔。"

克莱姆睁大双眼。"拉娜……"

"真是太不应该了,只有我一个人苟活下来了。"

克莱姆想安慰拉娜,但由于发不出力气,也只能发出"啊唔"的呻吟声。眼泪不停往下掉,拉娜温柔地为他擦掉眼泪。

克莱姆非常感动,就算样子改变了,她内心依然是那个拉娜。

"你现在肯定很奇怪,自己为什么会活下来吧?在回答你之前,克莱姆,你能先答应我一个任性的请求吗?我变成了恶魔,将会永远活在这人世,但一个人度过这漫长的时间太痛苦了……"拉娜将脸靠过来,继续说道,"克莱姆,你也变成恶魔吧,好吗?"

克莱姆丝毫没有犹豫,他早已将自己的一切都奉献给了拉娜,他努力支配着无法动弹的身体,点了点头。

"谢谢你……我现在就回答你刚刚的疑问,其实,是我答应魔导王陛下会服从他,才换来了你的复活。"

克莱姆睁大双眼。

"你不要激动,我觉得这笔交易并不坏,这样我便不用孤独地活下去……克莱姆,你能为了我,发誓效忠魔导王吗?"

"能……"虽然有些犹豫,但既然拉娜能为了自己发誓效忠,自己也只能服从。不,是别无选择。

"谢谢你,克莱姆,魔导王肯定会强制让你证明,是否真心发誓效忠于他。到时候你必定会很为难,我也会很难受……"

"不,会,的。"

"谢谢你,克莱姆,今天就先说这么多吧,你好好休息,我会负责照顾你。"拉娜微笑着说完便起身走开,"要好好休息哦。"接着,从拉娜消失的方向传来开关门的声音。

克莱姆很快便没了力气,陷入了沉睡。他就好像陷入了泥沼一般，流着眼泪失去了意识。那些眼泪中包含着太多复杂的感情，连克莱姆自己都说不出来到底是在为了什么而流泪。

走出卧室，穿过两个房间的拉娜看到坐在沙发上的人，慌忙单膝下跪。

"雅儿贝德大人。"拉娜深深低下头，继续说道，"一直没有当面致谢，非常抱歉。魔导王陛下不仅为属下准备毒药，还屈尊陪着属下在王座大殿演戏，属下感激不尽。"

"呵呵，没关系，无须介怀。只要是为了优秀的人才，我们从来都不遗余力。"

"非常感谢，雅儿贝德大人。"

雅儿贝德着重强调了"只要是"这三个字，这令拉娜不禁有些打战。或许是看穿了自己内心的变化，雅儿贝德什么都没说。拉娜只感觉到对方的视线盯着自己的后脑。

"不必如此紧张，通过王国这件事，我和迪米乌哥斯已经看到了你的能力。"

从与那个叫迪米乌哥斯的恶魔见面到王国灭亡，其间发生的事情有百分之九十都是拉娜提出来的，她有自信能够成功诱导所有事情都按照自己的计划发展。只有改变方向，决定杀光王国所有百姓的时候，她曾担心自己会不会被舍弃，除此之外几乎没有误差。

"今后就在这纳萨力克，我的手下，好好发挥你那优秀的能力吧。"

"遵命，雅儿贝德大人。"

"安兹大人对你的评价相当高，不要让我失望哦。"

拉娜从雅儿贝德的话语中感觉到了一丝丝，真的只是一丝丝语调的变化。拉娜没有说话，继续维持着下臣的礼节，这是当下最明智的选择。

"先把你今后将会工作数千年的报酬给你吧。"

说完，就听到把某样东西放在桌子上的声音。

"之前已经给了你一颗堕落的种子，这是另外一颗，祭品也已经准备好了，等他体力恢复了，我们就开始吧。虽然用魔法很快就能恢复，不过按照你的希望我不会那么做。"

"非常感谢，雅儿贝德大人，请代我向魔导王陛下表示感谢。"

"拉娜，我再重申一遍，不要让我失望，我可不是觉得他有资格成为人质才给你这种子的，而是信任你的工作能力，明白吗？"

听到雅儿贝德那让人感觉到亲切的柔声细语，拉娜深深低下头。"是，雅儿贝德大人，属下必定不辜负您的好意……不，属下的表现会超出您的预期。"

听到这话，自己的直属上司留下轻笑声，起身准备离开。在这期间，拉娜一直低着头，直到听到门关上的声音才将头抬起，重重叹了一口气，其中混杂着一丝恐惧，终于闯过最后一关了。

对方是真正的恶魔，事到如今，对方没有对拉娜说出"我是抬举你才夺走你的希望"这样的话，总算是可以安心了。但拉娜也没有因此误以为，自己已经绝对安全了。在这里，她是受信赖——那是不可能的，只是因为自己的利用价值比较高才会得到这样的恩典，因此，她必须努力工作，证明自己的价值超出所受恩典，否则就会遭殃。

这里是名副其实的怪物的巢穴，对方也非常清楚，像拉娜这样的人，什么都做不到，但光是这样还不够。她必须示弱，越弱越好，要主动把拴在自己项圈上的绳子交到对方手上，用这种明确的上下级关系告诉对方：我是狗，你才是主人。如果不这么做，就连暂时的信赖都得不到吧。所以，她才会上演王座大殿那场戏。

拉娜最大的弱点是克莱姆，早在初次见面之时，她就把克莱姆对自己来说是多么重要这件事告诉了雅儿贝德，而那场戏，就是为了把"不让克莱姆知道真相"这个项圈套在自己脖子上。

同时也是为了让他们知道，作为人质，克莱姆有多大的价值。当然，这么做还有另外一个目的，不过已经被对方看穿了，但结果还是在往好的方向发展，不存在问题。只有一件事是拉娜没有想到的，那就是，魔导王居然会亲自出演那个角色。

（真是位可怕的人物……）

拉娜每次想起安兹·乌尔·恭这个人，都会下意识地发抖。其实有身为宰相的雅儿贝德登场就足够了，魔导王亲自出演那种反派角色，应该是出于对拉娜的高度评价吧，就好像是在说:"一国之君亲自登上你那无聊的舞台，为你手舞足蹈，你应该知道这意味着什么吧？"

雅儿贝德并不认为那么做有什么好处，自己崇拜的人登上那样的舞台令她不悦，所以对让事情演变成那样的拉娜也没什么好感。

（如果是魔导王陛下不惜说服反对的雅儿贝德大人，也要演这场戏，就更糟糕了。我只要稍微有一点无能的表现就会遭到处分……）

最初拉娜并不打算表现出所有的能力，而是想要有所保留，但魔导王的亲自上阵，导致她不得不全力以赴，否则将会对她不利。

（魔导王陛下肯定是算到这一步了吧。居高位者过于优秀，对于手下人来说也不是什么好事啊……）

不过，拉娜还是露出了笑容。她原来的梦想很小，但在认识他们之后，她得到实现这样一个奇迹般的梦想的机会，只是出卖一个王国就能实现，真是太幸运了。拉娜甚至想载歌载舞地庆祝一番，把心中抑制不住的欢呼声喊出来。实在是，实在是太幸福了，她感觉自己都要疯了。恶魔拥有永恒的生命，而且只要一直留在这里，她会无比安全。拉娜看向自己刚刚走出来的那道门，不，是躺在门里面那张床上沉睡的少年。

"克莱姆，永远和我一起相亲相爱地在这里生活下去吧。今天之内我们就先交换一下彼此的第一次吧。"拉娜陶醉着继续说道,"还是说更珍惜一点……今天只做前面的步骤呢？呵呵呵,这好像是我第一次这么犹豫不决呢……啊啊,我为何会如此幸福啊。"

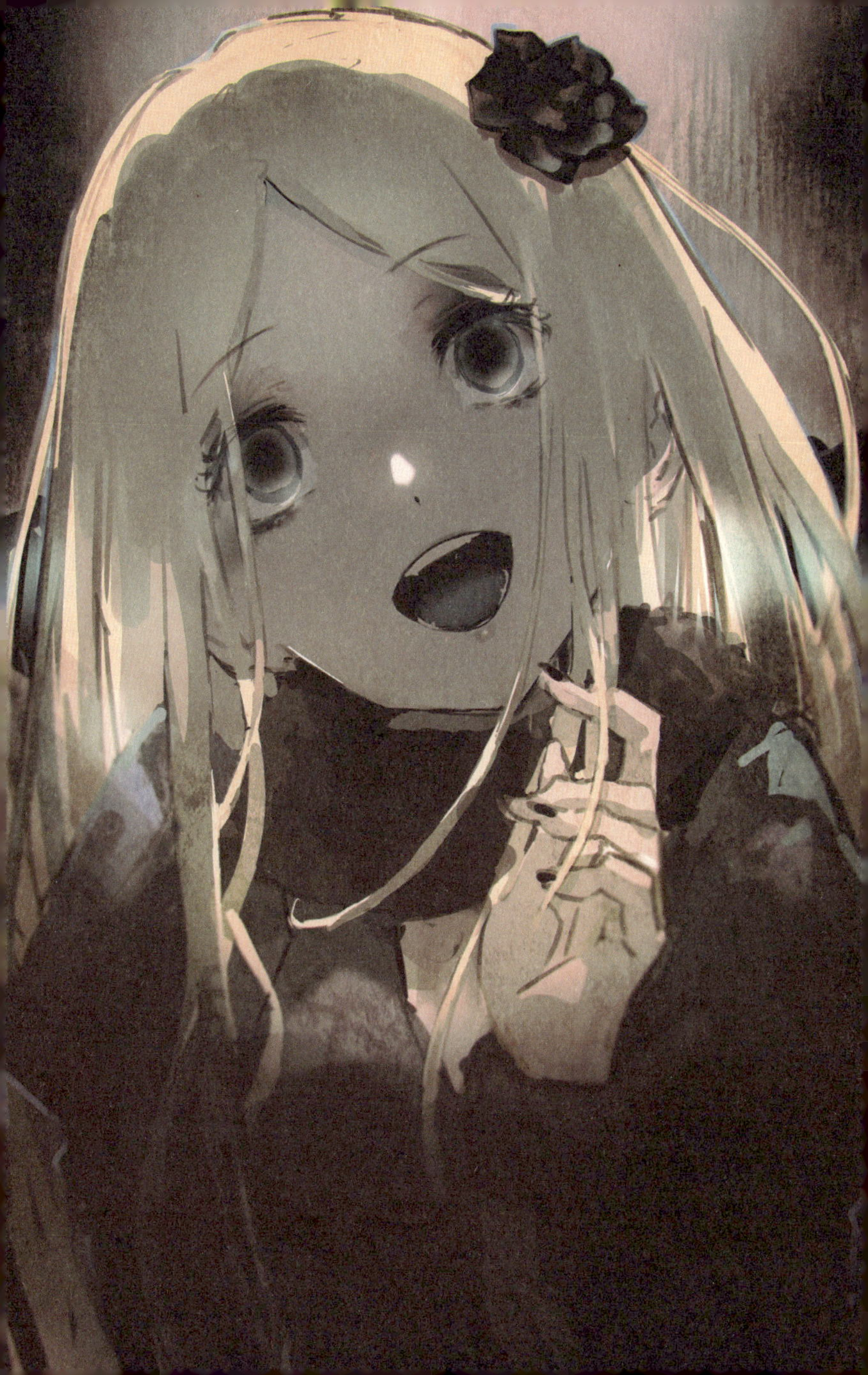

Epilogue

从马车上走下来的厄里亚斯·白朗·蒂尔·雷文看着眼前触目惊心的光景，只能默默立在原地。眼前是一座瓦砾堆积而成的山，难以想象这里曾是王都。要是幻术还更容易接受一些，可惜并不是，眼前的一切都是真实的，是这场战争最后的结局。

雷文侯的表情因痛苦而扭曲。破坏如此巨大的王都该花费多少劳力，多少时间啊。他想象不出来，只能说，完成这项工程的魔导王，他的力量已经超出了人类的范畴。

就在此时，身后有脚步声靠近。

"侯爵……"

是共同走到今天的，自己一派的贵族的声音，身份虽然是一位男爵，但雷文侯非常赏识他的才华，之前甚至打算联系各方人脉帮他提升爵位。正因为如此，当魔导王的手下询问有哪些值得放过的优秀贵族时，雷文侯第二个就把他的名字报上去了。他的声音听起来有气无力，微微的颤抖传达着他内心无法抑制的恐惧。面对眼前的光景，他的心情肯定和雷文侯一样。雷文侯转过身，确认从十辆马车上走下的十二名贵族——这就是所有人了。

"前往拜谒吧。"

没有人提出异议，这也是理所当然的，因为把他们叫到这里的人正是魔导王。没人能拒绝，也没有那个勇气——不，是没有那个胆量。

通知只说让他们来王都，并没有说明具体的地点，雷文侯看了一圈周围，发现在远处还残留着一栋建筑物，是王宫，本应在外围的王城已经变成了瓦砾山。雷文侯一行所处的位置之所以能够看到王宫，应该是特意清理了这一带的瓦砾吧。

雷文侯从来没有试想过，看到瓦砾山之中有一幢突兀的无损建筑物，居然没有一点安全感，有的只是无法形容的不协调感和厌恶感。如果可能的话，真不想进入那样的建筑物中啊，可魔导王就在那里吧。

"走着过去吧。"

雷文侯等人所处的是王都城墙原来的位置，距离王宫有很长一段距离，坐马车肯定会更快，但他们必须避免让对方觉得自己乘马车前往有不敬之意，而且距离指定的时间还早，就算走过去也来得及。他们深一脚浅一脚地开始朝王宫方向走去。

"这里是那条大道吗……"

不知道是谁在后面咕哝了一句。通往王宫的大道上没有一片瓦砾，就好像被清扫过一样，非常干净。也就是说，只有道路没事，沿路的民居、城墙，所有的一切都被破坏殆尽，甚至还有火烧的痕迹。在来王都的途中，他们也看到了好几处被摧毁的都市和村庄，但没有哪个地方的破坏比这里更彻底。

"侯爵，王都的百姓……"

"别说了。"

是想问王都的百姓是否平安吧，但雷文侯并没有听说转移百姓的消息，王都遗迹周围也没看到难民的身影，那么答案就只有一个。雷文侯看着道路两旁的残骸想：这下面该埋了多少人啊，顿时觉得自己像是走在一片巨大的墓地中。他不再用鼻子呼吸，因为不想闻到尸臭。可是，完全没有闻到臭尸味也很奇怪，只有烧焦味和土腥味刺激着鼻腔。

一行人走了一阵之后，距离王宫依然很远，大概是被周围的惨况吓到了，有人嘟囔了一句："疯王……"

听到这个词，雷文侯后立即转过头来怒吼道："浑蛋！"

他用锐利的眼神环视派系中的贵族，其中一个人铁青着脸，面部抽搐。贵族做得越久，就越知道怎么不把自己的情绪表现在脸上。但看到这样的景色之后，内心也不免会动摇吧。

雷文侯非常明白他的感受，也赞同他的想法，但在这个地方说这种话就太不应该了，因此训斥道："各位都是优秀的人才，所以我才会保住你们……不要因为一些无谓的事情让我的努力白费……不需要谢罪，也不需要道谢，只希望你们能够理解。"

没人回答，但雷文侯希望大家都能明白其中的意思。

"侯爵，大家都低头走路不说话，容易往不好的地方想，难免不被压垮。不如接下来我们边聊些开心的话题边前进吧？"

"这是个好主意，那……我夫人又怀孕了这个话题怎么样？"

听到侯爵这么说，贵族们纷纷表示祝贺，这是痛苦的几个月里，唯一让雷文侯感到开心的事情，所以这个话题他们已经听过很多次了。夸起自家孩子来的确有很多可以说的话题，却缺乏建设性。不过或多或少应该能缓和一下气氛吧，这么一想，雷文侯便开始讲述孩子的话题，等众人再回过神来的时候，发现前往王宫的那条本以为很长的路，已经走完一半了。

有点……嗯，是真的有点……说多了。虽然还有很多可以说的，就先到这里吧。雷文侯很刻意地咳嗽了一声，刚刚还在左耳进右耳出的贵族们，脸不知为何都紧绷了起来。

"孩子的话题就等回去的路上再说吧。接下来商量一下，为了今后我的孩子们能够幸福地生活下去，该向魔导王提出哪些建议。"

来这里之前，他们已经针对这个话题讨论过许多次，就快得出结论了。

雷文侯环视了一下周围，确认没有魔导国的士兵后说道："这是我们早在第一天就意识到的问题，魔导王陛下是不死者，与我们生者不同，陛下的治世将会永远持续下去。那将来我们的孙子、孙子的孙子都会忘记这幅光景，到时他们会不会惹怒陛下？"

"愚蠢之人也有可能继承家业啊。"

"老实说，我管不到那么久以后的事情。到时候应该已经绝种了吧。"

贵族都是以血统为荣的，这样的言论着实令人吃惊，说话的是接替父亲成为贵族的一位女领主，她是代替自己那生病的父亲而来的。这明显是阅历尚欠的贵族才会说出的话，令几个人面露不悦。

"看到这样的光景，光是绝种大概是不够的吧。"听到雷文侯的话，女领主垂下眼帘。雷文侯继续说道："所以，我们只能这么做，把这次惨剧以画的形式留存下来，并把画中的内容讲给孩子们听，然后再请求魔导王陛下，让这里保持现状。"

"不是要在这里建设新的都市吗？"右侧的人提出疑问后，左侧的人马上进行了否定。

"都已经破坏成这样了，还建设新都市？我认为不太可能吧？"

雷文侯同意后者的意见。但魔导王拥有他们这些人类无法企及的力量，或许是想着既然要建设都市，那就要建设一座理想的都市，所以才会将这里破坏得如此彻底吧。可是这种时候讨论这些并不能决定什么。

"还有，人质怎么决定呢，侯爵？"

雷文侯咬住下唇，目前还不知道魔导王会不会要求人质，可是与其让对方提出来，不如自己这边主动提出更能博得对方的信任。

雷文侯苦恼了一阵，回答道："由我向魔导王提议吧。"

也就是决定交出人质。其中几名贵族恐怕有意见吧，可是没人说，也没有人表现在脸上。一行人接着针对各种问题得出最后的结论，不知不觉就来到了可以清楚看到王宫的位置。

雷文侯等人看到，为了封锁王宫而在大门入口堆起的瓦砾山上坐着一个不死者。那个不死者正在与旁边的魔导国宰相雅儿贝德说话，大概是注意到了他们一行人，不死者的脸转了过来。

实际上距离王宫还有一段距离，雷文侯等人见状却都奔跑起来。

到了近处才看清，魔导王坐着的瓦砾山的真面目。说是真面目有些不准确，那的确是瓦砾山，只不过不是寻常的瓦砾山，在山顶处闪烁发光的是王冠，也就是说，那是用瓦砾堆积起来的王座，代表王国的最后的产物。没人知道王座上的瓦砾是来自都城的什么位置，相信都是从令人瞠目结舌的地方搬来的吧。

太可怕了。能想到这个方法并付诸行动的怪物太可怕了。

雷文侯不要命似的跑到近处，像是摔倒一般单膝跪地，呼哧呼哧地调整着呼吸，终于发出声音："魔导王陛下，我等来了。"

雷文侯的后脑感觉到一股视线，应该是魔导王稍稍观察了一下这边的情况。

"雷文，是吧，你们来啦……先调整一下呼吸吧，看你们都出汗了。"

"让，让您看到如此丑态，非常抱歉。"

对方的声音亲切得让人胆寒。"陷阱"这个词在雷文侯脑中飘过，但继续如此狼狈确实不太好，他拿出手帕擦了擦头上的汗水。

"辛苦你们跑一趟，原本应该让你们先休息一下，不过我这个人不喜欢废话,快点把该说的都说完吧。"

"是!"雷文侯等人除此之外还能说些什么呢。

"我……魔导国军队将这里以西、以南的王国贵族的领地毁灭之后,便会返回。你们就继续管理自己的领地吧。将来或许会转封其他领地给你们,但目前为止还没有具体的考虑。是这样吧,雅儿贝德。"

"是的,正如安兹大人所说。"

"都听到了吧,今后,若是对你们的领地有什么详细的要求,我会让雅儿贝德通知你们,你们就遵照目前的法律行事吧。"

"是!"不单单是雷文侯,其他贵族也异口同声答道。

"有什么疑问或是其他异议吗?"

"没有!只是,为了表达我等的忠诚,有几个提议想禀告陛下。"

听到雷文侯怀着悲痛万分的心情极其痛苦地说出来的话语,魔导王慢慢转动头部,看向远方。大概是没想到区区人类除了点头答应之外,还会说出其他话吧。雷文侯以为是自己说了什么令对方不悦的话,此时胃里就像被灌了铅一样,惴惴不安。

辛苦的工作眼看就要完成的时候,桌上又堆积了追加文件的员工,就会做出和魔导王一样逃避现实的动作吧。在过了仿佛有永远那么长的一瞬之后,魔导王用懒洋洋的语气说道:"嗯,是吗,那些稍后跟雅儿贝德说就行了。"

"谈话到此为止。对了,为了让所有人看到与我或我的国家作对的愚蠢之人会有怎样的下场,这个地方将会保留原状。不过,滋生疾病的话很麻烦,我会使用一些魔法对这里进行焚烧,你们注意不要被误伤。"

"是!"

"雅儿贝德,把红莲叫来,把这里烧到认不出来为止。唯独王宫外侧要保持整洁。至于里面的家具,就搬到耶·兰提尔去吧。"

"遵命。"

虽然很想知道这个"红莲"是谁,但还是不要多问比较好。有些事情可以知道,有些事情知道了就会倒霉,而与魔导王有关的事情,都是后者。

"如此一来,王国便彻底毁灭了……雷文,我只问你一个问题,你认为,这样的结果能让更多人知道,违抗我是多么愚蠢的行为吗?"

"是……相信将来会有更多的人明白,违抗伟大的魔导王陛下是多么愚蠢的行为。"

由于一直低着头,看不到魔导王的表情——当然,脸上没有皮肤的魔导王根本就没有表情——不过,他似乎很满意这个答案。

"是吗,那也不枉我做这么多事,我很满足。"

听到杀光王国八百万百姓的魔导王的感想,雷文侯涌上一股强烈的呕吐感。同时他也在祈祷，希望这个魔王能被勇者消灭。

"我没错。"菲利普再次重复了这几周来一直在重复的话。

是的，自己的行为并不是这场战争的导火索，而是魔导国的阴谋，这样所有事情就都说得通了。自己只是被利用了。也许就连自己的领地不富裕，自己的提议没通过，这一切也都是魔导国的阴谋。

（要么就是给那些家伙塞钱了，要么就是说我的坏话，肯定是搞了什么小动作。没错，肯定是这样！）

菲利普从床上坐起来，将手伸向床旁边的桌子，拿起桌子上的瓶子轻轻晃了晃。其实在拿起瓶子时轻飘飘的重量就已经告诉他了，里面一点水的声音都没有。

"啧！"咂了一下嘴，看了看室内，地板上散落着喝光的酒瓶，想必房间内充满了浓烈的酒臭味吧。但菲利普的鼻子已经习惯了，根本闻不出来。他随便举起一个倒在地上的酒瓶就往嘴里灌，没有一滴液体流入他的喉咙。

"该死！"将酒瓶丢出，瓶子摔碎的声音让他越发焦躁。

"喂！没酒了！"就算他大喊大叫，也没人给他拿酒来。平时应该会有希尔玛送他的女仆在这个房间待命，回想起来，好像有段时间没见到了。

"拿酒来！"菲利普再一次发出怒吼并试图站起来，身体一阵摇晃，他"哎哟"一声，用手撑着床板。虽然的确是喝醉了，但主要原因或许是这几天都没有离开过房间，身体变得有些迟钝。他慢慢走到房门的位置。

"喂！有人吗！！"他怒吼着，用力踢房门，没有用拳头捶是因为不想把手弄疼。没有回应。他又咂了一下嘴，打开门再度怒吼着："听不见吗！我说没酒了！！快给我拿酒来！！！"

还是没有回应，菲利普勃然大怒走出房间。家中非常安静。自从他住进这栋宅子起，父亲和兄长的家人就搬走了，只有仆人还留在这里。虽说是贵族的宅邸，但毕竟只是拥有小面积领土的男爵，从自己的房间走到食堂用不了多久。

打开食堂门的菲利普睁大了眼睛，因为他看到了坐在椅子上的白衣女子。

"哎呀，你起来啦，看你这么久还没来，我正想去找你呢。"

是魔导国宰相雅儿贝德，脸上挂着二人初见时的微笑。她看起来对菲利普的所作所为并没有怨恨的情绪。菲利普思考着，该不会魔导国对自己做的事一点想法都没有吧？没错，如果真惹得他们不高兴，应该会第一个攻击菲利普的领土啊。结果却没有，那就证明，反而是多亏了他菲利普，魔导国才能有借口与王国开战，他们或许还在感谢自己呢。

不对，不对，自己曾经做过什么，她可能都不知道吧？看到雅儿贝德的微笑，菲利普也露出了笑容。

"欢，欢迎来到我这寒舍，雅儿贝德大人，居然让您这样高贵的客人在这种地方等候,臣下稍后必定会好好斥责手下。"

雅儿贝德的脸上先是露出了一瞬间的惊呆,紧接着是苦笑。"到了这个时候你居然还能这么说,了不起,我都有点佩服了呢……呵呵,我来此是为了解决一些事,不过在那之前,我给你带来了礼物,要打开看看吗?"

桌子上放着一个白箱子,宽度超过了五十厘米。菲利普一边在心中后悔之前还在床上担惊受怕,一边抬起箱子盖。随着箱子盖被掀开,一股类似花香的好闻气味刺激着他的鼻腔。里面到底是什么好东西啊,菲利普怀着兴奋的心情将盖子打开,看到了里面的东西。是德尔文男爵和罗克森男爵……他们两个人的脑袋。想必死前非常痛苦吧,二人扭曲的面孔令人毛骨悚然。

"咿——"

雅儿贝德对身体僵硬的菲利普平静地说道:"居然敢给我的脸上抹黑。我的确是想找一个白痴,只是没想到你会愚蠢到这种地步。"

"哐当"一声,雅儿贝德站了起来,脸上依然带着笑容,但此时就连菲利普都能看出,她现在极度愤怒。必须快点逃!菲利普想要转身逃跑,却因为过于惊慌脚下一乱,整个人摔倒在地板上,发出一声巨响。"咔嗒咔嗒"的脚步声朝他逼近,就停在身边不远处。

"那……我们走吧。"

"不要!不要!不要!我不去!"菲利普将身体缩成一团抵

抗着。

"不要像个撒娇的孩子一样好吗?"

雅儿贝德揪着菲利普的耳朵,就这么直接拖着他走。耳朵疼得仿佛要撕裂一般。

"好疼!疼!快停下!"

"那你要自己走才行啊!来,站起来。"

菲利普本想把雅儿贝德揪着自己的双手拉下来,但别看雅儿贝德的手腕那么细,力气却在他之上。

"疼!疼啊!"菲利普就这么直接被拽了起来。

他眼中含着泪水,朝着雅儿贝德的脸就是一拳,却在空中被轻易抓住,而且……

"呀啊啊啊啊!"对方的力量实在是太大了,好像要直接将他的手捏碎,拳头发出咯吱咯吱的声响。

"老老实实走我就先不把它捏碎,怎么样?"

"我明白了!明白了!我走!快松手!"对方放开了自己的拳头,"为什么要这么对我……我做过什么吗?"菲利普伤心地流着眼泪。

他已经非常努力了,可事事都那么不顺,他不记得自己犯过什么大错,需要被这样对待。为什么要对自己使用这样的暴力呢?为什么没人来帮自己呢?是打算把自己交给魔导国,以求自保吗?卑鄙小人!所有人都是卑鄙小人!

菲利普因为拳头和耳朵的疼痛,眼泪噼里啪啦地掉。雅儿贝德则非常平静,对此没有任何感想,径直走了出去。因为耳朵还被揪着,菲利普无法抵抗,只好跟了上去。他们从玄关走到了外面。

"咿——"看到外面光景的菲利普发出悲鸣。

宅邸外面变成了森林,只是与长着花草树木的普通森林不同,这里只有大量奇形怪状的树,像是树上长了手脚,又像是木桩上长了人。被串起来了,村民全都被串起来了,木桩的数量非常多,菲利普怀疑领地内的男女老幼都被串在了上面。

每个人都被从地面延伸出来的木桩从胯下一直贯穿至口腔,木桩的尖端则穿过口腔露在外面。所有人的表情无一例外是痛苦的,身体所有能称为洞的地方都在往外喷血,在木桩根部积成一摊血泊。这是什么时候做的?就算再怎么样,菲利普也不可能丝毫没有察觉。

"你不是在做梦。我用魔法阻断了你房间周围的声音,很安静不是吗?不过,要是你能稍微聪明一点,就会发现情况不对了吧……看你刚刚的表现,应该是丝毫都没有察觉到。"

菲利普再次攥住雅儿贝德的手腕,拼尽全力想解放自己的耳朵。

雅儿贝德则是将脸靠了过去,说道:"我本打算让村民对你动用死刑的,但那样未免太无趣了。我尊敬的安兹大人非常重视练习和训练,于是我就在想,可以利用你做特别情报收集的练习呀。你也算是稍稍——帮上我的忙了呢。"

看到雅儿贝德露出脸仿佛要裂开一般的笑容，菲利普失去了意识。

"哎呀……这家伙真的……算了，也好，你父亲也拜托过我，让你这个笨蛋体会一下大家的痛苦，我会好好遵守约定的。"菲利普的耳朵已经听不到这些话了。

雅儿贝德要去做收尾工作，中途便与安兹分开行动。

安兹一个人回到自己的房间，对今天负责照顾自己的女仆严肃地说道："我要在寝室研究今后魔导国的侵略计划，你留在这里，不许让任何人进来。"

安兹看到负责照顾自己的女仆的视线，转向了站在房间门旁的房间女仆身上，意思是"这件事交给她负责，自己要侍候在安兹大人身边"吧，这是她们一贯的做法。

了解这一点的安兹抢先说道："我必须估算出几年以后的发展，只要感觉身边有其他人就会打乱我的思路，明白吗？"

"是！小人以后会努力抹消自己的存在感！"

不是这个意思啊，不过，算了，安兹已经懒得去思考了。

"很好，那么，既然你现在还做不到，就留在这里吧。"

"遵命，安兹大人。"

把负责照顾自己的女仆留在办公室，安兹笔直朝着寝室走去。肉体并不会感觉到疲累，但精神上已经精疲力竭的他把自己丢到床上。松软的床铺温柔地接住了他，真是精彩的一跳。

考虑到滞空时间、跳跃距离、落下的地点、掉到床上的姿势等因素，看到的人肯定会叹为观止，忍不住表示赞赏。因为安兹每次精神疲惫的时候都会这么做，长期积累的经验使得他的动作纯熟优美。

"哈……"

安兹像个大叔一样，发出精疲力竭后的叹息声。这声叹息也是相当地道，一千个人里有一千个人都会给出同样的感想："真像个大叔啊。"这也是他不知道叹过多少次气的成果。接着他开始在床上翻滚，从右到左再从左到右。之前他一直待在变成废墟的王都，身上沾满了灰尘，理应先泡个史莱姆澡，但他现在实在提不起精神。

（好累啊……）

其实还有很多事情需要思考和反省：自己有没有演好那个反派角色啦，和白金铠甲交锋时的战术啦，等等，但总算是完成了一件大事——不，只是成功迈出了庞大工程的最初一步而已，接下来的事情那才叫麻烦。最简单的大面积破坏结束，还有一些边边角角的地方需要进行小型破坏，之后还要进行烦人的建造。

之前魔导国除去卡兹平原外只有一小块领土和一个辽阔的属国，现在不同了，有了一大片领地，那么随之而来的就是各种各样的问题。当然，会变得更加忙碌的是负责处理所有内政的雅儿贝德，不过那些有可能会发生的大问题还是会落到安兹的头上。恐怕都是一些比之前更加重要、更加难处理的问题，他实在难以想象自己如何应付得了。

再加上，不知道是哪个环节出现了误会，现在这里不光有雅儿贝德和迪米乌哥斯，就连足智多谋的拉娜那个疯女人也加入了纳萨力克。一个与YGGDRASIL毫无关系的，百分之百的外人。她不受设定等因素的束缚，会完全从客观的角度去看待安兹。而且据说，她是不输纳萨力克两大头脑担当的才女。自己能在这样的人面前成功扮演一直以来的统治者安兹·乌尔·恭吗？

"好想逃啊——"这是发自身心、发自灵魂的一句话。现在的安兹，就好像知道自己犯下的错误明天就会被公司的人发现的上班族。

（之前已经很勉强了。这岂不是让所有人知道我很无能的机会？反正我早就做好心理准备了。）

但……

（一想到那个瞬间……好害怕大家都会是什么反应……可恶！这种程度的烦恼精神不会被稳定吗……）

他的能力似乎在说：这种程度的不安根本不算什么。

安兹经过深思熟虑，得出了结论："好，逃吧。"

话虽如此，立即动身有些困难，他不能抛弃一切就这么逃掉。什么交接手续都不做，在离职前一个月把所有带薪假期都用光，然后直接不干了，这种行为是不道德的。而且，就算逃也不能说"是的，我逃了"，那会被鄙视的。逃也必须在有正当理由的情况下逃，有什么理由呢？安兹拼命让根本不存在的脑子运转。

（对了！）

突然灵光一闪。之前他考虑过好几次带薪假期的计划，最后都没能顺利实行，那就以他率先休假这个名义如何？暂时离开纳萨力克，过几天悠闲日子，其间的工作都交由雅儿贝德处理，绝对比安兹最后拍板要安全。雅儿贝德或许会说，有些事情必须由安兹这个最高领导人筹划，那到时候就这么回答她：

"假设我死了的训练已经进行过了，这次就是后续的训练。名目是无法和我取得联系，一切都需要雅儿贝德你来决定。就是这个！"安兹握紧拳头。

不过……

（我该去哪呢？）

到帝国与吉克尼夫加深友情，游览帝国各地。调查围绕着矮人国的那条山脉。到圣王国……

（没有魅力，不去。）

就在安兹开始做各种梦时，突然想到一件事。

（让那两个孩子结交森林精灵朋友如何？）

安兹之前就一直在想，亚乌菈和马雷还那么小，就总是让他们干这个干那个的，在对面的世界虽然很常见，但夜舞子经常说，这世道太不正常了。既然如此，在这边，就对小孩子温柔些吧。不如带着他们两个去旅行？

（这个主意感觉挺不错的……不，不是挺，是相当不错的主意不是吗？如此一来，既能做出阶层守护者休带薪假期的实际成绩，还能顺带着做实验，看看在那两个人不在的时候，其他人如何填补这个空缺。）

安兹早就注意到各阶层守护者工作量增加的问题，如此安排还能把这个问题解决。

"好！"等手上的工作完成得差不多了，就去森林精灵的国家，让那两个孩子结交新朋友。下定决心的安兹起身，走出了寝室。

角色介绍

拉娜·提耶儿·夏尔敦·莱儿·凡瑟夫

renner theiere chardelon ryle vaiself

异形类种族

黄金公主

身份────●●（将来公开）。
住处────纳萨力克第九层的某个房间。
种族等级─小恶魔 ─────── 1 lv
职业等级─女演员（一般）──── 4 lv
　　　　　天才 ────────── 5 lv
生日────上火月7日。
兴趣────与克莱姆●●●。

| personal character |

　　践踏王国众多百姓的幸福，以最完美的形式实现自己的梦想，这个世界上最幸福的女人。对王国的百姓没有一丝丝愧疚，不过还算是有点感谢他们，感谢的程度就和对食材的差不多。天才是一个特殊职业，可以与任何基本职业、一般职业调换等级，只不过，一次只能与一个职业进行调换（目前）。平时会使用这个能力调换成公主。是非常稀有的职业，只有少数人拥有。

赛纳克·瓦尔雷欧·伊格纳·莱儿·凡瑟夫

人类种族

zanac valleon igana ryle vaiself

凡瑟夫王室最后的王

职位——凡瑟夫王室王子。
住处——罗伦提城。
职业等级 — 国王（一般）————— 1 lv
　　　　　王子（一般）————— 4 lv
　　　　　领袖（一般）————— 2 lv
　　　　　战士（一般）————— 1 lv

生日——下水月14日。
兴趣——吃，睡，发呆。

{ personal character }

在王兄将来必定会登基为王的状况之下，他的处境并不乐观，身后没有贵族支持，王宫内也没有关系亲近的人，但他并没有因此受挫，总是考虑王室的将来，默默做着自己力所能及的事，是个有才能的人。赛纳克、拉娜、雷文侯、葛杰夫，若是这四个人能够通力合作，必定能反抗帝国的侵略，重拾王国的强大吧。或许大家都认为不可能，但要是纳萨力克没有出现在这个世界，巴布洛在登基为王前死亡的话，真的就会是那样的发展。

阿兹思·
爱因多拉

azuth aindra

演技派冒险者

人类种族

职位——朱红露滴队长。
住处——阿格兰评议国首都龙息高级旅店
职业等级—战士————————？lv
　　　　狙击手———————？lv
　　　　运动健将——————？lv
　　　　等

生日——下水月15日。
兴趣——品尝美酒（酒量不大）。

{ personal character }

　　正式名字更长（因为有骑士爵位等封号），这次就用他最喜欢的名字进行介绍。他的个人战斗能力应该是精钢级冒险者中最低的，在队伍中也是最低的。再加上平时战斗都会运用驱动装甲，这导致原本的他并不起眼。不过，虽然有些依赖驱动装甲，但山铜级他至少也是凭实力爬上的，所以绝不能说他弱。

查因杜克斯·梵希恩

tsaindorcus vaision

白金龙王

职位	太多了，以至于无法特定。
住处	太多了，以至于无法特定。

职业等级 – 原始法师 ——————— ? lv
　　　　　世界连接体 ——————— ? lv
　　　　　龙族超越者 ——————— ? lv
　　　　　灵魂崇拜者 ——————— ? lv
　　　　　等

生日 —— 星降之夜。
兴趣 —— 观察世界。

异形类种族

{ personal character }

　　龙王中最强。曾经杀死过玩家。性格温厚，悲天悯人，看重大局，为了大局不惜弄脏双手。与某个龙王团体的目的大致相同，现在是相互协助的关系，但双方的最终目标并不一致，所以关系不算融洽。有多处据点，在各处都做着创建组织的实验，评议国本身就是实验的一环。势力的中心在东方，由他的心腹龙王负责运营。与查尔的决战恐怕会在东方进行吧。

四十一位无上至尊

OVERLORD
Characters

角色介绍

篇

路西★法

异形类种族

luci★fer

天使人偶,纳萨力克的捣蛋鬼

† personal character †

缺乏沟通能力,不知如何与他人保持合适的距离。
在不熟的人面前沉默寡言,但聊到自己感兴趣的事时,
就会非常话痨、固执己见。在自认为关系好的人面前
会靠得特别近,笑着做一些让别人感到为难的事情,
还觉得对方应该不至于生气。他虽然没有恶意,
但就连本公会的人都觉得他这样不好。
他的所作所为甚至曾让飞鼠皱眉。

作者后记

大家好，好久不见了，我是丸山黄金。接下来的内容会牵涉正篇内容，还没有看的读者要多多注意了。

那就开始啦。回看一下第十三卷的发售日期，是二〇一八年四月二十七日，这次这本是三月……写这段话的时候还没过年呢，预计是在二〇二〇年三月发售，差不多时隔两年。那就真的是好久不见了。

将近两年不见，大家感觉到丸山的努力了吗，还是感觉不到啊……让人伤心哪。

话说回来，两年真的不短，大家在这两年期间肯定遇到了不少事吧，我也是，毕竟年号都从平成变成令和了。

我个人在这期间一直在做各种工作，所以没觉得怎么样时间就过去了，大家要是有"等了好久"的想法，那从某种意义上来说，没有比这更让我开心的事了，因为这说明，有人很期待看到《OVERLORD》啊。

那么我们说回正题吧，本卷故事发生在从第一卷开始就频频成为舞台的王国，有很多角色的故事在这一卷被画下了句号。哪些角色幸存，哪些角色死亡，应该和很多人猜的结果是一样的。不过，在实际写的过程中，某些角色还是逃离了死亡的命运。

就是"那些人"。因为写着写着就会产生"这个角色会以这么愚蠢的方式死掉吗"这样的疑问，于是就变成了现在大家看到的结果。我原计划是强行把所有人都写死的，真是非常遗憾啊。

丸山怎么想的先放在一边，要是大家在看过之后会有"好角色退场了啊"这种想法，丸山会很开心。为了达到这个效果可是用了不少篇幅啊！

接下来要进入最后的环节了。各位读者以及给予过丸山帮助的大家，非常感谢你们！《OVERLORD》的故事还剩下三卷，希望大家能够陪丸山走到最后。毕竟就剩下一个国家了！

辛苦大家看完这最长的一卷！请好好休息！

二〇一九年十二月　丸山黄金

OVERLORD Vol.14 MEKKOKU NO MAJO

©Kugane Maruyama 2020
First published in Japan in 2020 by KADOKAWA CORPORATION, Tokyo.
Simplified Chinese translation rights arranged with KADOKAWA CORPORATION, Tokyo
through JAPAN UNI AGENCY, INC., Tokyo.
Simplified Chinese translation by Beijing Hongyue Scientific and Technical Co., Ltd.

著作版权合同登记号：01-2021-1939

图书在版编目（CIP）数据

OVERLORD.7，灭国的魔女／（日）丸山黄金著；刘晨，赵滢译. — 北京：新星出版社，2021.4（2024.4重印）
ISBN 978-7-5133-4394-7

Ⅰ．①O… Ⅱ．①丸… ②刘… ③赵… Ⅲ．①长篇小说－日本－现代 Ⅳ．① I313.45

中国版本图书馆 CIP 数据核字 (2021) 第 040007 号

圣王国的圣骑士（下）·灭国的魔女（OVERLORD.7）

[日] 丸山黄金 著　刘晨　赵滢 译

责任编辑：汪　欣	**出版统筹**：贾　骥　宋　凯
责任印制：李珊珊	**出版监制**：张泰亚
	特约编辑：王　凯
	美术编辑：张恺珈
	装帧绘图：so-bin

出版发行：新星出版社
出 版 人：马汝军
社　　址：北京市西城区车公庄大街丙3号楼　　100044
网　　址：www.newstarpress.com
电　　话：010-88310888
传　　真：010-65270449
法律顾问：北京市岳成律师事务所

读者服务：010-88310811　　service@newstarpress.com
邮购地址：北京市西城区车公庄大街丙 3 号楼　　100044

印　　刷：北京盛通印刷股份有限公司
开　　本：780mm×1092mm　　1/32
印　　张：31.125
字　　数：577千字
版　　次：2021年4月第一版　2024年4月第六次印刷
书　　号：ISBN 978-7-5133-4394-7
定　　价：109.00元（全二册）

版权专有，侵权必究；如有质量问题，请与印刷厂联系调换。

第15部

Volume Fifteen

正在构思中。

OVERLORD 15
半森妖精的神人
OVERLORD Kugane Maruyama | illustration by so-bin

丸山黄金 ——著
illustration ◉ so-bin

Postscript by So-bin

给这篇后记配图的时候还是1月
有种新年问候的感觉，
毕竟是这种氛围嘛……
今年也请大家多多关照OVERLORD！！
so-bin